新釈漢文大系 詩人編 6

杜甫 上

川合康三 著

明治書院

慈恩寺大雁塔（西安）

長安の東南に位置する慈恩寺は、かつては玄奘三蔵が訳経に勤しんだ寺院でもあった。その境内に立つ大雁塔、杜甫が高適・岑参ら盛唐の名だたる詩人たちと登った作が、「諸公の慈恩寺の塔に登るに同ず」（本文六三ページ）。当時は五層であったと伝えられるが、改修を経て七層六四メートルの塔として、今も西安の町にそびえる。

写真提供：シーピーシー・フォト

凡　例

一、本上巻には、成都に至った時期（七六一年）までの杜甫の詩一八一首を選んで、原文・訓読・現代語訳・語注及び詩解を施した。

二、収録作の選択にあたっては、従来の総集、近年の選集に採られた作、および杜甫の作品のなかで重要と思われる作を基準とした。

三、底本には『（宋本）杜工部集』（上海商務印書館、一九五七年）を用いた。底本の字を改めた場合は、その旨、注記した。底本の異体字は正字体に改めた。

四、編次は今日最も通行し、編年がおおむね妥当と思われる清・仇兆鰲《きゅうちょうごう》『杜詩詳注』に従った。詩題の前には、『杜詩詳注』の巻数、及び巻のなかの順番を算用数字によって記した。併せて末尾に「杜甫作品対照表」を付した。

五、原文と訓読は正字体を用い、それ以外には通行の字体を用いた。ただし一部の固有名詞などには正字体を用いた箇所もある。

六、語注の末尾に詩型・押韻を記した。詩型はおおむね清・浦起龍《ほきりょう》『読杜心解』による。押韻は『広韻』の韻目を記し、許容される韻にまたがる場合は「同用」、それ以外にわたる場合は「通押」とした。併せて「平水韻」の韻目も記した（近体詩の押韻に関しては、シリーズ第4巻（和田英信著）『李白 上』巻末の「詩の韻律について」を参照されたい）。

七、以下に、主な注釈書を記しておく。

宋・郭知達『九家集注杜詩』

宋・黄鶴『補注杜詩』

明・王嗣奭《おうしせき》『杜臆《とおく》』

清・銭謙益『杜工部集箋注』
清・仇兆鰲『杜詩詳注』
清・浦起龍『読杜心解』
清・楊倫『杜詩鏡銓』
蕭滌非《しょうできひ》『杜甫全集校注』全十二冊（人民文学出版社、二〇一四年）

全詩の訳注

鈴木虎雄『杜甫全詩集』全四冊（『続国訳漢文大成』、国民文庫刊行会、一九二八～一九三一年。日本図書センター、一九七八年、影印本）
吉川幸次郎著・興膳宏編『杜甫詩注』全十冊（岩波書店、二〇一二～二〇一六年）
下定雅弘・松原朗編『杜甫全詩訳注』全四冊（講談社、二〇一六年）
Stephen Owen *"The Poetry of Du Fu"* 6 volumes（Boston, De Gruyter, 2016）
〔英語による初の全訳注。本書はネットで公開されている。http://www.oapen.org/search?identifier=1002586〕

杜甫上目次

凡例……i
解説（上）……一

Ⅰ　**漫遊時期**……一三
望嶽（望嶽《ばうがく》）……一四
登㆓兗州城樓㆒（兗州《えんしう》の城樓《じやうろう》に登《のぼ》る）……一六
房兵曹胡馬詩（房兵曹《ばうへいさう》の胡馬《こば》の詩《し》）……一八
畫鷹（畫鷹《ぐわよう》）……一九
過㆓宋員外之問舊莊㆒（宋員外之問《そうゐんぐわいしもん》の舊莊《きうさう》に過《よ》ぎる）……二一
夜宴㆓左氏莊㆒（夜《よる》 左氏《さし》の莊《さう》に宴《えん》す）……二三
贈㆓李白㆒（李白《りはく》に贈《おく》る）……二四
陪㆓李北海㆒宴㆓歴下亭㆒（李《り》北海《ほくかい》に陪《ばい》して歴下《れきか》の亭《てい》に宴《えん》す）……二七
與㆓李十二白㆒同尋㆓范十隱居㆒（李《り》十二《じふに》白《はく》と同《とも》に范十《はんじふ》の隱居《いんきよ》を尋《たづ》ぬ）……二九

Ⅱ　**求官時期**……四三
冬日有㆑懷㆓李白㆒（冬日《とうじつ》 李白《りはく》を懷《おも》ふ有《あ》り）……四四
春日憶㆓李白㆒（春日《しゆんじつ》 李白《りはく》を憶《おも》ふ）……四六
奉㆑贈㆓韋左丞丈㆒二十二韻（韋左《ゐさ》丞丈《じようぢやう》に贈《おく》り奉《たてまつ》る二十二《にじふに》韻《ゐん》）……四八
飲中八仙歌（飲中《いんちゆう》 八仙《はつせん》の歌《うた》）……五六
高都護驄馬行（高都《かうと》護《ご》驄馬《そうば》行《かう》）……六〇
同㆔諸公登㆓慈恩寺塔㆒（諸公《しよこう》の慈恩寺《じおんじ》の塔《たふ》に登《のぼ》るに同《どう》ず）……六三
兵車行（兵車行《へいしやかう》）……六九
前出塞九首　其一（前出塞九首《ぜんしゆつさいきうしゆ》 其《そ》の一《いち》）……七五
其二（其《そ》の二《に》）……七六
其三（其《そ》の三《さん》）……七八
其四（其《そ》の四《し》）……七九
其五（其《そ》の五《ご》）……八〇
其六（其《そ》の六《ろく》）……八一
其七（其《そ》の七《しち》）……八二

其八（其《そ》の八《はち》）……八四
其九（其《そ》の九《きう》）……八五
貧交行（貧交行《ひんかうかう》）……八七
麗人行（麗人行《れいじんかう》）……八八
酔時歌（酔時《すいじ》の歌《うた》）……九二
病後遇二王倚一飲贈歌（病後《びやうご》、王倚《わうき》に遇《あ》ひ、飲《の》みて贈《おく》る歌《うた》）……九八
示二従孫濟一（従孫《じゆうそん》の濟《せい》に示《しめ》す）……一〇二

Ⅲ　仕官時期……一〇六
官定後戯贈（官定《くわんさだ》まりて後《のち》戯《たはむ》れに贈《おく》る）……一〇七
戯簡二鄭廣文一兼呈二蘇司業源明一（戯《たはむ》れに鄭廣文《ていくわうぶん》に簡《かん》し兼《か》ねて蘇司業源明《そしげふげんめい》に呈《てい》す）……一〇八
自レ京赴二奉先縣一詠懷五百字（京自《けいよ》り奉先縣《ほうせんけん》に赴《おもむ》く詠懷五百字《えいくわいごひやくじ》）……一一〇
後出塞五首　其一（後出塞五首《ごしゆつさいごしゆ》　其《そ》の一《いち》）……一二五
其二（其《そ》の二《に》）……一二八
其三（其《そ》の三《さん》）……一二九
其四（其《そ》の四《し》）……一三一
其五（其《そ》の五《ご》）……一三三
月夜（月夜《げつや》）……一三六
哀二王孫一（王孫《わうそん》を哀《かな》しむ）……一三七
悲二陳陶一（陳陶《ちんたう》を悲《かな》しむ）……一四二
悲二青坂一（青坂《せいはん》を悲《かな》しむ）……一四三
春望（春望《しゆんばう》）……一四四
哀二江頭一（江頭《かうとう》に哀《かな》しむ）……一四六
喜レ達二行在所一三首　其一（行在所《あんざいしよ》に達《たつ》するを喜《よろこ》ぶ三首《さんしゆ》　其《そ》の一《いち》）……一五〇
其二（其《そ》の二《に》）……一五二
其三（其《そ》の三《さん》）……一五三
述懷（懷《おも》ひを述《の》ぶ）……一五五
羌村三首　其一（羌村三首《きやうそんさんしゆ》　其《そ》の一《いち》）……一六〇
其二（其《そ》の二《に》）……一六二
其三（其《そ》の三《さん》）……一六四
北征（北征《ほくせい》）……一六七
行次二昭陵一（行《ゆ》きて昭陵《せうりよう》に次《やど》る）……一八六
彭衙行（彭衙行《はうがかう》）……一九〇
春宿二左省一（春《はる》　左省《さしやう》に宿《しゆく》す）……一九七

曲江二首　其一（曲江二《きよくかうに》首《しゆ》 其《そ》の一《いち》）……………… 一九八
　其二（其《そ》の二《に》）……………… 二〇〇
曲江對レ酒（曲江《きよくかう》 酒《さけ》に對《たい》す）……………… 二〇二
義鶻行（義鶻行《ぎこつかう》）……………… 二〇四
至徳二載、甫自二京金光門一出、間道歸二鳳翔一。乾元初、從二左拾遺一移二華州掾一、與二親故一別。因出二此門一、有レ悲二往事一。（至徳《しとく》二載《にさい》、甫《ほ》 京《けい》の金光門《きんくわうもんよ》より出《い》で、間道《かんだう》より鳳翔に歸《かへ》る。乾元《けんげん》の初《はじ》め、左拾遺《さしふゐ》より從《よ》り、華州《くわしう》の掾《えん》に移《うつ》り、親故《しんこ》と別《わか》る。因《よ》りて此《こ》の門《もん》を出《い》で、往事《わうじ》を悲《かな》しむ有《あ》り。）……………… 二〇九
九日藍田崔氏荘（九日《きうじつ》 藍田《らんでん》 崔氏《さいし》の荘《さう》）……………… 二一一
贈二衛八處士一（衛八處士《ゑいはちしよし》に贈《おく》る）……………… 二一三
洗二兵馬一（兵馬《へいば》を洗《あら》ふ）……………… 二一六
新安吏（新安《しんあん》の吏《り》）……………… 二二五
潼關吏（潼關《どうくわん》の吏《り》）……………… 二三〇
石壕吏（石壕《せきがう》の吏《り》）……………… 二三三
新婚別（新婚《しんこん》の別《わか》れ）……………… 二三七
垂老別（垂老《すいらう》の別《わか》れ）……………… 二四二
無レ家別（家無《いへな》き別《わか》れ）……………… 二四六
立秋後題（立秋《りつしう》の後《のち》に題《だい》す）……………… 二五一

Ⅳ　流浪の始まり――秦州・同谷・成都……………… 二五三

留二花門一（花門《くわもん》を留《とど》む）……………… 二五四
夢二李白一二首　其一（李白《りはく》を夢《ゆめ》む二《に》首《しゆ》 其《そ》の一《いち》）……………… 二五八
　其二（其《そ》の二《に》）……………… 二六一
有レ懷二台州鄭十八司戸一虔（台州《たいしう》の鄭十八司戸《ていじふはちしこ》を懷《おも》ふ有《あ》り虔《けん》）……………… 二六四
秦州雜詩二十首　其一（秦州雜詩《しんしうざつし》二《に》十首《じつしゆ》 其《そ》の一《いち》）……………… 二六八
　其二（其《そ》の二《に》）……………… 二七〇
　其三（其《そ》の三《さん》）……………… 二七二
　其四（其《そ》の四《し》）……………… 二七四
　其五（其《そ》の五《ご》）……………… 二七五
　其六（其《そ》の六《ろく》）……………… 二七七
　其七（其《そ》の七《しち》）……………… 二七九
　其八（其《そ》の八《はち》）……………… 二八〇
　其九（其《そ》の九《きう》）……………… 二八二
　其十（其《そ》の十《じふ》）……………… 二八四
　其十一（其《そ》の十一《じふいち》）……………… 二八五
　其十二（其《そ》の十二《じふに》）……………… 二八七
　其十三（其《そ》の十三《じふさん》）……………… 二八九

其十四（其《そ》の十四《じふし》）……二九〇
其十五（其《そ》の十五《じふご》）……二九二
其十六（其《そ》の十六《じふろく》）……二九三
其十七（其《そ》の十七《じふしち》）……二九五
其十八（其《そ》の十八《じふはち》）……二九七
其十九（其《そ》の十九《じふきう》）……二九八
其二十（其《そ》の二十《にじふ》）……二九九
月夜憶㆓舎弟㆒（月夜《げつや》 舎弟《しやてい》を憶《おも》ふ）……三〇一
天末懐㆓李白㆒（天末《てんまつ》にて李白《りはく》を懐《おも》ふ）……三〇三
空嚢（空嚢《くうなう》）……三〇四
寄㆓李十二白㆒二十韻（李十二白《りじふにはく》に寄《よ》す二十韻《にじふゐん》）……三〇六
發㆓秦州㆒（秦州《しんしう》を發《はつ》す）……三一三
赤谷（赤谷《せきこく》）……三一九
鐵堂峡（鐵堂峡《てつだうけふ》）……三二三
鹽井（鹽井《えんせい》）……三二六
寒硤（寒硤《かんけふ》）……三二八
法鏡寺（法鏡寺《ほふきやうじ》）……三三一
青陽峡（青陽峡《せいやうけふ》）……三三四
龍門鎮（龍門鎮《りゆうもんちん》）……三三九
石龕（石龕《せきがん》）……三四一
積草嶺（積草嶺《せきさうれい》）……三四四
泥功山（泥功山《でいこうざん》）……三四七
鳳凰臺（鳳凰臺《ほうわうだい》）……三四九
乾元中寓㆓居同谷縣㆒作歌七首　其一（乾元中《けんげんちゆう》、同谷縣《どうこくけん》に寓居《ぐうきよ》して作《つく》れる歌七首《うたしちしゆ》 其《そ》の一《いち》）……三五四
其二（其《そ》の二《に》）……三五六
其三（其《そ》の三《さん》）……三五八
其四（其《そ》の四《し》）……三五九
其五（其《そ》の五《ご》）……三六一
其六（其《そ》の六《ろく》）……三六三
其七（其《そ》の七《しち》）……三六四
發㆓同谷縣㆒（同谷縣《どうこくけん》を發《はつ》す）……三六六
木皮嶺（木皮嶺《もくひれい》）……三七一
白沙渡（白沙渡《はくさと》）……三七六
水會渡（水會渡《すいくわいと》）……三七九
飛仙閣（飛仙閣《ひせんかく》）……三八二
五盤（五盤《ごばん》）……三八五
龍門閣（龍門閣《りゆうもんかく》）……三八八

石櫃閣（石櫃閣《せききかく》）……三九〇
桔柏渡（桔柏渡《けつはくと》）……三九三
劍門（劍門《けんもん》）……三九六
鹿頭山（鹿頭山《ろくとうざん》）……四〇〇
成都府（成都府《せいとふ》）……四〇四

V　成都時期……四〇九

酬二高使君相贈一（高使君《かうしくん》の相《あ》ひ贈《おく》るに酬《むく》ゆ）……四一〇
卜レ居（居《きよ》を卜《ぼく》す）……四一二
堂成（堂成《だうな》る）……四一五
蜀相（蜀相《しよくしやう》）……四一七
梅雨（梅雨《ばいう》）……四一九
爲レ農（農《のう》を爲《な》す）……四二一
有レ客（客有《かくあ》り）……四二三
賓至（賓至《ひんいた》る）……四二五
狂夫（狂夫《きやうふ》）……四二六
江村（江村《かうそん》）……四二八
江漲（江漲《かうみなぎ》る）……四三〇
野老（野老《やらう》）……四三二
遣レ興（興《きよう》を遣《や》る）……四三四
戲題下畫二山水一圖上歌（戲《たはむ》れに山水《さんすい》を畫《ゑが》ける圖《づ》に題《だい》する歌《うた》）……四三五
北鄰（北鄰《ほくりん》）……四三九
南鄰（南鄰《なんりん》）……四四〇
過二南鄰朱山人水亭一（南鄰朱山人《なんりんしゆさんじん》の水亭《すいてい》に過《よ》ぎる）……四四二
恨別（別《わか》れを恨《うら》む）……四四四
村夜（村夜《そんや》）……四四六
絶句漫興九首　其一（絶句《ぜつく》漫興《まんきよう》九首《きうしゆ》 其《そ》の一《いち》）……四四七
其二（其《そ》の二《に》）……四四八
其三（其《そ》の三《さん》）……四四九
其四（其《そ》の四《し》）……四五〇
其五（其《そ》の五《ご》）……四五一
其六（其《そ》の六《ろく》）……四五二
其七（其《そ》の七《しち》）……四五二
其八（其《そ》の八《はち》）……四五三
其九（其《そ》の九《きう》）……四五四
春夜喜レ雨（春夜《しゆんや》 雨《あめ》を喜《よろこ》ぶ）……四五五
江亭（江亭《かうてい》）……四五七

江上値三水如二海勢一聊短述（江上《かうじやう》 水《みづ》の海勢《かいせい》の如《ごと》きに値《あ》ひ聊《いささ》か短述《たんじゆつ》す）……四五九
水檻遣レ心二首 其一（水檻《すいかん》にて心《こころ》を遣《や》る二首《にしゆ》 其《そ》の一《いち》）……四六一
其二（其《そ》の二《に》）……四六二
江張（江張《かうみなぎ》る）……四六四
江畔獨歩尋レ花七絶句 其一（江畔《かうはん》に獨《ひと》り歩《あゆ》みて花《はな》を尋《たづ》ぬ七《しち》絶句《ぜつく》 其《そ》の一《いち》）……四六六
其二（其《そ》の二《に》）……四六六
其三（其《そ》の三《さん》）……四六七
其四（其《そ》の四《し》）……四六八
其五（其《そ》の五《ご》）……四六九
其六（其《そ》の六《ろく》）……四七〇
其七（其《そ》の七《しち》）……四七一
進レ艇（艇《てい》を進《すす》む）……四七二
茅屋爲二秋風所一レ破歌（茅屋《ばうをく》の秋風《しうふう》の破《やぶ》る所《ところ》と爲《な》る歌《うた》）……四七四
杜鵑行（杜鵑行《とけんかう》）……四七八
百憂集行（百憂集行《ひやくいうしふかう》）……四八一
病柏（病柏《びやうはく》）……四八四
病橘（病橘《びやうきつ》）……四八七

江頭五詠 其一 丁香（江頭五詠《かうとうごえい》 其《そ》の一《いち》 丁香《ちやうかう》）……四九一
其二 麗春（其《そ》の二《に》 麗春《れいしゆん》）……四九二
其三 梔子（其《そ》の三《さん》 梔子《しし》）……四九四
其四 鸂鶒（其《そ》の四《し》 鸂鶒《けいせき》）……四九五
其五 花鴨（其《そ》の五《ご》 花鴨《くわあふ》）……四九六

杜甫略年譜（上）……四九九
杜甫関連地図……五〇四
杜甫作品番号対照表（上）……五〇六

解説（上）

はじめに

中国の詩の歴史のなかで、杜甫は李白とともに最高の詩人と目されてきた。かつては李白の「詩仙」に対して、「詩聖」と称された。李白を老荘の詩人と位置づけて讃えた一方、杜甫を儒家の聖人になぞらえて、詩人のなかの聖人としてあがめたのである。「詩聖」として杜甫に至上の評価を与えたことは、作品よりもむしろ人間としての評価に傾いているようにみえる。作品そのものを語るよりも作品を通して知る作者の人間としての面に関心を向けることは、文学を読むうえで今日でも免れない弊である。作者は作品に付随するものであって、我々は作品をこそ直接の対象としなければならない。

「詩聖」という称はまた、儒家思想が人々の思考を支配していた時代における評価であった。儒家思想から社会主義思想に変わり、文学は人民のために奉仕しなければならないと唱えられた一時期には、その時代のイデオロギーに基づいて「人民詩人」と呼ばれたこともあった。詩聖や人民詩人を評価する時代が去った今、我々は杜甫をどのように受け止めたらよいのか。本書では何を語っているかを日本語に置き換えるに留まらず、そこに含まれた文学性をできる限り探ることに努めた。それも結局のところ今日において可能な読み方であって、やがて次の時代にはまた新たな読解が呈示されることであろう。このことは杜甫の作品が時代に応じてさまざまな読みの可能性を含んでいることを意味する。今どのように読んだか、それを記しておくことが我々に課せられている。

中国の詩は実人生の経験に即して書かれることが多い。なかには唐の李白や李賀のように、人生がさほど反映されない詩人もいないわけではないが、概して詩と実際の生活とは密接した関係にある。杜甫の場合はとりわけそうであって、人生と切り離して読むことはできない。したがって詩の形式による分類や内容による分類に基づいて編まれた文集よりも、制作年代の順に並べられた本によって読むのがふさわしい。編年による文集が盛行したゆえんである。そのなかでも最も広く行われている清・仇兆鰲《きゆうちようごう》の『杜詩詳注』による編次を本書は用いる。一部の作の制作時期には異論がないではないが、全体としてはまずは妥当な編次といえよう。

本書の上冊では成都に至ってしばしの安定を得た時期までの作を収めるので、上冊の解説はそこに至るまでの経歴、そしてそこにうかがうことのできる杜甫の文学を略述する。

一　杜甫の人生（上）

1　出自

中国の人物の伝はふつう、姓・名・字《あざな》に続いて、「どこそこの人」という一族の本拠地が記される。いわゆる籍貫である。このことは一人の人間をアイデンティファイするうえで、どのような家系に属する人であるかが重要な要素であったことを意味している。自分という存在は自分一人で成立するものではなく、家系も自分のなかの要素の一部なのだ。本人の意識においても社会的にも、いかなる祖先をもつか、どのような家柄であるかが、個人を捉えるうえで欠くべからざるものであった。それゆえ杜甫の場合もまず出自から見ていこう。

杜甫は自分の籍貫をしばしば「杜陵」あるいは「少陵」と称している。杜陵とは長安の南郊、秦の時は杜県と称された地であるが、漢の宣帝（在位、前七四～前四九）がみずからの陵墓を築き、その名も杜陵県と改めた。そして長安の上層の人々をそこに移住させて繁華な町としたので、杜陵といえば名門の集まる地と受け止められることになった。「少陵」は宣帝の后の陵墓であり、小ぶりであったので「少陵」と称されたというが、含意は杜陵と同じである。後世、杜甫のことを「杜少陵」と呼ぶのはこれに基づいている。

かくして「杜陵の人」は漢以来の誇り高い家門を意味する。杜甫自身も同族の杜《と》韶《しょう》という男を見送る詩のなかで、「名家は杜陵の人よりも出づるは莫《な》し（名門といえば杜陵の杜氏に勝る家はない）」（「季夏　郷弟の韶が黄門従叔（杜鴻漸）に陪して朝謁するを送る」19-11）と誇らかに語る。

これは杜を姓とする一族の若い人に向かって励ましているのだが、杜甫が自分について「杜陵」という時はかくも単純に誇ってはいない。「杜陵の野老　骨折れんと欲す」（「咸華両県の諸子に投簡す」02-08）、「杜陵の野客　人更に嗤《わら》ふ」（「酔時の歌」03-04）、「杜陵に布衣有り、老大　意転《うた》た拙」（「京自《よ》り奉先県に赴く詠懐五百字」04-06）、「少陵の野老　声を呑みて哭す」（「江頭に哀しむ」04-27）——これらの句に見られるように、誇らしい名門である「杜陵」「少陵」、それを「野老」（田舎の老人）、「野客」（野にあって定住の地もない人）、「布衣」（無位無官の身）といった、落ちぶれた自分に結びつけて称している。かつての名家に連なる己れが今やかくも落ちぶれているという苦さが伴うのである。名門の出自と落魄した今のありさまというアンビヴァレントな自己認識——名門の意識は我が身のふがいなさをいっそう突きつけるものとして作用したのだった。杜甫自身が「杜陵」「少陵」の人として語る時は、例外なくこのような自嘲の響きを伴う。

「京兆杜陵の人」（『晋書』巻三四、杜預伝）とされる先祖に、西晋の杜預《どよ》（二二二～二八四）がいる。鎮南将軍・都督荊州諸軍事として三国・呉の討伐に大きな功績を挙げた武将であった杜預は、一方で今日でも最も重要な『左伝』の注釈である『春秋経伝集解』の著者でもあった。その序文、「春秋左氏伝の序」は『文選』（巻四五）にも採られている。晋の武帝が君にはどんな「癖」があるかと尋ねたのに対して、「臣に左伝癖有り（わたしは『左伝』マニアです）」と答えた話も伝えられている（『晋書』本伝）。文と武を兼ね備えた人であった。

そののち晋が南渡すると、十世の祖である杜遜《とそん》から襄陽《じょうよう》（湖北省襄陽市）を籍貫とすることになった。「襄州襄陽の人」（『新唐書』巻二〇一、文芸上、杜審言伝）とされる杜審言《としんげん》（六四八？～七〇八）は、杜甫の祖父にあたる。尚書膳部員外郎、修文館直学士、死後は著作郎を追贈されるなど、初唐の宮廷にあってかなりの地位を得ていたのみならず、文学のうえでも李嶠《りきょう》・崔融《さいゆう》・蘇味道《そみどう》と併せて「文章四友」の一人に数えられるなど、初唐の文壇で傑出した一人であった。おそらく杜甫の生きた時代には、杜甫よりも杜審言のほうが名が知られていたことだろう。杜甫は杜審言を祖父とすることを誇りにしている。「雕《わし》の賦を進むる表」（『文苑英華』巻一三六）のなかで、杜審言について「天下の学士　今に到るまで之を師とす」と語る。「詩は是れ吾が家の事」（「宗武の生日」17-18）と言う時も、杜審言が意識されている。杜審言については、こんな逸話が伝えられている。病が昂じた時、友人の宋之問《そうしもん》と武平一《ぶへいいつ》が見舞いに行くと、「造物主のこわっぱめ（造化の小児）に苦しめられているだけのことさ、それよりお前たちをずっと抑え付けてきた俺が死ねば、さぞほっとするだろうな」と語ったという（『新唐書』本伝）。逸話に過ぎないにしても、杜審言の不遜、傲慢、さらには狷介ともいうべき人となりを伝えるものではある。こうした気質は杜甫にも流れていたのではないか。後半生の杜甫は行く先々で人々の庇護を受けて暮らしたわけだが、庇護者との関係はどんなものだったのか。「少陵の野老」

に名門の誇りと現在の落魄、優越感と劣等感がないまぜになっていたように、人に頼らざるを得ない自分の卑屈な思い、頑ななまでの自尊心、両者がせめぎ合っていたのではなかったか。そのために一箇所に長く滞在することができず、新たな庇護者を求めて次々と場所を移さざるをえなかったのではないかと思う。

さて父の杜閑《とかん》はといえば、武功県尉、奉天県令、兗州《えんしゅう》司馬を歴任している。県尉から県令、そして州へとしだいに昇進していったことはわかるが、結局地方官どまりであって、朝廷に出仕することはなかった。つまりは各地を転々とすることを運命づけれられた下級官僚である。杜閑の弟たちも同じであった。こうした階層に生まれた杜甫にとって、朝廷に出仕する官を得る道は容易ではなかった。

母親の崔氏は当時の名門の一つ、清河《せいが》の崔氏の出である。姓が崔だからといって即名門ということにはならないが、母の崔氏は実際に立派な家柄の出であったようだ。その息女が杜閑のようなうだつのあがらない、そして以後もあがる見込みのない男のもとへなぜ嫁いだのか、この問題は近年急速に進みつつある当時の社会事情が解明されることによって、今後明らかにされることだろう。

その母は早くに亡くなり、継母盧氏の生んだ四人の弟、一人の妹がいた。弟妹への思いは杜甫の詩のなかに何度も見える。

2　誕生と幼年時代

杜甫は西暦七一二年、河南の鞏県《きょうけん》（河南省鞏義市）の東二里の地、瑶湾《ようわん》に生まれた。その年は唐・睿宗《えいそう》の景雲三年で始まったが、正月のうちに太極《たいきょく》元年に、五月には延和《えんわ》元年にと年号が改まり、八月には玄宗が即位して先天《せんてん》元年が始まる。短期間に次々と年号が変わるのは政局の不安定をあらわすが、太平公主ら旧勢力を一掃した玄宗は、翌年には開元と改元、以後、開元・天宝という唐王朝の最も高揚した時代を迎える。杜甫が玄宗即位の年に生まれたことは、はなはだ意味深い。玄宗のもとで唐の隆盛が始まるその年に生を受けたのである。前半生は空前の繁栄のなかに生きることになった。しかしその太平も安史の乱の勃発（七五五）を境として一気に下降に向かう。杜甫は繁栄と衰退の二つの時代を生きたことになる。相い反する時代を経験したことは彼の人生を不安定なものにしたが、文学を作り上げるうえでは大きな要因となった。

幼少年期の事跡については、杜甫自身が後年、自伝的な詩のなかでたびたび振り返っている。四、五歳のころ、宮廷付きの舞踏家公孫大娘《こうそんだいじょう》の「剣器の舞い」を見て強い印象を受けたというように（「公孫大娘の弟子の剣器を舞ふを観る行」序20-64）、はなはだ早熟であったが、十五歳の頃には一日に何度も木に登って果実を採るなど（「百憂集行」10-40）、活発な少年の一面もあった。同時にまた十四、五歳で大人の文人に混じって筆を走らせた、早熟の才気あふれる一面もあった（「壮遊」16-06）。ちなみに幼少期を回顧して詩に記すのは杜甫に顕著な特徴の一つであるが、回顧は常に後年の落魄の身との落差のなかで語られている。

3　漫遊時期

若い時期はのこされた作品が少なく（みずから放棄したと言われる）、行跡を詳細にたどることができない。以下は杜甫が後年追憶した語をもとに推測されるものである。

成人した杜甫は長い漫遊生活を始める。開元十九年（七三一）、二十歳の時に洛陽を出て南へ向かい、江寧（南京市）、蘇州、杭州、越州（浙江省紹興市）に遊ぶ。この呉越（江蘇省・浙江省）の遊は南朝文化の遺跡を訪ねるものであっただろう。陳《ちん》貽《い》焮《きん》『杜甫評伝』によると、盛唐の時期は経済の繁栄、社会の安定を背景に、若い文人たちが江南を旅する風尚が盛んであったという。ちょうどゲーテが若い日にイタリアを旅したように、ヨーロッパでも芸術家たちは古代ローマの地イタリアへ強い憧れをいだき旅に出たというが、唐に先立つ南朝文化への憧憬が南へと駆り立てたのではないだろうか。

開元二十三年（七三五）、二十四歳の時に洛陽に戻り、県試、府試に合格して進士の試験に応じるが落第。再び旅に出て、斉趙（山東省・河北省）に遊ぶ。父の杜閑が兗州《えんしゅう》（山東省済寧市）司馬の任にあったのを訪れている。盛唐の詩人高《こう》適《せき》（七〇一？～七六五）と知り合ったのは、その旅においてであった。

開元二十九年（七四一）、洛陽に戻り、天宝三載（七四四）、三十三歳の時、李白（七〇一～七六二）と知り合う。李白は杜甫が同時代のなかで最も敬愛した詩人であった。時に李白は翰林供奉の任を解かれ、長安の宮廷を追放されて洛陽に来ていたのだった。無冠の身に戻ったとはいえ、宮廷詩人としての華やかな経歴を持ち、しかも十一歳年長の李白は、杜甫にとって仰ぎ見る存在であった。一方、李白のほうは少なくとも対等の関係で杜甫を見てはいない。杜甫が李白について詩を作るほどには、杜甫について言及していないのである。杜甫が李白に寄せた、もしくは李白について述べた詩は十首を越えるが、李白が杜甫をうたうのは二首に過ぎない。二人が実際に会っていたのはわずか一年余りに過ぎないが、別れてからの詩のほうが多く、杜甫の李白への思いはのちのちまで続く。中国の詩史を代表する二人の詩人が同時代に生まれ、直接の交遊もあったというのは、中国文学史上の佳話に違いなく、一般には李杜は無二の友であったかのように言われているが、両者の作品に即して見れば、実態は杜甫がひたすら慕った、一方的なものであった。かといってそれが無意味なものであったわけではない。杜甫がひたすら李白への思いを詩にうたったのは、いわば観念としての友情であったとしても、その友愛の念は次の世代、韓愈と孟郊、白居易と元稹、杜甫の詩の影響を受けた彼らの間で実際の友情として開花したのである。

4　求官時期

天宝五載（七四六）、三十五歳の時に長安に赴き、以後、朝廷の官職を求める活動を始める。翌年には玄宗がじきじきに催す制科の試験に応じるが、落第。権力の独占を狙う宰相の李林甫が、新興勢力の擡頭を恐れて、「野《や》に遺賢無し」と上奏し、一人の合格者も出さなかったと伝えられる。天宝九載（十三載ともいう）には「鵰《わし》の賦」を、天宝十載には「三大礼賦」と総称される三篇の賦を朝廷に献じる。当時、「延恩匱《えんおんき》」と称する、一種の投書箱に自作を投じて直接の登用を求める制度があったのである。「三大礼賦」は玄宗の目にとまって集賢院に召集され、即座に官を得ることはなかったが、「任官待機」、三年間、任官を待つ資格を得た。

朝廷に向けて賦を呈するという直接の行動のほか、この時期の杜甫は有力者の邸宅を訪れ、宴席に連なり、詩を呈するといった猟官活動を続けていた。その時のやりきれない思いは、「韋左丞丈に贈り奉る二十二韻」（01-33）のなかにうかがうことができる。

5　就官時期

杜甫が初めて官を得たのは、四十四歳、天宝十四載（七五五）の時であった。与えられたのは河西尉、今の陝西省渭南市合陽県の県尉であったとされる。しかしそれには就かず、改めて右衛率府《ゆうえいそつふ》兵曹参軍《へいそうさんぐん》を授けられた。東宮付きの微官ではあったが、とにかく官に就く身とはなった。

しかし皮肉なことにこの年の十一月、范陽（北京市）で節度使の安禄山が反乱ののろしを挙げた。任官の直後に安史の乱が勃発したのである。まだその報の届かぬ十一月、杜甫は妻子を預けていた奉先県（陝西省蒲城県）へと向かう。その旅と妻子と再会した経緯は、「京自《よ》り奉先県に赴く詠懐五百字」（04-06）の大作のなかに縷々述べられている。

安禄山の軍は十二月に洛陽を陥落し、翌天宝十五載（七五六）六月には潼関で官軍の哥舒翰《かじょかん》を破ってさらに長安を目指して西へ進む。玄宗は都を捨て蜀へと逃げ、反乱軍は長安を占拠するに至る。奉先県も危うくなったために、杜甫は妻子を鄜州《ふしゅう》（陝西省富県）の羌村《きょうそん》に移す。七月、玄宗の子の粛宗《しゅくそう》が霊武《れいぶ》（寧夏回族自治区銀川市の南）で即位したと聞いて、杜甫はそこへ馳せ着けようとするが、途中で反乱軍に捕まり、長安に連れ戻された。至徳《しとく》に改元されたその秋、鄜州の妻を思って詠じたのが、「月夜」（04-14）であり、翌、至徳二載（七五七）春、長安でうたったのが「春望」（04-21）である。

四月、杜甫は軟禁状態にあった長安を脱出し、粛宗が行在所を移していた鳳翔《ほうしょう》（陝西省宝鶏市の北）へ向かう。危険を冒して行在所に到達した忠義を認められて、左拾遺を授けられた。左拾遺は位階は高くないものの、皇帝の秘書ともいうべき職務であり、高官に昇る糸口になりうる官であった。杜甫の一生のうちで実質的に最も政権に近づいた地位といえよう。

しかし粛宗の朝廷内部では、玄宗のもとにあった旧官僚と粛宗のもとの新官僚とがせめぎ合い、旧官僚はしだいに遠ざけられていった。その一人、宰相の任にあった房琯《ぼうかん》が至徳元載十月の陳陶斜《ちんとうしゃ》における敗戦の責を負って罷免されると、杜甫は彼を弁護して粛宗の怒りを買う。特別の許しを得て鄜州の家族のもとへ帰るというのは表向き、実際は体よく追い払われたに等しい。鄜州への旅を綴ったのが、雄篇の一つ、「北征」（05-23）である。

九月、官軍はウイグル族などの援軍の力を借りて長安を奪還、十月には洛陽も反乱軍の支配から取り戻した。粛宗が長安に戻るのとともに杜甫も朝廷に復帰、左拾遺の任を続けたが、翌、至徳三載（七五八）、二月には乾元《けんげん》に改元された年、六月に房琯・厳武ら高官の左遷に続いて、杜甫も華州（陝西省渭南市華州区）司功参軍に出された。華州は長安と洛陽の間、やや長安よりの地。職務は人々の生活に密着する多忙なものであったが、「三吏三別」（07-01～07-06）はその任にあった時の見聞から生まれている。「衛八処士に贈る」（06-48）も出張の折か、幼友達の家に立ち寄った時の作である。

6　官を退く―流浪の始まり

乾元二年（七五九）七月、杜甫は華州司功参軍の職を辞す。やっとのことで得た官に就いていたのも四年足らずの短い期間で終わり、以後、正式な官に就くことはついになかった。なぜ官界から去ったのか。杜甫自身が語っているのは、「立秋の後に題す」（07-09）のなかで、「官を罷むるも亦た人に由る、何事ぞ形役に拘《こう》せられん」、これしかない。しかも「人に由る」は自分自身が決めたことだとも読めるし、他人が原因になったとも読める。前者とすれば、華州の職務の繁忙さにうんざりしたこと、後者とすれば人間関係のなかでやめざるをえなくなったことになる。房琯ら旧官僚に属する杜甫が、新しい勢力が拡がる官界のなかで居心地がよくなかったことは事実であるとしても、その先の見込みもないまま辞するのは大胆な決断であったに違いない。それゆえに理由を知りたくなるところなのだが、しかし人の行動は常に明確な理由を伴うものでもない。まして処世に「拙」であると杜甫自身がたびたび語っているように、およそ賢明な生活者としての能力を欠いたこの詩人の行跡、その時々の理由を明晰に解き明かすことは、おそらく本人にもできはしないのではないか。辞任の理由はともかく、もしこのまま官に就いていたら、杜甫の人生はどのように展開しただろうかと思わざるをえない。少なくとも彼の文学はまったく別のものになっていたことは間違いない。杜甫の後半生の文学は、あてどなくさすらう人生のなかからこそ生まれたものなのだから。

華州を離れた杜甫は隴山《ろうざん》を越える苦しい旅の末に秦州（甘粛省天水県）にたどり着く。秦州を目的地としたのは、

「人に因りて遠遊を作《な》す」（「秦州雑詩」07-19其の二）、甥にあたる杜佐《とさ》を頼りにしてのことであった。秦州という地は中原を遠く離れ、異民族も交じる殺伐とした所であったようだ。「秦州雑詩二十首」にうかがえるように、杜甫の神経はこれまでになく不安や怯えに震える。

秦州に入ったのが正確にいつかわからないが、華州から秦州への移動に一か月余りを要したとすれば、おそらく二か月たらずの滞在で切り上げ、十月にはさらに南の同谷県（甘粛省成県）に向かう。「秦州を発す」（08-25）に、

3　無レ食　問二楽土一　　食無くして楽土を問ひ
4　無レ衣　思二南州一　　衣無くして南州を思ふ

というのを見れば、秦州では衣食に事欠き、同谷に行けばその苦から免れると期待したようだ。しかし楽園は夢想に終わり、一月もしないその年の十二月、次なる地、成都を目指して旅立つ。秦州から同谷への旅は十二首の紀行詩にまとめられ、同谷から成都への旅もまた紀行詩十二首をそろえる。いずれも幼い子供を連れて険しい旅路を進むことがいかに辛苦に満ちたものであるかが綴られていて、我々は作品が描く実体験の過酷さに目を奪われがちであるけれども、しかし二度の旅をどちらも十二首の紀行詩に仕立て上げていることに注目したい。体験は詩の素材に使われているのだ。極端に言えば、体験は詩のためにある。杜甫にとっては、表現のほうが体験そのものより重いかのようだ。そして二組の十二首紀行詩はただに旅の苦難を語るに留まらず、情感や内容の変化を交える工夫がこらされてもいる。ここに表現者としてのしたたかさが発揮されている。「秦州を発す」の末尾は、

31　大　哉　乾　坤　内　　大いなるかな乾坤の内
32　吾　道　長　悠　悠　　吾が道は長《とこしへ》に悠悠たり

の二句で結ばれている。小川環樹氏はそこに「詩人としての自覚」を指摘していた。中原を離れ、官界を去った杜

甫にとって、自分の進む道は詩人として生きるほかなかったのである。

7　成都に落ち着く

乾元二年という年は、洛陽から華州へ戻り、華州から秦州へ、秦州から同谷へ、そして同谷から成都へと移動を繰り返し、「一歳に四たび行役す」（「同谷県を発す」09-01）とみずから嘆くほど、あわただしい行程が続いたが、その年末に成都に着いたあとは、しばしの安らぎを得た。乾元三年（七六〇）には成都の西郊に自分の住まい、浣花草堂《かんか》を築くこともできた。妻や子との平凡でささやかな暮らしを味わい、まわりの小さな動物たちに暖かな目を注ぐ。消息の知れない弟妹、いまだに落ち着かない政情など、煩いが消えたわけではなかったけれども、浣花草堂の平穏と静謐に恵まれた日々は、杜甫の文学にも新たな一面を加える。こののち、蜀のなかでも移動を余儀なくされ、さらに成都を捨てて長江をくだっていく流浪が続く人生は、下巻において見ることにしよう。

二　杜甫の文学（上）

1　中国詩史のなかの杜甫

杜甫は盛唐の詩人である。盛唐という時期に至って、杜甫という詩人が出現したことは、詩史における必然性があるはずだ。それまでの中国の詩の流れをどのように承けて杜甫の文学が生まれたのか、それ以後の文学にどのように受け継がれていったか、それを解き明かすことが杜甫の文学、ひいては中国の詩の総体を理解することに繋がる。

最も早い時期に杜甫に対して絶対的な評価を与えた元稹は、「小大の総《すべ》て萃《あつ》まる所有るを知る（それまでの文学のあらゆる要素が一つに集まっている）」、「詩人以来、未だ子美の如き者有らず（『詩経』の作者からこのかた、杜甫ほどの人はいない）」と、最大の賛辞を呈している（「唐の故《もと》の工部員外郎杜君の墓係銘幷びに序」、『元稹集』巻五六）。くだって北宋の黄庭堅は「老杜の詩を作り、退之《たいし》の文を作るや、一字として来処無きは無し（杜甫の詩の言葉、韓愈の文の言葉は、すべての語が過去の文学に来歴をもっている）」（「洪駒父に答ふる書」、『山谷集』巻一九）と言う。いずれも杜甫の文学が先行する文学に基づいていることを指摘している。これは過去の典範を踏まえることを文学の条件とする見方があったからだ。新しさを創出することよりも、従来の規範に従うことが、文学として受け入れられるために求められたのである。しかしあらゆる文学は過去からの流れの延長上にあるとしても、そのうえに立って新たな展開を示さねば文学性はもちえない。杜甫はどのように新しさを創り出したのか。

たとえば社会・政治に目を向けた詩は、杜甫の特徴の一つとされる。ことに早い時期には「兵車行」（02-11）、「新安の吏」（07-01）、「潼関の吏」（07-02）、「石壕の吏」（07-03）、「新婚の別れ」（07-04）、「垂老の別れ」（07-05）、「家無き別れ」（07-06）（「三吏三別」）など、戦乱のなかで苦しむ庶民に熱い同情を寄せる詩群が集まり、「人民詩人」時代にはとりわけ高く評価されたものである。これは『詩経』毛伝の諷諭の精神を受け継いでいる。詩は政治に対する批評を含むことによって存在意義を持ちうるとする儒家的な詩観は、中国の文学に通底する特質の一つであるが、六朝期には必ずしも顕著でなかった。杜甫が当時の社会の様相を具体的に描くことは早くから指摘され、彼の詩は「詩史」と称された。「詩史」の語は晩唐・孟棨《もうけい》の『本事詩』高逸第三に見える。

杜逢禄山之難、流離隴蜀。畢陳於詩、推見至隠、殆無遺事。故当時号為詩史。（『歴代詩話続編』所収本による）

杜甫は安禄山の乱に出会い、隴（甘粛省）・蜀（四川省）に流浪した。ことごとく詩にあらわし、至って微小なことまで酌み取り、ほとんど余すことはなかった。そのため当時は詩史と称された。

「詩史」とは「詩によって描かれた歴史」の意味であり、歴史や史書を重んじる中国で杜甫の詩が評価される一つの理由でもある。確かに安史の乱、それに続く混乱した時世について、杜甫はその時々の戦局やそれに対する意見、戦乱によって虐げられる人々などを書き続けている。

時事を描くことが多いのは、たまたま安史の乱の時期に生きたことから当然のように思われるのだが、しかし蕭《しょう》滌《でき》非《ひ》氏の『杜甫全集校注』前言によると、同時代の李白・王維・高適・岑参らには戦乱を反映した作品は決して多くない、李白にはいくらか見えるものの、王維には一首、高適はまったくなく、岑参に二首を数えるのみ、杜甫だけが突出して多いという（同書第一冊一七〜一八頁）。

「兵車行」をはじめとする政治批判の詩は、旧来の楽府題によらない歌謡体によって書かれているが、次の世代の李紳、元稹そして白居易は新たな楽府題を設けて諷諭詩を作るに至る。白居易の「新楽府」は『毛詩』に倣って「小序」を設け、詩の意図するところを端的に説明する。彼らは明らかに意識して杜甫を継承し、『詩経』の伝統をさらに推し進めたのである。

とはいえ、杜甫と白居易ら中唐の諷諭詩との間には隔たりもある。白居易の一連の「新楽府」は左拾遺という立場にあって作られたこともあって、いわば体制内批判にとどまる。一方、杜甫には皇帝に対して直接の批判の言葉も交えることがある。「兵車行」（02-11）の、

14 辺 庭 流 血 成㆓海 水㆒　辺庭の流血　海水を成す
15 武 皇 開ㇾ辺 意 未ㇾ已　武皇　辺を開く　意未だ已まず

「武皇」、漢の武帝の名を借りるとはいえ、明らかに玄宗の領土拡張政策への批判である。「前出塞九首」（02-12）其の一にも同じ批判が見える。

5 君 已 富㆓土 境㆒　君（君王）は已に土境に富むに

6 開㆑辺 一 何 多　辺を開くこと一に何ぞ多き

南宋・洪邁《こうまい》が皇帝に対して忌み憚ることのない例を挙げて「杜子美に尤も多し」というように（『容斎随筆』続筆巻二、唐詩無諱避の条）、中国の言説としては珍しい。それは当時、杜甫になんら地位がなかったことによるにしても、ほかの無位無冠の詩人に皇帝批判が見えるわけではない。

批判に忌憚がないだけではない。もっと大きな差異は、中唐の諷諭詩における作者は庶民を距離を置いて見ているのに対して、杜甫は虐げられた人々の苦しみと自分自身の苦しみを一つのものとして捉えていることである。あるいはまた自分の悲哀を嘆くに留まらず、自分よりさらに恵まれない人々の苦しみへと広げる。「京自《よ》り奉先県に赴く詠懐五百字」（04-06）では長い旅を終えてやっと着いた家では、我が子が餓死していた。その痛切な痛みのなかで、杜甫は租税や兵役を免れている自分ですらこの辛酸を味わうのに、仕事を奪われ遠征に駆り出される普通の人々の苦痛はいかほどかと思いを拡げ、捉えようもない憂愁に襲われる。

このように杜甫が混乱の時代を嘆き、秩序を失った社会とそのなかで苦しむ人々、そしてその一人である自分、それらをすべて一つのものとして悲しむ文学を構築したのは、杜甫の最も大きな特質である。それは悲しみを越えて憤りを含んだものだ。彼が憤るのは一つの理念があったからにほかならない。「国破れて」人間世界は崩壊しても、「山河在り」、周囲の自然は確固として存在している、自然が確かな秩序を失わないように、世界の一部である人間も同じように秩序を保持すべきだ、そうでなければならない、その理念が壊されている現実に杜甫はいたたまれない思いをぶつけるのである。

中国の詩は大きな流れで捉えれば、いくつかの節目によって集団的なものが個別的なものに変わっていくという過程をたどる。『詩経』や楽府といった、特定の作者をもたない詩歌、それが三国魏の三曹（曹操・曹丕・曹植）を中心とする建安文学によって、新たな局面が開かれた。詩は作者を伴うものとなり、贈答詩に見られるように個別の作り手から個別の受け手に向けて作られた詩が生まれる。集団性から個別性への展開は、陶淵明によって飛躍的に推し進められ、それまでの詩が書いてきた固定した題材のほかに、作者の日常生活が詩のなかに入って来る。陶淵明の文学は早くから愛好はされても真に受容されるには時間を要し、杜甫に至って十全に開花したということができる。文学を享受する共同体のなかで暗黙のうちに決められていた内容、つまりは文学の規範、それを逸脱し、個人的な事柄が詩にうたわれるようになる。作者にしか意味をもたない日付、作者自身の子供、そうした物が詩に浸透していく。自注の増加も不特定の読み手にはわからない個人的な内容が詩に入るようになったからだろう。杜甫の詩には時に作者自身の記したと思われる原注が交じることがある。杜甫を受け継ぐ白居易・元稹の作には自注がさらに増えていく。

従来の定型的な題材の詩が杜甫によって個人的なものにすり替わる好例は、「月夜」（04-14）に見ることができる。一人長安にいる杜甫、遠く鄜州にいる妻、その二人の思いを妻の立場から描く。孤閨の妻が遠い夫を思うという点では、閨怨詩にほかならないのだが、閨怨詩はそもそも虚構の作であった。男の作者が閨房の女の身に成り代わって思いをうたうものであった。しかし「月夜」はほかならぬ杜甫自身の妻をうたうものなのだ。そのために詩の感情も夫を慕う類型的な、男が作りだした女の悲しみから、別離した状態にある杜甫夫婦の間でいだかれた、個別的で代替不可能な悲哀になる。

宴の詩も従来の型から脱している。中国の宴の詩では、今の楽しい時間もやがては終わる、そのように人生もはかなく過ぎゆくという思いを詠ずるのが、一つの類型であった。李白の「春夜　従弟の桃花園に宴するの序」も、「夫れ天地なる者は、万物の逆旅なり。光陰なる者は、百代の過客なり」と、時間の流れから免れないのが人間、せめて今宵は宴を楽しもうと語り出す。しかし杜甫の宴席の詩、「夜　左氏の荘に宴す」(01-12)には生のはかなさが漂う情感はまるで消えている。「九日藍田崔氏の荘」(06-34)では「明年　此の会　誰か健やかなるを知らん」と命のはかなさに思いを致すけれども、それは型に沿った悲観とは異なり、杜甫個人の内部から発せられたものだ。

このように杜甫の文学には文学的因襲から離脱した面が目立つ。そして杜甫の新しさは次の中唐の時代に意識的に継承され、さらに宋代の詩へと拡がっていった。つまり杜甫の文学は次の時代を切り開く役割を果たしたのである。

2　自然の景物

杜詩の広範な対象は公と私、すなわち社会と個人、その双方に及ぶのみならず、自然の景物にも従来は詩の対象とならなかった事物を取り上げ、従来はなかったような見方で接する。まず微細な自然の瞬間を捉えた詩句を挙げよう。「秦州雑詩」(07-19)其の二に次の二句がある。

5　月　明㆓垂㆑葉　露㆒　　月《つき》は葉《は》に垂《た》るる露《つゆ》に明《あき》らかに
6　雲　逐㆓渡㆑渓　風㆒　　雲《くも》は渓《たに》を渡《わた》る風《かぜ》を逐《お》ふ

従来の詩では月の光は周囲一面に拡がるものとして描かれてきた。魏・曹植「七哀詩」(『文選』巻二三)では「明月高楼を照らし、流光　正《まさ》に徘徊す」と、あたかも流動する水のように、あたりにたゆたう月の光が捉えられる。杜甫のこの句では、月はひとしずくの露のなかに凝集している。小さな露の粒に月全体が映っている。そして露は葉末に垂れ下がり、次の瞬間には落ちてしまうその直前の静止した瞬間を捉える。時間の流れは一瞬に集中し、月の光は一点に凝縮する。

上句が微細な物を凝視したのに対して、下句は広い範囲のなかの、そして雄大な動きを描く。理屈としては風が雲を追い立てるはずだが、それを倒置して雲が風を追うという。事実を転倒することで、現実感がずらされ、雲と風がせめぎ合うダイナミックで不思議な光景が現出する。

この二句のような景は、目に見えたままを言葉にしたものではない。実景に基づきながらも、それを言葉によってもう一つの「ありうる景」を創り出したものと言えよう。

右に一例を挙げた「秦州雑詩」の二句は、極度に洗練された詩的表現であったが、もっと平凡な、何気ない光景でも、言われてみて初めて気づくことがある。成都に落ち着いた時期にことにそれが目立つ。「居を卜す」（09-14）の二句、

5 無数蜻蜓斉上下　無数の蜻蜓　斉しく上下し
6 一双鸂鶒対沈浮　一双の鸂鶒　対して沈浮す

一斉に上になったり下になったりするトンボの群れ、向き合って水面に顔を出したり潜ったりするつがいのオシドリ。あるいはまた「水檻　心を遣る二首」（10-15）其の一の二句、

5 細雨魚児出　細雨　魚児出で
6 微風燕子斜　微風　燕子斜めなり

細かな雨が打つ水面に魚が顔を出し、そよ風にツバメが斜めに空《くう》を切る。右の叙景は虚構ではなく、実際にありうるものではある。しかしこのように切り取ったことによって、我々は今まで意識しなかった一齣に新鮮な驚きを与え

られる。
元の方回《ほうかい》は、「老杜の詩は色相・声音を以て求むべからず」、視覚・聴覚によって具象的に捉えられる光景ではない、と言う（『瀛奎律髄』巻二三、杜甫「江亭」）。一見するとごく日常的な、どこでも見られそうな景でありながら、我々が縛られている見方では捉えられない、日常を越えた景を作り出していることを指摘している。

景物の描出におけるこうした態度は、どのようにして生まれたものなのだろうか。「屏跡《へいせき》二首」（10-69）其の一（『杜詩詳注』では「屏跡三首」其の二）、「世間から足跡を隠す」と題した詩に言う、

1 用レ拙存二吾道一　拙を用《もっ》て吾が道を存し
2 幽居近二物情一　幽居して物情に近づく

――処世のつたなさを自分の生き方として持ち続け、ひっそりとした暮らしのなかで周囲の物のこころが近しいものになる。浣花草堂での「幽居」はまさしく「物情」に近づくためにふさわしい条件であった。世間の喧噪を離れ、生活の煩瑣から逃れ、純粋な生のなかにあってこそ、世界と向き合い、物の本質に近づくことができる。「近づく」は詩人が物に寄り添うことであって、物を自分に引き寄せることではない。こうして詩人は物と直接に触れ合い、世界と緊密に接する。さらにその上、杜甫は単に「物情に近づく」にとどまらず、それを言葉によって表現する。この二句には、世間との関わり、具体的にいえば官界に参与することを放棄し、詩人として生きることを「吾が道」とするほかないという諦念、あるいは覚悟を読み取ることもできる。世を捨てることの代償に、物たちの真髄が会得できる。世界の感触を表現しえてこそ詩人となるのである。

3　不可視への探求

杜甫は目に見える世界を既成の見方に縛られずに新たに捉え直し、それに言葉を与えただけに留まらない。目に見えない世界への探求にも向かう。杜甫が現実の描写にすぐれるとはこれまでよく指摘されたところであるが、非現実の世界に踏み込むことも見逃すことはできない。たとえば「諸公の慈恩寺の塔に上るに同ず」(02-07)。相い前後して大雁塔に登った岑参《しんじん》、高適《こうせき》、儲光羲《ちょこうぎ》の同題の作がのこっているが、杜甫の詩だけがまるで異質である。他の三人は塔の上から眺めると、宮廷、街路、御陵など、長安の風景が鮮明に見えることを描く。それに対して杜甫だけは地上の光景が見えないという。

13 秦山忽破砕　　秦山　忽ち破砕し
14 涇渭不レ可レ求　　涇渭　求む可からず
15 俯視但一気　　俯視すれば但だ一気
16 焉能辨二皇州一　　焉くんぞ能く皇州を辨ぜんや

可視であるべき地上の景を不可視とする一方、すぐ傍らに北斗七星があり、天の川の水音が聞こえるというように、不可視が可視に変わる。

9 七星在北戸　　七星　北戸に在り
10 河漢声西流　　河漢　声は西に流る

その詩のなかで言う「冥捜」――見えない世界の捜求、杜甫はそれに向かう。このような現実を越える世界の言語化は、次の中唐の時期に韓愈、孟郊、李賀などによって受け止められ、それぞれのかたちでさらに展開してゆく。

杜甫が不可視の世界をも捜求しようと試みたことは、人が知覚し、認識できる世界の外側にそれを越える世界もあると捉えていたからであろう。我々が感覚によって捉え、思考によって理解できる世界だけが世界ではない。その外側には茫漠とした、把握しがたい世界が拡がっている。そうした世界観があったことが、杜甫の詩をほかには見られない奥深いものにしている。

＊

自分個人の日常生活から世の中の状況まで、可視の世界から不可視の世界まで、あらゆるものを詩に言語化しようとするのは、貪婪なまでの表現欲であった。しかも杜甫は人生のなかで時とともに変化してゆく詩人であった。ここでは成都に至るまでの時期を対象として彼の文学の一端を記したが、後半生でいかに展開してゆくか、それは下巻に記したく思う。

漫遊時期　開元十九年（七三一）二十歳～天宝四載（七四五）三十四歳

杜甫が生まれたのは、玄宗の即位と同じ年であった（先天元年、七一二）。朝廷内部の争いが終結して権力は玄宗の握るところとなり、「開元の治」と称される唐王朝の隆盛に向かって歩み出す、まさにその年に杜甫が生を受けたことは、まことに意味深い。

唐では二代皇帝太宗《たいそう》の「貞観《じようがん》の治」が理想的な時代として名高いが、王朝のピークというべきはやはり玄宗の開元・天宝年間だろう。漢の武帝がそうであったように、国内の安定は力を国外にも膨張させた。長安は当時、世界一の大都会だったといわれる。異民族も行き交う国際都市として繁栄を謳歌していたのである。

そんな豊かで平穏な時代に若い日を過ごした杜甫は、三十代半ばまで長い漫遊生活を送る。まず開元十九年、南朝のなごりをとどめる呉越へ。洛陽から出立し、東南の江蘇省・浙江省一帯を旅する。江寧（南京市）、蘇州、杭州、越州（浙江省紹興市）・剡渓（嵊州）・天姥山などを訪れる。

続いて開元二十四年（七三六）二十五歳の時には、斉趙へ。兗州《えんしゆう》（山東省済寧市）司馬の任にあった父杜閑《とかん》を訪ねる。

この漫遊のなかで、蘇源明・李白・高適らと親交を結んだことも、生涯にわたる収穫の一つであった。結局十数年もの間、旅を続けたのだが、なぜかくも長期間の放浪を続けたのか、その費用はどのようにまかなったのか、近代人には気になるところだが、それに対して杜甫はいっさい答えてくれない。大輪の花が開くためには、醸成のための長い時間が必要だったのだろう。

望嶽（望嶽《ぼうがく》）　01-02

1 岱宗夫如何
2 齊魯青未レ了
3 造化鍾二神秀一
4 陰陽割二昏曉一
5 盪レ胸生二曾雲一
6 決レ眥入二歸鳥一
7 會當下凌二絕頂一
8 一覽中衆山小上

岱宗《たいそう》　夫《そ》れ如何《いかん》
齊魯《せいろ》　青《あを》未《いま》だ了《つ》きず
造化《ざうくわ》　神秀《しんしう》を鍾《あつ》め
陰陽《いんやう》　昏曉《こんげう》を割《さ》く
胸《むね》を盪《うご》かして曾雲《そううん》生《しやう》じ
眥《まなじり》を決《けつ》して歸鳥《きてう》入《い》る
會《かなら》ず當《まさ》に絕頂《ぜつちやう》を凌《しの》ぎ
一《ひと》たび衆山《しゆうざん》の小《ちひ》さきを覽《み》るべし

現代語訳　山を望む

「岱宗」とはそもそもいかなる山か。北は斉の国へ、南は魯の国へ、青はどこまでも続く。造物主が神秘の美をここに結集。山の表と裏とが、朝の明るさと晩の暗さに引き裂かれる。胸とどろくのは、沸き起こる雲。目をこらして見るのは、山に吸い込まれる鳥。必ずやいつの日か山頂を極め、まわりの山々がいかに小さいかこの目で確かめよう。

語注　**0 岳**　山。この詩では泰山《たいざん》を指す。泰山は山東省泰安市の北に位置し、海抜は一五四五メートル。古来、五岳の筆頭、東岳として敬われた。天と地の神に対して地上の支配者であることを報告し、恩寵を祈る封禅《ほうぜん》の儀が、秦の始皇帝、漢の武帝、唐の玄宗など、名だたる皇帝によって執り行われた神聖な地。 **1 岱宗** 泰山を重々しくいう語。『尚書』舜典に「東のかた巡守して岱宗に至る」。その偽孔伝に「岱宗は泰山」。 **夫** 一呼吸置いて、次の「如何」を強く喚起する助字。 **2 斉魯** 春秋時代の国の名。「斉」は山東省東部、泰山の北に位置し、「魯」は山東省中部、泰山の南。 **青未了** 山並みの青い色がどこまでも続く。 **3 造化** 世界を造り出す神。 **鍾** あちこちにある物を一つに集中させる。『春秋左氏伝』昭公二十八年に、鄭の夏姫《かき》が生来の美貌であったことを「而して天は美を是《ここ》に鍾む」。 **神秀** この世ならぬ美しいもの。晋・孫綽「天台山に遊ぶ賦」（『文選』巻一一）の序に「天台山なる者は、蓋し山岳の神秀なる者なり」。 **4 陰陽** 「陽」は山の南側、「陰」は北側。 **昏暁** 「昏」は日暮れ。「暁」は夜明け。山の両面で明暗が分かれるほどに広大な山であることをいう。 **5 盪胸** 胸を揺り動かす。『荘子』庚《こう》桑楚《そうそ》篇に、「此の四つの六者（四種の心を乱す六のもの）は胸中を盪かさざれば則ち正し」。 **曽雲** 積み重なった雲。「曽」は「層」に通じる。 **6 決眥** まなじりが裂けんばかりに凝視する。 **帰鳥** ねぐらに帰って行く鳥。 **7 会当** 「きっと……しよう」という語気を表す。 **凌** 底本は「臨」。諸本によって改める。 **8 一覧** 全貌を見渡す。 **衆山小** 『孟子』尽心篇上に「孟子曰く、孔子は東山に登りて魯を小とし、太山（＝泰山）に登りて天下を小とす」に基づく。 **【詩型・押韻】** 五言古詩。上声二十九篠（了・暁・鳥）と三十小（小）の同用。平水韻、上声十七篠。

詩解 開元二十四年（七三六）、父が司馬として勤める兗州《えんしゅう》（山東省済寧市）を訪れた時の作。早い時期の作にふさわしく、若々しい気概が溢れる。泰山を経書のなかにあらわれる「岱宗」の名でうたい起こすのは、泰山に対する敬意とともに、かつて書物のなかで見知っていた泰山を、今、目の当たりにした心の弾みを表す。南北へどこまでも続くほど山裾は長い。山の北面と南面で明暗がくっきり分かれ、まるで山のなかの時間が異なるかのよう。この世の美をここに凝集させた造物主の力に杜甫は感嘆する。沸き起こる雲に胸も高鳴り、遠ざかって山に消える鳥をいつまでも見続ける。眼前に聳え立つ山は、今は山裾から眺めるだけだが、いつの日か頂上からの景を自分のものにしたい、と結ぶ。

雄大で崇高な名山に向かい合い、それに畏敬の念を抱きながらも、堂々と対峙する。山と人とが一対一で向き合うのは、李白の「独り敬亭山に坐す」詩も同じだが、李白は山と一体化し、そこに溶け込む関係をうたうのに対して、この詩では山に立ち向かい、山を凌駕しようと意気込む。

登㆓兗州城樓㆒（兗州《えんしう》の城樓《じやうろう》に登《のぼ》る）　01-03

1　東郡趨庭日　東郡《とうぐん》 趨庭《すうてい》の日《ひ》
2　南樓縱㆑目初　南樓《なんろう》 目《め》を縱《ほしいまま》にする初《はじ》め
3　浮雲連㆓海岱㆒　浮雲《ふうん》 海岱《かいだい》に連《つら》なり
4　平野入㆓青徐㆒　平野《へいや》 青徐《せいじよ》に入《い》る
5　孤嶂秦碑在　孤嶂《こしやう》 秦碑《しんぴ》在《あ》り
6　荒城魯殿餘　荒城《くわうじやう》 魯殿《ろでん》餘《あま》る
7　從來多㆓古意㆒　從來《じゆうらい》 古意《こい》多《おほ》し
8　臨㆑眺獨躊躇　眺《なが》めに臨《のぞ》みて獨《ひと》り躊躇《ちうちよ》す

現代語訳　兗州の城楼に登る

東の町で父の教えを受ける今、南の楼から初めて景観を思うさま眺める。

空に漂う雲は泰山から東の果ての海まで連なり、広々と広がる平原は青州や徐州にまで伸びる。

ひとりそそり立つ峰には秦の始皇帝の石碑が立ち、荒れ果てた城市には魯王の宮殿がのこる。

もともと古《いにしえ》の情趣に富むこの地、眺めを前に独り立ち続ける。

語注　**0 兗州**　古くは『尚書』禹貢で中国全土を九州に分けた一つ。ここで指すのは唐代、河南道に属する州。州治は瑕丘県《かきゆうけん》（山東省済寧市兗州区）。父の杜閑《とかん》はこの時、兗州の司馬として赴任していた。**1 東郡**　都の東の郡（郡は唐代の州にあたる漢代の呼び方）の意で、兗州を指す。**趨庭** 父の教えを受けること。杜閑のもとにいることをいう。『論語』季氏篇に、孔子の息子の孔鯉《こうり》が「趨（はし）りて庭を過《よ》ぎ」った時、孔子が詩や礼を学べと諭したのに基づく。孔子の故郷曲阜《きょくふ》は兗州に属し、瑕丘県のすぐ東。**2 南楼** 町を囲む城壁の南の楼閣。**縦目** 存分に眺める。**初** その行為が最初であることを示す。**3・4** 楼上から眺めた景観の広大さをいう。**海岱** 渤海から泰山（岱宗）に至る地域。『尚書』に見える語（次の「青徐」注参照）。泰山は五岳の一つ。兗州の北方八〇キロの地にある。「望岳」（01-02）参照。**青徐** 古代の九州のうちの青州と徐州。「青州」は渤海から泰山に至る山東省東部に当たる。「徐州」はその南、淮水までの地。山東省南部から江蘇省北部に当たる。『尚書』禹貢に「海岱は惟《こ》れ青州」、また「海岱より淮に及ぶは惟れ徐州」。**5・6** 秦漢の遺跡を挙げて古《いにしえ》を偲ぶ。**孤嶂** 「孤」はそれだけが屹立することをいう。「嶂」は屏風を立てたように切り立った山。**秦碑** 秦の始皇帝が泰山で封禅の儀を行った時に立てた石碑。『史記』秦始皇本紀に、始皇二十八年（前二一九）、泰山に登り、「立つる所の石に刻す」。それと伝えられるものが今も泰山にのこる。**荒城** 兗州の東に隣接する曲阜を指す。孔子の生まれた地であり、漢の時は魯国の都であった。現在は山東省曲阜市。**魯殿** 漢の魯の共王劉余《りゅうよ》の宮殿。曲阜にあった。後漢の王延寿《おうえんじゅ》「魯の霊光殿の賦」（『文選』巻一一）で知られる。杜甫のこの詩よりやや先だって開元十三年（七二五）に作られた玄宗の「鄒魯を経て孔子を祭りて之を歎ず」詩にも、「地は猶ほ陬氏《すうし》の邑《むら》（孔子の生まれた村）、宅は即ち魯王の宮」。**余** のこっている。**7 古意** 昔を思わせる雰囲気。**8 躊躇** 胸中に思いが生じてその場に居続ける。双声の語。晋・向秀《しょうしゅう》の「思旧の賦」（『文選』巻一六）に「古昔を惟《おも》ひ以て今を懐へば、心は徘徊して以て躊躇す」。【詩型・押韻】五言律詩。上平九魚（初・徐・余・躇）。平水韻、上平六魚。

詩解 斉・趙を漫遊していた時期、兗州に赴任していた父のもとを訪れた時の作。その地の城楼から見た眺望をうたう。詩の内容分類でいえば、「登覧」と「懐古」を織り交ぜる。楼上の景観をうたう、すなわち「高きに登りて能く賦す」（『漢書』芸文志）のは、魏・王粲「登楼の賦」（『文選』巻一一）をはじめとする系譜がある。3・4はその果てない拡がりを『尚書』の語を用いて抽象化して述べる。5・6はその地にまつわる古跡を述べる。8「躊躇」するのは、景観と古意に惹かれていつまでも見続けたいの意。

房兵曹胡馬詩（房兵曹《ばうへいさう》の胡馬《こば》の詩《し》）　01-09

1　胡馬大宛名
2　鋒稜瘦骨成
3　竹批雙耳峻
4　風入四蹄輕
5　所レ向無二空闊一
6　眞堪レ託二死生一
7　驍騰有レ如レ此
8　萬里可二横行一

胡馬《こば》　大宛《たいゑん》の名《な》
鋒稜《ほうりよう》　瘦骨成《そうこつな》る
竹批《たけそ》ぎて雙耳峻《さうじそばだ》ち
風入《かぜい》りて四蹄輕《していかる》し
向《む》かふ所《ところ》　空闊《くうくわつ》　無《な》く
眞《しん》に死生《しせい》を託《たく》するに堪《た》へたり
驍騰《げうとう》　此《か》くの如《ごと》き有《あ》れば
萬里《ばんり》　横行《わうかう》す可《べ》し

現代語訳　房兵曹の胡馬の詩

この異国の馬は大宛の名を担い、きりりと引き締まった骨格を作り上げている。竹をそいだように、二つの耳は切り立ち、風を引き込むかのように、四つのひづめは軽やか。向かう先に空間は無くなる。まさに命をあずけるに足る。このたくましさがあれば、万里を思うままに走れよう。

語注　**0　房兵曹**　「房」が姓、名は未詳。「兵曹」は兵曹参軍事《へいそうさんぐんじ》（府の属官）。**胡馬**　西域産の馬。国馬（中国産の馬）が運搬に適したのに対して、サラブレッド系で俊足。**1　大宛**　漢の時に中央アジアのフェルガーナ盆地にあった国。漢の武帝はその地の「汗血馬《かんけつば》」を得るために大宛征伐を行った。 **2 鋒稜** 角張ったさまをいう畳韻の語。 **痩骨** 引き締まった体軀をいう。 **3 批** 薄く削る。 **峻** 山の鋭くとがったさまをいうのが原義。ここではぴんと突き立った馬の耳をいう。唐・太宗の「十驥《じふき》を叙す」に駿馬について「耳根（耳朶）は尖鋭にして、竹を批ぐも方《くら》べ難し」。 **5 無空闊** 疾駆する馬の前に空間がなくなる。速さをいう。「空闊」は空間。 **6 託死生** 「壁上の韋偃《いえん》の画馬に題する歌」（09-37）に「時危ふければ安くにか得ん真に此を致して、人と生を同《とも》にしまた死を同にするを」。 **7 驍騰** たくましいさま。 **8 万里** 周の穆王《ぼくおう》が「八駿《はつしゅん》」の馬車を御して「一日に万里を行く」（『列子』周穆王篇）という故事を用いる。 **横行** 思うままに走る。【詩型・押韻】五言律詩。下平十二庚（生・行）と十四清（名・成・軽）の同用。平水韻、下平八庚。

詩解 房兵曹なる人物が所有する自慢の駿馬を称える、一種の詠物詩。開元二十八年（七四〇）か二十九年、斉・趙の地を漫遊していた時期の作。サラブレッド系の馬は、今ならば高級な外車のスポーツカーといったところか。贅肉のない体格、敏捷さを象徴するかの鋭く尖った耳。その外観を述べたあとに、疾駆する姿が「風入る」「空闊無し」といった斬新な表現で描かれる。馬が風に向かうのでなく、風の方が馬に入って来ると、風に乗って軽快に走る姿を言い、向かう先の空間がなくなると、抵抗なく突き進むさまを言う。「万里 横行す可《べ》し」は、駿馬の自在な運動とともに、房兵曹の活躍を予祝する意も添えられる。そしてそこには、杜甫自身の世界に雄飛したい思いも反映している。詩に横溢する力動感は、杜甫自身の若さそのものでもある。

畫鷹（畫鷹《ぐわよう》） 01-10

素練風霜起　　素練《それん》 風霜起《ふうさうお》こり
蒼鷹畫作殊　　蒼鷹《さうよう》 畫作《ぐわさく》 殊《しゆ》なり
攫レ身思二狡兔一　　身《み》を攫《た》てて狡兎《かうと》を思《おも》ひ
側レ目似二愁胡一　　目《め》を側《そばだ》てて愁胡《しうこ》に似《に》たり

5 條鏇光堪レ摘　　條鏇《でうせん》 光《ひかり》 摘《つ》むに堪《た》へ
6 軒楹勢可レ呼　　軒楹《けんえい》 勢《いきほ》ひ 呼《よ》ぶ可《べ》し
7 何當撃ニ凡鳥一　　何《いつ》か當《まさ》に凡鳥《ぼんてう》を撃《う》ち
8 毛血灑ニ平蕪一　　毛血《まうけつ》 平蕪《へいぶ》に灑《そそ》がん

現代語訳　絵に画かれた鷹

白い絹布から風と霜が立ち上がる。描き上げられた鷹の絵は並びなきもの。
すっくと身を立ててうさぎを狙う。横目で見る目は悲しげな胡人の表情。
鎖《くさり》と環《わ》はその光が指でつまめるかのよう。廊下の柱から呼び出せそうな勢い。
いつの日かつまらぬ鳥どもを撃ち、羽や血を草原にまき散らすことだろう。

語注　**1 素練**　白い絹。絵の描かれた布地。　**風霜**　冷たく厳しい風と霜。　**2 蒼鷹**　青黒いという鷹の属性を付して、「鷹」を二字でいう。晋・張華「鷦鷯《しょうりょう》の賦」（『文選』巻一三）に「蒼鷹は鷙《し》（猛禽）にして紲《せつ》（つな）を受く」。　**画作**　描き上げられた絵。　**殊**　凡庸でない。　**3 攫身**　体をまっすぐに立てる。　**狡兎**　兎の属性を付して二字で兎をいう。「狡」はすばしっこい。『戦国策』斉策四に「狡兎に三窟有り」。　**4 側目**　斜めに見る。何かを思案するような表情。『漢書』酷吏伝に「側目して視る、号して蒼鷹と曰ふ」。　**愁胡**　西域の人は目がくぼみ、表情が悲しげにみえることからいう。漢・王延寿「魯の霊光殿の賦」（『文選』巻一一）に「胡人……状は危うき処に悲愁する若し」。またしばしば鷹の目を比喩する。晋・孫楚「鷹の賦」（『芸文類聚』九一）に「深目蛾眉、状は愁胡の如し」。「王兵馬　二角の鷹を使ふ」（18-27）にも鷹について「目は愁胡の如く天地を視る」。　**5 條鏇**　鳥を繋ぐ金属の鎖と輪っか。　**6 軒楹**　「軒」は廊下。「楹」は柱。鷹が繋がれている所。　**勢可呼**　室内に繋がれているものの、呼べばそこから飛び立つかのような力を秘めている。　**7 何当**　将来の不定の時。「いつか……したい」という願いを表す。　**8 毛血**　獲物の羽毛や血。後漢・班固「西都の賦」（『文選』巻一）に「風毛雨血、野に灑《そそ》ぎ天を蔽ふ」。　**平蕪**　草や木が繁茂する平原。【詩型・押韻】五言律詩。上平十虞（殊・蕪）と十一模（胡・呼）の同用。平水韻、上平七虞。

詩解 鷹狩りに用いる鷹を画いた絵を詠ずる詩。絵画についてうたう詩、いわゆる題画詩は唐代に始まり、杜甫にはことに多い。それは絵画がしだいに芸術としての価値を高めていくことと呼応しよう。宋以後になると、画面に詩を書き付けるかたちが定着する。冒頭、画布から「風霜起こる」のは、何が画かれているかよりも先に、張り詰めた空気が立ち上がることを言い、写実を越える画家の力量を讃える。「攫身」「側目」の聯は鷹の形状、表情の迫真を語る。「絛鏇」「軒楹」は繋がれた場面を描く。「光摘むに堪ふ」は金属の表面の光沢までリアルに画かれていることを、「勢ひ呼ぶ可《べ》し」は絵に画かれない力動感まで感じさせる筆力を言う。絵のなかの鷹もやがて狩りの場を翔け、鳥どもを血祭りに上げることだろうと結ぶ。勁《つよ》い物、攻撃的な物を愛好する杜甫の一面を示す。

過㆓宋員外之問舊莊㆒（宋員外之問《そうゐんぐわいしもん》の舊莊《きうさう》に過《よ》ぎる） 01-11

（原注）員外季弟執金吾見㆑知㆓於代㆒、故有㆓下句㆒。（員外《ゐんぐわい》の季弟執金吾《きていしつきんご》、代に知《し》らる、故《ゆゑ》に下句有《かくあ》り。）

1 宋公舊池館　　宋公《そうこう》の舊池館《きうちくわん》
2 零落守㆓陽阿㆒　　零落《れいらく》して陽阿《やうあ》を守《まも》る
3 枉㆑道祇從㆑入　　道《みち》を枉《ま》げて祇《た》だ入《い》るに從《まか》せ
4 吟㆑詩許㆓更過㆒　　詩《し》を吟《ぎん》じて更《さら》に過《よ》ぎるを許《ゆる》す
5 淹留問㆓耆老㆒　　淹留《えんりう》して耆老《きらう》に問《と》ひ
6 寂寞向㆓山河㆒　　寂寞《せきばく》として山河《さんが》に向《む》かふ
7 更識將軍樹　　更《さら》に識《し》る 將軍《しやうぐん》の樹《き》

8　悲風日暮多

悲風《ひふう》日暮《にちぼ》に多《おほ》し

語注　**0 宋員外之問**　初唐の詩人宋之問（六五六?～七一二?）。沈佺期《しんせんき》と合わせて「沈宋」と併称され、ともに近体詩の成立に貢献した。中宗の時に考功員外郎であった。**季弟**　注7の宋之悌《そうしてい》を指す。**1 池館**　池のある庭園と建物。**2 零落**　落ちぶれる。双声の語。魏・曹植「箜篌引《こうこういん》」（『文選』巻二七）に、「生存しては華屋に処るも、零落しては山丘に帰る」。**陽阿**　南向きの丘陵。「守陽阿」を宋本の一部では「首陽阿（首陽の阿）」に作る。首陽山は伯夷・叔斉が籠もったのとは別の、河南省偃師《えんし》県にある山。**3 枉道**　目的とは別の地へ寄る。**祇**　ただ。これといってほかのこともなく。**従入**　自由に入ることができる。「従」はまかせる。**5 淹留**　その場に居続ける。『楚辞』離騒に「時は繽紛として其れ変易す、又何ぞ以て淹留す可けんや」。**耆老**　老人。『礼記』王制に「耆老を養ひて以て孝を致す」。ここでは土地の年配者を指す。**6 寂寞**　ひっそりと寂しい。宋之問がこの世にいないことからもたらされる。**7 将軍樹**　後漢・光武帝のもとの武将馮異《ふうい》の故事を用いる。みなが戦功を言い立てるなかにあって、馮異はひとり大木のもとに退いて何も言わなかったので「大樹将軍」と称された（『後漢書』馮異伝）。それを借りて宋之問の弟宋之悌《そうしてい》が開元年間に右羽林将軍として勇名を馳せたことを讃える。【詩型・押韻】五言律詩。下平七歌（阿・河・多）と八戈（過）の同用。平水韻、下平五歌。

現代語訳　員外郎宋之問《そうしもん》のかつての山荘に立ち寄る

　員外の末弟の執金吾は世に知られているので、下の句がある。

宋《そう》殿のかつてのお屋敷は、古びた姿で日当たりの斜面にたたずむ。
寄り道をしてみたら立ち入りは思うまま、詩を口ずさみながらまた訪れることができた。
しばしそこに居続けて故老に問いかけ、心寂しく山川を眺める。
賢弟の武功をしるす大木も見分けられる。悲しみをいざなう風が日暮れにつのる。

詩解　開元二十九年（七四一）か、宋之問の陸渾《りくこん》の別荘を訪れての作。詩人の旧居訪問をうたう詩の一つ。宋之問は武則天《ぶそくてん》・中宗の宮廷詩人として名高いものの、醜悪な人格を語る逸話が少なくない。武則天の寵愛した張易之《ちょうえきし》兄弟にへつらい、張兄弟が失墜すると嶺南に流謫されたが、洛陽に逃げ帰り、かくまった張沖之《ちょうちゅうし》を密告して官に復した。その後も収賄などで何度も左遷され、玄宗が即位するや自殺を命じられた。しかしこの詩を通して見る限り、汚名を負って死んだ人としては捉えられてはいない。杜甫の詩に流れるのは、一世代前の詩人の旧居が古びるにまかされた寂寥の思いである。当時の一般的な評価はどうであったのか。

夜宴㆓左氏莊㆒（夜《よる》左氏《さし》の莊《さう》に宴《えん》す） 01-12

1 風林纖月落　風林《ふうりん》 纖月《せんげつ》落《お》ち
2 衣露淨琴張　衣露《いろ》 淨琴《じやうきん》張《は》る
3 暗水流㆓花徑㆒　暗水《あんすい》 花徑《くわけい》に流《なが》れ
4 春星帶㆓草堂㆒　春星《しゆんせい》 草堂《さうだう》を帶《お》ぶ
5 檢㆑書燒㆑燭短　書《しよ》を檢《けん》して燭《しよく》を燒《や》くこと短《みじか》く
6 看㆑劍引㆑杯長　劍《けん》を看《み》て杯《はい》を引《ひ》くこと長《なが》し
7 詩罷聞㆓吳詠㆒　詩罷《しや》みて 吳詠《ごえい》を聞《き》く
8 扁舟意不㆑忘　扁舟《へんしう》 意《い》忘《わす》れず

現代語訳 夜、左氏の別邸における宴

風ばめる木々の向こうに細い月が沈み、衣は露に濡れ、清らかな琴《きん》の糸が張られる。

暗がりの泉水は花香る小道を縫って流れ、春の星は草堂をそっと包みこむ。
書物を吟味するうちに蠟燭も細り、刀剣を閲《けみ》しながら酒杯をおもむろに引き寄せる。
詩の披露が終わって呉の歌の詠唱を聞く。かの地を小舟で旅したことが今も胸にのこる。

語注　**0 左氏**　未詳。　**1 風林**　風に揺れる樹林。　**織月**　三日月。　**2 衣露**　日が暮れて冷気が増し、衣服の上に降りた露。　**3 暗水**　暗闇を流れる、庭園に引き込まれた水。　**浄琴**　琴の楽器や音色を清浄なものとして「浄」を冠して言う。　**張**　琴の絃をぴんと張って演奏に備える。　**5 検書**　書物を手にとって賞翫する。　**6 看剣**　刀剣を鑑賞する。　**引杯長**　酒杯をゆっくりと引き寄せる。　**7 詩罷**　宴に集った人たちがそれぞれ自作の詩を朗唱し終わる。　**呉詠**　南方呉の国（江蘇省）の歌謡。宴の余興として歌妓が唱う歌。　**8 扁舟**　小舟。『史記』貨殖列伝に、范蠡《はんれい》は呉王夫差《ふさ》を破ったあと、「乃ち扁舟に乗りて江湖に浮かばん」と立ち去った。【詩型・押韻】五言律詩。下平十陽（張・長・忘）と十一唐（堂）の同用。平水韻、下平七陽。

詩解　貴人の宴に陪席した詩。細い月が沈む日暮れ時、饗宴は庭から始まる。闇が深まり、視覚に代わって、足下を流れる水の音、咲き乱れる花々の香りといった聴覚と嗅覚のみで情景を捉える。天空には春の星々が拡がる。「草堂　春星を帯ぶ」と言うこともできるが、草堂が星空にやさしく包み込まれていることを言うには、「春星　草堂を帯ぶ」の方がよい。続いて室内に移り、主人自慢の書物や剣が披露される。「書」と「剣」は文武の対を成し、主人の「左氏」は文武にすぐれた高い地位の人であることを思わせる。呉の歌を聴いて蘇る南方遍歴の思い出、最後は個人的な感傷を呼び起こして結ばれる。

　詩全体が清浄で洗練された美感にくるまれているが、春の夜の甘やかな情感を繊細にうたうこうした詩は、後になると影を潜め、これも若い時期の作とするにふさわしい。

贈㆓李白㆒（李白《りはく》に贈《おく》る）　01-17

1　二年客㆓東都㆒　　二年《にねん》 東都《とうと》に客《かく》し
2　所㆑歴厭㆓機巧㆒　　歴《ふ》る所《ところ》 機巧《きかう》に厭《あ》く

3 野人對二羶腥一
4 蔬食常不レ飽
5 豈無三青精飯
6 使二我顏色好一
7 苦乏二大藥資一
8 山林跡如レ掃
9 李侯金閨彥
10 脫レ身事二幽討一
11 亦有二梁宋遊一
12 方期レ拾二瑤草一

野人《やじん》 羶腥《せんせい》に對《たい》し
蔬食《そし》 常《つね》に飽《あ》かず
豈《あ》に青精《せいせい》の飯《はん》の
我《わ》が顏色《がんしよく》をして好《よ》からしむる無《な》からんや
苦《はなは》だ大藥《たいやく》の資《し》に乏《とぼ》しく
山林《さんりん》 跡《あと》 掃《はら》ふが如《ごと》し
李侯《りこう》は金閨《きんけい》の彥《げん》
身《み》を脫《だつ》して幽討《いうたう》を事《こと》とす
亦《ま》た梁宋《りやうそう》の遊《いうあ》有りて
方《まさ》に瑤草《えうさう》を拾《ひろ》はんと期《き》す

現代語訳　李白に贈る

この二年、東都洛陽に身を寄せたが、味わったのはうんざりするばかりの人のたくらみ。田舎者はなまぐさ料理に食傷し、わが口に合う菜食に満たされることはなかった。どこかに青精の飯はないものか。わたしの色つやがよくなるだろうに。薬草を採る手だてもないから、山林はまるで掃いたように跡形もない。李《り》殿は黄金の部屋にお仕えする貴人、そこを飛び出して幽遠の探求に乗り出す。梁・宋の旅のもくろみもある。そこで仙界の瑤草《ようそう》を探そうではないか。

語注　**0 李白**　七〇一～七六二　字は太白。杜甫と双璧を成す盛唐の詩人。本シリーズ第4巻・5巻『李白』（上下）参照。**1 東都**　洛陽。西の都である長安に対していう。**2 機巧**　狡知。処世のための機略。『荘子』天地篇に「功利機巧は、必ず夫《か》の人の心を忘る」。**3 野人**　粗野な田舎者。『論語』先進篇に「先進（先の世の人々）の礼楽に於けるや野人なり。後進の礼楽に於けるや君子なり。如《も》し之を用ゐれば、則ち吾は先進に従はん」というように、洗練はされていなくとも、素朴で真情のある人物。晋・潘岳「秋興の賦」（『文選』巻一三）の序に「僕は野人なり」。ここでも自分を指す。**羶腥**　なまぐさ。肉食をいう。『抱朴子』明本篇に「道を為す者は、必ず山林に入る。腥膻（羶）を遠ざけて此の清浄に即《つ》かんと欲すればなり」。**4 蔬食**　菜食。「蔬」は野菜。肉食に対して貧しい食事をいう。『論語』述而篇に「蔬食を飯《く》らひ水を飲み、肱を曲げて之に枕す。楽しみは亦た其の中に在り」。**常不飽**　野菜だけの貧しい食事ですら満足に食べられないと解することもできるが、都市の生活は肉食ばかりで、「野人」にふさわしい菜食に満たされることはないと読む。**5 青精飯**　道教徒が延年のために食べる飯。「青精」は道教では星の名、また木星の神の一人を指すが、南天燭《なんてんしょく》という植物の名でもある。その汁に米を浸して炊き、青くしたもの。**6 顔色好**　仙薬は延年のみならず、血色をよくするとされる。**7 苦**　好ましくない状態の程度が高いことをいう副詞。**大薬**　昇仙、延年をもたらす薬。**資**　資質。仙薬を服用する適性。またその適性をもった人。**8 山林**　仙薬を作るための山。『抱朴子』金丹篇に「是を以て古の道士は神薬を合作（方法通りに作る）するには、必ず名山に入る」。**跡如掃**　掃き清めたように足跡がまったくない。**9 李侯**　「侯」はもとは爵位の名。姓の後につけて尊称とする。**金閨**　金馬《きんば》門《もん》。漢代、学士が詔を待つ所。李白が先に宮中にあって供奉として仕えていたのでかくいう。**彦**　優れた男子。梁・江淹「別れの賦」（『文選』巻一六）に「金閨の諸彦、蘭台の群英」。**10 脱身**　窮屈な宮廷から脱出する。**幽討**　仙境の探索。**11 梁宋**　春秋戦国の国名で土地をあらわす。梁は河南省開封市、宋は河南省商丘市。**12 瑤草**　仙界の植物。【詩型・押韻】五言古詩。上平三十一巧（巧・飽）、三十二晧（好・掃・討・草）の通押。平水韻、上平十八巧と十九晧。

詩解　天宝三載（七四四）、洛陽の作。一連の李白に関わる詩のなかで最初のもの。都会―山林、世俗―脱俗という二項対立のなかで、自分は前者には不適合、後者を志向するところが李白に共通するとして親近感を示す。都会生活への違和感は、肉料理より質素な菜食をよしとする食べ物によって表される。斉魯の旅から洛陽に戻った杜甫にとって、権謀術数の渦巻く大都市には住みにくさを覚えたことだろう。一方、李白のほうはこの年に翰林供奉の職を追われたばかりであり、「機巧に厭」きていたはず。

それが二人を結びつけた。

詩題に「李白」という名を直接用いたのは後年の命題であろうが、本文には「李侯」という敬意を強く表した語を用いる。李白に対する呼称は親しくなるにつれて変化していく。またこの詩では李白の詩人としての面には一切触れず、道教徒として描く。これも後にしだいに詩人としての李白に傾いていく。

陪ニ李北海一宴ニ歴下亭一　(李北海《りほくかい》に陪《ばい》して歴下《れきか》の亭《てい》に宴《えん》す)　01-19

(原注)時邑人蹇處士等在レ座。(時《とき》に邑人蹇處士《いふじんけんしよし》等《ら》　座《ざ》に在《あ》り。)

1 東藩駐ニ皁蓋一　東藩《とうはん》 皁蓋《さうがい》を駐《とど》め
2 北渚淩ニ清河一　北渚《ほくしよ》 清河《せいが》を淩《しの》ぐ
3 海内此亭古　海内《かいだい》 此《こ》の亭《てい》古《ふ》り
4 濟南名士多　濟南《せいなん》 名士《めいし》多《おほ》し
5 雲山已發レ興　雲山《うんざん》 已《すで》に興《きよう》を發《はつ》し
6 玉佩仍當レ歌　玉佩《ぎよくはい》 仍《な》ほ當《まさ》に歌《うた》ふべし
7 修竹不レ受レ暑　修竹《しうちく》 暑《しよ》を受《う》けず
8 交流空湧レ波　交流《かうりう》 空《むな》しく波《なみ》を湧《わ》かす
9 蘊レ眞愜レ所レ遇　眞《しん》を蘊《つつ》みて遇《あ》ふ所《ところ》に愜《かな》ひ

10　落　日　將　如　何　　落日《らくじつ》將《は》た如何《いかん》
11　貴　賤　倶　物　役　　貴賤《きせん》倶《とも》に物《もの》に役《えき》せらる
12　従レ公　難二重　過一　　公《こう》に従《したが》ふこと重《かさ》ねて過《よ》ぎり難《がた》し

現代語訳　李《り》北海《ほくかい》殿にお供した歴下亭での宴

　この時、当地の蹇《けん》処士らのともがらが同席した。東の藩国に太守の黒塗りの車が駐められた。北の水辺から水清き河を渡って。天下にあってもゆかしいこの亭。済南の地には多《さわ》たる名士。

雲たたなわる山が詩興を生み、立派な佩玉を帯びたお歴々が酒・歌の宴を楽しむ。

高高と延びた竹が暑さを払い除け、入り交じる水の流れは意味もなく波を湧き立たせる。

このなかに蔵された真理、出会うものすべてが意にかなう。ただ沈みゆく日はいかんともしがたい。

尊きお方も賤しいわたしも共に外物に使役される身。殿に従って重ねてここを訪れるのは難《かた》かろう。

語注　**0 李北海**　李邕《りよう》（六七八～七四七）、字は泰和。天宝の初年、汲郡《きゆうぐん》・北海《ほつかい》二郡の太守であったので李北海と称する。『文選』の注で知られる李善の子。詩文のみならず、能書家として著名。後に李《り》林甫《りんぽ》にうとまれて刑死した。「韋左丞丈に贈り奉る二十二韻」（01-33）に若い杜甫を認めたことが記され、後年、夔州《きしゆう》にいた時期の「八哀詩」（16-02）に、面識のあった名士の死を悼んだなかの一人として取り上げられる。**歴下亭**　斉州（山東省済南市）の歴山のふもとにあった亭。**邑人**　地元の斉州の人。**蹇処士**　蹇が姓。名は未詳。「処士」は無官の人。**1・2**　李邕が青州から済南へ来たことをいう。**東藩**　都から見て東の方角に位置する藩国。北海を指す。**皂蓋**　漢代、太守が用いた黒い車蓋（馬車の幌）。李邕が太守の地位にあったことをいう。**2 北渚**　北の水辺。『楚辞』の語を借りて、北海郡（山東省益都県）を表す。**凌**　流れに抗して川を渡る。**清河**　済南とその東方の北海（益都県）の間を流れる河。**3 海内**　国全体。中国の四方は海に囲まれると考えられ、その内側全体。宋本は「一に海右に作る」。「海右」に作る本も多い。ならば海の西側。魯一帯を指す。 4 **済南** 済水の南、北海郡の地。 **名士多** 原注にいう蹇処士ら同席した人びとを指す。 5・6 まわりの美しい風景に加えて、酒・歌の宴席の楽しみも興を添える。「已」と「仍」が呼応して、「～があるうえに、重ねて～もある」意。 **雲山** 雲のたなびく山。 **玉佩** 腰につける玉の装飾品。ふつうは歌姫たちを指すとされるが、佩玉を帯びた高位の者と解する。 **当歌** 魏・曹操「短歌行」（『文選』巻二七）の「酒に対し当に歌ふべし、人生幾何《いくばく》ぞ」に基づき、宴会をいう。 7 **修竹** 長く延びた竹。 8 **交流** 水の流れが交わり合う。 **空湧波** 波を湧きあげていても、竹がすでに涼をもたらしている。 9 **蘊真** 世界の真理を内包する。南朝宋・謝霊運「江中の孤嶼《こしょ》に登る」（『文選』巻二六）に「真を蘊むも誰が為にか伝へん」。 10 **将如何** いかんともできない。 11 **貴賤** 身分の高い李邕と低い自分。 **物役** 外物のために使役させられる。『荀子』正名篇に「是れを之れ己れを以て物の役と為すを謂ふ」。 12 **従公** 「公」は李邕を指す。 **難重過** このあと再び訪ねるのはむずかしい。 **【詩型・押韻】** 五言古詩。下平七歌（河・多・歌・何）と八戈（波・過）の同用。平水韻、下平五歌。

詩解 天宝四載（七四五）、斉州での作。身分の高い李邕の宴席に白面の作者が与る。1～4は李邕をはじめ参会者を敬う措辞が連ねられる。5～8が宴席の描写。美しい自然にも囲まれた心地よい情景。そのなかに世界の本質が包まれているのを感取する（9）。「蘊真」は謝霊運に由来するはなはだ重い言葉。しかしそれを味わい続けることもかなわず、時間は残酷にも過ぎ去っていく。宴の最中に歓びの時がやがて終わること、さらには人の生もいずれ終結することを覚えて悲嘆するのは、中国の宴のうたに見られる一つのパターン。ここでも宴の昂揚からその収束へ、さらにはかくも楽しき宴を繰り返すことの困難を嘆いて、詩は結ばれる。

與二李十二白一同尋二范十隱居一 （李十二白《りじふにはく》と同《とも》に范十《はんじふ》の隠居《いんきょ》を尋《たづ》ぬ） 01-23

1 李侯有二佳句一　李侯《りこう》 佳句《かく》有《あ》り
2 往往似二陰鏗一　往往《わうわう》にして陰鏗《いんかう》に似《に》たり

3 余亦東蒙客　余《よ》も亦《ま》た東蒙《とうもう》の客《かく》
4 憐レ君如二弟兄一　君《きみ》を憐《あは》れむこと弟兄《ていけい》の如《ごと》し
5 醉眠秋共レ被　酔《ゑ》ひて眠《ねむ》りて秋《あき》に被《ひ》を共《とも》にし
6 攜レ手日同行　手《て》を攜《たづさ》へて日《ひ》びに同《とも》に行《ゆ》く
7 更想幽期處　更《さら》に想《おも》ふ　幽期《いうき》の処《ところ》
8 還尋二北郭生一　還《ま》た北郭生《ほくくわくせい》を尋《たづ》ぬ
9 入レ門高興發　門《もん》に入《い》れば高興《かうきよう》發《はつ》す
10 侍立小童清　侍立《じりつ》して小童《せうどう》清《きよ》し
11 落景聞二寒杵一　落景《らくけい》　寒杵《かんしよ》を聞《き》く
12 屯雲對二古城一　屯雲《とんうん》　古城《こじやう》に對《たい》す
13 向來吟二橘頌一　向來《きやうらい》　橘頌《きつしよう》を吟《ぎん》ず
14 誰與討二蓴羹一　誰《たれ》か與《とも》に蓴羹《じゆんかう》を討《もと》めん
15 不レ願レ論二簪笏一　簪笏《しんこつ》を論《ろん》ずるを願《ねが》はず
16 悠悠滄海情　悠悠《いういう》たり滄海《さうかい》の情《じやう》

現代語訳　李白とともに范十《はんじゆう》の隠逸住まいを訪れる

李《り》殿のすばらしい詩句、陰鏗《いんこう》に似ていることがよくある。

わたしもまた東蒙《とうもう》を行く旅の身、あなたには兄弟のような親しみを覚える。
秋の日、酔っては一つの布団に眠り、毎日、手と手を取って歩きまわる。
さらには幽境の地にあこがれて、北郭生《ほっかくせい》を尋ねてみる。
門をくぐれば閑雅な味わい。控えて立つ童僕もすがしい。
夕日のなかに衣を擣《つ》くきぬたの音、じっと動かぬ雲が古色を帯びた町に向き合う。
さきほどは「橘頌《きつしょう》」を口ずさんだが、蓴菜《じゅんさい》の吸い物を誰と求めに行こうか。
簪《しん》だの笏《しゃく》だのと官界のことを口にしたくない。はろばろと青い海へと思いは広がる。

語注 **0 李十二白** 李白。「十二」は排行。 **范十隠居** 姓が范、排行が十。名は不詳。「隠居」は世を離れて住む人、またその住まい。無官の人の雅称でもある。 **1 李侯** 「侯」は尊称。 **2 陰鏗** 南朝・陳の詩人。字は子堅《しけん》。 **3 東蒙** 山東省費県の西北に位置する山。『論語』季氏篇に、季氏が顓臾《せんゆ》の町を討とうとしたのに孔子が反対した言葉、「夫れ顓臾は昔者《むかし》先王以て東蒙の主と為す」に見える。隣の蒙山は老萊子《ろうらいし》が隠棲した山といわれ（『元和郡県図志』巻一一）、道教徒の修行の場であったか。 **4 憐** 相手に親しみの情を覚える。 **5 共被** 同衾する。「被」はふとん。親しい関係を表す。『後漢書』周黄徐姜申屠列伝の姜肱《きょうこう》の伝に、姜肱と二人の弟は「其の友愛 天至にして、常に共に臥起す」。『蒙求』に「姜肱 被を共にす」。 **6 携手** 手を取り合う。これも親しさを表す。『詩経』邶風・北風に「恵みて我を好まば、手を携へて同《とも》に行かん」。 **7 幽期** 隠逸への期待。「幽」は世俗を離れた世界。南朝宋・謝霊運「富春渚」（『文選』巻二六）に、「平生 幽期に協《かな》はんとするも、淪躓《りんしつ》して微弱に困しむ」。 **8 北郭生** 楚の国の隠者。荘王が破格の待遇で宰相に取り立てようとしたが、北郭先生は妻に反対されて応じなかった（『韓詩外伝』巻九）。ここでは范十を指す。北郭生の名を借りるのは、范十の住まいが町の北郊にあったからか。「郭」は町の周囲を囲む城郭。 **9 高興** 世俗を離れた高雅な趣。晋・殷仲文「南州の桓公の九井の作」（『文選』巻二二）に、「独り清秋の日有りて、能く高興をして尽くさしむ」。 **10 侍立** そばにかしこまって立つ。 **小童** 子供の下僕。 **11 落景** 夕日。梁・江淹「雑体詩三十首」（『文選』巻三一）の中の謝混に模擬した詩に「徘徊して落景を践む」。 **寒杵** 冬の衣を作るために布を打つきぬた。李白「子夜呉歌」秋の詩の「万戸 衣を擣《う》つ声」など、秋の風物として唐詩に頻見する。 **12 屯雲** 集まって動かない雲。「屯」は一箇所に集まる。晋・左思「魏都の賦」(『文選』巻六)に「畜へては屯雲と為り、泄《も》れては行雨と為る」。**古城**　歴史のある町。黄鶴の注では兗州でなく、任城を指すという。李白の詩では「魯城」(後述)。**13 向来**　さきほど。**橘頌**　『楚辞』「九章」の篇名。自己をしかと守って動じない橘を屈原が讃える。橘は秋の果実。范十から供されたものか。**14 与**　底本は「欲」に作る。諸本によって改める。**蓴羹**　蓴菜《じゅんさい》の吸い物。西晋・張翰《ちょうかん》の故事を用いる。洛陽で斉王司馬冏《しばけい》に仕えていた張翰は、秋風が起こると、故郷の呉の「菰菜(まこも)・蓴羹・鱸魚の膾(なます)」を思い出し、人生は名誉より自適が大事と、官を辞して帰った。ほどなく司馬冏は敗死したため、先を見る目があったと讃えられた(『晋書』張翰伝)。蓴菜も秋の産物。**15 簪笏**　簪《かんざし》は仕官する者が冠をとめるもの。笏はしゃく。官人が手に持つ札。いずれも仕官を象徴する道具。**16 悠悠**　「滄海」が遙か遠いとともに、そこへの思いがのびやかに、また長く続くさま。**滄海**　青い海原。隠逸の空間。【詩型・押韻】五言排律。下平十二庚(兄・行・生・羹)、十三耕(鏗)、十四清(清・城・情)の同用。平水韻、下平八庚。

詩解　初めの六句はもっぱら李白との交遊をうたう。先の「李白に贈る」(01-17)では道教徒としての面しか捉えていなかったが、ここでは冒頭から詩人としての李白を讃える。詩人を讃えるのに先行する詩人になぞらえるのは常のことで、ここでは陰鏗《いんこう》に比せられる。陰鏗は後世では忘れられていく南朝の詩人だが、『芸文類聚』などには彼の詩がかなり採られているから、唐代には今よりは著名であっただろう。とはいえ、単に名の知られた先人になぞらえて讃美したものではなく、李白との間に何らかの通じるところがあったはずだ。しかし今見られる限りでは南朝末期の宮体詩風の作が多く、共通点は確かめられない。

七句から十二句は范十の居を訪れることを述べ、十三句から最後まではその交歓をいう。「橘頌」と「蓴羹」は饗応された物にこと寄せて、范十の俗塵に染まらぬ人品をたたえ(橘頌)、自適への希求を語る(蓴羹)。「向来」は「従来、これまで」の意味に解されてきたが、「今し方(橘の果実をもてなされた)」と取ってよいだろう。「誰与」も「誰か与《ため》に」(誰がわたしのために……してくれようか)と読まれてきたが、「誰と一緒に」の意で読んでおく。

ところで范十を訪れた詩は李白にものこっている。「魯城の北の范居士を尋ね、道を失ひて蒼耳《そうじ》の中に落つ。范に見《あ》ひて酒を置き、蒼耳を摘みて作る」という題をもつ李白の詩では、詩題にもいうように道に迷ったこと、「蒼耳」という体にひっつく草の実に往生したことだけが記され、杜甫と同行したことは一言もない。同一の経験が人によってどのように捉えられるかの違いをよく表し、李白にとっては杜甫は眼中になかったかのようだ。

求官時期　天宝五載（七四六）三十五歳〜天宝十四載（七五五）四十四歳

杜甫が官に就くための活動を始めたのは、三十代も半ばの時。今から見たらなんとも悠長な感じがするが、これも当時にあっては杜甫だけが遅かったわけではなさそうだ。

中国の士大夫層にとって、官に就くことは地位や収入を得るために必要であったのみならず、官として政治の場で自分の力を尽くすことは士大夫としての責務でもあった。とはいえ、士大夫の誰もが官を得られるわけではない。官はどのようにして得られたのか――唐代は家門から個人の能力へと移行する時期であった。それに先立つ六朝時代は、官になる条件は家柄がすべてであった。くだって宋代には科挙が官僚登用の制度として定着した。唐代でも中唐に至ると、寒門の士が科挙の進士科を通って朝廷の枢要の地位に就くことが珍しくなくなるが、杜甫の生きた盛唐の時期は、まだそこまで至っていない。科挙は十全に機能していたとは言いがたいのである。

官を求めて奔走していた杜甫は、高官、有力者の宴席に加わり、詩を呈し、そのなかで知遇を得て援引を求める。そうした目的で作られた詩が少なくない。杜甫には似つかわしくない、功利的目的をもった詩が集中するのである。当然、やりきれない思いをいだいたであろうが、その憤懣は「韋左丞丈に贈り奉る二十二韻」（01-33）のなかにうかがうことができる。

冬日有レ懐二李白一（冬日《とうじつ》 李白《りはく》を懐《おも》ふ有《あ》り）　01-25

1 寂寞書齋裏　寂寞《せきばく》たり 書齋《しよさい》の裏《うち》
2 終朝獨爾思　終朝《しゆうてう》 獨《ひと》り爾《なんぢ》を思《おも》ふ
3 更尋二嘉樹傳一　更《さら》に嘉《か》樹《じゆ》の傳《でん》を尋ね
4 不レ忘二角弓詩一　角弓《かくきゆう》の詩《し》を忘《わす》れず
5 裋褐風霜入　裋褐《じゆかつ》 風霜《ふうさう》入《い》り
6 還丹日月遲　還丹《くわんたん》 日月《じつげつ》遲《おそ》し
7 未レ因二乘レ興去一　未《いま》だ興《きやう》に乘《じよう》じて去《ゆ》くに因《よし》あらず
8 空有二鹿門期一　空《むな》しく鹿門《ろくもん》の期《き》有《あ》り

現代語訳　冬の日、李白のことをおもう

物寂しい書斎のなか、朝から独りでずっと君のことを思っている。加えて、めでたい木の話を取り出して、友愛をうたった「角弓」の詩を思い返す。粗《あら》い衣は冷たい風や霜にさらされていよう。還丹の仙薬を作るにも月日は遅々たることだろう。興に乗じて尋ねていく機会もまだないし、鹿門山《ろくもんざん》に籠もる約束も果たせぬまま。

語注　**1 寂寞**　世間から離れてひっそり寂しいさま。揚雄「解嘲《かいとう》」（『文選』巻四五）に「惟《こ》れ寂惟れ漠（寞）にして、徳の宅を守る」。揚雄が自殺未遂をした時、世の人々は彼の語をまねて「惟れ寂寞、自ら閣より投ず」と冷笑した（『漢書』揚雄伝下）。

2 終朝　終日の意味になることもあるが、『詩経』小雅・采緑の「終朝緑を采るも、一匊《いっきく》に盈《み》たず」の毛伝に「旦より食時に及ぶを終朝と為す」によれば、朝の時間。「終」はその時間ずっとの意。　**3・4**　「更」はじっと李白を思っていたうえに加えて。『左伝』昭公二年に見える晋・韓宣子《かんせんし》と魯・季武子《きぶし》の交情を用いて、李杜の友愛をいう。韓宣子は魯の国に使いした時、「角弓」の詩（『詩経』小雅）をうたって両国の友好を言祝《ことほ》いだ。歓迎の宴の後、魯の季武子の邸宅に招かれ、庭の樹木を褒めると、武子は「敢へて此の樹を封殖して、以て角弓を忘るる無からざらん」（この木を大切に育てて、あなたがうたった角弓の詩を忘れないようにしましょう）と答えた。「尋」は探し出す。「伝」は書かれた物。「角弓詩」は李白から寄せられた詩を指す。　**5・6**　李白の暮らしを思い描く。　**裋褐**　粗末で目の粗い服。貧者の衣服。『詳注』では「短褐」に作るが、意味はほぼ同じ。　**還丹**　昇仙が可能になる仙薬。『抱朴子』金丹篇に見える。　**日月遅**　時間がかかることを言う。　**7**　李白のもとへまだ赴く機会がないことを、東晋・王徽之《おうきし》の故事を用いて言う。王徽之は雪の夜、ふと思い立って剡《せん》（浙江省嵊州市）にいる戴逵《たいき》を訪れたくなった。山陰（浙江省紹興市）から夜を徹して向かい、門前まで至ると会うこともせずに引き返した。人にそのわけを問われると、「吾は本もと興に乗じて行き、興尽きて返る。何ぞ必ずしも戴に見《あ》はんや」と答えた（『世説新語』任誕篇）。　**8 鹿門**　後漢の隠者龐徳公《ほうとくこう》が隠棲した（『後漢書』逸民伝）、湖北省襄陽市にある山の名。　**期**　約束。【詩型・押韻】五言律詩。上平六脂（遅）と七之（思・詩・期）の同用。平水韻、上平四支。

詩解　天宝四載（七四五）、あるいは五載、次の「春日　李白を憶ふ」（01-26）の前の年の冬。「春日……」詩から推せば、この時もすでに杜甫は長安にいただろう。李白と別れた後、再会を果たせぬ無聊を綴る。

1・2　「寂寞」は世間から見捨てられた揚雄を想起させる語。周囲になじめないゆえに、心のなかの友李白への思いを募らせる。　**3・4**　二人の交情がうたわれた詩篇を想起して友愛を噛みしめる。　**5・6**　冬の寒さにさらされながら求仙に打ち込む李白を思い描く。　**7・8**　会いに出向くこともかなわず、共に山に入ろうと言い交わしたのも空約束。全篇、満たされない思いに快々とした気分が漂う。

春日憶二李白一（春日《しゆんじつ》 李白《りはく》を憶《おも》ふ）01-26

白也詩無レ敵　白《はく》や 詩《し》に敵《てき》無《な》し
飄然思不レ羣　飄然《へうぜん》 思《おも》ひは羣《ぐん》ならず
清新庾開府　清新《せいしん》なるは庾《ゆ》開府《かいふ》
俊逸鮑參軍　俊逸《しゆんいつ》なるは鮑參軍《はうさんぐん》
渭北春天樹　渭北《ゐほく》 春天《しゆんてん》の樹《き》
江東日暮雲　江東《かうとう》 日暮《にちぼ》の雲《くも》
何時一樽酒　何《いづ》れの時《とき》か一樽《いつそん》の酒《さけ》もて
重與細論レ文　重《かさ》ねて與《とも》に細《こま》やかに文《ぶん》を論《ろん》ぜん

現代語訳　春の日、李白のことを思う

李白よ、君の詩に敵はない。空を舞うかの発想は並びない。
清新さはかの庾信《ゆしん》を思わせ、俊敏さはかの鮑照《ほうしょう》さながら。
渭水《いすい》の北で春の木々を見るわたし、江東《こうとう》の地で日暮れの雲を見る君。
いつの日か、酒樽を前に、またつぶさに詩について語り合いたいものだ。

語注　**0 憶**　時間的、空間的に遠く隔たった対象に対して一途に思う。　**1 白也**　人の名をそのまま用いて、それに「也」をつける言い方は、『論語』の中で孔子が弟子を呼ぶ際に見える。「賢なるかな回《かい》（顔回）や（賢哉回也）」（『論語』雍也篇）など。　**無**

敵　匹敵する者がいない。『孟子』梁恵王篇上に「仁者は敵無し」。**２飄然**　風に舞うように囚われないさま。西晋・成公綏《せいこうすい》「嘯《しょう》の賦」（『文選』巻一八）に「志は俗を離れて飄然たり」。**思不群**　詩の着想が非凡。詩に関して言われた「思」は、『論語』為政篇、「詩三百、一言を以て之を蔽へば、曰く、思ひ邪無し」。詩について言われた「不群」は梁・鍾嶸『詩品』が曹植について「卓爾として群ならず」。**３清新**　旧套を脱した新鮮さ。西晋・陸雲が兄の陸機に文学論を綴った書簡「兄平原に与ふる書」に「清新相ひ接す」というように、作品の新しい趣を讃える評語。**庾開府**　庾信《ゆしん》（五一三〜五八一）。南朝梁、後に北朝北周に移った六朝末期の文学者。北周では開府儀同三司に任じられたので、庾開府という。**４俊逸**　才気がほとばしるような豁達さ。梁・沈約「太常卿任昉墓誌銘」（『芸文類聚』巻四九）に「天才俊逸たりて、文雅弘く備はる」。**鮑参軍**　鮑照《ほうしょう》（四一四？〜四六六）。南朝宋の詩人。前軍参軍に任じられたので鮑参軍という。**５渭北**　渭水の北側、すなわち杜甫のいる長安周辺。隋・江総「秋日昆明池の詩」（『芸文類聚』巻九）に「渭北　雨声過ぐ」。**春天樹**　初唐・陳子昂「于《う》長史の山池の三日曲水の宴」に「郊園　春樹平らかなり」。**６江東**　長江の東南、すなわち李白のいるであろう地。**日暮雲**　江淹「雑体詩・李陵」（『文選』巻三一）に「日暮　浮雲滋く、手を握れば涙は霰の如し」。**７一樽酒**　漢・蘇武の「詩」其の一（『文選』巻二九）に「我に一樽の酒有り、以て遠き人に贈らんと欲す」。**８論文**　文学について議論する。魏・曹丕の『典論』に「論文」と題する篇がのこり、文学論を展開する（『文選』巻五二）。**【詩型・押韻】**　五言律詩。上平二十文（群・軍・雲・文）。平水韻、上平十二文。

詩解　天宝五載（七四六）、魯郡から洛陽に帰り、そのまま長安に行った時の作。先の詩（「李十二白と同に范十の隠居を尋ぬ」01-23）では李白を陳の陰鏗になぞらえたが、ここでは庾信《ゆしん》と鮑照《ほうしょう》に比擬する。単に六朝の著名な文人の名を挙げたのではない。庾信は唐に入ると南朝宮廷風の華麗な文学を代表する存在と目され、「詞賦の罪人」（令狐徳棻『周書』王褒・庾信伝）とまで否定された。が、杜甫は北周へ移って後の苦難な人生をうたう作品を高く評価する（「戯れに為《つく》る六絶句」11-07）。鮑照も六朝宋においては顔延之《がんえんし》と謝霊運《しゃれいうん》という双璧に及びも付かぬ小さな存在であった。しかし唐代文学への影響の上では顔延之より鮑照が重要であり、この頃から「顔謝」に代わって「鮑謝」という併称が見られるようになる。鮑照が浮上するのも杜甫以後といってよい。したがってここには杜甫独自の文学史観が反映されている。しかもその見方がやがて広く浸透していくのである。「清新」「俊逸」という評語も、李白の本質である、新鮮で自由闊達な詩風をよく表している。

奉レ贈二韋左丞丈二十二韻（韋左丞丈《ゐさじようぢやう》に贈《おく》り奉《たてまつ》る二十二韻《にじふにゐん》）01-33

1　紈袴不二餓死一　紈袴《ぐわんこ》　餓死《がし》せず
2　儒冠多誤レ身　儒冠《じゆくわん》　多《おほ》く身《み》を誤《あやま》る
3　丈人試静聴　丈人《ぢやうじん》　試《こころ》みに静《しづ》かに聴《き》け
4　賤子請具陳　賤子《せんし》　請《こ》ふ　具《つぶ》さに陳《の》べん

現代語訳　韋左丞《いさじよう》殿に贈り奉る

絹の下穿きの貴公子が餓死することはないのに、学者は人生を踏み外すことが多い。

伯父上殿、しばしお耳を拝借します。不肖、事細かに述べさせていただきます。

語注　**0 韋左丞丈**　韋済《いせい》。「左丞」は官名。尚書左丞。「丈」は年長・目上の人に対する尊称。韋済は祖父・伯父・父いずれも宰相の地位に昇った名門。韋済自身も天宝七載（七四八）に河南尹になり、その後、尚書省の左丞（次官）という要職に移った。

1・2 紈袴　貴族の子弟の履くズボン或いは下着。「紈」は白い上質の絹。「袴」は「褲」と同じ。『漢書』叙伝上に班固自身の出自のよさを言って、「綺襦《きじゆ》（上半身に着る絹の下着）紈袴の間に在り」。　**餓死**　『史記』伯夷列伝に「遂《つひ》に首陽山に餓死す」。

儒冠　儒者のかぶる冠。『史記』酈生・陸賈列伝に、劉邦は儒者を嫌い、「諸客の儒冠を冠して来る者あらば、沛公輒《すなは》ち其の冠を解きて、其の中に溲溺《しうでう》（ゆばり）す」。「儒冠」によって儒者、文筆を事とする者を表す。二句は良家の子弟が困窮することはありえないのに対して、学問・文学に携わると落伍者になることをいう。身分の高い者は「綺襦」で指すこともできるのにあえて下半身に着ける「紈袴」で表し、低い者は逆に頭に着けるもので指す。上下の転倒に皮肉が籠められる。「袴」を下着に限定すれば、皮肉は更に増す。　**3 丈人**　年長の人に対する尊称、しばしば親族の年長者に対していうことから、個人的な親しさ、近さも伴う。　**試静聴**　人々に静粛を求めて歌い始めるのは歌謡に時々見える。たとえば南朝宋・鮑照の「東武吟」（『文選』巻二八）に「主人 且《しばら》く諠《かまびす》しくする勿《な》かれ、賤子 一言を歌はん」。**4 賤子** 自分を指す。ただし単なる謙称とは異なり、「試静聴」の注に引く例のように、主人に対する歌い手など、身分差を顕著に示す。

5 甫昔少年日　　甫《ほ》昔《むかし》少年《せうねん》の日《ひ》
6 早充㆓觀國賓㆒　　早《つと》に觀國《くわんこく》の賓《ひん》に充《あ》てらる
7 讀㆑書破㆓萬卷㆒　　書《しよ》を讀《よ》みては萬卷《ばんくわん》を破《やぶ》り
8 下㆑筆如㆑有㆑神　　筆《ふで》を下《くだ》せば神《しん》有《あ》るが如《ごと》し
9 賦料㆓楊雄敵㆒　　賦《ふ》は楊雄《やうゆう》の敵《てき》に料《あ》たり
10 詩看㆓子建親㆒　　詩《し》は子建《しけん》の親《しん》に看《み》なさる
11 李邕求㆑識㆑面　　李邕《りよう》は面《めん》を識《し》らんことを求《もと》め
12 王翰願㆑卜㆑鄰　　王翰《わうかん》は鄰《となり》を卜《ぼく》せんと願《ねが》ふ
13 自謂頗挺出　　自《みづか》ら謂《おも》へらく 頗《すこぶ》る挺出《ていしゅつ》し
14 立登㆓要路津㆒　　立《たちどころ》に要路《えうろ》の津《しん》に登《のぼ》り
15 致㆓君堯舜上㆒　　君《きみ》を堯舜《げうしゅん》の上《うへ》に致《いた》し
16 再使㆓風俗淳㆒　　再《ふたた》び風俗《ふうぞく》をして淳《じゅん》ならしめんと

現代語訳 わたくし、昔、若かったころ、早々と郷里から貢士に推挙されました。

書物を手にしては万巻を読破、筆を手にすれば神明が乗り移ったかのよう。
賦は揚雄の好敵手として向き合い、詩は曹植の血筋と見なされた。
李邕は面識を求めようとし、王翰は隣に住みたいと言った。
自分でも思いました、ずば抜けているからには、すぐさま出世の入り口に立てよう、
君王を堯や舜を上回るほどに押し上げ、いにしえの良俗を再現しようと。

語注　**5 少年**　若者。日本語では青年に相当する年代。**6 充観国賓**　科挙の受験資格を持つ者として郷里から推薦を受けたことをいう。「観国」は国の様子を観察する、政治にたずさわることをいう。『周易』観の卦辞に「国の光を観る、用て王に賓たるに利あり」。**7 読書破万巻**　葛洪《かっこう》『抱朴子』外篇・自叙に「正経・諸史・百家の言より、下は短雑の文章に至るまで、万巻に近し」。梁・蕭繹《しょうえき》『金楼子』自序篇にそれを引いて、「昔 葛稚川《かっちせん》（葛洪の字）自序に曰く、書を読むこと万巻、十五にして文を属《つづ》ると」。**8 下筆**　魏・曹丕『典論』論文篇（『文選』巻五二）に「筆を下して自ら休《や》む能はず」。ただしこれは「文人相ひ軽んず」の例として、後漢の班固がライバルの傅毅《ふき》の多作に過ぎるのを批判した文脈のなかに見える。**如有神**　「神」は人間を超えた存在。後漢・孔融《こうゆう》の「禰衡《でいこう》を薦むる表」（『文選』巻三七）に、盟友禰衡を讃えて「思ひは神有るが若し」。**9・10**　若い時から文学に才を発揮したことを、賦と詩それぞれの代表的作者である揚雄と曹植になぞらえる。「賦」と「詩」を掲げるのは、その二つが文学の中心をなすジャンルとみなされたため。**賦**　押韻はするが、詩と違って一句のなかの字数や全体の句数に定めはない文体。漢代に盛行し、その後も文学のオーソドックスなジャンルとして書き継がれた。**楊雄**　普通は「揚雄」と表記される。前五三～後一八。前漢末から王莽の新《しん》にかけての人。後年は文学を棄てて思想家となったが、初めは蜀の同郷の人、司馬相如にあこがれて賦の作者として成功した。**料**　対抗する。**敵**　匹敵する相手。**看**　見なす、判断する。**子建**　魏の詩人曹植の字。曹植（一九二～二三二）は唐以前最高の詩人とみなされていた。**親**　親族。**11 李邕**　六七八～七四七。盛唐の名臣。書家としても名高い。『文選』の注で知られる李善の子。これに先だって、北海太守であった李邕が斉州（山東省済南市）を訪れた時、杜甫も陪席したことがあった（「李北海に陪して歴下の亭に宴す」01-19、「李太守が歴下の古城の員外の新亭に登るに同ず」01-20）。**求識面**　地位の高い李邕のほうから面識を求めるほどであったことを誇る。**12 王翰**　盛唐の詩人。張説《ちょうえつ》の知遇を得

て官界に入るが、酒、馬、女などの享楽にかまける奔放な文人として知られ、官は不遇のまま終わる。「葡萄の美酒　夜光の杯」で始まる「涼州詞」一首が名高い。11・12は当時の著名な人物を官界と文壇から一人ずつ挙げたとも考えられるが、あるいは王翰は詩人として知られる人とは別人を指すかも知れない。**卜隣**　隣に住む。『左伝』昭公三年に「且つ諺に曰く、宅を是れ卜するに非ず、唯だ隣を是れ卜す」。**13 挺出**　凡人を越えて突出する。**14 立**　すぐに。**要路津**　枢要な地位に昇る渡し場、入り口。**15 堯舜**　儒家の理想とする古代の聖王、堯と舜。『孟子』万章篇上に、伊尹《いいん》が「吾　豈に是の君（殷の湯王）をして堯舜の君と為《し》すに若かんや」と述べて湯王を補佐することを決意する。**16 風俗**　人々の習俗。**淳**　古代の純朴さ。

17 此意竟蕭條　　此《こ》の意《い》　竟《つひ》に蕭條《せうでう》
18 行歌非㆓隱淪㆒　　行歌《かうか》するも隱淪《いんりん》に非《あら》ず
19 騎㆑驢三十載　　驢《ろ》に騎《の》ること三十載《さんじつさい》
20 旅食京華春　　旅食《りよしよく》す　京華《けいくわ》の春《はる》
21 朝扣㆓富兒門㆒　　朝《あした》に富兒《ふうじ》の門《もん》を扣《たた》き
22 暮隨㆓肥馬塵㆒　　暮《く》れに肥馬《ひば》の塵《ちり》に隨《したが》ふ
23 殘杯與㆓冷炙㆒　　殘杯《ざんぱい》と冷炙《れいしや》と
24 到處潛悲辛　　到《いた》る處《ところ》　潛《ひそ》かに悲辛《ひしん》す
25 主上頃見㆑徵　　主上《しゆじやう》　頃《ちかごろ》　徵《め》さる
26 欻然欲㆑求㆑伸　　欻然《くつぜん》として伸《しん》を求《もと》めんと欲《ほつ》す

27　青　冥　却　垂ㇾ翅
青冥《せいめい》 却《かへつ》て翅《つばさ》を垂《た》る

28　蹭　蹬　無ㇾ縦ㇾ鱗
蹭蹬《そうとう》として鱗《うろこ》を縦《ほしいまま》にする無《な》し

現代語訳 こんな向こう意気も、はてはひっそり閑《かん》。道すがら歌をうたっても隠者というわけではない。

ロバに跨《またが》って三十年、花の都に寄寓の暮らし。

朝には分限者《ぶげんしゃ》の門をたたき、夕べにはでっぷり太った馬の後に付き従う。

飲み残しの酒に冷え切った焼き肉。至る所で悲惨を噛みしめます。

大君はさきごろ人材を求められることになり、ふと雄飛しようと思い立った。

青空に翔るつもりが逆に羽をすぼめてしまい、のびのび泳ぎまわることもできずにおろおろ。

語注 **17 蕭条** ひっそり、わびしいさま。畳韻の語。**18 行歌** 歩きながら歌う。春秋・楚の隠者接輿《しょうよ》が道すがら、政治に関わる危うさをそれとなく孔子に諭す歌をうたったことに基づいて、隠者としての行為をいう。「楚狂接輿《せふよ》、歌ひて孔子を過ぎて曰く、鳳や鳳や、何ぞ徳の衰へたる」(『論語』微子篇)。「行歌」は接輿の歌と結びついて用いられる。魏・嵆康「山巨源に与へて交はりを絶つ書」(『文選』巻四三)に「子房(張良の字)の漢を佐《たす》くると、接輿の行歌するとは、其の揆《き》は一なり」など。**隠淪** 隠逸。南朝宋・謝霊運「華子岡《かしこう》に入る、是れ麻源《まげん》の第三谷なり」(『文選』巻二六)に「既に隠淪の客を枉《ま》げ、亦た肥遯《ひとん》の賢を棲《す》ましむ(隠者も足を運び、世を避ける賢者も住まう)」。**19 騎驢** 驢馬に乗るのは、馬に乗れない貧しさを表す。**三十載** 「載」は「年」と同義。三十年とは事実に合わないが、長い年数の意で用いる。東晋・陶淵明「園田の居に帰る五首」其の一に「誤りて塵網の中に落ち、一たび去りて三十年」。これも事実に合わせて「十三年」に作るべしとする説もあるが、久しい時間をいうとして「三十」のままで読むのが普通。**20 旅食** 寄食する。家を離れ、人の世話になりながら暮らす。**京華** 華やかな都。晋・郭璞「遊仙詩七首」(『文選』巻二一)其の一に「京華は遊侠の窟、山林は隠遯の棲《すみか》」。**21 扣** 「叩」に音義ともに通じる。たたく。**富児** 富者。南朝宋・鮑照「少年 時に衰老に至る行に代はる」に「出入す 富児の隣」。**22 肥馬** 富者の乗る馬。『論語』雍也篇に「赤《せき》(公西赤)の斉に適《ゆ》くや、肥馬に乗り、軽裘を衣《き》る」。**23 残杯与冷炙** 飲みのこしの酒と冷めた肉。

北斉・顔之推『顔氏家訓』雑芸篇に「之を下座に処らしめ、以て残杯冷炙の辱を取る」。**24 到処** どこへ行っても。**潜** 外に表さずに自分のなかで悲しむことをいう。**25 主上** 君主。漢・司馬遷「任少卿に報ずる書」（『文選』巻四一）に「主上 之が為に食するも味を甘しとせず」。ここでは玄宗皇帝を指す。**頃** 近い過去の時。**見徵** 「見」は動詞の前につける敬語表現。「徵」は召し出す。天宝六載（七四七）、玄宗が人材を求める詔を下したことを指すとされる。結果は李林甫が「野に遺賢無し」と称して一人も合格させなかった。**26 欻然** 突然。玄宗の詔が出されるや、不意に応ずる気持ちになったという。**求伸** 雄飛しようとする。『周易』繫辞伝下に「尺蠖《せきくわく》（シャクトリムシ）の屈するは、以て信（伸）ぶるを求むるなり」。**27 青冥** 青空。『楚辞』九章・悲回風に「青冥に拠りて虹を攄《の》ぶ」。**却** 意図や方向が逆になることを表す。**垂翅** 鳥が羽を垂れる。殊に官界における失意をいうたとえ。**28 蹭蹬** 進みあぐねるさま。畳韻の語。**縦鱗** 魚が思うさま泳ぎ回る。自在に動き回る比喩として、三次元を運動する鳥と魚を借りることが多い。

29 甚愧丈人厚　甚《はなは》だ愧《は》づ 丈人《ぢやうじん》の厚《あつ》きに

30 甚知丈人眞　甚《はなは》だ知《し》る 丈人《ぢやうじん》の眞《しん》なるを

31 毎於㆓百寮上㆒　毎《つね》に百僚《ひやくれう》の上《うへ》に於《おい》て

32 猥誦㆓佳句新㆒　猥《みだ》りに佳句《かく》の新《あら》たなるを誦《しよう》す

33 竊效㆓貢公喜㆒　竊《ひそ》かに貢公《こうこう》の喜《よろこ》びに效《なら》ひ

34 難㆑甘㆓原憲貧㆒　原憲《げんけん》が貧《ひん》に甘《あま》んじ難《がた》し

35 焉能心怏怏　焉《いづ》くんぞ能《よ》く心《こころ》怏怏《あうあう》として

36 祇是走踆踆　祇《た》だ是《こ》れ走《はし》つて踆踆《しゆんしゆん》たらん

37 今欲㆓東入㆑海　今《いま》 東《ひがし》のかた海《うみ》に入《い》らんと欲《ほつ》す

38 即將㆓西去㆑秦　即《すなは》ち將《まさ》に西《にし》のかた秦《しん》を去《さ》らんとす
39 尙憐㆓終南山㆒　尙《な》ほ終南山《しゅうなんざん》を憐《あは》れみ
40 廻㆓首清渭濱㆒　首《かうべ》を清渭《せいゐ》の濱《きし》に廻《めぐ》らす
41 常擬㆑報㆓一飯㆒　常《つね》に一飯《いっぱん》にも報《むく》いんと擬《ぎ》す
42 況懷㆑辭㆓大臣㆒　況《いは》んや大臣《だいじん》を辭《じ》するを懷《おも》ふをや
43 白鷗波浩蕩　白鷗《はくおう》　波《なみ》　浩蕩《かうたう》
44 萬里誰能馴　萬里《ばんり》　誰《たれ》か能《よ》く馴《なら》さん

現代語訳　伯父上の厚情にはいたく感謝いたします。伯父上のまごころは十分にわかっております。いつも朝廷百官を前にして、ありがたくも近作のよいものを口ずさんでくださいます。貢禹《こうう》のように官職のおこぼれにあずかれるかと内心喜んでおりました。原憲《げんけん》のような貧乏には耐えかねます。鬱々としたまま、ひたすら走り回ることなどできましょうか。今、東の海へ向かいたく思います。ただちに西の都は立ち去りましょう。終南の山に未練はのこり、渭水のほとりを振り返ります。常々一飯の恩に報いたく思っておりました。ましてや大官にお別れする気持ちにさいなまれます。白鷗が波立つ大海原、その万里を翔る鳥を飼い慣らすことなど誰にできましょうか。

語注　**29・30**　韋済の尽力に感謝し、報いられなかった結果を恥じる。「丈人」を繰り返してわびる思いを重ねる。「真」は韋済の誠意が真実であったことをいう。**31 百寮**　百官。「寮」は「僚」に通じる。朝廷のすべての官人。『尚書』皐陶謨《こうようぼ》に朝廷に属する職を「百僚（寮）・師師・百工」という。**32**　韋済は杜甫を引き立てようとしてその詩を朝廷でいつも口にしていた。「猥」

はそれに値しないのにと謙遜する語。**33** 韋済の援引を期待したことをいう。**貢公** 前漢の貢禹《こうう》。親友の王吉《おうきつ》が官に就くと、彼に引き立てられることを予想して、官人のかぶる冠の塵を弾《はじ》いて支度を整えた。「世に称す、王陽（王吉の字子陽《しよう》を併せて畳韻の語としたもの）位に在らば、貢公（貢禹に敬称の「公」をつけて双声の語としたもの）冠を弾くと」（『漢書』王吉伝）。**34** 無位無冠の貧窮に耐えられないことをいう。**原憲** 孔子の弟子の一人で、貧乏で知られる。孔子の金持ちの弟子子貢《しこう》がその貧しさを「何の病か」と憐れむと、徳を実践できないのが「病」、自分は「貧」ではあっても「病」ではないと答えて、子貢を恥じ入らせた（『荘子』譲王篇、『史記』仲尼弟子列伝）。**35** **怏怏** 気持ちが悶々として晴れないさま。**36** **踆踆** 敏捷に走り回るさま。**37** **東入海** 海は東方に位置する。無限定な不安とともに世俗の拘束を離れた自由な空間。『論語』公冶長篇に「子曰く、道行はれず、桴《いかだ》に乗りて海に浮かばん」。**38** **秦** 戦国時代の秦の国の地。長安を指す。**39** **憐** 心を惹かれる。**終南山** 長安の南に横たわる山並み。長安のシンボル。**40** **迴首** 進む方向とは逆を振り返って見る。魏・王粲「七哀詩二首」（『文選』巻二三）其の一に「首を迴らし長安を望む」。**清渭** 長安の北を流れる渭水。支流の涇水《けいすい》が濁っているのに対して渭水は水が澄んでいるといわれる。**41・42** 韋済の恩に報いたいだけでなく、別れを思うといっそう立ち去りがたいことをいう。**擬** ……しようとする。**報一飯** 韋済の恩に報いる。『史記』淮陰侯列伝に食を恵まれた韓信が「吾必ず以て重ねて母（漂母）に報ゆる有らん」。**43・44** 去りがたくとも、自由を欲する自分は縛り付けられるのを厭って、広い空間に羽ばたきたい。**白鷗** 自然で自由な生き方を象徴する。『列子』黄帝篇に漚鳥《おうちょう》（鷗）を手なずけた人が、それを取ろうとした時には一羽も寄ってこなかった話がある。**波** 「没」に作る本があり、それに従えば「波間に消えていく」の意になる。蘇軾はそれをよしと主張する（『東坡題跋』巻二）。**浩蕩** 水が果てなく拡がるさま。**誰能馴** 南朝宋・顔延之「五君詠」嵆中散（嵆康）（『文選』巻二一）に「龍の性誰か能く馴らさん」。【詩型・押韻】五言古詩。上平十七真（身・陳・賓・神・親・隣・津・塵・辛・伸・鱗・真・新・貧・秦・浜・臣）と十八諄（淳・淪・春・踆・馴）の同用。平水韻、上平十一真。

詩解 この詩はふつう天宝七載（七四八）の作とされるが、本文を見ると求官活動にひとまず見切りをつけて長安を去る時の作であるかに思われる。早い時期の作であるには違いないが、後年の杜甫の特徴がよくあらわれている。一つは自分を自虐的に捉えること。貴人のあとを求めて長安の町をさまよう姿は、みじめなありさまを誇張して描く（17～28の一段）。殊に食べるにも事欠くさまをいう23・24は、これだけ取り出せばまるで乞食のようだ。援引を求めた韋済に対する感謝の意も記される（29～32）ものの、この自虐ぶりには韋済の尽力が功を奏さなかったことに対する恨みがましさが籠もるかにも見える。二つは衰落への変化として自分を捉えること。後年、夔州時期の自伝的作品（「昔遊」16-05、「壮遊」16-06など）に顕著なように、杜甫は若く意気盛んな自分から貧窮のなかで老衰する自分への変化を描く。中国の自伝文学がおおむね周囲との差異に覚醒することを自己を意識する契機とするのに対して、時間軸における自分の変化を語るのは杜甫に独特のもので、むしろ西洋の自伝に近い。ここでも才気煥発の少年時代を描く一段（5～16）から長安にさすらう一段（17～28）との落差が鮮やかである。

「君を堯舜の上に致す」（15）はしばしば杜甫の政治的な抱負を語るものとして引き抜かれる句であるが、文脈のなかで読めば、若い時の無邪気なまでの理想を述べたもので、杜甫自身はそうしたかつての自分に対して距離を置いていることがわかる。「白鷗」（43）は後々も自己の比喩としてしばしば用いられるが（たとえば「旅夜書懐」14-50の「飄飄　何の似たる所ぞ、天地の一沙鷗」など）、後年の「鷗」が広大な世界にさすらう頼りなさを表すのに対して、この詩の「白鷗」は同じく孤独ではあっても、しがらみを棄てて自由に大空を飛翔する鳥である点が強調される。

飲中八仙歌（飲中《いんちゆう》八仙《はつせん》の歌《うた》）　02-01

1 知章騎レ馬似レ乗レ船　　知《ち》章《しやう》の馬《うま》に騎《の》るは船《ふね》に乗《の》るに似《に》たり
2 眼花落レ井水底眠　　眼《め》は花《かす》み井《ゐ》に落《お》ちて水底《すいてい》に眠《ねむ》る
3 汝陽三斗始朝レ天　　汝陽《じよやう》は三斗《さんと》にして始《はじ》めて天《てん》に朝《てう》し
4 道逢二麴車一口流レ涎　　道《みち》に麴車《きくしや》に逢《あ》へば口《くち》に涎《よだれ》を流《なが》す
5 恨不レ移二封向酒泉一　　恨《うら》むらくは封《ほう》を酒泉《しゆせん》に移《うつ》されざるを
6 左相日興費二萬銭一　　左《さ》相《しやう》は日《ひ》び興《きよう》じて萬銭《ばんせん》を費《つひ》やす

7 飲如㆔長鯨吸㆓百川㆒
8 銜㆑杯樂㆑聖稱㆑避㆑賢
9 宗之蕭洒美少年
10 擧㆑觴白眼望㆓青天㆒
11 皎如㆔玉樹臨㆓風前㆒
12 蘇晉長齋繡佛前
13 醉中往往愛㆓逃禪㆒

飲《の》むこと長鯨《ちやうげい》の百川《ひやくせん》を吸《す》ふが如《ごと》く
杯《さかづき》を銜《ふく》み聖《せい》を樂《たの》しみ賢《けん》を避《さ》くと稱《しよう》す
宗之《そうし》は蕭洒《せうしや》たる美少年《びせうねん》
觴《さかづき》を擧《あ》げ白眼《はくがん》もて青天《せいてん》を望《のぞ》むは
皎《けう》として玉樹《ぎよくじゆ》の風前《ふうぜん》に臨《のぞ》むが如《ごと》し
蘇晉《そしん》は長齋《ちやうさい》す　繡佛《しうぶつ》の前《まへ》
醉中《すいちゆう》　往往《わうわう》にして逃禪《たうぜん》を愛《あい》す

現代語訳　飲中八仙の歌

賀知章《がちしよう》の馬上の姿は船に乗ったようにゆらゆら。目はかすんで井戸に落ち、そのまま水底で眠りこける。汝陽王李璡《りしん》は三斗あおってやっと朝廷に参内、道すがら麹《こうじ》を運ぶ車に出会えば口からよだれを垂らす。酒泉《しゆせん》に封土を移してもらえないと悔しがる。左丞相李適之《りてきし》は毎日遊び興じて一万銭をばらまく。その飲みっぷりたるや大クジラが川という川の水を飲み干すのに似る。杯を口にしては聖人（清酒）を楽しみ、賢者（濁酒）はお断りと言い立てる。崔宗之《さいそうし》は垢抜けした美少年。酒杯を手に世間に白い目を向け、青空に目を挙げる。その清《さや》かなこと、仙界の玉樹が風の前に揺らぐかのよう。蘇晋《そしん》は仏の刺繡の前で長々と潔斎、だが酔っぱらってはたびたび禅から逃げ出す癖がある。

語注　**0 八仙**　本来は道教において著名な呂洞賓《りよどうひん》ら八人の仙人。それになぞらえて酒豪で名の知られた八人を挙げる。**1 知章**　賀知章。字は季真《きしん》。則天武后の時に進士に合格して官界に入り、玄宗の時に秘書監、礼部侍郎などの高位を歴任。李白を一目見て「謫仙人《たくせんにん》」（人間世界に流謫された仙界の人）と呼んだ逸話が知られる（『唐才子伝』巻二）。**2 眼花**　かすんではっきり見えない。**3 汝陽**　玄宗の兄の子である李璡《りしん》。汝陽（河南省商水県）に封じられた。**三斗**　唐代の一斗は約六リットル。三斗は今の一升に当たる。**朝天**　朝廷に参内する。**4 麴車**　酒の原料であるこうじを運ぶ車。**流涎**　思わずよだれが生じる。魏・曹丕が「群臣に詔」して葡萄酒のうまさを語り、「之を道《い》へば固より以て涎を流し咽に唾す」という（『芸文類聚』巻八七）。**5 向**　「於」と同じく場所を表す前置詞。**酒泉**　今の甘粛省の酒泉県。応劭『漢官儀』に「酒泉の城下に金泉有り。泉の味は酒の如し。故に酒泉と曰ふ」（『芸文類聚』巻九）。酒飲みたさに職の移動を願った故事は、魏・阮籍が歩兵の倉庫に酒が蓄えられていると聞いて「歩兵校尉」を求めた逸話（『三国志』阮籍伝の注に引く『魏氏春秋』）が名高い。**6 左相**　左《さ》丞相《じょうしょう》の李《り》適之《てきし》。**日興**　毎日遊興に耽る。**7 飲如…**　晋・木華「海の賦」（『文選』巻一二）に「魚は則ち海に横たはる鯨、……澇《おほなみ》を吹けば則ち百川倒流す」。**8 銜杯…**　魏の曹操《そうそう》が禁酒令を布いた時、清酒は「聖」、濁酒は「賢」とひそかに呼ばれた（『三国志』徐邈伝）。一句は濁酒は避けて上等の清酒だけを飲むの意。**避**　底本は「世」に作る。諸本によって改める。**9 宗之**　崔宗之《さいそうし》。玄宗の功臣崔日用《さいじつよう》の子で斉国公を継いだ。李白の友人。**瀟洒**　「瀟灑」とも表記する。双声の語。俗気のないさま。ここでは垢抜けした様子。**10 白眼**　阮籍の故事を用いる。阮籍は青眼（黒目）と白眼（白目）を使い分け、俗物の嵆喜《けいき》には「白眼」で、その弟の嵆《けい》康《こう》には青眼で対したという（『晋書』阮籍伝）。**11 皎**　白く輝く。本来は日や月についていう。**玉樹**　仙界の宝玉でできた樹木。高貴な容姿をたとえる。**12 蘇晋**　武后・中宗の時の重臣蘇珦《そけい》の子、戸部侍郎《こぶじろう》、吏部侍郎《りぶじろう》などを歴任。**長斎**　長期にわたって食事を制限し仏道に精進する。**繡仏**　色鮮やかな糸で縫い取りした仏像。**13 逃禅**　禅から逃げ出すとも禅へ逃げ込むとも解釈できるが、この詩全体の諧謔から前者を取る。

14 李白一斗詩百篇　　李白《りはく》は一斗《いつと》　詩《し》百篇《ひやつぺん》

15 長安市上酒家眠　　長安市上《ちやうあんしじやう》　酒家《しゆか》に眠《ねむ》る

16 天子呼來不レ上レ船　　天子《てんし》呼《よ》び來《きた》るも船《ふね》に上《のぼ》らず

17 自稱臣是酒中仙
18 張旭三杯草聖傳
19 脱㆑帽露㆑頂王公前
20 揮㆑毫落㆑紙如㆓雲煙㆒
21 焦遂五斗方卓然
22 高談雄辯驚㆓四筵㆒

自《みづか》ら稱《しよう》す 臣《しん》は是《こ》れ酒中《しゆちゆう》の仙《せん》と
張旭《ちやうきよく》は三杯《さんぱい》 草聖《さうせい》と傳《つた》へらる
帽《ぼう》を脱《ぬ》ぎ頂《いただき》を露《あらは》す 王公《わうこう》の前《まへ》
毫《がう》を揮《ふる》ひ紙《かみ》に落《お》とせば雲煙《うんえん》の如《ごと》し
焦遂《せうすい》は五斗《ごと》にして方《はじ》めて卓然《たくぜん》たり
高談雄辯《かうだんゆうべん》 四筵《しえん》を驚《おど》かす

現代語訳

李白《りはく》は一斗あおれば百首の詩。長安の街の酒屋で眠りこむ。天子様からお呼びがきても船に乗る足はふらふら。そして言い放つのは、「わたくしめは酒中の仙人でございます」。

張旭《ちょうきょく》は三杯飲んで書いた字が草書の聖人と伝えられる。貴人居並ぶ前で冠《かぶ》り物を外して頭を剝き出しにしても、筆を揮《ふる》って紙に落とせば雲煙湧き起こる。

焦遂《しょうすい》は五斗飲み干してやっとすっくと立ち上がり、よどみない達弁はまわりを圧倒する。

語注

14 李白 「李白に贈る」（01-77）参照。 **15 長安…** 当時は夜間の通行が禁止されていた。 **16 天子…** 翰林供奉として朝廷に仕えていた李白は、泥酔して酒家に眠っていた時に玄宗から呼び出された。顔に水をかけられて酔いを覚ますや、立ちどころに詩を作って玄宗の賞賛を得たという話が伝わる（『旧唐書』李白伝）。「船」は宮園での宴遊に際し、池に浮かべられる船。 **18 張旭** 草書の名手として知られる。 **19 脱帽露頂** 士大夫は公的な場では冠を、私的な場では巾（頭巾）をかぶって髪を隠すのが礼儀であった。 **20 如雲煙** 張旭の書が雲・靄のように茫洋としつつ動きを孕むことをいう。 **21 焦遂** 未詳。 **卓然** すっくと立つさま。 **22 四筵** 周囲を囲む人々。「筵」はもともと竹で編んだむしろ、席。焦遂は吃音だったが酒を飲むと雄弁になったという話がある（宋・蔡夢弼『草堂詩箋』の引く『唐史拾遺』）。吃音であったか否かはともかく、ふだんは目立たないが酒が入ると才気煥発、談論風発になる人柄を伝える。【詩型・押韻】七言古詩。毎句押韻。下平一先（眠・天・賢・年・天・前・眠・前・煙）と二仙（船・涎・泉・銭・川・禅・篇・船・仙・伝・然・筵）の同用。平水韻、下平一先。

詩解　天宝の初め、長安での作。同時代の酒豪八人を取り上げ、それぞれの飲みっぷりをユーモラスに描き分ける。あたかも戯画のような内容が特異であるのみならず、形式も自在で型破り。二句で一聯とする定型を破って、一人の酒仙について、最初は二句から始まり、三句に増え、途中に二句を挿むものの李白の四句を頂点として、三句、二句と減って終息する。韻字も禁忌を犯して同じ字を繰り返し使う。

定型を破るのは、内容の奔放さと相応じる。最後の焦遂が不確かであるのを除けば、当時の貴顕な人、あるいは詩や書において名だたる人を並べる。著名の士でありながら、その地位や名声については説かず、殊に前半ははめをはずした酔態を取り上げる。そうして聖人君子とは違う人間らしい面を、暖かみを込めて描き出す。後半の李白・張旭・焦遂については、酒に酔うことによってその真価をいよいよ発揮する人物を並べる。

高都護驄馬行（高都護驄馬行《かうとごそうばかう》）　02-02

1　安西都護胡青驄　　安西都護《あんせいとご》の胡《えびす》の青驄《せいそう》
2　聲價欻然來向レ東　　聲價《せいか》欻然《くつぜん》として來《きた》りて東《ひがし》に向《む》かふ
3　此馬臨レ陣久無レ敵　　此《こ》の馬《うま》陣《ぢん》に臨《のぞ》みて久《ひさ》しく敵無《てきな》し
4　與レ人一レ心成二大功一　　人《ひと》と心《こころ》を一《いつ》にして大功《たいこう》を成《な》す
5　功成惠養隨レ所レ致　　功成《こうな》りて惠養《けいやう》致《いた》す所《ところ》に隨《したが》ひ
6　飄飄遠自二流沙一至　　飄飄《へうへう》として遠《とほ》く流沙《りうさ》自《よ》り至《いた》る

雄姿未㆑受㆓伏櫪恩㆒
猛氣猶思戰場利
腕促蹄高如㆑踣㆑鐵
交河幾蹴㆓曾冰㆒裂
五花散作雲滿身
萬里方看汗流㆑血
長安壯兒不㆓敢騎㆒
走過掣電傾㆑城知
青絲絡㆑頭爲㆑君老
何由卻出橫門道

雄姿《ゆうし》 未《いま》だ伏櫪《ふくれき》の恩《おん》を受《う》けず
猛氣《まうき》 猶《な》ほ思《おも》ふ 戰場《せんぢやう》の利《り》
腕《かひな》は促《せま》り蹄《ひづめ》は高《たか》くして鐵《てつ》を踣《ふ》むが如《ごと》し
交河《かうが》 幾《いく》たびか曾冰《そうひよう》を蹴《け》つて裂《さ》く
五花《ごくわ》 散《さん》じて作《な》す 雲滿身《くもまんしん》
萬里《ばんり》 方《はじ》めて看《み》る 汗《あせ》 血《ち》を流《なが》すを
長安《ちやうあん》の壯兒《さうじ》 敢《あ》へて騎《の》らず
走過《そうくわ》 掣電《せいでん》 城《じやう》を傾《かたむ》けて知《し》る
青絲《せいし》 頭《かしら》に絡《まと》ひて君《きみ》が爲《ため》に老《お》ゆ
何《なん》に由《よ》りてか卻《かへ》つて出《い》でん 橫門《わうもん》の道《みち》

現代語訳　高都護のあしげの馬のうた

安西都護の西域のあしげの馬、名声とともにいきなり東へとやってきた。この馬は戦陣に臨んではずっと無敵、人と心を一つにして大いなる手柄を立てた。手柄を立てたからにはどこに行っても手厚く扱われ、軽やかに遥か遠い砂漠から到来する。たくましい姿は馬小屋に伏して世話を受けたりはしない。勇ましい意気は今でも戦いの場の活躍を願う。脚は引き締まり蹄は厚く鉄を踏むかの力強い足取り。交河《こうが》では何度も分厚い氷を蹴散らした。五色の毛並みが散り敷いた雲のように全身に広がる。万里を疾駆したら血の汗を流すのさえ見られよう。

長安の健児も跨《また》がってみようとはしない。いなずまのように走り過ぎることは町じゅう知っているから。青い糸で頭を結《ゆわ》わえられたまま、ご主人に仕えて老いてゆくが、なんとかして横門《こうもん》を出て戦場に向かえないものか。

語注　**0 高都護**　安西都護府の高仙芝《こうせんし》を指すか。高仙芝は高句麗出身の名将。唐王朝は西域の統治のために、亀茲《きゆうじ》（新疆ウイグル自治区クチャ県）に安西都護府を置いた。その副都護であった高仙芝は吐蕃に与《くみ》していた小勃律国《しょうぼつりつこく》を討伐し、天宝八載（七四九）、都に凱旋した。　**驄馬**　あしげの馬。　**2 歘然**　「忽然」と同じ。突然。　**3 臨陣**　身をもって戦陣に臨む。漢・李陵「蘇武に答ふる書」（『文選』巻四一）に「単于　陣に臨み、親自《みづか》ら合囲す」。　**5 恵養**　労って扶養する。　**随所致**　連れて行かれる先々で恩恵が付随する。　**6 飄飄**　風に漂うように軽やかに。　**流沙**　西方の砂漠地帯。馬の産出された地。『尚書』禹貢に「西は流沙に被《およ》ぶ」。　**7 未受**　受け取らない。受けることを潔しとしないことをいう。　**伏櫪**　一線から退いて身を馬小屋に横たえる。「櫪」はかいば槽、また馬小屋。魏・曹操「歩出夏門行」に「老驥《らうき》（老いたる名馬）は櫪に伏するも、志は千里に在り」。　**8 戦場利**　戦いの現場における活躍。「利」ははたらき。　**9 腕促**　馬脚が引き締まっていること。　**蹄高**　ひづめが厚いことをいう。『斉民要術』巻六に名馬の条件として「四蹄は厚くして且つ大なるを欲し」、「腕は促（せま）りて大なるを欲す」。　**如踣鉄**　鉄を踏むように強い。　**10 交河**　川の名。新疆ウイグル地区トルファン県を流れる。　**曽氷**　厚く層をなす氷。　**11 五花**　馬の毛並みの五色の模様。あるいは五つに編んだ馬のたてがみともいう。　**雲満身**　五花の模様が全身に広がるさまを雲にたとえる。　**12 汗流血**　いわゆる汗血馬。大宛の駿馬は血の汗を流すといわれることに由来する（『史記』大宛列伝）。　**13 壮児**　屈強な若者。　**14 掣電**　稲妻。　**傾城**　まちじゅう。　**15 青糸絡頭**　馬が華々しく装われていることをいう。古楽府「陌上桑《はくじょうそう》」（『楽府詩集』巻二八）に羅敷《らふ》が夫の凜々しい姿をうたって「青糸もて馬の尾を繋ぎ、黄金もて馬の頭に絡ふ」。　**為君老**　「君」は馬から見た主君。高都護を指す。主人にかしずきながら余生を送っていることをいう。　**16 横門**　漢代長安の城門の名。北側の三門のうち最も西に位置する。西域への通路に当たる。　【詩型・押韻】七言古詩。上平一東（驄・東・功）。平水韻、上平一東。／去声六至（致・至・利）。平水韻、去声四寘。／入声十六屑（鉄・血）と十七薛（裂）の同用。平水韻、入声九屑。／上平五支（騎・知）。平水韻、上平四支。／上声三十二晧（老・道）。平水韻、上声十九晧。

詩解　名馬を所有することは、持ち主の地位の高さを語る誇らしいことだったのだろう。高都護《こうとご》を高仙芝《こうせんし》とすれば、主人も高名な武人であった。西域から凱旋してきたこの馬は歴戦の勇士であり、栄光に包まれた英雄として、都じゅうの耳目を集めたに違いない。しかし遠くやってきた長安は、西域出身の馬が本来いるべき所ではない。過去の名声をまとったまま老いてゆく往年の名馬。「勇姿」「猛気」の語をそのまま受け取って、心身ともに今なお元気な馬が、再び活躍したいと願いながらそれがかなえられない悲しみ——このような解釈もあるだろうが、それは単純過ぎないか。実は衰えが兆しているのに、本人はそれに気づくこともなく、世評を負っていまだに出陣を夢見る馬を、詩人は外から同情しつつも冷静に見ているのではないか。これは馬に限らず、人間の悲劇でもある。

同㆔諸公登㆓慈恩寺塔㆒（諸公《しよこう》の慈恩寺《じおんじ》の塔《たふ》に登《のぼ》るに同《どう》ず） 02-07

（原注）時高適薛據先有㆓此作㆒。（時《とき》に高適《かうせき》・薛據《せつきよ》 先《さき》に此《こ》の作《さく》有《あ》り。）

1 高標跨㆓蒼天㆒　高標《かうへう》 蒼天《さうてん》に跨《こ》し
2 烈風無㆑時休　烈風《れつぷう》 休《や》む時無《ときな》し
3 自㆑非㆓曠士懐㆒　曠士《くわうし》の懐《くわい》に非《あら》ざる自《よ》りは
4 登㆑茲翻㆓百憂㆒　茲《ここ》に登《のぼ》りて百憂《ひやくいう》を翻《ひるがへ》さん
5 方知象教力　方《まさ》に知《し》る象教《しやうけう》の力《ちから》の
6 足㆑可㆑追㆓冥捜㆒　冥捜《めいさう》を追《お》ふ可《べ》きに足《た》るを
7 仰穿㆓龍蛇窟㆒　仰《あふ》ぎて龍蛇《りゆうだ》の窟《くつ》を穿《うが》ち
8 始出㆓枝撐幽㆒　始《はじ》めて枝撐《ししやう》の幽《いう》なるを出《い》づ

現代語訳　諸公の慈恩寺の塔に登る詩に唱和する

この時、高適・薛拠らに先にこの詩があった。

高々とした標識が青空を踏みつけて立ち、激しい風はやむことなく吹きつける。
ふところの大きな丈夫ならねば、この高みに登って千々に思いは揺さぶられよう。
初めて分かる、仏教の力というものは、不可視の世界まで追求しうることが。
見上げながら龍蛇の巣窟を突き抜け、やっとのことで木組みの闇から外へ出た。

語注　**0 同**　唱和する。唱和の方法は次の中唐の時代になると同じ韻に属する字を韻字として用いる、更には同じ韻字を同じ位置に用いるなど、次第に厳密になっていくが、この時期ではまだ同じ題材をうたう程度に留まる。題下の原注と他の詩人の詩題から推すに、岑参・高適・薛拠がいっしょに登って、岑参がまず詩を作り、それに高適・薛拠が和し、更に後から杜甫・儲光義が唱和したと思われる。五人のなかで薛拠の作だけが伝わっていない。**慈恩寺塔**　長安の南郊、慈恩寺の境内に立つ大雁《だいがん》塔《とう》。杜甫がこの詩を作るより百年前、玄奘《げんじょう》が建立したもの。初め五層だったのが十層に修建され、この時は七層になっていたらしい。現在の塔は清の時に改修されたもの。西安の観光名所の一つとして名高く、七層六十四メートルの塔がそびえ立つ。**高適**　七〇七-七六五。盛唐の著名な詩人。杜甫は二十代から交遊があった。後に蜀でも関係が続く。**薛拠**　開元十九年の進士。尚書水部郎中などを歴任。杜甫には交遊を記す詩「秦州にて勅目を見るに薛三璩（正しくは拠）司議郎を授けられ畢四曜は監察に除せらる　二子と故有り　遠く遷官を喜び兼ねて索居を述ぶ凡そ三十韻」（08-17）がある。『全唐詩』巻二五三に詩十二首を録する。**1 高標**　高くそびえ立つ標識。西晋・左思「蜀都賦」（『文選』巻四）に「羲和　道を峻岐に仮り、陽烏　翼を高標に迴らす」。東晋・孫綽「天台山に遊ぶ賦」（『文選』巻一一）に「赤城　霞のごとく起こりて標を建て、瀑布飛び流れて以て道を界す」。**跨**　足を開いて上に乗る。従って「高標」は「蒼天」より上に位置することになる。**蒼天**　青空。**2 烈風**　激しく吹く風。『尚書』舜典に「烈風雷雨も迷はず」。魏・曹丕「雑詩」其一（『文選』巻二九）に「漫漫として秋夜長く、烈烈として北風涼し」。古辞「満歌行」（『楽府詩集』巻四三）に「暮秋　烈風起こり、西のかた滄海を蹈む」。**3 自非**　……でないかぎりは。**曠士**　大きな心をもった人。南朝宋・鮑照「放歌行」（『文選』巻二八）に「小人は自づと齷齪、安くんぞ曠士の懐を知らんや」。**4 翻** 翻弄する。また「かえって」と読み、逆に、の意味でも通る。魏・王粲「登楼の賦」（『文選』巻一一）に「茲の楼に登りて以て四望し、聊か暇日に以て憂ひを銷《け》さん」。王粲は楼に登ることによって憂いを消したのに、それとはあべこべに、の意になる。**百憂** 諸々の憂い。『詩経』王風・兎爰に「我が生の後、此の百憂に逢ふ」。**5 方知** この時になって初めて分かる。**象教** 仏教をいう。梁・王巾《おうきん》「頭陀寺碑文」（『文選』巻五九）に「正法既に没し、象教陵夷す」。**6 冥捜** 奥深い世界を探る。東晋・孫綽「天台山に遊ぶ賦」（『文選』巻一一）の序に「夫れ遠く冥捜に寄せ、篤く通神を信ずる者に非ざれば、何ぞ肯へて遥かに想ひて之を存せんや」。**7 穿龍蛇窟** 塔の内部の螺旋状の階段を昇ることを、龍蛇の住むいわやを掘り進むと表現する。**8 枝撐** 木組み。後漢・王延寿「魯の霊光殿の賦」（『文選』巻一一）に「枝掌（撐）杈枒《さが》として斜めに拠る」。

9 七星在二北戸一
10 河漢聲西流
11 羲和鞭二白日一
12 少昊行二清秋一
13 秦山忽破碎
14 涇渭不レ可レ求
15 俯視但一氣
16 焉能辨二皇州一

七星《しちせい》 北戸《ほくこ》に在《あ》り
河漢《かかん》 聲《こゑ》は西《にし》に流《なが》る
羲和《ぎくわ》 白日《はくじつ》に鞭《むち》うち
少昊《せうかう》 清秋《せいしう》を行《おこな》ふ
秦山《しんざん》 忽《たちま》ち破碎《はさい》し
涇渭《けいゐ》 求《もと》む可《べ》からず
俯視《ふし》すれば但《た》だ一氣《いつき》
焉《いづ》くんぞ能《よ》く皇州《くわうしう》を辨《べん》ぜんや

現代語訳 北斗の七星は北の扉に控え、天の川が西へ流れる音。
羲和《ぎか》は日輪に鞭をくれ、少昊《しょうこう》は清い秋の時節を営む。
秦の山々もたちまち粉砕、涇水《けいすい》、渭水《いすい》はどこにあるのか。
下を見れば渾然一体、帝都がいずこか見分けられない。

語注 **9 七星** 北斗七星。**北戸** 北に向いて開いた戸。西晋・左思「呉都賦」（『文選』巻五）に「北戸を開きて以て日に向かひ、南冥を幽都に斉《ひと》しうす」。**10 河漢** 天の川。「古詩十九首」（『文選』巻二九）其の十に「迢迢たり牽牛星、皎皎たり河漢の女」。**西流** 魏・曹丕「燕歌行」（『文選』巻二七）に「明月皎皎として我が牀を照らし、星漢西流して夜未だ央《つ》きず」。同じく「雑詩二首」（『文選』巻二九）其の一に「天漢迴りて西に流れ、三五正に従横たり」。天の川が「西に流る」のは、中国の地上の河川が東に流れるのと逆向き。**11 羲和** 太陽を運ぶ馬車の御者。『楚辞』離騒に「吾 羲和をして節を弭《とど》め、崦嵫《えんじ》（太陽の沈む山）を望みて迫る勿からしむ」。**12 少昊** 秋を司る神の名。『礼記』月令、孟秋の月に、「其の帝は少皞（昊）」。**清秋** 秋の属性として「清」を冠していう。晋・殷仲文「南州の桓公の九井の作」詩（『文選』巻二二）に「独り清秋の日の、能く高興を尽くさしむ有り」。**13 秦山** 長安を囲繞する山々。**14 涇渭** 涇水と渭水。ともに長安付近の川。西から東へ流れる渭水に北から涇水が合流する。もともと涇水は濁流、渭水は清流とされる。『詩経』邶風・谷風に「涇は渭を以て濁すも、湜湜《しょくしょく》たる其の沚《なぎさ》」。**15 一気** 事物が分離していない世界の始原の状態。『荘子』知北遊篇に「天下を通じ、一気のみ」。**16 皇州** 長安一帯を指す。州は本来中国全土を九つに分けたその一つ。九州に「皇州」の名はないが、皇帝の住まう州の意味で都をいう。鮑照「結客少年場行」（『文選』巻二八）に「高きに升りて四関に臨み、表裏 皇州を望む」。

17 迴レ首 叫二虞 舜一　　首《かうべ》を迴《めぐ》らして虞舜《ぐしゅん》に叫《さけ》べば
18 蒼 梧 雲 正 愁　　蒼梧《さうご》 雲《くも》 正《まさ》に愁《うれ》ふ
19 惜 哉 瑤 池 飲　　惜《を》しい哉《かな》 瑤池《えうち》の飲《いん》

20 日晏崑崙丘
21 黄鵠去不レ息
22 哀鳴何所レ投
23 君看随レ陽雁
24 各有二稲粱謀一

日《ひ》は晏《く》る 崑崙《こんろん》の丘《をか》
黄鵠《くわうこく》 去《さ》りて息《いこ》はず
哀鳴《あいめい》 何《なん》の投《とう》ずる所《ところ》ぞ
君《きみ》看《み》よ 陽《やう》に随《したが》ふ雁《がん》は
各《おの》おの稲粱《たうりやう》の謀《ぼう》有《あ》るを

現代語訳 振り返って舜《しゆん》に呼び掛けても、蒼梧《そうご》のあたりは雲が重苦しく立ちこめる。いたわしいのは、瑶池《ようち》の酒宴、崑崙《こんろん》の山は夕闇に閉ざされる。黄鵠はひたすら飛び続ける。悲しく鳴きながらどこへ身を寄せようというのか。見られたい、太陽を追う雁たちは、それぞれ糧食の算段をしているのを。

語注 **17 虞舜** 帝舜有虞氏。舜といいながら、実は唐の太宗を指すとする説がある。**18 蒼梧** 舜が客死して葬られた南方の地名。『礼記』檀弓篇上に「舜は蒼梧の野に葬らる」。**19 瑶池飲** 周の穆王《ぼくおう》と西王母が西の果て、崑崙山の瑶池で酒を酌み交わしたという伝説に基づく。『列子』周穆王篇に「(周穆王)遂に西王母に賓たりて、瑶池の上に觴す」。伝説を借りながら、実は玄宗と楊貴妃の驪山《りざん》華清宮における歓楽を指すとする説がある。**20 日晏** 日が暮れる。『列子』の上に引いた部分に続いて、「西王母、王の為に謡《うた》ひ、王 之に和す。其の辞哀し。迺《すなは》ち日の入る所を観る」。**崑崙丘** 西王母の住む西の果ての地名。『列子』の同じ箇所に「別の日 崑崙の丘に升り、以て黄帝の宮を観る」。**21 黄鵠** 黄色の大鳥。凡俗の小鳥と対比される。『楚辞』卜居に「寧ろ黄鵠と翼を比べんか、将《は》た鶏鶩(ニワトリやアヒルなどの家禽)と食を争はんか」。**22 何所投** 自分の居場所がないことを嘆く。「投」は身を寄せる。**23 随陽雁** 「随陽」は太陽に従って居処を移動する渡り鳥。『尚書』禹貢の揚州の条に「陽鳥の居る攸《ところ》」、その偽孔伝に「随陽の鳥、鴻雁の属」という。**24 稲粱** 雁の食料とされる穀物。梁・劉峻「広絶交論」(『文選』巻五五)に「雁鶩の稲粱を分かつ」。「重ねて王明府に簡す」(10-39)に「君聴け鴻雁の響、恐らくは稲粱を致すこと難から

ん」。【詩型・押韻】五言古詩。下平十八尤（休・憂・捜・流・秋・求・州・愁・丘・謀）、十九侯（投）、二十幽（幽）の同用。平水韻、下平十一尤。

詩解 親しい詩人たちが慈恩寺の塔を唱った詩に唱和した詩。聞一多の考証によれば天宝十一載（七五二）の作。

1～8 下から見上げた塔の全貌と内部の登攀。塔は大地と天とを結ぶ象徴的な意味を帯びた、いわゆる「世界樹」である。人間のしるしとして地表にあるそれが、空に「跨がる」というのは、空をも下に敷くほどの高さと勢いを持つことをいう。高いゆえにいっそう強く吹き付ける風、それに抗して塔は堂々と立つ。あたかも人が天と対峙するかのように。

塔の内部の登攀（7・8）は、いわば通過儀礼。そこをくぐり抜けることによって、日常とは異次元の世界に出る。

9～16 塔の頂上からの景観。しかし実際に目にした光景の描写ではなく、現実を越えた誇張が繰り広げられる。すでに天界にあって、北斗七星も天の川もすぐそこにある（9・10）。中国では地上の川は西から東に流れるとされるが、天界ゆえに天の川は逆であり、東から「西に流る」（10）。この句はあえて説明すれば、天の川だから水があるはずだ、水があるのなら水音が聞こえるはずだ、という連想の手順を経てこの句が成立する。

17～24 古代伝説の世界。舜に呼びかけても厚い雲に閉ざされたまま。周の穆王と西王母の饗宴も日は暮れ、闇に向かう。神話の世界までもが八方ふさがりだ。「黄鵠」は孤高の存在の象徴、次のつまらぬ鳥と対比される。舜は唐の太宗、穆王と西王母は玄宗と楊貴妃を寓意しているという解釈が従来行われてきた。実際の人物に結びつけずとも、世界に対する不安、恐れの濃い影が覆っていることは確か。同題の他の詩人たちは日常的な場に立って塔がいかに高いかを描くのとはまったく異質の詩である。他の三人の詩では、塔の上から長安の町がはっきり見える。それに対して杜甫は何も見えないと言う。可視を不可視とし、逆に天上の不可視の世界を可視として描く。競作的な詩作だったゆえに、杜甫の詩はいっそう杜甫らしさを際立たせることになったか。

不安やおびえを含むにしても、見過ごしてはならないのは、意志に満ちた塔の形象である。天に向かって突き刺すかのようにそそり立ち、向かい風を真っ向から受けながらもそれに抗する雄々しい姿。それは黄鵠とも重なり、また杜甫自身の姿でもある。

兵車行（兵車行《へいしやかう》）　02-11

（原注）古樂府云、不レ聞二耶娘哭レ子聲一、但聞黄河流水一濺濺。（古樂府《こがふ》に云《い》ふ、耶娘《やぢやう》　子《こ》を哭《こく》する聲《こゑ》を聞《き》かず、但《た》だ聞《き》く黄河《くわうが》の流水《りうすい》　一《いつ》に濺濺《せんせん》たるを。）

1　車轔轔　　車《くるま》轔轔《りんりん》
2　馬蕭蕭　　馬《うま》蕭蕭《せうせう》
3　行人弓箭各在レ腰　　行人《かうじん》の弓箭《きゆうせん》　各《おの》おの腰《こし》に在《あ》り
4　耶娘妻子走相送　　耶娘《やぢやう》妻子《さいし》　走《はし》りて相《あ》ひ送《おく》る
5　塵埃不レ見咸陽橋　　塵埃《ぢんあい》に見《み》えず　咸陽橋《かんやうけう》
6　牽レ衣頓レ足攔レ道哭　　衣《ころも》を牽《ひ》き足《あし》を頓《とん》し道《みち》を攔《さへぎ》りて哭《こく》す
7　哭聲直上干二雲霄一　　哭聲《こくせい》　直《ますぐ》に上《のぼ》りて雲霄《うんせう》を干《をか》す

現代語訳　戦車のうた

古楽府に「耶娘《やぢやう》　子《こ》を哭《こく》する聲《こゑ》を聞《き》かず、但《た》だ聞《き》く黄河《くわうが》の流水《りうすい》　一《いつ》に濺濺《せんせん》たるを」と言う。

車はりんりん、馬はしょうしょう。出征する兵卒はめいめい弓矢を腰につけている。おやじにおふくろ、嫁と子が追いかけて見送る。土ぼこりが激しく咸陽《かんよう》の橋も見えない。送る者は行く者の衣を引っ張って、足をばたばた踏み鳴らし、道を塞いで号泣する。その泣き声がまっすぐ立ち上って空をも犯す。

語注　**0 兵車行**　「兵車」は戦いの車。「行」はうた。　**古楽府**　作者不詳の昔の楽府。今のこる古楽府のなかにこの二句は見えないが、北朝の楽府「木蘭の詩」（『楽府詩集』巻二五）のなかに「爺嬢（耶娘）の女《むすめ》を喚ぶ声を聞かずして、但だ聞く　黄河の流水　鳴きて濺濺たるを」と似た句がある。　**耶娘**　父と母をいう俗語。　**濺濺**　水の流れる音。　**1 轔轔**　兵車が進む音。『詩経』秦風・車鄰に「車有り鄰鄰（轔轔）」。毛伝に「鄰鄰は衆車の声なり」。　**2 蕭蕭**　馬のいななく声。『詩経』小雅・車攻に「蕭蕭として馬鳴く」。　**3 行人**　旅行く人。兵士と言わないのは、徴用された一般の庶民であることを思わせる。　**弓箭**　弓と矢。にわかじたての兵卒が一丁前に武器を身につけた姿をいう。　**4 耶娘妻子**　父と母、妻と子。兵卒の身内。「耶娘」は俗語の父と母。注0の「木蘭の詩」参照。　**5 咸陽橋**　長安とその北に隣接する咸陽県を隔てる渭水に懸かる橋。西北に向かう要路。　**6 頓足**　足で地面を打つ。激しい感情、悲しみを表す動作。「頓」は打ち付ける。　**7 雲霄**　天空。「霄」も雲、空。　**【押韻】**　下平三蕭（蕭）と四宵（腰・橋・霄）の同用。平水韻、下平二蕭。

道傍過者問㆓行人㆒
行人但云點行頻
或従㆓十五㆒北防㆑河
便至㆓四十㆒西營㆑田
去時里正與裹㆑頭
歸來頭白還戍㆑邊
邊庭流血成㆓海水㆒
武皇開㆑邊意未㆑已

道傍《だうばう》の過《す》ぐる者《もの》　行人《かうじん》に問《と》ふ
行人《かうじん》は但《た》だ云《い》ふ　點行《てんかう》頻《しき》りなりと
或《ある》いは十五《じふご》従《よ》り北《きた》のかた河《か》を防《ふせ》ぎ
便《すなは》ち四十《しじふ》に至《いた》りて西《にし》のかた田《た》を營《いとな》む
去《さ》る時《とき》は里正《りせい》　與《ため》に頭《かしら》を裹《つつ》む
歸《かへ》り來《きた》りて頭白《かしらしろ》くして還《な》ほ邊《へん》を戍《まも》る
邊庭《へんてい》の流血《りうけつ》　海水《かいすい》を成《な》す
武皇《ぶくわう》　邊《へん》を開《ひら》く　意《い》未《いま》だ已《や》まず

16 君不レ聞漢家山東二百州
17 千村萬落生二荊杞一
18 縦有三健婦把二鋤犂一
19 禾生二隴畝一無二東西一
20 況復秦兵耐二苦戰一
21 被レ驅不レ異二犬與レ雞

君《きみ》聞かずや 漢家《かんか》山東《さんとう》の二《に》百州《ひやくしう》
千村萬落《せんそんばんらく》 荊杞《けいき》生《しやう》ず
縦《たと》ひ健婦《けんぷ》の鋤犂《じよれい》を把《と》る有《あ》るも
禾《いね》は隴畝《ろうほ》に生《しやう》じて東西《とうざい》無《な》し
況《いは》んや復《ま》た秦兵《しんぺい》は苦《く》戰《せん》に耐《た》へ
驅《か》らるること犬《いぬ》と雞《にはとり》とに異《こと》ならず

現代語訳 道端を通りかかった人が出征する兵卒に尋ねる。兵卒はぽつりと言う、「召集ばかりが続きます」。

「十五の年から北方の黄河の守りに駆り出され、そのまま四十になっても西方で屯田《とんでん》をしている者もいます。

郷里を出る時は村長さんが頭に布を巻いてくれましたが、帰ってきてその頭が真っ白になっても、まだ辺境の守りにつかされています。

国境地帯には兵士の血の海ができて、武帝の領土拡張はその思い、とどまることはありません。

ご存じでしょう、漢の国の山東二百州は、どの村もどの集落も雑草だらけということを。

鋤《すき》を手にする働き者の嫁がいても、畝《うね》に生えた稲は縦横《たてよこ》なくはびこります。

ましてやここ秦の地の兵は我慢強いと言われて、犬や鶏みたいに追い立てられます。

語注 **8 道傍過者** 道のわきに通りかかった者。楽府体の詩によく見える問答が始まる。詩のなかで問いかけ、兵卒の話を聞く人が設定される。杜甫自身とする必要はない。 **9 但云** ひたすら以下のことだけを言う。 **点行** 徴兵。名簿と照合し（点）、行役に駆り出す（行）。 **10 十五** 唐代の規定では四歳が小、十六歳が中、二十一を丁、六十を老。十八歳から一頃《けい》の口分田をもらい、兵役と租税の義務が始まる。ここはその前の十五。 **北防河** 北方の黄河周辺の防禦に当たる。 **11 便** そのまま。 **西**

営田　西方の地で屯田兵となる。**12 里正**　村のおさ。唐では百戸を里とし、里正を置く。**裹頭**　成人のしるしとして髪を布でくるむ。**13 戍辺**　辺境を防備する。**14 辺庭**　辺境の地。「庭」は異民族の地をいう。底本は「辺亭」に作る。ならば辺境の支所、宿場。**流血成海水**　『尚書』武成篇に「血は流れて杵《きね》を漂はす」。天宝八載（七四八）、唐の哥舒翰が吐蕃の石堡城《せきほうじよう》を奪取した時、数万の兵が戦死したこと（『杜臆』）、あるいは天宝十載、唐の鮮于《せんう》仲通《ちゆうとう》が南詔《なんしよう》を征伐した時、六万の死者が出たこと（銭注）を指すと言われる。**15 武皇**　漢の武帝。実際には唐の玄宗を指す。**16 君不聞**　「ご存じでしょう」と相手に語りかける、歌謡調の詩の常套句。**漢家**　漢王朝。玄宗を漢の武帝として言ったように（15）、ここでも唐を漢の事として言う。**山東**　函谷関より東の地。戦闘は西北の地で行われたもので、戦火を直接に被らない地域。**17 千村万落**　ありとあらゆる村落。**荊杞**　イバラやクコ。農作ができないために雑木が生い茂ることをいう。**18 鋤犂**　すき。「鋤」は柄の長いすき、「犂」は牛に付けるすき。**19 禾**　穀物。**隴畝**　うねとあぜ。農地をいう。**無東西**　無秩序に生えることをいう。**20 秦兵**　「秦」は長安を中心とした地域。**21 被駆**　「駆」は駆り立てて酷使する。「被」は受け身を表す助字。**犬与雞**　犬と鶏は農村の典型的な家畜。『老子』八十章に「鶏犬の声　相ひ聞こゆ」。**【押韻】**　上平十七真（人・頻）。平水韻、上平十一真。／下平一先（田・辺）。平水韻、下平一先。／上声五旨（水）と六止（已・杞）の同用。平水韻、上声四紙。／上平十二斉（犁・西・雞）。平水韻、上平八斉。

22 長者雖㆑有㆑問　　長者《ちやうじや》 問《と》ふ有《あ》りと雖《いへど》も
23 役夫敢伸㆑恨　　役夫《えきふ》 敢《あ》へて恨《うら》みを伸《の》べんや
24 且如㆓今年冬㆒　　且《か》つ今年《ことし》の冬《ふゆ》の如《ごと》きは
25 未㆑休㆓關西卒㆒　　未《いま》だ關西《くわんせい》の卒《そつ》を休《きう》せず
26 縣官急㆑索㆑租　　縣官《けんくわん》 租《そ》を索《もと》むるに急《きふ》なるも

租税従㆑何出
信知生㆑男悪
反是生㆑女好
生㆑女猶得㆑嫁㆓比鄰㆒
生㆑男埋沒隨㆓百草㆒
君不㆑見青海頭
古來白骨無㆓人收㆒
新鬼煩冤舊鬼哭
天陰雨濕聲啾啾

租税《そぜい》 何《いづ》く従《よ》り出《い》ださん
信《まこと》に知《し》る 男《をとこ》を生《う》むは悪《あ》しく
反《かへ》つて是《こ》れ女《をんな》を生《う》むは好《よ》きを
女《をんな》を生《う》めば猶《な》ほ比鄰《ひりん》に嫁《とつ》がしむるを得《う》るも
男《をとこ》を生《う》めば埋沒《まいぼつ》して百草《ひやくさう》に隨《したが》ふ
君《きみ》見ずや 青海《せいかい》の頭《ほとり》
古來《こらい》 白骨《はつこつ》 人《ひと》の收《をさ》むる無《な》く
新鬼《しんき》は煩冤《はんゑん》し舊鬼《きうき》は哭《こく》し
天陰《てんくも》り雨濕《あめしめ》れるとき聲啾啾《こゑしうしう》たるを

現代語訳 旦那がお尋ねくださっても、一人夫《にんぷ》の身では恨み言など申せましょうや。おまけに今年の冬などは、函谷関《かんこくかん》より西の兵卒には一時帰休もまだ与えられません。役場が税をしきりに取り立てようとも、租税はどこから出すというのです。なるほど、男より女を生んだ方がめでたいとはもっともな話。娘なら近隣に嫁にやれますが、息子は雑草と一緒に土に埋もれてしまいます」。見られよ、吐蕃《とばん》との激戦地青海湖《せいかいこ》のほとりでは、昔から葬られないままの白骨。死んだばかりの亡霊はもだえ、古い亡霊は慟哭し、その声は空曇り雨湿るなかに悲しげに響く。

語注 **22 長者** 年長の者。兵卒に尋ねた相手を指す丁寧な語。 **23 役夫** 行役の男。兵卒が自分を指す。 **伸** 底本では

「申」。**24 今年冬** 収穫の終わった冬は納税の時期。**25 休** 一時帰休。**関西卒** 函谷関より西の地から徴兵された兵。20の「秦兵」とほぼ重なることになる。**26 県官** 徴税を取り扱う「県」の役人は中央政府から派遣された「官」。実際に取り立てる税吏の上に位置する。**28・29** 男子の誕生を喜ぶのが中国の一般。それをひっくり返す。「詩解」参照。**30 比隣** 隣保。近隣。「比」も近所の意。**31 随百草** 草むらのむくろとなることをいう。**32 青海頭** 「青海」は青海省ココノール湖。吐蕃と戦闘した地。「頭」は場所を表す接尾語。**33 白骨無人収** 北朝の楽府「企喩歌《きゆか》」（『楽府詩集』巻二五）にそのまま見える。「尸《しかばね》は狭谷の中に喪《ほろ》び、白骨 人の収むる無し」。**34 新鬼** 新たに死んだ人。**煩冤** もだえ苦しむ。**旧鬼** 以前に死んだ人。**35 啾啾** 鬼の泣く声。戦死して野ざらしになった兵士の泣く声は、杜甫と同時代の李華《りか》（七一五？―七七四？）「古戦場を弔ふ文」に見える。「往往にして鬼《き》哭し、天陰《くも》れば則ち聞こゆ」。【詩型・押韻】雑言古詩。去声二十三問（問）と二十七恨（恨）の通押。平水韻、去声十三問、十四願。／入声十一没（卒・出）。平水韻、入声六月。／上声三十二皓（好・草）。平水韻、上声十九皓。／下平十八尤（収・啾）、十九侯（頭）の同用。平水韻、下平十一尤。

詩解 中国では先祖の祭祀を絶やさぬためもあって、古くから男子の誕生が喜ばれた。『荘子』天地篇には、役人から長寿、富裕、多くの男子を与えようと言われた堯が、この三者を持つことは煩いを増やすと言って断る話が見える。長寿・富裕と並んで、男子を持つことが人々の願いであったことがわかる。漢の時、太倉令の淳于公《じゅんうこう》は、罪を犯して獄に繋がれることになった。彼には娘ばかり五人がいたが、「子を生むも男を生まざれば、緩急有るも益有るに非ず」、娘は危急の場合に何の役にも立たぬとののしったという（『史記』孝文本紀）。

こうした男子を尊ぶ風潮を前提として、それを敢えて反転して「女の子を生んだほうがまし」という措辞も早くから見える。魏・陳琳「飲馬長城窟行」（『玉台新詠』巻一）に「男を生むも慎みて挙ぐること莫かれ、女を生めば哺するに脯（ほしにく）を用つてせよ。君独り見ずや長城の下、死人の骸骨 相ひ撐拄《ささ》ふるを」。杜甫の句も陳琳のこの詩をふまえ、男子は兵に採られて戦場の露となるという。

一方で、女子ならばひとたび天子の寵愛を受ければ一族の繁栄をもたらすから男子に勝るという言い方も古くからある。漢武帝の皇后に衛子夫《えいしふ》が立てられるや、弟の衛青《えいせい》ら一族も侯に封ぜられたので、世間では「男を生むも喜ぶ無かれ、女を生むも怒る無かれ。独り見ずや衛子夫の、天下に覇たるを」と歌ったという（『史記』外戚世家）。白居易「長恨歌」の「遂に天下の父母の心をして、男を生むを重んぜず女を生むを重んぜしむ」はそれをふまえる。

本詩は全体として玄宗の領土拡張政策のために徴発された兵卒たち、そして彼らを見送る家族を傷む。都から出陣していく情景は、映画のように音と映像によって生々しく描き出される（1～7）。続いて通りかかりの男と兵卒との問答のかたちをとって事態が説明される（8～31）。最後の四句はそのまま兵卒のことばと取ることもできるが、作者が憤りを籠めた強い言辞とみる。庶民の立場から戦いの悲惨を訴えるのは中国古典詩の伝統であるが、この詩は構成と描写の卓抜さによって、杜甫の反戦詩の代表とされる。幕開けは遠くから近づいてくる兵車と兵馬の荘重な音、そして兵士に追いすがる家族の生々しい姿、そこから始まった詩は、戦没した兵士の霊魂のうめきという凄まじい音で結ばれる。

前出塞九首　其一（前出塞九首《ぜんしゅつさいきうしゅ》　其《そ》の一《いち》）　02-12a

1 戚 戚 去㆓故 里㆒　戚戚《せきせき》として故里《こり》を去《さ》り
2 悠 悠 赴㆓交 河㆒　悠悠《いういう》として交河《かうが》に赴《おもむ》く
3 公 家 有㆓程 期㆒　公家《こうか》　程期《ていき》有《あ》り
4 亡 命 嬰㆓禍 羅㆒　亡命《ばうめい》すれば禍羅《くわら》に嬰《かか》る
5 君 已 富㆓土 境㆒　君《きみ》は已《すで》に土境《どきやう》に富《と》むに
6 開㆑邊 一 何 多　邊《へん》を開《ひら》くこと一《いつ》に何《なん》ぞ多《おほ》き
7 棄㆓絶 父 母 恩㆒　父母《ふぼ》の恩《おん》を棄絶《きぜつ》し
8 呑㆑聲 行 負㆑戈　聲《こゑ》を呑《の》みて行《ゆ》く戈《ほこ》を負《お》ふ

現代語訳　前出塞　その一

悲しみのなかでふるさとを去り、はろばろと交河《こうが》に向かう。
お役所には決まった期限があり、脱走すれば刑罰にかかる。
君王は十分に広い領土を有するのに、まだ辺境を開こうとする。
父母の恩を棄て、声を抑えてほこを背負って歩み続ける。

語注　**0 前出塞**　「出塞」は楽府題。杜甫が旧来の楽府題をそのまま詩題として用いるのは、これと「後出塞五首」のみ。両者は九首の連作と五首の連作、内容も異なり、おそらく書かれた時期も異なるので、あとから詩題を「前出塞」「後出塞」としてまとめたものと思われる。　**1 戚戚**　心を痛めるさま。『論語』述而篇に「君子は坦《たん》として蕩蕩、小人は長《つね》に戚戚」。　**故里**　郷里。　**2 悠悠**　はるかに遠いさま。　**交河**　新疆ウイグル自治区の吐魯番《トルファン》のあたりを流れる川、またその一帯の地。西域を代表する地名。　**3 公家**　官庁。　**程期**　あらかじめ定められた期限。　**4 亡命**　徴兵を逃れる。原義は戸籍の名（命）を亡くしてよその地へ逃げること。　**禍羅**　わざわいの網。「羅」は網。　**5・6**　玄宗の領土拡張政策に疑問を呈する。「君」は皇帝、玄宗を指す。　**土境**　領土。　**8 呑声**　口に出さない。　**行**　「行行」の意。進み続ける。　**戈**　ほこ。武器をいう。【詩型・押韻】五言古詩。下平七歌（河・羅・多）と八戈（戈）の同用。平水韻、下平五歌。

其二（其《そ》の二《に》）　02-12b

1　出ㇾ門日已遠　　門《もん》を出《い》でて日《ひ》に已《もっ》て遠《とほ》く
2　不ㇾ受㆓徒旅欺㆒　　徒旅《とりょ》の欺《あなど》りを受《う》けず
3　骨肉恩豈斷　　骨肉《こつにく》 恩《おん》 豈《あ》に斷《た》たんや
4　男兒死無ㇾ時　　男兒《だんじ》 死《し》するに時《とき》無《な》し

走レ馬脱二轡頭一　　馬《うま》を走《はし》らせて轡頭《ひとう》を脱《だつ》し
手中挑二青絲一　　手中《しゅちゅう》に青絲《せいし》を挑《かか》ぐ
捷下二萬仞岡一　　捷《すばや》く萬仞《ばんじん》の岡《をか》を下《くだ》り
俯レ身試レ搴レ旗　　身《み》を俯《ふ》して旗《はた》を搴《ぬ》かんと試《こころ》む

現代語訳　その二

旅に出てから日に日に家は遠ざかり、仲間からいたぶられることもなくなった。肉親の恩愛の情は断ち切れはしないが、男子たるもの、いつ死んでもかまわない。おもがいをはずして馬を走らせ、手には青い糸を捧げ持つ。万仞の岡を一気に駆け下り、身をかがめて敵の旗を抜き取ろうとしてみる。

語注　**1 日已**　二字で日ごとに。この「已」は「以」の意味。「古詩十九首」(『文選』巻二九)其の一に「相ひ去ること日に已て遠く、衣帯日に已て緩む」。**2 徒旅**　旅する者。同行の兵士たちを指す。**欺**　ばかにする。古参兵が新兵をいじめることをいう。**4 死無時**　死ぬのに決まった時はない。いつ死ぬかわからない。**5・6**　若い兵士の小粋な態度をいう。**轡頭**　おもがい。くつわを馬に繫ぐひも。北朝の楽府「木蘭の詩」(『楽府詩集』巻二五)に「南の市に轡頭を買ふ」。**挑**　高く差し上げる。**青糸**　おもがいの青いひも。**7 捷**　敏捷に。**万仞**　「仞」は八尺、約二五〇センチメートル。**8 俯身**　前屈みになる。ここでは馬上で。**試**　実戦のまねをすることをいう。**搴旗**　敵陣の旗を抜き取る。『史記』劉敬・叔孫通伝に「将を斬り旗を搴くの士」。【詩型・押韻】五言古詩。上平七之(欺・時・糸・旗)。平水韻、上平四支。

其三（其《そ》の三《さん》）　02-12c

1 磨㆓刀嗚咽水㆒　刀《かたな》を嗚《を》咽《えつ》する水《みづ》に磨《みが》けば
2 水赤刃傷㆑手　水《みづ》は赤《あか》くして 刃《やいば》 手《て》を傷《きず》つく
3 欲㆑輕㆓腸斷聲㆒　腸斷《ちやうだん》の聲《こゑ》を輕《かろ》んぜんと欲《ほつ》するも
4 心緒亂已久　心緒《しんしよ》 亂《みだ》れて已《すで》に久《ひさ》し
5 丈夫誓許㆑國　丈夫《ぢやうふ》 誓《ちか》つて國《くに》に許《ゆる》す
6 憤惋復何有　憤惋《ふんわん》 復《ま》た何《なん》ぞ有《あ》らん
7 功名圖㆓騏驎㆒　功名《こうめい》 騏《き》驎《りん》に圖《ゑが》かる
8 戰骨當㆓速朽㆒　戰骨《せんこつ》 當《まさ》に速《すみ》やかに朽《く》つべし

現代語訳　その三

刀をむせび泣く水で洗えば、水は赤く染まる。やいばが手を傷つけた。

断腸の音を立てる水音など軽んじようとするが、心はずっと乱れたまま。

男たるもの、国に命を捧げることを誓った。憤懣など抱きはしない。

麒麟閣に描かれるほどの功名を挙げたところで、戦死した遺骨はすぐさま朽ちてしまうだろう。

語注　**1 嗚咽水**　陝西省と甘粛省の間を塞ぐ隴山《ろうざん》は難所として知られ、頂上から湧き出て四方に流れる泉水は旅人に「隴頭の流水、鳴声幽咽（「鳴声嗚咽」に作る本もある）す。遥かに秦川を望めば、心肝断絶す」とうたわれたという（『太平御覧』巻五六などが引く辛氏『三秦記』）。**3 腸断声** 嗚咽する水の音。**4 心緒** 胸中の思い。「心緒（乱れて）麻の如し」という成語があるように、不安な心情をいう。**5 丈夫** 一人前の男子。**許国** 我が身を国に捧げる。**6 憤惋** いらだち。**7・8 騏驎** 「麒麟」と同じ。漢の未《び》央宮《おうきゅう》のなかの麒麟閣を指す。漢・宣帝の甘露三年（前五二）、功臣の肖像画を麒麟閣に描いた（『漢書』蘇武伝）。二句は両様に解される。功名を揚げれば戦死してもよい、あるいは顕彰されたところで身は朽ち果てるだけ。今、後者で読む。【詩型・押韻】五言古詩。上声四十四有（手・久・有・朽）。平水韻、上声二十五有。

其四（其《そ》の四《し》）　02-12d

1 送レ徒既有レ長
2 遠戍亦有レ身
3 生死向レ前去
4 不レ勞二吏怒嗔一
5 路逢二相識人一
6 附レ書與二六親一
7 哀哉兩決絶
8 不三復同二苦辛一

徒《と》を送《おく》るに既《すで》に長《ちやう》有《あ》り
遠戍《ゑんじゆ》 亦《ま》た身《み》有《あ》り
生死《せいし》 前《まへ》に向《む》かつて去《さ》る
吏《り》の怒嗔《どしん》するを勞《らう》せず
路《みち》に相《あ》ひ識《し》る人《ひと》に逢《あ》ふ
書《しよ》を附《ふ》して六親《りくしん》に與《あた》ふ
哀《かな》しい哉《かな》 兩《ふた》つながら決絶《けつぜつ》し
復《ま》た苦辛《くしん》を同《とも》にせず

現代語訳 その四

兵卒を戦地に送るのは長官さま、遠く塞《とりで》に赴くのはこの身。
生死にかかわらずとにかく前に進む。吏が叱りつけるまでもない。
途中で出会った顔見知りの人に、手紙を托して身内に届けてもらう。
かなしいことに両方は引き裂かれて、辛い目を一緒に味わうこともできはしない。

語注 **1・2** 「既……亦……」は、「……でもあるし、……でもある」と事態を並列する構文。ここでは兵士を送り出す役の人もあるし、送り出される側の人もいる、の意で解した。**送徒** 「徒」（歩兵）を護送する。『史記』高祖本紀に「県の為に徒を酈《れき》山《ざん》に送る」。**遠戍** 辺境の防備、またその地。王昌齢「従軍行」其七に「人は遠戍に依りて須《すべから》く火を看るべし、馬は深山を踏みて蹤《あと》を見ず」。**3** 生死にかかわらず前進するの意。**4** **吏** 兵卒を取り仕切る小吏。**怒嗔** 「嗔」も怒る。**5** **相識人** 知り合い。**6** **附書** 手紙を言付ける。**六親** 父・母・兄・弟・妻・子を指すなど、数え方には諸説あるが、最も身近な肉親。**7** **両決絶** 自分と「六親」との両方が断絶する。**8** 苦労を共にすることすらできない。【詩型・押韻】五言古詩。上平十七真（身・嗔・親・辛）。平水韻、上平十一真。

其五（其《そ》の五《ご》）　02-12e

1 迢迢萬餘里　迢迢《てうてう》たり 萬餘里《ばんより》
2 領レ我赴二三軍一　我《われ》を領《りやう》して三軍《さんぐん》に赴《おもむ》く
3 軍中異二苦樂一　軍中《ぐんちゆう》 苦樂《くらく》異《こと》なり
4 主將寧盡聞　主將《しゆしやう》 寧《なん》ぞ盡《ことごと》く聞《き》かん
5 隔レ河見二胡騎一　河《かは》を隔《へだ》てて胡騎《こき》を見《み》る

6 倏 忽 數 百 羣　倏忽《しゅくこつ》たり 數百羣《すうひゃくぐん》
7 我 始 爲二奴 僕一　我《われ》は始《はじ》めて奴僕《どぼく》たり
8 幾 時 樹二功 勳一　幾時《いくとき》か功勳《こうくん》を樹《た》てん

現代語訳 その五

遠い万里の果て、俺を引きつれて三軍（主将のいる本軍）に向かう。
軍のなかでも苦楽には差がある。大将は全部はご存じない。
川の向こうには胡の騎兵が見える。たちまち数百人の軍団になった。
俺は今、下僕として仕え始めたところ。いつになったら功を立てられよう。

語注 **1 迢迢** はるか遠いさま。 **2 領** 引率する。 **三軍** 周の制度では王は六軍、諸侯の「大国は三軍、次国は二軍、小国は一軍」（『周礼』夏官・司馬）。後に軍隊の通称。『論語』子罕篇に「三軍 帥《すい》（大将）を奪ふ可《べ》きなるも、匹夫 志を奪ふ可《べ》からざるなり」。 **3 異苦楽** 魏・王粲「従軍詩」（『文選』巻二七）其の一に「軍に従ふは苦楽有り、但だ問ふ 従ふ所は誰なるかを」。 **4** 将軍に軍中のすべてが奏上されるわけではない。【詩型・押韻】五言古詩。上平二十文（軍・聞・群・勳）。平水韻、上平十二文。 **6 倏忽** たちまち。 **7 奴僕** 初年兵ゆえに軍中の下働きにすぎない。

其六（其《そ》の六《ろく》）　02-12f

1 挽レ弓 當レ挽レ強　弓《ゆみ》を挽《ひ》かば當《まさ》に強《つよ》きを挽《ひ》くべし
2 用レ箭 當レ用レ長　箭《や》を用《もち》ゐるには當《まさ》に長《なが》きを用《もち》ゐるべし

3　射レ人先射レ馬　　人《ひと》を射《い》るには先《ま》づ馬《うま》を射《い》よ
4　擒レ寇先擒レ王　　寇《あだ》を擒《とら》ふるには先《ま》づ王《わう》を擒《とら》へよ
5　殺レ人亦有レ限　　人《ひと》を殺《ころ》すも亦《ま》た限《かぎ》り有《あ》り
6　列國自有レ疆　　列國《れつこく》　自《おのづか》ら疆《さかひ》有《あ》り
7　苟能制二侵陵一　　苟《いやしく》も能《よ》く侵陵《しんりやう》を制《せい》せば
8　豈在二多殺傷一　　豈《あ》に多《おほ》く殺傷《さつしやう》するに在《あ》らんや

現代語訳　その六

弓をひくなら強い弓をひくべきだ。矢を使うなら長い矢を使うべきだ。
人を射るならまず馬を射よ。賊を捕らえるならまず王を捕らえよ。
人を殺すにも限りがある。国々にはおのずと国境がある。
敵が侵入するのを防ぐことができたら、たくさんの人を殺傷することはいらない。

語注　**1―4**　弓、矢、人を射る、敵を生け捕りにするといった攻撃の行動について、句中に繰り返しを含みながら「当に……すべし」「……せよ」という句を重ねる。この句法は諺のかたちを借りる。**擒**　生け捕りにする。**寇**　敵。**5**「馬を射る」「王を擒ふ」を受けて、戦場においても殺すことは避けるべきだという。**6**　**列国**　居並ぶ国々。**自有疆**　国には境界がある。**7**　**侵陵**　敵が自国を侵犯する。【詩型・押韻】五言古詩。下平十陽（強・長・王・疆・傷）。平水韻、下平七陽。

其七（其《そ》の七《しち》）　02-12g

1 驅レ馬 天 雨レ雪
2 軍 行 入二高 山一
3 逕 危 抱二寒 石一
4 指 落 曾 冰 閒
5 已 去二漢 月一遠
6 何 時 築レ城 還
7 浮 雲 暮 南 征
8 可レ望 不レ可レ攀

馬《うま》を驅《か》れば 天《てん》 雪《ゆき》を雨《ふ》らす
軍行《ぐんゆ》きて高山《かうざん》に入《い》る
逕危《みちあやふ》くして寒石《かんせき》を抱《いだ》き
指《ゆび》は落《お》つ 曾冰《そうひやう》の閒《かん》
已《すで》に漢月《かんげつ》を去《さ》ること遠《とほ》し
何《いづ》れの時《とき》か城《しろ》を築《きづ》きて還《かへ》らん
浮雲《ふうん》 暮《く》れに南《みなみ》に征《ゆ》く
望《のぞ》む可《べ》くも攀《よ》づ可《べ》からず

現代語訳 その七

馬を走らせていくと空から雪が降ってくる。軍隊が進んで高い山に入る。道は危うく冷たい石を抱いている。指は厚い氷に落ちる。もう漢の月を遠く離れた。いつになったら城塞を築いて帰られよう。浮雲が日暮れ、南へと行く。眺められてもよじ登ることはできない。

語注 **3 抱寒石** 築城のために冷たい石を抱きかかえて運ぶ。 **4 指落** 凍傷を起こして指が断ち切られる。 **曽氷** 厚い氷。「曽」は「層」に通じる。 **5 漢月** 中国を照らす月。辺塞の地から月を見て故国に思いを馳せる。 **7** 空を流れる雲は辺塞の南にあたる故国に向かう。 **8** 雲は眺めるだけでそれに乗って故国へと帰ることはできない。【詩型・押韻】五言古詩。上平二十七刪（還・攀）と二十八山（山・間）の同用。平水韻、上平十五刪。

其八（其《そ》の八《はち》）　02-12h

1 單于寇㆓我壘㆒
2 百里風塵昏
3 雄劍四五動
4 彼軍爲㆑我奔
5 虜㆓其名王㆒歸
6 繫㆑頸授㆓轅門㆒
7 潛㆑身備㆓行列㆒
8 一勝何足㆑論

單于《ぜんう》 我《わ》が壘《るい》に寇《こう》す
百里《ひやくり》 風塵《ふうぢん》昏《くら》し
雄劍《ゆうけん》 四五《しご》 動《うご》き
彼《か》の軍《ぐん》 我《わ》が爲《ため》に奔《はし》る
其《そ》の名王《めいわう》を虜《とりこ》にして歸《かへ》り
頸《くび》を繫《つな》ぎて轅門《ゑんもん》に授《さづ》く
身《み》を潛《ひそ》めて行列《ぎやうれつ》に備《そな》はる
一勝《いつしよう》何《なん》ぞ論《ろん》ずるに足《た》らん

現代語訳　その八

単于《ぜんう》が我が軍の要塞を襲う。百里にわたって戦塵が暗く立ちこめる。

名刀を四たび五たびと振り下ろすと、かの軍勢は俺の働きで逃げ出した。

名うての王を生け捕って陣営に引き返し、首を縄で繋いで軍門に引き渡す。

目立たぬように隊列にもどった。一度勝ったことなど語るに足らぬ。

語注　1 **単于**　匈奴の王。 **寇**　略奪する。 **塁**　とりで。 3 **雄剣**　春秋時代、呉の干将《かんしょう》は雌雄二振りの名剣を鋳造し、雌の剣は君王に捧げ、雄の剣は山中に隠した（『太平御覧』巻三四三が引く『列士伝』）。 5 **虜**　生け捕りにする。 **名王**　異民族のなかの名声高い王。**6 授**　自軍に引き渡す。**轅門**　車の轅（ながえ）を二つ立てかけた、軍営の門。**7**　軍功を挙げたことは隠したまま隊伍に戻る。功を立てて恩賞を求めないのは古来美徳とされる。たとえば戦国時代の魯仲連は強力な秦を撤退させたが、報奨を固辞して海上へ去った（『史記』魯仲連・鄒陽列伝）。【詩型・押韻】五言古詩。上平二十三魂（昏・奔・門・論）。平水韻、上平十三魂。

其九（其《そ》の九《きう》）　02-12i

1 従レ軍十年餘　軍《ぐん》に従《したが》ふこと十年《じふねん》の餘《よ》
2 能無二分寸功一　能《よ》く分寸《ぶんすん》の功《こう》無《な》からんや
3 衆人貴二苟得一　衆人《しゆうじん》は苟《いやし》くも得《う》るを貴《たつと》ぶ
4 欲レ語羞二雷同一　語《かた》らんと欲《ほつ》して雷同《らいどう》を羞《は》づ
5 中原有二鬭争一　中原《ちゆうげん》にすら鬭争《とうさう》有《あ》り
6 況在二狄與一レ戎　況《いは》んや狄《てき》と戎《じゆう》とに在《あ》るをや
7 丈夫四方志　丈夫《ぢやうふ》　四方《しはう》の志《こころざし》
8 安可レ辞二固窮一　安《いづ》くんぞ固窮《こきゆう》を辞《じ》す可《べ》けん

現代語訳　その九
軍隊に入って十年あまりにもなり、小さな手柄もないということはない。

人はなんとしてでも手柄を取りさえすればよいと考えるが、口にしようとする自分もそれと同じだと羞じて黙る。中原にすら闘争が続いているのだから、狄《てき》や戎《じゅう》といった異民族の地ではいうまでもない。男子たるもの、天下全体を志とするのだ。君子は固《もと》より窮す、使命に伴う困難から逃げたりはしない。

語注　**2 能無**　ないことがあろうかという反語。**分寸功**　わずかな功績。『史記』蘇秦列伝に蘇秦が燕王に謁見して、「臣は東周の鄙人なり、分寸の功有る無し」。**3 苟得**　得るに値しないのに得る。『礼記』曲礼上に「財に臨みては苟も得ること毋《な》かれ」。**4**　功を誇る人たちに同調しない。**雷同**　『礼記』曲礼上に「説を勦《と》る（人の言ったことを盗む）毋《な》かれ、雷同する毋かれ」。その鄭玄の注に、雷が鳴ると物がそれに反応することに基づくという。**6 狄与戎**　異民族の地。分ければ「狄」は北方の、「戎」は西方の異民族。**7 四方志**　世界全体に活躍しようとする意志。『礼記』射義に男子が産まれると「桑の弧・蓬の矢六つ、以て天地四方を射る」、それは将来の活動の場に志あることを示すためという。**8 固窮**　現在置かれている困難な状況。『論語』衛霊公篇に「君子は固より窮す」。【詩型・押韻】五言古詩。上平一東（功・同・戎・窮）。平水韻、上平一東。

詩解　「出塞」は漢楽府「横吹曲」の曲名。楽府題をそのまま使うのは杜甫の詩では珍しい。後に「後出塞五首」04-09がある。「前出塞」はふつう天宝十一載（七五二）、長安の作とされる。その時代背景を『杜臆』では「前出塞」は哥舒翰《かじょかん》が吐蕃《とばん》を征伐した時、「後出塞」は安禄山が乱を起こす前、勢力をしだいに強めていく時という。

「前出塞」九首はすべて、一人の出征兵士の立場からうたわれる。しかも九首は時間軸のなかで、若い兵士がしだいに一人前の兵士に成長していく過程が写し取られる。ふるさとの両親のもとを離れて従軍する心細さ（其一）から始まり、戦功を挙げたい思いとその空しさの間で揺れ動くこと（其三）もあるが、しだいに軍隊生活になじんでゆき、いつの間にか一人前の兵士になっている。其八では敵将の首まで手に入れたようだ。こうして最後（其九）では、困難に耐えて使命を全うしようという決意で結ばれる。玄宗の領土拡張政策に対して批判したり（其一）、防禦できれば十分であって、むやみな殺傷は控えるべきだと言ったり（其六）、作者自身の考えを反映している箇所もあるけれども、一兵士の成長を語るという全体の構成は杜甫の詩には珍しい。

貧交行（貧交行《ひんかうかう》）　02-15

1　翻レ手　作レ雲　覆レ手　雨

2　紛　紛　輕　薄　何　須レ數

3　君　不レ見　管　鮑　貧　時　交

4　此　道　今　人　棄　如レ土

手《て》を翻《ひるがへ》せば雲《くも》と作《な》り手《て》を覆《くつがへ》せば雨《あめ》

紛紛《ふんぷん》たる輕薄《けいはく》　何《なん》ぞ數《かぞ》ふるを須《もち》ゐん

君《きみ》見《み》ずや　管鮑貧時《くわんぱうひんじ》の交《まじ》はりを

此《こ》の道《みち》　今人《きんじん》棄つること土《つち》の如《ごと》し

現代語訳　貧しいなかでの付き合いのうた

手を上に向ければ雲、下に向ければ雨となる。世は軽佻浮薄だらけ、指を折って数えるまでもない。御覧《ごろう》じろ、貧しくとも変わらぬ管仲《かんちゅう》と鮑叔《ほうしゅく》の友情。人としてのこの道を今の人は土塊《つちくれ》のように捨て去った。

語注　**1**　交友関係において、いともあっさりと態度を変えることをたとえる。**翻手**　てのひらを上に向ける。**覆手**　てのひらを下に向ける。**雲・雨**　利益のための交遊の非を論じた梁・劉峻「広絶交論」（『文選』巻五五）の中で、権力者に就くことを否定した箇所に、「吐漱《とそう》して雲雨を興《おこ》し、呼噏《こきふ》して霜露を下す」、権勢を握った人は日常のささいな行為をするだけで自然現象を変化させるという（六臣注では「雲雨」は恩沢を、「霜露」は刑罰をいう）。そこでは「雲」と「雨」は同類であるが、杜甫の句では異なるもの。**2**　**紛紛**　雑多なさま。**3**　貧窮にあっても厚い友情を保持した例として、『史記』管晏列伝に見える春秋・斉の管仲《かんちゅう》と鮑叔《ほうしゅく》の交遊を語る。「管仲は貧困にして、常に鮑叔を欺く」、商売の利潤を独り占めするなど、管仲の勝手な振る舞いを鮑叔は常に許した。斉の跡目争いで管仲の就いた公子糾《きゅう》が敗れ、鮑叔が就いた公子小白《しょうはく》が勝って桓公《かんこう》として即位すると、鮑叔は管仲を推挙し、管仲の力によって桓公は春秋の覇者となった。**4**　**棄如土**　無価値のものとして見捨てる。杜甫「遺懐」（16-07）に「組練（精鋭の兵卒）棄つること泥の如し」。【詩型・押韻】五言古詩。上声九麌《ぐ》（雨・数）と十姥《ぼ》（土）の同用。平水韻、上声七麌。

詩解 天宝十一載（七五二）、長安の作とされる。困窮にあっても助けてくれない人情の薄さを嘆く。後に成都にあった時、「厚祿の故人　書断絶す」（「狂夫」09-28）のように援助を止めた知人に対する怨みを直接述べた句もあるが、この詩では世間一般の風潮としてうたう。貧窮の友を見捨てる軽薄さは、利益を求める交遊ゆえ。貧富に関わらぬ交情こそ大切なものとして管仲・鮑叔の例を挙げる。お説教の臭味が伴うところは、杜甫のほかの詩に似ない。上田秋成「菊花の約《ちぎり》」にいう「交はりは軽薄の人と結ぶことなかれ」の「軽薄」には、杜甫のこの詩が響いているか。

麗人行（麗人行《れいじんかう》）　02-22

1 三月三日天氣新　　三月三日《さんぐわつみつか》天氣《てんき》新《あら》たなり
2 長安水邊多㆓麗人㆒　　長安《ちやうあん》の水邊《すいへん》　麗人《れいじん》多《おほ》し
3 態濃意遠淑且眞　　態《たい》は濃《こま》やかにして意《い》は遠《とほ》く淑《しゆく》にして且《か》つ眞《しん》
4 肌理細膩骨肉勻　　肌理《きり》細膩《さいぢ》にして骨肉《こつにく》勻《ひと》し
5 繡羅衣裳照㆓暮春㆒　　繡羅《しうら》の衣裳《いしやう》　暮春《ぼしゆん》を照《て》らし
6 蹙金孔雀銀麒麟　　蹙金《しゆくきん》の孔雀《くじやく》　銀《ぎん》の麒麟《きりん》
7 頭上何所㆑有　　頭上《づじやう》には何《なん》の有《あ》る所《ところ》ぞ
8 翠微㔩葉垂㆓鬢脣㆒　　翠微《すいび》の㔩葉《あふえふ》　鬢脣《びんしん》に垂《た》る
9 背後何所㆑見　　背後《はいご》には何《なん》の見《み》る所《ところ》ぞ
10 珠壓㆓腰衱㆒穩稱㆑身　　珠《しゆ》は腰衱《えうけふ》を壓《あつ》して穩《おだ》やかに身《み》に稱《かな》ふ

現代語訳　麗人のうた

三月三日、天の気は清新。長安の水辺には麗人あまた集う。
姿はあでやか、心はゆかしく、貞淑で信実。肌はきめ細かく、均整のとれた体。
刺繡した薄絹の衣裳が暮春の光に照り輝く。金糸の孔雀と銀糸の麒麟。
頭には何があるかといえば、翠微の髪飾りが鬢のわきにまで垂れ下がる。
背中には何が見えるかといえば、真珠を縫い付けた腰紐がやわらかに体にまとう。

語注　**0 麗人**　美女。艶冶な面を強調する。　**1 三月三日**　上巳《じょうし》の節句。本来は三月上旬の巳《み》の日。魏晋以後は三月三日に固定された。川でみそぎをする厄除けの儀式が、やがて春真っ盛りの時期、野外での行楽となる。　**2 長安水辺**　具体的には長安の東南に位置する曲江。　**3 態濃**　姿態がはなはだあでやか。　**意遠**　思いが奥深い。　**淑且真**　上品で純粋。魏・王粲「神女の賦」（『芸文類聚』巻七九）に「何ぞ気を産むことの淑真たる」。　**4 肌理**　肌のすじ。　**細膩**　きめ細かく光沢がある。『楚辞』招魂に「靡顔《びがん》（美しい顔）は膩理」。　**骨肉匀**　骨と肉とがバランスがとれている。太りすぎも痩せすぎもしない。魏・曹植「洛神の賦」（『文選』巻一九）に「穠繊（太い細い）衷《ちゅう》を得て、脩短（高い低い）度に合う」というように、中肉中背が美人の条件とされた。　**5 繡羅衣裳**　刺繡を施した薄絹の衣服。「衣」は上半身の、「裳」は下半身の服。　**6 蹙金**　金のより糸による刺繡。　**銀麒麟**　銀の糸による麒麟の刺繡。麒麟は霊獣。　**8 翠微**　山のうっすらとした緑。他の宋本、『文苑英華』などでは「微」を「為」に作る。ならば「翠を㔩葉と為《な》して」（宝石の翡翠を髪飾りとして）。　**㔩葉**　髪飾り。　**鬢脣**　鬢のあたりを指す語か。「脣」は唇の本字。　**10 腰衱**　腰を締めるひも。　**穏称身**　落ち着いて体にぴったりしている。

11 就中雲幕椒房親　　就中《なかんづく》 雲幕椒房《うんばくせうばう》の親《しん》
12 賜レ名大國虢與レ秦　　名《な》を賜《たま》ふ 大國《たいこく》の虢《くわく》と秦《しん》と
13 紫駝之峯出二翠釜一　　紫駝《しだ》の峯《ほう》 翠釜《すいふ》より出《い》で

水精之盤行㆓素鱗㆒
犀筯厭飫久未㆑下
鸞刀縷切空紛綸
黄門飛㆑鞚不㆑動㆑塵
御厨絲絡送㆓八珍㆒
簫鼓哀吟感㆓鬼神㆒
賓従雑遝實要津
後來鞍馬何逡巡
當㆑軒下㆑馬入㆓錦茵㆒
楊花雪落覆㆓白蘋㆒
青鳥飛去銜㆓紅巾㆒
炙㆑手可㆑熱勢絶倫
愼莫㆓近前㆒丞相嗔

水精《すいせい》の盤《ばん》　素鱗《そりん》を行《なら》ぶ
犀筯《さいちよ》　厭飫《えんよ》して久《ひさ》しく未《いま》だ下《くだ》さず
鸞刀《らんたう》の縷《る》切《せつ》　空《むな》しく紛綸《ふんりん》たり
黄門《くわうもん》　鞚《こう》を飛《と》ばすも塵《ちり》を動《うご》かさず
御厨《ぎよちゆうし》　絲絡《らく》　八珍《はつちん》を送《おく》る
簫鼓《せうこ》は哀吟《あいぎん》して鬼神《きしん》を感《かん》ぜしめ
賓従《ひんじゆう》は雑遝《ざつたふ》す　實《じつ》に要津《えうしん》
後來《こうらい》の鞍馬《あんば》　何《なん》ぞ逡巡《しゆんじゆん》たる
軒《けん》に當《あ》たりて馬《うま》より下《くだ》り錦茵《きんいん》に入《い》る
楊花《やうくわ》　雪《ゆき》のごとく落《お》ちて白蘋《はくひん》を覆《おほ》ふ
青鳥《せいてう》　飛《と》び去《さ》りて紅巾《こうきん》を銜《ふく》む
手《て》を炙《あぶ》れば熱《ねつ》す可《べ》し　勢《いきほ》ひ絶倫《ぜつりん》
愼《つつし》みて近《ちか》づき前《すす》む莫《な》かれ　丞相《じようしやう》嗔《いか》らん

現代語訳　とりわけても雲のとばり、山椒の部屋のお后の親族といえば、虢国《かくこく》、秦国《しんこく》の大きな名前を賜与された。

紫の駱駝《らくだ》のこぶが翡翠の釜で茹で上げられ、水晶の大皿には透き通った魚が列を作る。

犀の箸は食べ飽きてもはや下ろすこともせず、鸞《すず》の包丁で糸筋に切った料理は手もつけられずに散らばる。

黄門は塵一つ立てずに馬を飛ばし、御厨からは引きも切らずに八種の珍味が届けられる。

簫や鼓はむせび泣き、鬼神の心まで動かす。賓客、その従者でごったがえすのは、実にこれが出世の道ゆえ。

後から来た馬はなんとそこで立ち止まる。入り口まで来ると馬を下りて錦の敷物へ入っていく。

楊柳の花は雪と落ちて白い浮き草にかぶさる。青い鳥は赤いハンカチを銜えて飛び去る。

手をあぶればやけどをしそう、たぐいない勢力。近づかないように抑えないと丞相のお怒りを買う。

語注 **11** **就中** 多くの麗人のなかでもとりわけ。 **雲幕** 雲のように柔らかな、或いは雲の模様を描いた幔幕。『西京雑記』巻一に「(漢の)成帝 雲帳・雲幄・雲幕を甘泉(宮)の紫殿に設け、世は三雲殿と謂ふ」。 **椒房** 皇后の部屋。また皇后をいう。ここでは楊貴妃を指す。『漢書』車千秋伝に「未央(宮)の椒房」。その顔師古の注に「椒房は殿の名。皇后の居る所なり。椒を以て泥に和して壁に塗り、其の温かくして芳るを取るなり」。 **親** 親族。 **12** 楊貴妃の三姉はそれぞれ韓国夫人、虢国夫人、秦国夫人に封ぜられた。ここではその二つを挙げる。 **13** **紫駝之峯** らくだのこぶ。珍味とされる。「紫」は神秘性を添えるか。 **翠釜** 高価な釜をいう。 **14** **水精之盤** 水晶でできた大皿。 **素鱗** 白いうろこ。 **厭飫** 食べ飽きる。 **16** **鸞刀** 鈴のついた刀。『詩経』小雅・信南山に「其の鸞刀を執る」。「鸞」は鈴。古くは祭祀のいけにえを切るのに用いた。ここでは豪華な包丁をいう。 **縷切** 糸筋に切る。 **紛綸** 散り乱れるさま。畳韻の語。 **17** **黄門** 宦官。 **飛鞚** 馬を走らせる。「鞚」はくつわ、おもがい。 **18** **御厨** 宮中の台所。 **糸絡** 糸が続くように、絶えることなく。 **八珍** 八種の珍味。『周礼』天官・膳夫などに天子に供する美味として見える。 **19** **簫鼓** 管楽器と打楽器。食事を彩る演奏。 **哀吟** 高い調子の演奏をいう。 **感鬼神** 「毛詩大序」に、詩の働きを「天地を動かし、鬼神を感ぜしむ」。 **20** **賓従** 賓客とその従者。 **雑遝** ごたごた賑わう。 **要津** 枢要の地への入り口。 **21** **逡巡** 立ちもとおって前に進まない。畳韻の語。ここでは入り口まで来るとそこで止まって思わせぶりにためらうかに見せてから中へ入ることをいう。 **22** **当軒** 入り口まで来て。 **錦茵** にしきの敷物。 **23** **楊花** 柳絮。春に白い綿のような毛が空中に乱舞する。 **白蘋** 浮き草の名。 **24** **青鳥** 恋の仲立ちをする仙界の鳥。西王母が漢の武帝を訪れた際に前もって使者として告げた(『芸文類聚』巻四・巻九一の引く『漢武故事』)。 **25** **炙手可熱** 近づくのは危険であることをいう成語。 **絶倫** 類がない。 **26** **丞相** 楊貴妃の血縁で宰相にのし上がった楊国忠を指す。『後漢書』

五行志の桓帝の時の「京都の童謡」に「梁下に懸鼓有り、我 之を撃たんと欲すれば、丞卿怒る」。五行志の記述によれば、丞卿が政治への批判を禁じようとした。【詩型・押韻】雑言古詩。上平十七真（新・人・真・麟・身・親・秦・鱗・塵・珍・神・津・茵・蘋・巾・嗔）と十八諄（匀・春・脣・綸・巡・倫）の同用。平水韻、上平十一真。

詩解 春の上巳の節句、貴人たちの遊興を描く。曲江に集う麗人たちの美しさ、装飾の華麗さ、そして容姿の美しさ。華美と贅沢を極めた高貴の女たちのなかでも突出しているのは、楊貴妃の姉たち。贅《ぜい》をこらした食がはなやかに述べられる。そこに登場する馬上の人、名は記されないが、「丞相」とあることから楊国忠と知られる。幔幕のなかで虢国夫人との情事が暗示的に描かれる。

醉時歌（醉時《すいじ》の歌《うた》）　03-04

（原注）贈㆓廣文館博士鄭虔㆒。（廣文館博士鄭虔《くわうぶんくわんはくしていけん》に贈《おく》る。）

1 諸公袞袞登㆓臺省㆒　　諸公《しよこう》 袞袞《こんこん》として臺省《だいしやう》に登《のぼ》る
2 廣文先生官獨冷　　廣文先生《くわうぶんせんせい》 官《くわん》獨《ひと》り冷《ひ》ややかなり
3 甲第紛紛厭㆓粱肉㆒　　甲第《かふてい》 紛紛《ふんぷん》として粱肉《りやうにく》に厭《あ》く
4 廣文先生飯不㆑足　　廣文先生《くわうぶんせんせい》 飯《はん》 足《た》らず
5 先生有㆑道出㆓羲皇㆒　　先生《せんせい》 道《みち》有《あ》りて羲皇《ぎくわう》に出《い》で
6 先生有㆑才過㆓屈宋㆒　　先生《せんせい》 才《さい》有《あ》りて屈宋《くつそう》に過《す》ぐ
7 德尊㆓一代㆒常坎軻　　德《とく》は一代《いちだい》に尊《たつと》きも常《つね》に坎軻《かんか》
8 名垂㆓萬古㆒知何用　　名《な》は萬古《ばんこ》に垂《た》るるも 知《し》んぬ何《なん》の用《よう》ぞ

現代語訳　酔いし時のうた

広文館博士の鄭虔に贈る

お歴々は次から次へとお役所に登庁。広文先生はひとり冷たい仕打ち。

お屋敷にはふんだんに、嫌というほどの米と肉。広文先生は飯にも事欠く。

先生には羲皇《ぎこう》以来の道がある。先生には屈原・宋玉をも凌ぐ才がある。

徳は今の世に得難いのに、ずっとうだつの上がらぬまま。名声が永久に残ろうとそれが何になろう。

語注　**0 広文館博士鄭虔**　鄭虔（六八五?～七六四?）は鄭州滎陽《けいよう》（河南省鄭州市に属する）の人。字は若斉《じゃくせい》、あるいは弱斉《じゃくせい》。国史を私撰して罰せられるなどしたために長い不遇を経て、六十歳半ばになって、玄宗が才豊かな彼のために特に「広文館」を設け、その「博士」に任じられた。詩・書・画のいずれにもすぐれ、玄宗から三絶と称された。安禄山の偽政権の官に就いたかどで、乱の平定後、台州（浙江省台州市）に左遷され、その地で没した。**1・2** 朝廷のなかで鄭虔ひとりが冷遇されているのをいう。**袞袞**　次々と勢いよく現れ出るさま。**台省**　朝廷の中枢をなす省庁。漢代から用いられる語。唐代では尚書省（中台）、門下省（東台）、中書省（西台）を指す。**広文先生**　広文館博士の鄭虔を軽い敬意と親しみをこめて呼ぶ。**3・4** 都の繁栄のなかで鄭虔ひとり窮乏するをいう。**甲第**　立派な屋敷。『史記』孝武本紀に「列侯に甲第、僮（下僕）千人を賜ふ」。**紛紛**　雑多なさま。**厭**　食べ飽きる。**粱肉**　穀物と肉。食べ物をいう。**5** 鄭虔の思想が儒家の正統を継ぐものであることをいう。**羲皇**　最古の王とされる伏羲。「三皇」の一人に数えられるので「羲皇」という。**6** 鄭虔の文才の高さをいう。**屈宋**　『楚辞』の主たる作者である屈原と宋玉。文学者の代表。**7 一代**　一つの時代、同時代。晋・葛洪『抱朴子』論仙篇に「彼の二曹は学は則ち書として覧ざる無く、才は則ち一代の英なり」。**坎軻**　不遇なさま。双声の語。「古詩十九首」（『文選』巻二九）其の四に「轗（坎）軻　長《とこしへ》に苦辛」。**8** 死後に不朽の名を残すことも無用という。**万古**　万世。未来も含めた人間の歴史の全体。**知何用**　何の役に立つかしら。「知」の後に疑問詞が来ると、肯定でも否定でもなく、疑問を表す。功績や文学よって歴史に名を残すのは、自分の生を永遠のものとするとして一般に求められた。文学については、たとえば魏・曹丕「典論・論文」（『文選』巻五二）。ここではそれを空しいこととみなす。『世説新語』任誕篇に「我を使《し》て身後の名有らしめんより、即時の一杯の酒に如かず」。【押韻】上声三十八梗（省・冷）。平水韻、上声二十二梗。／入声一屋（肉）と三燭（足）の通押。平水韻、入声一屋と二沃。／去声二宋（宋）と三用（用）の同用。平水韻、去声二宋。

9　杜陵野客人更嗤
10　被二褐短窄一鬢如レ絲
11　日糴二太倉五升米一
12　時赴二鄭老一同二襟期一
13　得レ銭即相覓
14　沽レ酒不二復疑一
15　忘レ形到二爾汝一
16　痛飲眞吾師

杜陵《とりよう》の野客《やかく》　人更《ひとさら》に嗤《わら》ふ
褐《かつ》の短窄《たんさく》なるを被《き》て鬢《びん》は絲《いと》の如《ごと》し
日《ひ》びに太倉五《たいさうご》升《しよう》の米《こめ》を糴《か》ふ
時《とき》に鄭老《ていらう》に赴《おもむ》きて襟期《きんき》を同《おな》じくす
銭《せん》を得《う》れば即《すなは》ち相《あ》ひ覓《もと》め
酒《さけ》を沽《か》ひて復《ま》た疑《うたが》はず
形《かたち》を忘《わす》れて爾汝《じじよ》に到《いた》り
痛飲《つういん》は眞《しん》に吾《わ》が師《し》

現代語訳　名門杜陵の出の田舎っぺを人はもっとあざ笑う。つんつるてんの粗布《あらぬの》を羽織り、糸のように乱れ放題の髪。毎日、米倉庫から五升の米を買ってくる。折々、鄭さんのところへ行っては胸の思いを分かち合う。小銭が手に入ればすぐさま訪ねて行き、酒を買っては何のわだかまりもない。身にまつわる一切は忘れて「俺お前」と呼び交わすに至る。痛快な飲みっぷりこそまことに我が師とする所。

語注　**9 杜陵野客**　杜甫を指す。「杜陵」は漢の名門の家が居住した地。杜甫の先祖もそこに住んでいたことがあった。「野客」は田舎者。杜甫は自分のことをしばしば「杜陵の野客」「杜陵の野老（田舎の爺さん）」などと称する。「杜陵」と「野客」「野老」を結びつけると、そこには名家の出でありながら落魄したという自虐、自嘲を帯びることになる。**10 被褐短窄**　貧者の服を着る。「褐」は目の粗い、粗末な布。「短窄」はきちきちで体を覆いきらない。『墨子』尚賢篇中に、殷の高宗に見出される前の傅説《ふえつ》について、「褐を被て索《なは》を帯す」。**鬢如糸**　乱髪をいう。楽府「子夜歌」（『楽府詩集』巻四四）に「宿昔　頭を梳《くしけづ》らず、糸髪　両肩を被《おほ》ふ」。**11 糴**　穀物を買う。**太倉**　政府の米倉。**五升米**　唐代の一升を0.6リットルとすれば、「五升」はほぼ一六合。一家がぎりぎり食べていける量。**12 鄭老**　鄭虔を親しみと尊敬をこめて呼ぶ。**襟期**　胸に抱く期待。**13 相覓**　相手（鄭虔）に会おうとする。**14 不復疑**　疑念や懸隔を差し挟むことがない間柄をいう。**15 忘形**　立場や身分など外的なものを忘れて、心で交わることをいう。『荘子』譲王篇に「故に志を養ふ者は形を忘る」。**爾汝**　「爾」も「汝」も最も親しい間柄における二人称。**16** 鄭虔の豪快な飲みっぷりこそわたしのお手本、とするのが普通の解。ただし『杜甫詩注』は『荘子』大宗師篇、天道篇に、「完全な調和の世界を、『吾が師なるかな、吾が師なるかな』」とあるのを引いて、「酒中の世界は真にそれだというのである」と説き、「深ざけ　それこそわれらがふるさと」と訳す。**【押韻】**　上平六脂（師）と七之（嗤・糸・期・疑）の同用。平水韻、上平四支。

17 清夜沈沈動㆓春酌㆒
18 燈前細雨簷花落
19 但覺高歌有㆓鬼神㆒
20 焉知餓死塡㆓溝壑㆒
21 相如逸才親滌㆑器
22 子雲識㆑字終投㆑閣

清夜《せいや》　沈沈《ちんちん》として春酌《しゆんしやく》を動《うご》かし
燈前《とうぜん》　細雨《さいう》　簷花《えんくわ》落《お》つ
但《た》だ覺《おぼ》ゆ　高歌《かうか》　鬼神《きしん》有《あ》るを
焉《いづ》くんぞ知《し》らん　餓死《がし》して溝壑《こうがく》に塡《う》まるを
相如《しやうじよ》　逸才《いつさい》なるも　親《みづか》ら器《うつは》を滌《あら》ひ
子雲《しうん》　字《じ》を識《し》るも終《つひ》に閣《かく》より投《とう》ず

現代語訳　清らかな夜が静かに更けてゆく。ともしびの前には細かな雨、軒端から花が落ちる。

ひとえに覚えるのは放吟のなかに乗り移った鬼神。飢えてどぶにはまって死のうと知ったことじゃない。

才気ほとばしる司馬相如も我が手で皿を洗い、文字を知り尽くした揚雄も最後は楼閣から身を投げた。

語注　**17・18**　二句は夜が深まり静かに酌み交わす情景を周囲の雰囲気とともに細やかに描く。　**沈沈**　夜が静寂のなかに更けていくさま。　**簷花**　軒先に落ちる花。　**19**　**高歌**　声高らかに歌う。　**鬼神**　神霊。人を超えた存在。「毛詩大序」に詩の働きについて「天地をも動かし、鬼神をも感ぜしむ」。　**20**　**塡溝壑**　みぞを埋める。野垂れ死にをいう習見の語。西晋・左思「詠史八首」（『文選』巻二一）其の七に、漢の主父偃《しゅほえん》・朱買臣・陳平・司馬相如ら歴史に名をのこした人物を挙げて「其の未だ時に遇はざるに当たりては、憂ひは溝壑に塡まるに在り」。　**21**　**相如**　前漢を代表する辞賦作家司馬相如《しばしょうじょ》。　**逸才**　すぐれた才気。　**親滌器**　自分の手で食器を洗う。司馬相如は卓文君と駆け落ちしたあと、生計のために飲み屋を開いて皿洗いをしていた（『漢書』司馬相如伝上）。　**22**　**子雲**　前漢末の辞賦作家、後に思想家に転じた揚雄《ようゆう》の字。　**識字**　文字についての知識をもつ。漢を倒した王莽《おうもう》が天子としての正統性を広めるために奇字を記した符（おふだ）をばらまいたが、揚雄は弟子に奇字について教えたことがあった。鄭虔も杜甫も「字を識る」読書人であることから、自分たちの末路を字を識っていたために哀れな結果に至った揚雄に重ねる。　**投閣**　符が禁じられたのち、揚雄はそれに関わったかどで逮捕されないか恐れて天禄閣で自殺を計った。巷では「惟《こ》れ寂惟れ寞、自ら閣より投ず」とからかった（『漢書』揚雄伝下）。**【押韻】**　入声十七薛（酌）と十九鐸（落・壑・閣）の通押。平水韻、入声九屑と十薬。

23　先生早賦歸去來　　先生《せんせい》　早《はや》く賦《ふ》せよ歸《き》去來《きょらい》

24　石田茅屋荒㆓蒼苔㆒　　石田《せきでん》　茅屋《ばうをく》　蒼苔《さうたい》荒《あ》る

25　儒術於㆑我何有哉　　儒術《じゆじゆつ》　我《われ》に於《おい》て何《なに》か有《あ》らんや

26　孔丘盗跖倶塵埃　　孔丘《こうきう》も盗跖《たうせき》も倶《とも》に塵埃《ぢんあい》

27　不㆑須聞㆑此意慘愴　　須《もち》ゐず　此《これ》を聞《き》きて意《い》慘愴《さんさう》たるを

28 生前相遇且銜㆑杯　　生前《せいぜん》に相《あ》ひ遇《あ》へば且《しばら》く杯《はい》を銜《ふく》まん

現代語訳 先生よ、さっさと「帰去来」を書いて官を辞したらどうか。故郷では石だらけの畑、草葺きの家、荒れ果てて苔むしているだろう。

学問したところで自分には何にもなりはしない。孔子だって盗跖《とうせき》だってみんな土に帰すのだ。

この歌を聞いて凄絶たる思いを抱くことはいらぬ。生きているうちに出会ったのだから、まずは酒を酌み交わそう。

語注 **23 帰去来** 陶淵明の「帰去来の辞」。彭沢県令の官を辞する決心を固めて故郷に帰ったことをうたう。**24** 一句は鄭虔の故里が荒れ果てていることをいう。陶淵明「帰去来の辞」に「帰りなんいざ、田園将《まさ》に蕪《あ》れなんとす　胡《なん》ぞ帰らざる」。**石田** 石ころだらけの農地。**茅屋** 茅葺きの粗末な家。**蒼苔** 苔。**25 儒術** 儒学。学問。**26 孔丘** 孔子。丘はその名。**盗跖** 悪人の代表。『荘子』に盗跖篇があり、孔子は問答してやりこめられる。また『史記』伯夷列伝に「(顔回は)而して卒《つひ》に蚤夭《さうえう》(夭折)す。……盗蹠(跖)は日びに不辜(罪なき人)を殺し、……竟《つひ》に寿を以て終はる」。**倶塵埃** 孔子も盗跖も死に帰着するところは同じ。**27 不須** 必要ない。**惨愴** いたましい。**28** 身を嘆き行き先を危ぶむよりも、二人が出会った今この時を僥倖として酒を飲もうではないか。【詩型・押韻】七言古詩。上平十五灰(杯)と十六咍(来・苔・哉・埃)の同用。平水韻、上平十灰。

詩解 実直で謹厳な杜甫には、奔放で放縦な一面もあった。それはとりわけ交友関係のなかで顕著にあらわれる。杜甫が心から親しみを覚えていた友人は李白、鄭虔、ほかにも後年、成都時期につきあう斛斯《こくし》融《ゆう》なる無名の人物、いずれも世間的価値に無頓着な自由人であった。李白は一時、宮廷詩人として華やいだこともあったが、杜甫が知り合ったのはそこから追放された後のこと。鄭虔も特別待遇で広文館博士に取り立てられるなど、肩書だけみれば輝かしい立場なのだろうが、実際には宮中に身を置きながら冷遇されていた。いずれもいわば世にときめかない人ばかり。ことに鄭虔とは官位も違い年齢も二十歳ほど離れていたのだが、「忘形」「忘年」の交わりを結んだ。杜甫が鄭虔に対して抱いた親近の思いは、本詩の端々にあふれている。価値観の一致などと殊更にいうよりも、鄭虔の天性、体質に杜甫は惹きつけられたのだろう。ただし表現者杜甫は自分と鄭虔を戯画化し、自嘲するのだが、鄭虔のほうは自分が不遇の身であることに気付いてさえいなかったかもしれない。

病後遇㆓王倚㆒飲贈歌　（病後《びやうご》、王倚《わうき》に遇《あ》ひ、飲《の》みて贈《おく》る歌《うた》）　03-14

1 麟角鳳觜世莫㆑識
2 煎㆑膠續㆑弦奇自見
3 尚看㆔王生抱㆓此懷㆒
4 在㆓於甫也㆒何由羨
5 且遇㆓王生㆒慰㆓疇昔㆒
6 素知賤子甘㆓貧賤㆒
7 酷見㆓凍餒不㆒㆑足㆑恥
8 多病沈年苦㆑無㆑健
9 王生怪㆓我顏色惡㆒
10 答云伏㆑枕艱難徧
11 瘧癘三秋孰可㆑忍
12 寒熱百日相交戰

麟角《りんかく》　鳳觜《ほうし》　世《よ》の識《し》る莫《な》し
膠《にかは》に煎《に》て弦《げん》を續《つ》げば　奇《き》　自《おのづか》ら見《あらは》る
尚《な》ほ王生《わうせい》の此《こ》の懷《おも》ひを抱《いだ》くを看《み》る
甫《ほ》也《や》に在《あ》りて何《なに》に由《よ》りて羨《した》はん
且《しばら》く王生《わうせい》に遇《あ》ひて疇昔《ちうせき》を慰《なぐさ》めん
素《もと》より知《し》る　賤子《せんし》の貧賤《ひんせん》に甘《あま》んずるを
酷《はなは》だ凍餒《とうだい》の恥《は》づるに足《た》らざるを見《み》
多病《たへい》　沈年《しんねん》　健無《けんな》きに苦《くる》しむ
王生《わうせい》　我《わ》が顏色《がんしよく》の惡《あ》しきを怪《あや》しむ
答《こた》へて云《い》ふ　枕《まくら》に伏《ふ》して艱難《かんなん》徧《あまね》しと
瘧癘《ぎやくれい》　三秋《さんしう》　孰《たれ》か忍《しの》ぶ可《べ》けん
寒熱《かんねつ》　百日《ひやくにち》　相《あ》ひ交戰《かうせん》す

13 頭白眼暗坐有レ胝　頭白《あたましろ》く眼《め》暗《くら》く坐《ざ》に胝《ち》有《あ》り
14 肉黄皮皺命如レ線　肉黄《にくき》ばみ皮皺《かはしわ》だちて 命《いのち》 線《せん》の如《ごと》し

現代語訳 病のあと、王倚に会って酒を飲んで贈る歌

麒麟の角、鳳凰のくちばし、世間ではわかっていないが、にかわで煮れば弓の弦も繋がる不思議がおのずと明らか。

王さんがこのご時世にもそんな固い繋がりを抱いているのはわかるが、わたしなどに対してなどて慕ってくださるのか。

とまれ王さんを訪ねて、かねてからの思いを慰めよう。わたしめが貧しい暮らしを我慢しているのは元よりご存じ。

着る物食う物に事欠く暮らしは嫌というほど嘗めてきてもそれは恥ずかしくはないが、ずっと病気ばかりで丈夫でないのが辛い。

王さんはわたしの顔色が悪いのを心配するので、「病床の身、あらゆる難儀を経験しました」と答える。

瘧癘《おこり》が秋の間ずっと続いたのは耐えられようか。寒気がしたり熱が出たりが百日もせめぎ合う。

頭は白くなり目はかすんで床ずれで座れない。体は黄ばみ肌は皺ができ糸のように細い命。

語注 **0 王倚** 未詳。 **遇** たまたま出会う。『詳注』は「過」に作る。ならば「王倚に過《よぎ》り」（王倚のもとを訪れて）。詩の内容はそのほうがふさわしい。 **識** 識別する。『詳注』は「辯」に作る。弁別する。どちらも他と区別して本物を知る。 **1 麟角鳳觜** 「麟」「鳳」は霊獣。 **2 煎膠続弦** 麒麟の角、鳳凰の觜をにかわで煮ると断ち切れた弓の弦も接着できるという。漢・東方朔『海内十洲記』に「仙家は鳳の喙（觜）、麟の角を煮、合はせ煎じて膏を作り、之を名づけて続弦膠と為す」。 **奇自見** 不思議な現象がおのずと出現する。二句は物を強く結びつける物質によって、友情の固さをたとえる。 **3 尚** 人情の軽薄な今でもなお。 **王生** 王倚を親しみをこめて称する。 **此懐** 固い友情。 **4 在於** 二字で「……において」。 **甫也** 自分の名に「也」を添えて一人称とする。 **何由羨** 「羨」はふつう「うらやむ」と訓《よ》まれるが、「羨慕」の語があるように「したう」「あこがれる」の意味で解する。一句は固い友情を抱く王倚は、よりによって自分などをどうして心を寄せるのか、の意。『杜甫詩注』は

「羨」に「余」の訓があることから、「王生は、そうした珍しい心情を（中略）何の理由によってか、特にたっぷりと、もってくれる」と読む。 **5 且** まずは、といった柔らかな語気。 **遇** 詩題と同じく『詳注』は「過」に作る。 **疇昔** かねてから抱いていた思いをいう。 **6 賤子** 謙遜の一人称。南朝宋・鮑照「東武吟」（『文選』巻二八）に「賤子 一言を歌はん」。 **7 酷見** 「酷」は程度の大きいのみならず、好ましくないことに対していう。 **凍餒** 寒さと飢え。生活の基本である衣食に欠く。 **不足恥** 物質の乏しさは士として恥ずべきことではない。 **8 沈年** 長年の意か。 **9 顔色** 『楚辞』漁父にさすらってやつれた屈原について「顔色憔悴、形容枯槁す」。 **11 瘧癘** マラリア。 **三秋** 孟秋・仲秋・季秋の秋三カ月。 **13 坐有胝** 「胝」はたこ。座る所、つまり尻にたこができる。 **14 命如線** 「線」は糸。命は今にも切れそうに細く繫がる。

惟生哀㆔我未㆓平復㆒　　惟《こ》れ生《せい》は我《われ》の未《いま》だ平復《へいふく》せざるを哀《あは》れみ
爲㆑我力致美肴膳　　我《わ》が爲《ため》に力《つと》めて致《いた》す 美肴《びかう》の膳《ぜん》
遣㆑人向㆑市賒㆓香粳㆒　　人《ひと》を遣《や》りて市《いち》に向《む》かひ香粳《かうかう》を賒《おぎの》らしめ
喚㆑婦出㆑房親自饌　　婦《ふ》を喚《よ》びて房《ばう》より出《い》だして親自《みづか》ら饌《せん》せしむ
長安冬菹酸且綠　　長安《ちやうあん》の冬菹《とうしよ》は酸《さん》にして且《か》つ綠《みどり》
金城土酥靜如㆑練　　金城《きんじやう》の土酥《どそ》は靜《しづ》かなること練《れん》の如《ごと》し
兼求㆓富豪㆒且割㆑鮮　　兼《か》ねて富豪《ふがう》を求《もと》めて且《か》つ鮮《せん》を割《さ》く
密沽㆓斗酒㆒諧㆓終宴㆒　　密《ひそ》かに斗《と》酒《しゆ》を沽《か》ひて終宴《しゆうえん》を諧《ととの》ふ
故人情義晚誰似　　故《こ》人《じん》の情義《じやうぎ》 晚《ばん》に誰《たれ》か似《に》ん
令㆔我手脚輕㆒欲㆑漩　　我《わ》が手脚《しゆきやく》をして輕《かる》からしめ漩《せん》せんと欲《ほつ》す

25 老馬爲レ駒信不レ虚老馬《らうば》の駒《こま》と爲《な》るは信《まこと》に虚《きよ》ならず
26 當時得意況深眷當時《たうじ》の得意《とくい》 況《いは》んや深眷《しんけん》をや
27 但使三殘年飽二喫飯一但《た》だ殘年《ざんねん》をして喫飯《きつぱん》に飽《あ》かしめば
28 只願無事長相見只《た》だ願《ねが》ふ 無事《ぶじ》にして長《とこしへ》に相《あ》ひ見《み》んことを

現代語訳 それを王さんはわたしが回復しないのに同情してくださり、わたしのために懸命にご馳走のお膳を用意してくださる。人を遣わせて市場で上等のお米を掛け買いさせ、奥方を部屋から呼び出してその手で皿を並べさせる。長安の冬の漬け物は酸味があって緑色。金城の土産《どさん》の乳酪は練り絹のようなつややかさ。そのうえ肥えた豚を調達して生きのよい肉を切り裂く。そっと斗酒を買ってきては宴の終わるまで手抜かりはない。友人の厚情、この年になって及ぶ人はいない。わたしの手足を軽やかにしてくれて舞い上がりそうだ。「老いたる馬が若駒に変わる」というのは、実にうそではなかった。今は心満ち足り、深い思いやりも受けた。老残の身に飯を存分に食べられさえしたら、なんとか息災でこの先ずっとお会いできたらとそれだけを望みます。

語注 **15 惟生** そうした自分に王倚だけが同情してくれると強調する。「生」は王生。**16 美肴膳** ごちそうのお膳。**17 賒** 掛け買いする。**香粳** 香り立つような米。「粳」はうるち米。**18** 王倚が自分の妻（「婦」）を夫人の部屋（「房」）から呼び出してお膳を並べさせる。下女を使わない親密な接待をいう。**19 葅** 塩漬けの野菜。**20 金城** 長安県の西に位置する県の名。現在の陝西省興平市。**土酥** その地でできた乳製品。**静如練** 透明で光沢あるさまをたとえる。南斉・謝朓の名句として知られる「澄江は静かにして練の如し」（「晩に三山に登り還りて京邑を望む」、『文選』巻二七）の三字をそのまま用いる。「練」は練り絹。「静」は『詳注』では「浄」に作るが意味はほぼ同じ。**21 富豪** ふつうは金持ちの意味だが、「豪」にはヤマアラシの訓もあり、ここでは太った豚ないしは豚の類の動物として読む。『詳注』は「畜豪」に作り、それならば家畜としての豚。**割鮮**

新鮮な肉を裂く。**22 密沽**　客人に悟られぬように買う。酒が途切れないように秘かに買い足すこと。**斗酒**　一斗の酒。**諧**　整える。うまく運ぶ。**終宴**　宴の最後まで。魏・曹植「公讌詩」（『文選』巻二〇）に「宴を終ふるまで疲れを知らず」。**23 情義**　情誼。温情。**晩**　老年のこのわたしに、の意。**24 令我手脚軽欲漩**　王倚の厚情に手足も舞い出さんばかりに嬉しい。「漩」はくるくる回る。**25 老馬為駒**　「駒」は若い馬。『詩経』小雅・角弓に「老馬反つて駒と為り、其の後を顧みず」。**信不虚**　『詩経』の言葉どおり。**26 当時**　ここでは現在の意。**得意**　思いが満たされる。**況深眷**　ご馳走に恵まれたうえに、ましてや王倚の厚情を受けた満足もある。「深眷」は厚い心遣い。**27 残年**　老残の年。**28 無事**　平穏。【詩型・押韻】七言古詩。去声二十五願（健）、三十二霰（見・練・見）、三十三線（羨・賤・偏・戦・線・膳・饌・宴・漩・眷）の通押。平水韻、去声十四願、十七霰。

詩・解　長安にいた頃の作と思われるが、時期は正確にはわからない。詩題に「病後」とあり、本文にも具体的叙述がある（11〜14）ように、実際にマラリアに苦しんだことがあったようだ。王倚はほかの詩に出てこないが、病気でやつれた杜甫を憐れんで、精一杯のもてなしをしてくれた。その温情に報いるのがこの詩。とりわけこの時期、杜甫は周囲の人たちの人情に敏感で、世間の薄情を嘆いた「貧交行」（02-15）の詩もある。それゆえにいっそう王倚のもてなしが身に浸みたことは、詩のはしばしから伝わってくる。それに違いはないにしても、病気についてはいささか大げさのようにも見えるし、杜甫がしばしば見せる自虐的な態度もうかがわれる。また王倚がしつらえてくれた食卓の描写も、いかにも食べ物を書くのに熱心な杜甫らしい。

示二従孫済一（従孫《じゅうそん》の済《せい》に示《しめ》す）　03-18

1　平明跨レ驢出　　平明《へいめい》　驢《ろ》に跨《また》がりて出《い》づ
2　未レ知レ適二誰門一　　未《いま》だ誰《たれ》の門《もん》に適《ゆ》くかを知《し》らず
3　権門多二噂嗒一　　権門《けんもん》　噂嗒《そんたふ》多《おほ》し

且復尋㆓諸孫㆒
諸孫貧無㆑事
宅舍如㆓荒村㆒
堂前自生㆑竹
堂後自生㆑萱
萱草秋已死
竹枝霜不㆑蕃
淘㆑米少汲㆑水
汲多井水渾
刈㆑葵莫㆑放㆑手
放㆑手傷㆓葵根㆒
阿翁懶墮久
覺㆓兒行歩奔㆒
所㆑來爲㆓宗族㆒
亦不㆑爲㆓盤飧㆒
小人利㆓口實㆒

且《しばら》く復《ま》た諸孫《しよそん》を尋《たづ》ねん
諸孫《しよそん》は貧《まづ》しくして事無《ことな》し
宅舍《たくしや》　荒村《くわうそん》の如《ごと》し
堂前《だうぜん》　自《おのづか》ら竹《たけ》を生《しやう》じ
堂後《だうご》　自《おのづか》ら萱《けん》を生《しやう》ず
萱草《けんさう》は秋《あき》に已《すで》に死《し》し
竹枝《ちくし》は霜《しも》に蕃《しげ》らず
米《こめ》を淘《と》ぐには少《すこ》しく水《みづ》を汲《く》め
汲《く》むこと多《おほ》ければ井水渾《せいすいにご》らん
葵《き》を刈《か》るには手《て》を放《はな》つ莫《な》かれ
手《て》を放《はな》てば葵根《きこん》を傷《きず》つけん
阿翁《あをう》　懶墮《らんだ》なること久《ひさ》しく
兒《じ》の行歩《かうほ》の奔《はや》きを覺《おぼ》ゆ
來《きた》る所《ところ》は宗族《そうぞく》の爲《ため》なり
亦《ま》た盤飧《ばんそん》の爲《ため》ならず
小人《せうじん》は口實《こうじつ》に利《り》し

20 薄俗難レ可レ論　　薄俗《はくぞく》は論《ろん》ず可《べ》きに難《かた》し
21 勿レ受二外嫌猜一　　外《そと》の嫌猜《けんさい》を受《う》くる勿《な》かれ
22 同姓古所レ敦　　同姓《どうせい》は古《いにしへ》より敦《あつ》くする所《ところ》なり

現代語訳　同族の孫の杜済に見せる

夜明けとともにロバに跨《またが》って出たものの、さて誰のもとへ行ったものか。

羽振りのいい連中はおしゃべりがうるさい。差し当たり同族の孫を訪ねることにしよう。

孫は貧乏で手も空《あ》いている。住まいはまるで荒れた村。

堂の前には竹が勝手に伸び、堂の後ろには萱草《けんそう》が我がもの顔。

萱草は秋になってもう枯れているし、竹の枝は霜を受けてしなびている。

米をとぐのに水を汲むのは控えめに。たくさん汲んだら井戸水が濁る。

葵《き》は手当たりしだいに切ってはならぬ。手当たりしだいに切ったら葵の根を傷つける。

じいさんはずっと怠けてばかり。子供たちの足の運びはやたらに速い。

ここへ来たのはわが一族ならばこそ。ご馳走にありつくためではない。

小人は腹を満たそうとするが、世の軽薄ぶりは一々口にしがたい。

外からとやかく指を指されぬように。同姓の絆は昔から厚いもの。

語注　**0 従孫済**　一族のなかで孫の世代に属する杜済《とせい》（七二〇～七七七）、字は応物。のちに官を歴任して京兆尹に昇る。この時はしがない暮らしをしていたようだが、やがて杜甫一族のなかでは栄達した一人。　**1 平明**　夜明けの時刻。　**驢**　ろば。馬には乗れない貧しさを表す。　**3 噂嗒**　べちゃべちゃとおしゃべりする。『詩経』小雅・十月之交に「噂嗒して背《うし》ろに憎む（談話を交わしながら陰では嫌う）」。　**4 且復**　まずは。これといって行く場所もないのでとりあえず、の意。　**5 無事**　用事がない。**7・8** 手入れをされていない住まいの描出。「堂」は家の中心となる部屋。「自」は植物が勝手に生えていることをいう。「萱」はワスレグサ。『詩経』衛風・伯兮《はくけい》に「焉《いづ》くにか諼《けん》(萱)草《さう》を得て、言《ここ》に之を背に樹《う》ゑん」。毛伝に「諼草は人をして憂ひを忘れしむ。背は北堂なり」。毛伝の「北堂」は堂の北側半分というが(孔穎達の疏)、本詩の「堂後」は「北堂」を意識して、家の背後の意味で使う。**9・10** 9は8を、10は7を受ける、ABBAのかたちをとる交叉句法。この詩はほかにも7・8「堂前」「堂後」のリフレイン、8から9へ「萱草」を繰り返して続ける句法など、歌謡調な口ぶりでうたう。**蕃** 繁殖する。『周易』坤《こん》の文言伝に「天地変化して、草木蕃す」。**11―14** 井戸水と葵の根に言及するのは、趙次公によると、一族の大本を大切にすべきことをたとえたものという。『呉越春秋』六に「吾聞く、其の実を食らふ者は、其の枝を傷めず。其の水を飲む者は、其の流れを濁さず、と」。**葵** アオイ。粗末な食べ物。**放手** 勝手気まま。**15 阿翁** 「阿」は人の呼称の前につけて親しみを表す接頭語。口語的な言い方。ここでは従孫の立場から杜甫が自分のことを呼ぶ。**懶堕** 「懶惰」とも表記する。怠け者。**16 行歩奔** 歩き方が速い。自分と対比してせっせともてなしに勤しむ。**17 宗族** 同じ一族。**18 盤飧** 大皿に盛ったご馳走。『左伝』僖公二十三年に「乃ち盤飧を饋《おく》り、璧を寘《お》く」。**19 口実** 口に入れる食べ物。『周易』頤《い》の卦に「頤を観て自ら口実を求む」。**20 薄俗** 世間の軽薄さ。**21 外嫌猜** 外部の人から受ける嫌疑。南朝宋・鮑照「放歌行」(『文選』巻二八)に「明慮は天より断じ(天子が明断を下されたので)、外の嫌猜を受けず」。【詩型・押韻】五言古詩。上平二十二元(萱・蕃)、二十三魂(門・孫・村・渾・奔・飧・論・敦)、二十四痕(根)の同用。平水韻、上平十三元。

詩解 杜済が長安にいた時期から推して、天宝十三載(七五四)ころの作とされる。都長安にはあまたの人が住むとはいえ、杜甫には足を運ぶあてもない。大都会からはじき出された詩人は、杜済とはさほど親密な関係ではなかっただろうが、血族に心を寄せようとする。訪問を受けた杜済にとっては迷惑な年長者。杜甫もそれを承知で厄介な年長者の役割を演じている。住居の乱雑ぶりはかえって気が休まる。もし整った邸宅であったら、居心地はさらに悪かっただろう。11「米を淘ぐには」13「葵を刈るには」は、一族の年長者としてのお説教。歓迎されざる役回りを自覚しながら、訓戒を垂れてみせる。親密さの実感はないままに、せめて同族の絆は大切にしようと詩を結ぶ。疎外感とともに、苦い諧謔と多少の自虐が漂う。

Ⅲ　仕官時期　天宝十四載（七五五）四十四歳～乾元二年（七五九）四十七歳

四十四歳に至って初めての官を授けられたのだが、その直後に安禄山の乱が勃発したというのは、まことに皮肉な巡り合わせというほかない。十一月に范陽（北京市）で挙兵した軍は、破竹の勢いで西へ進み、十二月には洛陽を陥落。翌天宝十五載（七五六）には長安を守る潼関も破って都へ迫る。玄宗は蜀へ逃げ、七月に玄宗の子の粛宗《しゅくそう》が霊武《れいぶ》で即位。至徳《しとく》元載に改元された。杜甫は粛宗の行在所に向かおうとして賊軍に捕まり、長安に引き戻される。

至徳二載（七五七）四月、杜甫は長安を脱出して鳳翔《ほうしょう》の行在所に馳せ着け、その功によって左拾遺《さしゅうい》に任ぜられた。九月、長安が敵軍の手から奪回され、粛宗も長安へ戻る。杜甫はそのもとで左拾遺として勤める。

翌至徳三載、二月には乾元《けんげん》元年（七五八）に改元された年の六月、杜甫は左拾遺から華州司功参軍へと左遷される。粛宗の朝廷では玄宗のもとにあった旧官僚は疎んじられ、その筆頭に位置した宰相の房琯《ぼうかん》はじめ、朝廷から出された。杜甫が華州へ出されたのもその一連の人事に関わる。

そして乾元二年、華州司功参軍を辞任して、再び布衣の身に戻る。やっと得た官をいともあっさりやめてしまうのは理解に苦しむところだが、粛宗政権のもとでの居心地の悪さが蓄積した結果だろうか。

理由は何にせよ、中原での生活はここで終わり、以後二度と都へ足を入れることはなかった。みずから「拙」と認めるように、処世の能力に欠けた詩人の生涯が始まるのである。

官定後戯贈（官定《くわんさだ》まりて後《のち》 戯《たはむ》れに贈《おく》る） 03-31

（原注）時免二河西尉一、爲二右衛率府兵曹一。（時《とき》に河西《かせい》の尉《ゐ》を免《めん》ぜられ右衛率府兵曹《いうゑいそつふへいさう》と爲《な》る。）

1 不レ作二河 西 尉一　河西《かせい》の尉《ゐ》と作《な》らざるは
2 凄 涼 爲レ折レ腰　凄涼《せいりやう》 腰《こし》を折《を》るが爲《ため》なり
3 老 夫 怕二趨 走一　老夫《らうふ》は趨走《すうそう》を怕《おそ》る
4 率 府 且 逍 遙　率府《そつふ》に且《しばら》く逍遙《せうえう》せん
5 耽レ酒 須二微 祿一　酒《さけ》に耽《ふ》けるには微祿《びろく》を須《もと》む
6 狂 歌 託二聖 朝一　狂歌《きやうか》するには聖朝《せいてう》に託《たく》す
7 故 山 歸 興 盡　故山《こざん》 歸興《ききよう》 盡《つ》く
8 廻レ首 向二風 飆一　首《かうべ》を廻《めぐ》らして風飆《ふうへう》に向《む》かふ

現代語訳　官職が決まった後で、戯れに贈る

この時、河西県尉を免除され、右衛率府兵曹となった。

河西の県尉にならなかったのは、俸給のためにぺこぺこするのは情けないから。年寄りに走り使いは気が重い。まずは衛率府《えいそつふ》の職でぶらぶらしよう。飲んだくれるにはわずかでも禄米がいるし、明君のおかげで勝手な歌もうたえよう。故郷へ帰りたい思いもすっきり消えた。振り返ってみれば風が吹き付けてくる。

語注 **0 官定**　官職が決まる。原注にいう右衛率府兵曹に任官されたことをいう。**免河西尉**　河西は蒲州の河西県（山西省）か。その県尉の職を授けられたのを辞退したことを指す。**右衛率府兵曹**　正確には太子右衛率府兵曹参軍事。皇太子付き禁衛軍の下僚。**1**　河西県尉を辞退したことをいう。**2 凄涼**　わびしい。**折腰**　心ならずも上司に卑屈な態度を取る。陶淵明が「我豈に能く五斗米の為に腰を折り、郷里の小児に向かはんや」（梁・昭明太子「陶淵明伝」）と言って彭沢《ほうたく》県令（長官）を辞したことを用いる。**3 趨走**　仕事に奔走する。河西県尉の職務をいう。**4 率府**　右衛率府を指す。**逍遥**　のんびりする。畳韻の語。**5 微禄**　わずかな俸給。**6 狂歌**　放埒な歌。**託聖朝**　聖明なる朝廷に身を託す。天子が聖明であるがゆえに、野放図な歌も許されるの意。**7 故山**　故郷。**帰興尽**　帰郷したい思いがきれいさっぱり無くなる。**8 廻首**　朝廷ではなく、故郷の方角に頭を向けると解する。**風飆**　つむじ風。「廻首」を故郷の方角に向くとすれば、故郷は冷たい風を送ってよこすのみ。故郷とも断絶し、希望がもてない無聊感が漂う。【詩型・押韻】五言律詩。下平四宵（腰・遥・朝・飆）。平水韻、下平二蕭。

詩解　長い求職活動のすえに、天宝十四載（七五五）、ようやく与えられた官は河西県尉。県尉は地方の役所で雑事万端をこなすせわしない職。杜甫はそれを断り、次に与えられた閑職に就く。繁忙は免れるにしても、先の望みもない。それを自嘲しながらうたう。「贈」った相手が明示されていないが、おそらくは身近で親しい人。『杜臆』は戯れに自分に贈ったとする、いずれにしても索漠たる思いがそのまま吐露される。「帰興尽く」とは言いながらも、そこには未練が残るゆえに、「風飆に向かふ」しかないやるせなさを伴う。

戯簡二鄭廣文一兼呈二蘇司業源明一（戯《たはむ》れに鄭廣文《ていくわうぶん》に簡《かん》し兼《か》ねて蘇司業源明《そしげふげんめい》に呈《てい》す）　03-34

1　廣文到二官舎一　　廣文《くわうぶん》　官舎《くわんしや》に到《いた》り
2　置レ馬堂階下　　馬《うま》を置《お》く　堂階《だうかい》の下《した》
3　酔則騎レ馬帰　　酔《ゑ》へば則《すなは》ち馬《うま》に騎《の》りて帰《かへ》り

4 頗 遭二官 長 罵一
5 才 名 四 十 年
6 坐 客 寒 無レ氈
7 頼 有二蘇 司 業一
8 時 時 與二酒 銭一

頗《すこぶ》る官長《くわんちやう》の罵《ののし》るに遭《あ》ふ
才名《さいめい》四十年《しじふねん》
坐客《ざかく》寒《さむ》きも氈《せん》無し
頼《さいは》ひに蘇司業《そしげふ》有《あ》りて
時時《じじ》酒銭《しゆせん》を與《あた》ふ

現代語訳 戯れに鄭広文に手紙を寄せ、兼ねて国子司業の蘇源明に呈する

広文は役所に着くと、馬をきざはしの下に繋ぐ。

酒に酔えば馬に跨って帰ってしまい、ひどく上司の叱責を受ける。

才人としての名声は四十年も前から知れ渡っているのに、来客は寒くても座るに毛氈《もうせん》すらない。

幸い蘇司業《そしぎょう》殿に頼って、しょっちゅう酒を買う小遣いはもらっている。

語注 **0 簡** 手紙を送る。 **鄭広文** 鄭虔《ていけん》。時に広文館博士であった。「酔時の歌」（03-04）参照。 **蘇司業源明** 蘇源明（七〇七〜七六四）。字は弱夫。天宝年間の進士。この時は国子司業。後に粛宗の朝では考功郎中・知制誥を経て秘書少監に至った。杜甫は斉趙漫遊期に知り合う。後に「八哀詩」（16-02）の一首でも詳しく記される。 **1 官舎** 役所の建物。宿舎ではない。 **2 置馬** 諸本は多く「繋馬」に作る。「置馬」ならば、「馬をそのへんにほうり出しておくことか」（『杜甫詩注』）。 **堂階** 建物の中心となる部屋に上がる段。 **3** 酔えば執務中であろうと帰ってしまう。鄭虔のずぼらな人柄をいう。 **4 遭** 不都合なことに出くわす。 **官長** 長官。 **5 四十年** 諸本は「三十年」に作る。 **6** 鄭虔のもとを訪れた客人には暖かな敷物もない。鄭虔の貧をいう。 **氈** 毛氈の敷物。 **7 頼** ありがたいことに。 **8 与** 諸本はおおく「乞」に作るが、「乞」も「あたふ」と読む。**【詩型・押韻】** 五言古詩。上声三十五馬（舎・下・罵）。平水韻、上声二十一馬。／下平一先（年）と二仙（氈・銭）。平水韻、下平一先。

詩解 これも鄭虔に関する詩。官に身を置きながらそれに縛られない放縦な振る舞いは譴責を受ける。才人として名は高いのに、

暮らし向きは一向に変わらない。そんな鄭虔ではあるが、理解者のおかげで酒代はなんとかなっている。「酔時の歌」が杜甫との交遊を語るのに対して、この詩は鄭虔だけを詠じているために淡々とした印象があるが、鄭虔の人となり、世に合わない境遇への同情は、「酔時の歌」と通じている。

自レ京赴二奉先縣一詠懷五百字（京自《けいよ》り奉先縣《ほうせんけん》に赴《おもむ》く詠懷《えいくわい》五《ご》百字《ひやくじ》）　04-06

（原注）天寶十四載十一月初作。（天寶十四《てんぽうじふし》載十一月初《さいじふいちぐわつはじ》めの作《さく》。）

1 杜陵有二布衣一　杜陵《とりよう》に布衣《ふい》有《あ》り
2 老大意轉拙　老大《らうだい》 意《い》轉《うた》た拙《せつ》
3 許レ身一何愚　身《み》を許《ゆる》すこと一《いつ》に何《なん》ぞ愚《おろ》かなる
4 竊比二稷與一レ契　竊《ひそ》かに稷《しよく》と契《せつ》とに比《ひ》す
5 居然成二濩落一　居然《きよぜん》 濩落《くわくらく》を成《な》し
6 白首甘二契闊一　白首《はくしゆ》 契闊《けつくわつ》に甘《あま》んず
7 蓋レ棺事則已　棺《くわん》を蓋《おほ》へば事《こと》 則《すなは》ち已《や》まん
8 此志常覬レ豁　此《こ》の志《こころざし》 常《つね》に豁《くわつ》なるを覬《ねが》ふ

現代語訳　都から奉先県《ほうせん》へ赴き、思いをうたう五百字
天宝十四載十一月初めの作。

杜陵《とりよう》の出《で》なのに無官の男、馬齢を重ねてますます世渡り下手。
思い上がりはなんとも愚か。人知れず稷《しょく》や契《せつ》に我が身をなぞらえる。
はからずも落ちぶれて、白髪になっても憂き目に遭ったまま。
人の一生、棺《かん》を覆って決まるもの、この志いつか果たそうと思い続ける。

語注 **0 京** 長安。 **奉先県** 陝西省蒲城県。長安の東北ほぼ一〇〇キロ。妻の姻戚にあたる奉先県令楊慧《ようけい》のもとに妻子を預けていた。 **天宝十四載十一月初** 十一月九日に安禄山が幽州（北京市）で挙兵した。原注はこの作が安禄山の乱の直前であることを、おそらく事後に記したもの。『杜甫詩注』に「〔初〕の一字に、叛乱勃発と時を同じくしつつ、しかも当時はそれを知らなかったという感慨を託していると見るべきである」。 **1 杜陵** 長安の南郊の地。漢の宣帝の廟があり、漢代には貴顕の人々がそこに移住した。杜甫の先祖も住んだことがある。 **布衣** 無官の人。実際にはその年の十月に右衛率府兵曹参軍事《ゆうえいそつふへいそうさんぐんじ》の任に就いたばかり。「杜陵」と「布衣」、あるいは「杜陵の野老」などのように、名門の家柄であることを示す「杜陵」とその出自にふさわしくない自分とを繋げるところに、杜甫の自嘲の響きが伴うことについては、「酔時の歌」（03-04）注9も参照。 **2 老大** 何事もなしえぬまま、むざむざ年を取る。 **拙** 世と合わない愚かしい生き方をいう。 **3 許身** 自認する。1・2で提示された自分と4との間の落差が自分でもわかっている。それを「一に何ぞ愚かなる」と言うのは、自己を客観視しているから。 **4 窃比** 「窃」は謙遜の意を含む。『論語』述而篇に孔子が「窃かに我を老彭《ろうほう》（堯の賢臣彭祖《ほうそ》）に比す」と言うのを用いる。 **稷契** 稷は后稷《こうしょく》。舜のもとで農業を担当。後に周の始祖となった。契は舜のもとで教育を担当。後に殷の始祖となった。自分を二人になぞらえるのは、玄宗を補佐する力を発揮したい志をいう。「甚だ強烈」な「自負」（『杜甫詩注』）には違いないが、この文脈のなかではそんな自負を抱いていた自分から距離を置いて見ている。 **5 居然** 意外にも。期待とははずれた結果に驚く。 **濩落** がらんとして何もない。おちぶれたさま。畳韻の語。 **6 甘** 不本意であっても受け入れる。 **契闊** 生活に苦しむ。『詩経』邶風・撃鼓に「死生契闊たり」。 **7** 人は死んだ後になって評価が定まる。古くからあった成語か。「蓋棺」が死ぬまで一生の意をもつことは、たとえば『韓詩外伝』巻八に見える孔子のことばに「学びて已まず、棺を闔《と》ぢて則ち止《や》む」。 **8 覬豁** 分を過ぎたことと知りながら、からっと開けるように実現することを希求する、の意か。

9 窮年憂㆓黎元㆒　窮年《きゅうねん》 黎元《れいげん》を憂《うれ》へ
10 嘆息腸內熱　嘆息《たんそく》 腸內熱《ちゃうだいねつ》す
11 取㆓笑同學翁㆒　笑《わら》ひを同學《どうがく》の翁《おきな》に取《と》るも
12 浩歌彌激烈　浩歌《かうか》 彌《いよ》いよ激烈《げきれつ》
13 非㆑無㆔江海志　江海《かうかい》の志《こころざし》の
14 蕭洒送㆓日月㆒　蕭洒《せうしや》として日月《じつげつ》を送《おく》る無《な》きに非《あら》ず
15 生逢㆓堯舜君㆒　生《う》まれて堯舜《げうしゅん》の君《きみ》に逢《あ》へば
16 不㆑忍㆓便永訣㆒　便《すなは》ち永訣《えいけつ》するに忍《しの》びず
17 當今廊廟具　當今《たうこん》 廊廟《らうべう》の具《ぐ》
18 構厦豈云㆑缺　構厦《こうか》 豈《あ》に缺《か》けたりと云《い》はんや
19 葵藿傾㆓太陽㆒　葵藿《きくわく》 太陽《たいやう》に傾《かたむ》く
20 物性固難㆑奪　物性《ぶつせい》 固《もと》より奪《うば》ひ難《がた》し

現代語訳　年がら年中、人々のことを思って心を痛める。嘆くあまり腹のなかが熱くなる。幼なじみの爺さんたちに笑われても、声高らかな歌はいよいよ激する。遠い水辺の地へ行って、さばさばと日を過ごそうという気もないではないが、たまたま堯舜《ぎょうしゅん》の世に生まれ合わせたのだから、さっさとおさらばするのは忍びない。

当節、朝廷の人材は、大建築を支えるのに欠けることはない。
しかし葵藿《きかく》は太陽に向かうもの、生まれついた本性を取り上げたりできない。

語注 **9 窮年** 一生涯、あるいは一年中。**黎元** 庶民。「黎」は衆多、「元」は民の意。**10 腸内熱** 満たされる思いが身体を熱くするに至る。陶淵明は自分の死を思って「身没すれば名も亦た尽く、之を念《おも》へば五情熱す」（「形影心」「影 形に答ふ」）、「古《いにしへよ》り皆没する有り、之を念へば中心焦がる」（「己酉の歳の九月九日」）などという。**11** 昔、共に学んだ旧友たち、今はみな老人になっているのが、年甲斐もない志を抱く杜甫を笑う。**12 浩歌** 大声で歌う。**弥** 周囲から笑われるのでいっそう。**13 江海志** 隠逸の志。水辺は中心から離れた自由な空間。**14 蕭洒** 俗界から離れて、さわやかに生きるさま。「蕭」を底本は「簫」に作るが、諸本によって改める。**15 生逢** 同時代の人として出会ったからには。**堯舜** 古代の理想的な君主である堯と舜。玄宗をなぞらえる。**16 便** すぐに、さっさと。**永訣** 堯舜（玄宗）と永遠に別れる。政治への参加を辞して、隠逸に赴くことをいう。**17 廊廟具** 「廊廟」は正堂のまわりの建物と太廟。建物によって朝廷、また朝廷の政治を指す。「具」はそこで政治に当たる人材。とりわけ宰相を指す。**18 構廈** 堂々たる建造物。国家の中心となる朝廷をいう。**豈云欠** 朝廷にふさわしい人材がいないわけではない。**19 葵藿** 「葵」はフユアオイ、「藿」は豆、豆の葉というが、あるいは「葵藿」で一つの植物。「葵」が太陽に向かうことは、『淮南子』説林訓に「聖人の道に於けるは、猶ほ葵の日に与《お》けるがごときなり。与《とも》に終始する能はずと雖も、其の之に郷《むか》ふは誠なり」。それによって忠誠を表すことは、魏・曹植の「親親を通ずるを求むる表」（『文選』巻三七）に「葵藿の葉を傾くるが若く、太陽は之が為に光を廻らさずと雖も、然も終に之に向かふ者は誠なり」。西晋・陸機にも自分が忠誠を貫いたことをいう「園葵の詩」（『文選』巻二九）がある。**20 物性** 物の本性。皇帝に忠誠を尽くし政治の場で働きたいという思いは自分の持ち前であって変えることはできないことをいう。**難** 底本は「莫」に作るが、諸本によって改める。

21 顧惟螻蟻輩　顧《かへり》みて惟《おも》ふに螻蟻《ろうぎ》の輩《やから》は
22 但自求二其穴一　但《た》だ自《みづか》ら其《そ》の穴《あな》を求《もと》む
23 胡為慕二大鯨一　胡為《なんす》れぞ大鯨《たいげい》を慕《した》ひ

24　輒擬レ偃二溟渤一　輒《すなは》ち溟渤《めいぼつ》に偃《ふ》せんと擬《ぎ》するや
25　以レ茲悟二生理一　茲《ここ》を以《もつ》て生理《せいり》を悟《さと》り
26　獨恥レ事二干謁一　獨《ひと》り干謁《かんえつ》を事《こと》とするを恥《は》づ
27　兀兀遂至レ今　兀兀《ごつごつ》として遂《つひ》に今《いま》に至《いた》り
28　忍レ爲二塵埃沒一　塵埃《ぢんあい》に沒《ぼつ》せらるるを忍《しの》ぶ
29　終愧二巣與一レ由　終《つひ》に巣《さう》と由《いう》とに愧《は》づるも
30　未レ能レ易二其節一　未《いま》だ其《そ》の節《せつ》を易《か》ふる能《あた》はず
31　沈飲聊自遣　沈飲《ちんいん》して聊《いささ》か自《みづか》ら遣《や》り
32　放歌頗愁絶　放歌《はうか》して頗《すこぶ》る愁絶《しうぜつ》

現代語訳　振り返って考えるに、ケラやアリのような小物は、自分のもぐる穴をほしがるもの。だのになぜ大きな鯨にあこがれ、大海に寝そべろうなどとするのか。これを見ては生きる道を悟り、わたしは謁見につとめるのは屈辱と思う。人知れず努めて今日に至り、塵に埋もれたままがまんしてきた。挙げ句に隠者の巣父《そうほ》や許由《きょゆう》に合わせる顔がないが、自分の節操を変えることはできない。飲んだくれてまずは憂さを晴らし、歌いまくって悲痛は極まる。

語注　**21 顧惟**　自分の叙述から離れて、自分とは異質の人々に話題を転じる。**螻蟻**　ケラとアリ。小人物をたとえる。**22 小**　人物は自分にふさわしい小さな穴に満足するものなのに、以下の句のように大それたことを求める。**23 大鯨**　「螻蟻」と対比される大きな生物。鯨は『春秋左氏伝』宣公十二年に、小国を飲み込む悪人を「鯨鯢《げいげい》（鯢もクジラ）」にたとえるように、邪悪な生き物。**24 偃** 横になってふてぶてしく寝そべることをいう。**溟渤** 暗く大きな海。溟海と渤海という二つの海の名と説明されることもある。**25 生理** 本来のありかたにかなった生き方。**26 事** 自分の仕事とする。**干謁** 地位ある人に謁見して引き立てを求める。**27 兀兀** 孤独のなかで不器用な努力を続けるさま。**28** 何もなしえぬまま世間の底辺に埋もれる。「為」は受け身を表す。**29 巣与由** 巣父《そうほ》と許由《きょゆう》。ともに堯《ぎょう》の時に王位を譲られるのを拒絶した高士。**30 易其節** 世のために尽くそうという考えを変えて隠棲する。**31 自遣** 胸のわだかまりを外に追いやる。**32 放歌** 声を張り上げてうたう。**頗** 程度を表す副詞。その程度は文脈によって不定。『詳注』などでは「破」に作る。ならば「放歌して愁絶を破る」、歌って愁いを忘れることになるが、単純に過ぎるか。**愁絶** 深い憂愁。「絶」は意味を強める語。

33 歳 暮 百 草 零　　歳暮《としく》れて百草《ひやくさう》零《しぼ》み
34 疾 風 高 岡 裂　　疾風《しつぷう》 高岡《かうかう》裂く
35 天 衢 陰 崢 嶸　　天衢《てんく》 陰《いん》 崢嶸《さうくわう》
36 客 子 中 夜 發　　客子《かくし》 中夜《ちゆうや》に發《はつ》す
37 霜 嚴 衣 帶 斷　　霜嚴《しもきび》しくして衣帯《いたい》斷《た》ち
38 指 直 不レ得レ結　　指直《ゆびちよく》にして結《むす》ぶを得《え》ず
39 凌レ晨 過二驪 山一　　晨《あさ》を凌《しの》ぎて驪山《りざん》に過《よぎ》る
40 御 榻 在二嵽 嵲一　　御榻《ぎよたふ》は嵽嵲《てつげつ》に在《あ》り

現代語訳 年の瀬に草という草は枯れ、烈風が高い岡を真っ二つに切り裂く。

都大路には陰惨な気が立ちのぼり、旅人は深夜に出《い》で立つ。
霜に凍てついて帯がちぎれ、指がかじかんで結べない。
夜が明けるころ、驪山《りざん》に通りかかる。天子の御座が高い山の中にある。

語注　**33** **歳暮**　年の暮れ。『詩経』唐風・蟋蟀に「歳聿《ここ》に其れ莫（暮）る」。**百草**　あらゆる植物。『楚辞』九弁に「白露は既に百草に下る」。**34** **高岡**　小高い岡。『詩経』周南・巻耳に「彼の高岡に陟《のぼ》れば、我が馬　玄黄たり」。**35** **天衢**　都の大通り。「衢」は四つ辻。**峥嵘**　山が高くそびえるさま。ここでは陰の気が都の空高く充満することをいう。**36** **中夜**　真夜中。暗いうちに出立する。**37**　冬の早朝の寒さのために帯が切れる。**38**　指がかじかんで切れた帯を結べない。実感に即した具体的表現は杜甫の特徴の一つ。**39** **凌晨**　夜明け。**驪山**　長安の東に位置する山。玄宗の離宮である華清宮が置かれていた。**40**　避寒のために華清宮にいる玄宗を思い描く。**御榻**　天子の椅子。**嵽嵲**　山の険しいさま。

41　蚩尤塞二寒空一　　蚩尤《しいう》　寒空《かんくう》を塞《ふさ》ぎ
42　蹴踏崖谷滑　　蹴踏《しうたふ》す　崖谷《がいこく》の滑《すべ》るを
43　瑤池氣鬱律　　瑤池《えうち》　氣《き》　鬱律《うつりつ》たり
44　羽林相摩戛　　羽林《うりん》　相《あ》ひ摩戛《まかつ》す
45　君臣留懽娯　　君臣《くんしん》　留《とど》まつて懽娯《くわんご》し
46　樂動殷二湯嶱一　　樂《がく》動《うご》きて湯嶱《たうかつ》を殷《ふる》はす
47　賜レ浴皆長纓　　浴《よく》を賜《たま》はるは皆《みな》　長纓《ちやうえい》
48　與レ宴非二短褐一　　宴《えん》に與《あづか》るは短褐《たんかつ》に非《あら》ず

現代語訳 蚩尤《しゆう》の吐く霧が冬空に立ち籠める。蹄《ひづめ》が滑りやすい崖や谷を踏んでいく。瑶池《ようち》には湯気がたちこめ、近衛の儀仗《ぎじよう》の触れ合う音がする。君も臣もここに滞在してお楽しみ。楽《がく》が奏されて山野に響き渡る。入浴を賜るのはすべて尊いお方。宴席に与る顔ぶれに卑賤の者はいない。

語注 **41 蚩尤** 古代の伝説で、黄帝と闘った神。その際、黄帝の軍が霧に巻き込まれたことから霧をいう。 **42 蹴踏** 馬が蹴散らし踏みしめ進む。「韋諷録事の宅にて曹将軍の画く馬の図を観る歌」(13—45)に「霜蹄は蹴踏す 長楸《ちやうしう》(木の名)の間」。 **43 瑶池** 西方の仙山崑崙山《こんろんざん》のなかの、仙界の女王である西王母《せいおうぼ》が住む地。華清池をたとえる。 **鬱律** 温泉の煙霧が籠もるさま。 **44 羽林** 天子の護衛にあたる兵士。 **摩戛** 兵器が擦れ合う。 **45 懽娯** 楽しむ。「懽」は「歓」に通じる。 **46 楽動** 音楽が発動する。 **殷** 音がとどろく。 **湯嶱** 山谷ががらんと広々したさま。双声の語。 **47 長纓** 長い冠のひも。高官をいう。 **48 短褐** 粗い布の短い衣。身分の低い者をいう。

49 彤 廷 所㆑分 帛　彤廷《とうてい》の分《わ》かつ所《ところ》の帛《はく》は
50 本 自㆓寒 女㆒出　本《もと》は寒女《かんぢよ》自《よ》り出《い》づ
51 鞭㆓撻 其 夫 家㆒　其《そ》の夫家《ふか》を鞭撻《べんたつ》して
52 聚 斂 貢㆓城 闕㆒　聚斂《しゆうれん》して城闕《じやうけつ》に貢《みつ》がしむ
53 聖 人 筐 篚 恩　聖人《せいじん》 筐篚《きやうひ》の恩《おん》
54 實 欲㆓邦 國 活㆒　實《じつ》は邦國《はうこく》の活《くわつ》を欲《ほつ》す
55 臣 如 忽㆓至 理㆒　臣《しん》 如《も》し至理《しり》を忽《ゆるが》せにせば
56 君 豈 棄㆓此 物㆒　君《きみ》 豈《あ》に此《こ》の物《もの》を棄《す》つるや

57　多 士 盈二朝 廷一　　多士《たし》 朝廷《てうてい》に盈《み》つ

58　仁 者 宜二戰 慄一　　仁者《じんしゃ》 宜《よろ》しく戦慄《せんりつ》すべし

現代語訳　朝廷から分け与えられる絹は、もとはといえば貧しいむすめの手に成る。

その家長を笞で責め立てて、搾《しぼ》り取って宮中に貢がせた品。

聖なる天子が竹籠に入れて下賜する恩は、本来は諸国を力づけたいと願ってのこと。

臣下がもしこの上なきことわりをないがしろにしたら、天子はこれを無駄に捨てたことになるではないか。

あまたの人材が朝廷には満ちあふれる。心ある人は身を引き締めねばならぬ。

語注　**49 彤廷**　朝廷。「彤」は赤、宮中の庭が赤く塗られていたことから。　**帛**　絹。天子から臣下に下賜される高価な物。**50 寒女**　貧しい家の娘。富貴の人々が享受する贅沢品がもとは貧者の手に成る。これは後に晩唐・秦韜玉《しんとうぎょく》「貧女」などに継承されていく。「貧女」に、自分は貧しくて嫁げない娘が「他人の為に作る嫁衣裳」。**51 鞭撻**　笞で打つ。「撻」はむちうつ。　**夫家**　課税対象となる所帯。『周礼』に出る語。**52 聚斂**　税をきびしく取り立てる。『論語』先進篇に「季氏　周公より富む。而るに求（冉求《ぜんきゅう》）や之が為に聚斂して之に附益す」。　**城闕**　宮城の望楼。それによって宮中をいう。**53 聖人**　天子を指す。　**筐篚恩**　竹籠に財物を入れて臣下に下賜する。『詩経』小雅・鹿鳴の小序に「又幣帛を筐篚に実《み》たして、以て其の厚意を将《ささ》ぐ」。**54 邦国活**　諸国を活性化させる。**55 至理**　至上の道理。『杜甫詩注』は「至治」というべきを、唐の高宗李治の諱を避けたかという。「至治」ならば至上の治世。**56 棄此物**　天子の財物を無駄に棄てる。**57 多士**　たくさんの立派な人物。『詩経』大雅・文王《ぶんのう》の「済済《せいせい》たる（多いさま）多士」に基づく。**58 戦慄**　恐れおののく。『論語』八佾《はちいつ》篇に「民をして戦栗（慄）せしむ」。

59　況 聞 内 金 盤　　況《いは》んや聞《き》く 内《うち》の金盤《きんばん》は

60　盡 在二衛 霍 室一　　盡《ことごと》く衛《ゑい》と霍《くわく》の室《しつ》に在《あ》りと

中堂舞二神仙一　中堂《ちゅうだう》に神仙《しんせん》舞《ま》ふ
煙霧散二玉質一　煙霧《えんむ》 玉質《ぎょくしつ》に散《さん》ず
煖客貂鼠裘　煖客《だんかく》 貂鼠《てうそ》の裘《かはごろも》
悲管逐二清瑟一　悲管《ひくわん》 清瑟《せいしつ》を逐《お》ふ
勸レ客駝蹄羹　客《かく》に勸《すす》む 駝蹄《だてい》の羹《かう》
霜橙壓二香橘一　霜橙《さうたう》 香橘《かうきつ》を壓《あつ》す
朱門酒肉臭　朱門《しゅもん》 酒肉《しゅにく》臭《くさ》り
路有二凍死骨一　路《みち》に凍死《とうし》の骨《ほね》有《あ》り
榮枯咫尺異　榮枯《えいこ》 咫《し》尺《せき》に異《こと》なり
惆悵難二再述一　惆悵《ちうちゃう》 再《ふたた》びは述《の》べ難《がた》し

現代語訳　それどころかなんと宮中の金の皿は、一つのこらず衛青《えいせい》や霍去病《かくきょへい》の部屋にあるそうだ。大広間では仙女たちの舞い。靄《もや》のごとき薄物が玉の肌をほんのり包む。ぬくぬくとした客人たちはテンのかわごろもをまとい、つんざくような笛の音が澄んだ瑟の音を追いかける。客をもてなすのはラクダの蹄のあつもの。霜を帯びた橙と香り高い橘がぎっしり。朱門の豪邸には酒肉が腐り、道ばたには凍死した白骨がころがる。栄と枯は目と鼻の間で分かれる。悲痛の思い、これ以上ことばにしがたい。

語注　**59 況**　「仁者は宜しく戦慄すべき」であるのに、それどころか更にひどいことには、という屈折を表すか。　**内金盤**　宮中内の黄金の大皿。「内」は宮中をいう。**60 衛霍**　漢の将軍衛青《えいせい》と霍去病《かくきよへい》。衛青は武帝の皇后衛子夫《えいしふ》の弟。霍去病は衛子夫の姉の子。皇后の身内ゆえに高い地位を得たことから、楊貴妃の従兄で宰相になった楊国忠を指す。二句は宮中の器物が寵臣に与えられていることをいう。**61 中堂**　屋敷の大広間。**神仙**　舞姫をたとえる。「霓裳羽衣」の舞曲が連想される。**62 煙霧**　透き通るような薄絹の比喩。**散**　もやのようにうっすらと覆うことか。**玉質**　舞姫の白くなめらかな肌。**63 煖客**　暖かい衣服を着た客人。厚遇を受ける人々。「煖」は「暖」に通じる。**貂鼠裘**　テンのかわごろも。**64 悲管**　清冽な音の管楽器。「悲」は高い調べの曲をいう。**65 駝蹄羹**　ラクダのひづめの吸い物。珍しい高価な料理。**66 霜橙・香橘**　季節外れのミカン。「橙」も「橘」も柑橘類。南方の果実で、北方では高価な食品。「圧」は二種の果物が押し合うばかりにどっさり供されていること。
67 朱門　朱塗りの門。富貴の人の屋敷。**酒肉臭**　「肉」は金持ちの食べ物。貧者は野菜しか食べられない。その肉や酒が食べきれずに腐って悪臭を発している。**68 凍死骨**　行き倒れの死者。「骨」ということで、屍体の無残なさまが露骨に表現される。**69 咫尺**　わずかな隔たり。「咫」は八寸、「尺」は一尺。栄華を極める人々と行き倒れた死者とが隣接している不条理をいう。

71 北レ轅就二涇渭一　　轅《ながえ》を北《きた》にして涇渭《けいゐ》に就《つ》く
72 官渡又改レ轍　　官渡《くわんと》に又《ま》た轍《わだち》を改《あらた》む
73 羣氷従レ西下　　羣氷《ぐんひよう》　西従《にしよ》り下《くだ》り
74 極目高崒兀　　極目《きよくもく》　高《たか》くして崒兀《しゆつごつ》たり
75 疑是崆峒來　　疑《うたが》ふらくは是《こ》れ崆峒《こうどう》より來《きた》るかと
76 恐二觸天柱折一　　觸《ふ》れて天柱《てんちゆう》の折《を》れんことを恐《おそ》る
77 河梁幸未レ拆　　河梁《かりやう》　幸《さいは》ひに未《いま》だ拆《さ》けず

78 枝撐聲窸窣　枝撐《したう》 聲窸窣《こゑしつそつ》たり
79 行旅相攀援　行旅《かうりよ》 相《あ》ひ攀援《はんゑん》するも
80 川廣不レ可レ越　川廣《かはひろ》くして越《こ》ゆ可《べ》からず

現代語訳 車を北に向けて涇水・渭水に道を取り、官設の渡し場でまた向きを変える。

一群の氷が西から流れて来て。視野いっぱいに高く切り立つ。

崆峒山《こうどうさん》から流れて来たのだろうか。天の柱に触れて折れたものなのだろうか。

橋は幸いまだ壊れていない。木組みがぎしぎしと音を立てる。

旅人たちは手を取り合うが、川が広くて渡れはしない。

語注 **71 北轅** 車を北に向ける。「轅」は馬と馬車を繋ぐながえ。それによって車を表す。**涇渭** 涇水と渭水。長安の北を流れる川。**72 官渡** 役所が設けた渡し場。**改轍** 車の向きを変える。「轍」はわだち。それによって車を表す。**73 群氷** 流氷。九家注、『詳注』などは「群水」に作る。流氷があるはずはないという合理的解釈によって改めたか。『杜甫詩注』が言うように、「流水」では74~76の描写と合わない。現実を具体的に描写する杜甫の詩ではあるが、時に不可視の事態を混入させることがある。このあたりに流氷が実際にあるか否かよりも、無限定な恐怖を異常な景観によって形象化したもの。**74 極目** 目いっぱいに拡がる。**崒兀** 険しく聳えるさま。**75 崆峒** 甘粛省にある山の名でもあるが、ここでは伝説上の西の果ての山。「空同」「空桐」とも表記する。いずれも畳韻の語。黄帝がそこまで行ったという伝説がある（『荘子』在宥篇、『史記』五帝本紀など）。**76 天柱** 天を支える柱。古代の伝説に、顓頊《せんぎよく》と闘った共工《きようこう》が敗れて頭を天にぶつけ、「天柱折れ、地維絶《た》たる」（『淮南子』天文訓）。一句はもし天柱に触れたら天柱が折れはしないかの意味に読むこともできる。ここでは共工の折った天柱の破片だろうかと解した。**77 河梁** 橋。漢・李陵「蘇武に与ふ三首」（『文選』巻二九）其の三に「手を携へて河梁に上る」。**78 枝撐** 橋を支える木組み。**窸窣** 木の触れ合う音。**79 行旅** 旅人。『孟子』梁恵王篇上に「行旅は皆な王の塗に出でんと欲す」。**相攀援**　手を引っ張り合う。**80 川広**　川幅が広い。『詩経』衛風に「河広」の篇がある。「誰か河広しと謂はん」。

81 老妻既異縣　　老妻《らうさい》 既《すで》に異縣《いけん》
82 十口隔㆓風雪㆒　　十口《じつこう》 風雪《ふうせつ》に隔《へだ》たる
83 誰能久不㆑顧　　誰《たれ》か能《よ》く久《ひさ》しく顧《かへり》みざらんや
84 庶往共㆓飢渇㆒　　庶《ねが》はくは往《ゆ》きて飢渇《きかつ》を共《とも》にせん
85 入㆑門聞㆓號咷㆒　　門《もん》に入《い》りて號咷《がうたう》を聞《き》く
86 幼子飢已卒　　幼子《えうし》 飢《う》ゑて已《すで》に卒《しゆつ》す
87 吾寧捨㆓一哀㆒　　吾《われ》は寧《なん》ぞ一哀《いちあい》を捨《す》てんや
88 里巷亦嗚咽　　里巷《りかう》も亦《ま》た嗚咽《をえつ》す
89 所㆑愧爲㆓人父㆒　　愧《は》づる所《ところ》は人《ひと》の父《ちち》と爲《な》りて
90 無㆑食致㆓夭折㆒　　食《しよく》無《な》くして夭折《えうせつ》を致《いた》せしこと
91 豈知秋禾登　　豈《あ》に知《し》らんや 秋禾《しうくわ》 登《みの》るも
92 貧窶有㆓倉卒㆒　　貧窶《ひんく》には倉卒《さうそつ》 有《あ》るを

現代語訳　老いた妻は前から別々の県、家族十人が風雪の向こう。ずっとほったらかしにしておけようか。できればそこへ赴いて苦労を共にしたい。門をくぐるや耳に入ったのは号泣の声。幼な子が飢えのために死んでいたのだ。

わたしはどうして悲しまずにおられようか。村の人たちもむせび泣いている。
恥じるのは人の親となって、食べる物を欠いて早死にをさせたこと。
豊作の秋だというのに、貧しさゆえに不慮の事が起こるとは。

語注 **81 老妻** 「月夜」(04-14)をはじめ杜甫の詩にはしばしば自分の妻が登場する。子供や妻が詩に頻繁にあらわれるのも杜甫以後。「月夜」では艶麗な姿で描かれていたが、おおむねは生活感がにじむ。**異県** 奉先県に預けていたことをいう。古楽府「飲馬長城窟行」(『文選』巻二七)に夫婦別離の状況を「他郷各おの異県、輾転として(寝返りばかりうって)見る可からず」。**82 十口** そこで暮らしていた家族十人。『孟子』梁恵王篇上に「八口の家」。**83** 肉親が離ればなれにいるのを捨て置けるものではない。**84** 一緒に暮らしたいというのみならず、生活の苦を共にしたいという思いは極めて斬新。**85 入門** 妻子の待つ家にたどりついてまず門をくぐるや、家屋に入る前に聞こえてくる。**号咷** 大きな声をあげて泣く。**86 幼子** 十歳に満たない幼児。『礼記』曲礼篇上に「人生まれて十年なるを幼と曰ふ」。**87 寧捨** 「捨」はやめる。悲しみを捨て置いたりはしない。**一哀** ふと自然に生じた悲しみ。『礼記』檀弓《だんぐう》篇上に出る語。孔子はかつて一宿したことがあるだけの人の死に出会い、丁重な弔意を表した。子貢が丁重に過ぎはしないかと問うと、「一哀に遇ひて涕《なみだ》を出《い》だす」、自然に悲しみに襲われた自分の気持ちに従ったのだと答えた。**88 里巷** 村里の人々。**89・90** 『礼記』大学篇に「人の子と為りては孝に止《とど》まり、人の父と為りては慈に止まる」、父親としては慈愛を究極とする。にもかかわらず、慈愛どころか、餓死させる結果を招いた。**91 秋禾** 秋に実る穀物。「禾」を底本は「未」に作るが、諸本によって改める。**登** 穀物が実る。『孟子』滕文公篇上に「五穀登らず」。**92 貧窶** 貧窮の人。『詩経』邶風・北門に「終に窶にして且つ貧なり」。**倉卒** 慌ただしい。転じて、思いがけない事。子供の死をいう。

93 生 常 免二租 税一　　生《せい》は常《つね》に租税《そぜい》を免《まぬか》れ
94 名 不レ隷二征 伐一　　名《な》は征伐《せいばつ》に隷《れい》せず
95 撫レ迹 猶 酸 辛　　迹《あと》を撫《ぶ》すれば猶《な》ほ酸辛《さんしん》たり

96 平人固騒屑
97 黙思㆓失業徒㆒
98 因念㆓遠戍卒㆒
99 憂端齊㆓終南㆒
100 澒洞不㆑可㆑掇

平人《へいじん》は固《まこと》に騒屑《さうせつ》たらん
黙《もく》して失業《しつげふ》の徒《と》を思《おも》ひ
因《よ》りて遠戍《ゑんじゅ》の卒《そつ》を念《おも》ふ
憂端《いうたん》は終南《しゆうなん》に齊《ひと》し
澒洞《かうどう》として掇《ひろ》ふ可《べ》からず

現代語訳　生活はいつも徴税を免除され、名前が徴兵の名簿に載せられることはない。来し方をじっとたどってみれば、なかなかに辛いものだったが、ふつうの人の生活は実にすさまじい。仕事を奪われた人々のことを深く思い、更には遠くへ駆り出された兵卒のことを思う。悲しみは終南山ほどに高く湧き起こり、茫漠と拡がって手が付けられない。

語注　**93・94**　官に就いていた杜甫は徴税・徴兵を免除されていた。**95 撫迹**　足跡を丁寧に振り返る。**酸辛**　「辛酸」と同じ。辛い・酸いの味覚で辛苦をいう。**96 平人**　庶民。「平民」の「民」を唐・太宗李世民の諱に重なるために避けたもの。『尚書』呂刑に「蚩尤《しいう》は惟れ始めて乱を作し、延《ひ》いて平民に及ぶ」。**騒屑**　ざわざわと落ち着かないさま。**97 失業徒**　土地を失った人たち。「徒」を底本では「途」に作るが、同音による誤りとみて「徒」に改める。『漢書』谷永伝に「百姓は業を失ひて流散す」。**98 遠戍**　遠い国境の地で警備に当たる徴兵。『後漢書』龐参伝に「之に重ぬるに大軍を以てし、之を疲らすに遠戍を以てす」。**99 憂端**　憂いの心緒。**終南**　長安の南に横たわる終南山。**100 澒洞**　茫漠と無限定に拡がるさま。**掇**　手でつまむ。

【詩型・押韻】五言古詩。入声五質（慄・室・質）、六術（出・橘・述・卒・卒・卒）、七櫛（瑟）、八物（物）、十月（月・闕・越・伐）、十一没（渤・謁・没・発・滑・骨・兀・窣）、十二曷（嶱・褐・渇）、十三末（闊・豁・奪・活・掇）、十四黠（戛）、十六屑（契・訣・穴・節・結・嵲・咽・屑）、十七薛（拙・熱・烈・缺・絶・裂・轍・折・雪・折）の通押。平水韻、入声四質、五物、六月、七曷、八黠、九屑。

詩解　天宝十四載（七五五）十一月の初め、長安を発って家族を預けていた奉先県に向かう紀行詩。杜甫の詩のなかでも屈指の雄篇。五言百句という長さのみならず、内容も重く、世事と私事とが渾然一体となって表現される杜詩の特質をよく表している。

紀行詩の体裁を取りながらも、旅に関わるのは長安出立の時と驪山経過のあたりだけに留まり、詩題に「詠懐」というように、思いの表白が多くを占める。とりわけ政治的な言述が目立つ。不穏な時勢にあって歓楽に耽る宮廷への批判を含みつつ、長篇の全体を貫くのは、人々に対する思いである。第一段の9・10「窮年　黎元を憂へ、嘆息　腸内熱す」から、末尾の99・100「憂端は終南に斉し、澒洞として掇ふ可からず」まで、一貫して流れている。

家族との再会に心を弾ませて家にたどりついたとたん、子供の死を知る。85「門に入りて号咷を聞く」――門をくぐったとたんに慟哭が聞こえてくるというタイミングは、効果的な修辞の工夫であるとしても、子供の死は厳然たる重い事実である。我が子を亡くす、それも自分のふがいなさのために。その痛恨は思うに余りあるが、しかし詩人は悲嘆に浸ることなく、自分よりさらに惨めな人々の暮らしに思いを拡げ、自分の悲哀を広く人間の悲哀として悲しむ。その時、悲哀は私人の感傷を越えて、人間のありかたそのものに向き合う精神へと昇華する。

後出塞五首　其一（後《ご》出塞《しゅつさい》五首《ごしゅ》　其《そ》の一《いち》）　04-09a

男兒　生二世間一　　男兒《だんじ》　世間《せけん》に生《う》まれ
及レ壯　當レ封レ侯　　壯《さう》に及《およ》びては當《まさ》に侯《こう》に封《ほう》ぜらるべし
戰伐　有二功業一　　戰伐《せんばつ》　功業《こうげふ》　有《あ》り
焉能　守二舊丘一　　焉《いづ》くんぞ能《よ》く舊丘《きうきう》を守《まも》らんや
召募　赴二薊門一　　召募《せうぼ》せられて薊門《けいもん》に赴《おもむ》き

6 軍動不レ可レ留　軍動《ぐんどう》きて留《とど》まる可《べ》からず
7 千金買二馬鞭一　千金《せんきん》もて馬《うま》の鞭《べん》を買《か》ひ
8 百金装二刀頭一　百金《ひやくきん》もて刀頭《たうとう》を装《よそほ》ふ
9 閭里送二我行一　閭里《りより》 我《わ》が行《かう》を送《おく》り
10 親戚擁二道周一　親戚《しんせき》 道周《だうしう》を擁《よう》す
11 班白居二上列一　班白《はんぱく》 上列《じやうれつ》に居《を》り
12 酒酣進二庶羞一　酒《さけ》 酣《たけなは》にして庶羞《しよしう》を進《すす》む
13 少年別有レ贈　少年《せうねん》 別《わか》れに贈有《ぞうあ》り
14 含レ笑看二呉鉤一　笑《わら》ひを含《ふく》みて呉鉤《ごこう》を看《み》る

現代語訳　後出塞五首　其の一

男子たるもの、この世に生まれては、壮年に達したら諸侯に封ぜられねばならぬ。戦《いくさ》の場では功績を挙げられる。故郷にしがみついてなど、おられようか。徴募に応じて薊門《けいもん》へ向かう。軍隊は移動するから一箇所にいることはできない。千金を投じて馬の鞭をあがない、百金を投じて刀のつかを飾りたてる。村では俺の出発を壮行し、血縁の人たちが道をふさぐばかりに集まる。ごま塩頭の長老が上座を占め、酒はたけなわ、ご馳走があれこれ供される。若者がわざわざ贈り物をくれた。笑みを浮かべてその呉鉤《ごこう》の剣に目をそそぐ。

語注

0 後出塞　「出塞」は楽府題。「前出塞九首」（02-12）の後篇に当たる。**1・2**　立身出世の願望からうたいおこす。**壮**　三十歳。『礼記』曲礼上に「人生まれて……三十を壮と曰ふ」。**封侯**　諸侯の爵位と領地を授けられる。後漢・班固の弟の班超《はんちょう》は筆を棄てて、「大丈夫　他の志略無し、猶ほ当に傅介子《ふかいし》・張騫《ちょうけん》に効ひて功を異域に立て、以て封侯を取るべし。安くんぞ能く久しく筆研の間に事へんや」と語り、武将を目指した（『後漢書』班超伝）。**3 戦伐**　異民族に対する討伐。**功業**　手柄。『周易』繫辞伝下に「功業は変に見《あら》はれ、聖人の情は辞に見はる」。**4 旧丘**　故郷。「丘」は村の意。劉宋・鮑照「結客少年場行」（『文選』巻二八）に「郷を去ること三十載、復た旧丘に還るを得」。**5 召募**　（兵を）募集する。『三国志』呉書・孫策伝に「召募に因縁《よ》りて数百人を得たり」。しかしこの句のなかでは募集に応じる意味と思われる。『杜甫詩注』では「召」と「占」の字形が似ていること、趙次公の本が「占募」に作ることを挙げて、「占募」が正しいかという。「占募」ならば、南朝宋・鮑照「東武吟」（『文選』巻二八）の「占募して河源に到る」のように、自分から応じるの意がある。**薊門**　今の北京市にある地名。薊丘ともいう。安禄山が挙兵した地。一句は安史の乱討伐に向かうことをいう。**6**　軍隊は移動するもので、一箇所に留まってはいられないと述べて、以下の句を導く。**7**　自ら大金を投じて行軍の支度を調える。「馬鞭」を九家注などは「馬鞍」に作るが、いずれも馬具。北朝の楽府「木蘭の詩」（『楽府詩集』巻二五）に出征に際して用具を買いそろえることを、「東市に駿馬を買ひ、西市に鞍韉を買ひ、南市に轡頭を買ひ、北市に長鞭を買ふ」という。**8 装**　装飾する。**刀頭**　刀剣のつか。**9**　出征する兵士を村を挙げて壮行することは、「兵車行」（02-11）にも「去る時は里正　与《ため》に頭を裹《つつ》む」と見えた。**閭里**　村里。「閭」は村の入り口の門。**10 擁**　いっぱいにふさぐ。**道周**　道ばた。『詩経』唐風・有杕之杜《ゆうていしと》に「道周に生ず」。**11 班白**　白髪交じりの髪。西晋・潘岳「閑居の賦」（『文選』巻一六）に「昆弟は班白、児童は稚歯」。「斑白」とも表記する。**上列**　上位の席。**12 庶羞**　多くの美味。『儀礼』公食大夫礼に「上大夫は庶羞二十」。**13 少年**　日本語の青年に当たる、二十代の若者。時に遊俠の徒のような、いなせな若者を指すことがある。**別有贈**　出征する若者のために特別に餞別の品をくれる。**14 呉鉤**　「鉤」は先端にかぎのついた武器。「呉」を冠するのは、春秋時代、呉王闔閭《こうりょ》の求めに応じた刀工が我が子二人を殺し、その血で鋳造した鉤を呈した故事（『呉越春秋』巻二闔閭内伝）による。鮑照「結客少年場行」に「錦帯に呉鉤を佩《お》ぶ」。贈られた呉鉤で戦功を立てようという、得意げな面持ちを描く。【詩型・押韻】五言古詩。下平十八尤（丘・留・周・羞）と十九侯（侯・頭・鉤）の同用。平水韻、下平十一尤。

其二（其《そ》の二《に》）　04-09b

1　朝進㆓東門營㆒　　朝《あした》に東門《とうもん》の營《えい》より進《すす》み
2　暮上㆓河陽橋㆒　　暮《く》れに河陽《かやう》の橋《はし》に上《のぼ》る
3　落日照㆓大旗㆒　　落日《らくじつ》　大旗《たいき》を照《て》らし
4　馬鳴風蕭蕭　　馬《うま》鳴《な》きて　風《かぜ》　蕭蕭《せうせう》たり
5　平沙列㆓萬幕㆒　　平沙《へいさ》　萬幕《ばんばく》　列《れつ》し
6　部伍各見㆑招　　部伍《ぶご》　各《おの》おの招《まね》かる
7　中天懸㆓明月㆒　　中天《ちゆうてん》に明月《めいげつ》懸《か》かり
8　令嚴夜寂寥　　令嚴《れいきび》しくして　夜《よる》　寂寥《せきれう》たり
9　悲笳數聲動　　悲笳《ひか》　數聲《すうせい》　動《うご》く
10　壯士慘不㆑驕　　壯士《さうし》　慘《さん》として驕《おご》らず
11　借問大將誰　　借問《しやもん》す　大將《たいしやう》は誰《たれ》ぞ
12　恐是霍嫖姚　　恐《おそ》らくは是《こ》れ霍嫖姚《くわくへうえう》ならん

現代語訳　其の二

朝に東の門の陣営から進軍し、夕べには河陽に至る橋を渡る。

落日が大きな軍旗を赤く染め、馬はいななき風が蕭蕭と鳴る。
砂原には数知れぬ幔幕がならび、部隊はそれぞれ点呼される。
天空には月がかかり、軍令厳しく夜は静まりかえる。
葦笛の悲しい音が翻ると、男どもも悲しくなって鳴りを潜める。
大将はどなたかと尋ねれば、それはきっと嫖姚《ひょうよう》校尉の霍去病《かくきょへい》殿。

語注 **1・2 東門営** 東の城門にある兵営。城門は洛陽のそれであることが次の句から知られる。 **河陽橋** 河陽県（河南省孟州市）は洛陽の北に位置する。そこに至る黄河に懸かる橋。二句は魏・王粲「従軍詩五首」（『文選』巻二七）其の四に「朝に鄴都の橋を発し、暮れに白馬の津を済《わた》る」に倣う。 **3・4** 宋・許顗《きょぎ》『彦周詩話』に「他人の到るを容《い》れず」と言うなど、盛唐詩の悲壮さをよく表す句として名高い。 **風蕭蕭** 戦国・荊軻「歌」（『文選』巻二八）に「風蕭蕭として易水寒く、壮士一たび去つて復た還らず」。 **5 平沙** 一面に拡がる砂漠。 **万幕** 軍隊の駐屯する無数の幔幕。 **6 部伍** 軍隊を構成する単位。 **見招** 「招」は呼び出されて点呼を受けることか（『杜甫全詩訳注』）。 **8 令** 軍令。 **寂寥** ひっそり静まりかえる。 **9 悲笳** 悲しげな音色を奏でる葦笛。軍中の悲哀感を添える楽《がく》の音《ね》として辺塞詩によく見える。 **数声動** 静寂のなかに笳の音が漏れ聞こえる。 **10 惨不驕** 笳の音に本来驕慢な兵士たちもしゅんとなる。 **11 借問** 詩のなかで軽く疑問を呈する常套の語。 **12 霍嫖姚** 漢の武帝のもとで名将軍として鳴らした霍去病《かくきょへい》。嫖姚校尉の任にあった。「嫖姚」だけで霍去病を指すこともある。 梁・范雲「古に効《なら》ふ」詩（『文選』巻三一）に「昔は前軍の幕に事へ、今は嫖姚の兵を逐ふ」。 **【詩型・押韻】** 五言古詩。下平三蕭（蕭・廖）と四宵（橋・招・驕・姚）の同用。平水韻、下平二蕭。

其三（其《そ》の三《さん》） 04-09c

1 古人重㆓守邊㆒ 古人《こじん》は守邊《しゅへん》を重《おも》んじ

2	今人重㆓高勳㆒	今人《きんじん》は高勳《かうくん》を重《おも》んず
3	豈知英雄主	豈《あ》に知《し》らんや　英雄《えいゆう》の主《しゅ》の
4	出㆑師亘㆓長雲㆒	師《し》を出《い》だして長雲《ちやううん》　亘《つら》なるを
5	六合已一家	六合《りくがふ》已《すで》に一家《いっか》なるに
6	四夷且孤軍	四夷《しい》且《か》つ孤軍《こぐん》
7	遂使㆓貔虎士㆒	遂《つひ》に貔虎《ひこ》の士《し》をして
8	奮㆑身勇㆑所㆑聞	身《み》を奮《ふる》つて聞《き》く所《ところ》に勇《ゆう》ならしむ
9	拔㆑劍擊㆓大荒㆒	劍《けん》を拔《ぬ》きて大荒《たいくわう》を擊《う》ち
10	日收㆓胡馬羣㆒	日《ひ》び　胡馬《こば》の羣《ぐん》を收《をさ》む
11	誓㆑開㆓玄冥北㆒	玄冥《げんめい》の北《きた》を開《ひら》かんことを誓《ちか》ひ
12	持以奉㆓吾君㆒	持《ぢ》して以《もつ》て吾《わ》が君《きみ》に奉《ほう》ぜん

現代語訳　其の三

いにしえは国境を守ることに重きを置いたのに、今の人は手柄を立てることを尊ぶ。
思いもよらぬことに英傑の君は、長く連なる雲のごとき大軍を駆り出された。
天下はもはや一家にまとまっているし、四方の夷狄も軍は孤立している。
そこで豹や虎のごとき猛士は、身を奮い起こして命令に果敢に挑む。

剣を抜いて地の果てに攻め込み、連日胡馬の群れを分捕る。
最北のさらに北まで切り拓き、それをもってわが君に奉らんと誓う。

語注 **1・2 古人・今人** 『論語』憲問篇の「古の学者はおのれの為にし、今の学者は人の為にす」のように、古人・今人を対比する場合は、古人を肯定し、今人を批判するのが通例。 **守辺** 国境を守備する。 **高勲** 軍功を挙げる。 **3・4 豈知** 大軍を出兵する意図に懐疑をはさむ。 **英雄主** 漢の武帝を意識しつつ、玄宗を指す。 **出師** 軍を発動する。蜀・諸葛亮「出師の表」(『文選』巻三七)が名高い。 **亙長雲** 雲が長く連続する。兵隊の長い列の比喩。「亙」はわたる、連なる。 **5・6** 国内は一つにまとまり、周辺民族も孤立している現在の情勢をいう。 **六合** 天地と四方。世の中全体。『史記』秦始皇本紀に「六合を以て家と為す」。 **四夷** 中国の周囲四方の異民族。『尚書』畢命に「四夷の左衽も、咸《みな》頼らざる罔《な》し」。 **且** 国内の安定に加えて「その上夷狄も孤立している」。あるいは、異民族の軍も「とりあえず今は」ばらばらの状態にある、とも読める。 **孤軍** 孤立した軍隊。 **7 遂** 如上の状況を受けてその結果。 **貔虎士** 「貔」は豹《ひょう》の類。猛獣のように猛々しい武将。『後漢書』光武帝紀の賛に「(王莽の将の王)尋《じん》・(王)邑《いふ》の百万、貔虎のごとく群を為す」。 **8 奮身** 全身を奮い立たせる。魏・王粲「従軍詩五首」(『文選』巻二七)其の四に「鉛刀の用無しと雖も、庶幾《ねが》はくは薄身を奮はん」。 **勇所聞** 軍令として聞いていたことに勇敢に立ち向かう。 **9 大荒** 僻遠の荒れ地。晋・左思「呉都の賦」(『文選』巻五)に「大荒の中を出で、東極の外に行く」。『山海経』に「大荒西経」などの篇がある。 **10 収** 戦利品として奪う。 **11 玄冥** 「孟冬の月」を司る神の名(『礼記』月令)。そこから北方の地をいう。北は五行説では色は玄(くろ)。 **【詩型・押韻】** 五言古詩。上平二十文(勲・雲・軍・聞・群・君)。平水韻、上平十二文。

其四(其《そ》の四《し》) 04-09d

1 獻レ凱 日 繼レ踵　　凱《がい》を獻《けん》ずること 日《ひ》びに踵《くびす》を繼《つ》ぐ

兩　蕃　靜　無レ虞
漁　陽　豪　俠　地
撃レ鼓　吹二笙　竽一
雲　帆　轉二遼　海一
粳　稻　來二東　呉一
越　羅　與二楚　練一
照二耀　輿　臺　軀一
主　將　位　益　崇
氣　驕　淩二上　都一
邊　人　不三敢　議二
議　者　死二路　衢一

兩蕃《りやうばん》　靜《しづ》かにして虞《おそ》れ無《な》し
漁陽《ぎよやう》は豪俠《がうけふ》の地《ち》
鼓《こ》を撃《う》ち笙竽《しやうう》を吹《ふ》く
雲帆《うんぱん》　遼海《れうかい》に轉《てん》じ
粳稻《かうたう》　東呉《とうご》より來《きた》る
越羅《ゑつら》と楚練《それん》と
輿臺《よだい》の軀《からだ》に照耀《せうえう》す
主將《しゆしやう》　位《くらゐ》　益《ます》ます崇《たか》く
氣《き》驕《おご》りて上都《じやうと》を淩《しの》ぐ
邊人《へんじん》　敢《あ》へて議《ぎ》せず
議《ぎ》する者《もの》は路衢《ろく》に死《し》す

現代語訳　其の四

勝利の報告は毎日ひっきりなし、宿敵の二つの部族もおとなしく心配はない。漁陽は豪傑の地。太鼓を叩いたり笙《しよう》や竽《う》を吹いたりのにぎやかさ。雲のごとき帆を張った船が遼東の海へと運搬、上等の米が東呉からやってくる。越の薄絹に楚の練り絹、それが下々の者の身にも照り映える。

主将は位階ますます上がり、図に乗って都すら尻目に懸ける。
辺境を守る人々は口を挟もうとはしない。口を挟んだら道ばたで死ぬことになる。

語注 **1 献凱** 勝利を朝廷に報告する。「凱」は本来は勝利に際して演奏される楽曲（『周礼』春官・大司楽など）。天宝十三載、十四載に安禄山が奚・契丹を立て続けに破った報告をしたことを指す。 **継踵** かかとが連なるように次々と続くことをいう常語。 **2 両蕃** 安禄山の宿敵であった奚族と契丹族。安禄山は先にこの二族と闘って敗れ、あやうく死罪を免れたことがあった。 **無虞** 攻めてくる恐れはない。『尚書』畢命に「四方に虞れ無く、予は一人以て寧《やす》し」。 **3 漁陽** 今の北京市。安禄山の本拠地。 **豪俠** 強く男気のある者。 **4 撃鼓** 太鼓を叩く。『詩経』邶風・撃鼓に「鼓を撃ちて其れ鏜《たう》たり」。 **吹笙竽** 「笙」も「竽」も管楽器。晋・左思「詠史八首」（『文選』巻二一）其の四に「南隣は鐘磬を撃ち、北里は笙竽を吹く」。 **5 雲帆** 雲のように張った帆。後漢・馬融「広成頌」（『後漢書』馬融伝）に「雲帆を張り、蜺幬《げいちう》を施す」。また転じて船をいう。 **転** 転運、輸送する。 **遼海** 遼東（遼寧省）の海の意で、渤海を指す。 **6 粳稲** 米。南方は五穀のなかでも上等な米を産する。 **東呉** 今の江蘇省一帯。 **7 越羅** 越の国の特産品である薄絹。 **楚練** 楚の国の特産品である練り絹。いずれも高級品。 **8 輿台** 身分の低い者。『左伝』昭公七年に人を十のランクに分け、「輿」は六番目、「台」は十番目。 **9 主将** 安禄山を指す。 **10 上都** 都。長安を指す。 **11 辺人** 国境の警備に当たる人々。 **12 路衢** 街路。**【詩型・押韻】** 五言古詩。上平十虞（虞・竽・軀・衢）と十一模（呉・都）の同用。平水韻、上平七虞。

其五（其《そ》の五《ご》） 04-09e

1 我 本 良 家 子　　我《われ》は本《もと》 良家《りやうけ》の子《こ》
2 出 師 亦 多レ門　　出師《すいし》 亦《ま》た門《もん》多《おほ》し
3 將 驕 益 愁 思　　將《しやう》 驕《おご》りて益《ます》ます愁思《しうし》す

4 身　貴　不レ足レ論
5 躍レ馬　二　十　年
6 恐レ辜ニ明　主　恩一
7 坐　見　幽　州　騎
8 長　驅　河　洛　昏
9 中　夜　間　道　帰
10 故　里　但　空　村
11 悪　名　幸　脱　免
12 窮　老　無ニ兒　孫一

身《み》の貴《たふと》きは論《ろん》ずるに足《た》りず
馬《うま》を躍《をど》らすこと二十年《にじふねん》
明主《めいしゆ》の恩《おん》に辜《そむ》かんことを恐《おそ》る
坐《ざ》して見《み》る　幽州《いうしう》の騎《き》
長驅《ちやうく》　河洛《からく》　昏《くら》し
中夜《ちゆうや》　間道《かんだう》より帰《かへ》れば
故里《こり》　但《た》だ空村《くうそん》
悪名《あくめい》は幸《さいは》ひに脱免《だつめん》するも
窮老《きゆうらう》にして兒孫《じそん》無《な》し

現代語訳　其の五

俺はもともとよい育ち。出兵にもいろんな道がある。主将がつけあがるにつれて悩みもつのる。高い地位を得るなど、どうでもよい。馬で闊歩すること二十年。君主から賜った御恩を裏切るのを畏れる。手をつかねて見ていれば、幽州の騎兵が、遙か馬を馳せて黄河・洛陽は暗闇となった。真夜中に脇道を通って故郷に帰れば、そこは全く空っぽの村。汚名を被るのはなんとか免れたものの、老いさらばえて子も孫もない。

語注　**1 良家子**　恵まれた家の子弟。『史記』李将軍列伝に「匈奴大いに蕭関に入り、（李）広は良家の子を以て軍に従ひ胡を撃たしむ」。その司馬貞の「索隠」に「如淳云ふ、医・巫・商賈・百工に非ざるなり」。**2 多門** 様々な道がある。出陣する兵士も出身・動機など多様であることをいうと解した。「白馬」(23-38)の「喪乱 死するは多門」は、様々な死に方があることをいう。**3 将驕** 其の四に「主将 位 益ます崇く、気驕りて上都を凌ぐ」を二字でいう。**愁思** 兵士の悩みをいう。**4 身貴** 戦功によって高い地位を得る。**5 躍馬** 馬を自在に駆ける。兵として悩むこともなく活躍していたことをいう。**6 辜** そむく。**明主** 英明な君主。玄宗を指す。**7 坐見** 何もせずに見る。**幽州騎** 「幽州」は薊県《けいけん》を治所とする州。安禄山が天宝十四載(七五五)、叛旗を翻したことをいう。**8 長駆** 遠くまで馬を馳せる。反乱軍の進軍をいう。**河洛** 反乱軍はその年の十二月二日に黄河を渡り、十二日には洛陽を陥落させた。**昏** 反乱軍の手に落ちて町が闇になる。**9** 安禄山の軍から脱出することをいう。**中夜** 真夜中。**間道** 抜け道。**10 故里** 兵士の故郷の村。**空村** 人がいなくなった村。**11 悪名** 反乱軍に加わったという醜名。**脱免** 免れる。**12 窮老** 困窮した老人。南朝宋・鮑照「東武吟」(『文選』巻二八)に「少壮にして家を辞して去り、窮老にして還りて門に入る」。**【詩型・押韻】** 五言古詩。上平二十三魂(門・論・昏・村・孫)と二十四痕(恩)の同用。平水韻、上平十三元。

詩解 混乱した世に弄《もてあそ》ばれた一人の兵士を造型。功名に駆られた意気盛んな時から無一物に帰するまでの過程を描く。

安史の乱勃発の前、安禄山が奚《けい》・契丹《きったん》と戦うに際して、その本拠地の漁陽に向けて洛陽の兵が送り込まれた。本詩の主人公は自ら志願して加わり、其の一は見送りの場面。『杜甫詩注』が指摘するように、「前出塞」(02-12)九首の主人公は徴用されて泣く泣く故郷を離れたのとは反対に、この兵士は功名を立てたい意気に燃える。戦争はひとたび功を挙げさえすれば簡単に出世できる手立てでもあった。其の二は出陣。戦地の張りつめた空気を描く。其の三は玄宗の好戦的な政策に対する作者の批判を含みながらも、恩に報い忠を尽くさんとする兵士の心中をうたう。其の四は戦勝に乗じて物質的にも賑わう漁陽の町。そのなかで兵士の思いにいくらか懐疑が芽生えたようだ。増長した安禄山は、其の五に至って唐王朝に叛旗を翻す。玄宗への忠誠を守る兵士は軍から脱走、郷里へと逃げ帰るが、それは荒れ果てた無人の村と化し、すべてを失って人生の終わりに至った自分に気付く。

月夜（月夜《げつや》）　04-14

1 今夜鄜州月
2 閨中只獨看
3 遙憐小兒女
4 未レ解レ憶二長安一
5 香霧雲鬟濕
6 清輝玉臂寒
7 何時倚二虚幌一
8 雙照涙痕乾

今夜《こんや》 鄜州《ふしゅう》の月《つき》
閨中《けいちゅう》 只《た》だ獨《ひと》り看《み》るならん
遙《はる》かに憐《あは》れむ 小兒《せうじ》女《ちょ》の
未《いま》だ長安《ちやうあん》を憶《おも》ふすら解《かい》せざるを
香霧《かうむ》 雲鬟《うんくわん》 濕《うるほ》ひ
清輝《せいき》 玉臂《ぎょくひ》 寒《さむ》し
何《いづ》れの時《とき》か 虚幌《きょくわう》に倚《よ》り
雙《なら》び照《て》らされて涙痕《るいこん》乾《かわ》かん

現代語訳　月夜

今この夜、鄜州《ふしゅう》の町を照らす月を、寝屋《ねや》のなかで独りじっと見つめているだろう。はるか切ないのは、いたいけな幼子たちが、長安の父を思うすらまだできないこと。匂やかな霧に雲なす黒髪はしっとりと濡れ、清らかな光に玉《ぎょく》の腕《かいな》は薄ら寒い。いつの時か、ひそやかなとばりにもたれ、月に並び照らされて涙が乾くのは。

語注　**1 鄜州**　現在の陝西省富県。長安の北、二〇〇キロメートルに位置する。**2 閨**　女の居室。ここでは鄜州にいる妻の部屋を指す。**只**　ひたすらに、一途に。**3 憐**　対象に強く心を惹かれる。日本語の「憐れむ」が「かわいそうに思う」であるのより広い。**小児女**　「児」は男子、「女」は女子。**４未解**　……できない。「解」は「能」と同じ。**憶**　遠くの対象を深く思念する。**５香霧**　匂うかのような夜霧。**雲鬟**　雲のように豊かな、環のかたちに結った髪。『詩経』鄘風・君子偕老に「鬒《しん》髪《はつ》　雲の如し」と豊かな髪を雲にたとえる。**６清輝**　月のさやかな光。杜甫「月円」（17-08）にも「故園　松桂発し、万里清輝を共にす」。**玉臂**　玉《ぎょく》のように白くつややかな腕。**７虚幌**　人気《ひとけ》なくひっそりとした部屋のカーテン。【詩型・押韻】五言律詩。上平二十五寒（看・安・寒・乾）。平水韻、上平十四寒。

詩解　天宝十五載（七五六）秋、安禄山の軍に占拠された長安で、鄜州に疎開させた妻子を思う作。「今夜」――今、杜甫が長安で月を眺めているこの時、妻は遠い鄜州《ふしゅう》の地で同じ月を眺めているであろうと思いを馳せる。月を見て同じ月が照らしているであろう別の場所を想起するモチーフは、六朝から始まる。さらに盛唐に至ると、月が時間を超えて照らすことから過去や未来を思うモチーフがあらわれる。この詩は空間の遍在と時間の遍在の両方が用いられ、同一の月を離れた場所で見ることから始まり、共に見る将来の日を待ち望んで結ばれる。後の杜甫の詩に描かれる妻には生活感がにじんでいるが、この詩のように月光を浴びた婉麗な姿が描かれるのは珍しい。孤閨にあって遠く離れた夫を思うといえば、閨怨詩のパターンであるが、しかし閨怨詩が虚構であるのに対して、その枠は借りながらも杜甫自身の妻についてうたうことは、類型から個人的な生活の描出に移行したことを示す。

哀㆓王孫㆒（王孫《わうそん》を哀《かな》しむ）04-15

1 長安城頭頭白烏　長安城頭《ちやうあんじやうとう》　頭白《とうはく》の烏《からす》
2 夜飛㆓延秋門上㆒呼　夜《よる》に延秋門上《えんしうもんじやう》に飛《と》びて呼《よ》ぶ
3 又向㆓人家㆒啄㆓大屋㆒　又《ま》た人家《じんか》に向《む》かひて大屋《たいをく》を啄《ついば》む
4 屋底達官走避㆑胡　屋底《をくてい》の達官《たつくわん》　走《はし》りて胡《こ》を避《さ》く

金鞭斷折九馬死

骨肉不レ待二同馳驅一

金鞭斷折《きんべんだんせつ》して九馬《きうば》死《し》す

骨肉《こつにく》も同《とも》に馳驅《ちく》するを待《ま》たず

現代語訳　貴公子を悲しむ

長安の城壁のあたり、頭の白いカラスが、夜中に延秋門の上を飛びながら騒ぐ。

そのうえ人の家に翔《かけ》て大屋根をくちばしでつつくと、屋根の下の大官は胡虜かと驚き、慌てて逃げ出す。

黄金の鞭は折れるし、九頭の馬も死んでしまう。血を分けた身内でも一緒に逃げようと待ってはいられない。

語注　**0 王孫**　良家の子弟。ここでは皇族を指す。『楚辞』招隠士に「王孫遊びて帰らず、春草生じて萋萋たり」。　**1 頭白烏**　異形のカラスの登場は不吉の予兆。　**2 夜飛……呼**　楽府「烏夜啼」の由来について故事が伝わる（『通典』『教坊記』など）ように、カラスが夜鳴くことは異常な事態の予兆とされた。　**延秋門**　長安の宮殿の西側の門。安禄山の接近に際して玄宗はこの門から脱出した。　**4 達官**　地位の高い官人。　**胡**　安禄山の軍を指す。　**5 金鞭**　逃げ出した高官の手にする豪華な馬の鞭。　**九馬**　天子の馬。『西京雑記』巻二に、漢の文帝は「良馬九匹有り。皆天下の駿馬なり」。　**6**　親族をも見捨てて去ることを言う。

腰下寶玦青珊瑚

可レ憐王孫泣二路隅一

問レ之不三肯道二姓名一

但道困苦乞レ爲レ奴

已經百日竄二荊棘一

腰下《えうか》の寶玦《ほうけつ》　青珊瑚《せいさんご》

憐《あは》れむ可《べ》し　王孫《わうそん》　路隅《ろぐう》に泣《な》く

之《これ》に問《と》ふも肯《あ》へて姓名《せいめい》を道《い》はず

但《た》だ道《い》ふ　困苦《こんく》して奴《ど》と爲《な》るを乞《こ》ふと

已經《すで》に百日《ひやくにち》　荊棘《けいきょく》に竄《ざん》す

12 身上無レ有二完肌膚一　身上《しんじやう》に完《まつた》き肌膚《きふ》有《あ》る無《な》し

13 高帝子孫盡高準　高帝《かうてい》の子孫《しそん》は盡《ことごと》く高準《かうじゆん》

14 龍種自與二常人一殊　龍種《りゆうしゆ》　自《おのづか》ら常人《じやうじん》と殊《こと》なり

15 豺狼在レ邑龍在レ野　豺狼《さいらう》は邑《いふ》に在《あ》り　龍《りゆう》は野《の》に在《あ》り

16 王孫善保千金軀　王孫《わうそん》善《よ》く保《たも》て　千金《せんきん》の軀《く》

現代語訳　腰につけた宝玉は青い珊瑚。哀れ、貴公子は路傍ですすり泣く。尋ねても姓も名も答えはしない。ただ、困っています、奴僕にでもしてくださいと言う。もう百日もいばらのなかに逃げ隠れ、体には傷のない皮膚もありはしない。高祖の子孫は誰もが鼻すじ高く通り、皇帝の一族は当然ながらふつうの人とは違う。おおかみが町に居座り龍は野に隠れる今、若殿はどうか貴いお体を損ないませんように。

語注　**7**　ひとり逃げ遅れた王孫に叙述が移る。　**宝玦**　「玦」は環状の宝玉の一部が欠けた形のもの。　**珊瑚**　南海の産物ゆえに高価なもの。　**10　乞為奴**　下働きに身を落としてもと命乞いする。　**11　已経**　二字で「すでに」の意を表す口語。　**竄**　逃げ隠れる。　**荊棘**　いばら。　**13　高帝**　漢の高祖劉邦。また唐の初代皇帝である高祖李淵。　**高準**　高い鼻すじ。漢の高祖は「人と為り隆準（高い鼻すじ）にして龍顔」（『史記』高祖本紀）。　**14　龍種**　皇族の家柄。　**15　豺狼**　やまいぬやおおかみなどの猛獣。　**在邑**　山野にいるべき猛獣が町の中にいる。残忍な安禄山の軍を指す。　**龍在野**　都にいるべき天子が都を追われ山野にいる。　**16　千金軀**　皇族ゆえの高貴な体。

17 不三敢長語臨二交衢一　敢《あ》へて長語《ちやうご》して交衢《かうく》に臨《のぞ》まざるも

18　且爲二王孫一立斯須　　且《しばら》く王孫《わうそん》の爲《ため》に立《た》つこと斯須《ししゅ》
19　昨夜東風吹レ血腥　　昨夜《さくや》　東風《とうふう》　血《ち》を吹《ふ》いて腥《なまぐさ》し
20　東來橐駝滿二舊都一　　東來《とうらい》の橐駝《たくだ》は舊都《きうと》に滿《み》つ
21　朔方健兒好身手　　朔方《さくはう》の健兒《けんじ》は好身手《かうしんしゅ》
22　昔何勇鋭今何愚　　昔《むかし》は何《なん》ぞ勇鋭《ゆうえい》にして今《いま》は何《なん》ぞ愚《ぐ》なる
23　竊聞天子已傳レ位　　竊《ひそ》かに聞《き》く　天子《てんし》は已《すで》に位《くらゐ》を傳《つた》ふと
24　聖徳北服南單于　　聖徳《せいとく》　北《きた》に服《ふく》さしむ　南單于《なんぜんう》
25　花門剺レ面請レ雪レ恥　　花門《くわもん》　面《めん》を剺《さ》きて恥《はぢ》を雪《すす》ぐを請《こ》ふ
26　愼勿レ出レ口他人狙　　愼《つつし》みて口《くち》より出《い》だす勿《な》かれ　他人《たにん》　狙《ねら》はん
27　哀哉王孫愼勿レ疏　　哀《かな》しい哉《かな》　王孫《わうそん》　愼《つつし》みて疏《そ》なること勿《な》かれ
28　五陵佳氣無二時無一　　五陵《ごりよう》の佳氣《かき》は時《とき》として無《な》きは無《な》し

現代語訳　目抜き通りで余計な話は控えますが、ともあれ若殿のためにしばし立ち止まりました。

夕べは春風がなまぐさい血のにおいを運んできました。東方から連れてきたラクダが都にあふれかえっています。

北方の頼もしい若者はみごとな腕前をもちながら、昔は何とも勇猛だったのが今や何と愚かになったことか。

漏れ聞くところでは天子はもはや位を譲られ、御高徳は北の地で南単于を臣服させたとか。

花門の種族は顔を切って雪辱の誓いを立てました。このこと、どうか口外なさいませんように。付け狙う人もいるでしょうから。

哀れな若殿よ、くれぐれも慎重な振る舞いを。五陵のめでたさが消える時はないのです。

語注 **17 長語** 無用な話。 **交衢** 街路の交叉した中心。 **18 斯須** 短い時間。双声の語。 **20 東来槖駝** 安禄山の軍の本拠地である東方からやってきたラクダ。都の財宝を運び出すために連れてきたという（『旧唐書』史思明伝）。 **21 朔方健児** 都の北方にあたる隴右・河西の地で、唐の将軍哥舒翰《かじょかん》に仕えた勇士。 **好身手** 強健な身体。 **22 今何愚** 哥舒翰が潼関で安史の軍に敗れると、敵軍に組み込まれたことをいう。 **23 伝位** 玄宗に代わって粛宗が霊武の地で即位したことをいう。 **24** 回鶻（ウイグル）の軍勢が唐を支援することになった事態を後漢の南匈奴に重ねていう。 **南単于** 後漢の南匈奴。後漢王朝とともに北匈奴や鮮卑と戦った。 **25 花門** 居延海の北方に位置する山の名。天宝年間に回鶻が占拠したことから、回鶻を指す。 **剺面** 顔を刀で切り裂く。回鶻が人の死に遭ったり忠誠を誓う時に示す。 **26 慎勿出口** 口止めすることをいう。『史記』蘇秦列伝に「願はくは君 慎みて口より出だす勿かれ」。 **狙** 隙を付け狙う。 **27 疏** うとんじる。いい加減にする。 **28 五陵** 漢代の初代高祖の長陵、二代恵帝の安陵、四代景帝の陽陵、五代武帝の茂陵、六代昭帝の平陵の総称。いずれも渭水の北岸にあった。漢の御陵によって唐の御陵を表し、唐王朝そのものをいう。 **佳気** 瑞祥の気。 **【詩型・押韻】** 七言古詩。上平九魚（狙・疏）、十虞（駆・隅・膚・殊・軀・衢・須・愚・于・無）、十一模（烏・呼・胡・瑚・奴・都）の通押。平水韻、上平六魚と七虞。

詩解 重大な時局のなかで不幸に見舞われた人物について語る虚構の詩の一つ。こうした物語を語る詩は、しばしば問答を交え、歌謡のかたちを取る。本詩は安禄山の軍が陥れた都で置き去りにされた高貴の若者に焦点をあてる。皇族の血筋に連なるにもかかわらず、一人にされて身のほどこしようもなく泣くしかない「王孫」、歌い手（話者）は彼に問いかけ、事態の好転を告げて励ます。敗れた哥舒翰の兵士が賊軍に組み込まれたことへの批判、回鶻が唐軍に与したことへの期待など、状況に対する作者の意見も含まれている。

悲ニ陳陶一（陳陶《ちんたう》を悲《かな》しむ）04-16

1 孟冬十郡良家子
2 血作ニ陳陶澤中水一
3 野曠天清無ニ戰聲一
4 四萬義軍同日死
5 羣胡歸來血洗レ箭
6 仍唱ニ胡歌一飲ニ都市一
7 都人迴レ面向レ北啼
8 日夜更望ニ官軍至一

孟冬《まうとう》 十郡《じふぐん》の良家《りやうか》の子《こ》
血《ち》は陳陶澤中《ちんたうたくちゆう》の水《みづ》と作《な》る
野《の》曠《むな》しく天清《てんきよ》くして 戰聲《せんせい》無《な》く
四萬《しまん》の義軍《ぎぐん》 同日《どうじつ》に死《し》す
羣胡《ぐんこ》歸《かへ》り來《きた》りて 血《ち》もて箭《や》を洗《あら》ひ
仍《しき》りに胡歌《こか》を唱《うた》ひて都市《とし》に飲《の》む
都人《とじん》 面《おもて》を迴《めぐ》らして北《きた》に向《む》かつて啼《な》き
日夜《にちや》 更《さら》に官軍《くわんぐん》の至《いた》るを望《のぞ》む

現代語訳　陳陶を悲しむ

冬十月、十郡から駆り出された良家の子弟、その血は陳陶《ちんとう》の沢の水を染めた。野は茫漠と拡がり空は澄み渡り、戦《いくさ》があったとも思われない静けさ。ここで四万もの義軍の兵士が一日で死んだのだ。えびすどもは町に帰ってきて血で矢を洗い、都会の街中でさかんに夷狄の歌をうたっては酒をあおる。都の人々は天子のいます北の方へ向いて啼泣し、日も夜もいま一層官軍の到着を待ち望む。

語注　**0 陳陶**　陳陶斜《ちんとうしゃ》。「斜」は沼沢地の意。今の陝西省咸陽《かんよう》市の東。　**1 孟冬**　旧暦十月。　**十郡良家子**　十か所もの郡から徴発された、恵まれた家庭の子弟。軍隊には罪人や無頼の徒が入れられることが多かったが、この兵はそうでない。　**3 無戦声**

戦闘が行われた地とは思えぬほどひっそり静まりかえっている。 4 **義軍** 官軍を指す。 **同日死** 全兵士が一日のうちに戦死する。この戦いは死傷者四万余、生き残った者は数千のみだったという。 5 **血** 諸本は「雪」に作る。2の「血」と重出を避けて改めたか。 6 **胡歌** 異民族の歌。 **都市** 長安を指す。 7 **都人** 都長安の人々。 **向北** 長安の北方、霊武《れいぶ》（寧夏省霊武県西北）に避難していた粛宗《しゅくそう》に向かって。【詩型・押韻】七言古詩。上声五旨（水・死）、六止（子・市）と去声六至（至）の通押。平水韻、上声四紙と去声四寘。

詩解 至徳元載（七五六）、房琯《ぼうかん》は安禄山の軍掃討を願い出て出陣したが、あえなく敗退。大量の兵士を一気に失った。長安の町には反乱軍が我が物顔にのさばり、人々は援軍をひたすら待ち望むしかなかった。感情や意見を交えることなく、時事を淡々と述べるが、そのなかにも敗戦に心を痛め、戦死した兵士を悲しむ思いはにじみ出る。

悲㆓青坂㆒（青坂《せいはん》を悲《かな》しむ） 04-17

1 我軍㆓青坂㆒在㆓東門㆒
2 天寒飲㆑馬太白窟
3 黄頭奚児日向㆑西
4 數騎彎㆑弓敢馳突
5 山雪河冰野蕭颼
6 青是烽煙白是骨
7 焉得附㆑書與㆓我軍㆒
8 忍待㆓明年㆒莫㆓倉卒㆒

我《われ》は青坂《せいはん》に軍《ぐん》して東門《とうもん》に在《あ》り
天寒《てんさむ》くして馬《うま》に飲《みづか》ふ 太白《たいはく》の窟《くつ》
黄頭《くわうとう》の奚児《けいじ》 日《ひ》びに西《にし》に向《む》かふ
數騎《すうき》 弓《ゆみ》を彎《ひ》きて敢《あ》へて馳突《ちとつ》す
山雪《さんせつ》 河《か》冰《ひよう》 野《の》は蕭颼《せうしつ》たり
青《あを》は是《こ》れ烽煙《ほうえん》 白《しろ》は是《こ》れ骨《ほね》
焉《いづ》くんぞ得《え》ん 書《しよ》を附《ふ》して我《わ》が軍《ぐん》に與《あた》ふるを
忍《しの》んで明年《みやうねん》を待《ま》ちて倉卒《さうそつ》たること莫《な》かれ

現代語訳　青坂《せいはん》を悲しむ

自軍は青坂に陣を張ってその東の門にいる。天は凍てつき太白山の岩窟で軍馬に水飼う。黄頭の奚族の若者は日に日に西へと向かい、ただの数騎で弓を引いて果敢に突進する。山には雪、河には氷、平原は蕭瑟と拡がる。青いのはのろしの煙、白いのは人の骨。いかでか書翰を言付けて我が軍に届けられぬものか。じっと明年を待って倉卒に事を運ばないようにと。

語注　**0 青坂**　陝西省咸陽市の東にあり、「悲陳陶」（04-16）の陳陶に近い地とされる。陳陶で敗れた房琯が再び安禄山の軍と戦って敗れた地。『杜甫詩注』は更に西へ移動した地であろうとする。**1 我**　我が軍。官軍をいう。**2 飲馬太白窟**　後漢以来の楽府で、寒冷に苦しむ兵士をうたう「飲馬長城窟行」を用いる。「太白」は陝西省武功県南西の山。**3 黄頭奚児**　「黄頭」も「奚」も部族の名というが、「黄頭」は「奚」に属する部族の名であるかもしれない。**向西**　敗走する官軍を追って西へ向かう。**4**　安禄山の軍に加わった異民族の兵の勇猛さをいう。**馳突**　突っ込んでいく。**5**　戦場の厳しさ、荒涼としたありさまをいう。**蕭颼**　冷涼なさま。双声の語。あたりは青と白の冷たい色のみ。**6 烽煙**　急を知らせるのろしの煙。**7 焉得**　なんとかして……したい。強い願望をいう。**附書**　次句にいう杜甫の考えを記した手紙を人に言付けて官軍に伝える。**8**　敗戦したことで事を急ぐより、堪え忍んで来年を期すように進言する。**倉卒**　慌ただしい。双声の語。【詩型・押韻】七言古詩。入声十一没（窟・突・骨・卒）。平水韻、入声六月。

詩解　「悲陳陶」（04-16）と対を成す一篇。安禄山の軍に陳陶で敗れた官軍は、更に青坂に移動してまたも敗れる。二首とも当時、実際に展開された戦闘をうたう。敗戦に直接触れることはなく、敵軍の勇猛果敢ぶり、そして荒涼とした戦地の厳しさが描かれる。「陳陶を悲しむ」詩は淡々と事実を記すだけだったのに対して、本詩では尾聯に作者の意見を添える。時事を題材とした作品では時々具体的な意見が書き込まれることがある。

春　望（春望《しゅんぼう》）　04-21

1 國破山河在
2 城春草木深
3 感レ時花濺レ涙
4 恨レ別鳥驚レ心
5 烽火連二三月一
6 家書抵二萬金一
7 白頭搔更短
8 渾欲レ不レ勝レ簪

國破《くにやぶ》れて山河《さんが》在《あ》り
城春《しろはる》にして草木深《さうもくふか》し
時《とき》に感《かん》じては花《はな》にも涙《なみだ》を濺《そそ》ぎ
別《わか》れを恨《うら》みては鳥《とり》にも心《こころ》を驚《おどろ》かす
烽火《ほうくわ》 三月《さんぐわつ》に連《つら》なり
家書《かしよ》 萬金《ばんきん》に抵《あた》る
白頭《はくとう》 搔《か》けば更《さら》に短《みじか》く
渾《すべ》て簪《しん》に勝《た》へざらんと欲《ほつ》す

現代語訳 春の眺め

国は打ち砕かれても山や川はもとのまま。町は春になり草木が茂る。時世に胸が塞《ふた》がって花を見ても涙がこぼれ、別離を悲しんで鳥の囀《さえず》りにも心は乱れる。戦《いくさ》ののろしは春三月になっても途切れず、家からの便りは万金にも値する。白い髪は搔くほどに少なくなり、まったく簪《かんざし》も挿《さ》せそうにない。

語注 **1 国破** 国という人の作りだした組織が壊滅状態に陥る。晋・劉琨《りゅうこん》が八王の乱、それに伴う異民族の跋扈による苦難のなかで、かつての部下盧諶《ろしん》に寄せた「盧諶に答ふる詩一首幷びに書」(『文選』巻二五)、その「書」に「国破れて家亡び、親友彫残す」。**2 城** 城壁に囲まれた町。長安を指す。**春** 春になるという動詞。詩のなかで「春」や「秋」は動詞として使われることが多い。**3・4 感時** 晋・曹攄《そうちょ》「友人を思ふ詩」(『文選』巻二九)に「時に感じて蟋蟀を歌ふ」など六朝の用例における「時」が季節や年齢を意味するのに対して、ここでは「時世の政治情勢」の意味(『杜甫詩注』)。**恨別** 杜甫には「別れを恨む」

（09-49）と題する詩がある。**驚心**　胸中が動揺する。この二句、『杜甫詩注』では「花」「鳥」を擬人化して「花も涙を濺ぎ」「鳥も心を驚かす」と読み、南宋・羅大経『鶴林玉露』（巻一〇）をはじめとするその解釈を詳述する。**5 烽火**　のろし。軍事における緊急を報ずる手段。南朝宋・鮑照「出自薊北門行」（『文選』巻二八）に「羽檄は辺亭に起こり、烽火は咸陽に入る」。**三月**　三か月の意味にも、やよい三月の意味にも読むことができ、古くから両説ある。杜甫の詩のなかでも三か月の意味（「閬中を発す」（12-70）の「家に別れて三月にして一書来る」など）、三月の意味（「絶句漫興九首」（09-62）其の四の「二月已に破れ三月来る」など）、共に見られる。ここでは暮春三月の意味に解する。**6 家書**　家族からの便り。「家書を得たり」（05-07）と題する詩もある。**抵**　相当する。**7 短**　髪が少ないことをいう。**8 渾**　すっかり、一切合切。未整理のまますべてを放棄する感じを伴う。**不勝簪**　「簪」は冠を髪にとめるためのかんざし。髪が抜け落ちて冠が頭にとまらないことは、鮑照「行路難に擬す十八首」（『楽府詩集』巻七〇）其の十六に「白髪零落して冠に勝へず」。【詩型・押韻】五言律詩。下平二十一侵（深・心・金・簪）。平水韻、下平十二侵。

詩解　至徳二載（七五七）春、安禄山《あんろくざん》の軍が占拠する長安城中で軟禁状態にあった時の作。杜甫の一生を貫くテーマである自然と人間の融和——自然に秩序があるように人の世も秩序正しくあらねばならないという信念、それが踏み破られた今のありさま、両者の齟齬に対する憤りが詩篇全体を貫く。冒頭の名高い一句、「国破れて山河在り」はそれを端的に表す。人の世界は混乱のなかにあっても、自然は山も河も常に変わらずどっしりと存在している。楽しかるべき春にありながら、咲き誇る花もさえずりを交わす鳥も、今は却って胸を痛ませるものでしかない。世の戦乱状態は家族離散をもたらし、最後はなすすべもなく老いていく自分に収束する。世の中と個人とを一体のものとして憂うる杜甫の特質が典型的に現れているところが、この詩の人口に膾炙するゆえんであろう。悲観、絶望に終わるかに見えながら、弱々しい感傷に沈むことがないのは、世界はいかにあるべきかという理念、秩序回復を希求する強い意思があるからにほかならない。

哀二江頭一（江頭《かうとう》に哀《かな》しむ）　04-27

1 少陵野老呑レ聲哭
2 春日潛行曲江曲
3 江頭宮殿鎖二千門一
4 細柳新蒲爲レ誰緑
5 憶昔霓旌下二南苑一
6 苑中萬物生二顏色一
7 昭陽殿裏第一人
8 同レ輦隨レ君侍二君側一
9 輦前才人帶二弓箭一
10 白馬嚼齧黄金勒
11 翻レ身向レ天仰射レ雲
12 一箭正墜雙飛翼
13 明眸皓齒今何在
14 血汚遊魂歸不レ得
15 清渭東流劍閣深
16 去住彼此無二消息一

少陵《せうりよう》の野老《やらう》 聲《こゑ》を呑《の》みて哭《こく》す
春日《しゆんじつ》 潛行《せんかう》す 曲江《きよくかう》の曲《くま》
江頭《かうとう》の宮殿《きゆうでん》 千門《せんもん》鎖《とざ》す
細柳《さいりう》 新蒲《しんぽ》 誰《た》が爲《ため》にか緑《みどり》なる
憶《おも》ふ昔《むかし》 霓旌《げいせい》 南苑《なんゑん》に下《くだ》りしを
苑中《ゑんちゆう》の萬物《ばんぶつ》 顏色生《がんしよくしやう》ず
昭陽殿裏《せうやうでんり》 第一《だいいち》の人《ひと》
輦《れん》を同《おな》じくし君《きみ》に隨《したが》つて君側《くんそく》に侍《じ》す
輦前《れんぜん》の才人《さいじん》 弓箭《きゆうせん》を帶《お》び
白馬《はくば》は嚼齧《しやくげつ》す 黄金《わうごん》の勒《くつわ》
身《み》を翻《ひるがへ》して天《てん》に向《む》かつて仰《あふ》ぎて雲《くも》を射《い》る
一箭《いつせん》 正《まさ》に墜《お》つ 雙飛翼《さうひよく》
明眸皓齒《めいぼうかうし》 今何《いまいづ》くにか在《あ》る
血汚《けつを》の遊魂《いうこん》 歸《かへ》り得《え》ず
清渭《せいゐ》は東流《とうりう》し劍閣《けんかく》は深《ふか》し
去住彼此《きよぢゆうひし》 消息無《せうそくな》し

17 人 生 有レ情 涙 沾レ臆
18 江 水 江 花 豈 終 極
19 黄 昏 胡 騎 塵 滿レ城
20 欲レ往二城 南一忘二南 北一

人生《じんせい》情《じやう》有《あ》り 涙《なみだ》臆《むね》を沾《うるほ》す
江水江花《かうすいかうくわ》 豈《あ》に終極《しゆうきよく》あらんや
黄昏《くわうこん》の胡騎《こき》 塵《ちり》 城《しろ》に滿《み》つ
城南《じやうなん》に往《ゆ》かんと欲《ほつ》して南北《なんぼく》を忘《わす》る

現代語訳　曲江のほとりの哀しみ

もとは少陵の出の田野翁、声を飲みこんで泣く。春の日にこっそり曲江の曲《くま》へと足を運ぶ。

曲江のほとりの宮殿は千門みなひっそりと閉ざされ、柳の細い枝も蒲の新芽も誰のために青々としているのか。

思い起こせばその昔、虹の御旗がこの南苑に御幸され、苑のなかは一木一草、生気に輝いていた。

昭陽殿のなかの随一のお人は、同じ輦《れん》に乗って君に従い君の側らに侍る。

輦の前の才人は弓箭を身に帯び、白馬は黄金の勒《くつわ》を口に銜える。

身を翻して天に向かい仰ぎ見て雲に矢を放てば、一本の矢でまさしく並び飛ぶ二羽の鳥を射落とした。

澄んだ瞳、輝く歯、それは今いずこ。血に汚れた霊魂はさまよい続けて帰れない。

清らかな渭水は東へと流れ、剣閣は深い山のなか。去る者とどまる者、互いに消息はない。

人生にあるのは情け、涙に胸が濡れる。曲江の水も曲江の花も尽きる時はない。

たそがれに闊歩する胡の騎兵、その粉塵が町に立ち籠める。城南に行こうとして南も北もわからない。

語注　**0 哀江頭**　「哀王孫」（04-15）と対をなす。「江頭」は川のほとり。長安の曲江を指す。詩題は北周・庾信の代表作「江南を哀しむ賦」に似る。　**1 少陵**　漢・宣帝の許后の陵墓。宣帝の杜陵の脇にあった。漢の時に貴顕の人々を移住させたことから、高い家柄を含意する。杜甫の先祖が一時居住したために、「杜少陵」と称されることもあるが、しかし本人はしばしば「少陵の野老」などのように、名門の出身地と落魄の身とを結びつけて、自嘲的に自分を称する。「京より奉先県に赴く詠懐五百字」（04-06）の「杜陵に布衣有り」の注（1）、「酔時の歌」（03-04）の「杜陵の野客　人更に嗤ふ」の注9を参照。**野老**　田舎の老人。**呑声哭**　「哭」は慟哭。激しい悲哀。大きな声をあげて泣く意、しかし極度の悲しみに声もでない。**2 春日**　のどかな春の一日。『詩経』豳風《ひんぷう》・七月に「春日遅遅たり」。**潜行**　本来は水中にもぐって泳ぐこと（『荘子』達生篇など）。転じて人の目を避けて外出する。『韓非子』十過篇に「臣請ふ試みに潜行して出で、韓魏の君に見はんと」。ここでも安禄山の軍の占拠する長安にあって秘かに出向く。**曲江**　長安の南東部に位置する行楽地。「曲」は水が湾曲した部分。元々水流が蛇行することから「曲江」と呼ばれたが、それをわざと「曲江曲」と重ねる。**3 江頭宮殿**　曲江のあたりには玄宗の離宮「芙蓉園」があった。**鎖千門**　宮中には多くの門があることから「千門万戸」と言われる。それが閉ざされたままなのは、離宮が無人であるため。**4**　岸辺の柳、水辺の蒲は春の装いを呈しても、それに目を留める人もいない。**5 霓旌**　五色の羽で虹を装った天子の旗。**南苑**　宮殿の南にある芙蓉園。**6 生顔色**　生き生きとした様相を呈する。**7 昭陽殿**　漢の宮殿の名。成帝の寵愛を受けた趙飛燕《ちょうひえん》姉妹が住んだ所。**第一人**　容色の最もすぐれた人。楊貴妃を指す。**8 同輦**　「輦」は帝王の乗る車。漢の班婕妤《はんしょうよ》は趙飛燕に寵愛を奪われる前、成帝から共に車に乗ることを勧められたが、古来の明君の隣にいるのは賢臣であるからと断った。そうしたたしなみもなく同乗するという批判を含む。**9 才人**　女官の等級の一つ。**帯弓箭**　弓と矢を身につける。宮女を軍装させるのは宮中の一種倒錯的なエロティシズム。のちに李商隠「北斉二首」其の二にも「傾城は最も戎衣を着《ちゃく》するに在り」。**10 嚼齧**　嚙む。**11 向天仰射雲**　殷王の武乙《ぶいつ》は血を入れた皮袋を射て「天を射る」と称し、天を侮辱した（『史記』殷本紀）。それを連想すれば、雲間に矢を放つのは天に対する不遜な態度を含むことになる。**12**　一本の矢で一度に二羽の鳥を射落とした。**一箭**　晋・潘岳「射雉《せきち》の賦」（『文選』巻九）に「昔　賈氏の皐《さは》に如《ゆ》くや、始めて顔を一箭に解く」。賈氏の故事は『左伝』昭公二十八年に見える。賈の大夫の妻は娶って三年、言わず笑わずであったが、皐で雉を射ると初めて笑ったという。諸本は「一笑」に作るが、それならば楊貴妃がにっこりする。**双飛翼**　仲良く空を翔るつがいの鳥。それを射落としたことは、玄宗と楊貴妃の末路の伏線。**13 明眸皓歯**　ぱっちりした目と白い歯。美人の備えるべき条件。魏・曹植「洛神の賦」（『文選』巻一九）などに見える。**14 血汚**　『杜甫詩注』は馬嵬《ばかい》で殺された楊貴妃が死後、陵辱を受けた記述が日本の『太平記』に細かく描かれていること、中国の俗書にもそれを語るものがあったであろうことを詳述する（「余論の二」）。**遊魂**　死者のさまよう霊魂。

『周易』繋辞伝上に「精気は物を為し、遊魂は変を為す」。**帰不得**　魂が本来落ち着くべき場所に帰着できない。口語的な言い方。**15 清渭**　馬嵬の南を流れる渭水。涇水の水が濁るのに対して、渭水は清流といわれる。**剣閣**　長安と玄宗の逃げた蜀との間を遮る剣閣山。長安の西南の方角にあるそれと反対の方向に渭水は無情にも流れる。**16 去住**　「住」は同じ地に留まる。「去」った玄宗と馬嵬に留まる楊貴妃。**17 人生有情**　人の生には感情を揺り動かす事に富む。**18 豈終極**　水は流れ続け花は開いては散るを繰り返し、自然は尽きることがない。それと同じように「人生有情」もいつの世までも続く。「終極」は最後。魏・曹植「応氏を送る二首」（『文選』巻二〇）其の二に、「天地に終極無く、人の命は朝霜の若し」。**19 胡騎**　安禄山の軍の騎兵たち。**20 忘南北**　『楚辞』九弁の「中は瞀乱《ぼうらん》して迷ひ惑ふ」、その王逸の注に「思念煩惑して南北を忘るなり」。九家注は「忘城北（城北を忘る）」に作り、ほかにも「望城北（城北を望む）」に作る本もある。いずれにしても激しく心を動かされて混迷したありさまをいう。【詩型・押韻】七言古詩。入声一屋（哭）、三燭（曲・緑）、二十四職（色・側・翼・息・臆・極）、二十五徳（勒・得・北）の通押。平水韻、入声一屋、二沃、十三職。

詩解　至徳二載（七五七）春、長安軟禁中の杜甫はそっと抜け出して曲江を訪れる。かつては長安の繁華がとりわけ華やかに繰り広げられたその場が、今はさびれて人影もない。その寂寞のなかに往時の情景を幻視する（5〜12）。我に返れば、玄宗は蜀へ去り楊貴妃はむごい死。人の世の事どもにかく心を動かしても、周囲の自然は平然と永遠の営みを繰り返す。その対比のなかで詩人は昏迷のなかに沈み、茫然と立ち尽くす。理の表白を抑え、淡淡と叙述する。

喜レ達二行在所一三首　其一　（行在所《あんざいしょ》に達《たつ》するを喜《よろこ》ぶ三首《さんしゅ》 其《そ》の一《いち》）　05-03a

1 西憶二岐陽信一　西《にし》のかた岐陽《きやう》の信《しん》を憶《おも》ふに
2 無二人遂却迴一　人《ひと》の遂《つひ》に却迴《きやくくわい》する無《な》し
3 眼穿當二落日一　眼《め》は穿《うが》たれて落日《らくじつ》に當《あ》たる

4　心死著二寒灰一　　心《こころ》は死《し》して寒灰《かんくわい》を著《つ》く
5　霧樹行相引　　霧樹《むじゆ》　行《ゆ》くゆく相《あ》ひ引《ひ》く
6　蓮峯望忽開　　蓮峯《れんぽう》　望《ばう》　忽《たちま》ち開《ひら》く
7　所レ親驚二老瘦一　　親《した》しむ所《ところ》　老瘦《らうそう》に驚《おどろ》く
8　辛苦賊中來　　辛苦《しんく》して賊中《ぞくちゆう》より來《きた》る

現代語訳　行在所に行き着いたのを喜ぶ三首　其の一

西のほう、岐陽《きよう》から知らせは届かないかとじっと念じていたが、とうとう戻ってくる人は誰もいなかった。目に穴が開くほどに沈みゆく太陽に向き合い、心は死んだように冷えた灰にまみれた。霧に隠れた木々が歩みにつれて引っ張ってくれる。蓮花のかたちの峰、眺望がふいに開けた。懐かしい人たちはわたしが老けて痩せたのに目を疑う。艱難辛苦のすえに賊中を抜け出してたどり着いた。

語注　**0 行在所**　天子が都を離れた地で仮に居住する所。粛宗が臨時の朝廷を置いた鳳翔（陝西省宝鶏市の北）を指す。詩題を諸本では「自京竄至鳳翔喜達行在所」（京自《よ》り竄《のが》れて鳳翔に至り行在所に達するを喜ぶ）に作る。**1 岐陽**　岐陽県。当時は鳳翔府に属した。岐山の南にあるのでかくいう。『左伝』昭公四年に「成（周の成王）には岐陽の蒐《かり》（狩猟）有り」。**信**　たより。消息。**2 却迴**　鳳翔へ向かうのとは反対に、長安へ引き返す。『杜甫詩注』に「当時の俗語とおぼし」い。粛宗が鳳翔に至ったと聞くや、人々は日夜を問わず、賊軍の支配する長安を脱出して鳳翔へ移った（『資治通鑑』）。**3 眼穿**　目に穴が穿たれるほどにじっと見つめ続ける。**当落日**　沈みゆく日輪に正面から向き合う。鳳翔は長安から見て太陽の沈む西方に位置する。**4 心死**　絶望のあまり心が活動を停止する。**著**　「着」に通じる。付着させる。**寒灰**　冷え切った灰。『荘子』斉物論篇に「而《しかう》して心は固《もと》より死灰の如くなら使《し》む可《べ》けんか」。**5 霧樹**　霧に覆われた樹木。**行**　進むにつれて。**相引**　樹木が自分を導く。**6 蓮峯**　蓮の花のかたちをした峯。五岳の一つ西岳華山《かざん》に蓮華峯があり、華山は蓮岳とも呼ばれるが、華山とすれば長安の東、陝西省華県にあり、方角が逆になる。そのためか、趙次公注をはじめ、「連山」に作る本が多いが、『杜甫詩注』が「蓮峯」をよしとするのに従う。「蓮華峯」の異名をもつ山は、華山に限らず、黄山・廬山などほかにもある。**7 所親**　親しい人たち。鳳翔に到達して再会した旧知の人々。**老瘦**　別れている間に杜甫がめっきり老け込んで瘦せたこと。**8 賊中来**　賊軍の配下にある長安から逃げ延びてきたことをいう。【詩型・押韻】五言律詩。上平十五灰（迴・灰）と十六咍（開・来）の同用。平水韻、上平十灰。

其二（其《そ》の二《に》）　05-03b

1　愁思胡笳夕　　愁思《しうし》す　胡笳《こか》の夕《ゆふ》べ
2　凄涼漢苑春　　凄涼《せいりやう》たり　漢苑《かんゑん》の春《はる》
3　生還今日事　　生還《せいくわん》は今日《こんにち》の事《こと》
4　間道暫時人　　間道《かんだう》は暫時《ざんじ》の人《ひと》
5　司隷章初睹　　司隷《しれい》　章《しやう》初《はじ》めて睹《み》る
6　南陽氣已新　　南陽《なんやう》　氣《き》已《すで》に新《あら》たなり
7　喜心翻倒極　　喜心《きしん》　翻倒《はんたう》の極《きよく》
8　嗚咽涙沾㆑巾　　嗚咽《をえつ》して　涙巾《なみだきん》を沾《うるほ》す

現代語訳　其の二

悲しみに沈む胡笳響く夕べ、ひっそりとした漢の宮苑の春。

生きて帰還したのはやっと今日のこと。脇道を走った時はたまゆらの命の身であった。

司隷校尉の劉秀《りゅうしゅう》のように規範が初めて示され、劉秀の故地南陽《なんよう》のように新帝の気が早くも現れた。

歓喜の思いは顛倒せんばかりに極まり、むせび泣く涙が頭巾を濡らす。

語注　**1・2**　賊軍に支配されている長安をいう。**胡笳**　異民族の管楽器。異国の情緒を漂わす楽器として盛唐の辺塞詩によく見える。長安で聞いているのは、町に安禄山の兵が満ちているため。胡笳の奏でる曲は常に悲哀を帯びることが、「愁思」に通じる。**凄涼**　殺伐としたさま。**漢苑**　長安の宮苑を詩の例として漢代になぞらえていう。明るく華やいでいるはずの都の春が、賊軍に占拠されているためにうら寂しい。**3・4**　長安を脱出し、抜け道をなんとかかいくぐって、行在所にたどりついたことをいう。「今日の事」には生きて到着したことの、「暫時の人」には帰還できるまでは明日も知られぬ身であったことの感慨がこもる。**生還**　生きて朝廷に戻る。**間道**　抜け道。街道は賊軍に捕らえられる恐れがあるために別の道を通った。**5**　**司隷**　混乱を平定して漢王朝を再興した後漢の光武帝劉秀は、以前に司隷校尉の任にあった時期がある。唐の粛宗を安禄山の乱で混乱した唐王朝を中興した人として、光武帝になぞらえる。**章初睹**　秩序ある手本が初めて見られる。『後漢書』光武帝紀上に、司隷校尉となった劉秀が綱紀粛正し、「一に旧章の如し」。**6**　**南陽**　今の河南省南陽市。光武帝の出身地。**気已新**　王莽が政権を担っていた時、「気を望む者」を南陽に派遣したところ、「気は佳なる哉《かな》。鬱鬱葱葱然《うつうつそうそうぜん》たり」と光武帝の出現を予言した（『後漢書』光武帝紀下）故事に基づく。一句は粛宗が早くから皇帝となるめでたい気を帯びていたことをいう。**7**　**喜心**　粛宗の新朝廷を喜ぶ気持ち。**翻倒**　ひっくり返る。喜びのはなはだしいことをいう。【詩型・押韻】五言律詩。上平十七真（人・新・巾）と十八諄（春）の同用。平水韻、上平十一真。

其三（其《そ》の三《さん》）　05-03c

1　死 去 憑レ誰 報　　死《し》し去《さ》らば誰《たれ》に憑《よ》りてか報《ほう》ぜん

2 歸來始自憐
3 猶瞻太白雪
4 喜レ遇武功天
5 影靜千官裏
6 心蘇七校前
7 今朝漢社稷
8 新數中興年

歸《かへ》り來《きた》りて始《はじ》めて自《みづか》ら憐《あは》れむ
猶《な》ほ瞻《み》る　太白《たいはく》の雪《ゆき》
遇《あ》ふを喜《よろこ》ぶ　武功《ぶこう》の天《てん》
影《かげ》は靜《しづ》かなり　千官《せんくわん》の裏《うち》
心《こころ》は蘇《よみがへ》る　七校《しちかう》の前《まへ》
今朝《こんてう》　漢《かん》の社稷《しやしよく》
新《あら》たに數《かぞ》ふ　中興《ちゆうこう》の年《とし》

現代語訳　其の三

死んでしまったら誰によってそれを知らせられよう。帰ってきてはじめて自分のいとおしさを覚える。

太白《たいはく》の雪もなんとか見ることができたし、武功《ぶこう》の空に出会えたのが嬉しい。

身は千官の居並ぶなかに静かに混じり、気持ちは警護の七校尉の前で生き生きと蘇る。

今朝ここに漢の国家は、新たに中興の年に踏み出すのだ。

語注　**1 死去**　「去」は動詞の後ろについて方向を補う助字。陶淵明「飲酒二十首」其の十一に「死し去つて何の知る所ぞ」。また陶淵明「擬挽歌辞三首」其の三に「死し去つて何の道《い》ふ所ぞ」。　**2**　無我夢中で逃げたが、無事生還してはじめて我が身に愛着を覚える。　**3・4 猶**　生きていたおかげで予期したとおり太白山が見られたという感慨を込める。　**太白**　武功県の南に位置する山。　**武功**　鳳翔と長安の中間に位置する県。現在の陝西省咸陽市武功県。『水経注』渭水に「太白山は武功県の南に在り。長安を去ること二百里。其の高さの幾何なるかを知らず。俗に云ふ、武功の太白は天を去ること三百」。　**5**　自分の影があまたの官人の一人として静粛のなかにある。「影」は姿かたちであるが、千官のなかに混じっていることを客観的に捉える。　**千**

官　朝廷の多くの官人。『呂氏春秋』君守篇に「大聖は事無く、而して千官尽く能あり」。「百官」というに同じ。仄声の「百」を避けて「千」を用いる。　**6**　朝廷に参列する際の緊張がよみがえる。　**七校**　宮中を警護する七種の校尉。『漢書』刑法志に見える。　**7・8**　今この時からこそ漢（唐）王朝の中興の年が数え始められる。　**社稷**　皇帝が祭る土地の神と穀物の神。転じて国家そのものをいう。　**中興**　衰えかけた王朝が再興する。『詩経』大雅・烝民の序に「賢に任じ能を使ひて、周室は中興す」。

【詩型・押韻】五言律詩。下平一先（憐・天・前・年）。平水韻、下平一先。

詩解　至徳二載（七五七）四月、杜甫は安禄山の軍が占拠する長安を抜け出し、粛宗の行在所が設けられた鳳翔（陝西省宝鶏市の北）に駆けつける。間道を縫う、危険に満ちた行程であった。命を失わずにたどりついた喜びを噛みしめる。三首が時間軸に沿って叙述されていないことは、生きて到達した感動を繰り返し語るからである。そして其の三では新たな王朝が今始まること、それに自分が参与している喜びが、清新な緊張感とともに述べられる。

述ㇾ懐（懐《おも》ひを述《の》ぶ）　05-06

1 去年潼関破　去年《きよねん》 潼関《どうくわん》破《やぶ》れ
2 妻子隔絶久　妻子《さいし》 隔絶《かくぜつ》すること久《ひさ》し
3 今夏草木長　今夏《こんか》 草木《さうもく》長《ちやう》じ
4 脱ㇾ身得二西走一　身《み》を脱《だつ》して西《にし》に走《はし》るを得《え》たり
5 麻鞋見二天子一　麻鞋《まあい》にして天子《てんし》を見《み》る
6 衣袖露二両肘一　衣袖《いしう》 両肘《りやうちう》を露《あらは》す
7 朝廷愍二生還一　朝廷《てうてい》は生還《せいくわん》を愍《あは》れみ

親　故　傷㆓老　醜㆒
涕　涙　授㆓拾　遺㆒
流　離　主　恩　厚
柴　門　雖ㇾ得ㇾ去
未ㇾ忍㆓卽　開㆒ㇾ口

親故《しんこ》は老醜《らうしう》を傷《いた》む
涕涙《ているい》して拾遺《しふゐ》を授《さづ》かる
流離《りうり》　主恩《しゆおんあつ》厚し
柴門《さいもん》　去《さ》るを得《う》と雖《いへど》も
未《いま》だ卽《すなは》ち口《くち》を開《ひら》くに忍《しの》びず

現代語訳　思いを述べる

去年、潼関の守りが打ち破られ、妻子とはずっと離れ離れが続く。この夏、草木が茂った時に、抜け出して西へ逃げることができた。麻の履物をひっかけた姿で天子にお目通りし、袖は両肘が剝きだしていた。朝廷の君王は生きて戻ってきたことを不憫に思われ、旧知の人々は無残に老いた姿を気の毒がってくれた。涙ながらに拾遺の官を授かった。流れさすらってきた身への厚い君恩。粗末な我が家へ行くことは許されるにしても、それをすぐさま口に出すのは忍びない。

語注　**0 述懐**　胸中の思いを記す。詩題としては六朝期から散見する。杜甫には後に大暦三年（七六八）、江陵で作られた「秋日荊南にて懐ひを述ぶ三十韻」（21-57）がある。　**1 去年**　天宝十五載（七五六）。　**潼関**　長安の東にあって都を守る関所。陝西省渭南市潼関県。安禄山の軍は洛陽を征すると更に西進し、天宝十五載、潼関に至って哥舒翰《かじよかん》の軍を破り、長安へとなだれこんだ。長安陥落の契機となった戦い。　**2**　天宝十五載の七月に妻子を鄜州に預けて以後、別離の状態が続いていた。　**3 今夏**　至徳二載（七五七）四月。　**草木長**　長安脱出直前の作「春望」（04-21）にも「城春にして草木深し」。　**4**　軟禁から逃れて粛宗の行在所のある鳳翔に向かったこと。その経緯は「行在所に達するを喜ぶ三首」（05-03）に見える。　**5 麻鞋**　麻で編んだ履物。『顔氏家訓』治家に貧しい履物として見えるが、謁見のための正式な履物がなく、つっかけのままで、の意。**6** 同じく衣服も苦難の旅のままであったことをいう。**7 朝廷** 皇帝。ここでは粛宗を指す。後漢・蔡邕『独断』（『文選』巻四一、朱浮「幽州牧の為に彭寵に与ふる書」の李善注所引）によると、皇帝をじかに指すことを遠慮したものという。**生還**「行在所に達するを喜ぶ三首」（05-03）其の二にも「生還は今日の事」と見える。**8 親故** 親しいなじみの人。**老醜** 魏・阮籍「詠懐詩十七首」（『文選』巻二三）其の五に「夕暮には醜老と成る」と転倒した例が見える。**9 涕涙** 涙。**拾遺** 左拾遺。皇帝の遺失を拾う、諫言をたてまえとするが実際は秘書官的な役割。官位は高くないが、皇帝の側近であることから順調に進めば中枢に昇る可能性があった職。**10 流離** 居所を失ってさすらう。漢・李陵「蘇武に答ふる書」（『文選』巻四一）に蘇武が匈奴に抑留された時の労苦を述べて「流離辛苦す」。**主恩** 天子の恩沢。流民のようにして行在所にたどりついた自分に左拾遺の官を授けられたこと。**11 柴門** 柴《しば》でこしらえた粗末な門。妻子が住む我が家をいう。**得去** 妻子のもとへ行くことが許可される。**12** 帰還の願いは恐れ多くて言い出せない。

13 寄レ書問二三川一　書《しよ》を寄《よ》せて三川《さんせん》に問《と》ふ
14 不レ知家在否　知《し》らず 家在《いへあ》るや否《いな》や
15 比聞同罹レ禍　比《この》ごろ聞《き》く 同《おな》じく禍《わざはひ》に罹《かか》り
16 殺戮到二雞狗一　殺戮《さつりく》 雞狗《けいく》に到《いた》ると
17 山中漏茅屋　山中《さんちゆう》の漏茅屋《ろうばうをく》
18 誰復依二戸牖一　誰《たれ》か復《ま》た戸牖《こいう》に依《よ》らん
19 摧頽蒼松根　摧頽《さいたい》す 蒼松《さうしよう》の根《ね》
20 地冷骨未レ朽　地《ち》冷《つめ》たきも骨《ほね》 未《いま》だ朽《く》ちず

21　幾　人　全二性　命一　　幾人《いくにん》か性命《せいめい》を全《まった》うせん
22　盡レ室　豈　相　偶　　室《しつ》を盡《つ》くして豈《あ》に相《あ》ひ偶《ぐう》せんや
23　嶔　岑　猛　虎　場　　嶔岑《きんしん》たり　猛虎《まうこ》の場《ば》
24　鬱　結　迴二我　首一　　鬱結《うつけつ》して我《わ》が首《かうべ》を迴《めぐ》らす

現代語訳　手紙を送って三川《さんせん》にいる家族の安否を尋ねたが、家が今もそこにあるのかどうか。

先頃耳にしたのはこぞって災厄を被り、鶏や犬に到るまで殺害されたという。

山のなかの雨も漏る草屋、そこで誰が窓辺にもたれているだろう。

青黒い松の根もとに崩れ落ち、冷たい土に朽ち果てぬ骨か。

何人が命を全うできたことだろう。家族一同、顔をそろえることはできようか。

すさまじい猛虎たむろする場。鬱屈してわたしは顔をそむける。

語注　**13 三川**　鄜州に属する県。妻子は三川県の羌村にいた。**14**　妻子の家がそこにあるかも確かでない。**15 比**　この頃。近い過去。**同罹禍**　その地の人々がみな禍いに遭う。**16 殺戮**　殺害する。『尚書』呂刑に「無辜（罪無き人々）を殺戮す」。「佳人」（07-13）にも「関中　昔　喪乱し、兄弟　殺戮に遭ふ」。**到雞狗**　「雞狗」は平穏な村落のしるし。平和が破壊され命あるものはすべて殺される。**17 漏茅屋**　雨漏りのする、草葺きの粗末な住まい。**18 依戸牖**　戸口や窓に身をもたれかかる。一句は住んでいる人がいないのではないかと危ぶむ。**19 摧頽**　壊れ崩れる。魏・応瑒《おうとう》「五官中郎将が建章台の集ひに侍する詩」（『文選』巻二〇）に「毛羽日びに摧頽す」。**20 地冷**　李白「冬日　旧山に帰る」に「地冷たくして葉は先に尽き、谷寒くして雲行かず」というのは冬の大地の冷涼を言うが、ここでは気候よりも骨の白さと相俟って気配の冷ややかさを描く。**21 性命**　生命。蜀・諸葛亮「出師の表」（『文選』巻三七）に「苟も性命を乱世に全うす」。もとは天賦の資質と運命を言う哲学的概念（『周易』乾卦）。**22 尽室**　一家すべて。『左伝』成公二年に「巫臣は室を尽くして以て行く」。**相偶**　一対になる意から拡がって、一緒にいる。梁・江淹「罪を江南に待ち北に帰るを思ふ賦」に北方の人が南にあって「魍魎と共にして相ひ偶す」と言う。**23 嶔岑** 山の険しさを形容する畳韻の語。ここでは人を寄せ付けない厳しいさまを言う。**猛虎場** 猛獣のような輩が我が物顔に跋扈する地帯。**24 鬱結** 思いが結ぼれる。『楚辞』遠遊に「独り鬱結して其れ誰にか語らん」。**迴我首** 『杜甫詩注』は「［猛虎］の空間の方へと［我が首《こうべ》］を［迴《めぐ》］らしふりむける」と説明する。「迴首」はもともと後ろを向くこと（それが時間的に過去を振り返る意味になることもある）。それゆえここでは述べてきた凄惨な状況から「首を迴らし」、目をそらせることと解した。

25 自レ寄二一封書一　一封《いつぷう》の書《しよ》を寄《よ》せて自《よ》り
26 今已十月後　今《いま》 已《すで》に十月《じふげつ》の後《のち》
27 反畏消息來　反《かへ》つて畏《おそ》る 消息《せうそく》の來《きた》らんことを
28 寸心亦何有　寸心《すんしん》 亦《ま》た何《なに》か有《あ》らん
29 漢運初中興　漢運《かんうん》 初《はじ》めて中興《ちゆうこう》す
30 生平老耽レ酒　生平《せいへい》 老《お》いて酒《さけ》に耽《ふけ》る
31 沈思歡會處　沈思《ちんし》す 歡會《くわんくわい》の處《ところ》
32 恐作二窮獨叟一　恐《おそ》らくは窮獨《きゆうどく》の叟《おきな》と作《な》らん

現代語訳 一通の手紙を送ってから、今はもう十月《とつき》を経た。
かえって便りが届くのが恐い。心のなかにはもう何もありはしない。
漢王朝の命運は中興したところだが、ふだんから老いて酒に浸る身。

盛宴の場でも考え込んでしまう。孤独な老人になってしまったのではないかと。

語注 **26 十月後** 鳳翔を去るのが閏八月の初め。本詩はそれ以前に作られたことから、「十月」は冬十月ではなく十か月の意（趙次公注）。**27 消息** 音信。家からの便りを待ち望みながらも、悪い知らせが届きはしないかと却って恐れる。ひたすら消息の来るを待つといった常套の言い方を反転することによって、切実な心情を表す。**28 寸心** こころ。心臓は一寸四方とされたことから。**亦何有** 何もない。極度の憂慮のために心中が空っぽになる。**29 漢運** 漢（唐）王朝のなりゆき。**初中興** 「行在所に達するを喜ぶ三首」（05-03）其の三に「今朝 漢の社稷、新たに数《かぞ》ふ中興の年」とあったように、粛宗の即位を唐の中興と捉える。「初」は……したばかり。**30 生平** ふだん。**老耽酒** 中興の時に巡り合わせても自分は役立たずという思いを含む。**31** 楽しかるべき宴席にあって自分ひとり考え込む。**沈思** 深く思い沈む。ここでは憂思というに近いが、梁・昭明太子「文選序」に「事は沈思に出づ」というのは表現にあたっての深い思索をいう。**歓会** 愉快な集い。あるいは一句は「歓会に沈思する処」と訓読し、「処」を仮定を表す語と解すべきかも知れない。**32 窮独叟** 貧しく孤独な老人。『孟子』梁恵王篇下に「老いて子無きを独と曰ふ」。【詩型・押韻】五言古詩。上声四十四有（久・肘・醜・否・牖・朽・首・有・酒）と四十五厚（走・厚・口・狗・偶・後・叟）の同用。平水韻、上声二十五有。

詩解 長安を脱出して鳳翔の行在所にたどりつき、左拾遺に任じられた至徳二載（七五七）の作。そこに至る経緯を述べる第一段落（1〜12）では、「行在所に達するを喜ぶ三首」（05-03）と重なるところもある。しかし本詩の中心を占めるのは、鄜州に残したままの家族の消息である。消息のないことは悪い推測をいやが上にもふくらませてしまう。第二段落（13〜24）では妻子の住まう地の不穏な状況から、生死を危ぶむ悲痛な情景を思い描く。その妄想からまた転じて、第三段落（25〜32）では現実に戻るが、王朝の新しい門出に臨んだことを喜ぶ余裕もなく、孤独に沈潜して詩は結ばれる。

羌村三首　其一（羌村三首《きやうそんさんしゅ》 其《そ》の一《いち》）　05-22a

1 崢嶸赤雲西
2 日脚下㆓平地㆒
3 柴門鳥雀噪
4 歸客千里至
5 妻孥怪㆓我在㆒
6 驚定還拭㆑淚
7 世亂遭㆓飄蕩㆒
8 生還偶然遂
9 鄰人滿㆓牆頭㆒
10 感歎亦歔欷
11 夜闌更秉㆑燭
12 相對如㆓夢寐㆒

崢嶸《さうくわう》たる赤雲《せきうん》の西《にし》
日脚《につきやく》平地《へいち》に下《くだ》る
柴門《さいもん》 鳥雀《てうじやく》噪《さわ》ぎ
歸客《きかく》 千里《せんり》より至《いた》る
妻孥《さいど》は我《われ》の在《あ》るを怪《いぶか》り
驚《おどろ》き定《さだ》まりて還《ま》た淚《なみだ》を拭《ぬぐ》ふ
世《よ》亂《みだ》れて飄蕩《へうたう》に遭《あ》ひ
生還《せいくわん》 偶然《ぐうぜん》に遂《と》ぐ
鄰人《りんじん》 牆頭《しやうとう》に滿《み》ち
感歎《かんたん》し亦《ま》た歔欷《きよき》す
夜闌《よるたけなは》にして更《さら》に燭《しよく》を秉《と》り
相《あ》ひ對《たい》すれば夢寐《むび》の如《ごと》し

現代語訳　羌村三首　其の一

空高くそびえる赤い雲の西から、日足が平地へ差し込む。
柴の門辺に小鳥たちが鳴き騒いだとおり、旅人は千里の道を帰ってきた。
妻と子はわたしがここにいることを信じられず、動転が落ち着いてから涙をぬぐう。

世の混乱にさすらいを余儀なくされ、生きて帰りえたのはたまさかのこと。近隣の人たちまでもが垣根にあふれ、ため息をついたりすすり泣いたり。夜更けてまたもともしびを手にする。向かい合っているのが夢のようだ。

語注　**0 羌村**　鄜州《ふしゅう》三川県（陝西省延安市富県）の城外にある村。かつて羌族の居住地であったことからこう呼ばれる。杜甫の妻子はこの村に身を寄せていた。　**1 崢嶸**　高くそびえるさま。畳韻の語。　**赤雲**　夕焼けの雲。　**2 日脚**　雲間から地上に差し込む太陽の光線。　**3 柴門**　雑木の小枝でこしらえた門。粗末な家をいう。　**鳥雀噪**　『詳注』は「雀」を「鵲」に作るべきだという。「雀」と「鵲」の音は同じ。「鳥鵲」（カササギ）が鳴き騒ぐのは来客がある吉兆だとする言い伝えがある。『西京雑記』下に引く漢・陸賈の語に「乾鵲（カササギ）噪《さわ》げば行人至る」。後漢・王充『論衡』実知篇、晋・葛洪『西京雑記』などにも見える。それが次の句を導く。　**5 妻孥**　妻と子。　**6 驚定**　思いがけない杜甫の帰還に初めは驚いた気持ちが、やがて落ち着く。　**7 飄蕩**　風や水に弄ばれるように、あてどなくさすらう。　**9 牆頭**　垣根の辺り。「頭」は場所を示す接尾語。　**10 歔欷**　すすり泣く。双声の語。　**11 夜闌**　真夜中。「闌」はピークを過ぎる。　**更秉燭**　やっと妻と再会を果たした喜びに眠るのを惜しみ、改めて灯りをともす。古楽府「西門行」（『楽府詩集』巻三七）に「昼短くして夜の長きに苦しむ、何ぞ燭を秉りて遊ばざる」。　**12 夢寐**　夢。再会が現実とは感じられない。【詩型・押韻】五言古詩。去声六至（地・至・涙・遂・寐）、八未（欷）の通押。平水韻、去声四寘と五未。

其二（其《そ》の二《に》）　05-22b

1　晩 歳 迫二偸 生一　　晩歳《ばんさい》　偸生《とうせい》に迫《せま》られ

2　還レ家 少二懽 趣一　　家《いへ》に還《かへ》るも懽趣《くわんしゆ》少《すく》なし

3　嬌 兒 不レ離レ膝　　嬌兒《けうじ》は膝《ひざ》より離《はな》れざりしに

畏㆑我復卻去
憶昔好追㆑涼
故繞㆓池邊樹㆒
蕭蕭北風勁
撫㆑事煎㆓百慮㆒
頼知㆓禾黍收㆒
已覺㆓糟牀注㆒
如今足㆓斟酌㆒
且用慰㆓遲暮㆒

我《われ》を畏《おそ》れて復《ま》た卻《しりぞ》き去《さ》る
憶《おも》ふ昔《むかし》好《よ》し涼《りやう》を追《お》ひ
故《ことさら》に池邊《ちへん》の樹《き》を繞《めぐ》りしを
蕭蕭《せうせう》として北風《ほくふう》勁《つよ》く
事《こと》を撫《ぶ》すれば百慮《ひやくりよ》煎《に》る
頼《さいは》ひに禾黍《くわしよ》の收《をさ》めらるるを知《し》る
已《すで》に糟牀《さうしやう》の注《そそ》ぐを覺《おぼ》ゆ
如今《じよこん》 斟酌《しんしやく》するに足《た》る
且《か》つ用《もつ》て遲暮《ちぼ》を慰《なぐさ》めん

現代語訳 其の二

年老いてとりあえず生きて行くことに追われ、家に帰っても楽しみはない。愛《いと》し子は膝から離れもしなかったのに、今はわたしを恐がって尻込みする。思い起こせば昔はさあ涼みに出ようと、わざわざ池のまわりの木をぐるぐる回ったものだった。ざわざわと北風激しく、来し方をじっと思えば種々の悩みに胸は焦がれる。米もきびも収穫できたと知ったおかげで、はや酒漉《さけご》しのしたたりに心弾む。今や樽から汲むのに十分、まずはそれで老い先短い身を慰めよう。

語注 **1 晩歳** 老年。人生の終わりに近づいた年齢。この年、杜甫は四六歳。**迫** 切迫される。**偸生** 志を貫く生き方でなく、いい加減に生きる。『楚辞』卜居に「寧《むし》ろ正言して諱《はば》からず、以て身を危ふくせんか。将《は》た俗に従ひ富貴にして、以て生を媮《ぬす》（偸）まんか」。「石壕の吏」（07-03）に「存者は且く生を偸み、死者は長《とこしへ》に已《や》みぬ」。**2 懽趣**　楽しい気持ち。「懽」は「歓」に通じる。梁・何遜「野夕　孫郎擢に答ふ」詩に「虚館　賓客無く、幽居　懽趣乏し」。**3・4 嬌児**　かわいい子供。陶淵明「擬挽歌辞三首」其一に「嬌児は父を索めて啼く」。**卻去**　あとずさりする。「卻」は「却」の本字。二句の解釈にはほぼ三通りある。一はかつては膝から離れなかった子供が長く別れていたために今は人見知りして近づかない（『杜甫詩注』）。二は父を見たばかりの時は膝から離れずにいたが、時間がたつと恐がるようになる（『詳注』）。三は4を「我の復た却つて去るを畏る」と読んで、父がまたいなくなりはしないか心配する（『草堂詩箋』、『杜詩鏡銓』、蕭滌非など）。今、一の説による。**5 好**　さあと行動を促す語。**追涼**　涼を求める。**6 故**　わざわざ。『杜甫詩注』は「つねに」と読む。**7 蕭蕭**　風が寂しく吹く音。『楚辞』九歌・山鬼に「風颯颯として木蕭蕭たり」。**8 撫事**　かつての出来事を撫でさするように思い返す。**煎百慮**　さまざまな思いが火にあぶられたように胸を焦がす。東晋・陶淵明「九日閑居」に「酒は能く百慮を祛《はら》ふ」。**9 頼**　ありがたいことに。**禾黍**　いねときび。酒の材料となる穀物。**10 糟牀**　もろみからかすを絞る器具。**11 斟酌**　樽から酒を汲む。漢・蘇武「詩四首」（『文選』巻二九）其の一に「願はくは子留まりて斟酌せよ」。**12 遅暮**　年をとる。晩年。『楚辞』離騒に「美人の遅暮を恐る」。【詩型・押韻】五言古詩。去声九御（去・慮）、十遇（趣・樹・注）、十一暮（暮）の通押。平水韻、去声六御と七遇。

其三（其《そ》の三《さん》）　05-22c

1 羣雞正亂叫　　羣雞《ぐんけい》 正《まさ》に亂《みだ》れ叫《さけ》び
2 客至雞鬪爭　　客至《かくいた》りて雞《にはとり》 鬪爭《とうさう》す
3 驅雞上樹木　　雞《にはとり》を驅《か》りて樹木《じゆぼく》に上《のぼ》らしめ
4 始聞扣柴荊　　始《はじ》めて柴荊《さいけい》を扣《たた》くを聞《き》く

5 父老四五人
6 問㆓我久遠行㆒
7 手中各有㆑攜
8 傾㆑榼濁復清
9 苦辭酒味薄
10 黍地無㆓人耕㆒
11 兵革既未㆑息
12 兒童盡東征
13 請爲㆓父老㆒歌
14 艱難媿㆓深情㆒
15 歌罷仰㆑天歎
16 四座涙縱橫

父老《ふらう》 四五人《しごにん》
我《わ》が久《ひさ》しき遠行《ゑんかう》を問《と》ふ
手中《しゆちゆう》に各《おの》おの攜《たづさ》ふる有《あ》り
榼《かふ》を傾《かたむ》くれば 濁《だく》復《ま》た清《せい》
苦《ねんごろ》に辭《じ》す 酒味《しゆみ》の薄《うす》きを
黍地《しよち》 人《ひと》の耕《たがや》す無《な》し
兵革《へいかく》 既《すで》に未《いま》だ息《や》まず
兒童《じどう》 盡《ことごと》く東征《とうせい》す
請《こ》ふ父老《ふらう》の爲《ため》に歌《うた》はん
艱難《かんなん》 深情《しんじやう》に媿《は》づ
歌罷《うたや》みて天《てん》を仰《あふ》ぎて歎《なげ》く
四座《しざ》 涙《なみだ》縱橫《じゆうわう》たり

現代語訳　其の三

にわとりの群れが大騒ぎの真っ最中。お客の到来ににわとりが喧嘩している。にわとりを木の上へと追い立ててから、やっと柴の門を叩く音が聞こえた。村の故老が四、五人、わたしの遠い旅を尋ねに来た。

手にはそれぞれ土産物、樽を傾ければ濁酒あり清酒あり。

くどくどと酒の味が薄いとことわりを述べる。きびの畑も耕す人がおりはせぬ。

戦がまだ終わらぬので、子供らは残らず東へと出征。

お世話役がたのためにひとつ歌わせてください。苦難のなかでのこの真情がかたじけない。

歌い終われば天を仰いで嘆息。取り巻く座の人々は涙がほとばしる。

語注　**1 群雞**　杜甫の家で飼っていた鶏たち。鶏は平穏な村暮らしのしるし。**2**　鶏の時ならぬ狂騒は、客人の不意の訪れのためだった。**3**　放し飼いの鶏を木に追い立てて客人を通す。**4 柴荊**　シバやイバラでこしらえた粗末な門戸。**5 父老**　村の長老たち。東晋・陶淵明「飲酒二十首」其の九に「深く父老の言に感ず」。**6 遠行**　鳳翔から鄜州に至る杜甫の旅。**7 各有携**　来訪した「四五人」がそれぞれに手土産を携えている。**8 榼**　酒樽。**濁復清**　濁り酒と清酒。「各おの」携えてきたので各種の酒がある。**9 苦辞**　ふつうは耳に痛い諫言をいうが、ここではつらそうに、あるいはしきりに、わびを述べる。『文苑英華』など、「莫辞」に作る。ならば「辞する莫かれ」。**10**　酒が薄いのは、徴兵に取られて人手がなく、畑を耕せないため。**11 兵革**　武器と甲冑。また戦争。『周礼』『礼記』に見える。**既**　……であるから、……である以上。**12 児童**　村の男の子たち。**東征**　安史の乱制圧に駆り出されていることをいう。**13**　父老に対して杜甫が言う。**14**　困難な時勢にかかわらず、このような深甚の好意を示してくれたことがありがたい。「媿」は感謝の意。**15 仰天歎**　深い絶望感を表す。魏・曹植が過去の殉死者をうたった「三良詩」（『文選』巻二一）に「涕を攬《と》りて君が墓に登り、穴に臨み天を仰ぎて歎ず」。**16 四座**　周りに座る人たち。**縦横**　あちこちに飛び散る。【詩型・押韻】五言古詩。下平十二庚（荆・行・横）、十三耕（争・耕）、十四清（清・征・情）の同用。平水韻、下平八清。

詩解　至徳二載（七五七）、鳳翔の行在所で左拾遺を授かった後に粛宗から休暇を賜り、閏八月、鄜州三川県羌村の家族のもとへ向かう。「北征」（05-23）がその道中を記し、本詩が家に着いてからのことを記す。第一首は到着と家族再会の歓び。突然の帰還が信じられずに呆然とし（5）、驚きが収まってからはじめてうれし涙を流す妻（6）、また第二首の久しく不在であった父に寄りつこうとしない子（4）、こうした叙述は常套表現に堕さず、リアルな実態を捉える。第二首では平穏な家庭生活に戻った安堵の思いを、酒のささやかな楽しみとともに記す。第三首は村の長たちの来訪。戦役のために荒廃した村の実情を告げられ、こもごも涙に暮れる。家族や村人たちとともに、日常生活の小さな幸せを味わいながらも、その上には時代の暗雲が立ち籠める。個人の具体的な暮らしぶりと社会全体の様相の双方を描き取る杜甫ならではの作。

北征（北征《ほくせい》）　05-23

（原注）歸至㆓鳳翔㆒、墨制放往㆓鄜州㆒作。（歸《かへ》りて鳳翔《ほうしやう》に至《いた》り、墨制《ぼくせい》もて放《はな》たれて鄜州《ふしう》に往《ゆ》く作《さく》。）

1 皇帝二載秋
2 閏八月初吉
3 杜子將㆔北征
4 蒼茫問㆓家室㆒

皇帝《くわうてい》二載《にさい》の秋《あき》
閏八月《うるふはちぐわつ》の初吉《しよきつ》
杜子《とし》將《まさ》に北《きた》に征《ゆ》き
蒼茫《さうばう》として家室《かしつ》を問《と》はんとす

現代語訳　北へ向かう旅

鳳翔に帰り着き、勅書によって職を離れ、鄜州に赴く時の作。

今上皇帝二年の秋、閏《うるう》八月の第一の日。

杜子は北の旅に発ち、ほの暗いなかに家族を尋ねる。

語注　**0 北征**　粛宗の行在所があった鳳翔（陝西省鳳翔県）から、その東北にあたる鄜州《ふしゅう》（陝西省富県）への旅。鄜州三川県羌村に家族を預けていた。詩題・詩の冒頭は、後漢・班彪《はんぴょう》「北征の賦」、後漢・曹大家《そうたいこ》（班昭《はんしょう》）「東征の賦」、（共に『文選』巻九）、西晋・潘岳《はんがく》「西征の賦」（同巻一〇）など、紀行の賦を代表する作に倣う。　**帰至鳳翔**　長安を脱出して鳳翔の行在所に行き着いたこと。「羌村三首」（05-22）を参照。官としているべき場所に帰着したという意味で「帰」という。**墨制**　勅書。「墨勅」と同じ。『杜甫詩注』は『資治通鑑』胡三省の注を引いて、正規の手続きを経ない詔勅という。粛宗から休暇を許された勅書を指す。**放**　行在所で任じられていた左拾遺の職を離れる。**1・2**　「東征の賦」「西征の賦」が、出立の時を「年―月―日」と並べて重々しく語り出すのに倣う。**皇帝**　粛宗を指す。**二載**　至徳二載（七五七）。この一時期、「年」の代わりに「載」が用いられた。**閏八月**　この年は八月に次いで「閏八月」があった。「初吉」は朔日《ついたち》。『詩経』小雅・小明に「二月初吉、載《すなは》ち寒暑に離《かか》る」。**3**　**杜子**　杜甫を第三者として称する。これも畏まった感じを伴う。**4**　**蒼茫**　薄暗いさまを言う畳韻の語。旅立ちに際する不安な心情を反映する。**家室**　家族。『詩経』周南・桃夭《とうよう》に、「之の子　于《ゆ》き帰《とつ》がば、其の家室に宜《よろ》しからん」。

5　維時遭二艱虞一　　維《こ》れ時《とき》は艱虞《かんぐ》に遭《あ》ひ
6　朝野少二暇日一　　朝野《てうや》　暇日《かじつ》少《すく》なし
7　顧慙二恩私被一　　顧《かへり》みて恩私《おんし》の被《かうむ》るを慙《は》づ
8　詔許レ帰二蓬蓽一　　詔《みことのり》して蓬蓽《ほうひつ》に帰《かへ》るを許《ゆる》さる
9　拝辞詣二闕下一　　拝辞《はいじ》して闕下《けつか》に詣《いた》り
10　怵惕久未レ出　　怵惕《じゆつてき》　久《ひさ》しくして未《いま》だ出《い》でず
11　雖レ乏二諫諍姿一　　諫諍《かんさう》の姿《すがた》に乏《とぼ》しと雖《いへど》も
12　恐三君有二遺失一　　君《きみ》に遺《ゐ》失《しつ》有《あ》らんかと恐《おそ》る

現代語訳　折しも艱難に見舞われた時、朝野ともに閑暇とてない。
顧みれば身に過ぎた天子の恩を賜り、茅屋《ぼうおく》へ帰るのを許す詔勅が出された。

いとまごいの拝礼に宮殿に参り、畏れ多くてなかなか退出できない。
諫言を呈する資質に欠ける身ではあるが、君主に落ち度がありはしないか気に掛かる。

語注 **5 維** 句を整える助字。これも重々しい感じを伴う。 **遭艱虞** 苦難の時期に出会う。 **6 少暇日** 安穏でない状況。都はなお占拠され、官軍と反乱軍との戦いが続いていた。 **7 顧慚** 職務も果たしていないのに、困難な時に休暇を許された我が身を恥じる。 **恩私** 個人的に特別に賜った恩寵。 **8 詔許** 皇帝が休暇を許す文書を下したこと。 **蓬蓽** 「蓬」（ムカシヨモギ）の門と「蓽」（イバラ）の垣根。自分の粗末な家をいう。 **9 拝辞** 皇帝に別れを告げる挨拶をする。 **闕下** 宮中。「闕」は宮中の門。 **10 怵惕** 恐れおののく。『楚辞』九弁に「心は怵惕して震盪す（揺れ動く）」。天子の前で緊張する。 **久未出** 朝廷を去るのに忍びなく退出しがたい。 **11・12 諫諍** 天子に向かっていさめる。杜甫は諫言を任務とする左拾遺の官にあった。 **姿** 姿勢、資質。諫官の資格に乏しい自分ではあるが、不在によって天子に過誤が生じないか案じられる。

13 君誠中興主
14 經緯固密勿
15 東胡反未レ已
16 臣甫憤所レ切
17 揮レ涕戀二行在一
18 道途猶恍惚
19 乾坤含二瘡痍一
20 憂虞何時畢

君《きみ》は誠《まこと》に中興《ちゆうこう》の主《しゆ》
經緯《けいゐ》 固《もと》より密勿《みつぶつ》なり
東胡《とうこ》 反《はん》して未《いま》だ已《や》まず
臣甫《しんぽ》 憤《いきどほ》りの切《せつ》なる所《ところ》
涕《なみだ》を揮《ふる》つて行在《あんざい》を戀《こ》ひ
道途《だうと》 猶《な》ほ恍惚《くわうこつ》たり
乾坤《けんこん》 瘡痍《さうい》を含《ふく》み
憂虞《いうぐ》 何《いづ》れの時《とき》か畢《をは》らん

現代語訳　君王はまことに中興の主、秩序の構築に営々として努められる。
東方の胡《えびす》どもの反乱はいまだに終結せず、これぞ臣たる甫の切に憤るところ。
涙を払っても行在への思いは断ち切れず、旅の途に就いても気持ちはなお惑い続ける。
天も地も満身創痍のこの時、憂患の思いはいつになったら消えることか。

語注　**13 中興主**　国を再興する君主。粛宗が安史の乱から王朝を復興することに期待を籠める。　**14 経緯**　国家の秩序を作り上げる。「経」は縦糸、「緯」は横糸。それによって物事の秩序、また秩序正しく治めること。　**密勿**　勤勉、周到につとめるさまをいう畳韻の語。　**15 東胡**　安禄山ら反乱を起こした東方の異民族。　**反未已**　反乱が収束しない。　**16 臣甫**　皇帝に対する一人称。　**17 揮涕**　皇帝との別れの悲しみを断ち切ろうとする。　**恋**　恋々とした思いが続く。　**18 道途**　旅行く道。　**恍惚**　ぼんやり、うつろな状態。天子を気遣うあまり、理性が働かない。　**19**　世界全体が痛めつけられた状態にあることをいう。　**乾坤**　天地。『周易』の語。　**瘡痍**　傷。　**20 憂虞**　憂慮。『周易』繋辞伝上に「悔吝なる者は、憂虞の象なり」。

21 靡靡踰二阡陌一　　靡靡《びび》として阡陌《せんぱく》を踰《こ》ゆれば
22 人煙眇蕭瑟　　人煙《じんえん》 眇《べう》として 蕭瑟《せうしつ》たり
23 所レ遇多被レ傷　　遇《あ》ふ所《ところ》は多《おほ》く傷《きず》を被《かうむ》り
24 呻吟更流レ血　　呻吟《しんぎん》して更《さら》に血《ち》を流《なが》す
25 迴二首鳳翔縣一　　首《かうべ》を鳳翔縣《ほうしやうけん》に迴《めぐ》らせば
26 旌旗晩明滅　　旌旗《せいき》 晩《ばん》に明滅《めいめつ》す
27 前登二寒山重一　　前《すす》みて寒山《かんざん》の重《かさ》なれるに登《のぼ》れば
28 屢得二飲馬窟一　　屢《しばしば》 飲馬《いんば》の窟《くつ》を得《え》たり

29 邠郊入㆓地底㆒　邠郊《ひんかう》は地底《ちてい》に入《い》り
30 涇水中蕩潏　涇水《けいすい》中《なか》に蕩潏《たういつ》す
31 猛虎立㆓我前㆒　猛虎《まうこ》我《わ》が前《まへ》に立《た》ち
32 蒼崖吼時裂　蒼崖《さうがい》吼《ほ》ゆる時《とき》裂《さ》く

現代語訳　遅遅として道をたどれば、人家の煙も見えず、寂れ果てた光景。
出会うのは負傷した人ばかり、うめきながら更に血を流している。
帝のおわす鳳翔県を振り返れば、軍旗が夕闇に見え隠れする。
足を進め重畳する冬山に登ると、あちこちに兵馬に水飼った岩屋がのこる。
邠州《ひんしゅう》郊外の原野は大地の底にうずくまり、涇水《けいすい》がその真ん中を滔々《とうとう》と奔流する。
猛虎が我が前で仁王立ち、青黒い崖はその咆哮《ほうこう》に引き裂かれる。

語注　**21 靡靡**　足取りの重いさま。『詩経』王風・黍離《しょり》に「行邁（道を行く）靡靡たり、心中揺揺たり（揺れ動く）」。**阡陌**　南北、また東西に走る道。魏・曹操「短歌行」（『文選』巻二七）に「陌を越え阡を度《わた》る」。**22 人煙**　人家のかまどから出る煙。魏・曹植「応氏を送る二首」（『文選』巻二〇）其の一に「中野　何ぞ蕭条たる、千里　人煙無し」。**眇**　目に見えないほどわずか。**蕭瑟**　人気《ひとけ》なく寂しいさまをいう双声の語。**23・24**　途上では戦傷者にたびたび出会う。**25**　心残りから去ってきた行在所を振り返る。**26 旌旗**　行在所を守る軍の旗。**晩明滅**　日暮れの光のなかにちらちら揺らめく。**27 前**　さらに先へと進む。**寒山重**　寒々とした山が幾重にも重なる。**28 屢得**　途上で何度も出会う。**飲馬窟**　行軍が途中で馬に水を飲ませた洞窟。楽府に行軍する兵士の辛苦をうたう「飲馬長城窟行」がある。**29 邠郊**　邠州《ひんしゅう》（陝西省彬県《ひんけん》）の郊外。**地底**　すり鉢状の地形。**30 涇水**　邠州の中央を流れる川。**蕩潏**　水が勢いよく流れるさま。**31・32**　旅路の危険、不安を象徴的に語る。晋・陸機「苦寒行」（『文選』巻二八）に「猛虎は林に憑《よ》りて嘯《うそぶ》き、玄猿は岸に臨みて歎ず」。同じく陸機「洛に赴く道中の作二首」

（『文選』巻二六）其の一に「哀風は中夜に流れ、孤獣は更に我が前」。 **蒼崖** 青黒い断崖。

33 菊垂㆓今秋花㆒　菊《きく》は今秋《こんしう》の花《はな》を垂《た》れ
34 石戴㆓古車轍㆒　石《いし》は古《いにしへ》の車轍《しやてつ》を戴《いただ》く
35 青雲動㆓高興㆒　青雲《せいうん》 高興《かうきよう》を動《うご》かし
36 幽事亦可㆑悦　幽事《いうじ》 亦《ま》た悦《よろこ》ぶ可《べ》し
37 山果多㆓瑣細㆒　山果《さんくわ》 瑣《さ》細《さい》多《おほ》く
38 羅生雜㆓橡栗㆒　羅《ら》生《せい》して橡栗《しやうりつ》を雜《まじ》ふ
39 或紅如㆓丹砂㆒　或《ある》いは紅《あか》きこと丹砂《たんさ》の如《ごと》く
40 或黑如㆓點漆㆒　或《ある》いは黑《くろ》きこと點漆《てんしつ》の如《ごと》し
41 雨露之所㆑濡　雨露《うろ》の濡《うるほ》す所《ところ》
42 甘苦齊結㆑實　甘苦《かんく》 齊《ひと》しく實《み》を結《むす》ぶ
43 緬思㆓桃源內㆒　緬《はる》かに桃源《たうげん》の內《うち》を思《おも》ひ
44 益歎㆓身世拙㆒　益《ます》ます身世《しんせい》の拙《つたな》きを歎《なげ》く

現代語訳 菊は今年もいつもと変わらぬ花がしだれ、石畳には昔のわだちが刻まれる。青雲は興趣を高く掻き立て、幽邃な趣も喜ばしい。山の果実は小粒なものが多く、鈴なりに実ってドングリが混じる。

丹砂のように赤いのもあるし、漆をぽつんとつけたように黒いのもある。
雨露に潤《うるお》されて、甘いのも苦いのもそろって実を結ぶ。
遥かなる桃源郷を思うにつけても、我が身の世に処する拙さがいっそう嘆かれる。

語注 **33** 人の世の混乱と関わりなく、自然は変わらぬ営みを続ける。 **34** **石** 道に敷かれた石畳。 **戴** 上に載せる。轍が刻まれていることをいう。 **古車轍** 昔からここを通った車の跡。 **35** **高興** 豊かな興趣。 **36** **幽事** 世俗を離れた事物。 **37・38** 野生の小さな果実が、橡栗に混じる。 **羅生** 連なって生える。 **橡栗** ドングリ。ふつうは食用にしない。 **39・40** 「山果」の赤い実、黒い実を比喩する。 **丹砂** 水銀の原料となる赤い鉱物。 **点漆** ぽつんと黒い漆。 **41・42** 人知れず生えている山の木は、天の恵みである雨露によって甘い、また苦い実をつける。 **43** **桃源** 陶淵明が「桃花源記」で描いた桃源郷。 **内** 外部と遮断された桃源郷の内側の世界。 **44** **身世拙** 我が身の世渡りのまずさ。

45 坡陀望㆓鄜畤㆒　坡陀《はだ》として鄜畤《ふじ》を望み
46 巖谷互出沒　巖谷《がんこく》 互《たが》ひに出沒《しゆつぼつ》す
47 我行已水濱　我《わ》が行《かう》は已《すで》に水濱《すいひん》なるに
48 我僕猶木末　我《わ》が僕《ぼく》は猶《な》ほ木末《ぼくまつ》にあり
49 鴟鳥鳴㆓黄桑㆒　鴟鳥《してう》 黄桑《くわうさう》に鳴《な》き
50 野鼠拱㆓亂穴㆒　野鼠《やそ》 亂穴《らんけつ》に拱《きよう》す
51 夜深經㆓戰場㆒　夜深《よるふか》くして戰場《せんぢやう》を經《ふ》れば
52 寒月照㆓白骨㆒　寒月《かんげつ》 白骨《はつこつ》を照《て》らす

53 潼 關 百 萬 師
54 往 者 散 何 卒
55 遂 令三半 秦 民
56 殘 害 爲二異 物一

潼關《どうくわん》 百萬《ひやくまん》の師《し》
往者《さき》に 散《さん》ずること何《なん》ぞ卒《には》かなるや
遂《つひ》に半秦《はんしん》の民《たみ》をして
殘害《ざんがい》せられて異物《いぶつ》と爲《な》らしむ

現代語訳 高く低く連なる鄜畤《ふじ》の丘陵が眺められる。岩と谷が代わる代わる見え隠れする。我が足はもう水辺まで届いたというのに、従僕はまだ山の木のあたりにいる。フクロウが枯れた桑の木に鳴き、ノネズミがあちこちの巣穴で拱手《きようしゆ》する。夜も更けた頃に古戦場を通りかかると、寒々とした月光が白骨に降り注ぐ。そのかみ、潼関《どうかん》の守りについた百万の兵は、なんとあっけなく惨敗したことか。そのために関中の民の半分は、殺《あや》められて異物と成り果てた。

語注 **45 坡陀** 高低さまざまなさまをいう畳韻の語。 **鄜畤** 春秋時代、秦の文公が天を祭った祭壇。「畤」は祭壇。それを「望む」のは妻子の待つ鄜州に近づいたことを示す。 **46 巌谷** 岩石の山と切れ込んだ谷。山が突き出たり谷が落ち込んだり交互に繰り返す。『杜甫詩注』では、「鄜畤」が「顔を出しまた没する」。 **47・48** 鄜州が近づくにつれて、下僕を置いて自分だけおのずと足が速まって水辺に降りてきた。 **木末** こずえ。山中にいることをいう。 **49・50** 再び道中の不吉を覚える。 **鴟鳥** フクロウ。悪鳥の代表。『詩経』豳風《ひんぷう》・鴟鴞《しきよう》（フクロウ）に「鴟鴞よ鴟鴞よ、既に我が子を取る。我が室を毀す無かれ」。 **拱** 後ろ足で立って、両腕を重ねる拱手の礼のように前足を組む。この地のネズミは人を見ると拱手して立ち、近づくと逃げるという（『異苑』）。 **乱穴** 無秩序に点在する巣穴。 **51・52 夜深** 深夜にも足を止めないのは、鄜州が近づいていよいよ道を急ぐゆえ。 **白骨** 野ざらしにされた戦死者の屍体。魏・王粲「七哀詩二首」（『文選』巻二三）其の一に長安の荒廃ぶりを「門を出でて見る所無く、白骨 平原を蔽ふ」。 **53・54 潼関** 長安と洛陽の間に位置する関所。天宝十五載（七五六）六月、潼関を守っていた哥舒翰《かじょかん》の軍が安史の軍に大敗し、反乱軍は一気に長安に攻め入った。**師** 軍隊。**往者** 二字で過去の時をいう。**散何卒** 軍隊がたちまち散り散りになる。**55・56 半秦民** 関中の民の半分。「秦」は長安を中心とした陝西省の地。**残害** 損傷する。**為異物** 死ぬ。魏・曹丕「朝歌令の呉質に与ふる書」（『文選』巻四二）に「元瑜《げんゆ》（阮瑀《げんう》の字）は長逝し、化して異物と為る」。

57 況 我 墮二胡 塵一　況《いは》んや我《われ》は胡塵《こぢん》に墮《お》ち
58 及レ歸 盡 華 髮　歸《かへ》るに及《およ》びて盡《ことごと》く華髮《くわはつ》
59 經レ年 至二茆 屋一　年《とし》を經《へ》て茆屋《ばうをく》に至《いた》れば
60 妻 子 衣 百 結　妻子《さいし》 衣《ころも》 百結《ひやつけつ》
61 慟 哭 松 聲 迴　慟哭《どうこく》 松聲《しようせい》迴《めぐ》り
62 悲 泉 共 幽 咽　悲泉《ひせん》 共《とも》に幽咽《いうえつ》す
63 平 生 所レ嬌 兒　平生《へいせい》 嬌《けう》とする所《ところ》の兒《こ》
64 顏 色 白 勝レ雪　顏色《がんしよく》 白《しろ》きこと雪《ゆき》に勝《まさ》る
65 見レ耶 背レ面 啼　耶《ちち》を見《み》て面《かほ》を背《そむ》けて啼《な》き
66 垢 膩 脚 不レ襪　垢膩《こうぢ》 脚《あし》は襪《たび》はかず
67 牀 前 兩 小 女　牀前《しやうぜん》の兩小女《りやうせうぢよ》
68 補 綻 纔 過レ膝　補綻《ほたん》して纔《わづ》かに膝《ひざ》を過《す》ぐ

69　海圖拆㆓波濤㆒　　海圖《かいづ》　波濤《はたう》を拆《さ》き

70　舊繡移㆓曲折㆒　　舊繡《きうしう》　曲折《きよくせつ》を移《うつ》す

71　天吳及紫鳳　　天吳《てんご》及《およ》び紫鳳《しほう》

72　顚倒在㆓裋褐㆒　　顚倒《てんたう》して裋褐《じゆかつ》に在《あ》り

現代語訳　ましてわたしは夷狄の粉塵の中に落とされ、帰還した今や髪はすっかり白くなっている。

一年を経て陋屋《ろうおく》にたどり着いてみれば、妻も子もその衣はつぎはぎだらけ。

慟哭は松風の音に混じって駆け巡り、泉水も悲しんでむせび泣く。

昔、かわいかった子供は、顔色が雪よりも生白い。

父さんを見ても顔を背けて泣き出し、あか・あぶらにまみれた足は素足のまま。

寝台の前の二人のむすめは、繕った服がどうにか膝を隠すほど短い。

大海原の模様は波が切り裂かれ、元の刺繍があちこちに散らばる。

水神天呉《てんご》と紫の鳳凰が、ぼろ着に逆さまになっている。

語注　57 **況**　同じ方向のことを更に加える語。多くの人々が災難を蒙ったうえに、更に自分の場合は。『杜甫詩注』は話題を転換する「ところで」の意味に取る。　**堕胡塵**　反乱軍に囚われたこと。　58 **華髪**　白髪。　59 **経年**　年月を経る。杜甫は至徳元載（七五六）に家族を鄜州に移した後、単身で霊武の行在所に赴いたので、この度の帰還は一年ぶり。年を越えたことに「経年」の語を用いる。　**茆屋**　茅葺きの粗末な家。　60 **妻子**　口語では「妻」の意であるが、ここでは妻と子。　**衣百結**　結び目だらけの粗末な衣。　61　人の慟哭の声と松風が混じり合う。　62 **幽咽**　むせび泣く。　63 **平生**　かつて。　**所嬌児**　やんちゃだと思っていた男の子。　64 **白勝雪**　痩せこけて青白い。　65 **耶**　父をいう俗語。　66 **垢膩**　あかとあぶら。体の汚れ。　**襪**　くつした。　67 **牀**　室内に置かれた台。寝台にもなる。　68 **補綻**　ほころびを繕う。　**纔過膝**　やっと膝までの長さ。つんつるてん。

69 **海図**　元の布地に施された海の図柄。　70 **移曲折**　布地がつぎはぎされて、元の図柄があちこちに移動している。　71 **天呉**　水の神。　**紫鳳**　紫色の鳳凰。共に衣服の元の図柄。　72 **裋褐**　粗末な衣服。

73 老　夫　情　懷　惡　　老夫《らうふ》は情懷《じやうくわい》惡《あ》しく

74 嘔　泄　臥　數　日　　嘔泄《おうせつ》して臥《ふ》すること數日《すうじつ》

75 那　無ニ囊　中　帛一　　那《なん》ぞ囊中《なうちゆう》の帛無《はくな》からんや

76 救ニ汝　寒　凜　慄一　　汝《なんぢ》の寒《さむ》くして凜慄《りんりつ》たるを救《すく》はん

77 粉　黛　亦　解レ苞　　粉黛《ふんたい》も亦《ま》た苞《つつ》みを解《と》き

78 衾　裯　稍　羅　列　　衾裯《きんちう》に稍《やや》羅列《られつ》す

79 瘦　妻　面　復　光　　瘦妻《さうさい》面《めん》復《ま》た光《かがや》き

80 癡　女　頭　自　櫛　　癡女《ちぢよ》頭《かしら》自《みづか》ら櫛《くしけづ》る

81 學レ母　無レ不レ爲　　母《はは》を學《まな》びて爲《な》さざる無《な》く

82 曉　妝　隨レ手　抹　　曉妝《げうしやう》手《て》に隨《したが》ひて抹《まつ》す

83 移レ時　施ニ朱　鉛一　　時《とき》を移《うつ》して朱鉛《しゆえん》を施《ほどこ》し

84 狼　籍　畫レ眉　闊　　狼籍《らうぜき》として眉《まゆ》を畫《ゑが》くこと闊《ひろ》し

85 生　還　對ニ童　稚一　　生還《せいくわん》して童稚《どうち》に對《たい》すれば

86 似レ欲レ忘ニ飢　渴一　　飢《き》渴《かつ》を忘《わす》れんと欲《ほつ》するに似《に》たり

87 問レ事競挽レ鬢　事《こと》を問《と》ひて競《きそ》ひて鬢《ひげ》を挽《ひ》く
88 誰能即嗔喝　誰《たれ》か能《よ》く即《すなは》ち嗔喝《しんかつ》せん
89 翻思二在レ賊愁一　翻《ひるがへ》つて賊《ぞく》に在《あ》りしときの愁《うれ》ひを思《おも》ひ
90 甘受二雑乱聒一　甘《あま》んじて雑乱《ざつらん》の聒《かまびす》しきを受《う》く
91 新帰且慰レ意　新帰《しんき》　且《しばら》くは意《い》を慰《なぐさ》む
92 生理焉得レ説　生理《せいり》　焉《いづ》くんぞ説《と》くを得《え》ん

現代語訳　老いたる夫は気分が悪く、吐いたり下したりして数日の間、臥せっていた。袋の中には絹があったはずだ。お前が寒さに震えているのを助けられよう。おしろいや眉ずみも包みを開いて、布団の上にいくらか並べてみる。痩せこけた妻も顔を輝かせ、がんぜない娘たちは自分で髪を梳《と》かす。何もかも母のまね。朝のお化粧とばかり手当たりしだいに塗りたくる。しばらく、紅おしろいを使っていたと思うと、めちゃくちゃに眉を太々と画く。生きて帰って幼子たちと向き合えば、飢えや渇きも忘れていくかのようだ。質問攻めをしてきて競争で鬢を引っ張るのも、誰が叱り飛ばすことができようか。賊中にいた時の辛さを振り返れば、大騒ぎのやかましさも甘受しよう。帰ったばかりの今、しばしこうして気持ちが癒される。暮らし向きの話など切り出せるものではない。

語注　**73 老夫**　杜甫を指す。　**情懐**　気分。　**74 嘔泄**　嘔吐と下痢。　**75 嚢**　旅行に携帯した袋。　**帛**　絹。妻や子が着ている物と違って高級な品。　**76 凜慄**　寒さにこごえるさまをいう双声の語。　**77 粉黛**　おしろいとまゆずみ。化粧品。　**78 衾裯**　掛け布団や夜着などの寝具。『詩経』召南・小星に「粛粛として宵征き、衾と裯とを抱く」。**79 面復光** 土産の化粧品を見るや、表情が明るく変わる。**80 癡女** 幼くて物事のわからない娘。**頭自櫛** 母親のまねをして髪に櫛を入れるまねをする。**81** 幼女がお化粧のまねごとをするのは、早く晋・左思「嬌女の詩」(『玉台新詠』巻二)にも見える。**82 暁妝** 朝のお化粧。**随手** 手の動くままに。**抹** 化粧品を塗る。**83 移時** 時間をかける。**朱鉛** べにとおしろい。**84 狼籍** 乱雑なさま。**画眉闊** 蛾眉のような細い眉が描けず、太い眉になってしまう。**85 生還** 「行在所に達するを喜ぶ三首」(05-03)其の二にも「生還は今日の事」。無事に家にたどり着いたことをしみじみと思い起こす。**86** 子供たちと向かい合っていると、飢渇の苦しみも忘れてしまいそう。**87 問事** 久しぶりに再会した父親を質問攻めにする。「衛八処士に贈る」(06-48)にも衛八の子どもたちが客人の杜甫に次々尋ねる場面がある。**競挽鬚** こぞって杜甫の鬚をひっぱる。初めはぎこちなかった子供たちもすっかり父親に慣れ親しむに至った。**88 嗔喝** 叱りつける。鬚を引っ張られても誰が叱ったりできようか。**89 翻思** 思い返す。**90 雑乱** 混乱、大騒ぎ。**91 新帰** このたびの帰還。**且慰意** これまでの苦難は家族といることでしばし忘れられる。**92 生理** 生計。**焉得説** やっと得た安らぎのなかにあって、暮らし向きのことなど話に出せない。まずは今の幸せに浸ろう。『杜甫詩注』は「これから先の生活はどうなるか」は「お話にならない」と「悲観の語」として読む。

93 至尊尚蒙塵　　至尊《しそん》 尚《な》ほ蒙塵《もうぢん》
94 幾日休㆑練㆑卒　　幾《いつ》の日《ひ》か卒《そつ》を練《ね》るを休《や》めん
95 仰看㆓天色改㆒　　仰《あふ》いで天色《てんしよく》の改《あらた》まるを看《み》
96 旁覺㆓祅氣豁㆒　　旁《あまね》く祅氣《えうき》の豁《くわつ》たるを覺《おぼ》ゆ
97 陰風西北來　　陰風《いんぷう》 西北《せいほく》より來《きた》り
98 慘澹隨㆓迴鶻㆒　　慘澹《さんたん》として迴鶻《くわいこつ》に隨《したが》ふ

99　其王願二助順一　其《そ》の王《わう》 助順《じよじゆん》を願《ねが》ひ
100　其俗善二馳突一　其《そ》の俗《ぞく》 馳突《ちとつ》に善《よ》し
101　送レ兵五千人　兵《へい》を送《おく》ること五千人《ごせんにん》
102　驅レ馬一萬匹　馬《うま》を驅《か》ること一萬匹《いちまんひき》
103　此輩少爲レ貴　此《こ》の輩《やから》 少《すく》なきを貴《たつと》しと爲《な》し
104　四方服二勇決一　四方《しはう》 勇決《ゆうけつ》に服《ふく》す
105　所レ用皆鷹騰　用《もち》ふる所《ところ》 皆鷹騰《みなようとう》
106　破レ敵過二箭疾一　敵《てき》を破《やぶ》るは箭《や》の疾《すみや》かなるに過《す》ぐ
107　聖心頗虚佇　聖心《せいしん》 頗《すこぶ》る虚佇《きよちよ》し
108　時議氣欲レ奪　時議《じぎ》 氣《き》 奪《うば》はれんと欲《ほっ》す

現代語訳　至高の天子はまだ戦塵をかぶっておられる。いつになれば戦《いくさ》の訓練は終わるのか。見上げれば空の色も変わった。邪気はすっかり払われた感がある。陰々とした風が西北から吹き、鬱然と回鶻《かいこつ》の後をついてきた。回鶻の王は協力して力を貸そうと申し出た。回鶻の習俗は騎馬での突撃に長《た》ける。兵士五千人を送り込み、馬一万頭を飛ばしてきた。この輩は少数精鋭で臨むことを重んじ、周りはその勇猛果敢さに屈服している。使う兵はみな鷹のように強く激しく、敵を打ち破ること矢よりも速い。

みかどの思いは少なからず期待を寄せておられるが、世間では戦闘の意気が殺がれてしまうとの議論もある。

語注 93 **至尊** 天子。粛宗を指す。 **蒙塵** 天子が都に帰れぬ状態をいう。『春秋左氏伝』僖公二十四年に「天子は塵を外に蒙る」。 94 **練卒** 兵隊の訓練。 95 **天色改** 形勢が好転する。 96 **祆気** 不穏な気配。 **豁** 散逸して消える。 97・98 武力のすぐれる回鶻《かいこつ》が唐王朝に接近するのを初めは不気味なことと捉える。 **陰風** 陰惨な風。 **慘澹** 暗澹たるさまをいう畳韻の語。 **迴鶻** 回鶻。ウイグル族。 99 **其王** 回鶻の王。 **助順** 唐王朝を救援し従順な態度を取る。『周易』繋辞伝上に「天の助くる所の者は順なり」。 100 **馳突** 騎兵で突撃する。 101・102 回鶻は太子の葉護《ようご》が軍を率いて唐の救援に向かった。 103 少数精鋭をよしとする。 104 **勇決** 勇敢で果敢。 105 **鷹騰** 鷹が舞い上がるように勢いがある。 107 **聖心** 天子の胸中。 **虚佇** 虚心に回鶻の救援を待つ。 108 **時議** 世間の議論。 **気欲奪** 回鶻に頼っては自力による戦闘の気力が奪い取られてしまう。

109 伊洛指レ掌收　　伊洛《いらく》 掌《たなごころ》を指《さ》して收《をさ》めん
110 西京不レ足レ拔　　西京《せいけい》 拔《ぬ》くに足《た》らざらん
111 官軍請深入　　官軍《くわんぐん》 請《こ》ふ 深《ふか》く入《い》らんことを
112 蓄レ銳何俱發　　銳《えい》を蓄《たくは》へて何《なん》ぞ俱《とも》に發《はつ》せんや
113 此擧開二青徐一　　此《こ》の擧《きよ》 青徐《せいじよ》を開《ひら》き
114 旋瞻レ略二恆碣一　　旋《たちま》ち恆碣《こうけつ》を略《りやく》するを瞻《み》ん
115 昊天積二霜露一　　昊天《かうてん》 霜露《さうろ》を積《つ》み
116 正氣有二肅殺一　　正氣《せいき》 肅殺《しゆくさつ》たる有《あ》り
117 禍轉二亡レ胡歲一　　禍《わざは》ひは胡《こ》を亡《ほろ》ぼす歲《とし》に轉《てん》じ

118 勢 成二擒レ胡 月一　　勢《いきほ》ひは胡《こ》を擒《とら》ふる月《つき》に成《な》る
119 胡 命 其 能 久　　胡《こ》の命《めい》 其《そ》れ能《よ》く久《ひさ》しからんや
120 皇 綱 未レ宜レ絶　　皇綱《くわうかう》 未《いま》だ宜《よろ》しく絶《た》ゆべからず

現代語訳 伊水・洛水の流れる洛陽は掌を指すように易々《やすやす》と奪回できよう。西都長安は攻め取るまでもなく奪還できよう。

官軍には賊軍深く攻め込むことを願う。精鋭を蓄え、回鶻と共に攻撃したらどうか。

このたびの挙は青州《せいしゅう》・徐州《じょしゅう》を解放し、すぐさま恒山《こうざん》・碣石《けっせき》の地も取り戻すのを目にするだろう。

大空には霜露が満ち渡り、正気が厳しく張り詰めている
禍いは転じて夷狄を滅ぼす時になり、勢いは夷狄を虜囚にする時となった。

夷狄の命運が長く続くはずはない。王朝の大綱は断絶してはならない。

語注 **109** **伊洛** 伊水と洛水。東都洛陽を指す。**指掌** 事の容易さをいう。『礼記』仲尼燕居篇に孔子が礼に基づいて行えば政治はたやすいことを「其れ諸《これ》を掌に指すが如きのみか」。**110** **西京** 長安。**不足抜** 攻め落とすまでもないほど容易に奪回できる。**111** ウイグルの援軍に頼るだけでなく、唐王朝の軍にも深く賊軍に潜入してほしい。**112** **蓄鋭** 精鋭部隊を蓄える。**何倶発** ウイグル軍と共に戦闘に向かってほしい。「何」を字体の似た「伺」に作る本もある。ならば時期をうかがって兵を発せよの意。**113** **此挙** 回鶻と連合する戦略。**青徐** 『尚書』禹貢に見える九州のうちの青州と徐州。今の山東省と江蘇省北部。**114** **恒碣** 恒山と碣石《けっせき》。河北省・山西省の地。**115** **昊天** 青空。**116** **正気** 宇宙に充満する正しい気。**粛殺** 厳しいさまをいう双声の語。**117** 禍い転じて夷狄が滅びる時となる。**120** **皇綱** 唐王朝の綱紀。

121 憶 昨 狼 狽 初　　憶《おも》ふ 昨《さく》 狼狽《らうばい》の初《はじ》め
122 事 與二古 先一別　　事《こと》は古先《こせん》と別《べつ》なり

123 姦臣竟葅醢　姦臣《かんしん》 竟《つひ》に葅醢《しよかい》され
124 同悪随蕩析　同悪《どうあく》 随《したが》つて蕩析《たうせき》す
125 不レ聞夏殷衰　聞《き》かず 夏殷《かいん》衰《おとろ》へ
126 中自誅二褒妲一　中《なか》より自《みづか》ら褒妲《ほうだつ》を誅《ちゆう》せしを
127 周漢獲二再興一　周漢《しうかん》 再興《さいこう》を獲《え》て
128 宣光果明哲　宣光《せんくわう》 果《は》たして明哲《めいてつ》
129 桓桓陳将軍　桓桓《くわんくわん》たる陳将軍《ちんしやうぐん》
130 仗レ鉞奮二忠烈一　鉞《ゑつ》に仗《よ》りて忠烈《ちゆうれつ》を奮《ふる》ふ
131 微レ爾人盡非　爾《なんぢ》微《な》かりせば人《ひと》は盡《ことごと》く非《ひ》
132 于レ今國猶活　今《いま》に于《お》いて國《くに》猶《な》ほ活《い》く

現代語訳　思い起こせば、そのかみ、危急が迫った時、古《いにしえ》の例とは同じでなかった。姦臣は結局塩漬けにされ、悪党一味はともども滅ぼされた。夏や殷が衰えを見せた時、内部の者が自ら褒姒《ほうじ》や妲己《だつき》を殺したという話は知らぬ。周や漢は再興を成し遂げ、宣王《せんおう》も光武帝《こうぶてい》も果たせるかな英明であった。勇猛なる陳将軍は、まさかりを手に無比の忠烈を発揮した。あなた陳玄礼《ちんげんれい》微《な》かりせば誰一人、人として生きてはいられなかった。こうして今、国はなお命を繋いでいる。

語注　**121 昨**　前の年天宝十五載（七五六）、安史の軍が迫って玄宗が蜀へ脱出した時を指す。**狼狽**　うろたえる。**122 古先**　昔の先例。以下に続くように、昔は君王が女に蠱惑されて国が滅びたが、唐王朝はそれとは異なり、姦臣の楊国忠らはすぐに誅殺され、そのために亡国を免れたことをいう。楊貴妃を殺したことは直接言明されないが、過去の例の女たちは殺されなかったことから、暗に対比される。**123 姦臣**　不忠で国に害を及ぼす家臣。楊国忠を指す。**葅醢**　塩漬けの刑に処す。**124 同悪**　悪党の仲間。楊国忠一味を指す。**随**　一緒に。**蕩析**　消滅する。**125・126**　夏・殷・西周はいずれも女によって滅んだことをいう。**褒妲**　妖女で知られる褒姒と妲己。殷の最後の紂王《ちゅうおう》は妲己に迷い、西周の最後の幽王《ゆうおう》は褒姒に迷った。殷に先立つ夏王朝でも最後の桀王《けつおう》は妹喜《ばっき》に迷った。**127・128 宣光**　周の宣王と後漢の光武帝。共に中興の主。粛宗を示唆する。**明哲**　物事を洞察する叡知。『尚書』説命《えつめい》篇上に出る語。**129 桓桓**　勇ましいさま。**陳将軍**　陳玄礼。玄宗が蜀に落ち延びる時に同行し、途中で楊国忠を逆臣として誅殺した。**130 鉞**　まさかり。武力を用いたことをいう。**131 微爾**　もし陳玄礼がいなかったら。『論語』憲問《けんもん》篇の「管仲《かんちゅう》微かりせば、吾（孔子）其れ髪を被り衽《えり》を左にせん（夷狄の風俗に身を落としていた）」に基づく。**人尽非**　人々はすべて人でなくなってしまう。

133 凄涼大同殿　　凄涼《せいりやう》たり　大同殿《だいどうでん》
134 寂寞白獸闥　　寂寞《せきばく》たり　白獸闥《はくじうたつ》
135 都人望㆓翠華㆒　　都人《とじん》　翠華《すいくわ》を望《のぞ》み
136 佳氣向㆓金闕㆒　　佳氣《かき》　金闕《きんけつ》に向《む》かふ
137 園陵固有㆑神　　園陵《ゑんりよう》　固《まこと》に神有《しんあ》り
138 掃灑數不㆑缺　　掃灑《さうさい》　數缺《すうか》けず
139 煌煌太宗業　　煌煌《くわうくわう》たり　太宗《たいそう》の業《げふ》
140 樹立甚宏達　　樹立《じゆりつ》　甚《はなは》だ宏達《くわうたつ》なり

現代語訳 謁見の場である大同殿《だいどうでん》は人もなく、宮城の正面、白獣闥《はくじゅうたつ》はひっそりと静まる。
都人《みやこびと》は御旗の帰還を待ち望む。めでたい気が宮殿の金の門へと向かう。
御陵《みささぎ》は実に神々しい。陵墓も掃き清められ礼の決まりに悖《もと》ることはない。
煌々と光輝く太宗《たいそう》の大業、隈《くま》無く広大に国を築かれた。

語注 **133・134** 天子のいない宮殿の物寂しさをいう。**凄涼** うらぶれたさま。**大同殿** かつて玄宗が百官に接見した宮殿。**白獣闥** 宮城の南門。**135** **都人** 長安の人々。**翠華** 天子の一行の旗。翡翠の羽を飾りとした。**136** **佳気** 瑞祥の気。**金闕** 黄金の門。宮廷をいう。**137** **園陵** 皇帝の陵墓。**138** **掃灑** 陵墓を掃いたり水をかけたりする管理。**数** 礼数。儀式の度数の規定。**139** **煌煌** 輝かしいさま。**太宗** 唐二代目の李世民。事実上、唐を興し、その治世は「貞観《じょうがん》の治《ち》」として後世から讃えられた。「行きて昭陵に次《やど》る」（05-24）参照。**140** **宏達** 広大で行き届いている。太宗の偉業を挙げることで、粛宗が唐王朝の栄光を取り戻すことを願う。**【詩型・押韻】** 五言古詩。入声五質（吉・室・日・華・失・畢・栗・漆・実・膝・日・慄・匹・疾）、六術（出・卒・卒）、七櫛（瑟・櫛）、八物（勿・物）、十月（髪・月・闕）、十一没（惚・窟・没・骨・襪・鶻・突・発・碣）、十二曷（褐・渇・喝・妲・闥・達）、十三末（末・抹・闊・聒・豁・奪・活）、十四黠（抜・殺）十六屑（切・血・潏・穴・結・咽・決）、十七薛（滅・裂・轍・悦・拙・雪・折・列・説・絶・別・哲・烈・欠）、二十三錫（析）の通押。平水韻、入声四質、五物、六月、七曷、八黠、九屑、十二錫。

詩解 至徳二載（七五七）閏八月一日、鳳翔《ほうしょう》を発ち、一月余りを経て鄜《ふ》州《しゅう》に至った紀行詩。鳳翔の行在所では左拾遺の任にあったが、休暇を許され、鄜州に預けていた家族のもとへ向かった。全一四〇句にのぼる詩は、杜甫の全作品のなかで最も長い。紀行の詩のかたちをとりながらも、当時の政治状況、それに対する意見、また妻や子の具体的な描出などを含む。社会の全体を見据える目と日常生活の細部の描写、公と私の双方が一つの作品のなかに盛り込まれている。これは杜甫の文学の特質の一つであり、その意味でも杜甫の代表作というにふさわしい。

粛宗はまだ都に戻ることができず、ウイグル軍の力を借りて安史の軍に立ち向かおうとしている、この先の情勢が不透明な時期であった。異民族の協力を得て異民族を討つ政策に、杜甫は幾分かの期待とともに、不本意な思いも抱いている。

そうした硬質な議論とともに、家族との再会を描く箇所ははなはだ精彩に富む。久しく別れていた父親に会った子どもたちは初めは人見知りしながらも、やがてしきりに話を聞きたがり、髭を引っ張り合ったりする。ぼろをまとったやつれた妻は、土産の化粧品を見るなり顔を輝かせる。こうした生き生きした描写は杜甫以前には例をみない。

時局の今後のなりゆきに危惧を覚えながらも、粛宗に対して太宗の政治の再現を期待するなど、唐王朝の復興を強く願い、それを確信して結ぶところは、杜甫が根幹においては人間や世界の可能性を信じていたからであろう。

行次㆓昭陵㆒（行《ゆ》きて昭陵《せうりよう》に次《やど》る）　05-24

1　舊　俗　疲㆓庸　主㆒　　舊俗《きうぞく》 庸主《ようしゆ》に疲《つか》れ
2　群　雄　問㆓獨　夫㆒　　群雄《ぐんゆう》 獨夫《どくふ》を問《と》ふ
3　讖　歸㆓龍　鳳　質㆒　　讖《しん》は龍鳳《りゆうほう》の質《しつ》に歸《き》し
4　威　定㆓虎　狼　都㆒　　威《ゐ》は虎狼《こらう》の都《と》を定《さだ》む

現代語訳　旅の途次、昭陵に宿る

昔の民衆は無能な君王に嫌気がさし、群雄は人心を失った男を糾弾した。予言は龍鳳の質を備えたものに落着し、その威風は虎狼ひしめく都を平定したのだった。

語注　**0 昭陵**　唐の二代皇帝太宗《たいそう》李《り》世民《せいみん》の陵。長安の西北、醴泉《れいせん》県の九嵕山《きゆうそうざん》にあった。　**1 旧俗**　昔の人々。　**庸主**　凡庸な君主。太宗が出現する以前の、六朝・隋の君王。　**2 群雄**　王朝（ここでは隋）の末期に蜂起した英傑たち。　**問**　尋問する。罪を問いただす。　**独夫**　暴虐で人々に見放された君主。『尚書』泰誓篇下に、殷の紂王《ちゆうおう》を指す語として見える。ここでは隋の煬《よう》帝《だい》を指す。　**3 讖**　予言書。　**帰**　帰着する。　**龍鳳質**　聖なる鳥獣の資質。太宗を指す。幼い時に、「龍鳳の姿」あり、いずれ皇帝になろうと予言された（『旧唐書』太宗紀）。　**4 虎狼都**　獰猛な野獣が跋扈する長安。

天屬尊㆓堯典㆒　　天属《てんぞく》　堯典《げうてん》を尊《たふと》び
神功協㆓禹謨㆒　　神功《しんこう》　禹謨《うぼ》に協《かな》ふ
風雲隨㆓絶足㆒　　風雲《ふううん》　絶足《ぜつそく》に隨《したが》ひ
日月繼㆓高衢㆒　　日月《じつげつ》　高衢《かうく》に繼《つ》ぐ
文物多師㆑古　　文物《ぶんぶつ》は多《おほ》く古《いにしへ》を師《し》とし
朝廷半老儒　　朝廷《てうてい》は半《なか》ば老儒《らうじゆ》
直詞寧戮辱　　直詞《ちよくし》も寧《なん》ぞ戮辱《りくじよく》せられん
賢路不㆓崎嶇㆒　　賢路《けんろ》も崎嶇《きく》たらず

現代語訳　血筋のなかから選ばれたのは堯のお手本を尊んだもの。神《しん》に入る功績は禹の知謀にもひとしい。

風や雲も俊足の馬の後に従い、日や月も大いなる道に相継いで現れた。

国の仕組みは古にならい、朝廷の半ばは熟達した学者たち。

直言も罰せられたりすることはなく、賢者が登用される道も困難ではなかった。

語注　**5 天属**　天生の繋がり。高祖と太宗の血縁関係をいう。『荘子』山木篇に、人が高価な玉を棄てて赤子を背負って走るのはなぜかという問いに対して、「此は天を以て属するなり」、天性の繋がりであると答えた話が見える。　**尊堯典**　堯の典範を尊び、それに従う。堯が自分の子でなく賢者である舜に位を譲ったことで、唐の高祖から長男でなく次男の太宗が後継者となったことをいう。「堯典」は『尚書』の篇名を掛ける。 **6 神功** 人間の技とは思われない優れた功績。 **協禹謨** 禹の政策に合致する。「謨」は「謀」に通じ、はかりごと。「禹謨」は『尚書』の篇名「大禹謨」を掛ける。 **7** 風や雲も太宗を助けることをいう。『周易』乾の「文言伝」に「雲は龍に従ひ、風は虎に従ふ」。漢の高祖（劉邦）の「歌」（『文選』巻二八）に「大風起こりて雲飛揚す」。 **絶足** この上ない名馬。太宗をたとえる。 **8** 日や月がことほぐかのように太平の世に相継いで現れることをいう。 **高衢** 大いなる道。「衢」は四方八方に通じる大道。優れた統治者の治世をいう。魏・王粲「登楼の賦」（『文選』巻一一）に「冀《こひねが》はくは王道の一たび平らかにして、高衢に仮りて力を騁《は》せんことを」。 **9 文物** 礼楽の制度。 **師古** 古のありかたを規範とする。『尚書』説命篇下に、「事 古を師とせずして、以て克《よ》く世を永くするは、説（傅説《ふえつ》）の聞く攸《ところ》に匪《あら》ず」。 **10** 太宗が文学館を開いて、杜如晦《とじょかい》・房玄齢《ぼうげんれい》らいわゆる十八学士を重用したことをいう。 **老儒** 円熟した学者。 **11 直詞** 主君におもねらない率直な言辞。太宗の事績を記した『貞観政要』には、太宗がいかに直言を聞き入れたか、多くの事例が見える。 **戮辱** 刑罰を受け屈辱を被る。畳韻の語。 **12 賢路** 優れた人材が登用される道。 **崎嶇** 道のけわしいさまをいう双声の語。

13 往者災猶降　　往者《わうしや》 災《わざは》ひ猶《な》ほ降《くだ》り

14 蒼生喘未レ蘇　　蒼生《さうせい》 喘《あへ》ぎて未《いま》だ蘇《よみがへ》らず

15 指麾安二率土一　　指麾《しき》して率土《そつど》を安《やす》んじ

16 盪滌撫二洪鑪一　　盪滌《たうでき》して洪鑪《こうろ》を撫《ぶ》す

現代語訳 昔、天から降される災禍がなお続き、人々は息も絶え絶え、蘇生できずにいた時。太宗は采配を振るって全土を安らげ、汚濁を一掃して世界を慰撫された。

語注 **13 往者** 昔、以前。太宗が登場するより前の時代。 **災猶降** 災害は統治者の不徳のためとみなされた。『春秋左氏伝』荘公十一年に「孤は実に不敬にして、天 之が災を降す」。 **14 蒼生** 人々。 **15 指麾** 指揮する。 **率土** 国中。『詩経』小雅・北山の「率土の浜（陸地に沿った果てまで）、王臣に非ざる莫《な》し」に出る語。毛伝に「浜は涯（果て）」。 **16 盪滌** 洗い清める。

後漢・班固「東都の賦」（『文選』巻一）に後漢・光武帝が天下を掌握したことを「造化の盪滌に因る」。 **洪鑪** 大きな炉。天地をいう。『荘子』大宗師篇に「天地を以て大鑪と為す」。

17 壮士悲㆓陵邑㆒
18 幽人拜㆓鼎湖㆒
19 玉衣晨自擧
20 鐵馬汗常趨
21 松柏瞻㆓虚殿㆒
22 塵沙立㆓瞑途㆒
23 寂寥開國日
24 流恨滿㆓山隅㆒

壮士《さうし》 陵邑《りやういふ》を悲《かな》しみ
幽人《いうじん》 鼎湖《ていこ》に拜《はい》す
玉衣《ぎよくい》 晨《あした》に自《おのづか》ら擧《あ》がり
鐵馬《てつば》 汗《あせ》して常《つね》に趨《はし》る
松柏《しようはく》 虚殿《きよでん》を瞻《み》
塵沙《ぢんさ》 瞑途《めいと》に立《た》つ
寂寥《せきれう》たり 開國《かいこく》の日《ひ》
流恨《りうこん》 山隅《さんぐう》に滿《み》つ

現代語訳 壮士は陵を取り巻く町で悲しみに暮れ、隠者は帝の崩御の地に拝礼。玉衣は朝なひとりでに舞い上がり、鉄の馬は汗を流しながらいつも走る。松柏のもと、ひっそり静まる宮殿を見つめ、砂塵のなか、夕闇の小道にたたずむ。寂しく思い起こすのは国を開いた日。溢れ出る悲しみが山の隅々まで満たす。

語注 **17 陵邑** 皇帝の陵の周囲に作られた集落。 **18 幽人** 世を避けて住む人。『周易』履《り》卦辞に「道を履むこと坦坦たり、幽人貞吉」。 **鼎湖** 皇帝が崩御した地。黄帝が鼎を鋳た後に、龍に乗って天に昇った話（『史記』封禅書）に基づく。 **19 玉衣** 皇帝を埋葬する玉片を編んだ服。 **20 鉄馬** 陵墓に安置された鉄製の馬。 **趨** 底本は「馳」。 **21 松柏** 常緑樹であるマツとコノテガシワ。陵墓に植えられる木。**虚殿**　人気《ひとけ》のない宮殿。**22 暝途**　日暮れの道。**23**　太宗が唐王朝を開いた時は、今や寂しく回想するほかないことをいう。**24 流恨**　溢れる恨み。太宗の盛時がはるか過去になったことを傷む。【詩型・押韻】　五言排律。上平十虞（夫・衢・儒・嶇・趨・隅）と十一模（都・謨・蘇・鑪・湖・途）の同用。平水韻、上平七虞。

詩解　至徳二載（七五七）の秋、鄜州に赴く際に昭陵の地に泊まった時の作。唐王朝の実質的な開国の祖である太宗、彼の統治は「貞観の治」と称され、唐の人々にとって、更には後の中国の人々にとっても、理想的な時代と考えられた。杜甫も太宗の功績をたたえ、尊崇を惜しまない。その賛美は同時に現今の朝廷のふがいなさに覚える痛みの念と表裏をなす。「北征」（05-23）では今上の粛宗が太宗の時代を再現することを期待するが、本詩では粛宗については言及されていない。

彭衙行（彭衙行《はうがかう》）　05-26

1　憶昔避レ賊初　　憶《おも》ふ昔《むかし》　賊《ぞく》を避《さ》けし初《はじ》め
2　北走經ニ險艱一　　北《きた》に走《はし》りて險艱《けんかん》を經《へ》たり
3　夜深彭衙道　　夜《よる》は深《ふか》し　彭衙《はうが》の道《みち》
4　月照白水山　　月《つき》は照《て》らす　白水《はくすい》の山《やま》
5　盡レ室久徒歩　　室《しつ》を盡《つ》くして久《ひさ》しく徒歩《とほ》し
6　逢レ人多ニ厚顏一　　人《ひと》に逢《あ》ふも厚顏《こうがん》多《おほ》し
7　參差谷鳥吟　　參差《しんし》として谷鳥《こくてう》吟《ぎん》じ
8　不レ見ニ遊子還一　　遊子《いうし》の還《かへ》るを見《み》ず

9 癡女飢咬レ我　癡女《ちぢよ》は飢《う》ゑて我《われ》を咬《か》む

10 啼畏二虎狼聞一　啼《な》きて虎狼《こらう》の聞《き》くを畏《おそ》る

11 懐レ中掩二其口一　中《なか》に懐《いだ》きて其《そ》の口《くち》を掩《おほ》へば

12 反側聲愈嗔　反側《はんそく》して聲《こゑ》愈《いよ》いよ嗔《いか》る

13 小兒強解レ事　小兒《せうじ》は強《し》ひて事《こと》を解《かい》し

14 故索二苦李一飡　故《ことさら》に苦李《くり》を索《もと》めて飡《く》らふ

現代語訳　彭衙《ほうが》のうた

思い起こす、以前に賊軍から避難を始めたころ。北へ逃れ、難儀に遭ったものだった。夜も更けた彭衙への道では、月の光が白水の山を照らしていた。家族一同歩き続け、出会うのは厚かましい人ばかり。あちこちで谷間の鳥がさえずるが、引き返して来る旅人の姿はない。分からず屋の娘はお腹が空いて私にかみつく。泣き声が虎や狼に聞かれはしないか。懐に入れて口を覆ったが、ばたついてよけいに騒ぎ立てる。男の子は無理にわきまえた風を装い、わざわざ苦い李を選んで口にする。

語注　**0 彭衙行**　「彭衙」は同州白水県（陝西省渭南市白水県）のあたりを指す古い地名。『春秋』の文公二年の経文に「晋侯は秦の師と彭衙に戦ふ」。「行」はうた。**1**　この詩の書かれた前の年、安史の乱による戦乱を避けて、奉先県から更に北の白水県に移る旅を回想する。**2 険艱**　険しい道に難儀する。**3**　危険を避けて深夜に道を進む。**4**　「白水」は地名であるが、月の冷たい光と呼応して凄惨な光景を言う。**5 尽室**　家族全員。**徒歩**　馬に乗ることもかなわず、歩いて旅をする。**6 厚**

顔　道で出会う旅人がみな厚かましくつれない態度であると解する。**7 参差**　入り乱れるさま。**8 遊子**　旅人。いずれも同じ方向に向かう人ばかりで、戻ってくる人はいない。**9 痴女**　幼くて聞き分けのない娘。**10** 娘が泣き出して山中の猛獣に悟られないか恐れる。**11 懐中**　懐の中に入れる。**12 反側**　体をよじらせる。『詩経』周南・関雎に「展転反側す」。**嗔**　怒って大きな声をあげる。**13** 息子は年上だからと事態がわかっているかに無理に装う。**14** 息子も同じく空腹であっても、自分は大きいからと甘い李は取らず、わざわざ苦い李を選んで食べる。苦李と子供の故事が『世説新語』雅量篇に見える。晋の王戎は子供のころ、仲間がみな道ばたの李を取ろうとしたが、多くの人が通る道に李が残っているのは苦いからだろう（此れ必ず苦李ならん）と取らなかった。子供の聡明さを語る話柄であるが、ここではいじらしく敢えて苦李を取ると解した。従来の読み方は、息子も幼いために李の見分けができずに苦李を手にしたとする。

15 一旬半雷雨　　一旬《いちじゅん》 半《なか》ばは雷雨《らいう》
16 泥濘相牽攀　　泥濘《でいねい》 相《あ》ひ牽攀《けんはん》す
17 既無㆓禦㆑雨備㆒　　既《すで》に雨《あめ》を禦《ふせ》ぐの備《そな》へ無《な》く
18 徑滑衣又寒　　徑《みち》滑《なめ》らかにして衣《ころも》も又《ま》た寒《さむ》し
19 有㆑時經㆓契闊㆒　　時《とき》有《あ》りて契闊《けつくわつ》を經《ふ》
20 竟日數里間　　竟日《きやうじつ》 數里《すうり》の間《あひだ》
21 野果充㆓餱糧㆒　　野果《やくわ》 餱糧《こうりやう》に充《あ》て
22 卑枝成㆓屋椽㆒　　卑枝《ひし》 屋椽《をくてん》と成《な》す
23 早行石上水　　早《あした》に行《ゆ》く 石上《せきじやう》の水《みづ》

24　暮宿天邊煙　　暮《く》れに宿《やど》る　天邊《てんぺん》の煙《けむり》

現代語訳　十日のうちの半分は雷雨。ぬかるみに手を引っ張って支える。雨を防ぐ備えがないうえに、道は滑るし服も寒い。時には難儀の道があって、終日歩いても数里しか進めない。路傍の実を食べ物の代わりとし、手近な枝を屋根に見立てて泊まる。朝には岩に流れる水の上を歩き、夕べには空の果ての靄を宿とする。

語注　**15 一旬**　十日間。**16 泥濘**　雷雨が続いたためにぬかるんだ道。「濘」も泥。**相牽攀**　相手の手をひっぱる。**17 既**……であるうえに。**19 有時**　ある時には。**経**　「最」に作る本がある。そのほうが意味はつかみやすい。**契闊**　苦労、難儀をいう双声の語。**20 竟日**　一日中。**数里間**　終日歩いても数里しか進めない。**21 野果**　野生の果実。**充**　本来それでないものを仮に充当する。**餱糧**　食料。ことに旅行に携帯する食料。『詩経』大雅・公劉に「迺《すなは》ち餱糧を裹《つつ》む」。**22 卑枝**　低い枝。**屋椽**　屋根と屋根を支えるたるき。**23・24**「早」「暮」は「朝」「夕」と同じく、そうした日々が繰り返し続くことをいう。**石上水**　岩の上を流れる水。**天辺煙**　空の端にたなびく靄。『詳注』に唐・宋之問「陸渾の南山に遊び歇馬嶺自《よ》り楓香林に到り詩を以て書に代へ李舎人適に答ふ」詩の「暮れに人煙に投じて宿る」を引くのは、人家の炊煙の煙と解したものだろうが、上句の「石上の水」と対にするには自然物がよい。旅の心細さもいっそう募る。

25　少留二周家窪一　　少《すこ》しく周家窪《しうかあ》に留《とど》まり

26　欲レ出二蘆子關一　　蘆子關《ろしくわん》に出《い》でんと欲《ほっ》す

27　故人有二孫宰一　　故人《こじん》　孫宰《そんさい》有《あ》り

28　高義薄二曾雲一　　高義《かうぎ》　曾雲《そううん》に薄《せま》る

29　延レ客已曛黑　　客《かく》を延《ひ》くに已《すで》に曛黑《くんこく》

30　張レ燈　啓二重　門一　　燈《とう》を張《は》りて重門《ちょうもん》を啓《ひら》く

31　煖レ湯　濯二我　足一　　湯《ゆ》を煖《あたた》めて我《わ》が足《あし》を濯《あら》ひ

32　剪レ紙　招二我　魂一　　紙《かみ》を剪《き》つて我《わ》が魂《たましひ》を招《まね》く

現代語訳　しばらくの間、周家窪《しゅうかあ》に足を留めた後、蘆子関《ろしかん》に出ようとした。旧知に孫宰《そんさい》という人がいて、天に迫るほど気高い義俠心。旅人を家に引き入れる時は、既に日が暮れて辺りは暗い。ともしびを掲げて幾重もの門を開く。湯を温めて私の足を洗い、紙を切って私のさまよえる魂を呼び戻してくれる。

語注　**25 周家窪**　途上の小さな地名。「窪」はくぼ地。「同家窪」に作る本もある。**26 蘆子関**　同じく途上の地名。『元和郡県図志』巻三に見える。陝西省鄜州の北の延安にあった。一句は「蘆子関を出でんと欲す」、蘆子関から出ようとしたとも読める。**27 故人**　以前から親しい人。**孫宰**　「宰」はその地の長官。名前としても読めるが、いずれにしろ未詳の人物。**28 高義**　梁・沈約「宋書謝霊運伝論」（『文選』巻五〇）に屈原・宋玉、賈誼・司馬相如ら戦国・前漢の文人について「高義、雲天に薄る」。**薄**　肉薄する。**曽雲**　重なる雲。「曽」は「層」に通じる。**29 延客**　旅人を引き入れる。**曛黒**　日暮れ。**30 張灯**　灯火を掲げる。**重門**　孫宰の屋敷は門を重ねる構えであった。**31**　旅人が旅舎に着いた時にまずする行為。**32**　宋玉の『楚辞』招魂はさまよえる屈原の魂を招こうとするが、ここでは旅の途中に肉体から離散した魂を紙を切って迎え入れる。当時の習俗か。

33　従レ此　出二妻　孥一　　此従《これよ》り妻孥《さいど》を出《い》だす

34　相　視　涕　闌　干　　相《あ》ひ視《み》て涕《なみだ》闌干《らんかん》たり

35　衆　雛　爛　漫　睡　　衆雛《しゅうすう》爛漫《らんまん》として睡《ねむ》る

36　喚起沾二盤餐一　　喚《よ》び起《お》こして盤餐《ばんさん》に沾《うるほ》はしむ

37　誓將與二夫子一　　誓《ちか》つて將《まさ》に夫子《ふうし》と

38　永結爲二弟昆一　　永《なが》く結《むす》びて弟昆《ていこん》と爲《な》らん

39　遂空二所レ坐堂一　　遂《つひ》に坐《ざ》する所《ところ》の堂《だう》を空《むな》しくし

40　安居奉二我懽一　　安居《あんきよ》　我《わ》が懽《よろこ》びを奉《ささ》ぐ

現代語訳　そうしてから妻と子を呼び出した。顔を合わせて涙がほとばしる。雛たちはぐっすり眠りこけていたが、揺り起こしてお皿の食べ物にありつかせた。誓いを立てる、先生とは、とわに兄弟の契りを結びましょうと。そうして暮らしていた部屋を空にして、静かな住まいでわたしを喜ばせてくださった。

語注　**33**　旅人を迎え入れる手順を終えてから、妻子を引き合わせた。　**妻孥**　妻と子。孫宰の妻子と解した。　**34　闌干**　縦横にほとばしるさまをいう畳韻の語。　**35　衆雛**　子供を鳥の雛にたとえる。これは杜甫の子供。　**爛漫**　ぐっすり眠りこけているさまをいう畳韻の語。　**36　沾**　恩恵にあずかる。　**盤餐**　皿に盛った食べ物。「餐」はご馳走。「飧《そん》」に作る本もあり、『杜甫詩注』はそれに従うべしとする。なぜならば14の韻字「湌」は「餐」と同字であり、ここで「餐」に作ると同じ字を二度押韻に使う禁忌を犯すことになるゆえ。　**37・38**　義兄弟の契りを結ぶ。　**夫子**　男子に対する敬称。杜甫が孫宰を「夫子」と称したとする説もあるが、兄弟の誓いを立てたのは孫宰であり、杜甫を「夫子」と称したと解する（『杜甫詩注』）。　**弟昆**　「昆弟」の倒置。「昆」は兄。　**39・40**　孫宰が自分の居住していた部屋を杜甫一家に明け渡す。　**堂**　屋敷の中心となる部屋。　**安居**　安らかな住まい。　**奉我懽**　わたしの喜ぶ気配りをしてくださった。「奉」は進呈する。「懽」は「歓」に通じる。

41　誰肯艱難際　　誰《たれ》か肯《あ》へて艱難《かんなん》の際《さい》

42 豁 達 露二心 肝一　豁達《くわつたつ》 心肝《しんかん》を露《あらは》さん
43 別 來 歳 月 周　別來《べつらい》 歳月《さいげつ》周《めぐ》る
44 胡 羯 仍 構レ患　胡羯《こけつ》 仍《な》ほ患《わづら》ひを構《かま》ふ
45 何 當 有二翅 翎一　何《いつ》か當《まさ》に翅《し》翎《れい》有《あ》りて
46 飛 去 墮二爾 前一　飛《と》び去《さ》つて爾《なんぢ》が前《まへ》に墮《お》ちん

現代語訳　誰がいったい苦難の時に、気持ちよく心の底までさらけてくれようか。別れてから歳月は一回り。えびすどもはまだ戦《いくさ》をやめない。いつになったら翼を生じ、翔け登ってあなたの前に飛び降りようか。

語注　**41 艱難**　苦難。**42 豁達**　おおらかな心。**心肝**　心臓と肝臓で心をいう。**43**　孫宰の厚意を受けてから一年が過ぎた。**44 胡羯**　異民族。今なお収束を見ない安史の軍を指す。**構患**　難儀な状況を作る。魏・王粲「文叔良に贈る」（『文選』巻二三）に「斉楚　患ひを構ふ」。**45 翅翎**　羽。**46**　会いたい人のもとへ鳥になって飛んで行きたいというのは、古詩や建安の詩に頻見する習用の措辞。「爾」は孫宰を指す。**【詩型・押韻】**　五言古詩。上平十七真（嗔）、二十文（聞・雲）、二十三魂（飧・門・魂・昆）、二十五寒（寒・干・餐・肝）、二十六桓（懽）、二十七刪（顔・攀・関）、二十八山（艱・山・間）、下平一先（煙・前）、二仙（還・椽）、去声三十諫（患）の通押。平水韻、上平十一真、十二文、十三元、十四寒、十五刪、下平一先、去声十六諫。

詩解　至徳二載（七五七）秋の作。前の年の天宝十五載（七五六）、杜甫は奉先県に預けていた家族を引き取って鄜州に移動したが、その旅の苦難を回想したもの。この後、家族を帯同した旅の辛さは、たびたび書かれることになるが、本詩はその最初にあたる。「北征」（05-23）と同じく、ここでも子供の描写が生々しい。後半は孫宰なる人物が非常時であるにもかかわらず、暖かいもてなしをしてくれたことを、熱い感謝を込めて思い起こす。

春宿二左省一（春《はる》 左省《さしやう》に宿《しゆく》す） 06-03

1 花隠掖垣暮　　花《はな》は隠《いん》たり掖垣《えきゑん》の暮《く》れ
2 啾啾棲鳥過　　啾啾《しうしう》として棲鳥《せいてう》過《す》ぐ
3 星臨二萬戸一動　　星《ほし》は萬戸《ばんこ》に臨《のぞ》みて動《うご》き
4 月傍二九霄一多　　月《つき》は九霄《きうせう》に傍《そ》ひて多《おほ》し
5 不レ寝聴二金鑰一　　寝《い》ねずして金鑰《きんやく》を聴《き》き
6 因レ風想二玉珂一　　風《かぜ》に因《よ》りて玉珂《ぎよくか》を想《おも》ふ
7 明朝有二封事一　　明朝《めいてう》 封事《ほうじ》有《あ》り
8 數問夜如何　　數《しば》しば問《と》ふ 夜如何《よるいかん》と

現代語訳 春、左省に宿直する
花は掖垣《えきえん》の日暮れのなかにかすみ、しゅうしゅうと鳴きながらねぐらに急ぐ鳥たちが翔けゆく。

星は宮廷の万戸を下に見て動き、月は九重の宮殿に寄り添って光を存分にそそぐ。

寝つけぬまま金の錠前の音に耳を澄ませ、風の音にも玉《ぎょく》の馬飾りかと思う。

明日朝には上奏の仕事がある。何度も夜の時刻を尋ねる。

語注 **0 宿** 宿直する。 **左省** 門下省。宮殿に向かい合った左側にあった。右側が中書省。 **1 花隠** 花が夕暮れのなかにおぼろげになる。 **掖垣** 宮殿の脇の垣根の意から、門下省・中書省をいう。 **2 啾啾** 鳥の鳴き声。 **棲鳥** ねぐらに向かう鳥。**3 万戸**　宮中の多くの建物の門戸。**4 九霄**　仙人の住む天。転じて皇居をいう。**多**　晴れ渡った夜空から照らす月光があたり一面にあふれる。**5 金鑰**　宮廷の門の黄金の錠前。**6 因風**　風の音を玉珂の音かと錯覚する。**玉珂**　馬のくつわに付ける玉の飾り。官人たちが参内したのかと気に掛ける。**7 封事**　封をした上奏文を呈する。左拾遺の任にある者の職掌。

【詩型・押韻】五言律詩。下平七歌（多・珂・何）と八戈（過）の同用。平水韻、下平五歌。

詩解　乾元元年（七五八）、朝廷で左拾遺の任にあった時の作。晴れがましい職務に身を置いた誇らしげな気持ちと上奏前夜の緊張とをうたう。時は夕闇が濃くなる時から星月が照らす夜へと移行し、夜はさらに更けて朝へと近づき、緊張は高まる。3・4は星が宮殿を中心として天空を回転し、月も宮殿を光で包んでいる光景を描く。作者は天子を中心として世界が回っている安定感、満足感に浸っている。封事を控えた緊張は聴覚を鋭敏にし、夜の静寂の中で小さな音にも耳を澄ませる。風の音にも馬で参内する人かと驚くほどに。高まる緊張は「数しば問ふ夜如何」の句に集約する。

曲江二首　其一　（曲江《きよくかう》二《に》首《しゆ》　其《そ》の一《いち》）　06-19a

1 一片花飛減㆓却春㆒
2 風飄㆓萬點㆒正愁㆑人
3 且看欲㆑盡花經㆑眼
4 莫㆑厭㆑傷㆑多酒入㆑脣
5 江上小堂巢㆓翡翠㆒
6 花邊高塚臥㆓麒麟㆒
7 細推㆓物理㆒須㆓行樂㆒

一片《いつぺん》　花《はな》飛《と》びて春《はる》を減却《げんきやく》す
風《かぜ》は萬點《ばんてん》を飄《ひるがへ》して正《まさ》に人《ひと》を愁《うれ》へしむ
且《しばら》く看《み》ん　盡《つ》きんと欲《ほつ》する花《はな》の眼《め》を經《ふ》るを
厭《いと》ふ莫《な》かれ　多《おほ》きに傷《いた》む酒《さけ》の脣《くちびる》に入《い》るを
江上《かうじやう》の小堂《せうだう》　翡翠《ひすい》巢《す》くひ
花邊《くわへん》の高塚《かうちよう》　麒麟《きりん》臥《ふ》す
細《こま》やかに物理《ぶつり》を推《お》せば　須《すべから》く行樂《かうらく》すべし

8 何 用三浮 名 絆二此 身一　何《なん》ぞ浮名《ふめい》もて此《こ》の身《み》を絆《つな》ぐを用《もち》ひん

現代語訳　曲江　其の一
一片《ひとひら》の花びらが飛べばそれだけ春は減る。まして万点の花を舞いあげる風は人を悲しませる。まずは散り尽くさんとする花が目の前を過ぎゆくのを見よう。量が過ぎる酒が口に入るのもかまいはしない。水際の小さな堂にはカワセミが巣を構え、花べのこんもりした塚には麒麟《きりん》の像が横たわる。とくと世界の原理を推し量ってみれば享楽あるのみ。虚名で我が身を縛るなど無用のこと。

語注　**0 曲江**　長安の東南隅にあった行楽地。**1 減却**　減らす。「却」は口語的な助字。**2 万点**　「一片」と対をなして、無数の花びら。**3 且**　なすすべもなく、とりあえず。**経眼**　目の前を過ぎゆく。**4 傷多**　多すぎる。**5・6**　かつては賑わっていた場所に人気もなく、荒れ放題であることをいう。**翡翠**　カワセミ。色鮮やかな羽の鳥。**花辺**　「苑辺」に作る本がある。ならば曲江を一部として含む芙蓉苑。**高塚**　高く盛り上がった墳墓。**臥麒麟**　墳墓を守る石像の麒麟が倒れ伏したままになっている。**7 物理**　世界の万物を支配する道理。**行楽**　漢・楊惲《よううん》「孫会宗に報ずる書」（『漢書』楊惲伝、『文選』巻四一）に引かれた農夫の歌に「人生は行楽のみ。富貴を須《ま》つも何の時ぞ」。無常観から刹那の享楽を志向するのは、古楽府「西門行」（『楽府詩集』巻三七）に「今日楽しみを作《な》さざれば、当《まさ》に何の時をか待つべき」など、歌謡によくうたわれる。**8 浮名**　虚名。『礼記』表記篇に「名の行《おこな》ひに浮（す）ぐるを恥づるなり」というように、実質を伴わない名声。南朝宋・謝霊運の永嘉太守を辞して故郷に帰る時の詩「初めて郡を去る」（『文選』巻二六）に、「伊《こ》れ余　微尚を秉り（ささやかな願いを大切にして）、拙訥《せっとつ》にして（処世に稚拙）浮名を謝す」。本詩でも官についていることをいう。**絆**　馬をつなぐように綱で縛りつける。**【詩型・押韻】**　七言律詩。上平十七真（人・唇・麟・身）と十八諄（春）の同用。平水韻、上平十一真。

其二（其《そ》の二《に》）　06-09b

1 朝 廻 日 日 典㆓春 衣㆒
2 毎 日 江 頭 盡㆑醉 歸
3 酒 債 尋 常 行 處 有
4 人 生 七 十 古 來 稀
5 穿㆑花 蛺 蝶 深 深 見
6 點㆑水 蜻 蜓 款 款 飛
7 傳㆓語 風 光㆒共 流 轉
8 暫 時 相 賞 莫㆓相 違㆒

朝《てう》より廻《かへ》りて　日日《ひび》　春衣《しゅんい》を典《てん》す
毎日《まいにち》　江頭《かうとう》に醉《ゑ》ひを盡《つ》くして歸《かへ》る
酒債《しゅさい》　尋常《じんじゃう》　行處《かうしょ》に有《あ》り
人生《じんせい》　七十《しちじふ》　古來《こらい》稀《まれ》なり
花《はな》を穿《うが》つ蛺蝶《けふてふ》は深深《しんしん》として見《み》え
水《みづ》に點《てん》する蜻蜓《せいてい》は款款《くわんくわん》として飛《と》ぶ
語《ご》を風光《ふうくわう》に傳《つた》ふ　共《とも》に流轉《るてん》し
暫時《ざんじ》　相《あ》ひ賞《しゃう》して相《あ》ひ違《たが》ふこと莫《な》かれと

現代語訳　其の二

朝廷からの帰り、毎日毎日、春の服を質草に入れては、来る日も来る日も水辺で酔いつぶれてから家路につく。酒代のつけはいつでもどこでもあるもの。七十まで生きる人は昔から滅多にいない。花むらに分け入る蝶は奥深くまで見える。水を打つとんぼはゆったりと飛ぶ。春の風と光、君たちに私のことばを伝えよう。共に時の流れに身をまかせ、しばし向き合って離れはしないと。

語注　**1 典春衣**　不用になる春の衣服を質に入れる。**2 江頭**　曲江のほとり。**3 酒債**　酒代の借金。**尋常**　いつでも。**行処**　どこでも。**4**　一句は当時の成語と言われる。七十歳を「古希（稀）」という元になった。**5 穿花**　花の間に分け入っていく。**蛺蝶**　チョウチョウ。**深深**　蝶が花の茂みに深く入っていく。**6点水**　しっぽで水を打つ。**蜻蜓**　トンボ。**款款**　自足してゆったりしたさま。**7伝語**　言葉を言い伝える。**風光**　風と光。**流転**　時間に従って推移し、変化する。**8暫時**　今しばらくの時間。**相賞**　自然、春の景物を賞翫する。**相違**　春の自然に逆らう。【詩型・押韻】七言律詩。上平八微（衣・帰・稀・飛・違）。平水韻、上平五微。

詩解　乾元元年（七五八）、左拾遺の任にあった時の作。前年（至徳二載）の四月に、杜甫の上司にあたる房琯《ぼうかん》は宰相を罷免されている。この年の夏五月には房琯との関わりで、賈至《かし》が汝州刺史に、厳武《げんぶ》が巴州刺史に左遷。房琯の傘下の人々が粛宗によって放逐されていく。本詩は両人の左遷に先立つ春の作であるが、春を楽しめない鬱々とした気分は、こうした朝廷における情勢と関わりがあるだろう。

「其の一」は、空を埋め尽くさんばかりに舞い狂う花。それに抗するすべもなく、ただ酒をあおり、眼前を過ぎ去る花びらを眺めるほかない。名高い行楽の地も乱後の今は荒れ放題。人の不在の「小堂」には代わりに翡翠が巣を作って生を営む。死者の眠る「高塚」では石像の麒麟が倒されたまま放置されている。生と死、そしてまた自然と人間世界が対比される。この世界を統べる原理は何か。浮き世の価値の空しさを知って一時の享楽に耽るほかない。「須く行楽すべし」と言ってはみても、それで悶々たる思いが晴れはしないこともわかっている。

「其の二」は、春の深まるにつれて一枚また一枚と衣を質に入れて酒に換える。あって困る借金はどこにもあるが、ほしい長寿は滅多に得られないという皮肉。自暴自棄に酒をあおる詩人の目に映ったのは、虫たちの無心の営み。チョウが花に分け入るのは蜜を求めて個体を保存するため。トンボが水を打つのは卵を産んで種を保存するため。彼らは本来の生き方をせっせと続けている。ならば自分も彼らと同じように春に身をゆだね、流転する自然と一体となってみよう。春である今は春の風や光を味わえばそれでよい。たとえそれが束の間のことであったとしても。

曲江對レ酒（曲江《きよくかう》　酒《さけ》に對《たい》す）　06-10

1　苑外江頭坐不レ歸　　苑外《ゑんぐわい》　江頭《かうとう》　坐《ざ》して歸《かへ》らず
2　水精春殿轉霏微　　水精《すいせい》の春殿《しゆんでん》　轉《うた》た霏微《ひび》
3　桃花細逐二楊花一落　　桃花《たうくわ》　細《こま》やかに楊花《やうくわ》を逐《お》ひて落《お》ち
4　黃鳥時兼二白鳥一飛　　黃鳥《くわうてう》　時《とき》に白鳥《はくてう》と兼《とも》に飛《と》ぶ
5　縱レ飲久判二人共棄一　　飲《いん》を縱《ほしいまま》にし久《ひさ》しく人《ひと》の共《とも》に棄《す》つるに判《まか》せ
6　懶レ朝眞與レ世相違　　朝《てう》するに懶《ものう》く眞《まこと》に世《よ》と相《あ》ひ違《たが》ふ
7　吏情更覺滄洲遠　　吏情《りじやう》　更《さら》に覺《おぼ》ゆ　滄洲《さうしう》の遠《とほ》きを
8　老大悲傷未レ拂レ衣　　老大《らうだい》　悲傷《ひしやう》す　未《いま》だ衣《ころも》を拂《はら》はざるを

現代語訳　曲江にて酒に向き合う

芙蓉苑の外、曲江のほとり、そこに腰を下ろしたまま帰りもしない。水晶きらめく春の宮殿は次第に霞んでいく。桃の花は一片ごとに楊柳の花を追いかけて散り、黄色い鳥は折に触れて白い鳥と翔けゆく。思うさま酒をあおる、人に相手にされなくてもずっとうっちゃったまま。参内するのも面倒くさい、全く世間とちぐはぐな自分。しがない官吏の心中は、隠者の住まう青海原がいよいよ遠ざかってゆく。老いるばかりで、きっぱりと衣を払って立ち去れないのが悲しい。

語注 **0 曲江**　長安の行楽の地。「曲江二首」（06-09）を参照。杜甫には本詩と対を成す「曲江対雨（曲江 雨に対す）」（06-11）の作もある。　**1 苑外**　芙蓉苑の外。芙蓉苑は長安城の東南隅にあって、曲江の池を含む庭園。　**江頭**　曲江のほとり。　**2 水精**　水晶。春の陽光を受けて水晶のようにきらめく。　**霏微**　ぼんやり霞む様をいう畳韻の語。　**3 楊花**　柳絮。『詳注』は「梨花」に作る。いずれにしても晩春の白い花。　**4 黄鳥**　春を代表する黄鸝（コウライウグイス）を指すが、ここでは鳥の名としてでなく、「白鳥」と対応して「黄色い鳥」の意。『詩経』秦風に「黄鳥」の篇がある。　**兼**　……とともに。　**白鳥**　『詩経』大雅・霊台に「白鳥翯翯《こくこく》たり（つややか）」。　**5 判**　棄て置く。口語的な語。　**人共棄**　世間から見捨てられる。南朝宋・鮑照「詠史」（『文選』巻二一）に「君平（厳君平）独り寂漠、身と世と両つながら相ひ棄つ」。　**6 懶朝**　朝廷に出仕するのに気が塞ぐ。　**与世相違**　『荘子』則陽篇に「方且《まさ》に世と違ひて、心は之と倶にするを屑《いさぎよ》しとせず、是れ陸沈する者なり」。また注5の鮑照の詩句を参照。　**7 吏情**　下級官吏の心情。　**滄洲**　東海の仙界。隠逸の場。南斉・謝朓「宣城に之かんとして新林浦を出で版橋に向かふ」（『文選』巻二七）に「既に禄を懐ふの情を懽《よろこ》ばしめ、復た滄州（洲）の趣《おもむき》に協《かな》ふ」。　**8 老大悲傷**　年をとって悲しむ。古楽府「長歌行」（『文選』巻二七）に「少壮にして努力せずんば、老大にして乃ち傷悲せん」。『詳注』は「徒傷（徒《いたづら》に傷《いた》む）」に作る。　**払衣**　決然として立ち去る。官界を辞して隠逸に向かうことをいう。南朝宋・謝霊運「述祖徳詩二首」（『文選』巻一九）其の二に、「高く七州の外に揖し、衣を五湖の裏に払ふ」。【詩型・押韻】七言律詩。上平八微（帰・微・飛・違・衣）。平水韻、上平五微。

詩解 「曲江二首」（06-09）と同じく、乾元元年（七五八）の晩春、左拾遺の任にあった時の作。前半四句は過ぎゆく春の景物を淡々と写す。そこに思い入れを籠めることもなく、目に映る光景を漫然と眺めている。後半四句は官にある鬱屈した思いをうたう。「曲江二首」にも見られたように、左拾遺の時期の杜甫は朝廷の生活に違和感を覚え、内向する。本詩では悶々の情が周囲の人との齟齬から生じていることが語られる。世に溶け込めないこの思いは、仕官か隠棲かといった二項対立では捉えきれない。

義鶻行（義鶻行《ぎこつかう》）　06-23

1　陰崖有二蒼鷹一　　陰崖《いんがい》 蒼鷹《さうよう》有《あ》り
2　養レ子黒柏顚　　子《こ》を養《やしな》ふ 黒柏《こくはく》の顚《いただき》
3　白蛇登二其巣一　　白蛇《はくだ》 其《そ》の巣《す》に登《のぼ》り
4　呑噬恣二朝餐一　　呑噬《とんぜい》 朝餐《てうさん》を恣《ほしいまま》にす

現代語訳　義なる鶻のうた
日陰の崖に鷹がいて、黒い柏《はく》の木のてっぺんで雛を育てている。
白い蛇がその巣まで登り、雛を飲み込んで勝手に朝飯とした。

語注　**0 義鶻行**　義俠心のあるハヤブサのうた。底本には「行」字がないが、諸本に従って補う。**1 陰崖**　山の北側、日陰の断崖。**蒼鷹**　タカをその属性である色を付して二字でいう。「画鷹」（01-10）参照。**2 黒柏**　黒いコノテガシワ。**4 呑噬**　飲み込み嚙む。

5　雄飛遠求レ食　　雄《をす》は飛《と》びて遠《とほ》く食《しよく》を求《もと》め
6　雌者鳴辛酸　　雌《めす》なる者《もの》は鳴《な》くこと辛酸《しんさん》
7　力強不レ可レ制　　力強《ちからつよ》くして制《せい》す可《べ》からず
8　黄口無二半存一　　黄口《くわうこう》 半《なか》ば存《そん》する無《な》し
9　其父従レ西帰　　其《そ》の父《ちち》 西従《にしよ》り帰《かへ》り

翻レ身入二長煙一　身《み》を翻《ひるがへ》して長煙《ちやうえん》に入《い》る
斯須領二健鶻一　斯須《ししゆ》 健鶻《けんこつ》を領《りやう》す
痛憤寄レ所レ宣　痛憤《つうふん》 宣《の》ぶる所《ところ》に寄《よ》す

現代語訳　オスは遠く餌を求めに飛び去った後。メスは必死の思いで鳴き立てる。手強い相手に止めることもかなわず、雛は半分ものこらない。父親が西から帰ってくるや、身を翻して空にたなびく靄の中に突入。直ちに雄々しいハヤブサを引っ張ってきて、痛恨の極みを語る言葉の中に托した。

語注　**5 雄**　雄の親鳥。　**求食**　雄鳥は雛が食われたとも知らずに遠くまで餌を求める。　**6 辛酸**　辛く苦しい。　**7 制**　相手を押さえつける。鷹は蛇にたちうちできない。　**8 黄口**　嘴の色から雛をいう。　**10 長煙**　空中に広く拡がる靄。　**11 斯須**　すぐに。「須臾」と同じ。　**領**　引き連れる。　**健鶻**　力強いハヤブサ。この詩の主人公。　**12 痛憤**　悲痛な憤り。　**寄所宣**　鶻に伝える言葉に事寄せる。

斗上捩二孤影一　斗《たちま》ち上《あ》がりて孤影《こえい》を捩《ひね》り
噭哮來二九天一　噭哮《けうかう》して九天《きうてん》より來《きた》る
倏鱗脱二遠枝一　倏鱗《しうりん》 遠枝《ゑんし》より脱《だつ》し
巨顙拆二老拳一　巨顙《きよさう》 老拳《らうけん》に拆《さ》かる
高空得二蹭蹬一　高空《かうくう》に蹭蹬《そうとう》たるを得《え》
短草辭二蜿蜒一　短草《たんさう》に蜿蜒《ゑんえん》たるを辭《じ》す

19 折尾能一掉　　折尾《せつび》 能《よ》く一《ひと》たび掉《ふる》ふも
20 飽腸皆已穿　　飽腸《はうちやう》 皆已《みなすで》に穿《うが》たる

現代語訳 すぐさま空に翔け登ると、ひらりと身を翻し、叫びながら大空から降りてくる。蛇は高い木の枝からぱらっと離れ、大きな額は鉄拳を食らって砕き散る。空中でよろよろに成り果て、草むらでくねくね動くこともおさらば。折れ曲がったしっぽをぴくっと一度持ち上げることはできたが、たらふく詰め込んだはらわたはみんなもう穴だらけ。

語注 **13 斗** ただちに。**孤影** 空を翔ける一羽のハヤブサの姿。**14 噭哮** 叫び声をあげる。**九天** 大空。『楚辞』離騒に「九天を指して以て正を為す」。王逸の注によれば「中央と八方」。**15 脩鱗** 蛇をいう。「脩」は長い。「鱗」は魚類・爬虫類など、うろこをもつ生物。**脱** ぱたっと落ちる。**遠枝** 地上から離れた高い枝。**16 巨顙** 大きな額。**拆** 裂く。**老拳** 老練なこぶし。**17 得** そのような結果になる。**蹭蹬** 歩みのおぼつかないさまをいう畳韻の語。**18 短草** 荒れ地にわずかに生えた草。**辞** 別れる。蛇の死をいう **蜿蜒** 蛇の曲がりくねった様をいう双声の語。**19 掉** 振り上げる。**20 飽腸** 雛を食って腹一杯になった腹。

21 生雖レ滅二衆雛一　　生《い》きては衆雛《しゆうすう》を滅《ほろ》ぼすと雖《いへど》も
22 死亦垂二千年一　　死《し》するも亦《ま》た千年《せんねん》に垂《た》る
23 物情有二報復一　　物情《ぶつじやう》 報復《ほうふくあ》有り
24 快意貴二目前一　　快意《くわいい》 目前《もくぜん》を貴《たふと》ぶ
25 茲實鷙鳥最　　茲《こ》れ實《じつ》に鷙《し》鳥《てう》の最《さい》

26 急難心炯然　急難《きふなん》に心《こころ》炯然《けいぜん》たり

27 功成失レ所レ往　功成《こうな》りて往《ゆ》く所《ところ》を失《うしな》ふ

28 用捨何其賢　用捨《ようしや》 何《なん》ぞ其《そ》れ賢《けん》なる

現代語訳 生きては多くの雛を殺したが、死んでも名を千年にのこす。物には報復の思いがあるものだが、目の当たりにしてこそ溜飲が下がる。これこそまことに猛禽の最たるもの。急場に際して心に曇り一つない。手柄を立てると行方をくらます。進退の潔さは何と見事なものか。

語注 **21・22** 蛇は生きている時に雛たちを殺したが、死んだ後もいつまでも悪名を残す。**23 物情** 事物の本性をいう哲学的な語。『孟子』滕文公篇上に「夫れ物の斉しからざるは、物の情なり」。**24 報復** やり返す。反作用。「物情 報復有り」という普遍化された原理が、目の前で行われることこそ気持ちがいい。**25 鷙鳥** 鷹・鶻などの猛禽類。**最** 最上級のもの。**26 炯然** 明瞭。鶻が何の迷いもなく急難に駆けつけたこと。**27 功成** 『老子』九章に「功成り名遂げて身退くは、天の道なり」。戦国時代の魯仲連《ろちゆうれん》のように、功を立てて報酬を求めずに立ち去るのは、一種の美学であった。**失所往** どこへ立ち去るともなく消えた。**28 用捨** 世に登用されることと棄て置かれること。出処進退。『論語』述而篇に、「之を用ふれば則ち行き、之を舎(捨)つれば則ち蔵る」。

29 近經二潏水湄一　近《ちか》ごろ潏水《けつすい》の湄《ほとり》を經《へ》て

30 此事樵夫傳　此《こ》の事《こと》 樵夫《せうふ》傳《つた》ふ

31 飄蕭覺素髮　飄蕭《へうせう》として覺《おぼ》ゆ 素髪《そはつ》の

32 凜欲レ衝二儒冠一　凜《りん》として儒冠《じゆくわん》を衝《つ》かんと欲《ほつ》するを

33 人生許與分　　人生《じんせい》 許與《きょよ》の分《ぶん》
34 只在㆓顧眄間㆒　　只《た》だ顧眄《こべん》の間《かん》に在《あ》り
35 聊爲㆓義鶻行㆒　　聊《いささ》か義鶻行《ぎこつかう》を爲《つく》り
36 用激㆓壯士肝㆒　　用《もつ》て壯士《さうし》の肝《きも》を激《げき》せん

現代語訳 先ごろ潏水《けっすい》のほとりを通りかかって、この話をきこりから伝えられた。きりっと身が引き締まり、白髪が凛乎として冠を突き上げる気がした。人生、相い許す友誼は、たった一瞥するほどのささいなことで決まるもの。ひとまず「義鶻のうた」を作り、これで壮士の心意気を鼓舞しよう。

語注 **29 潏水** 長安の西を流れる川。**31・32 飄蕭** 身が引き締まるさま。畳韻の語。**素髪** 白髪。**衝冠** 強い興奮のために髪が冠を突き上げる。『史記』廉頗・藺相如《りんしょうじょ》列伝に、藺相如が秦王に対して、「怒髪上《た》ちて冠を衝く」。**儒冠** 読書人の冠。「韋左丞丈に贈り奉る二十二韻」(01-33)に「儒冠多く身を誤る」。**33 許与** 信頼し合う人間関係。梁・任昉「王文憲集の序」(『文選』巻四六)に「風流を弘長し、気類に許与す」。**分** 情誼。よしみ。**34 顧眄** ちらっと見る。**36 激** 励ます。**壮士** 荊軻の「歌」(『文選』巻二八)に「風蕭蕭として易水寒く、壮士一たび去つて復た還らず」。**肝** 肝臓。転じて心。**【詩型・押韻】** 五言古詩。上平二十三魂(存)、二十五寒(餐・肝)、二十六桓(酸・冠)、二十七刪(攀)、二十八山(間)と下平一先(顚・煙・天・年・前・賢)、二仙(宣・蜓・穿・然・伝)の通押。平水韻、上平十三元、十四寒、十五刪、下平一先。

詩解 乾元元年(七五八)の作とされる。動物寓話の詩。蛇に雛を食べられた鷹(タカ)のために、鶻(ハヤブサ)が敵討ちをするという話。その話は「近」ごろ、「潏水」で「樵夫」から聞いたと、時・場所・人を特定しているのは、いかにも実際の伝聞であったかに装う。樵夫自身が現場に居合わせたかのようでもある。真偽はともかく、動物の行動に托して、人間世界に義侠心を求める詩ではある。時局の好転を願うだけでなく、「貧交行」(02-15)で世人の軽薄を嘆いたように、個々の人が人情を取り戻すことは、杜甫が常に希求するところであった。

至徳二載、甫自二京金光門一出、間道帰二鳳翔一。乾元初、従二左拾遺一、移二華州掾一、與二親故一別。因出二此門一、有レ悲二往事一。（至徳《しとく》二《に》載《さい》、甫《ほ》 京《けい》の金光門《きんくわうもん》自《よ》り出《い》で、間道《かんだう》より鳳翔《ほうしやう》に帰《かへ》る。乾元《けんげん》の初《はじ》め、左拾遺《さしふゐ》従《よ》り、華州《くわしう》の掾《えん》に移《うつ》り、親故《しんこ》と別《わか》る。因《よ》りて此《こ》の門《もん》を出《い》で、往事《わうじ》を悲《かな》しむ有《あ》り。） 06-27

1 此 道 昔 歸 順
2 西 郊 胡 正 繁
3 至レ今 殘二破 膽一
4 應レ有二未レ招 魂一
5 近 得レ歸二京 邑一
6 移 官 豈 至 尊
7 無レ才 日 衰 老
8 駐レ馬 望二千 門一

此《こ》の道《みち》 昔《むかし》 帰順《きじゆん》す
西郊《せいかう》 胡《こ》 正《まさ》に繁《しげ》し
今《いま》に至《いた》るも破《は》膽《たん》残《ざん》す
應《まさ》に未《いま》だ招《まね》かれざる魂《たましひ》 有《あ》るべし
近《ちか》ごろ京邑《けいいふ》に帰《かへ》るを得《う》
移官《いくわん》 豈《あ》に至尊《しそん》ならんや
才《さい》無《な》くして日《ひ》びに衰老《すいらう》す
馬《うま》を駐《とど》めて千門《せんもん》を望《のぞ》む

現代語訳

至徳二載、私は都の金光門から出て、抜け道で鳳翔に行き着いた。乾元の初め、左拾遺から華州の下僚に移り、身近な人たちと別れた。そこでこの門から出て、以前のことに胸を痛めた。

この道は先に帝のもとへ戻った時の道。長安西郊ではえびすどもがあふれかえっていた。今に至るまでつぶれた肝はずたずたのまま。呼び戻せない魂がまだどこかにさまよっているはず。

近ごろになって都に帰ることができたが、この転任はどうして主上から出たものでありえよう。無能のまま日に日に老いぼれていくわたし。馬を止めて千門立ち並ぶ宮居を眺める。

語注　**0 至徳二載**　粛宗が霊武（寧夏回族自治区銀川市に属する）で即位した翌年（七五七）。**金光門**　長安の西の三つの城門のうち、真ん中の門。**間道**　脇道。安史の軍に捉えられることを恐れて、街道は避けた。底本は「問道」に作る。「道を問ひて」（道を尋ねながら）。諸本にしたがって「間道」に改める。**鳳翔**　陝西省宝鶏県東北。粛宗の行在所は至徳二載二月に鳳翔に移っていた。その年の四月、杜甫が長安を脱出して鳳翔に馳せつけたことは、「行在所に達するを喜ぶ三首」（05-03）に見える。**乾元**　至徳三載（七五八）二月、乾元に改元された。**左拾遺**　至徳二載の五月に鳳翔の行在所にたどりついた杜甫は、その忠勤を認められて左拾遺に任じられた。天子に諫言を呈することを職務とする官であるが、実質は秘書というに近く、側近ゆえに高位に昇進する可能性があった。**華州掾**　乾元元年六月、華州司功参軍に移された。房琯・賈至・厳武らの左遷に伴うものであった。「掾」は下役の総称。司功参軍という正式な官名を用いないのは、朝廷の官である左拾遺から地方官への移動が降格であったため。**1 帰順**　普通は投降、服従を意味するが、ここでは賊軍の支配を抜け出て皇帝のもとへ参じたことをいう。**2 西郊**　長安の城門の西の地域。**胡**　安史の軍を指す。**3 残**　傷つけられた状態でいる。「のこる」ではない。**破胆**　恐ろしさにつぶれた肝。諸本は「残」を「猶」に作る。ならば「猶ほ胆を破る」。今でも思い出すと肝をつぶす。底本に従えば、過去の破胆が修復されていない。この方が次句とのつながりがよい。**4 未招魂**　恐ろしい事態のなかで身体から離脱してしまったまま、呼び戻されていない魂。『楚辞』招魂は屈原の魂を弟子の宋玉が招き寄せる篇。**5**　至徳二載十月、粛宗が行在所から長安に戻るにあたって、杜甫も都に帰った。**6 移官**　左拾遺から華州司功参軍に転任する。**至尊**　天子。粛宗を指す。転任は粛宗自身の意から出たものではないはずと、皇帝に対する忠節は揺るがない。**7**　粛宗の周辺から出た移動と思いつつも、表向きは自分の無能と衰老のためという。**8 千門**　宮廷のあまたの門。宮廷を指す。**【詩型・押韻】**　五言律詩。上平二十二元（繁）と二十三魂（魂・尊・門）の同用。平水韻、上平十三元。

詩解　乾元元年（七五八）六月、杜甫は左拾遺から華州司功参軍への移動を命じられた。都を離れるに当たって、長安の金光門を出る。その門は前の年の四月に、鳳翔の行在所にいる粛宗のもとへ馳せ参じるべく通ったのと同じ門であった。危険な旅を前にして不安と緊張の中でくぐった金光門、無事たどり着いたおかげで左拾遺に任じられる栄に浴したのだったが、今はその職から解任されて地方に出る。同じ門を通る自分の境遇の落差に感慨を催す。転任の不満、朝廷への未練が断ち切れないまま、宮殿を眺める。

九日藍田崔氏莊（九日《きうじつ》 藍田《らんでん》 崔氏《さいし》の莊《さう》） 06-34

1 老 去 悲レ秋 強 自 寛
2 興 來 今 日 盡二君 歡一
3 羞 將二短 髮一還 吹レ帽
4 笑 倩二傍 人一爲 正レ冠
5 藍 水 遠 從二千 澗一落
6 玉 山 高 竝二兩 峯一寒
7 明 年 此 會 知二誰 健一
8 醉 把二茱 萸一子 細 看

老《お》い去《ゆ》きて秋《あき》を悲《かな》しみ強《し》ひて自《みづか》ら寛《ゆる》うす
興來《きようきた》りて 今日《こんにち》 君《きみ》の歡《よろこ》びを盡《つ》くす
羞《は》づらくは短髮《たんぱつ》を將《も》つて還《ま》た帽《ぼう》を吹《ふ》かるるを
笑《わら》ひて傍人《ばうじん》に倩《こ》ひて爲《ため》に冠《くわん》を正《ただ》さしむ
藍水《らんすい》は遠《とほ》く千澗《せんかん》從《よ》り落《お》ち
玉山《ぎよくざん》は高《たか》く兩峯《りやうほう》を竝《なら》べて寒《さむ》し
明年《みやうねん》 此《こ》の會《くわい》 誰《たれ》か健《すこ》やかなるを知《し》らん
醉《ゑ》ひて茱萸《しゆゆ》を把《と》りて子細《しさい》に看《み》る

現代語訳 重陽の日、藍田の崔氏の別荘で
老いるほどに悲しみも深まる秋、無理にも気持ちを和《なご》ませ、興にまかせて今日はあなたのおもてなしをとことん受けることにしよう。

薄くなった頭にのせた帽子が風に吹き飛ばされたのが恥ずかしい。照れ笑いをしてそばの人に冠を直してもらう。
藍水ははるか遠くから幾千もの谷川を集めて流れ落ち、玉山は二つの峰を高く空に並べて屹立する。
来年のこの集いには、このうちの誰が達者でいられようか。酔って茱萸《しゅゆ》の実を手に取りじっと見つめる。

語注　**0 九日**　九月九日、重陽の節句。小高い山に登って酒宴を催す、秋の行事。梁・宗懍《そうりん》『荊楚歳時記』に見え、唐代の詩人にも「九日登高」の詩は多く残る。**藍田**　長安の東南五〇キロほど、貴人の別荘が集まる地。今の陝西省藍田県。**崔氏**　未詳。杜甫にはこの後ほどなく再訪した「崔氏の東山の草堂」(06-35)もある。**1 老去**　「去」は老いるという動詞に添えて時間の経過を示す。**悲秋**　秋を悲哀の季節とする感覚は、宋玉「九弁」から始まるといわれる。**強自寛**　無理に努めてリラックスしようとする。**2 尽君歓**　あなたの歓待を存分に受け止めようの意。「君」は宴の主催者崔氏を指す。**3 短髪**　髪の少ないことは「短」で表す。「春望」(04-21)にも「白頭掻けば更に短し」。**吹帽**　「孟嘉落帽《もうからくぼう》」(『蒙求《もうぎゅう》』)の故事を用いる。東晋の孟嘉は時の権力者桓温《かんおん》が催した重陽の宴の席で、帽子を風に吹き飛ばされた。それをからかう戯文を見せられると孟嘉は即座にやりかえす文を綴り、一座を感嘆させたという(『晋書』孟嘉伝)。**4 倩**　「請」に同じ。頼む。**5 藍水**　藍田を流れる川の名。**千澗**　上流の多くの谷川。**6 玉山**　藍田の山。美玉の産地ゆえ、この名がある。**7 知誰健**　「知」の後に疑問詞が来ると、「知る」でも「知らない」でもなく、……かしらの意になる。**8 茱萸**　カワハジカミ。重陽の節句にはその実を頭に挿して邪気を払う。王維「九月九日、山東の兄弟を憶ふ」に「遍く茱萸を挿して一人を少《か》かん」。【詩型・押韻】七言律詩。上平二十五寒(寒・看)と二十六桓(寛・歓・冠)の同用。平水韻、上平十四寒。

詩解　先の宴席の詩、「夜　左氏の荘に宴す」(01-12)には、春の夜の情感とともに清浄で心地よい気分が流れていたが、それとはうらはらに秋のこの宴に連なった杜甫は、甚だ居心地が悪そうに見える。1「老い去きて秋を悲しむ」、老いと秋の悲しみが重なり合う中で、「強ひて」せめて今日はくつろごうと臨むが、3・4いきなり帽子を風に飛ばされる体《てい》たらく。孟嘉の故事は風流な逸話として伝えられるが、ここではぶざまな失態として描く。「笑」は自分のふがいなさを隠そうとする暗い笑い。手を借りた「傍人」は、この席でたまたま隣り合った、面識のない人であろう。7「明年此の会誰か健やかなるを知らん」—健康と長寿を祈るべき重陽の宴でのことばとしては、不穏当にも思われるが、老いの恐れは冒頭から始まっていたものであった。末句に至って、周りのすべては消え、赤い小さな実と杜甫とが一対一で向かい合う。

贈㆓衛八處士㆒（衛八處士《えいはちしよし》に贈《おく》る）06-48

1 人生不㆓相見㆒　人生《じんせい》相《あ》ひ見《み》ず

2 動如㆓參與㆒㆑商　動《やや》もすれば參《しん》と商《しやう》との如《ごと》し

3 今夕復何夕　今夕《こんせき》復《ま》た何《なん》の夕《ゆふ》べぞ

4 共㆓此燈燭光㆒　此《こ》の燈燭《とうしよく》の光《ひかり》を共《とも》にす

現代語訳　衛八処士に贈る

人の一生、巡り会うことがないのは、天界で出会うことがない参と商の星のよう。それが今宵はまたなんたる夜か。この灯火を君と囲むことができるとは。

語注　**0 衛八処士**　姓が衛、排行が八、それ以外は未詳。「処士」は無官の人に対する敬称。**1 人生**　人の一生。『春秋左氏伝』襄公三十一年に「人生幾何《いくばく》ぞ」。**2 動**　ともすれば。ある状態になりやすいことをいう。**参与商**　「参」はオリオン座、「商」はサソリ座。同時に天空に現れることはないことから、相い会わないもののたとえに用いる。**3**　『詩経』唐風・綢繆《ちゆうびゆう》の「今夕何の夕べぞ、此の良人を見る」の句を借りて、今晩が特別な意味を持つことを強調し、感嘆する。**4 灯燭**　灯《あか》り。灯燭を挟んで二人が向かい合う。

5 少壮能幾時　少壮《せうさう》能《よ》く幾時《いくとき》ぞ

6 鬢髪各已蒼
7 訪レ舊半爲レ鬼
8 驚呼熱二中腸一
9 焉知二十載
10 重上二君子堂一
11 昔別君未レ婚
12 兒女忽成レ行
13 怡然敬二父執一
14 問三我來二何方一

鬢髪《びんぱつ》 各《おの》おの已《すで》に蒼《さう》たり
舊《きう》を訪《と》へば 半《なか》ばは鬼《き》と爲《な》る
驚呼《きやうこ》して 中腸《ちゆうちやう》熱《ねつ》す
焉《いづ》くんぞ知《し》らん 二十載《にじつさい》
重《かさ》ねて君子《くんし》の堂《だう》に上《のぼ》らんとは
昔《むかし》 別《わか》れしとき 君《きみ》は未《いま》だ婚《めと》らざるに
兒女《じぢよ》は忽《たちま》ち行《かう》を成《な》す
怡然《いぜん》として父《ちち》の執《しつ》を敬《うやま》ひ
我《われ》に何《いづ》れの方《かた》より來《こ》しかと問《と》ふ

現代語訳 若く元気な時はどれほど続こうか。髪は互いにもはやごま塩になった。
旧友の様子を尋ねれば半分はもう鬼籍、驚き叫び、腹の中が熱くなる。
まさか二十年を経て、もう一度君の家にのぼることになろうとは。
昔、別れた時には、君はまだ一人身だったのに、今や男の子女の子が列を作る。
にこにこと父の友を敬い、「どちらからいらしたのですか」とわたしに尋ねる。

語注 **5** 漢の武帝「秋風の辞」(『文選』巻四五)の「少壮幾時ぞ老いを奈何せん」を借りる。「少」は青年、「壮」は壮年。 **6** **鬢髪** 髪。陶淵明「飲酒二十首」其十五に「鬢髪早くも已に白し」。 **蒼** 白髪の交じる頭髪の色。 **7** **訪旧** 昔の人たちのことを問う。 **鬼** 死者。 **8** **熱中腸** 腹の中が熱くなる。「中腸」は「腸中」に同じ。魏・曹丕「雑詩」(『文選』巻二九)に「我が中腸を断絶す」。陶淵明「形影神」の「影 形に答ふ」に「身没すれば名も亦た没す、之を念へば五情熱す」。**10 君子堂** 衛八の家に上がったことをかしこまった言い方で述べる。「堂」は家の中心となる広間。魏・王粲「公讌詩」（『文選』巻二〇）に「高会す君子の堂」。**12 児女** 「児」は男子、「女」は女子。**成行** 列を成す。晋・傅玄「雑詩」（『文選』巻二九）に「列宿自ら行を成す」。**13 怡然** にこやかなさま。**父執** 父の友人。『礼記』曲礼上に「父の執に見へば、之に進めと謂はざれば敢へて進まず、……此れ孝子の行なり」。**14** 好奇心旺盛な子供が大人を質問責めにすることは、「北征」（05-23）にも杜甫自身の子供について「事を問ひて競ひて鬚を挽く」。

15 問答乃未レ已　　問答《もんだふ》 乃《すなは》ち未《いま》だ已《や》まざるに
16 兒女羅二酒漿一　　兒女《じぢよ》 酒漿《しゆしやう》を羅《つら》ぬ
17 夜雨剪二春韭一　　夜雨《やう》 春韭《しゆんきう》を剪《き》り
18 新炊閒二黄粱一　　新炊《しんすい》 黄粱《くわうりやう》を閒《まじ》ふ
19 主稱二會面難一　　主《しゆ》は會面《くわいめん》の難《かた》きを稱《しよう》し
20 一擧累二十觴一　　一擧《いつきよ》 十觴《じつしやう》を累《かさ》ぬ
21 十觴亦不レ醉　　十觴《じつしやう》も亦《ま》た醉《ゑ》はず
22 感二子故意長一　　子《し》の故意《こい》の長《なが》きに感《かん》ず
23 明日隔二山岳一　　明日《みやうじつ》 山岳《さんがく》を隔《へだ》てば
24 世事兩茫茫　　世事《せじ》 兩《ふた》つながら茫茫《ばうばう》たらん

現代語訳 やりとりがまだ終わらぬうちに、子供らはせきたてられて飲物を並べる。

夜雨のなか春のニラを切り、湯気の立つ飯には黄色い粟が混じる。
主人は「会うは難し」と繰り返し、立て続けに十杯の酒をあおる。
十杯の酒でも酔いがまわらない。君の長い友情が心に沁みる。
夜が明けて山を隔てて離れたら、この浮き世、二人ともどうなることか。

語注　**15・16**「児女」を「駆児」に作る本もある。ならば客人から離れない子供たちを衛八が駆り立てて食卓の支度をさせることがよりはっきりする。　**酒漿**　酒や飲物。　**17 春韭**　春のニラ。ニラは質素な野菜。衛八が貧しい暮らしの中から精一杯のもてなしをする。　**18 新炊**　炊きあがったばかりのご飯。　**黄粱**　黄色いアワ。　**19 会面難**　「会ふは難く別るるは易し」という古来の成語を用いる。　**20**　ひとたび杯を挙げるや続けて十杯を重ねる。　**22 故意**　旧友の情愛。　**24 世事**　自分たちを取り巻く世間の事々。　**両**　衛八も自分もどちらにとっても。　**茫茫**　茫漠として定かでない。**【詩型・押韻】**　五言古詩。下平十陽（商・腸・方・漿・粱・觴・長）と十一唐（光・蒼・堂・行・茫）の同用。平水韻、下平七陽。

詩解　昔の友の家に一夜の宿を借りた時の作。華州司功参軍の任にあって、公務のついでに訪れたものか。二十年ぶりの再会、先には未婚だった衛八も今や子だくさんの身。この詩にも子供の生態が生々しく描き出される。子供たちの母、衛八の妻について一言も記されていないのは、あるいは衛八は寡夫であったか。だとすれば、貧乏の上に更に不幸が重なることになるが、にもかかわらず衛八一家はいとも和やかな家族ではある。

精一杯にもてなしをしてくれる主人、おそらくは滅多にない客人を喜ぶ子供たち、描写は極めてリアルに、生き生きと描かれる。と同時に、個別的な場面が人間の普遍にそのまま通じるような、確かな存在感もある。共に羽振りのよくない初老の男二人が、灯火の光を受けて向かい合う。人生が凝縮しているかのような光景が深い印象をのこす。今宵の出会いは一瞬の交叉。明日になれば二人を待ち受けるのは茫漠たる時空。実際、この後再会した形跡はない。

洗㆓兵馬㆒（兵馬《へいば》を洗《あら》ふ）　06-49

（原注）收レ京後作。（京《けい》を收《をさ》めて後《のち》の作《さく》。）

1 中興諸將收二山東一　中興《ちゆうこう》の諸將《しよしやう》　山東《さんとう》を收《をさ》め
2 捷書日報淸晝同　捷書《せふしよ》　日《ひ》びに報《ほう》じて淸晝《せいちう》に同《おな》じ
3 河廣傳聞一葦過　河廣《かはひろ》きも傳聞《でんぶん》す　一葦《いちゐ》過《す》ぐと
4 胡危命在破竹中　胡《こ》危《あやふ》くして命《めい》は在《あ》り　破竹《はちく》の中《なか》
5 祇殘二鄴城一不レ日得　祇《た》だ鄴城《げふじやう》を殘《のこ》すも日《ひ》ならずして得《え》ん
6 獨任朔方無限功　獨《ひと》り任《にん》ず　朔方《さくはうむ》無限《げん》の功《こう》
7 京師皆騎汗血馬　京師《けいし》　皆《みな》騎《の》る　汗血《かんけつ》の馬《うま》
8 迴紇餧レ肉蒲萄宮　迴紇《くわいこつ》　肉《にく》を餧《くは》す　蒲萄宮《ぶだうきゆう》
9 已喜三皇威淸二海岱一　已《すで》に皇威《くわうゐ》の海岱《かいたい》を淸《きよ》くするを喜《よろこ》び
10 常思三仙仗過二崆峒一　常《つね》に仙仗《せんぢやう》の崆峒《こうどう》に過《よ》ぎるを思《おも》ふ
11 三年笛裏關山月　三年《さんねん》　笛裏《てきり》　關山月《くわんざんげつ》
12 萬國兵前草木風　萬國《ばんこく》　兵前《へいぜん》　草木《さうもく》の風《かぜ》

現代語訳　兵馬を洗う

都を取り戻したあとの作。

国を中興する将軍たちは山東一帯を取り戻し、勝利を告げる文書は毎日昼となく夜となく届けられる。

黄河の広きも一本のアシでたやすく渡ったと伝えられる。胡どもの危うさ、命運は破竹の勢いに握られている。なんとかのこっている鄴城《ぎょうじょう》も日ならずして陥落しよう。独り任された朔方将軍郭子儀《かくしぎ》の極みなき手柄。みやこでは誰もが夷狄の汗血馬に跨り、回鶻《かいこつ》には蒲萄宮で肉を食わせる。

天子の威力が海岱《かいだい》の地を浄化したことを喜び、儀仗が崆峒《こうどう》にまで足を運んだ苦労はいつも思い起こされる。三年もの間、「関山月」の笛の悲しみが続いたが、万国の兵の前に敵は風になびく草木のようにひれ伏した。

語注　**0 洗兵馬**　「兵馬」は兵士と軍馬。軍隊をいう。それを洗うとは戦争の終結をいう。『説苑』巻一九に、周の武王が紂《ちゅう》を討った際、大雨に見舞われ、散宜生《さんぎせい》が不吉ではないかと諫言すると、武王は「非なり、天 兵を洗うなり」と答えた。『詳注』は詩題を「洗兵行（兵を洗ふ行《うた》）」に改める。**収京後作**　宋本には原注として題下にこの四字がある。洛陽の奪還は至徳二載（七五七）九月、長安奪還は十月。**1 中興**　衰えかけた王朝を再び盛り上げる。ここでは安史の乱による衰弊から復興する。**諸将**　郭子儀をはじめとする九節度使。安史の軍を破って河北の地を奪還した武将。**山東**　太行山より東にあたる河北の地。**2** 勝利の報がひっきりなしに届く。**捷書**　勝利を報じる文書。「捷」は勝つ。**日報**　毎日報告される。ただしそれでは「清昼同じ」とつながりにくいので、趙次公は「日報」を「夕報」に、『詳注』は「夜報」に字を改める。**清昼**　真っ昼間。**3** 官軍は黄河をたやすく渡って敵を追い詰めたと聞いている。**河広・一葦**　『詩経』衛風・河広に「誰か河を広しと謂ふ、一葦 之を杭《わた》らん（一本のアシで簡単に渡れる）」。『詩経』では川幅広く容易に渡れないのを承知しながら無理に反転するが、それを借りて郭子儀が乾元元年（七五八）十月、いともたやすく黄河を渡って賊軍を撃破したことを指す。**4 破竹**　一気呵成に打ち破ることのたとえ。『晋書』杜預伝に「譬へば竹を破るが如く、数節の後、皆 刃を迎へて解く」。**5 残**　趙次公は唐の俗語で「余（のこる）」の意味とするが、ふつうの「残」の意味（「不完全な状態になっている」）としても通じる。**鄴城**　安慶緒の本拠地。今の河北省臨漳県。**不日得**　獲得するのに日数を要しない。『詩経』大雅・霊台に、文王の宮殿建設を「日ならずして（不日）之を成す」。**6 独任**　ひとり郭子儀の大きな功績にまかせる。底本は「独往」に作るが、諸本によって改める。**朔方**　朔方節度使の郭子儀。**7 汗血馬**　血の汗を流すという西域の駿馬。『史記』大宛列伝に見える。ウイグルの救援を得たことをいう。**8 迴紇**　ウイグル族。**餧**　餌を食わせる。動物を飼うのにいう語を用いるのは、ウイグル族に対するさげすみを含む。また肉を食わせることで待遇のよさをも語る。 **蒲萄宮** 漢の哀帝が匈奴をもてなした宮殿（『漢書』匈奴伝下）。 **9 皇威** 皇帝の威信。 **海岱** 泰山から海に至る東方の地。『尚書』禹貢に「海岱は惟れ青州」。 **10 仙仗** 仙人の儀仗、それによって天子の儀仗兵をいう。 **崆峒** 仙山の名。黄帝が仙人の広成子《こうせいし》に「道」を尋ねた所。「空同」とも表記する。『荘子』在宥篇に見える。「仙杖　崆峒に過ぎる」とは、玄宗が蜀に難を避けたことを婉曲にいったもの。粛宗が霊武、鳳翔に難を避けたことをいうとする説もある。 **11 三年** 安史の乱の続いた年月。 **関山月** 笛の曲名。辺境に出征する兵士の悲しみをうたう楽府。 **12 万国** 天下すべて。『周易』乾に「万国咸寧《みなやす》し」。 **草木風** 賊軍は風を受けた草木のように平伏する。【押韻】 上平一東（東・同・中・功・宮・峒・風）。平水韻、上平一東。

13 成王功大心轉小
14 郭相謀深古來少
15 司徒清鑑懸㆓明鏡㆒
16 尙書氣與㆓秋天㆒杳
17 二三豪俊爲㆑世出
18 整㆓頓乾坤㆒濟㆑時了
19 東走無㆔復憶㆓鱸魚㆒
20 南飛覺㆑有㆓安㆑巣鳥㆒
21 青春復隨㆓冠冕㆒入
22 紫禁正耐㆓煙花繞㆒

成王《せいわう》　功《いさを》大《だい》にして心《こころ》轉《うた》た小《せう》なり
郭相《くわくしやう》　謀《はかりごと》深《ふか》くして古來《こらい》少《まれ》なり
司徒《しと》の清鑑《せいかん》　明鏡《めいきやう》を懸《か》く
尙書《しやうしよ》　氣《き》は秋天《しうてん》と杳《はるか》なり
二三《にさん》の豪俊《がうしゆん》　世《よ》の爲《ため》に出《い》で
乾坤《けんこん》を整頓《せいとん》し時《とき》を濟《すく》ひ了《をは》る
東走《とうそう》　復《ま》た鱸魚《ろぎよ》を憶《おも》ふ無《な》く
南飛《なんぴ》　巣《す》に安《やす》んずる鳥《とり》有《あ》るを覺《おぼ》ゆ
青春《せいしゆん》は復《ま》た冠冕《くわんべん》に隨《したが》ひて入《い》り
紫禁《しきん》は正《まさ》に煙花《えんくわ》の繞《めぐ》るに耐《た》ふ

23　鶴駕通霄鳳輦備　　鶴駕《かくが》 通霄《つうせう》 鳳輦《ほうれん》を備《そな》へ

24　雞鳴問レ寝龍楼暁　　雞鳴《けいめい》 寝《しん》を問《と》ふ 龍楼《りようろう》の暁《あかつき》

現代語訳　成王《せいおう》様は大きな戦功をあげながらもいよいよ細心。宰相郭子儀《かくしぎ》殿の深慮は古来まれ。司徒閣下は鏡のように明察。尚書殿の意気は秋の空のように高い。こうした二、三の剛毅俊敏な方々が世のために活躍、天地をきちんと整えて世の救済を完遂した。東に逃げ出して故郷の鱸魚が恋しいという人もなく、南に飛んで己《おの》が巣に安らいだのがわかる。春が冠冕をつけた貴人につれて朝廷に入り、紫禁城は折しも煙花に包まれるのにふさわしい時。鶴の車に乗る太子は夜通し天子の乗る鳳の車の支度をし、未明にご機嫌うるわしゅうと挨拶をすれば宮殿の龍の楼に夜が明ける。

語注　**13 成王**　粛宗の子李俶《りしゅく》。成王に封じられていた。のちに粛宗の死後、即位して代宗。 **功大**　成王は至徳二載（七五七）、天下兵馬元帥として長安・洛陽奪還に功績があった。 **心転小**　『詩経』大雅・大明に「維れ此の文王、小心翼翼たり」と周の文王を讃えるように、細心に事を処すること。 **14 郭相**　郭子儀。宰相の任も兼ねていた。 **15 司徒**　李光弼《りこうひつ》を指す。安史の軍を討つのに功績を挙げた。「司徒」は最高の官位である三公（太尉・司徒・司空）の一つ。 **清鑑**　明晰な洞察力をもつ。 **16 尚書**　戸部尚書の王思礼《おうしれい》。高麗出身の武将。 **杳**　高遠。 **17 二三**　上に挙げた郭子儀らを指す。 **豪俊**　衆に抜きんでてすぐれる。『鶡冠子《かつかんし》』博選篇に「徳の万人なる者は之を俊と謂ひ、徳の千人なる者は之を剛と謂ふ」。 **為世出**　世のために行動する。『芸文類聚』巻三〇に引く漢・蘇武の「李陵に報ゆる書」に「足下を念ふ毎《ごと》に、才は世の為に英《ひい》で、器は時の為に出づ」。諸本は「為時」に作るが、意味は同じ。 **18 乾坤**　天地。『周易』の語。 **済時**　「済世」というに同じ。世の人々を救済する。 **19 憶鱸魚**　晋の張翰《ちょうかん》の故事を用いる。都洛陽で斉王冏《せいおうけい》に仕えていた時、秋風が起こるや、故郷呉の鱸魚《ろぎょ》の膾《かい》（スズキのなます）を思い出して官を辞して帰郷した。ほどなく斉王は失墜したので、世人は彼の機を見る鋭敏さを讃えた（『世説新語』識鑒篇）。呉は洛陽の東南に当たる。一句は張翰のように官を離れる人はいないの意。 **20 南飛**　魏・曹操「短歌行」（『文選』巻二七）に「烏鵲南に飛ぶ」。「古詩十九首」（『文選』巻二九）其の一に「越鳥は南枝に巣くふ」。**安巣鳥**　巣のなかで安全に守られている鳥。北周・庾信「小園の賦」に「若《も》し夫《そ》れ一枝の上も、巣父《さうほ》は巣に安んずる所を得たり」。一句は南の国に翔けて自分の巣に落ち着けたとわかるの意。**21 青春**　春。五行説で春は青の色に対応する。ここでは春を擬人化する。朝廷の復興にふさわしい春の季節を設定する。**冠冕**　官人の正式な冠。高位の人をいう。**22 紫禁**　宮城。**耐**　……にふさわしい。**煙花**　かすみと花。春景色。**23 鶴駕**　太子の乗り物。周の霊王《れいおう》の太子《たいし》晋《しん》が「白鶴」に乗って飛び立った故事（『列仙伝』王子喬）に由来する。ここでは粛宗を指す。**通霄**　夜じゅう。**鳳輦**　皇帝の乗り物。西王母が「翠鳳の輦」に乗って周の穆王に会いに来た話（『拾遺記』周穆王）に由来する。ここでは先帝玄宗を指す。一句は玄宗の太子であった粛宗が玄宗を迎えるべく夜通し準備をすることをいう。**24 鶏鳴**　夜明けの時。**問寝**　よく眠れたか尋ねる。**龍楼**　漢の時、太子の宮殿の門楼の名（『漢書』成帝紀）。一句は粛宗が玄宗に対して子としての礼を尽くすことをいう。【押韻】　上声二十九篠（杳・了・鳥・暁）と三十小（小・少・繞）の同用。平水韻、上声十七篠。

25　攀龍附鳳勢莫レ當　　攀龍《はんりよう》　附鳳《ふほう》　勢《いきほひ》　當《あ》たる莫《な》し
26　天下盡化爲二侯王一　　天下《てんか》　盡《ことごと》く化《くわ》して侯王《こうわう》と爲《な》る
27　汝等豈知蒙二帝力一　　汝等《なんぢら》　豈《あ》に知《し》らんや　帝力《ていりよく》を蒙《かうむ》るを
28　時來不レ得レ誇二身強一　　時來《ときき》たるも身《み》の強《つよ》きを誇《ほこ》るを得《え》ず
29　關中既留蕭丞相　　關中《くわんちゆう》　既《すで》に留《とど》む　蕭丞相《せうじようしやう》
30　幕下復用張子房　　幕下《ばくか》　復《ま》た用《もち》ふ　張子房《ちやうしばう》
31　張公一生江海客　　張公《ちやうこう》は一生江海《いつしやうかうかい》の客《かく》
32　身長九尺鬚眉蒼　　身長《しんちやう》は九尺《きうしやく》　鬚眉《しゆび》蒼《さう》たり

33 徴起適遇風雲會
34 扶㆑顚始知籌策良
35 青袍白馬更何有
36 後漢今周喜㆓再昌㆒

徴《め》され起《た》ちて適《たま》たま遇《あ》ふ　風雲《ふううん》の會《くわい》
顚《たふ》れるを扶《ささ》へて始《はじ》めて知《し》る　籌策《ちうさく》の良《よ》きを
青袍《せいはう》　白馬《はくば》　更《さら》に何《なに》か有《あ》らん
後漢《ごかん》　今周《こんしう》　再《ふたた》び昌《さか》んなるを喜《よろこ》ぶ

現代語訳　龍にすがり鳳にくっつく輩《やから》の威勢には立ち向かうすべもない。天下は誰もかれもが侯だの王だのになった。

お前たちは帝王の力のおかげだとわかっていない。好機に巡り合っただけ、自分の強さを誇れはしない。

関中の地には丞相蕭何《しょうか》が控えているし、軍営ではまた張子《ちょうし》房《ぼう》が登用された。

張公は長らく江海にあったが、身の丈は九尺、ひげや眉は黒々。

召し出されてちょうど風雲の出会いに巡り会い、顚覆から助け起こして政策のみごとさがわかった。

青袍白馬の反乱軍など何ほどのこともない。漢を継ぎ周を起こす中興が実現したことが喜ばしい。

語注　**25 攀龍附鳳**　「龍」「鳳」は皇帝。皇帝にすがったり付いたりする輩。『漢書』叙伝下に庶民であった者たちが高祖を助けたことで栄光に浴したことを「龍に攀じ鳳に附して、並びに天衢に乗る」。　**勢莫当**　威勢は対抗するものがない。諸本は「世莫当」に作る。ならば「世には当たるもの莫し（世間で対抗できるものはなかった）」。　**26 化為**　本来その資格はないのにといった批判の意を含む。　**侯王**　「侯」は爵位を与えられた諸侯。「王」は本来は皇族が封ぜられる称号。　**27 蒙帝力**　自分の功績ではなく、帝王の力をいただいた結果であること。堯の時代の老人の歌「撃壌歌」に「帝力我に於て何か有らんや」（『芸文類聚』の引く「帝王世紀」など）。　**28 時来**　時期に巡り合わせ運が向いた。　**29 関中**　函谷関より西、長安を中心とした地域。　**30 幕下**　陣営。行在所を指す。　**蕭丞相**　漢の高祖を補佐した丞相蕭何。ここで誰を指すかには、房琯、郭子儀、裴冕《はいべん》など諸説ある。　**張子房**　漢の高祖を助けた戦術家の張良《ちょうりょう》、字子房。張良に借りて指すのは次の句にいう、張良と同姓の張鎬《ちょうこう》。　**31 張公**　張鎬。至徳二載（七五七）、房琯が宰相を罷免されると、代わって宰相となり、粛宗を支えた。杜甫が房琯を弁護して粛宗の怒りを買った時に弁護してくれたことがある。**一生**　抜擢されるまでの長い人生をいう。**江海客**　自由な空間に遊ぶ人。張鎬は野から抜擢されて一気に朝廷の中枢にまで進んだ。その経歴とともに、彼がせせこましい能吏型の人物ではないことをいう。**32 鬚眉蒼**　ひげや眉が青黒い。これも身長の高さと同じく、偉丈夫の容貌をいう。**33 風雲会**　君主と臣下の奇しき出会い。魏・王粲「詩」（『芸文類聚』巻九二）に、「風雲の会に遭遇し、身を鸞鳳の間に託す」。**34 扶顚**　転ぶのを支え起こす。国家が転覆しかけたのを救う。『論語』季氏篇に「危ふくして持せず、顚れるを扶へずんば、則ち将《は》た焉んぞ彼の相を用ゐん」に基づく。**籌策**　政策。**35 青袍白馬**　梁の武帝の時、侯景が童謡の予言に合わせて青袍（上着）を着て白馬に跨がって反乱を起こした故事を借りて、安史の賊軍をいう。**更何有**　気にするまでもない。**36 後漢今周**　漢王朝を再興した後漢の光武帝と西周に王不在が続いた後に再興した周の宣王によって、粛宗の中興をいう。【押韻】　下平十陽（王・強・良・昌）と十一唐（当・房・蒼）の同用。平水韻、下平七陽。

37 寸地尺天皆入貢　　寸地《すんち》尺天《せきてん》　皆入貢《みなにふこう》し
38 奇祥異瑞爭來送　　奇《き》祥《しやう》異《い》瑞《ずい》　争《あらそ》ひて來送《らいそう》す
39 不レ知何國致二白環一　　知《し》らず　何《いづ》れの國《くに》か白環《はくくわん》を致《いた》す
40 復道諸山得二銀甕一　　復《ま》た道《い》ふ　諸山《しよざん》　銀甕《ぎんをう》を得《え》たりと
41 隱士休レ歌紫芝曲　　隱士《いんし》は歌《うた》ふを休《や》む　紫芝《しし》の曲《きよく》
42 詞人解撰淸河頌　　詞人《しじん》は解《よ》く撰《せん》す　淸河《せいが》の頌《しよう》
43 田家望望惜二雨乾一　　田家《でんか》　望望《ばうばう》　雨《あめ》の乾《かわ》くを惜《を》しむ
44 布穀處處催二春種一　　布穀《ふこく》　處處《しよしよ》　春《はる》に種《う》うるを催《うなが》す
45 淇上健兒歸莫レ懶　　淇上《きじやう》の健兒《けんじ》　歸《かへ》るに懶《らん》なること莫《な》かれ

46 城 南 思 婦 愁 多レ夢　　城南《じやうなん》の思婦《しふ》　愁《うれ》ひて夢多《ゆめおほ》し
47 安 得 壮 士 挽二天 河一　　安《いづ》くんぞ得《え》ん　壮士《さうし》　天河《てんが》を挽《ひ》きて
48 浄 洗二甲 兵一長 不レ用　　浄《きよ》く甲兵《かふへい》を洗《あら》ひて長《とこしへ》に用《もち》ゐざるを

現代語訳 一寸の地、一尺の空、隅々から朝貢される。不思議な瑞祥が競い合って送られてくる。いずれの国からか、白環が届けられた。あちこちの山で銀の甕《かめ》が見つかったと言われもする。隠者は「紫芝の曲」をうたうのをやめた。詩人は「清河の頌」を書くことができた。農村では日照りを憂えて雨を待ち望み、カッコウが至る所で春の種まきをせき立てる。淇水《きすい》の健児たちよ、さっさと帰りたまえ。城南の女たちは留守居の寂しさに夢ばかりみているから。いかにかして猛きおのこたちが天の川を引っ張り寄せ、兵器をきれいさっぱり洗い流し、永遠に使わないようにしたいもの。

語注 37 **寸地尺天** わずかな土地や空。領土の隅々まで。**入貢** 朝廷に貢物を献上する。臣従することをいう。38 **奇祥異瑞** めでたい世が到来するしるしとなる瑞祥。39 **不知何国** どの国だろうかの意。**白環** 白く環状の玉。瑞祥とされる。『宋書』符瑞志上に、舜の時、西王母が来朝して「白環・玉玦を献」じた記載が見える。40 **銀甕** 銀製の酒器。これも瑞祥。『初学記』巻二七の引く『瑞応図』に、「刑罰中《あ》たり、人非を為さざれば、則ち銀甕出づ」。41 **隠士** 隠者。**紫芝曲** 秦の時に商山に隠れた四人の隠者（四皓）がうたった歌という。『楽府詩集』巻五八に「採芝操」の名で見える。42 **詞人** 詩人。**清河頌** 南朝宋の元嘉年間、黄河と済水がともに澄んだので、瑞祥とみなされ、鮑照が「河清頌」を作った（『宋書』鮑照伝）。43 **田家** 農家。**望望** ひたすら待ち望むさま。**惜** 傷む。44 **布穀** カッコウの類の鳥。種まきの時節に鳴くとされる。**処処** ここかしこ。45 **淇上** 淇水のほとり。鄴城の近くを流れる。**健児** 鄴城を包囲している兵士を指す。**帰莫懶** ぐずぐずせずに帰れと勧める。46 **城南** 長安城の南。**思婦** 留守を守って夫への思いをいだく妻。47・48 **安得** なんとか……できないものかと願望を表す。**挽天河**　天の川を引っ張ってその水で兵器を洗う。**甲兵**　よろいと武器。兵器一般をいう。**【詩型・押韻】**七言古詩。去声一送（貢・送・甕・夢）及び三用（頌・種・用）の通押。平水韻、去声一送及び二宋。

詩解　乾元二年（七五九）春の作。詩の本文から郭子儀ら九節度使が安慶緒のたてこもる鄴城を包囲し、落城も間も無しと期待されていた時期とわかる。ところがこの年の三月初め、郭子儀ら官軍は安慶緒によって大敗を喫する。詩はその結果を知る前の作。官軍の勝利を間近にした喜びに溢れている。目まぐるしく変化する戦局の最中にあっての記録としても意味深い。杜甫は華州で勤めていた時期にあたるが、限られた情報のなかから精一杯事態を把握しようとする。当時、前線の主役であった郭子儀、朝廷の主役であった張鎬、実在の人物も次々登場し、それこそ「詩史」と称されるのにふさわしい。末尾に「安得……」の語によってあり得ない空想を繰り広げるが、天の川の水を傾けて兵器を洗浄し、二度と使いはしない、この世から戦争を完全に駆逐する、それこそが杜甫の願いであった。

新安吏（新安《しんあん》の吏《り》）　07-01

（原注）収レ京後作。雖レ収二兩京一、賊猶充斥。（京《けい》を収《をさ》めて後《のち》の作《さく》。兩京《りやうけい》を収《をさ》むと雖《いへど》も、賊《ぞく》は猶《な》ほ充斥《じゆうせき》す。）

1 客行新安道　　客《かく》は行《ゆ》く　新安《しんあん》の道《みち》
2 喧呼聞レ點レ兵　　喧呼《けんこ》　兵《へい》を點《てん》するを聞《き》く
3 借二問新安吏一　　新安《しんあん》の吏《り》に借問《しやもん》すれば
4 縣小更無レ丁　　縣小《けんせう》にして更《さら》に丁《てい》無《な》し
5 府帖昨夜下　　府帖《ふてふ》　昨夜《さくや》下《くだ》り
6 次選中男行　　次《じ》選《せん》　中男《ちゆうだん》行《ゆ》くと

7 中 男 絶 短 小　　中男《ちゆうだん》は絶《はなは》だ短小《たんせう》

8 何 以 守二王 城一　　何《なに》を以《もつ》て王城《わうじやう》を守《まも》らん

現代語訳　新安の吏

都を取り戻した後の作。長安・洛陽を取り戻したとはいえ、賊軍はなおはびこる。旅人が新安の道に通りかかった時、兵士を点検する声が騒がしく聞こえた。新安の吏に尋ねてみると、「県が小さいのでもはや丁《てい》に当たる壮年男子はいない。軍の帳簿が昨日降りてきて、次なる選択としてそれより年下の中《ちゆう》の男が行くのだ」。中の男は体格がひどく劣る。どうして王城を守れよう。

語注　**0 新安**　洛陽の西に位置する県。今の河南省新安県。**吏**　地方の役所の職員。**収京**　至徳二載（七五七）、広平王李《り》俶《しゆく》、李嗣業《しぎよう》らが九月に長安を、十月には洛陽を奪還したこと。**充斥**　満ち拡がる。『春秋左氏伝』襄公三十一年に「寇盗充斥す」。**1 客**　旅人。杜甫を指す。**2 喧呼**　やかましく叫ぶ。**点兵**　名簿と照らし合わせる。北朝の楽府「木蘭の詩」（『楽府詩集』巻二五）に「昨夜　軍帖を見るに、可汗　大いに兵を点す」。**3 借問**　お尋ねする。詩の常語。**4 丁**　兵役に充当できる戸籍上の区分。この時期は二十三歳から六十歳までの男子がそれに該当した。以下6までは新安の吏のことば。**5 府帖**　軍府による兵の名簿。**6**　「丁」が払底したために次の選抜として「丁」に達しない「中」（十八歳以上）の男子が徴発される。**中男**　「中」に当たる、十八歳から二十二歳までの男子。**行**　徴兵されて戦地に赴く。**7 短小**　体が小さい。**8 王城**　東都洛陽を指す。

9 肥 男 有二母 送一　　肥男《ひだん》は母《はは》の送《おく》る有《あ》り

10 瘦男獨伶俜　瘦男《そうだん》は獨《ひと》り伶俜《れいへい》たり
11 白水暮東流　白水《はくすい》 暮《く》れに東流《とうりう》す
12 青山猶哭聲　青山《せいざん》 猶《な》ほ哭聲《こくせい》
13 莫三自使二眼枯一　自《みづか》ら眼《め》をして枯《か》れしむる莫《な》かれ
14 收二汝涙縱橫一　汝《なんぢ》の涙《なみだ》 縱橫《じゆうわう》たるを收《をさ》めよ
15 眼枯卽見レ骨　眼《め》枯《か》れて卽《たと》ひ骨《ほね》を見《あらは》すも
16 天地終無レ情　天地《てんち》は終《つひ》に情《じやう》無し

現代語訳 肥えた男には見送りの母がいるが、瘦せた男は独りぼっち。白く流れる川は日暮れに東へと流れゆく。青くたたずむ山にはまだ泣き声が響く。独りで目を枯らすほど泣くのはやめよ。お前のほとばしる涙を収めよ。目が枯れてたとえ骨が現れようとも、天地は結局無情なもの。

語注 **9 肥男** 大事に育てられてよく肥えた男子。 **10 瘦男** 貧しい境遇で瘦せた男子。 **伶俜** 孤独なさまをいう畳韻の語。晋・潘岳「寡婦の賦」(『文選』巻一六)に「少《わか》くして伶俜にして偏孤」。 **11 白水** 白々と冷たく流れる川。 **東流** 徴発された兵士たちが向かう方向と同じく東へと流れる。 **12 青山** 青く寒々とした山。「白水」と対をなす。共に16「天地は終に情無し」につながる。 **哭声** 見送る家族の泣き声。「兵車行」(02-11)に「哭声 直《ますぐ》に上りて雲霄を干《をか》す」。 **13** 以下四句は見送る人たちに対していう。 **使眼枯** 泣いて目を枯れさせる。 **14 縦横** とりとめもなく溢れるさまをいう畳韻の語。 **15 即** 仮にもし……としても。 **16 無情** 人間に対して何の思いやりもない。

我軍取㆓相州㆒　我《わ》が軍《ぐん》 相州《さうしう》を取《と》るは
日夕望㆓其平㆒　日夕《につせき》 其《そ》の平《たひ》らぐを望《のぞ》む
豈意賊難㆑料　豈《あ》に意《おも》はんや 賊《ぞく》は料《はか》り難《がた》く
歸軍星散營　歸軍《きぐん》 星散《せいさん》して營《えい》す
就㆑糧近㆓故壘㆒　糧《りやう》に就《つ》きて故壘《こるい》に近《ちか》づき
練㆑卒依㆓舊京㆒　卒《そつ》を練《ね》りて舊京《きうけい》に依《よ》る
掘㆑壕不㆑到㆑水　壕《ほり》を掘《ほ》るも水《みづ》に到《いた》らず
牧㆑馬役亦輕　馬《うま》を牧《ぼく》するも役《えき》は亦《ま》た輕《かる》し
況乃王師順　況《いは》んや乃《すなは》ち王師《わうし》の順《じゆん》なるをや
撫養甚分明　撫養《ぶやう》 甚《はなは》だ分明《ぶんめい》なり
送㆑行勿㆓泣血㆒　行《ゆ》くを送《おく》りて泣血《きふけつ》すること勿《な》かれ
僕射如㆓父兄㆒　僕射《ぼくや》は父兄《ふけい》の如《ごと》し
郭子儀也。　郭子儀《くわくしぎ》なり。

現代語訳　我が軍が相州を分捕ること、その地の平定を日夜待ち望んでいた。あに図らんや、賊軍は予想もつかぬ動き。我が軍は星のようにばらばらに陣営を張ることになった。しかし食糧にありつくにも元の軍営に近いし、訓練するのも洛陽が根城。

堀を掘るにしても水に届くほど深く掘るわけではない。馬を飼うだけで労役も軽い。ましてや王の軍は没義道《もぎどう》なことはなく、大事に扱ってくれることは疑いようがない。見送るのに血の涙は流さぬように。僕射殿《ぼくや》は父や兄のように暖かなお方なのだから。（郭子儀である。）

語注 **17・18** 安慶緒が占拠した相州（鄴城《ぎょうじょう》。今の河北省安陽市）を、郭子儀《かくしぎ》らの官軍が奪還することを切望していた。**取** 簡単に手に入れる。『春秋左氏伝』襄公十三年に「師は邿《じ》を救ひ、遂に之を取る。凡そ取と書くは、易きを言ふなり」。『杜甫詩注』は「取」を「目標として行動する」と説明する。ここでは一句全体を名詞句として解した。**19** 史思明《ししめい》の援軍が駆けつけ、官軍が敗退したことをいう。**20 帰軍** 自陣に帰還する官軍。**星散** 星のように散らばる。**21** 以下、このたびの徴兵の労役は辛くないことを連ねて、兵を見送る家族を慰める。**就糧** 食糧にありつく。**故塁** 以前に駐屯していたとりで。**22 練卒** 兵士を訓練する。**依** 近いことをいう。**旧京** 洛陽。**23 掘壕** 塹壕を掘る。**不到水** 水に届くほど深く掘らずともよい。**24 牧馬** 馬を放牧する。戦いに備えるだけであって、労役は軽い。**25 王師** 官軍。「順」は道理に素直に従う。**26 撫養** 上の者が下の者を大切にはぐくむ。『史記』孫子・呉起列伝に、楚の国の宰相となった呉起は「以て戦闘の士を撫養す」。**分明** 疑う余地なく明らか。**27 送行** 兵士の出征を見送る。**泣血** 血の涙を流すほどに激しく泣く。**28 僕射** 官軍を総括する左僕射。原注にいうように郭子儀を指す。**如父兄** 慈愛深いことをいう。【詩型・押韻】五言古詩。下平十二庚（兵・行・横・平・京・明・兄）と十四清（城・声・情・営・軽）及び十五青（丁・俜）の通押。平水韻、下平八庚及び九青。

詩解 乾元《けんげん》二年〈七五九〉、華州司功参軍の任にあった杜甫が洛陽での用務を終えて華州に戻る途次、新安の地で目にしたことを述べる。本詩に続いて「潼関の吏」「石壕の吏」と、華州と洛陽の間に位置する地名に「吏」をつけて題とするので、「三吏」と総称される。更に次の三首と併せて「三吏三別」とも呼ばれる。華州の属官として庶民の暮らしに直接触れる機会が多かったことが、この一連の詩を生み出したものだろう。

これより先のこと、官軍は至徳二載〈七五七〉九月に長安を、十月には洛陽も奪還した。しかし翌乾元元年〈七五八〉には安禄山の息子安慶緒《あんけいしょ》が相州（鄴城）を奪って支配した。翌乾元二年、郭子儀《かくしぎ》・李光弼《りこうひつ》・王思礼《おうしれい》ら九節度使が安慶緒を鄴城《ぎょうじょう》に包囲するが、史思《しし》明《めい》が救援に駆けつけ、官軍は大敗した。郭子儀は退却して洛陽を死守するが、この詩はそのために新安から郭子儀のもとに送られる兵士をうたう。兵士が出征する場面を題材にするのは先に「兵車行」（02-11）があった。そこでは庶民を戦地に駆り出す当局に対する批判が籠められていたが、ここでは兵士やその家族への慰撫が目立つ。庶民の立場に立つのは同じでも、批判が矛先を収めるのは出兵の理由が異なるからであろう。「兵車行」の場合は領土拡張のためであったが、この戦いの敵は国家の存亡を脅かす安史の反乱軍であり、ぜひとも勝利せねばならないものであった。

潼關吏（潼關《どうくわん》の吏《り》）　07-02

1　士卒何草草　　士卒《しそつ》　何《なん》ぞ草草《さうさう》たる
2　築レ城潼關道　　城《しろ》を築《きづ》く　潼關《どうくわん》の道《みち》

現代語訳　潼関の吏
兵たちはなんとせわしげなことか。城塞を築く、潼関の道に。

語注　**0 潼関**　洛陽と長安を結ぶ要路にあった関所。陝西省潼関県にあった。天宝十五載（七五六）六月、安禄山の軍は潼関を守る哥舒翰《かじよかん》を破り、一気に長安に侵攻した。　**1 士卒**　兵卒。　**草草**　あわただしいさま。『詩経』小雅・巷伯に「労する人は草草たり」。　**2 築城**　関所の城壁を築く。【押韻】上声三十二晧（草・道）。平水韻、上声十九晧。

3　大城鐵不レ如　　大城《だいじやう》は鐵《てつ》も如《し》かず
4　小城萬丈餘　　小城《せうじやう》も萬丈《ばんぢやう》の餘《よ》
5　借ニ問潼關吏一　　潼關《どうくわん》の吏《り》に借問《しやもん》すれば

修レ關 還 備レ胡　關《せき》を修《をさ》めて還《ま》た胡《こ》に備《そな》ふと
要二我 下レ馬 行一　我《われ》に馬《うま》を下《お》りて行《ゆ》くことを要《もと》め
爲レ我 指二山 隅一　我《わ》が爲《ため》に山隅《さんぐう》を指《さ》す
連レ雲 列二戰 格一　雲《くも》に連《つら》なりて戰格《せんかく》を列《なら》べ
飛 鳥 不レ能レ踰　飛鳥《ひてう》も踰《こ》ゆる能《あた》はず

現代語訳　大きな城壁は鉄より強い。小さな城壁も一万丈あまり。潼関の吏に尋ねてみれば、「関所を工事してまた胡《えびす》どもに備えるのです」。馬から下りて進むようにと言って、私に山の隅を指さす。「雲に届くほどに矢来が続いています。飛ぶ鳥さえ越えられません。

語注　**3 鉄不如**　鉄よりも頑強。**4 万丈余**　山上に高くそびえるのを誇張する。一丈は三メートル強。**5 借問**　お尋ねする。「新安の吏」（07-01）と同じ言い方を繰り返す。**6 胡**　異民族を蔑視していう。**7 要**　（人に……するように）頼む。**9 連雲**　雲に続くほどに高い。**戦格**　防御のための柵。「格」は障害物の意。

胡 來 但 自 守　胡來《こきた》らば但《た》だ自《みづか》ら守《まも》らん
豈 復 憂二西 都一　豈《あ》に復《ま》た西都《せいと》を憂《うれ》へんや
丈 人 視二要 處一　丈人《ぢやうじん》 要處《えうしよ》を視《み》よ
窄 狹 容二單 車一　窄狹《さくけふ》 單車《たんしや》を容《い》るるのみ

15　艱　難　奮㆓長　戟㆒　　艱難《かんなん》に長戟《ちやうげき》を奮《ふる》ひ

16　千　古　用㆓一　夫㆒　　千古《せんこ》一夫《いつぷ》を用《もち》ふ

現代語訳　胡《えびす》どもが来たらただここを守るだけのこと。長安を心配するのはもう御無用。旦那、要害を御覧下さい。狭くて車一台入るだけです。非常時に長い戟《ほこ》を奮《ふる》えば、永久に一人で十分守れます」。

語注　**11 但自守**　堅固な要塞を築くからには、それを守ってさえいれば破られはしない。　**12 西都**　長安。潼関を堅く守れば長安に侵入される恐れはない。　**13 丈人**　年長者に対する尊称。　**要処**　要害となる場所。　**14 窄狭**　幅が狭い。　**単車**　一両の戦車。　**15 艱難**　難儀の時。　**長戟**　柄の長いほこ。　**16 千古**　永久に。　**一夫**　男一人。晋・左思「蜀都の賦」（『文選』巻四）に「一人　隘を守れば、万夫も向かふ莫《な》し」。

17　哀　哉　桃　林　戰　　哀《かな》しいかな　桃林《たうりん》の戰《たたか》ひ

18　百　萬　化　爲㆑魚　　百萬《ひやくまん》化《か》して魚《うを》と爲《な》る

19　請　囑㆓防㆑關　將㆒　　請《こ》ひて關《せき》を防《ふせ》ぐ將《しやう》に囑《しよく》す

20　愼　勿㆑學㆓哥　舒㆒　　愼《つつし》みて哥舒《かじよ》を學《まな》ぶ勿《な》かれ

現代語訳　あわれ、桃林の戦では、百万の兵が魚に化してしまった。くれぐれも関所を守る将に頼みたい、慎重を期して哥舒翰《かじょかん》の二の舞は踏まないようにと。

語注　**17 桃林戦**　天宝十五載（七五六）、官軍の哥舒翰《かじょかん》が霊宝《れいほう》の桃林で安禄山の軍に大敗した戦い。　**18**　大量の兵士が黄河で溺死したことをいう。　**19 嘱**　懇ろに頼む。　**20 哥舒**　哥舒翰。【詩型・押韻】　五言古詩。上平九魚（如・余・魚・舒）、上平十虞

(隅・踰・夫)、十一模(胡・都)の通押。平水韻、上平六魚、七虞。ただし「車」のみは下平九麻。平水韻、下平六麻。

詩解 潼関は長安の生命線。それは即、唐王朝の生命線。先には安史の軍に潼関を落とされるや、ただちに長安も陥落し、玄宗は都を脱出したのだった。それに懲りて守りを固めている場に通りかかる。潼関の吏は鉄壁の防禦に自信が溢れるが、作者は危惧を拭いきれない。

石壕吏(石壕《せきがう》の吏《り》) 07-03

1 暮投石壕村　暮《く》れに投《とう》ず 石壕《せきがう》の村《むら》
2 有レ吏夜捉レ人　吏《り》有《あ》りて 夜《よる》人《ひと》を捉《とら》ふ
3 老翁踰レ牆走　老翁《らうをう》牆《かき》を踰《こ》えて走《はし》り
4 老婦出レ門看　老婦《らうふ》門《もん》を出《い》でて看《み》る

現代語訳 石壕の吏

日暮れて石壕の村に宿をとると、胥吏《しより》が夜になって人を捕まえに来た。じいさんは垣根を跳び越えて逃げ出し、ばあさんが門を出て応対する。

語注 **0 石壕** 河南省陝県付近にあった村。 **1 投** 投宿する。 **2 捉人** 徴用するために人を捉える。法律用語(『杜甫詩注』)。 **3 老翁** 年寄り。 **踰牆走** 『戦国策』秦策二に、曽子が人を殺したと三人から言われた母は「杼《ひ》を投じ牆を踰えて走る」。 **4 老婦** 年老いた女。「老翁」の妻。 **看** 会って相手をする。 【押韻】 上平十七真(人)、二十三魂(村)、二十五寒(看)の通押。平水韻、上平十一真、十三元、十四寒。

吏呼一何怒
婦啼一何苦
聽㆓婦前致㆒ㇾ詞
三男鄴城戍

吏《り》の呼《よ》ぶこと　一《いっ》に何《なん》ぞ怒《いか》れる
婦《ふ》の啼《な》くこと　一《いっ》に何《なん》ぞ苦《くる》しき
婦《ふ》の前《すす》みて詞《ことば》を致《いた》すを聴《き》く
三男《さんだん》は鄴城《げふじやう》の戍《まも》り

現代語訳　胥吏の怒鳴り声、何と怒りまくることか。ばあさんの泣き声、何と苦しげなことか。ばあさんが進み出て申し述べるのに耳をすます。「三人の息子は鄴城の守りに出ておりました。

語注　**5 一何**　なんとまあ。程度の甚だしいことを言う詩の常語。　**6 婦**　先の「老婦」。　**啼**　声をあげて激しく泣く。　**7 致詞**　目上の人に申し上げる。古楽府「陌上桑」（『芸文類聚』巻四一）に使君（地方長官）に向かって「羅敷《らふ》前みて詞を致す」。　**8 三男**　三人の男子。　**鄴城**　今の河南省安陽市。乾元元年（七五九）、郭子儀《かくしぎ》の官軍は鄴城に立てこもる安慶緒《あんけいしょ》を包囲したが、結局大敗した。「洗兵馬」（06-49）参照。**【押韻】**　上声十姥（怒・苦）、去声十遇（戍）の通押。平水韻、上声七麌、去声七遇。

一男附ㇾ書至
二男新戰死
存者且偸ㇾ生
死者長已矣

一男《いちだん》は書《しょ》を附《ふ》して至《いた》る
二男《にだん》は新《あら》たに戰死《せんし》す
存《そん》する者《もの》は且《しばら》く生《せい》を偸《ぬす》むも
死《し》せる者《もの》は長《とこしへ》に已《や》みぬ

現代語訳　一人が言づけた手紙が届き、二人は最近戦死したとのことです。生きている者はなんとか生き長らえておりますが、死んだ者はそれっきりです。

語注　**9 一男**　三人の息子のうちの一人。　**附書**　手紙を人に託す。　**10 二男**　三人の息子のうちの二人。　**新戦死**　乾元二年（七五九)、鄴城を包囲した郭子儀らの官軍は、救援に駆けつけた史思明の軍に敗れた。 **11 存者** 生き残っている者。 **偸生** 死ぬはずの身がなんとか生きている。 **12 長已矣** 永遠に終わりということを思い入れを込めて言う。 【押韻】 上声五旨(死)、六止(矣)、去声六至(至)の通押。平水韻、上声四紙、去声四寘。

室 中 更 無レ人　　室中《しっちゅう》 更《さら》に人《ひと》無《な》し
惟 有二乳 下 孫一　　惟《た》だ乳下《にゅうか》の孫《まご》有るのみ
有レ孫 母 未レ去　　孫《まご》有りて母《はは》未《いま》だ去《さ》らざるも
出 入 無二完 裙一　　出入《しゅつにふ》するに完裙《くわんくん》無《な》し

現代語訳 家にはほかに誰もおりません。ただ乳飲み子の孫だけです。孫がいるので母親はまだ家にのこっておりますが、出入りするにもまともなスカートがありません。

語注 **14 乳下孫** 乳をしゃぶっている孫。 **16 完裙** 人前に出られるスカート。 【押韻】 上平十七真(人)、二十文(裙)、二十三魂(孫)の通押。平水韻、上平十一真、十二文、十三元。

老 嫗 力 雖レ衰　　老嫗《らうう》 力《ちから》衰《おとろ》へたりと雖《いへど》も
請 従レ吏 夜 歸　　請《こ》ふ 吏《り》に従《したが》ひて夜《よる》に歸《き》せん
急 應二河 陽 役一　　急《きふ》に河陽《かやう》の役《えき》に應《おう》ぜば
猶 得レ備二晨 炊一　　猶《な》ほ晨炊《しんすい》を備《そな》ふるを得《え》んと

現代語訳 この婆《ばば》は力は衰えていても、どうかお役人さまについて今夜にも参りましょう。

すぐに河陽の仕事につけば、これでも朝の食事の支度くらいはできますもの」。

語注 **17 老嫗**　老婆。「嫗」も老女の意。自分を指して言っていることは、先の「老婦」に比べて、「老いぼれ」の意が強まるか。**18 帰**　吏についていくことを吏の立場で言ったものか。**19 河陽**　今の河南省孟県。官軍の軍営が置かれていた。**役**　労役。**20 備晨炊**　陣営のなかで朝の食事の支度をする。【押韻】上平五支（炊）、六脂（衰）、八微（帰）の通押。平水韻、上平四支、五微。

21 夜久語聲絶　　夜《よる》久《ひさ》しくして語聲《ごせい》絶《た》ゆ
22 如レ聞二泣幽咽一　　泣《な》きて幽咽《いうえつ》するを聞《き》くが如《ごと》し
23 天明登二前途一　　天明《てんめい》前途《ぜんと》に登《のぼ》る
24 獨與二老翁一別　　獨《ひと》り老翁《らうをう》と別《わか》る

現代語訳　夜更けて話し声は途絶え、すすり泣く声が聞こえた気がした。
夜明けに旅路につく時、別れたのは一人じいさんだけ。

語注 **22 幽咽**　忍び泣く。**23 天明**　夜明け。**24**　「老婦」は昨夜のうちに身代わりとして徴用されたことを間接的に言う。
【詩型・押韻】五言古詩。入声十六屑（咽）と十七薛（絶・別）の同用。平水韻、入声九屑。

詩解　三人の息子のうち二人は既に戦死。家には老夫婦、息子の嫁、そして乳離れもしない孫のみ。こんな一家にも苛酷な徴発が求められる。「新安の吏」（07-01）では規定の年齢以下の少年まで駆り出されたが、この詩では年老いた婦女までが連れていかれる。

　戦争がもたらしたこの苦しいありさまを、作者自身は何も語らずに、見聞きしたところを淡々と綴る。殊に「老婦」が吏に向かって語ることばが、本詩の大きな部分を占め、作者はひたすらそれに耳をすませる。感情や意見を交えないこの記述が、事態の悲惨さをかえって強く印象づける。

新婚別（新婚《しんこん》の別《わか》れ）　07-04

兔絲附二蓬麻一　　兔絲《とし》 蓬麻《ほうま》に附《ふ》し
引レ蔓故不レ長　　蔓《つる》を引《ひ》くこと 故《もと》より長《なが》からず
嫁二女與征夫一　　女《むすめ》を嫁《か》して征夫《せいふ》に與《あた》ふるは
不レ如レ棄二路傍一　　路傍《ろばう》に棄《す》つるに如《し》かず

現代語訳　新婚の別れ

兔糸《ねなしかずら》が蓬や麻に纏いついたところで、蔓はもとより長く伸びはしない。娘を出征兵士に嫁がせるなら、道端に棄てるほうがまし。

語注　**0 新婚**　『詩経』邶風・谷風に「爾《なんぢ》の新昏（婚）を宴《たの》しむ」。 **1・2 兔糸**　ネナシカズラ。蔓状の寄生植物。**附**　他の植物に付着する。**蓬麻**　共に丈の低い、絡むことのできない植物。**故**　もともと。当然のこととして。二句は「古詩十九首」（『文選』巻二九）其の八の「君と新婚を為す、兔糸　女蘿《ぢょら》（サルオガセ）に附く」を借りる。そこでは二種の蔓草によって夫婦の和合をたとえるが、本詩では纏いつくのにふさわしくない植物であることによって、夫婦の別離を導く。 **3 征夫**　出征する男。『詩経』に見える語。

結髪爲二妻子一　　結髪《けつぱつ》して妻子《さいし》と爲《な》るも

6 席不レ煖二君牀一　席《せき》 君《きみ》が牀《しやう》を煖《あたた》めず
7 暮婚晨告レ別　暮《く》れに婚《こん》して晨《あした》に別《わか》れを告《つ》ぐは
8 無二乃太匆忙一　乃《すなは》ち太《はなは》だ匆忙《そうばう》たること無《な》からんや
9 君行雖レ不レ遠　君《きみ》が行《かう》 遠《とほ》からずと雖《いへど》も
10 守レ邊赴二河陽一　邊《へん》を守《まも》りて河陽《かやう》に赴《おもむ》く
11 妾身未二分明一　妾《せふ》が身《み》 未《いま》だ分明《ぶんめい》ならず
12 何以拜二姑嫜一　何《なに》を以《もつ》てか姑嫜《こしやう》に拜《はい》せん

現代語訳　大人《おとな》の髷《まげ》を結って人の妻となっても、あなたの床《とこ》の敷物を暖める暇もない慌ただしさ。

日暮れに嫁入りして朝にお別れとは、なんともせわしいこと。

あなたの行く先は遠くないといっても、国境を守りに河陽に向かいます。

私の身はまだ定まってもいなくて、どのように舅姑《きゆうこ》に挨拶したらよいのでしょう。

語注　**5 結髪**　成人のしるしとして髪を束ねて結う。漢・蘇武「詩四首」（『文選』巻二九）其の三に「結髪して夫妻と為る」。**妻子**　妻。「子」は接尾語。**6 席**　敷物。**君**　夫を指す。**牀**　寝台。『淮南子』修務訓に多忙なさまを言って「孔子に黔突《けんとつ》（煤で黒くなった煙突）無く、墨子に煖席無し」。**7 暮婚**　婚礼は日暮れに行われる習慣があった。『白虎通義』嫁娶に「昏時（日暮れ）に礼を行ふ。故に之を婚と謂ふ」。**8 無乃**　「……ではないか」と強調する常套の表現。『論語』雍也篇に「簡に居て簡を行ふ、乃ち太《はなは》だ簡なること無からんや」。**10 河陽**　官軍の陣営が置かれた地。今の河南省孟県。「石壕の吏」（07-03）にも「急に河陽の役に応ず」。**11 妾身**　「妾」は女の一人称。女の立場でうたう閨怨詩によく見える。**未分明**　嫁いだばかりで婚家での立場がまだ定まっていない。**12 拝姑嫜**　しゅうとめと、しゅうとに拝礼する。魏・陳琳「飲馬長城窟行」（『玉台新詠』巻二）に「善く新姑嫜に事へよ」。

13 父母養レ我時　父母《ふぼ》の我《われ》を養《やしな》ひし時《とき》
14 日夜令二我蔵一　日夜《にちや》 我《われ》をして蔵《ざう》せしむ
15 生レ女有レ所レ帰　女《むすめ》を生《う》めば帰《とつ》ぐ所《ところ》有《あ》り
16 鶏狗亦得レ将　鶏狗《けいく》も亦《ま》た将《ともな》ふを得《う》
17 君今往二死地一　君《きみ》は今《いま》 死地《しち》に往《ゆ》く
18 沈痛迫二中腸一　沈痛《ちんつう》 中腸《ちゆうちやう》に迫《せま》る
19 誓欲二随レ君去一　誓《ちか》ひて君《きみ》に随《したが》ひて去《ゆ》かんと欲《ほつ》するも
20 形勢反蒼黄　形勢《けいせい》 反《かへ》つて蒼黄《さうくわう》たらん

現代語訳　父と母が私を育てた時には、昼夜私を世間の目から隠してくれました。娘を生んだら嫁がせるもの。鶏や犬にも連れ合いがいます。あなたは今、死地に向かいます。悲痛が胸に迫ります。是非ともあなたについて行きたいと誓いましたが、事態はかえって具合が悪いでしょう。

語注　**13 父母**　実家の両親。**14 令我蔵**　深窓に隠して人目につかぬよう大切に育てた。**15 帰**　本来落ち着くべき所に帰着する意味から、嫁ぐことをいう。『詩経』周南・葛覃に「言に告げ言に帰ぐ」。その毛伝に「婦人は嫁ぐを謂ひて帰と曰ふ」。**16 鶏狗**　最も身近な家禽と家畜。**将**　引き連れる相手がいる。「将」を「ひきゐる」と読んで、結婚に際して「鶏狗」を持参金として伴ってきたと解する説は取らない。**18 中腸**　「腸中」というに同じ。南朝宋・謝霊運「廬陵王の墓下の作」（『文選』巻二三）に「沈痛は中腸に結ぶ」。 **19 誓欲**　ぜひとも……したい。 **20 形勢**　軍の状況。 **蒼黄**　「倉皇」と同じ。慌てて落ち着かぬさまをいう畳韻の語。

21 勿レ爲二新婚念一　新婚《しんこん》の念《ねん》を爲《な》す勿《な》かれ
22 努力事二戎行一　努《ど》力《りよく》して戎行《じゆうかう》を事《こと》とせよ
23 婦人在二軍中一　婦《ふ》人《じん》 軍中《ぐんちゆう》に在《あ》らば
24 兵氣恐不レ揚　兵氣《へいき》 恐《おそ》らくは揚《あ》がらざらん
25 自嗟貧家女　自《みづか》ら嗟《なげ》く 貧家《ひんか》の女《むすめ》にして
26 久致二羅襦裳一　久《ひさ》しくして羅《ら》の襦裳《じゆしやう》を致《いた》せしを
27 羅襦不二復施一　羅《ら》襦《じゆ》 復《ま》た施《ほどこ》さず
28 對レ君洗二紅粧一　君《きみ》に對《たい》して紅粧《こうさう》を洗《あら》はん

現代語訳　新婚の思いは棄てて、無理しても軍隊のことに専念してください。

女などが軍中にいたら、士気は揚がらないでしょうから。

ああ、貧しい家に育った私が、やっと手に入れた絹の衣服。

その絹の衣服ももう二度と使うことはありません。あなたの前で化粧も落としましょう。

語注　**22 努力**　努める。「古詩十九首」（『文選』巻二九）其の一に「努力して餐飯を加へよ」など、相手を励ます常套の語。 **戎行**　軍の隊列。転じて戦い。 **23・24 兵気**　兵士の士気。漢の李《り》陵《りよう》の記事を踏まえる。李陵は兵の「士気」が上がらないのは「軍中」に「女子」が混じっているためと知り、探し出して斬り殺した（『漢書』李陵伝）。 **25・26 自嗟**　以下に言うように、結婚生活のためにやっと手に入れた衣装、それを着るのをあきらめることを嘆く。**久致** 長い時をかけてやっと自分の物とする。**羅** 薄絹。**襦裳** 上半身に着る服と下半身に着ける服。上等の衣服。**27施** 用いる。**28紅粧** 化粧。北朝の楽府「木蘭の詩」に「戸に当たりて紅妝(粧)を理《をさ》む」。

29 仰視㆓百鳥飛㆒　仰《あふ》ぎて百鳥《ひやくてう》の飛《と》ぶを視《み》れば
30 大小必雙翔　大小《だいせう》必《かなら》ず雙《なら》び翔《か》ける
31 人事多㆓錯迕㆒　人事《じんじ》錯迕《さくご》多《おほ》し
32 與㆑君永相望　君《きみ》と與《とも》に永《とこしへ》に相《あ》ひ望《のぞ》まん

現代語訳 振り仰いで鳥たちが飛んでいるのを見れば、大きな鳥も小さな鳥もみな必ずつがいで空を翔けています。人の世は思うにまかせないことばかり。でもあなたとはいつまでも向き合っていましょう。

語注 **29・30** どんな鳥もつがいでいることをいう。**百鳥** 多くの鳥。**双翔** 雌雄並んで飛ぶ。男女和合のしるし。「古詩十九首」(『文選』巻二九)其の十二に「思ふ 双飛の燕と為り、泥を銜んで君の屋に巣くはんと」。**31人事** 人の世の事ども。**錯迕** 食い違い。**32永相望** 永遠に相手の方を眺め続ける。「君と与に」があるので、お互いに見つめ続ける。15-33「牽牛織女」にも「万古永く相望む、七夕誰か同じくするを見ん」。『杜甫詩注』がいうように「相望」は「遠く離れて慕いあう」ことであり、二人は別離した状態にいることになるが、「人間だけは　さんざんにくいちがい、あなたとは永久にかけはなれての恋人」という訳は、「人事　錯迕多し」と順接で繋げて、別離が続くことを強調する。ここではたとえ離れてはいても互いに見続け、愛情は続くと解した。【詩型・押韻】 五言古詩。下平十陽(長・牀・陽・嫜・将・腸・揚・裳・粧・翔・望)、十一唐(傍・忙・蔵・黄・行)の同用。平水韻、下平七陽。

詩解 「三別」とまとめられる三首は、庶民の暮らしに生じる三つの別れの相。「新婚の別れ」は嫁いだとたんに新郎が兵役に駆り出され、その残された新婦の立場からうたう。夫の留守を嘆く妻のうたといえば、閨怨詩の設定に合致するもので、はっきりそれとわかる閨怨詩の作がない杜甫としては、本詩を珍しい例に数えることもできる。「兎糸」の歌い出しからしてそうであるように、語彙や句法にも楽府・古詩に類似するものが多い。

とはいえ、楽府・古詩は歌謡的性格が強く、具体的な事象に基づかないのに対して、本詩では「三吏三別」に通底する安史の乱による混乱を背景にしている。つまり現実の状況をもとにしながら、それを歌謡風のうたいぶりによって一般化している。事態の苛酷さをストレートに訴えるのではなく、文芸として加工している。

垂老別（垂老《すいらう》の別《わか》れ）　07-05

1　四　郊　未二寧　静一　　四郊《しかう》　未《いま》だ寧静《ねいせい》ならず
2　垂レ老　不レ得レ安　　老《お》ゆるに垂《なんなん》として安《やす》らかなるを得《え》ず
3　子　孫　陣　亡　盡　　子孫《しそん》　陣亡《ぢんばう》して盡《つ》き
4　焉　用二身　獨　完一　　焉《いづ》くんぞ身《み》の獨《ひと》り完《まつた》きを用《もち》ゐん

現代語訳　老い迫る者の別れ
四方はまだ平穏にならず、老いが迫っても安らかになれない。子も孫も残らず戦死してしまった。この身ひとつ無事でいても仕方がない。

語注　**0 垂老**　老いに近づく。「垂」は……になろうとする。**1 四郊**　都市の周囲四方。「郊」は城壁の外側の地。**寧静**　穏やかで落ち着いている。**2**　郊外が不安定な情勢にあって、老人は安穏でいられない。**3 子孫**　子と孫。若い世代の者。**陣亡**　戦死。**4 焉用**　……である必要などありはしない。

5　投レ杖出レ門去　　杖《つゑ》を投《とう》じて門《もん》を出《い》でて去《さ》る

6　同行爲辛酸　　同行《どうかう》 爲《ため》に辛酸《しんさん》

7　幸有二牙齒存一　　幸《さいは》ひに牙齒《がし》の存《そん》する有《あ》り

8　所レ悲骨髓乾　　悲《かな》しむ所《ところ》は骨髓《こつずい》の乾《かわ》くを

9　男兒既介冑　　男兒《だんじ》 既《すで》に介冑《かいちう》し

10　長揖別二上官一　　長揖《ちやういふ》して上官《じやうくわん》に別《わか》る

現代語訳　杖を投げ捨て門を出て行く。共に出征する人たちも気の毒がってくれる。幸いに歯はちゃんとある。悲しいのは体がさびついたこと。男児として武具を身につけてから、拱手《きようしゅ》して上官に別れを告げる。

語注　**5**　老人のしるしである杖を投げ捨てて自分も出征する。**6　同行**　共に出征する人たち。**為辛酸**　老いて出兵するわたしのために悲しむ。**7　牙歯**　歯。**8　骨髄乾**　年老いて体の芯まで枯れてしまう。**9　男児**　老人の身でありながら、徴兵に該当する年齢の男として、の意。**介冑**　よろいとかぶと。兵士の身支度。**10　長揖**　立ったまま組んだ手を上下する礼。

11　老妻臥レ路啼　　老妻《らうさい》 路《みち》に臥《ふ》して啼《な》き

12　歳暮衣裳單　　歳暮《さいぼ》に衣裳《いしやう》單《ひとへ》なり

13　孰知是死別　　孰《たれ》か知《し》らん 是《こ》れ死別《しべつ》なるを

14　且復傷二其寒一　　且《か》つ復《ま》た其《そ》の寒《さむ》さを傷《いた》む

15 此去必不レ帰　　此《これ》より去《さ》りて必《かなら》ず帰《かへ》らざらん
16 還聞勧二加餐一　　還《ま》た聞《き》く 加餐《かさん》を勧《すす》むるを

現代語訳 老いたる妻は路上にうずくまって泣き崩れる。年の暮れというのに衣服はひとえ。これが最後の別れになるとは誰が知ろう。今はとりあえず妻の寒さを気遣う。ここを去れば生きて帰ることはないだろうに、それでも「お達者で」と声を掛けるのが聞こえる。

語注 **12 衣裳** 「衣」は上半身の、「裳」は下半身の服。 **13・14 死別** 生きてはもう会えない永遠の別れ。 **且復** しばらくひとまず。 **15** 生還はありえないだろうにという作者の思い。 **16 勧加餐** 自重を祈る定型の語。「古詩十九首」(『文選』巻二九)其の一に「努力して餐飯を加へよ」。

17 土門壁甚堅　　土門《どもん》 壁《かべ》甚《はなは》だ堅《かた》し
18 杏園度亦難　　杏園《きやうゑん》 度《わた》るも亦《ま》た難《かた》し
19 勢異二鄴城下一　　勢《いきほ》ひは鄴城《げふじやう》の下《もと》に異《こと》なり
20 縦死時猶寛　　縦《たと》ひ死《し》するも時《とき》に猶《な》ほ寛《くわん》ならん
21 人生有二離合一　　人生《じんせい》 離合《りがふ》有《あ》り
22 豈擇二衰老端一　　豈《あ》に衰老《すいらう》の端《たん》を擇《えら》ばんや
23 憶二昔少壮日一　　昔《むかし》の少壮《せうさう》の日《ひ》を憶《おも》ひ
24 遅迴竟長歎　　遅迴《ちくわい》して竟《つひ》に長歎《ちやうたん》す

現代語訳 土門《どもん》の城壁は堅固そのものであるし、杏園を攻め込んでくることもむずかしかろう。

今の形勢は鄴城《ぎょうじょう》での戦いとは違う。死ぬにしてもまだ当分先のことだろう。

人生には出会いや別れがあるもの、老いた身だからと尻込みなどしない。

かつての若い日々を思い出すと、立ち去りがたく、ついには長いため息をつく。

語注 **17・18** 官軍の護りが堅固なことをいう。**土門** 地名。河北省獲鹿県（『詳注』）。**壁** 町を防御する城壁。**杏園** 地名。河南省汲県《きゅうけん》（『詳注』）。**度** 渡る。**19 鄴城** 河南省安陽市。安慶緒《あんけいしょ》が根城としたのを郭子儀《かくしぎ》ら官軍が攻撃したが、結局敗退した。「石壕の吏」（07-03）参照。**20 時猶寛** 時間に余裕がある。すぐに戦死することはなかろうの意。**21・22 離合** 別れと出会い。**端** きっかけ、理由。人生に会ったり別れたりは免れがたいものだから、老いているという理由をとって出征を拒みはしない、と解しておく。**23 少壮** 青年期と壮年期。若く元気な時期。漢の武帝「秋風の辞」（『文選』巻四五）に「少壮幾時ぞ老いを奈何《いかん》せん」。**24 遅迴** ぐずぐずする。出征をためらう。

25 萬國盡征戍　　萬國《ばんこく》 盡《ことごと》く征戍《せいじゅ》
26 烽火被二岡巒一　　烽火《ほうくわ》 岡巒《かうらん》に被《かうむ》る
27 積屍草木腥　　積屍《せきし》 草木《さうもく》 腥《なまぐさ》く
28 流血川原丹　　流血《りうけつ》 川原《せんげん》丹《あか》し
29 何鄉爲二樂土一　　何《いづ》れの鄉《さと》か樂土《らくど》爲《た》る
30 安敢尚盤桓　　安《いづ》くんぞ敢《あ》へて尚《な》ほ盤桓《ばんくわん》せん
31 棄二絶蓬室居一　　蓬室《ほうしつ》の居《きよ》を棄絶《きぜつ》せん
32 塌然摧二肺肝一　　塌然《たふぜん》 肺肝《はいかん》を摧《くだ》く

現代語訳　国中どこも守る攻めるの戦いが続き、のろしは岡も山も覆い尽くす。折り重なる屍《しかばね》に草木もなまぐさく、流血で川一帯が赤く染まる。楽土などどこの里にあるというのだ。今さらためらってはいられない。陋屋の住まいはきっぱり捨て去ろう。心砕けて腹の中はずたずたになる。

語注　**25 征戍**　攻めると守ると。戦争をいう。**26 烽火**　のろしの火。**岡巒**　岡や山。**27 積屍**　積み重なったまま放置された戦死者の遺体。**28 川原**　川と河原一帯。**29・30 楽土**　楽園。『詩経』魏風・碩鼠《せきそ》に「彼《か》の楽土に適《ゆ》かんとす」。**30 盤桓**　たちもとおる。この世に楽土などないのだから、戦地に向かうのを躊躇しない。**31・32 棄絶**　決然と放棄する。**蓬室**　草葺きの粗末な家。愛着の意も伴う。**塌然**　気持ちが砕けるさま。いざ家を棄てるとなると、また気持ちが阻喪することをいう。

【詩型・押韻】　五言古詩。上平二十五寒（安・乾・単・寒・餐・難・歎・肝）、二十六桓（完・酸・官・寛・端・巒・丹・桓）の同用。平水韻、上平十四寒。

詩解　婚礼を済ませたとたんに徴発されて新婦と別れる男に続いて、この詩は老いを迎える男の徴兵。一族の自分より若い者は一人のこらず戦死。自分一人生きのこっても何にもならないと戦地に向かう決心をする。老人が別れるのは年老いた妻。結婚したばかりで引き裂かれた「新婚の別れ」とは対照的に、こちらは長く暮らしをともにしてきた伴侶。その別離もまた辛い。死地に赴くに際して、生と死のはざまに置かれた老兵の心の戸惑いが描かれる。

無レ家別（家無《いへな》き別《わか》れ）　07-06

1 寂寞天寶後　　寂寞《せきばく》たり　天寶《てんぽう》の後《のち》

2 園廬但蒿藜　　園廬《ゑんろ》　但《た》だ蒿藜《かうれい》

3 我里百餘家　　我《わ》が里《り》は百餘家《ひやくよか》

4 世 亂 各 東 西　　世亂《よみだ》れて各《おの》おの東西《とうざい》す
5 存 者 無㆓消 息㆒　　存者《そんしゃ》は消息《せうそく》無《な》く
6 死 者 爲㆓塵 泥㆒　　死者《ししゃ》は塵泥《ぢんでい》と爲《な》る
7 賤 子 因㆓陣 敗㆒　　賤子《せんし》 陣《ぢん》の敗《やぶ》るるに因《よ》り
8 歸 來 尋㆓舊 蹊㆒　　歸《かへ》り來《きた》りて舊蹊《きうけい》を尋《たづ》ぬ

現代語訳　身内無き者の別れ

索漠と成り果てた天宝以後。村里では全く雑草だけ。我が故郷は百余りの家があったが、世の中乱れて東へ西へと離散した。生きている者は音沙汰なく、死んだ者は土くれになった。わたしめは部隊が負けたために、帰ってきて昔の道をたどった。

語注　**0 無家**　「家」は家族。 **1 天宝後**　天宝十四載（七五五）の安史の乱勃発以後。「天宝」を『杜甫詩注』は乱勃発の前、盛世の続いた天宝年間と解する。 **2 園廬**　農園と農家の粗末な家。農村をいう。 **蒿藜**　ヨモギとアカザ。雑草をいう。 **4 東西**　四方八方へ離散したことをいう。 **7 賤子**　歌い手の謙称。南朝宋・鮑照「東武吟」（『文選』巻二八）に、歌い手の老兵が「賤子請ふ一言を歌はん」。 **陣敗**　戦いに敗れる。乾元二年（七五九）、郭子儀《かくしぎ》の率いる官軍が、安慶緒の立てこもる相州（鄴城《ぎょうじょう》）を攻めて敗北したことを指す。「新安の吏」（07-01）参照。 **8 尋旧蹊**　故郷の元の道を訪れる。

9 久 行 見㆓空 巷㆒　　久《ひさ》しく行《ゆ》きて空巷《くうかう》を見《み》る
10 日 瘦 氣 慘 悽　　日痩《ひや》せて 氣《き》 慘悽《さんせい》たり

11 但對二狐與一レ狸　但《た》だ狐《こ》と狸《り》とに對《たい》す
12 豎レ毛怒我啼　毛《け》を豎《た》てて怒《いか》りて我《われ》に啼《な》く
13 四鄰何所レ有　四鄰《しりん》 何《なん》の有《あ》る所《ところ》ぞ
14 一二老寡妻　一二《いちに》の老寡妻《らうくわさい》
15 宿鳥戀二本枝一　宿鳥《しゆくてう》は本《もと》の枝《えだ》を戀《こ》ふ
16 安辭且窮棲　安《いづ》くんぞ辭《じ》せん 且《しばら》く窮棲《きゆうせい》するを
17 方レ春獨荷レ鋤　春《はる》に方《あ》たりて獨《ひと》り鋤《すき》を荷《に》なひ
18 日暮還灌レ畦　日《ひ》暮《く》れて還《ま》た畦《あぜ》に灌《そそ》ぐ
19 縣吏知二我至一　縣吏《けんり》 我《われ》の至《いた》れるを知《し》り
20 召令レ習二鼓鞞一　召《め》して鼓鞞《こへい》を習《なら》はしむ

現代語訳　長いこと歩いて人もいない路地を見ると、日の光は褪《あ》せ、気配は痛ましい。向かい合ったのは人ではなくて狐や狸。毛を逆立てて私に吼え立てる。近所には何が残っているかといえば、一人二人の老いたやもめ。巣に宿る鳥さえ元の枝を恋しがるもの。とりあえずの苦しい生活、それから逃げはしない。ちょうど今は春、独り鋤をかつぎ、日暮れにはまた畑に水をやる。県の係りは私が帰ってきたと知るや、召集して軍楽を習わせる。

語注　**9 空巷**　人気《ひとけ》のない小路。**10 日瘦**　日差しさえ弱々しく見えることを、太陽が瘦せたという新奇な表現。**慘悽**　いたましいさまをいう双声の語。『楚辞』九弁に「心は閔憐して慘悽たり」。**11・12 狐与狸**　村がさびれ人の不在の代わりに狐狸が横行していることをいう。南朝宋・鮑照の「蕪城の賦」（『文選』巻一一）に「木魅山鬼、野鼠城狐あり」。**豎毛**　威嚇して毛を逆立てる。**13 四隣**　周囲の隣人。**14 一二**　わずかなこと。**老寡妻**　夫が戦死した老いたる寡婦。**15 宿鳥**　巣に宿る鳥。**恋本枝**　鳥すら故郷を恋い慕うことをいう。「古詩十九首」（『文選』巻二九）其の一に「越鳥（南国越から渡って来た鳥）は南の枝に巣くふ」。**16 辞**　断る。拒絶する。**且窮棲**　とりあえず貧しい暮らしをする。**17 方春**　まさに春の時節にあたる。農耕に勤しむべき時。**19・20 県吏**　県の職員。**荷鋤**　陶淵明「園田の居に帰る五首」其の三に「月を帯び鋤を荷なひて帰る」。**18 灌畦**　畑に水やりをする。**鼓鞞**　軍楽に用いる大小の太鼓。再び徴用されたことをいう。

雖レ従二本州役一　本州《ほんしう》の役《えき》に従《したが》ふと雖《いへど》も
内顧無レ所レ攜　内《うち》に顧《かへり》みるに攜《たづさ》ふる所無《ところな》し
近行止一身　近《ちか》く行《ゆ》くも止《た》だ一身《いつしん》
遠去終轉迷　遠《とほ》く去《さ》らば終《つひ》に轉《うた》た迷《まよ》はん
家鄉既盪盡　家鄉《かきやう》既《すで》に盪盡《たうじん》す
遠近理亦齊　遠近《ゑんきん》理《り》亦《ま》た齊《ひと》し
永痛長病母　永《なが》く痛《いた》む　長病《ちやうへい》の母《はは》の
五年委二溝谿一　五年《ごねん》溝谿《こうけい》に委《す》つるを
生レ我不レ得レ力　我《われ》を生《う》むも力《ちから》を得《え》ず
終身兩酸嘶　終身《しゆうしん》兩《ふた》つながら酸嘶《さんせい》す

31　人生無家別　　人生《じんせい》無家《むか》の別《わか》れ

32　何以爲㆓烝黎㆒　　何《なに》を以《もっ》てか烝黎《じょうれい》と爲《な》さん

現代語訳　自分の州の行役とはいっても、家を見たところで連れ合いはいない。

近い所に遣られても身一つ、遠い所ならついには一層道に迷う。

郷里がもう壊滅したのだから、遠いも近いも同じ道理。

いつまでも心が痛むのは、長患いの母を五年もの間、どぶに打っちゃったままにしたこと。

私を生んでも何の力も得られず、死ぬまで二人とも悲惨なまま。

人と生まれながら身内もなく故郷に別れるのでは、どうして「民草」などといえようか。

語注　**21 本州役**　自分の所属する州での行役。**22 内顧**　家の中を見てみる。**無所携**　伴う人がいない。未婚のままであることをいう。**23・24**　派遣先が近くだとしても一人で行くだけのこと、近いと喜んでくれる妻がいるわけではないし、遠方の地に行かされたら不案内で道にも迷う。**25 家郷**　実家や故郷。唐・賀知章「郷へ回り偶《たま》たま書す二首」其の二に「家郷を離別して歳月多し」。**盪尽**　すっかりなくなる。**26**　家も故郷も無人なのだから、遠くだろうが近くだろうが理屈は同じ事。**28 五年**　安史の乱が起こった天宝十四載（七五五）に徴兵されてから、この詩の作られた乾元二年（七五九）までの五年。**委**　棄てる。**溝谿**　水路。「溝壑」に同じ。「酔時の歌」（03-04）に「焉くんぞ知らん餓死して溝壑に塡《う》まるを」。戦役に出ていて母を見殺しにしたこと。**29 不得力**　子供の助力を得られない。**30 両**　母と子である自分と二人とも。**酸嘶**　悲痛する。**32 烝黎**　一般の民衆。「烝」も「黎」も多いの意。『詩経』大雅・蒸民に「天　蒸民を生み、物有り則有り」。【詩型・押韻】　五言古詩。上平十二斉（藜・西・泥・蹊・悽・啼・妻・棲・畦・鞞・携・迷・斉・谿・嘶・黎）。平水韻、上平八斉。

詩解　徴発されて故郷と別れる庶民をうたう「三別」の最後に登場するのは、身寄りのない男。最初に駆り出された時は、老いたる母を一人家に残していた。五年間の留守の間、病気がちの母を放置したまま何もしてあげられなかったことは、いつまでも胸が痛む。その母も今はなく、一人も身内がいない。「新婚の別れ」では新妻、「垂老の別れ」では老妻、別れは辛いにしてもそれぞれ別れる相手がいた。「家無き別れ」では別れを告げる相手すらいない。家族がいないのは自分一人に限らない。この村里そのものがゴーストタウンと化している。やっと帰還したとたんに今度は軍楽隊へ徴発される。「烝黎」（32）とはそもそも為政者から愛顧を受けるものなのに、別れる家族すら奪われて駆り立てられるのでは、天子の下の民と言えようか。批判の矛先は庶民に苦しみを与え続ける為政者へと向かう。

立秋後題（立秋《りっしう》の後《のち》に題《だい》す） 07-09

1 日 月 不㆓相 饒㆒
2 節 敍 昨 夜 隔
3 玄 蟬 無㆑停㆑號
4 秋 燕 已 如㆑客
5 平 生 獨 往 願
6 惆 悵 年 半㆑百
7 罷㆑官 亦 由㆑人
8 何 事 拘㆓形 役㆒

日月《じつげつ》 相《あ》ひ饒《ゆる》さず
節敍《せつじょ》 昨夜《さくや》隔《へだ》たる
玄蟬《げんせん》 號《さけ》びを停《と》むる無《な》く
秋燕《しうえん》 已《すで》に客《かく》の如《ごと》し
平生獨往《へいぜいどくわう》の願《ねが》ひ
惆悵《ちうちやう》す 年《とし》 百《ひやく》に半《なか》ばするを
官《くわん》を罷《や》むるも亦《ま》た人《ひと》に由《よ》る
何事《なにごと》ぞ形役《けいえき》に拘《こう》せられん

現代語訳 立秋の過ぎた後に書き付ける

日月の流れは容赦がない。季節は昨晩と一夜で違う。

黒ぜみは鳴き声を止めることもなく、秋のつばめはもう旅人のいでたち。
かねてから自分のままの生き方をしたかったが、あわれ、百年の人生の半ばになる。
官をやめるのもまた人が理由。心が体にこき使われるなどごめん被る。

語注　**0 立秋**　乾元二年(七五九)七月の立秋節。　**1 日月**　時間を表す。　**不相饒**　人に対して大目に見て許すことをしない。　**2 節叙**　「節序」に同じ。季節、節令の順序。　**昨夜隔**　立秋を境にして一日で季節が夏と秋に分かれることをいう。　**3 玄蟬**　セミは黒い(玄)色として捉えられる。初唐・駱賓王「獄に在りて蟬を詠ず」にも蟬を「玄鬢」と例える。『礼記』月令に「孟秋(七月)の月……涼風至り、白露降り、寒蟬鳴く」。　**無停号**　ひっきりなしに鳴く。「号」は大声で鳴き立てる。　**4 如客**　旅人のようだ。燕は南へ移ろうと支度していることをいう。　**5 独往**　自分独自の生き方。『荘子』在宥篇に「六合に出入し、九州に遊び(世界中を自在に行動して)、独り往きて独り来る」。　**6 惆悵**　悲しむことをいう双声の語。　**年半百**　人の一生とされる百年、その半ばになっても、「独往の願ひ」は実現できずにいる。時に杜甫は四十八歳。　**7 罷官**　官をやめる。　**由人**　他人が原因となる。「台州の鄭十八司戸を懐ふ有り」(07-15)に「性命は他人に由る」。しかし逆に「自分が原因となる」と解する説もある。(〝*The Poetry of Du Fu*〟『杜甫全詩訳注』)　**8 何事**　なぜ。ここでは反語。　**拘形役**　精神が肉体の奴隷として拘束される。陶淵明「帰去来の辞」(『文選』巻四五)に基づく。彭沢県の令を辞任するに際して、「帰りなんいざ、田園将に蕪《あ》れなんとす胡《なん》ぞ帰らざる。既《すで》に心を以て形の役と為す、奚《なん》ぞ惆悵して独り悲しまん」。【詩型・押韻】五言古詩。入声二十陌(客・百)、二十一麦(隔)、二十二昔(役)の同用。平水韻、入声十一陌。

詩解　長安で官にあった時期の最後の作。詩題から分かるように、この詩は立秋を過ぎたころの作。そして年は前後の経歴から乾元二年(七五九)と考えられる。官を辞することを記したのはこの一篇しかなく、この時期に辞任を決めたことが分かる。しかし経緯については、7「官を罷むるも亦た人に由る」、この一句がいきさつを語る唯一のもので、自分自身の決断ではなかったと解したが、自分に由ると読むこともできる。他人に由るとしても、恐らくさまざまな事情が入り組んでいたことだろう。明白な理由を知りたくなるものではあるが、人生必ずしもいつも確かな理由があって行動するとは限らない。

Ⅳ

流浪の始まり——秦州・同谷・成都　乾元二年（七五九）四十八歳

ここから後半生の流浪生活が始まる。

官を辞した杜甫は長安の西の秦州にまで移る。隴山《ろうざん》の険しい山道を越え、荒涼とした秦州の町へ移ったのは、杜佐《とさ》という甥にあたる一族の男を頼ってのことであった。これ以後、杜甫は援助、庇護をしてくれる人を頼りにして、転々と場所を移す、その最初が秦州であった。

秦州の生活は人間関係が煩わしいのみならず、衣食も十分でなかったらしい。ほどなく同谷県に移る。秦州を発つ時は同谷は楽園であるかに期待していたのであったが、果たして実際に同谷に着いてみると、またも失望。やむなく同谷を去って、さらに南へと向かう。李白が「蜀道の難きは青天に上るより難し」（「蜀道難」）とうたった蜀への道、その険阻な旅を子連れで続け、一月近くを費やして、年末に成都に到着したのだった。

この乾元二年という年は住まいをめまぐるしく変えたのみならず、官から無官へと境遇にも大きな変化があった。そのなかで杜甫は詩人として生きるほかないと思いを定め、作品は深みを増してゆく。

留二花 門一（花門《くわもん》を留《とど》む）07-12

北 門 天 驕 子　　北門《ほくもん》 天《てん》の驕子《けうし》
飽レ肉 氣 勇 決　　肉《にく》に飽《あ》きて氣《き》勇決《ゆうけつ》なり
高 秋 馬 肥 健　　高秋《かうしう》 馬《うま》肥健《ひけん》なり
挾レ矢 射二漢 月一　　矢《や》を挾《さしはさ》みて漢月《かんげつ》を射《い》る

現代語訳　花門を留め置く

北のとりでの天下の驕児、肉をたらふく食べて気性は勇猛。
天高い秋、馬がたくましくなる時、矢を脇にして漢の月に向けて矢を放つ。

語注　**0 花門**　ウイグル族（回鶻）の別称。その居住地の山の名による。　**1 北門**　中国北方の辺境地帯。「花門」に作る本もあるが、いずれにせよ指すところはウイグル族。　**天驕子**　天《あま》が下の甘えん坊。『漢書』匈奴伝上に単于が漢に送った書簡のなかに「胡なる者は、天の驕子なり」と自ら言ったのをそのまま用いる。　**2 飽肉**　肉に食い飽きる。遊牧民族の食生活をいう。　**勇決**　勇敢で果断。肉食とも関わる。　**3**　秋は匈奴の馬が肥えてたくましくなり、漢に攻め来る季節とされる。『漢書』李広・蘇建伝の李陵の伝に「秋に方《あ》たりて匈奴は馬肥え、未だ与に戦ふ可からず」。　**4 挾矢**　矢を脇に挟む。『詩経』小雅・吉日に「既に我が矢を挾む」。　**射漢月**　中国を攻撃することを、中国の月に向かって矢を射るという。

自レ古 以 爲レ患　　古《いにしへ》自《よ》り以《もつ》て患《わづら》ひと爲《な》す
詩 人 厭二薄 伐一　　詩人《しじん》 薄伐《はくばつ》を厭《いと》ふ

7 修レ徳使二其來一　徳《とく》を修《をさ》めて其《そ》れをして來《きた》らしむ
8 羈縻固不レ絶　羈縻《きび》 固《もと》より絶《た》えず
9 胡爲傾レ國至　胡爲《なんす》れぞ國《くに》を傾《かたむ》けて至《いた》り
10 出入暗二金闕一　出入《しゆつにふ》 金闕《きんけつ》に暗《くら》きや
11 中原有二驅除一　中原《ちゆうげん》に驅除《くぢよ》有《あ》り
12 隱忍用二此物一　隱忍《いんにん》して此《こ》の物《もの》を用《もち》ゐる

現代語訳 古の世から悩みの種、『詩経』でも「薄《いささ》か玁狁《けんいん》を伐《う》つ」と夷狄を嫌った。天子は徳を磨いて彼らに来朝させ、切れぬようにしかと繋ぎ止めた。それがなんとしたことか国を傾けて到来し、出入りの激しさで宮殿の黄金の門も翳《かげ》る。中原には追い払わねばならぬものがいるので、堪え忍んで此奴《こやつ》らを使った。

語注 **6 詩人** 『詩経』の作者。以下の『詩経』の詩を導く。 **薄伐** 『詩経』小雅・六月に「薄（いささ）か玁狁《けんゐん》を伐つ」。「薄」は語調を整える字で意味はないが、「薄伐」二字で「玁狁」を表す。「玁狁」は毛伝に「北狄なり」、鄭箋に「北狄は今の匈奴なり」。 **7** 天子が徳を収めて夷狄を来朝させる。『国語』周語上に「王とせざること有らば、則ち徳を修む」。韋昭の注に「遠人服さざれば、文徳を修めて以て之を来らしむ」。 **8 羈縻** 馬や牛を繋ぐ。そのように夷狄を繋ぎ止めて反抗させない。漢・司馬相如「蜀の父老を難ず」（『文選』巻四四）に「天子の夷狄を酌するや、其の義は羈縻して絶つ勿《な》き而已《のみ》」。 **不絶** （繋ぎ止めたまま）切れないようにする。「羈縻」は「不絶」とともに用いられる。 **9 傾国** 国が一方に傾くほどこぞって。 **10 金闕** 仙界の宮殿。天子の宮殿をいう。 **11 中原** 長安・洛陽一帯の中国中心部。 **駆除** 取り除く。ここでは排除すべき安史の軍を指す。 **12 隠忍** がまんする。 **此物** 回族の軍を指す。

13 公　主　歌㆓黄　鵠㆒　公主《こうしゅ》は黄鵠《くわうこく》を歌《うた》ひ

14 君　王　指㆓白　日㆒　君王《くんわう》は白日《はくじつ》を指《さ》す

15 連㆑營　屯㆓左　輔㆒　營《えい》を連《つら》ねて左輔《さほ》に屯《とん》す

16 百　里　見㆓積　雪㆒　百里《ひやくり》　積雪《せきせつ》を見《み》る

17 長　戟　鳥　休㆑飛　長戟《ちやうげき》　鳥《とり》飛《と》ぶを休《や》め

18 哀　笳　曙　幽　咽　哀笳《あいか》　曙《あけぼの》に幽咽《いうえつ》す

19 田　家　最　恐　懼　田家《でんか》　最《もつと》も恐懼《きようく》す

20 麥　倒　桑　枝　折　麥倒《むぎたふ》れ桑枝《さうし》折《を》らるるを

現代語訳　公主は国に帰りたい思いを「黄鵠」の歌に唱い、君王は日を指して誓いを立てる。陣営を並べて左輔に駐屯、百里の遠くまで雪が積もったかのように白い。高く掲げたほこに鳥も飛ぶのを控え、哀調を帯びた笳《あしぶえ》が夜明けにむせび泣く。農民が何よりも心配するのは、麦が倒れ桑の枝が折られること。

語注　**13 公主**　皇族の娘。**黄鵠**　漢武帝の時、江都王劉建の娘を烏孫に嫁がせた（『史記』匈奴列伝）。公主が帰りたい思いを託した歌に「願はくは黄鵠と為りて故郷に帰らん」（『漢書』西域伝下、『玉台新詠』巻九）。粛宗が乾元元年（七五八）七月、寧国公主を回鶻の英武可汗に嫁がせた（『旧唐書』粛宗本紀）ことをいう。**14 君王**　粛宗を指す。**指白日**　太陽にかけて誓う。唐と回鶻の間で盟約を交わしたことを指す。**15 連営**　軍営を並べる。「連雲（雲に連なる）」に作る本もある。**屯**　軍隊がとどまる。**左輔**　本来は漢代の長安を守る三輔の一つ左馮翊《さひようよく》。後には都の左（東）の地をいう。**16 積雪**　白いものをたとえる。白いものは回鶻軍の兵士の服装、回鶻軍の旗、左輔の砂の色など諸説あるが、ここでは陣営の天幕と解しておく。**17 長戟**　柄の長いほこ。**鳥休飛** 高く突き出た戟を恐れて鳥も飛ばない。**18 哀笳** 哀切なメロディを奏でるあしぶえ。「笳」は異民族の楽器として辺塞詩によく見える。**幽咽** むせび泣く。**19 田家** 農家。**20**「麦」は穀物として、「桑」は養蚕のため、いずれも農家では必須の農産物。

21 沙 苑 臨㆓清 渭㆒　沙苑《さゑん》 清渭《せいゐ》に臨《のぞ》み
22 泉 香 草 豊 潔　泉《いづみ》 香《かんば》しく草《くさ》 豊潔《ほうけつ》なり
23 渡㆑河 不㆑用㆑船　河《かは》を渡《わた》るには船《ふね》を用《もち》ゐず
24 千 騎 常 撇 烈　千騎《せんき》 常《つね》に撇烈《へつれつ》たり
25 胡 塵 踰㆓太 行㆒　胡塵《こぢん》 太行《たいかう》を踰《こ》え
26 雜 種 抵㆓京 室㆒　雜種《ざつしゅ》 京室《けいしつ》に抵《いた》る
27 花 門 既 須㆑留　花門《くわもん》 既《すで》に須《すべか》らく留《とど》むべきも
28 原 野 轉 蕭 瑟　原野《げんや》 轉《うた》た蕭瑟《せうしつ》たらん

現代語訳 沙苑は清らかな渭水に面し、水は芳しく好い草がたっぷり。河を渡るに船を使うことなく、千騎いつもそろってしぶきを蹴立てる。夷狄の巻き上げる砂塵は太行山を越え、異民族の寄せ集まった軍は都洛陽に到る。花門は駐留させておくほかないが、平原はいっそう荒れ果てることになろう。

語 注 **21 沙苑** 陝西省大荔《だいり》県の南にあった牧草地。**清渭** 渭水。涇水の水が濁っているのに対して、澄んでいることから「清」の字を冠する。**22 豊潔** 豊富で清潔。放牧にふさわしい地であることをいう。**23** 騎馬民族ゆえに船を使うことなく騎馬のまま水を渡る。**24 撇烈**　砂塵や水しぶきをあげて疾駆するさまをいう畳韻の語。**25 胡塵**　回鶻の軍勢が巻き起こす砂塵。**太行**　太行山。河北省と山西省の境界を南北に走る山脈。**26 雑種**　種々の異民族の集団。安史の軍を蔑視していう。**京室**　都。ここでは洛陽。乾元二年（七五九）九月に史思明が洛陽を陥落させたことを指す。**27・28**　回鶻軍を留め置くことは必要であるとしても、荒廃は更に進むだろうと悲観する。【詩型・押韻】五言古詩。入声五質（日・室）と七櫛（瑟）、八物（物）、十月（月・伐・闕）、十六屑（決・咽・潔）と十七薛（絶・雪・折・烈）の通押。平水韻、入声四質、五物、六月、九屑。

詩解　花門（回鶻）の援軍が駐留を続ける是非を論じる。『詳注』では乾元二年（七五九）秋の作とし、しばらくそれに従うが、杜甫が長安にいた時期の作とする説もある。ただし公主が回鶻の可汗に嫁いだことをいう13・14から、乾元元年七月以降の作ではある。安史の軍を打倒するために、回鶻に援軍を要請するのは唐王朝の致し方ない策であったが、その回鶻軍がまた新たな患いとなる。周辺異民族に対して杜甫は7・8に言うように、中国に従順に従わせてこそ平穏が保証されると考えるが、我が物顔にのさばる勢いに不安といらだちを覚える。現在そのものの状況に対する意見を開陳した、いわば政治論の詩。

夢㆓李白㆒二首　其一　（李《り》白《はく》を夢《ゆめ》む二《に》首《しゅ》　其《そ》の一《いち》）　07-14a

1 死 別 已 呑㆑聲　　死別《しべつ》　已《すで》に聲《こゑ》を呑《の》み
2 生 別 常 惻 惻　　生別《せいべつ》　常《つね》に惻惻《そくそく》たり
3 江 南 瘴 癘 地　　江南《かうなん》　瘴癘《しやうれい》の地《ち》
4 逐 客 無㆓消 息㆒　　逐客《ちくかく》　消息《せうそく》無《な》し

現代語訳　李白を夢にみる　其の一

死別は声を呑むほどに悲しいが、生別は絶えず胸を痛め続けるもの。
江南は瘴癘の気のはびこる地、放逐された旅人からは音信がない。

語注 **0 李白** 「李白に贈る」（01-17）を参照。 **1・2** 死別が悲痛であるのは言うまでもないが、生別もそれに劣らず、悲しみが持続する点において悲痛なもの。 **已** 確定したものとしたうえで更に、と次句に続く。 **呑声** 声にならないほどの悲痛。梁・江淹「恨みの賦」（『文選』巻一六）に「古《いにしへ》より皆《みな》死有り、恨みを飲みて声を呑まざる莫《な》し」。 **生別** 生き別れ。『楚辞』九歌・少司命に「悲しきは生別離よりも悲しきは莫《な》し」。 **常** 消息がずっと気に掛かるゆえに「常に」。 **惻惻** 悲痛に胸を痛めるさま。晋・欧陽建「臨終の詩」（『文選』巻二三）に「下は憐れむ所の女《むすめ》を顧みれば、惻惻として中心酸《いた》む」。 **3 江南** 長江より南。広く南中国を指す。 **瘴癘** 風土病を引き起こす南方の毒気。またその病気。隋の孫万寿が罰せられて江南に左遷された時の詩に「江南は瘴癘の地、従来　逐臣多し」（『隋書』文学伝・孫万寿伝）と一句がそのまま見える。孫万寿の詩は『文苑英華』巻二四八に「遠く江南に戍《まも》りて京邑の親友に寄す」と題して録する。 **4 逐客** 追放された旅人。

5 故 人 入二我 夢一　　故人《こじん》我《わ》が夢《ゆめ》に入《い》り
6 明二我 長 相 憶一　　我《わ》が長《なが》く相《あ》ひ憶《おも》ふを明《あき》らかにす
7 恐 非二平 生 魂一　　恐《おそ》らくは平生《へいぜい》の魂《たましひ》に非《あら》ざらん
8 路 遠 不レ可レ測　　路遠《みちとほ》くして測《はか》るべからず

現代語訳 親しい友が私の夢に入って来たのは、私がずっと君のことを心に掛けていたから。
ふだんの魂とは違うように見える。ここへの道のりは測り知れないほど遠い。

語注 **5 故人** 旧友。 **6** 夢に李白が現れたことから、自分が李白のことを思い続けていたことがはっきり分かる、の意。 **長相憶** いつまでも相手を思い続ける。古楽府「飲馬長城窟行」（『文選』巻二七）では妻が出征した夫を夢に見る。「夢に見れば我が傍らに在るも、忽として覚むれば侘（他）郷に在り」。そして夫から届いた手紙には「上には餐食を加へよと有り、下には長く相ひ憶ふと有り」。 **7 平生魂**　常日頃の魂。生きている者でも魂は遊離する。それがふだんとは違うようだというのは、既に死んだのではないかという危惧を含む。 **8 不可測**　測ることができないほど李白は遠く隔たっている。

9　魂來楓林青　　魂《たましひ》　來《きた》るに楓林《ふうりん》　青《あを》く
10　魂返關塞黑　　魂《たましひ》　返《かへ》るに關塞《くわんさい》　黑《くろ》し
11　君今在二羅網一　　君《きみ》は今《いま》　羅網《らまう》に在《あ》るに
12　何以有二羽翼一　　何《なに》を以《もつ》てか羽翼《うよく》有《あ》るや
13　落月滿二屋梁一　　落月《らくげつ》　屋梁《をくりやう》に滿《み》つ
14　猶疑照二顏色一　　猶《な》ほ疑《うたが》ふ　顏色《がんしよく》を照《て》らすかと
15　水深波浪闊　　水深《みづふか》くして波浪《はらう》は闊《ひろ》し
16　無レ使二蛟龍得一　　蛟龍《かうりよう》をして得《え》しむること無《な》かれ

現代語訳　魂が来たのは青黒い楓樹の林から、魂が帰って行くのは薄暗いとりでの町より。君は今、網に囚われているというのに、どうしてここまで翔ける翼があったのか。沈みゆく月の明かりが屋根の梁《はり》にあふれ、まだ君の顔を照らしているかのよう。水は深く、波はどこまでも拡がる。どうかみずちの手にかからないでほしい。

語注　**9 楓林青**　「楓」は李白がいるであろう江南の木。宋玉が屈原の魂を呼び戻そうとしたという『楚辞』招魂に「湛湛《たんたん》たる江水（深く水をたたえた川）上に楓有り」。李白を屈原になぞらえる。「青」は青黒い。しばしば日常を超えた不気味な感じを伴う。**10 関塞** 関所ととりで。辺境の町をいう。杜甫のいる秦州を指す。**11 羅網** 鳥獣を捕らえる網。李白が囚われの身であることをいう。**12** 捕らえられているはずの李白の魂が訪れたことをいぶかる。これも李白の死を恐れる。**13・14** 夢から覚めた後も月光に照らされた李白の姿が幻のようにのこる。**屋梁** 屋根を支える梁《はり》。**15 波浪** 人を脅かす波。江南に帰る李白の身を案じる。**16 蛟龍** みずち。水中の恐ろしい動物。梁・呉均《ごきん》『続斉諧記《ぞくせいかいき》』に楚の人は米を入れた竹筒を水に投げて屈原を弔っていたが、屈原が現れて「蛟龍」に食べられないように包んでほしいと頼んだので粽《ちまき》を作る習慣が始まったという。ここでも李白を屈原になぞらえる。**【詩型・押韻】** 五言古詩。入声二十四職（惻・息・憶・測・翼・色）と二十五徳（黒・得）の同用。平水韻、入声十三職。

其二（其《そ》の二《に》） 07-14b

1 浮雲終日行
2 遊子久不レ至
3 三夜頻夢レ君
4 情親見二君意一

浮雲《ふうん》 終日《しゅうじつ》行《ゆ》き
遊子《いうし》 久《ひさ》しく至《いた》らず
三夜《さんや》 頻《しき》りに君《きみ》を夢《ゆめ》む
情《じやう》 親《した》しみて君《きみ》が意《い》を見《み》る

現代語訳 其の二

空に浮かぶ雲はひねもす空を行くのに、旅のお方は長いこと到来がなかった。それが三晩続いて君の夢を見た。懐かしく思ってくれていた君の気持ちが分かる。

語注 **1 浮雲** 空を漂う雲。「古詩十九首」（『文選』巻二九）其の一に「浮雲は白日を蔽《おほ》ひ、遊子 顧反せず」というように、次句の「遊子」と関わる。**2 遊子**　旅人。李白を指す。**3・4**　続けて夢に現れたことで、自分に親密の情を抱いていることが分かる。其の一では「故人　我が夢に入り、我が長く相ひ憶ふを明らかにす」と自分が李白を思うがゆえに夢を見たというが、ここでは李白が自分のことを思っているから夢に現れたと、逆転する。

5 告レ歸常局促　　歸《かへ》るを告《つ》げて常《つね》に局促《きよくそく》たり
6 苦道來不レ易　　苦《ねんご》ろに道《い》ふ　來《きた》ること易《やす》からずと
7 江湖多二風波一　　江湖《かうこ》　風波《ふうは》多《おほ》く
8 舟楫恐二失墜一　　舟楫《しうしふ》　失墜《しつつい》せんことを恐《おそ》る
9 出レ門搔二白首一　　門《もん》を出《い》でて白首《はくしゅ》を搔《か》く
10 若レ負二平生志一　　平生《へいぜい》の志《こころざし》に負《そむ》くが若《ごと》し

現代語訳　別れを告げる時はいつもそわそわ。来るのは楽じゃないとしきりに言う。南方江湖の地は風波厳しいところ、舟が転覆しはしないか、それが気懸かり。門を出て白髪頭を掻きむしる姿は、かねてから抱いていた思いがかなわぬのか。

語注　**5 局促**　窮屈そうなさまをいう畳韻の語。**6 苦道**　くどくど語る。「苦」は程度の高いことをいう副詞。「局促」も「苦道」も豪快で飄逸なふだんの李白らしくない。**7・8**　李白が「来ること易からず」の理由を話す語と受け取ることもできるが、杜甫が李白の帰り道を危ぶむことばと解する。**舟楫**　「楫」はかい、かじ。「舟楫」の二字で舟をいう。**9 搔白首**　思い悩むしぐさ。「春望」（04-21）に「白頭搔けば更に短し」。**10 負**　食い違う。**平生志**　常日頃抱いている思い。

11 冠蓋滿㆓京華㆒
12 斯人獨顦顇
13 孰云網恢恢
14 將㆑老身反累
15 千秋萬歳名
16 寂寞身後事

冠蓋《くわんがい》 京華《けいくわ》に滿《み》つるに
斯《こ》の人《ひと》 獨《ひと》り顦顇《せうすい》す
孰《たれ》か云《い》ふ 網《あみ》恢恢《くわいくわい》たりと
將《まさ》に老《お》いんとして身《み》反《かへ》つて累《るい》せらる
千秋萬歳《せんしうばんざい》の名《な》
寂寞《せきばく》たり 身後《しんご》の事《こと》

現代語訳 衣冠装束が都に溢れるのに、この人は独りやつれ果てる。天網恢恢などと誰が言ったか。老いを迎えるというのに繋がれた身。千秋万歳の後にまで名は伝えられても、それは寂しい死後の話。

語注 **11・12** 都の華やぎと対比して李白の孤独と憔悴をいう。大都市の繁華とその片隅で貧窮に沈む人との対比は、以下に記す左思「詠史」、また鮑照「詠史」（注16）に見える。**冠蓋** 高官の冠と幌をつけた高級な馬車。都の貴人をいう。晋・左思「詠史八首」（『文選』巻二一）其の四に「冠蓋 四術（四方に通じる都大路）を蔭《おほ》ひ、朱輪 長衢を竟《きは》む」。**京華** 都の美称。花の都。東晋・郭璞「遊仙詩七首」（『文選』巻二一）其の一に「京華は遊俠の窟、山林は隠遯の棲《すみか》」。**斯人** 李白を指す。『論語』雍也篇に業病を病む伯牛に対して孔子が「命なるかな、斯の人にして斯の疾有り」と嘆く。**顦顇** やつれたさまをいう双声の語。「憔悴」と同じ。「顇」は「悴」に通じる。『楚辞』漁父に、水辺をさまよう屈原について「顔色憔悴（顇）して、形容枯槁す」。**13** **網恢恢** 『老子』七十三章に「天網恢恢、疏にして失せず」。「恢恢」は広大なさま。**14** **累** 繋がれる。罪を受けたことを婉曲にいう。**15** **千秋万歳名** 永遠に伝わる詩人としての名声。魏・阮籍「詠懐詩十七首」（『文選』巻二三）其の十一に「千秋万歳の後、栄名安《いづ》くに之《ゆ》く所ぞ」。阮籍の詩句は死後の名声の空しさをいうが、ここでは李白の名はいつまでも伝えられると讃える。**16** 名はのこってもそれは当人の死後のこと、現世の不遇を悲しむ。**寂寞** ひっそり物寂しいさま。南朝宋・鮑照

「詠史」（『文選』巻二一）に、「君平（厳君平）独り寂漠（寞）、身世両《ふた》つながら相ひ棄つ」。揚雄「解嘲」（『文選』巻四五）に「惟《こ》れ寂惟れ漠（寞）にして、徳の宅を守る」。揚雄も厳君平も不遇のなかにあって孤高を貫いたが、それは世間においてはわびしい生き方であった。【詩型・押韻】五言古詩。去声五寘（易・累）、六至（至・墜・顇）と七志（意・志・事）の同用。平水韻、去声四寘。

詩解　乾元二年（七五九）、秦州（甘粛省天水県）での作とされる。既に李白と別れて十四年を経ていたが、むしろ別離の後で杜甫はしばしば李白を思う詩を残している。永王李璘《りりん》の幕下に入っていた李白は、至徳二年（七五七）、粛宗の官軍に敗れ、最果ての地、夜郎《やろう》（貴州省桐梓《とうし》県）に放逐されることになった。乾元二年、夜郎に向かう途上で大赦にあって釈放されたのだが、杜甫のもとにその消息は届かず、江南で収監されていると思っている。李白の身を危惧する杜甫の思いは切実を極め、不安は李白の死の予感さえ伴う。夢に現れた李白の姿は、まるでこの世の人ではないかのように気味悪く描かれている。それほどまでに杜甫の李白に対する友愛の情は深かったというべきか。

有レ懐二台州鄭十八司戸一　虔（台州《たいしう》の鄭十八司戸《ていじふはちしこ》を懐《おも》ふ有《あ》り　虔《けん》）07-15

1　天台隔二三江一　　天台《てんだい》　三江《さんかう》を隔《へだ》て
2　風浪無二晨暮一　　風浪《ふうらう》　晨暮《しんぼ》無《な》し
3　鄭公縦得レ帰　　鄭公《ていこう》　縦《たと》ひ帰《かへ》るを得《う》るも
4　老病不レ識レ路　　老病《らうびやう》　路《みち》を識《し》らず

現代語訳　台州の鄭十八司戸を思う（虔）
天台山は三本の江の向こうにあり、風と波が朝となく晩となく荒れ狂う。

鄭殿《てい》はたとえ帰ることができたとしても、老衰と病気で帰り道がわからない。

語注 **0 台州** 今の浙江省臨海市。 **鄭十八司戸** 鄭虔《ていけん》。「酔時の歌」（03-04）参照。安禄山の偽政権の官に就いたために、乱の終息後、台州の司戸参軍事に貶謫された。 **1 天台** 天台山。浙江省の山脈。道教の修行の場であり、また仏教の天台宗が開かれた山でもある。 **三江** 長江の支流の三つの川。どの川を三つに数えるかは定まらないが、語は『尚書』禹貢の揚州に「三江既に入る」というのに基づく。 **2 無晨暮** 朝となく夕べとなくいつも。 **3 縦得帰** たとえ流謫の地から都へ生還できる時があるとしても。 **4 不識路** 帰る道を識別できない。梁・沈約「范安成に別るる詩」（『文選』巻二〇）に、「夢中 路を識らず、何を以て相思を慰めん」。

昔如㆓水上鷗㆒　昔《むかし》は水上《すいじやう》の鷗《かもめ》の如《ごと》く
今如㆓罝中兎㆒　今《いま》は罝中《しやちゆう》の兎《うさぎ》の如《ごと》し
性命由㆓他人㆒　性命《せいめい》 他人《たにん》に由《よ》る
悲辛但狂顧　悲辛《ひしん》 但《た》だ狂顧《きやうこ》す
山鬼獨一脚　山鬼《さんき》 獨《ひと》り一脚《いつきやく》
蝮蛇長如㆑樹　蝮蛇《ふくだ》 長《なが》くして樹《き》の如《ごと》し
呼號傍㆓孤城㆒　呼號《こがう》して孤城《こじやう》に傍《そ》ひ
歳月誰與度　歳月《さいげつ》 誰《たれ》と與《とも》にか度《わた》らん

現代語訳

昔は水辺の鷗。今は網にかかった兎。

命は他人の手のなかに。悲しみ、辛さのあまり、目を白黒させるのみ。
山鬼はたった一本の足。おろちは木のように長い。
寂しい町の片隅で呼べど叫べど、年月を共に過ごす人もいない。

語注　**5・6 昔如―今如**　「古詩十九首」（『文選』巻二九）其の二の「昔は倡家の女と為《な》り、今は蕩子の婦と為る」など、習見の語法。　**水上鷗**　鷗は自由な生き方の象徴。　**罝中兎**　わなにかかったうさぎ。『詩経』周南に「兎罝」の篇がある。　**7 性命**　生命。いのち。　**由他人**　自分の思うままにならない。　**8 悲辛**　悲痛と辛苦に満ちた鄭虔の日々をいう。「韋左丞丈に贈り奉る二十二韻」（01-33）では自分の暮らしについて「到る処潜《ひそ》かに悲辛す」。　**狂顧**　狂ったようにあたりを見る。魏・王粲「登楼の賦」（『文選』巻一一）に「獣は狂顧して群を求む」と追い詰められた動物のやみくもな行動をいうように、悲辛ゆえに視線が落ち着かない。　**9・10**　台州の地が妖怪や蛇のいる恐ろしい所であることをいう。　**山鬼**　山中に住む悪霊。『楚辞』九歌に「山鬼」の篇がある。　**蝮蛇**　南方の大蛇。『楚辞』招魂に南方に生息する怪奇な生き物を挙げて、「蝮蛇蓁蓁《しんしん》たり（たくさん集まる）」。　**11 呼号**　大声で呼び叫ぶ。　**旁**　「傍」に通じる。寄り添う。　**孤城**　台州を指す。　**12 度**　「渡」に通じる。時を過ごす。

13　從來禦二魑魅一　　從來《じゆうらい》 魑魅《ちみ》を禦《ふせ》ぐは
14　多爲二才名一悞　　多《おほ》く才名《さいめい》に悞《あやま》らる
15　夫子嵇阮流　　夫子《ふうし》は嵇阮《けいげん》の流《りう》
16　更被二時俗一惡　　更《さら》に時俗《じぞく》に惡《にく》まる
17　海隅微小吏　　海隅《かいぐう》 微小《びせう》の吏《り》
18　眼暗髮垂レ素　　眼《め》暗《くら》くして髮《かみ》は素《そ》を垂《た》る
19　黄帽映二青袍一　　黄帽《くわうぼう》 青袍《せいはう》に映《は》ゆるは

20 非㆑供㆓折㆑腰具㆒　腰《こし》を折《を》るの具《ぐ》を供《きよう》するに非《あら》ず

現代語訳

昔から魑魅を防ぐために辺地に遣《や》られた連中は、多くは才と名のために身を誤った者。

先生は嵆康と阮籍の仲間。彼らより更に世間から嫌われている。

海の果てのちっぽけな小役人。目はかすむし髪は白いのが垂れる。

黄色い帽子と青い上着が照り映えているが、それは上役にぺこぺこするための道具ではない。

語注　**13・14 魑魅**　人に害を加える怪物。『春秋左氏伝』文公十八年に舜が四つの凶悪な族を流罪にしたことを「諸《これ》を四裔《しえい》（四方の辺境）に投じて、以て魑魅を禦ぐ」。**15・16 嵆阮**　魏晋の人嵆康と阮籍。竹林の七賢を代表する二人。司馬氏が勢力を拡大する時期、それと対立する立場を守り、嵆康は刑死した。鄭虔は彼ら以上に世間から疎まれたの意。**17 海隅**　台州の地は海に近い。海は辺鄙な地の意を帯びる。**微小吏**　鄭虔が左遷の地で与えられたのは台州の司戸参軍事。かつては朝廷で「広文館博士」を特別に授けられていたのとの落差をいう。**18 眼暗**　視界が暗い。鄭虔の老衰をいう。**19・20 黄帽**　『杜甫詩注』は労役を課せられた者がかぶる帽子かという。「鳩杖近青袍（鳩杖　青袍に近し）」に作る本もあり、それならば老人に下賜される杖（鳩杖）をついた鄭虔が台州の下級官の近くに混じっているの意となる。**青袍**　下級の官が着る官服。右の解によれば、鄭虔以外の官人を指すことになる。「黄帽」の意味する所が不明であるが、今は鄭虔のかぶった「黄帽」と鄭虔の着た「青袍」とが映え合っている、しかしその装束は上官に卑屈な態度を取るための道具ではない、と解する。**折腰**　上司に卑屈な態度を取る。陶淵明の故事を用いる。彭沢県令を務めていた時、上位にあたる郡の視察官の来訪を「束帯」で迎えなければならないと言われると、「我　豈に能く五斗米の為に腰を折らんや」と言い放って即日辞任した（昭明太子「陶淵明伝」）。

21 平 生 一 杯 酒　平生《へいぜい》一杯《いっぱい》の酒《さけ》

22 見㆑我 故 人 遇　我《われ》を見《み》ては故人《こじん》もて遇《ぐう》す

23　相 望 無㆑所㆑成　　相《あ》ひ望《のぞ》むも成《な》す所《ところ》無《な》し

24　乾 坤 莽 迴 互　　乾坤《けんこん》　莽《まう》として迴互《くわいご》す

現代語訳

かつて酌み交わした一杯の酒、わたしに会うや昔からの友として遇してくれた。あなたのいるほうを眺めても何もできない。天地は蒼茫として運行を続ける。

語注　**21 平生**　長安で会っていた日々をいう。**22 故人遇**　旧友として扱ってくれた。二人の間には三十歳近い隔たりがあったし、当時の杜甫は無官であったのに対して鄭虔は広文館博士として朝廷に出入りしていた。そうした年の差、身分の差を超えた交遊をいう。**23**　鄭虔のほうを眺めても何もなしえない。「相望」は互いにではなく、わたしが鄭虔を望む。**24 莽**　茫漠として捉えがたいさま。**迴互**　入り組み回り込む。晋・木華「海の賦」（『文選』巻一二）に「蛮に乖き夷を隔て、万里に迴互す」。一句を『詳注』は莽莽たる乾坤のなかでいつまた再会できるかと解するが、『杜甫詩注』が「熾烈な友情とは無関係に、壮大に入り組む自然の非情さをいう」というのに従う。【詩型・押韻】　五言古詩。去声十遇（樹・具・遇）と十一暮（暮・路・兎・顧・度・悞・悪・素・互）の同用。平水韻、去声七遇。

詩解　乾元二年（七五九）、秦州での作とされる。鄭虔は安禄山の偽政権に加わったかどで、朝廷が長安に戻った至徳二載（七五七）、台州の司戸参軍事に流謫されていた。「水上の鷗」（5）のように天真爛漫、阮籍・嵆康（15）のように反俗、そんな鄭虔が今や都を遠く離れた海浜の地に独り老いていく。鄭虔への真率な思いに溢れても何も力になれないまま、天地は無情に動き続ける。

秦州雑詩二十首　其一（秦州雑詩《しんしうざつし》二十首《にじつしゆ》　其《そ》の一《いち》）　07-19a

1　満 目 悲㆓生 事㆒　　満目《まんもく》　生事《せいじ》を悲《かな》しむ

2 因レ人作二遠遊一　人《ひと》に因《よ》りて遠遊《ゑんいう》を作《な》す
3 遅廻度レ隴怯　遅廻《ちくわい》 隴《ろう》を度《わた》りて怯《おび》え
4 浩蕩及レ關愁　浩蕩《かうたう》 關《くわん》に及《およ》んで愁《うれ》ふ
5 水落魚龍夜　水《みづ》は落《お》つ 魚龍《ぎよりゆう》の夜《よる》
6 山空鳥鼠秋　山《やま》は空《むな》し 鳥鼠《てうそ》の秋《あき》
7 西征問二烽火一　西征《せいせい》して烽火《ほうくわ》を問《と》ふ
8 心折此淹留　心《こころ》折《を》れて此《ここ》に淹留《えんりう》す

現代語訳　秦州雑詩　其の一

目に映るもの何を見ても生きる悲しみを誘う。人を頼りに遠い旅をしてきた。隴坂《ろうはん》を渡ろうにもひるんで進みあぐね、関所に達してはとめどもない愁いに浸された。水かさの落ちた魚龍《ぎよりゆう》の川の夜、ひっそりと静まりかえった鳥鼠《ちようそ》の山の秋。戦いの様子を尋ねながら西へ進んできたが、心くじけてここに滞留する。

語注　**0 秦州**　今の甘粛省天水市。長安の西、隴山を越え、西域への入り口にあたる。**1 満目**　目に映るものすべて。**生事**　人の生活に関わる事、世の中の諸事。**2 因人**　人に頼って。杜甫が秦州に移る際に当てにした、少なくとも一人は甥の杜佐であった。**遠遊**　『楚辞』遠遊に由来する語。**3・4**　秦州に至るまでの旅程を述べる。**遅迴**　ためらって前に進みあぐねる。**隴**　隴山《ろうざん》。陝西省隴県《ろうけん》の西北にあって、陝西省と甘粛省の境をなす山脈。長安を含む中原の地と西方の未開の地を隔てる。古くから難所として知られ、坂は九回曲がり、越えるのに七日かかる（『太平寰宇記』の引く『三秦記』）という険しい山道であった。**浩蕩**　水が茫洋と広がるさま。それを用いて心がとらえどころないさまをいう。**及関**　隴山の関所まで到達する。老子は周の衰弊に見切りをつけて「関に至り」、関守の尹喜《いんき》に『老子道徳経』を講述しおえて関外へ去った（『史記』老子・韓非列伝）といわれるように、「関」は中国と西方異域の地との境。**5・6** 秦州の地の描写。**水落** 水量が減る。**魚龍** 龍魚川。魚龍川ともいう。渭水の支流である汧水《けんすい》に流れ込む川（『水経注』巻一七、渭水上）。『水経注』によれば、その川の五色の魚が実は龍であるといわれ、誰も採ろうとしなかったという。**山空** 山が人気《ひとけ》もなく蕭条としている。**鳥鼠** 鳥鼠山。秦州の西方、今の甘粛省渭源《いげん》県にあった。『尚書』禹貢の導水に「渭を導き、鳥鼠同穴より、東して灃に会す」。その偽孔伝（孔安国の注）によれば、鳥と鼠が一つの穴に同居していることから名付けられた山。『爾雅』釈鳥には「鳥鼠同穴」という名の鳥が見える。鳥と鼠が一体になった動物か。**7 西征** 西へ向かう旅。長安から秦州への旅をいう。晋・潘岳に「西征の賦」がある（『文選』巻一〇）。**問烽火** 戦乱の状況を尋ねる。「烽火」は戦いの急を告げるのろし。それによって戦争をいう。**8 心折** 心がくずれ折れる。**淹留** 一つの場所に心ならずも居続ける。『楚辞』によく見える語。【詩型・押韻】五言律詩。下平十八尤（遊・愁・秋・留）。平水韻、下平十一尤。

詩解 乾元二年（七五九）の秋、官を棄て、この時から放浪生活に入る。この後、杜甫はついに都に戻ることはなく、意に反して都から遠ざかるばかりで生を終えたことをわたしたちは知っているが、もちろん杜甫自身は知るすべもない。おそらく彼にとってはどこの地も常に「とりあえず」の滞在であったことだろう。最初に移った地は秦州。風土も気風も中原とはまるで異なる異域であった。隴山の難所を越えて辺境の町秦州にたどりついた杜甫は、新しい地に対して何の喜びも希望もない。逆に心は萎えるばかりである。「魚龍」（5）は川の名、「鳥鼠」（6）は山の名、しかし地名という記号性から離れて、日常とは異質の伝承の世界へと導かれる。妙に組み合わされた動物は、「夜」と「秋」のもたらす暗さ、冷たさと相俟って、不気味な暗がりのなかでうごめくかのようであり、詩人を怯えさせる。

其二（其《そ》の二《に》）　07-19b

1 秦州山北寺　　秦州《しんしゅう》 山北《さんほく》の寺《てら》

2 勝跡隗囂宮
3 苔蘚山門古
4 丹青野殿空
5 月明㆓垂㆑葉露㆒
6 雲逐㆓渡㆑溪風㆒
7 清渭無情極
8 愁時獨向㆑東

勝跡《しようせき》 隗囂《くわいがう》の宮《きゆう》
苔蘚《たいせん》 山門《さんもん》古《ふ》り
丹青《たんせい》 野殿《やでん》空《むな》し
月《つき》は葉《は》に垂《た》るる露《つゆ》に明《あき》らかに
雲《くも》は溪《たに》を渡《わた》る風《かぜ》を逐《お》ふ
清渭《せいゐ》 無情《むじやう》の極《きは》み
愁《うれ》ふる時《とき》に獨《ひと》り東《ひがし》へ向《む》かふ

現代語訳 其の二

秦州の町の北にたたずむ寺、名だたるその古跡は隗囂《かいごう》の御殿跡。山門は苔むして古び、赤や青に塗られた宮殿も野ざらしのまま人気《ひとけ》もない。葉ずえに垂れる露に月は明るく輝き、雲が谷を渡る風を追いかける。清らかな渭水の流れは無情の極み、愁いに沈むのをよそに独り東へと流れ続ける。

語注 **1 山北寺** 『杜臆』に、「州の東北の山上に崇寧寺《すうねいじ》有り。乃ち隗囂の故居」。**2 勝跡** 歴史に名だたる古跡。**隗囂** ?～三三。新の王莽に抗して兵を挙げた群雄の一人。甘粛省天水の人で、この地を根城としたが、後漢を建てた光武帝に滅ぼされた。**3 苔蘚** こけ。苔むしているのは古さび、人の行き来もないことを示す。**山門** 寺の門。**4 丹青** 宮殿を塗っていた赤と青の塗料。**野殿** 野外に吹きさらしになりはてた宮殿。「殿」という華麗と権威を示す物と「野」が対比される。**5** 月光が葉に垂れる露に映っている。**6** 雲が風に吹かれて谷を渡るのを逆転していう。**7 清渭** 渭水は涇水が「濁」であるのと対比して「清」といわれる。**無情極** まるで感情をもたない。人間に対して全く同情することはない。**8 独向東** 中国では基本的に川は東へと流れる。ここでは自分が西へ来たのと反対に、都のある東へ向かって流れる。【詩型・押韻】五言律詩。上平一東（宮・空・風・東）。平水韻、上平一東。

詩解 第二首は秦州の古跡、前漢末の群雄隗囂《かいごう》の宮殿跡を取り上げる。朽ち果てた遺跡を題材にする詩は、古を偲び時の経過に覚える感慨をうたうのが常であるが、本詩にはそうした定型の抒情は影を潜め、際立つのは野殿の周囲の景物を描写する5・6の二句。細やかな景（5）と大きな拡がりをもつ景（6）が対比される。葉の先に垂れ下がる露という微細な一点に、周囲に拡がっているはずの月光が凝集する。後の「倦夜」（14-09）に「重なれる露は涓滴《けんてき》（しずく）を成す」というように、露はほどなく葉から落ちる。落下する直前の静止した一瞬をとらえる。これは実際の景をもとに創り出した景である。杜甫の叙景には実際の景でありながらふだん意識しない場面を描きとる句もあるが、このような仮構の景もある。

「雲は渓を渡る風を逐ふ」（6）は、実際には風が雲を逐うはずであるが、風と雲を敢えて倒置する。芭蕉に「髭　風を吹いて暮秋嘆ずるは誰が子ぞ」の句があり、その詞書きに「老杜を憶ふ」というように、杜甫の詩句を用いている。「暮秋嘆ずる」以下は、杜甫の「白帝城の最高楼」（15-10）の一句、「藜《あかざ》を杖つき世を歎く者は誰が子ぞ」を踏まえるが、「髭　風を吹いて」は本詩の倒置の手法が用いられている。日常の論理を転倒させた機知といえようか。

其三（其《そ》の三《さん》）　07-19c

1 州圖領㆓同谷㆒　州圖《しゅうづ》 同谷《どうこく》を領《りやう》し
2 驛道出㆓流沙㆒　驛道《えきだう》 流沙《りうさ》に出《い》づ
3 降虜兼㆓千帳㆒　降虜《かうりよ》 千帳《せんちやう》を兼《か》ね
4 居人有㆓萬家㆒　居人《きよじん》 萬家《ばんか》有《あ》り
5 馬驕珠汗落　馬驕《うまおご》りて 珠汗《しゆかん》落《お》ち

6　胡舞白題斜　　胡舞《こま》ひて 白題斜《はくだいなな》めなり
7　年少臨洮子　　年少《ねんせう》 臨洮《りんたう》の子《し》
8　西來亦自誇　　西《にし》より來《きた》りて亦《ま》た自《みづか》ら誇《ほこ》る

現代語訳　其の三

秦州の地図では同谷県もその中に収め、街道は駅舎を連ねて砂漠の地へと出て行く。帰化した夷狄どもは千もの天幕を自分の物とし、居住する漢族は万もの戸数にのぼる。血気にはやる馬は玉の汗を流し、胡人の舞いを額の白い印をかしげて踊る。年若い臨洮の男、西からやってきて得意そのもの。

語注　**1 州図**　秦州の地図。地誌には地図も記載されていた。　**領**　領有する。　**同谷**　秦州の南の県。今の甘粛省成県。秦州の統轄する県の一つ。所轄の県のなかで同谷を挙げるのは、次句の「流沙」と同じく、同谷を荒涼たる地と認識していたため。　**2**　秦州から発する街道が北西の砂漠地帯に続いている。　**駅道**　駅（宿場）の設けられた街道。　**流沙**　砂漠。『楚辞』離騒に「忽ち吾　此の流沙を行く」。王逸の注に「流沙は沙流れて水の如くなり」。　**3・4**　秦州は夷狄・漢人が混在する地であることをいう。　**降虜**　中国に投降し帰属した異民族。「虜」は夷狄を蔑視した語。『漢書』公孫弘・卜式・児寛伝の賛に「（金《きん》）日磾《じつてい》は降虜に出づ」。　**兼千帳**　多くのテントを兼有する。　**居人**　秦州にもともと居住している漢民族。　**5 驕**　馬の意気盛んなさまをいう。『詩経』衛風・碩人に「四牡《しぼ》　驕たる有り」。　**珠汗**　真珠のような汗。「朱汗」に作る本に従えば、下句の「白」と対をなし、西域産の血の汗を流すという馬（汗血馬）をいう。　**6 胡舞**　異民族の舞踏。　**白題**　白く塗ったひたい。「題」はひたい。　**7 臨洮**　秦州から西北に二百キロほど隔たった地の名。今の甘粛省定西市。　**8**　『杜甫詩注』では3から6までの四句を秦州から伸びた街道の先の異民族の町の様相・習俗とし、そこから秦州に来た若者が自慢して語ると解するが、ここではすべて秦州を描くと捉え、夷狄の若者が駿馬を操り胡舞を踊るのを誇ると解した。【詩型・押韻】五言律詩。下平九麻（沙・家・

斜・誇)。平水韻、下平六麻。

詩解 秦州に至った杜甫は、不安と悲嘆に浸っているだけではない。中原とははなはだ様相異なるこの町の特異さに好奇の目を向けて、それを言葉に写す。ここにこそ表現者杜甫のたくましさが見られる。其の一ではずいぶん寂しげな町であったが、昼間の喧騒はなかなか活気にあふれている。中原と異域との境界に位置する秦州は、漢民族と異民族が混淆して、文化や習俗も多様なものであった。こうした人々の暮らしの場を詩に取り上げることは、その後とりわけ夔州の地で顕著なように、杜甫の詩に際立つ特質であるが、因襲の枠組みのなかで捉えることから免れ、事態を意味付けすることなく、そのまま描き出そうとしているところに杜甫らしさがあり、異なる習俗に対する好奇の目は、中唐に受け継がれてゆく。

其四（其《そ》の四《し》）　07-19d

1 鼓角縁邊郡　鼓角《こかく》 縁邊《えんぺん》の郡《ぐん》
2 川原欲㆑夜時　川原《せんげん》 夜《よる》ならんと欲《ほっ》する時《とき》
3 秋聽殷㆑地發　秋《あき》に聴《き》けば地《ち》を殷《どよ》もして發《おこ》り
4 風散入㆑雲悲　風《かぜ》に散《さん》じて雲《くも》に入《い》りて悲《かな》し
5 抱㆑葉寒蟬靜　葉《は》を抱《いだ》きて寒蟬《かんせん》は靜《しづ》かに
6 歸㆑山獨鳥遲　山《やま》に歸《かへ》りて獨鳥《どくてう》は遲《おそ》し
7 萬方聲一概　萬方《ばんぱう》 聲《こゑ》 一概《いちがい》
8 吾道竟何之　吾《わ》が道《みち》 竟《つひ》に何《いづ》くにか之《ゆ》かん

現代語訳 其の四

太鼓や角笛の音が響く辺境の町。川を挟む平原に闇が迫る時。

秋の冷気のなかに聞く、大地を震わせて湧き起こる音。風に散らされ雲間に入り、悲しく消えていく。

葉にへばりついた秋の蟬は声もひそまる。山に帰るはぐれ鳥はのろのろと翔けていく。

天下どこもかしこも音は一つ、鼓角ばかり。わたしの道は結局どこへ向かうのか。

語注 **1 鼓角** 太鼓と角笛。軍隊の楽器。 **縁辺** 国境地帯。 **2 川原** 川とその周囲の平原。 **3・4**「鼓角」の音についていう。 **殷地** 雷のように大地を振動させる。 **風散** 鼓角の音が風に吹かれて拡散する。 **5 抱葉** 葉にしがみつくようにして動かない。 **寒蟬** 秋の蟬。夏のけたたましく鳴く蟬と違って、物寂しい感じを伴う。 **6 帰山** 山は鳥のねぐら。 **独鳥** 鳥はつがい、あるいは群れでいるのがふつう。それが伴侶や仲間からはぐれて一羽でいる。 **7** 至る所、戦乱の最中であることをいう。 **万方** 国中どこも。『尚書』湯誥に「誕《おほ》いに万方に告ぐ」。 **声一概** 音は一律、鼓角の音ばかり。戦乱が続くことをいう。 **8 吾道** 『春秋公羊伝』哀公十四年に「西に狩りして麟を獲たり。孔子曰く、吾が道窮まれり」。 **【詩型・押韻】** 五言律詩。上平六脂（悲・遅）と七之（時・之）の同用。平水韻、上平四支。

詩解 荒涼たる町に響き渡る軍隊の太鼓、角笛の音。秋の夕暮れに聞くその響きは、不安と焦燥を誘う（3・4）。蟬や鳥という生き物すら生気を失っている（5・6）。難儀な旅を経てたどりついたこの地も、安住できそうにない。とはいえ、ここからどこへ行ったらよいのか。行き場のない懊悩に沈む。「吾が道」は今後の行き先であると同時に人生行路でもある。

其五（其《そ》の五《ご》） 07-19e

1 南使宜㆓天馬㆒　南使《なんし》 天馬《てんま》に宜《よろ》し

2 由來萬匹強　由來《ゆらい》 萬匹強《ばんひつきやう》

3　浮　雲　連レ陣　没　　浮雲《ふうん》　陣《ぢん》に連《つら》なりて没《ぼっ》し
4　秋　草　徧レ山　長　　秋草《しうさう》　山《やま》に徧《あまね》くして長《なが》し
5　聞　說　眞　龍　種　　聞説《きくな》らく　眞《しん》の龍種《りゆうしゆ》
6　仍　殘　老　驌　驦　　仍《な》ほ殘《ざん》す　老驌驦《らうしゆくさう》
7　哀　鳴　思二戰　鬭一　　哀鳴《あいめい》　戰鬭《せんとう》を思《おも》ひ
8　迴　立　向二蒼　蒼一　　迴《たか》く立《た》ちて蒼蒼《さうさう》に向《む》かふ

現代語訳　其の五

馬を管理する南部の役所が置かれた秦州は天馬を育てるのにふさわしく、これまで万を越える馬がいたものだった。浮雲の名の名馬たちも軍勢とともに消え、秋の草が山一面に伸びている。耳にしたのは本物の龍の血筋が、今もなお老いたる驌驦《しゆくさう》としてなんとか生きているとのこと。悲しく鳴くのは、戦《いくさ》の場に出たいとの思い。すくっと立って青々とした大空に向き合う。

語注　**1 南使**　四十八の「監」（官営牧場）を管轄する八つの「使」（役所）のうち、最も南の秦州にあったもの。これは『杜甫詩注』によって従来の解釈の非が正された。旧注では「使」を使者の意に取り、秦州は南への使者ではなく西への使者のはずとして「西使」に字を改めた。**宜**　……に都合がいい。**天馬**　西域産の駿馬。漢の武帝は烏孫の馬を得ると「天馬」と名付けたが、大宛の汗血馬を得ると、烏孫の馬は「西極」と名を改め、大宛の馬を「天馬」と称した（『史記』大宛列伝）。**2 由来**　初めから。**万匹強**　一万頭以上。「強」はそれ以上に数量が多いことを表す。**3 浮雲**　駿馬の名。漢の文帝の九頭の名馬の一つとして名が見える（『西京雑記』巻二）。それを借りて「南使」が管理していた名馬の群れを指す。**連陣没**　軍の隊列に続いて消えた。**4**　馬がいないために飼料である草が秋になって伸び放題、山の隅々まではびこる。**5 聞説**　伝聞を語る時に用いる。

「聞道」と同じ。**真龍種**　名馬は龍の血を引くと考えられた。北周・庾信「春の賦」に「馬は是れ天池の龍種」。**6 仍残**　今もなおなんとかのこっている。「残」は敗残、老残のように不完全になることで、日本語の「残る」の意味では「余」（あます）の字が使われるが、趙次公は唐人は「残」を「余」の意味で使うと説明する。しかし「驌驦」に「老」が冠しているように、ここでも老いさらばえた状態ながら、なんとかのこっていると解することができる。**驌驦**　名馬の名。『春秋左氏伝』定公三年に「唐成公　楚に如《ゆ》くに、両《ふた》つの粛爽馬有り、子常《しじやう》之を欲するも、与へず」、杜預の注に「粛爽は駿馬の名」という「粛爽」のこと。**7 思戦闘**　戦いに参加したいと願う。**8 迥立**　屹立する。「迥」は抜きんでる。「丹青引」（13-44）にも馬について「迥かに閶闔《しやうかう》（天宮の門）に立てば長風生ず」。**蒼蒼**　青空。【詩型・押韻】五言律詩。下平十陽（強・長・驦）と十一唐（蒼）の同用。平水韻、下平七陽。

詩・解　西域に近い秦州の地は、西域産の名馬を育てる官営牧場が置かれていた。漢の武帝が西域に侵出して大宛の名馬を中国に将来して以来、サラブレッド系の精悍な馬は戦闘に欠かせぬものであった。かつては一万頭を越えた馬も、相い継ぐ戦争に駆り出され、今では牧草だけが空しくはびこるありさま。しかしそれでもなお老いたる名馬が残留していると聞いた。活躍の場を欲しながらそれがかなわず、颯爽と屹立する馬の姿は、壮年のそれではないとはいえ、意志に満ち緊張を孕む。魏・曹操「歩出夏門行」（『楽府詩集』巻三七）の「老驥　櫪に伏するも、志は千里に在り。烈士の暮年、壮心已《や》まず」を想起させる。

其六（其《そ》の六《ろく》）　07-19f

1 城上胡笳奏　　城上《じやうじやう》　胡笳《こか》奏《そう》す
2 山邊漢節歸　　山邊《さんぺん》　漢節《かんせつ》歸《かへ》る
3 防レ河赴二滄海一　　河《かは》を防《ふせ》ぐに　滄海《さうかい》に赴《おもむ》き
4 奉レ詔發二金微一　　詔《みことのり》を奉《たてまつ》りて金微《きんび》より發《はつ》す

5 士苦形骸黑　士《し》苦《くる》しみて形骸《けいがい》黒《くろ》く
6 旌疏鳥獸稀　旌《はた》は疏《そ》にして鳥獣《てうじう》稀《まれ》なり
7 那堪往來戍　那《なん》ぞ堪《た》へん 往來《わうらい》の戍《まも》り
8 恨解㆓鄴城圍㆒　恨《うら》むらくは鄴城《げふじやう》の圍《かこ》みを解《と》きしを

現代語訳　其の六

城壁の上から葦笛が奏でられ、山の辺《べ》から御国《みくに》の使者が帰ってくる。黄河防禦のために青海にまで赴くのは、詔を受けて金微《きんび》から出兵した兵士ら。兵士は困苦して体も黒ずみ、軍旗もばらばらとなって鳥や獣の姿もまれ。護りのために行き来を繰り返すことには耐えられない。鄴城の包囲を解かれてしまったことが悔やまれる。

語注　1 **城上**　町を取り囲む城壁の上。　**胡笳**　異民族の葦笛。辺塞詩に習見の楽器。異土の物悲しさを伴う。　2 **山辺**　城壁のかなたの山のへり。　**漢節**　中国の使者をいう。「節」は使者がもつ旗印。漢の蘇武は匈奴に降伏せず荒野に放逐されたが、「漢節を杖して羊を牧し、臥起に操持し、節の旄《ぼう》（旗の飾り）尽く落つ」（『漢書』李広・蘇建伝の蘇武伝）。　3 **防河**　黄河を防備する。この黄河は上流部。　**滄海**　ここでは青海湖（ココ・ノール）を指す。　4 **奉詔**　出兵を命じる詔勅を受ける。　**金微**　安北都護府に属する都督府の名。唐に帰順した異民族の居住地で山西省にあった。　5 **形骸黒**　行軍に疲労して体が黒ずむ。　6 **旌疏**　軍旗がまばら。これから戦地に向かう一行であるのに、まるで敗軍の撤退のように軍勢が散り散りになっている。「旌」を「林」に作る本もあり、「鳥獣稀」との繋がりはよいが、意気の上がらない軍を語るには間接的になる。　7 **往来戍**　防禦のために行ったり来たりを繰り返す。「戍」は辺境の警備。　8 **解鄴城囲**　「鄴城」は今の河南省安陽市。安慶緒が立てこもった地。この年、乾元二年（七五九）三月、郭子儀の率いる官軍が鄴城を包囲したが、救援に来た史思明によって包囲が解かれ、失敗に終わったことを指す。これによって安史の軍の殲滅ならず、戦いが続いていることを嘆く。【詩型・押韻】　五言律詩。上平

八微（帰・微・稀・囲）。平水韻、上平五微。

詩解 秦州はまた西方異民族に対峙する前線基地でもある。この詩は西へと向かう兵士たちの苦しさ、辛さをうたう。異国から帰還する使節。西方へ向かう軍勢。西域に接する町ゆえに、戦局の不穏な情勢は如実に目睹されたことだろう。そして詩人の思いは行き来を繰り返す兵士たちの辛さへと集約していく。

其七（其《そ》の七《しち》） 07-19g

1 莽莽萬重山
2 孤城山谷間
3 無レ風雲出レ塞
4 不レ夜月臨レ關
5 屬國歸何晩
6 樓蘭斬未レ還
7 煙塵獨長望
8 衰颯正摧レ顏

莽莽《まうまう》たり 萬重《ばんちよう》の山《やま》
孤城《こじやう》 山谷《さんこく》の間《かん》
風《かぜ》無《な》くして 雲《くも》 塞《さい》を出《い》で
夜《よる》ならずして 月《つき》 關《くわん》に臨《のぞ》む
屬國《ぞくこく》 歸《かへ》ること何《なん》ぞ晩《おそ》き
樓蘭《ろうらん》 斬《き》らんとして未《いま》だ還《かへ》らず
煙塵《えんぢん》 獨《ひと》り長望《ちやうばう》す
衰颯《すいさつ》 正《まさ》に顏《かほ》を摧《くだ》く

現代語訳 其の七

こんもりと幾重にも連なる山々。その山と谷のはざまにぽつんと一つの町。

風もないのに雲は塞から出て行く。夜でもないのに月が関を見下ろす。
典属国殿のお帰りはなんと遅いことか。楼蘭の王を斬りつけてまだ帰らないのか。
戦場の煙と粉塵の向こうをひたすら眺め続けると、老い衰えた身に面持ちまで崩れ折れる。

語注　**1 莽莽**　木々が茂るさま。『楚辞』九章・懐沙に「滔滔たる孟夏、草木莽莽たり」。**2 孤城**　周囲から隔絶した町。秦州を指す。**3 塞**　城塞。町を取り囲むとりで。**4 関**　秦州城外の関所。**5 属国**　典属国という漢代の官名。異民族の管轄を担当する。それに任じられた蘇武の代名詞でもある。ここでは漢代の官名を借りて、西方の吐蕃に赴いた将軍をいう。**6 楼蘭**　漢代、西域の国の一つ。それを借りてここでは吐蕃を指す。背後に漢の傅介子《ふかいし》の故事を用いる。傅介子は先に漢の使者を殺した楼蘭の王を刺し殺し、王の首を持って帰国した（『漢書』傅介子伝）。**7 煙塵**　のろしの煙や戦塵。秦州と西域の地を隔てるもの。**8 衰颯**　老いさらばえたさまをいう双声の語。**摧顔**　顔の造作《ぞうさく》が打ち砕かれる。かたちを成さないほどに悲嘆することをいう。【詩型・押韻】五言律詩。上平二十七删（関・還・顔）と二十八山（山・間）の同用。平水韻、上平十五删。

詩解　秦州から発って吐蕃との交渉に向かった将軍がいまだに帰還しない。状況を悲観する詩人は「顔を摧く」までに悲痛の思いを抱く。それを語る後半四句の前に置かれた前半四句は「景」を描写するのだが、そこにも後半の不安は影を落とす。風に吹かれて雲は流れる、日が沈んで月は輝く、それが日常の論理であるのに、ここでは無風のなかに雲が動き、昼間のうちに月が照る。ふだんの因果関係が欠如した異様な世界。現実とは別の景をこしらえる。その不気味さは現状に怯える詩人の心象を反映している。

其八（其《そ》の八《はち》）　07-19h

1 聞道尋源使　　聞道《きくな》らく 尋源《じんげん》の使《し》
2 従ㇾ天此路迴　　天《てん》従《よ》り此《こ》の路《みち》より迴《かへ》ると

3 牽牛去幾許　　牽牛《けんぎう》 去《さ》ること幾許《いくばく》ぞ
4 宛馬至ㇾ今來　　宛馬《ゑんば》 今《いま》に至《いた》るまで來《きた》る
5 一望幽燕隔　　一望《いちばう》 幽燕《いうえん》隔《へだ》たり
6 何時郡國開　　何《いづ》れの時《とき》か郡國《ぐんこく》開《ひら》かれん
7 東征健兒盡　　東征《とうせい》 健兒《けんじ》盡《つ》く
8 羌笛暮吹哀　　羌笛《きやうてき》 暮《ぼ》吹《すい》哀《かな》し

現代語訳　其の八

聞くところでは黄河の源を尋ねた使者は、天からこの道を通って帰ってきたという。

牽牛星もすぐ手の届く所。そこから大宛の馬は今に至るまで到来する。

一望すれば東北、幽燕の地は遠くに隔絶している。いつになったら、諸国と通行が開けることか。

東方へ出征するにもたくましい若者たちは使い尽くされてしまった。羌族《きょうぞく》の奏でる笛の音《ね》が日暮れの時、もの悲しく流れる。

語注　**1 聞道**　伝聞に基づく話を記す際に用いる常套の語。**尋源使**　黄河の源流を尋ねる使者。『漢書』張騫伝に、漢の武帝は使者を黄河の水源に派遣した記事が見える。以後、張騫が黄河の源流を尋ねた伝説が、話を派生させながら拡がる。**2 従天**　黄河をさかのぼった張騫は天の河まで行ったという伝説がある。**此路**　西方から長安に至る、この秦州を通る道。**3 牽牛**　牽牛星。アルタイル。張華『博物志』（巻一〇）に以下の話がある。毎年決まった時期に海辺に槎《いかだ》が流れて来ては戻っていく。物好きな男がそれに食糧を積み込んで乗り込むと、知らない場所に着いた。「牛を牽く」男にここはどこかと尋ねると、蜀の厳君平が知っているという。例年の期日どおりに槎が下るのに乗って帰り、厳君平を訪ねると、某年某月某日、牽牛星に別の星が侵犯したことがあると言った。それは男が天の河に到着した日であった。これは槎に乗って天の河に至った話であるが、しばしば張騫が黄河源流を尋ねた話と混同される。**去幾許**　さほど離れていない。張騫は牽牛星のすぐ近くまで行ったことをいう。「古詩十九首」（『文選』巻二九）其の十に牽牛と織女の恋をうたって「河漢（天の河）清くして且つ浅し。相ひ去ること復た幾許ぞ」。**4 宛馬**　大宛（フェルガナ）の馬。漢の武帝は大宛の汗血馬を得ると「天馬」と名付けた（『史記』大宛列伝）。**5 幽燕**　戦国時代の燕の国で唐代では幽州に属する地。今の河北省北部から遼寧省の一部を含む一帯。安禄山が本拠地として挙兵した地。**6 郡国**　漢代の行政制度では中央が管轄する郡と諸王の封じられる王国、諸侯が封じられる侯国があった。それに借りて中国の支配の及ぶ地をいう。**開**　行き来が開ける。**7 東征**　幽燕など東方の地を征伐する。**健児**　兵士となる屈強の若者。**8 羌笛**　西北異民族の笛。【詩型・押韻】五言律詩。上平十五灰（廻）と十六咍（来・開・哀）の同用。平水韻、上平十灰。

詩解　前半四句は漢の時代には西方に勢力を拡大したことを振り返る。使者は黄河の源まで足を伸ばしたし、西域で獲得した駿馬は今も中国にとって重要な馬である。当時の隆盛に反して、今や東北は朝廷の力の及ばぬ所となって閉ざされたまま。その地を征討するにも健児も払底してしまった。この秦州の町に聞こえる夷狄の笛の音が、弱体化した国の悲しみを誘う。

其九（其《そ》の九《きう》）　07-19-i

1 今日明㆓人眼㆒　　今日《こんにち》 人眼《じんがん》明《あき》らかなり
2 臨㆑池好㆓驛亭㆒　　池《いけ》に臨《のぞ》みて驛亭《えきてい》好《よ》し
3 叢篁低㆑地碧　　叢篁《そうくわう》 地《ち》に低《た》れて碧《みどり》
4 高柳半㆑天青　　高柳《かうりう》 天《てん》に半《なか》ばして青《あを》し
5 稠疊多㆓幽事㆒　　稠疊《ちうでふ》 幽事《いうじ》多《おほ》く
6 喧呼閲㆓使星㆒　　喧呼《けんこ》 使星《しせい》を閲《けみ》す

7 老 夫 如 有レ此　老夫《らうふ》 如《も》し此《これ》有《あ》らば

8 不レ異レ在二郊 坰一　郊坰《かうけい》に在《あ》るに異《こと》ならず

現代語訳 其の九

今日は目が明るく開けた思いがする。池を前にした駅亭も好ましい。
竹むらは地面に低く垂れて緑、高くそびえる柳は空の半ばまで青い。
幾重にも層を成して幽邃な味わいに富み、にぎやかに人々は使者の行列を見送る。
老いたるわたしもこんな光景さえあれば、城外の地に居るのと変わりはない。

語注 **1 明人眼** 好ましい物を目にして視界が明るくなる。 **2 駅亭** 宿場に設けられた建物。 **3 叢篁** 群がり生える竹林。 **4 半天** 空の半ばに達するほど高い。 **5 稠畳** 稠密に重なり合う。南朝宋・謝霊運「始寧の墅《しよ》に過《よ》ぎる」（『文選』巻二六）に「巌は峭《けは》しくして嶺は稠畳たり」。 **幽事** 世俗離れした幽遠な趣。 **6 喧呼** 大声で叫ぶ。 **閲使星** 朝廷の使者が西方吐蕃へ向かう途次、秦州を通過するのを見物する。「使星」は使者をいう。『後漢書』李郃《りこう》伝に基づく語。和帝が各地に秘かに使者を派遣して地方の情勢を探らせた時、李郃は「二つの使星が益州の分野（地上の益州に相応する天空の分野）に向かふ」のを見て、使者の到来を予見し、隠密に訪れた二人の使者を驚かせた。 **7 老夫** 杜甫を指す。 **如有此** 「駅亭」の好ましさ、その周囲の竹や柳の風景、「幽事」多いこの光景があれば。 **8** 郊外の閑静な地にいるのと変わりはない。 **郊坰** 郊外。『詩経』魯頌・駉《けい》に「駉駉たる牡馬、坰の野に在り」。その毛伝に「坰は遠き野なり。邑外を郊と曰ふ」。**【詩型・押韻】** 五言律詩。下平十五青（亭・青・星・坰）。平水韻、下平九青。

詩解 秦州の日々のなかにも、気持ちが晴れやかになることもある。それをうたうのが本詩。冒頭の「今日」の語が普段とは違って、今日に限っては心快活になるとの意を表している。気分を明るくするのはまず駅亭に面した竹林や柳のたたずまい。しかし理解に苦しむのは、「幽事多し」（5）と言い、「郊坰に在るに異ならず」（8）と言うのが、ふつうは俗塵のない、「車馬の喧しき無き」（陶淵明「飲酒」其五）境地を指すものであるのに、ここには使者を見物する「喧呼」のざわめきが混じっているためである。そのために従来は「この喧騒さえなければ」と補って解されているが、杜甫は人々の歓呼の声も「如し此有らば」（7）のなかに含めているのではないだろうか。なぜなら普段見ていた光景がこの日に限って好ましく感じられた理由は、吐蕃に向かう使者を見たこと、それによってもたらされるかもしれない時局の好転への期待、それにほかならないのだから。

其十（其《そ》の十《じふ》）　07-19j

1 雲氣接㆓崑崙㆒　雲氣《うんき》 崑崙《こんろん》に接《せつ》す
2 涔涔塞雨繁　涔涔《しんしん》として塞雨《さいう》繁《しげ》し
3 羌童看㆓渭水㆒　羌童《きやうどう》 渭水《ゐすい》を看《み》る
4 使客向㆓河源㆒　使客《しかく》 河源《かげん》に向《む》かふ
5 煙火軍中幕　煙火《えんくわ》 軍中《ぐんちゆう》の幕《まく》
6 牛羊嶺上村　牛羊《ぎうやう》 嶺上《れいじやう》の村《むら》
7 所㆑居秋草淨　居《を》る所《ところ》 秋草《しうさう》淨《きよ》し
8 正閉小蓬門　正《まさ》に閉《と》づ 小蓬門《せうほうもん》

現代語訳　其の十

雲は崑崙山まで連なり、しとしとと塞の町に雨は降り続く。羌族の少年が渭水を見つめ、使者は黄河の源へと向かう。

煮炊きの煙が軍隊の幕から上がり、牛や羊は山の上の村に戻る。
住まいには秋の草がさやわかに伸びる。折しも草葺きの小門を閉める。

語注 **1 雲気** 雲。 **崑崙** 西の果てにあると伝えられる仙山。『芸文類聚』天部に引く『河図』に「崑崙山に五色の雲気有り」。 **2 涔涔** 雨が降り続くさま。 **塞雨** 辺塞の地に降る雨。 **3 羌童** 羌族の男の子。 **渭水** 秦州の近くを流れ、遠く長安に続く川の名。 **4 使客** 旅する使者。 **向河源** 黄河の源流に向かう。漢の張騫に借りて唐の吐蕃に向かう使者を指す。本詩「其の八」を参照。 **5 煙火** 煙と火。ここでは炊事の煙。 **6 牛羊** 放牧する家畜。『詩経』王風・君子于役に「日の夕べ、牛羊下り来る」。ここでも煙火が夕餉の支度であるのとともに、日暮れになって牛羊が村に帰る。 **7 所居** 住居。 **浄** 草が雨に洗われて清浄。「静」に作る本もある。いずれにせよ、人がおとなうこともなく、秋の草が伸びるに任せた、清潔で閑静な暮らしぶりをいう。 **8 小蓬門** 小さな草葺きの門。質素な住まいを表す。【詩型・押韻】五言律詩。上平二十二元（繁・源）と二十三魂（村・門）の同用。平水韻、上平十三元。

詩解 秦州で雨に降り籠められた一日。何事も起こらない平穏な暮らしが淡々と記される。「羌童」「使客」は秦州だからこそ見られる人たち。「渭水を看る」のは雨で増水した水の流れを見るようであるが、西へ向かう使者と対にしていることから、羌童は東へ流れる渭水の水のゆくえにある長安の町、彼がまだ行ったことのない都に思いを巡らしているのだろう。5・6は静かに暮れていく夕方の光景。「正に閉づ小蓬門」（8）も日暮れて門を閉じる時になったのだが、外部を遮断して自分の内に籠もる穏やかな気分を伴っている。

其十一（其《そ》の十一《じふいち》） 07-19k

1 蕭 蕭 古 塞 冷　　蕭蕭《せうせう》として古《こ》塞《さい》冷《ひ》ややかに
2 漠 漠 秋 雲 低　　漠漠《ばくばく》として秋雲《しううん》低《た》る

3　黄鵠翅垂レ雨　　黄鵠《くわうこく》　翅《つばさ》　雨《あめ》に垂《た》れ
4　蒼鷹飢啄レ泥　　蒼鷹《さうよう》　飢《う》ゑて泥《どろ》を啄《ついば》む
5　薊門誰自レ北　　薊門《けいもん》　誰《たれ》か北《きた》自《よ》りする
6　漢將獨征レ西　　漢將《かんしやう》　獨《ひと》り西《にし》に征《せい》す
7　不レ意書生耳　　意《おも》はざりき　書生《しよせい》の耳《みみ》
8　臨レ衰厭二鼓鞞一　　衰《すい》に臨《のぞ》みて鼓鞞《こへい》に厭《あ》かんとは

現代語訳　其の十一

ひっそりした古い城塞の町は寒々とたたずみ、蒼茫として秋の雲が暗く垂れ下がる。黄鵠は羽根が雨に濡れて垂れ、蒼鷹は飢えて泥をついばむ。北の薊門《けいもん》の地から押し入るのは誰か。漢の将軍はそれにかまわず西へ立ち向かう。思いもよらなかった、書生の身のわたしが、この年になってまでうんざりするほど陣太鼓の音を聞くことになろうとは。

語注　**1 蕭蕭**　ものさびしいさま。**古塞**　古びたとりでの町。秦州を指す。**2 漠漠**　果てしなく、とりとめなく拡がるさま。**3 黄鵠**　大型の鳥の名。孤高の姿の象徴。**4 蒼鷹**　鷹。「画鷹」（01-10）に「蒼鷹　画作殊なり」。その注を参照。**5 薊門**　戦国時代、燕の国のあった地。今の北京市。安禄山の本拠地で、この地で挙兵した。**誰自北**　誰が北の薊門の地から攻めてくるのかの意。この詩の書かれた乾元二年（七五九）三月、史思明が安禄山の息子である安慶緒を殺して実権を握り、洛陽を攻めたことを指す。**6 漢将**　漢の将軍という語で唐の将軍を指す。**独征西**　北方では史思明の侵入があるのに、それにかかわらず、西方、吐蕃に出征する。**7 不意**　思いもよらなかった。**書生**　読書人を卑下した自称。本を読むばかりで世間の実事に疎い人の意を含む。**8 臨衰**　垂老の年を目の前にして。**厭**　多すぎていやになる。**鼓鞞**　軍楽で用いられる大小の太鼓。「鞞」

は小太鼓。『礼記』楽記に「君子　鼓鼙（鞞）の声を聴かば、則ち将帥の臣を思ふ」。戦争をいう。【詩型・押韻】五言律詩。上平十二斉（低・泥・西・鞞）。平水韻、上平八斉。

詩解 前半四句、暗く冷え込む秦州の町、重く垂れ込む雨空、そしてそこに濡れそぼつ黄鵠、泥までついばむ鷹を描く。「黄鵠」は『荘子』逍遥遊篇以来の「大きな鳥」の代表。不遇のなかでも孤高を保つその姿勢は、常に「小さな鳥」との対比のなかで価値づけられる。「蒼鷹」は杜甫が特別に思い入れを込めてうたう鳥、大小の鳥の対比に当てはめればやはり「大きな鳥」に属するだろう。「黄鵠」「蒼鷹」を即作者のメタファーと言い切ってしまうのは、いかがなものか。みじめな自分の姿が揺曳しているには違いないが、索漠とした秦州の光景のなかに幻視した鳥の映像としてまず読むべきだろう。

後半四句は秦州から押し広げて、時局全体の切迫を嘆く。北東では史思明の軍がなお侵攻をやめないのに、官軍は西の吐蕃へかかりきり。先行きを恐れるとともに、これが適切な打開の方策であるのか——唐王朝の戦略に対する批判も含まれている。

其十二（其《そ》の十二《じふに》）　07-19-1

1 山頭南郭寺
2 水號北流泉
3 老樹空庭得
4 清渠一邑傳
5 秋花危石底
6 晩景臥鍾邊
7 俛仰悲二身世一

山頭《さんとう》 南郭《なんくわく》の寺《てら》
水《みづ》は號《がう》す 北流《ほくりう》の泉《せん》と
老樹《らうじゆ》 空庭《くうてい》に得《え》
清渠《せいきよ》 一邑《いちいふ》傳《つた》ふ
秋花《しうくわ》 危石《きせき》の底《した》
晩景《ばんけい》 臥鍾《ぐわしよう》の邊《へん》
俛仰《ふぎやう》 身世《しんせい》を悲《かな》しむ

8　溪風爲颯然　溪風《けいふう》為《ため》に颯然《さつぜん》たり

現代語訳　其の十二
山の上には町の南郊の寺。川は北流の水と呼ばれる。
老いたる木がひっそりした庭に見つかる。澄んだ引き水が村中に流れる。
秋の花が傾いた岩の下に開き、日暮れの光が伏せた鐘の辺りに漂う。
ふいに襲い来るのは人生の悲しみ。谷間から風がさっと吹き寄せてくれる。

語注　**1 山頭**　山上。**南郭寺**　秦州の町を取り囲む城郭、その南の外側にある寺。寺の名はわからない。**2 号**　呼び名を持つ。**北流泉**　山は秦州の南に位置するゆえ、そこから町の方向、北に向かって流れる。「泉」は湧き出す所に限らず、そこから流れ出る水流もいう。**3 空庭**　寺院の人もいない庭。**得**　ふとその存在に気付いたことをいう。**4 清渠**　「渠」は人が開鑿した水路。「北流の泉」から水を引いたものだろう。**一邑伝**　一つの集落の全体に水流が通じている。**5 危石**　位置も形状も不安定な岩石。**6 晩景**　夕方の光。**臥鍾**　鐘楼から落ちて倒れたままになっている梵鐘。「鍾」は「鐘」に通じる。**7 俛仰**　「俯仰」に通じる。うつむいたり振り仰いだりするわずかな時間。東晋・王羲之「蘭亭の序」（『晋書』王羲之伝）に「俛仰の間に、已に陳迹と為る」。**身世**　世の中における自分の生き方。「北征」（05-23）に「益《ます》ます身世の拙きを歎く」。**8 溪風**　渓谷を渡ってくる風。**為**　まるでわたしのためであるかのように。**颯然**　風がさっと吹き起こる音。【詩型・押韻】五言律詩。下平一先（辺）と二仙（泉・伝・然）の同用。平水韻、下平一先。

詩解　秦州の城外にある寺を訪れる。寺の立つ山上から流れ出る水は、ふもとの村を潤す。寺には参拝する人もいないし、僧侶も見あたらない。ぽつんと立つ老樹、倒れ伏したままの梵鐘というのを見ると、この寺は廃寺、ないしそれに近いかのようだ。5・6の叙景、危うい岩石の下にそっと咲いている花、地面に転がった鐘のまわりにまといつく夕暮れの光――秦州の詩では「きれい」とか「好ましい」とか言える景色が描かれることはなく、いつもなにがしかの不安を含んでいる。後の成都・浣花草堂における叙景とずいぶん異なるのも、景は常に情の反映であるためか。

其十三（其《そ》の十三《じふさん》）　07-19m

1 傳道東柯谷
2 深藏㆓數十家㆒
3 對㆑門藤蓋㆑瓦
4 映㆑竹水穿㆑沙
5 瘦地翻宜㆑粟
6 陽坡可㆑種㆑瓜
7 船人近相報
8 但恐㆑失㆓桃花㆒

傳《つた》へ道《い》ふ　東柯谷《とうかこく》は
深《ふか》く數十家《すうじふか》を藏《ざう》す
門《もん》に對《たい》して藤《ふぢ》は瓦《かはら》を蓋《おほ》ひ
竹《たけ》を映《うつ》して水《みづ》は沙《すな》を穿《うが》つ
瘦地《そうち》は翻《かへ》つて粟《あは》に宜《よろ》しく
陽坡《やうは》は瓜《うり》を種《う》う可《べ》しと
船人《せんじん》　近《ちか》ごろ相《あ》ひ報《ほう》ず
但《た》だ桃花《たうくわ》を失《うしな》はんことを恐《おそ》る

現代語訳　其の十三

聞くところでは東柯谷の地は、世間から離れて数十戸の家を囲っているとのこと。門の向かいでは藤が屋根の瓦を蔽うほどに繁り、竹の影を映す水が砂の間を穿って流れる。瘦せた土地柄はかえって粟を育てるにふさわしく、日のあたる雛壇の地には瓜を植えることができる。舟人がこの間そう教えてくれた。桃源郷のような地が見失われはしないか、ただそれが気に懸かる。

語注　**1 伝道**　人から聞いたことを表す。伝聞の内容は6までと解する。**東柯谷**　秦州の南にあった峡谷。杜甫の甥杜佐《とさ》が住んでいた所。杜甫が秦州に移住したのも、杜佐を頼ってのことといわれる。**2 深蔵**　世間から隔たった谷間の中に奥深く含む。**3 藤蓋瓦**　藤の枝が伸びて屋根瓦を覆い隠す。**4** 竹が照り映える水の流れが砂地を通り抜ける。**5** 粟は痩せた土地が適するとされる。**翻**　予想される事態とは反対に。**6 陽坡**　日当たりのよい傾斜地。**7** 陶淵明「桃花源記」を用いる。「武陵の漁人」が川をさかのぼって「桃花の林」に出会い、更に進んで洞窟を抜けると、見知らぬ集落に迷い込む。秦の時代に世を避けて移住した人々の子孫が住んでいたのだった。平和なその村で歓待を受けた後、帰って太守に報告。太守は人を使わせてその地を訪れようとするが、二度と行き着くことはできなかった。**船人**　桃花源を訪れた「漁人」になぞらえる。**相報**　東柯谷が地上の楽園ともいうべき地であると、わたしに伝えてくれた。「相」は動詞の動作に対象があることを示す。**8**「船人」の話を聞いた自分は、桃花源のような地が見失われて二度と行けなくなることを心配する。【詩型・押韻】五言律詩。下平九麻（家・沙・瓜・花）。平水韻、下平六麻。

詩解　秦州の南方、東柯谷の地の住みやすさを耳にして、桃花源のような楽園であるかに思い浮かべる。漁師からの伝聞というかたちで述べるのみで、実際に行ったわけではない。楽園たる条件の一は身近な住環境の好ましさ。上には藤が屋根瓦にまで伸びる光景は親しみを覚えさせる。下には流水とそれに映ずる竹。光溢れる清浄な景。条件の二は食糧に困らないこと。粟や瓜が確保される。しかしそのような楽園も桃花源が幻に終わったように、この世から失われてしまいはしないかと危惧する。

ちなみに杜甫とも親交のあった元結は、安禄山の乱を避けて集落の人々を率いて隠れ里に集団移住したことがあった。ほどなく元結自身は蘇源明の推挙を受けて史思明討伐に駆り出されて去るのだが、その経緯は元結「瀼渓《じょうけい》の隣里に与ふ　序有り」の詩に記されている。

其十四（其《そ》の十四《じふし》）　07-19n

1 萬古仇池穴　　萬古《ばんこ》 仇池《きうち》の穴《あな》
2 潛通小有天　　潛《ひそ》かに通《つう》ず 小有天《せういうてん》

3 神魚人不レ見
4 福地語眞傳
5 近接西南境
6 長懷十九泉
7 何時一茅屋
8 送レ老白雲邊

神魚《しんぎよ》 人《ひと》見《み》えず
福地《ふくち》 語《ご》 眞《しん》に傳《つた》ふ
近《ちか》く接《せつ》す 西南《せいなん》の境《きやう》
長《とこしへ》に懷《おも》ふ 十九泉《じふきうせん》
何《いづ》れの時《とき》か 一茅屋《いちばうをく》
老《お》いを送《おく》らん 白雲《はくうん》の邊《へん》

現代語訳 其の十四

太古の昔から仇池の穴は　ひそかに小有天に通じている。
池の神秘の魚は人には見えないが、福地という言葉は本当に伝えられている。
すぐ西南の境が仇池に接しているここでは、九十九泉のことはずっと心に懸けていた。
いつかそこに一軒の茅屋を構え、白雲に囲まれて老後を過ごそう。

語注 **1 万古**　遠い昔。**仇池**　今の甘粛省成県にある山の名。上には万山に囲まれて九十九の池があり、桃花源に似るという（蘇軾「桃花源に和す」詩序）。**2 小有天**　道家の説く別天地、三十六小洞天の第一。河南省済源県の王屋山にあると伝えられた。**3 神魚**　仙界の魚。魏・曹植「仙人篇」に「河伯は神魚を献ず」。**4 福地**　仙人の住むめでたい地。道家では七十二の福地があるという。**5** 仇池が秦州の西南に隣接することをいう。**6 十九泉**　注1にいう九十九泉を略した数という。**7 茅屋**　茅《かや》で屋根を葺いた質素な家屋。**8 白雲**　仙郷をいう。道教茅山《ぼうざん》派の開祖とされる陶弘景は、梁の武帝から山に籠もっていったい何があるのかと尋ねられると、「嶺上　白雲多し」、その暮らしを自分は楽しんでいるが、ここに持ってくることはできませんと応えた（『談藪』など）。【詩型・押韻】五言律詩。下平一先（天・辺）と二仙（伝・泉）の同用。平水韻、下平一先。

詩解　秦州の隣の成州にある仇池は、道家の聖地。それは地下を通って小有天にまで通じているという。杜甫には仙界へのあこがれをうたう詩は稀といってよいが、本詩は珍しく洞天福地への願望を語る。しかし本気で白雲の人となろうとしたわけではないだろう。秦州にまつわる名所の一つとして仇池をうたったに過ぎないと思われる。

其十五（其《そ》の十五《じふご》）　07-19。

1　未レ暇レ泛二滄海一　未《いま》だ滄海《さうかい》に泛《う》かぶに暇《いとま》あらず
2　悠悠兵馬間　悠悠《いういう》たり　兵馬《へいば》の間《かん》
3　塞門風落レ木　塞門《さいもん》　風《かぜ》　木《き》を落《お》とし
4　客舎雨連レ山　客舎《かくしや》　雨《あめ》　山《やま》に連《つら》なる
5　阮籍行多レ興　阮籍《げんせき》　行《ゆ》きて興《きよう》多《おほ》し
6　龐公隠不レ還　龐公《はうこう》　隠《かく》れて還《かへ》らず
7　東柯遂二疏懶一　東柯《とうか》　疏懶《そらん》を遂《と》げん
8　休レ鑷鬢毛班　鑷《はさ》むを休《や》めよ　鬢毛《びんもう》の班《まだら》なるを

現代語訳　其の十五
青海原に浮かぶ暇がないまま、戦乱の間《かん》に幾年月が過ぎ去った。
とりでの町では風が木の葉を落とし、旅の宿では雨が山に連なって降る。

あちこち走り回った阮籍には楽しいことも多かっただろう。隠遁した龐公《ほうこう》は俗界に戻ることはなかった。東柯の谷に懶惰を決め込むことにしよう。ごま塩頭の白髪を抜くことはやめよう。

語注 **1 滄海** 東の果ての海。海は中国では中心に対する周縁。世俗の価値から離れた自由な空間。『論語』公冶長篇に「道行はれず、桴に乗りて海に浮かばん」。**2 悠悠** 空しく長い時間が続く。**兵馬** 武器と兵馬。戦乱をいう。**3 塞門** 辺塞の地。秦州を指す。**落木** 「木」は木の葉。**4 客舎** 旅舎。仮の住まい。**5 阮籍** 魏晋の哲人。竹林の七賢の代表。自己を韜晦して政界に巻き込まれるの避けた。あてもなく車を走らせては行き止まると慟哭して引き返したという（『晋書』阮籍伝）。ここではそれを反転して、気ままな行動には楽しいことも多かっただろうという。**6 龐公** 後漢の龐徳公。『後漢書』逸民列伝の龐公伝に「後に遂に其の妻子を携へて鹿門山に登り、因りて薬を采りて反らず」。**7 東柯** 秦州の東柯谷。隠逸にふさわしい場所として「其の十三」に見える。**疏懶** ずぼら。阮籍と並んで竹林の七賢を代表する嵆康の「山巨源に与へて交はりを絶つ書」（『文選』巻四三）に「性復た疏懶」。**8 鑷** 毛抜きで抜く。晋・左思「白髪の賦」（『芸文類聚』巻一七）に「願はくは子の手を戢《をさ》め、子の鑷を摂《をさ》めよ」。**鬢毛班** 毛髪に白と黒が混じる。「班」は「斑」に通じる。**【詩型・押韻】** 五言律詩。上平二十七刪（還・班）と二十八山（間・山）の同用。平水韻、上平十五刪。

詩解 中国の詩人の中にあって、杜甫は例外的に隠逸志向が薄いが、本詩は珍しく隠遁に傾く。「滄海」は隠逸の場であるが、「未だ暇あらず」（1）というのは、かねてから願っていたものの戦乱相次いで実現できなかったという。国境の町の雨と風に居づらさが募る。隠者の代表ともいうべき龐公に加えて、世俗に背を向けた阮籍もここでは隠者として名を挙げられる。隠逸の場は遠くない。東柯谷に行けばよい。「疏懶」（ものぐさ）は世間では否定されても、自分らしい生き方、それを徹底しよう。そうして時間にあらがうことはせず、老は老として受け入れることにしよう。

其十六（其《そ》の十六《じふろく》） 07-19p

1 東柯好崖谷　　東柯《とうか》は好崖谷《かうがいこく》

2　不㆘與㆓衆　峯㆒羣㆖　　衆峯《しゅうほう》と羣《ぐん》せず
3　落　日　邀㆓雙　鳥㆒　　落日《らくじつ》　雙鳥《さうてう》を邀《むか》へ
4　晴　天　卷㆓片　雲㆒　　晴天《せいてん》　片雲《へんうん》卷《ま》く
5　野　人　矜㆓險　絕㆒　　野人《やじん》　險絕《けんぜつ》を矜《ほこ》る
6　水　竹　會　平　分　　水竹《すいちく》　會《かなら》ず平分《へいぶん》せん
7　採ㇾ藥　吾　將ㇾ老　　藥《くすり》を採《と》りて吾《われ》　將《まさ》に老《お》いんとす
8　童　兒　未ㇾ遣ㇾ聞　　童兒《どうじ》には未《いま》だ聞《き》かしめず

現代語訳　其の十六

東柯は結構な谷間の地。もろもろの山と並ぶものではない。沈む日の光を受けて翔けるつがいの鳥を迎え入れる。晴れ渡った空には一片《ひとひら》の雲が筋を巻く。村の男たちは険しい地であることを誇り、水と竹がちょうど半分ずつを分け持つ。その地で薬草でも採りながらわたしは老いを迎えることとしよう。子供たちにはまだ聞かせてはいないけれど。

語注　**1 東柯**　秦州の南西の東柯谷。「其の十三」を参照。**好崖谷**　東柯谷が数十所帯が寄り添って住み、食料に不自由しない理想の地であることも、「其の十三」に見える。**2** 他の多くの山々とは違って、住みやすい。**3 邀**　招待する。仲間として受け入れる。李白「月下独酌」に「盃を挙げて名月を邀へ、影に対して三人を成す」。**双鳥**　鳥は群れでいるか、つがいでいるもの。調和がとれた平穏な状態を示す。**4 片雲**　少しの雲。よく晴れた昼間の、のどかで晴れ晴れした光景。**5 野人**　村人。**矜険絶**　東柯谷が極めて嶮岨な地にあることをかえって誇りとする。「険絶」は「絶険」というに同じ。『詩経』小雅・正月に「終に絶険を踰《こ》ゆ」。**6 会**　きっと……だろう。水と竹を清々しい景色として並べることは、東柯谷をうたった「其の十三」にも、「竹を映して水は沙を穿つ」と見えた。ここでは水と竹がどちらが他を圧倒することもなく、平等で均衡を得ているであろうという。**7 採薬**　薬草を採取する。「其の十五」に引いた後漢の隠者龐公の伝に「薬を采（採）りて反らず」とあったように、隠者のする行為。必ずしも杜甫が実際に「採薬」しようというのではない。**8 童児**　杜甫の子供。厳密に言えば男の子。【詩型・押韻】五言律詩。上平二十文（群・雲・分・聞）。平水韻、上平十二文。

詩解　「其の十三」から始まった、東柯谷に隠棲しようかという思いをうたう。隠棲の地にふさわしい景をうたうのが3・4。夕陽の中に鳥がねぐらに帰る風景（3）は、陶淵明「飲酒二十首」其の五の「山気　日夕に佳く、飛鳥相与に還る」など、陶淵明の詩を思わせる。晴れた空に雲が筋を巻く伸びやかな光景（4）も、陶淵明「斜川に遊ぶ」序にいう「天気澄和し、風物閑美たり」の景に近い。その東柯谷は隔絶した地にある（5）。楽園は常に人の住む地から離れた、到達の困難な地にあるもの。その条件にかなっている。こうしてわき起こった隠棲への思い、これはまだ自分の中だけにしまっておくことにしよう。ふと生じた夢想、それを胸中に反芻するだけで心は軽やかになる。

其十七（其《そ》の十七《じふしち》）　07-19q

1 邊秋陰易レ夕　　邊秋《へんしう》 陰《くも》りて夕《ゆふ》べになり易《やす》し
2 不三復辨二晨光一　　復《ま》た晨光《しんくわう》をも辨《べん》ぜず
3 簷雨亂淋レ幔　　簷雨《えんう》 亂《みだ》れて幔《まん》に淋《したた》り
4 山雲低度レ牆　　山雲《さんうん》 低《た》れて牆《しやう》を度《わた》る
5 鸕鷀窺二淺井一　　鸕鷀《ろじ》 淺井《せんせい》を窺《うかが》ひ
6 蚯蚓上二深堂一　　蚯蚓《きういん》 深堂《しんだう》に上《のぼ》る

7　車　馬　何　蕭　索　　車馬《しやば》　何《なん》ぞ蕭索《せうさく》たる
8　門　前　百　草　長　　門前《もんぜん》　百草《ひやくさう》長《なが》し

現代語訳　其の十七

辺境の秋は曇ったままますぐ日暮れになるし、朝日の光もそれとわからない。軒端の雨は飛び散って部屋のとばりに降り注ぎ、山の雲は降りてきて垣根をまたぐ。鸕鷀《ろじ》の鳥は深くもない井戸をのぞき込み、蚯蚓《みみず》は家の奥の広間にまで這い上る。車の訪れもなく、何とわびしいことか。門前はあらゆる草が伸び放題。

語注　**1 辺秋**　辺境の地の秋。**陰易夕**　「夕」の字、底本は字形の似た「久」に作るが、諸本に従って改める。秋は日が短いのみならず、「陰」（曇天）の日は曇ったまま容易に暮れてしまう。陶淵明「閑情の賦」に「晨曦《しんぎ》（朝の陽光）の夕べになり易きを悲しむ」。**2 弁晨光**　朝の光をそれと知る。陶淵明「帰去来の辞」（『文選』巻四五）に「晨光の熹微《きび》（かすか）なるを恨む」。**3 簷雨**　軒から落ちる雨。**4 度牆**　家の垣根を越えて入って来る。「度」は「渡」に通じる。**5 鸕鷀**　鵜《う》の類の水鳥の名。後漢・張衡「南都の賦」（『文選』巻四）に見える「鸕」について、李善注は『蒼頡篇』を引いて、「鸕鷀は鶂《げき》（サギ）に似て黒し」。**6 蚯蚓**　ミミズ。『礼記』月令に「孟夏の月……蚯蚓出づ」。また「仲冬の月……蚯蚓結ぶ（穴に籠もる）」。**7 車馬**　馬車と馬。訪問者をいう。陶淵明「飲酒二十首」其の五に「廬を結びて人境に在り、而も車馬の喧しき無し」。**8 百草長**　訪れる人がないために草が伸びる。【詩型・押韻】　五言律詩。下平十陽（牆・長）と十一唐（光・堂）の同用。平水韻、下平七陽。

詩解　東柯谷に行かずとも、既に隠逸同様の暮らしぶり。天気も悪くて朝も夕も日の光が見えない。おとなう人とてなく、入って来るのは「山雲」と「蚯蚓」のみ。招かれざる客ではあるが、嫌悪することもなく、入るのにまかせている。蕭条たる日々とはいえ、静かな暮らしを淡々と味わっているかに見える。

其十八（其《そ》の十八《じふはち》） 07-19r

1 地僻秋將レ盡
2 山高客未レ歸
3 塞雲多斷續
4 邊日少二光輝一
5 警急烽常報
6 傳聞檄屢飛
7 西戎外甥國
8 何得レ迕二天威一

地《ち》僻《へき》にして秋《あき》將《まさ》に盡《つ》きんとす
山《やま》高《たか》くして客《かく》未《いま》だ歸《かへ》らず
塞雲《さいうん》多《おほ》く斷續《だんぞく》し
邊日《へんじつ》光輝《くわうき》少《すく》なし
警急《けいきふ》烽《ほう》常《つね》に報《ほう》ず
傳聞《でんぶん》檄《げき》屢《しばしば》飛《と》ぶ
西戎《せいじゆう》は外甥《がいせい》の國《くに》
何《なん》ぞ天威《てんゐ》に迕《たが》ふを得《え》ん

現代語訳 其の十八

偏境のこの地に秋は終わろうとし、高い山に囲まれて旅人はまだ帰れない。
城塞の雲はちぎれがち、辺境の太陽は輝きもない。
のろしの火がいつも危急を告げ、伝令の檄はしょっちゅう飛び交う。
西戎は婿に当たる国、王朝の威光に背くことなどできようか。

語注 **1 地僻** 秦州の住まいが中央から隔たった片隅にある。陶淵明「飲酒二十首」其の五「心遠ければ地自ら偏なり」の「偏」に似る。 **2 客未帰** 旅人である自分はまだ本来の地に帰らない。 **3 塞雲** 辺塞の地の雲。 **断続** ちぎれたかと思うとつながる。雲も安定しない。**4 辺日**　辺境の地の太陽。**5 警急**　危急。魏・曹植「白馬篇」（『文選』巻二七）に「辺城は警急多し」。**烽**　のろし。危急の連絡に用いられる。**6 伝聞**　伝令。**檄**　軍書。**7 西戎**　西方の異民族。吐蕃（チベット）を指す。**外甥**　本来は姉や妹が産んだ男子をいうが、ここでは唐と吐蕃が姻戚関係にあることをいう。唐王朝は二度にわたって皇族の女子を吐蕃の王に降嫁させて親交を結んだ。**8 迕**　そむく。「近」に作る本もある。ならば恐れ多い天威に接近する不遜な態度をいう。**天威**　上天の威厳。『尚書』に出る語。唐王朝の威信をいう。【詩型・押韻】五言律詩。上平八微（帰・輝・飛・威）。平水韻、上平五微。

詩解　辺境の地にあって都に帰ることもできないまま、秋が過ぎゆこうとしている。日の光を見ることも稀であるし、雲の行き来も不安を帯びる。時局は吐蕃との緊張が続く。姻戚関係を結んだ国のはずなのに、王朝の威光をものともしない態度はなんとしたものか。吐蕃との険悪な関係は、安史の乱の後遺症でもある。

其十九（其《そ》の十九《じふきう》）　07-19s

1　鳳　林　戈　未レ息
2　魚　海　路　常　難
3　候　火　雲　峯　峻
4　懸　軍　幕　井　乾
5　風　連二西　極一動
6　月　過二北　庭一寒
7　故　老　思二飛　將一

鳳林《ほうりん》　戈《くわ》　未《いま》だ息《や》まず
魚海《ぎよかい》　路《みち》　常《つね》に難《かた》し
候火《こうくわ》　雲峯《うんぽう》峻《けは》しく
懸軍《けんぐん》　幕井《ばくせい》乾《かわ》く
風《かぜ》は西極《せいきよく》に連《つら》なりて動《うご》き
月《つき》は北庭《ほくてい》を過《す》ぎて寒《さむ》し
故老《こらう》　飛将《ひしやう》を思《おも》ふ

8　何　時　議㆓築　壇㆒　　何《いづ》れの時《とき》か築壇《ちくだん》を議《ぎ》せん

現代語訳　其の十九

鳳林《ほうりん》では戦火いまだ収まらず、魚海《ぎょかい》へは通行はいつも難しい。のろしの火が上がる雲なす峰々は険しい。敵に向かう軍では陣営の井戸も涸れた。風は西の果てに連なるまでに吹き、月は北庭の地を越えて凍てつく。故老たちはかの飛将軍李広のごとき武将の再来を待ち望むが、任命の壇を築く議論がなされるのはいつの日のことか。

語注　**1 鳳林**　県の名。今の甘粛省臨夏市。**戈**　ほこ。武器によって戦を表す。**2 魚海**　吐蕃の地名。今の甘粛省民勤県付近。**3 候火**　のろしの火。**雲峯**　雲のように高く連なる峰。底本は「雲烽」に作るが、諸本によって改める。**4 懸軍**　敵陣に侵入していく軍隊。**幕井**　幕営のなかの井戸。**5 西極**　西の果て。吐蕃をいう。**6 北庭**　北方の地。漢代には匈奴の地域。**7 故老**　昔を知る老人たち。**飛将**　「飛将軍」と呼ばれて匈奴に恐れられた漢の李広《りこう》（『史記』李将軍列伝）。**8 築壇**　将軍を任命するために壇を築く。漢の高祖が韓信を将軍に任じようとした際、蕭何が「壇場を設け礼を備へて、乃ち可なるのみ」と忠告した故事（『史記』淮陰侯列伝）に基づく。【詩型・押韻】　五言律詩。上平二十五寒（難・乾・寒・壇）。平水韻、上平十四寒。

詩解　この詩も引き続いて吐蕃との緊張関係をいう。「其の十八」では吐蕃の攻撃的な態度に不満を述べていたが、ここでは唐王朝の側に力のある将軍が不在であることを歎く。『詳注』では郭子儀が都に召還されて戦地から離れているために、将軍がいないことをいうとする。飛将軍李広の再来を願う「故老」の思いは杜甫の思いでもある。

其二十（其《そ》の二十《にじふ》）　07-19t

1　唐　堯　眞　自　聖　　唐堯《たうげう》　眞《まこと》に自《おのづか》ら聖《せい》なり

2　野　老　復　何　知
3　曬ㇾ藥　能　無ㇾ婦
4　應ㇾ門　幸　有ㇾ兒
5　藏ㇾ書　聞二禹　穴一
6　讀ㇾ記　憶二仇　池一
7　爲　報　鴛　行　舊
8　鷦　鷯　在二一　枝一

野老《やらう》 復《ま》た何《なに》をか知《し》らん
藥《くすり》を曬《さら》すに能《よ》く婦《つま》無《な》からんや
門《もん》に應《おう》ずるに幸《さいは》ひに兒《こ》有《あ》り
書《しよ》を藏《ざう》するは禹穴《うけつ》を聞《き》き
記《き》を讀《よ》みては仇池《きうち》を憶《おも》ふ
爲《ため》に報《ほう》ぜよ 鴛行《ゑんかう》の舊《きう》に
鷦鷯《せうれう》は一枝《いつし》に在《あ》りと

現代語訳　其の二十

帝堯はまことにそのままで聖なるお方、いなかの老いぼれにはわかりはしない。

薬草を干すには嫁がいないじゃないし、門の応対に出るにも幸い子供がいる。

書物が埋蔵されていると、禹穴の話は聞いている。本で読んだことがある仇池の話にもあこがれる。

朝廷でともに排列していた昔の同僚たちに伝えてほしい、鷦鷯《みそさざい》は身の丈に合ったたった一本の枝に住むものであると。

語注　**1 唐堯**　古代の聖王である陶唐氏堯。堯に借りて唐の皇帝をいう。　**2 野老**　いなかの老人。杜甫はしばしば自分を「野老」の語によって称する。　**復何知**　堯の意向は「野老」ごときが知るべくもない。　**3 曬薬**　薬草を日に干す。　**能無**　反語。……ないことがあろうか。　**4 応門**　門戸で来客に応対する。晋・李密「情事を陳ぶる表」（『文選』巻三七）に「外に朞功《きこう》強近の親《しん》（喪に服さねばならぬほど身近な親戚）無く、内に応門五尺の僮無し」。　**5 禹穴**　浙江省紹興市の会稽山にある洞窟。司馬遷『史記』太史公自序に「二十にして南のかた江・淮に遊び、会稽に上り、禹穴を探る」。また禹はその穴で黄帝が治水の法を記した書を見つけたという伝説もある（『呉越春秋』越王無余外伝など）。　**6 仇池**　道教の聖地。「其の十四」参照。　**7 鴛行**

「鴛鷺行」の略。朝臣が居並ぶさまをオシドリ・サギの列にたとえる。**旧**　かつて左拾遺として仕えていた時、朝廷にともに並んだ旧同僚。**8鷦鷯**　ミソサザイ。『荘子』逍遥遊篇、堯から天下を譲ろうと言われた許由は、「鷦鷯は深林に巣くふも、一枝に過ぎず。偃鼠《えんそ》（もぐら）は河に飲むも、腹を満たすに過ぎず」、人は分に合った生き方しかできないものと断った。【詩型・押韻】五言律詩。上平五支（知・児・池・枝）。平水韻、上平四支。

詩解　朝廷を離れ、田舎町でひっそり妻子と暮らす生活に満足する思いを述べる。かつての同僚たちは「鴛行」（7）、オシドリのように華やかな朝廷に居並ぶ。それに対して自分は同じ鳥でも「鷦鷯」（8）、山中の小さなミソサザイ。それがわたしにはふさわしいという言葉には、完全に自足しているわけではなく、未練をひきずっているかにも見える。

「秦州雑詩」二十首の内容は多岐にわたる。初めて訪れた辺塞の町の異様な光景、不慣れな地での暗澹たる心情、周辺の古跡、時局への関心、隠棲への思い、淡々とした日常生活……。二十篇を通して知るのは、秦州の土地と暮らしのなかで、憂鬱に沈みこむばかりでなく、目を広くあれこれに向けて詩をものしていく、たくましい表現欲である。この時期に杜甫は詩人としての自覚を生じたと言われるが（「秦州を発つ」08-24参照）、「秦州雑詩」の連作のなかにも表現者としての貪欲さが見られると思う。また景の描写においても、新たな様相を帯びる。「其の四」の5・6、「其の七」の3・4、「其の十二」の5・6などの聯における自然の捉え方には、象徴性を帯びた深みが加わる。これも秦州が杜甫の詩作における一つの転機であることを示している。

月夜憶㆓舎弟㆒（月夜《げつや》　舎弟《しやてい》を憶《おも》ふ）　07-20

1　戍鼓斷㆓人行㆒　　戍鼓《じゆこ》　人行《じんかう》斷《た》え
2　邊秋一雁聲　　邊秋《へんしう》　一雁《いちがん》の聲《こゑ》
3　露從㆓今夜㆒白　　露《つゆ》は今夜《こんや》從《よ》り白《しろ》く
4　月是故鄕明　　月《つき》は是《こ》れ故鄕《こきやう》の明《めい》

有レ弟皆分散
無三家問二死生一
寄レ書長不レ達
況乃未レ休レ兵

弟《てい》有《あ》りて皆《みな》分散《ぶんさん》し
家《いへ》の死生《しせい》を問《と》ふ無《な》し
書《しよ》を寄《よ》すも長《なが》く達《たつ》せず
況《いは》んや乃《すなは》ち未《いま》だ兵《へい》を休《や》めざるをや

現代語訳　月の夜、弟たちを思う

とりでの町の太鼓は人の行き来を遮断する。辺境の地の秋、はぐれた一羽の雁の声。
露は今夜から白く降りはじめた。月は故郷と同じく明るく照らしている。
弟たちはみなあちこちに行き、生死を尋ねる家すらない。
手紙を送ってもずっと届かない。まして戦《いくさ》の終わらないこの時に。

語注　**0 舎弟**　父を同じくする弟。**1 戍鼓**　とりでの太鼓。日没の太鼓はそれ以後の通行を禁ずる。**2 辺秋**　辺境の秋。**一雁**　秋になって雁は南へ移動する。また雁は群れで行動するもの。それが一羽はぐれている。**3** 暦のうえで今夜から露が降りる。『礼記』月令に「孟秋の月……白露降る」。**4** 月の光は空間に遍在することから、月を見て故郷を思う。**5 有弟**　杜甫には四人の弟がいて、末弟の杜占《とせん》だけが杜甫の家族と行動を共にしていた。**6** 死生の消息を尋ねる家がない。**7 達**　底本は「避」に作るが、諸本に従って改める。**8** 手紙が届かないのは不安であるが、ましてや戦争が終結していない今、いっそう心配になる。【詩型・押韻】五言律詩。下平十二庚（行・明・生・兵）と十四清（声）の同用。平水韻、下平八庚。

詩解　長く続く戦乱に弟たちは離散、消息がつかめない。月を見て同じ月が照らしているであろう他所、また他所の人を思うのは、中国の詩に頻見。「月夜」ゆえにいっそう彼らの身が案じられる。弟たちにとっても、中原を離れ遥か秦州に身を寄せている兄の消息は気になったことだろう。世の中の混乱、長兄として兄弟を思う情——いかにも杜甫らしい詩の一つ。

天末懐㆓李白㆒（天末《てんまつ》にて李白《りはく》を懐《おも》ふ）　07-21

1　涼　風　起㆓天　末㆒　　涼風《りやうふう》　天末《てんまつ》に起《お》こり
2　君　子　意　如　何　　君子《くんし》　意《い》　如何《いかん》
3　鴻　雁　幾　時　到　　鴻雁《こうがん》　幾時《いくとき》にか到《いた》らん
4　江　湖　秋　水　多　　江湖《かうこ》　秋水《しうすい》多《おほ》し
5　文　章　憎㆓命　達㆒　　文章《ぶんしやう》は命《めい》の達《たつ》するを憎《にく》み
6　魑　魅　喜㆓人　過㆒　　魑魅《ちみ》は人《ひと》の過《よ》ぎるを喜《よろこ》ぶ
7　應㆘共㆓冤　魂㆒語　　應《まさ》に冤魂《ゑんこん》と共《とも》に語《かた》り
8　投㆑詩　贈㆗汨　羅㆖　　詩《し》を投《とう》じて汨羅《べきら》に贈《おく》るべし

現代語訳　天の果てにて李白をおもう
秋の風が天の果てに起つ時、君子は胸中いかがお過ごしか。

この地を立った雁があなたの住む地に至り着くのはいつのことか。江や湖の彼の地では秋の冷たい水が増える。

文学は恵まれた人生を憎むもの。魑魅どもは人が通るのを嬉々として待ち構える。

きっとあなたは無残な死を遂げた魂と語り合い、詩を投じて屈原が身を投じた汨羅《べきら》に贈ったことだろう。

語注　**1 天末**　空の果ての地。杜甫のいる秦州を指す。　**1 涼風**　『礼記』月令に「孟秋の月……涼風至り、白露降る」。　**2 君子**　李白を指す。　**3 鴻雁**　大型の雁と小型の雁。渡り鳥の雁は秋になって北方の地である秦州を飛び立ち、いつごろに李白のいる南方へ至るだろうか。**4江湖**　南方は河川・湖沼の多い地。**秋水**　秋は増水の季節。『荘子』秋水篇に「秋水時に至り、百川　河に灌《そそ》ぐ」。**5文章**　今の語の文学にあたる。**命達**　運命が思うとおりに開ける。幸運。**6魑魅**　人に危害を及ぼす妖怪。**人過**　襲いかかろうとして人の通りかかるのを待ち構える。**7応**　きっと……ことだろうと、李白の様子を推測する。**冤魂**　非業の死を遂げた人の魂。「去秋行」(11-27)の「戦場の冤魂　毎夜哭す」のように戦死者も指すが、ここでは屈原をいう。**8投詩**　漢の賈誼《かぎ》は「湘水に過ぎりて書を投じて以て屈原を悼む」(『史記』屈原・賈生列伝)。それが「屈原を弔ふ文」(『文選』巻六〇)。**汨羅**　屈原が身を投じた川。同じく『史記』屈原・賈生列伝に「遂に自ら汨羅に投じて以て死す」。**【詩型・押韻】**　五言律詩。下平七歌(何・多・羅)と八戈(過)の同用。平水韻、下平五歌。

詩解　乾元二年(七五九)、秦州にあって李白を思った詩。「李白を夢む」(07-14)に見たように、李白は夜郎(貴州省桐梓《とうし》県)に流罪される途上、特赦を得ていたが、杜甫はその消息を知らず、南方の地で苦境にあったと思っていたようだ。「文章は命の達するを憎み、魑魅は人の過ぎるを喜ぶ」(5・6)の二句は、すぐれた詩人は宿命として苦難を免れないと、同情し慰める。人は災厄に遭遇することを契機として著述に向かうとは、司馬遷の発憤著書の説であるが(『史記』「太史公自序」)、原因と結果を逆転させて、「詩人は命《めい》薄し」(白居易「洛詩に序す」)という成語も生まれていた。その語に沿いつつ、杜甫は文学を擬人化して「文学は作者の幸福を憎むもの」と言い切る。詩人とその運命の関係について語った、はなはだ衝撃的なことばではある。

南方水郷の地の李白は、とがなくして入水した屈原と語らっているだろうと言うのは、李白がその地で横死したと、杜甫が考えていたのであろうか。

空　囊(空囊《くうなう》)　08-07

1　翠柏苦猶食　　翠柏《すいはく》　苦《にが》きも猶《な》ほ食《く》らふ
2　晨霞高可レ餐　　晨霞《しんか》　高《たか》きも餐《さん》す可《べ》し

3 世人共鹵莽　　世人《せじん》 共《とも》に鹵莽《ろまう》

4 吾道屬艱難　　吾《わ》が道《みち》 屬《たま》たま艱難《かんなん》

5 不レ爨井晨凍　　爨《かし》がずして井《ゐ》は晨《あした》に凍《こほ》り

6 無レ衣床夜寒　　衣《い》無《な》くして床《しやう》は夜《よる》に寒《さむ》し

7 囊空恐二羞澀一　　囊空《なうむな》しくして羞澀《しうじふ》を恐《おそ》る

8 留二得一錢一看　　一錢《いつせん》を留《とど》め得《え》て看《み》る

現代語訳　からのふくろ

緑の柏《はく》は苦くても口にできる。朝のかすみは高きにあっても食べられる。

世の人たちはみんなおおざなり。我が道は苦難の時。

米を炊くこともないから井戸は朝から凍ったまま。布団がないから寝台は夜は冷え冷え。

財布が空《から》ではなんとも気まずい。一銭だけのこしておいてじっと見つめる。

語注　**0 空嚢**　空っぽの財布。「嚢」は袋。唐・賀知章「袁氏の別業に題す」に「謾りに酒を沽《か》ふを愁ふる莫かれ、嚢中自ら銭有り」。　**1 翠柏**　「柏」は常緑樹のコノテガシワ。日本のカシワとは異なる。　**2 晨霞**　朝の彩雲。仙人の食するもの。『楚辞』遠遊に「正陽に漱《すす》ぎて朝霞を含まん」。「明霞」に作る本があるが、5の「晨」と重なるのを避けたか。　**3 世人**　世間の人々。**鹵莽**　いい加減。「魯莽」とも表記する。『荘子』則陽篇に「昔　予禾《いね》を為《つく》るに、耕して之を鹵莽にすれば、則ち其の実も亦た鹵莽にして予に報ず」。　**4 吾道**　自分の生き方。『論語』里仁篇に「参《しん》（曽参）よ、吾が道は一以て之を貫く」。**属**　ちょうど。　**5 爨**　米を炊く。**井晨凍**　米を炊くこともしないから、井戸は凍ったまま。　**6 無衣**　『詩経』豳風・七月に「衣も無く褐も無ければ、何を以て歳を卒《を》へん」。ただしここでは掛け布団をいう。『論語』郷党篇に「必ずや寝衣有り、長さ一身有半」。その何晏集解に引く孔安国の注に「今の被なり」。**7 羞渋**　はずかしい。『杜甫詩注』では主語を「空嚢」として、財布もきまり悪かろうと解する。**8 留得**　のこしておく。「得」は動詞の後について結果を添える助字。【詩型・押韻】　五言律詩。上平二十五寒（餐・難・寒・看）。平水韻、上平十四寒。

詩解　乾元二年（七五九）、秦州での作。貧乏をうたう。食べるべくもない「翠柏」「晨霞」だって食べられると、無理に言いなす出だしからして、早くも諧謔を帯びる。世間の人は正しく生きることから逃げて姑息に生活をしている。それに対して「吾が道は」と崇高な理念を語るかと思うと、「属艱難」と苦境を甘受するのみ。衣食の貧窮をいう5・6の誇張は深刻に陥らない。空の財布では格好がつかないからと一銭だけのこして、それをしげしげと見るというのもおかしみで一篇を終える。秦州での暮らしは確かに物質的な窮乏のなかにあっただろうが、それを清貧として声高に唱えることもせず、ユーモラスなうたいぶりに終始する。

寄㆓李十二白㆒二十韻　（李十二白《りじふにはく》に寄《よ》す二十韻《にじふゐん》）　08-21

（原注）會稽賀知章、一見㆑白、號爲㆓天上謫仙人㆒。（會稽《くわいけい》の賀知章《がちしやう》、一《ひと》たび白《はく》を見《み》るや、號《がう》して天上《てんじやう》の謫仙人《たくせんにん》と爲《な》す。）

1　昔年有㆓狂客㆒　　昔年《せきねん》　狂客《きやうかく》有《あ》り
2　號㆓爾謫仙人㆒　　爾《なんぢ》を謫仙人《たくせんにん》と號《がう》す
3　筆落驚㆓風雨㆒　　筆《ふで》落《お》ちて風雨《ふうう》を驚《おどろ》かせ
4　詩成泣㆓鬼神㆒　　詩《し》成《な》りて鬼神《きしん》を泣《な》かしむ
5　聲名從㆑此大　　聲名《せいめい》　此《これ》從《よ》り大《だい》

6 汨沒一朝伸
7 文彩承二殊渥一
8 流傳必絶倫
9 龍舟移レ棹晩
10 獸錦奪レ袍新

汨沒《こつぼつ》 一朝《いってう》伸《の》ぶ
文彩《ぶんさい》は殊渥《しゆあく》を承《う》け
流傳《りうでん》は必《かなら》ず絶倫《ぜつりん》
龍舟《りゆうしう》 棹《さを》を移《うつ》すこと晩《おそ》く
獸錦《じうきん》 袍《はう》を奪《うば》ふこと新《あら》たなり

現代語訳 李白に寄せる二十韻

会稽《かいけい》の賀知章《がちしよう》はひとたび李白を見るや、天上から流された仙人と称した。むかし不羈奔放な人がいて、君に謫仙人《たくせんにん》という名をつけた。筆を下ろせば雨風もびっくり。詩ができあがれば鬼神も泣き出す。名声はその時から高まって、埋もれていた身は一朝にして世に飛び出した。華やかな作は破格の思し召しを賜り、世間ではどの作も飛び抜けた流行ぶり。龍の御船《みふね》がゆるやかに水に滑る。人から取り上げた聖獣模様の袍《うわぎ》を改めて与えられた。

語注 **0 李十二白** 李白。「十二」は李白の排行。**会稽賀知章** 会稽（浙江省紹興市）の人、賀知章。盛唐の詩人。「飲中八仙歌」（02-01）にも見える。賀知章が李白を見て「謫仙人」（天界から流謫された仙人）と称したことは、李白「酒に対して賀監を憶ふ二首幷びに序」をはじめとして処々に見える。**1 狂客** 常軌を逸脱した人。賀知章を指す。同上の詩の「其の一」に「四明に狂客有り、風流賀季真（季真は賀知章の字）」。**2 爾** 二人称。李白を指す。**3・4 風雨・鬼神** 人を超えた目に見えない存在。「毛詩大序」に詩の及ぼす作用として「天地を動かし、鬼神を感ぜしむ」。李白「江上吟」に「興酣《たけなは》にして筆を落とせば五岳を揺るがし、詩成りて笑傲すれば滄洲を凌ぐ」。**5 声名** 名声。**従此大** 賀知章に認められたことを契機として名が高まる。**6** 無名の李白が翰林供奉に取り立てられ、突如として宮廷詩人として名をとどろかせたこと。**汩没** 世に埋もれている。**一朝** ある日突然。**伸** 屈した体を伸ばす。**7** **文彩** 華麗な文学。**殊渥** 特別な恩恵。「渥」はうるおい、めぐみ。**8** **流伝** 世間に広まる。**絶倫** 並ぶものがない。**9** **龍舟** 龍の装飾を施した立派な舟。龍は天子のしるしでもある。**移棹遅** ゆっくりと舟を進める。**10** **獣錦** 動物の絵柄を織り込んだ錦繡。その動物は麒麟などの聖獣か。**奪袍** 宮中の詩会において賞品の袍（丈の長い朝服）を奪い取る。則天武后のもとで詩を賦した東方虬《とうほうきゅう》は「錦袍」を得たが、後でできた宋之問《そうしもん》の詩のほうがすぐれるとして、「虬の錦袍を奪ひ、以て之を賞」した故事（『旧唐書』文苑伝中・宋之問伝）を用いる。**新** 先の勝者の得た袍を新たに改めて下賜されたことをいう。

11 白日來㆓深殿㆒
12 青雲滿㆓後塵㆒
13 乞㆑歸優詔許
14 遇㆑我宿心親
15 未㆑負㆓幽棲志㆒
16 兼全㆓寵辱身㆒
17 劇談憐㆓野逸㆒
18 嗜酒見㆓天眞㆒
19 醉舞梁園夜
20 行歌泗水春

白日《はくじつ》 深殿《しんでん》に來《きた》り
青雲《せいうん》に後塵《こうぢん》滿《み》つ
歸《かへ》るを乞《こ》ひて優詔《いうせう》許《ゆる》され
我《われ》に遇《あ》ひて宿心《しゆくしん》親《した》しむ
未《いま》だ幽棲《いうせい》の志《こころざし》に負《そむ》かず
兼《か》ねて寵辱《ちようじよく》の身《み》を全《まつた》うす
劇談《げきだん》 野逸《やいつ》を憐《あは》れみ
嗜酒《ししゆ》 天眞《てんしん》を見《あらは》す
醉《ゑ》ひて舞《ま》ふ 梁園《りやうゑん》の夜《よる》
行《ゆ》きて歌《うた》ふ 泗水《しすい》の春《はる》

現代語訳

昼間から奥深い宮殿に出入り自由、青雲の高みには後塵を拝する人があふれる。
お暇を願い出て優しく認められた。わたしと出会うや旧知のように息が合った。
かねてからの隠棲の思いもかない、浮き沈みありながら身も全うできた。
激しく議論しあって自然のままの人柄に惹かれ、酒を好んで生まれたままの姿が出る。
酔って舞うのは梁園の夜、歩みつつ歌うのは泗水《しすい》の春。

語注

11 真っ昼間から宮殿の奥まで自由に出入りすることで、李白が宮廷で特別の待遇を与えられていたことをいう。 **12 青雲** 名声と高い地位を得ていた李白をいう。 **後塵** 李白に追随しようとする人たち。晋・張協「七命」(『文選』巻三五)に、「余は不敏なりと雖も、請ふ後塵を尋ねんことを」。 **13** 李白は高力士らから疎まれて朝廷を追われたと言われるが、ここでは自分から翰林供奉を辞する申し出をし、玄宗からそれを許されたと言いなして、李白の屈辱を救う。 **乞帰** 辞職して故郷に帰ることを願いでる。 **優詔** 心のこもった詔。 **14 遇我** 杜甫との出会いは洛陽において、天宝三載(七四四)の夏。 **宿心親** 以前から知り合っていたかのように親しさを覚える。 **15 幽棲志** 隠逸したいという思い。南朝宋・謝霊運「隣里 方山に相ひ送りしときの詩」(『文選』巻二〇)に「此に資《よ》りて永く幽棲せん」。李白は朝廷に入る前に終南山で道教徒としての修行をするなど、本来、隠逸を志向していた。 **16 寵辱** 大切に扱われることと屈辱を与えられること。『老子』十三章に「寵辱に驚くが若くす」。この一句は隠棲の志を持ち続けていたとともに、世間にあって寵辱にさらされても動揺することなく、自分の身を全うしたことをいう。 **17 劇談** 激しい議論。 **憐** 対象に心を引かれること。好きになる。 **野逸** 縛られることなく勝手気まま。従来は当時無官であった杜甫のことをいう、更には杜甫を哀れみ、同情すると説かれてきたが、前後の句いずれも李白のことを述べるので、この句も李白についていうと解する。 **18 嗜酒** 酒を好む。李白の酒については「飲中八仙歌」(02-01)に見える。 **天真** 飾ることなく自然のまま。もとは『荘子』漁父篇に出る。「礼なる者は世俗の為す所なり。真なる者は天より受くる所以なり。自然にして易《か》ふべからず。故に聖人は天に法《のっと》り真を貴び、俗に拘《とら》はれず」。 **19 梁園** 漢の文帝の子である梁の孝王の庭園。兎園《とえん》ともいい、当時の学者が集められた。 **20 泗水** 山東省の川。李白と杜甫は連れ立って、梁園・泗水の地に遊んだことがあった。

21 才高心不レ展　才《さい》高《たか》くして　心《こころ》展《の》びず
22 道屈善無レ鄰　道《みち》屈《くつ》して　善《ぜん》　鄰《となり》無《な》し
23 處士禰衡俊　處士《しょし》　禰衡《でいかう》の俊《しゅん》
24 諸生原憲貧　諸生《しょせい》　原憲《げんけん》の貧《ひん》
25 稲粱求未レ足　稲粱《たうりやう》　求《もと》むるも未《いま》だ足《た》らず
26 薏苡謗何頻　薏苡《よくい》　謗《そし》り何《なん》ぞ頻《しき》りなる
27 五嶺炎蒸地　五嶺《ごれい》　炎蒸《えんじよう》の地《ち》
28 三危放逐臣　三危《さんき》　放逐《はうちく》の臣《しん》
29 幾年遭二鵩鳥一　幾年《いくねん》か鵩鳥《ふくてう》に遭《あ》へる
30 獨泣向二麒麟一　獨《ひと》り泣《な》きて麒麟《きりん》に向《む》かふ

現代語訳

才はずぬけても心はくじける。道は折れ曲がって善人を理解してくれる人もない。
無官の禰衡《でいこう》の才気。書生の原憲《げんけん》の貧しさ。
食っていくにも十分でないのに、根も葉もない悪口ばかり。
五嶺は酷暑の地。三危へ放逐された臣。

賈誼のようにいつか鵩鳥に出会ったりしないか。孔子のように麒麟に向かって涙を流す。

語注 **21 心不展** 気持ちが伸びやかにならない。南朝宋・謝霊運「斤竹澗より嶺を越えて渓行す」（『文選』巻二二）に、「麻を折るも心は展ぶる莫し」。**22 道屈** 進むべき道がゆがむ。**善無隣** 正しいのに味方がいない。『論語』里仁篇に「徳は孤ならず、必ず隣有り」を反転して、徳があっても隣が無いという。**23 処士** 無官の人。「処」は仕官せずに家にいるの意。**禰衡** 後漢末の才人。強烈な個性が災いして出仕できなかった。李白をたとえる。**24 諸生** 学生。**原憲** 孔子の弟子の一人。貧乏で知られる。**25 稲粱** 米とあわ。食糧をいう。**26 薏苡** ハトムギ。後漢・馬援の故事を用いる。馬援は交阯（ベトナム北部）に侵攻した際、健康によい薏苡を車いっぱい持ち帰った。彼の死後、宝物を持ち帰ったと中傷された（『後漢書』馬援伝）。誤解によって誹謗を受けることをいう。一句は李白が永王李璘の挙兵に加わったのを謗られたことを指す。**27 五嶺** 大庾嶺など南方の山岳地帯。**炎蒸** 酷暑と蒸し暑さ。一句は李白が夜郎の地へ流されたことを指す。**28 三危** 三危山という山の名。西の果てにあると考えられ、舜が三苗を追放した地（『尚書』舜典）。**29 鵩鳥** 漢の賈誼は文帝に重用されたが、それをねたまれて長沙に左遷された。その住まいに「鵩鳥」が舞い込んだのを凶兆として死を予感し、「鵩鳥の賦」（『文選』巻一三）に不遇の思いを記した。**30** 孔子の故事を用いる。魯の哀公一四年（前四八一）、「西に狩りして麟を獲たり」（『春秋』）。平和な世に出現するはずの麒麟が、そうでない時に現れたために、孔子は「吾が道窮す」（『公羊伝』）と絶望した。

31 蘇武先還レ漢
32 黄公豈事レ秦
33 楚筵辭レ醴日
34 梁獄上レ書辰
35 已用二當時法一
36 誰將二此義一陳

蘇武《そぶ》 先《さき》に漢《かん》に還《かへ》る
黄公《くわうこう》 豈《あ》に秦《しん》に事《つか》へんや
楚筵《そえん》 醴《れい》を辭《じ》せし日《ひ》
梁獄《りやうごく》 書《しよ》を上《たてまつ》る辰《とき》
已《すで》に當時《たうじ》の法《はふ》を用《もち》ゐる
誰《たれ》か此《こ》の義《ぎ》を將《もつ》て陳《の》べん

37 老吟秋月下
38 病起暮江濱
39 莫レ怪恩波隔
40 乘レ槎與問レ津

老《お》いて吟《ぎん》ず　秋月《しゅうげつ》の下《もと》
病《や》みて起《た》つ　暮江《ぼこう》の濱《ひん》
怪《あや》しむ莫《な》かれ　恩波《おんぱ》の隔《へだ》たるを
槎《いかだ》に乘《の》りて與《ため》に津《しん》を問《と》はん

現代語訳

蘇武は一足先に漢に帰った。黄公が秦に仕えるはずはない。

楚の王の宴席では醴のもてなしのないことから辞去することに。梁の獄中から無実を明らかにする書を奉る。

その時の法によって裁かれたからには、誰が彼の正しさを陳述しよう。

老いて秋の月のもとに詩を口ずさみ、病んだ体を日暮れの川べりに立ち上げる。

天子の恩が届かないのではと不審に思わないでくれたまえ。あなたのためにいかだで天まで登って問い質してみよう。

語注　**31 蘇武**　漢の武将。匈奴に捕らわれが屈せず、荒野で羊を放牧して抵抗を続け、十九年を経て漢に帰還した（『漢書』蘇武伝）。　**先**　匈奴に敗れて屈服した李陵はついに帰国せずに終わったのに対して、蘇武は先に帰国したと解する。　**32 黄公**　商山四皓《しこう》の一人、夏黄公。四人は秦の暴政に抗議して商山に籠もっていたが、後に張良に請われて山を下りて、高祖劉邦に諫言した（『史記』留侯世家）。ここでは四皓が秦に仕えたりはしないということで、李白が永王李璘に加わるはずがないことをいう。

33 楚筵　楚の元王の宴席。漢の穆生《ぼくせい》の故事を用いる。楚の元王（高祖劉邦の異母弟）は学者を大切に遇し、その一人穆生は下戸であったためにわざわざ醴（あまざけ）を用意した。三代後の王に至ると、その心遣いを忘れるようになり、穆生は自分への扱いが変わったことを知って辞任した（『漢書』楚元王伝）。それを借りていうのは、永王璘と李白の関係が疎遠になっていったことをいうか。　**34**　漢の鄒陽《すうよう》の故事を用いる。枚乗《ばいじょう》ら文人とともに、梁の孝王に仕えていた鄒陽は讒言されて死罪を命じられた。無実を弁明した書翰を上呈すると、孝王はすぐ罪を許し、上客としてもてなした（『史記』魯仲連・鄒陽列伝。『漢書』鄒陽伝）。

その時の書翰は「獄中にて書を上《たてまつ》り自ら明らかにす」と題して『文選』巻三九に収められている。ここではそれを借りて李白の冤罪をいう。**35・36** その時の法によって裁かれてしまったが、彼の正義を陳述する者はいないか。「義」を「議」に作る本もある。ならば議論、意見。**37・38** 南方の地に一人わびしく暮らす李白を思いやる。**39** **恩波** 皇帝の恩沢。**隔** 遠く隔てられる。可能性がない。**40** いかだに乗って黄河の源流を尋ねた話を用いる。毎年同じ時期に流れてくるいかだに乗ってさかのぼると、天の川に至り着いた（晋・張華『博物志』巻一〇）、漢の武帝に命じられて黄河の源流を探った張騫の話（『漢書』張騫伝）とも混同される。**問津** 『論語』微子篇の、孔子が弟子の子路に「津を問はしむ」、渡し場はどこか尋ねさせたという語を用いて、物事を尋ねることをいう。ここでは自分がいかだに乗って天に登り、天帝に問い質したいという。【詩型・押韻】 五言排律。上平十七真（人・神・伸・新・塵・親・身・真・隣・貧・頻・臣・麟・秦・辰・陳・浜・津）と十八諄（倫・春）の同用。平水韻、上平十一真。

詩解 詩による李白伝ともいうべき作。賀知章に「謫仙人」と称されて宮中に入り、宮廷詩人としての華やかな活躍、それを辞して杜甫とともにしたボヘミアンの時期、無実の罪を得て窮乏する今日——宮廷を追放されたとか永王李璘の謀反に加わったとか、経歴の汚点となるようなことには筆を避ける。才ずば抜けるがゆえに免れない不遇の詩人李白に対する敬愛の念が全篇を貫く。制作の時期には諸説あるが、とりあえず『詳注』に従って秦州時期に置く。

發二秦州一（秦州《しんしゅう》を發《はっ》す） 08-25

（原注）乾元二年、自二秦州一赴二同谷縣一紀行十二首（乾元二年《けんげんにねん》、秦州自《しんしゅうよ》り同谷縣《どうこくけん》に赴《おもむ》く紀行《きこう》十二首《じふにしゅ》）

1 我衰更嬾拙　我《われ》衰《おとろ》へて更《さら》に嬾拙《らんせつ》
2 生事不二自謀一　生事《せいじ》自《みづか》ら謀《はか》らず
3 無レ食問二樂土一　食《しょく》無《な》くして樂土《らくど》を問《と》ひ

4　無レ衣　思二南　州一　　衣《ころも》無《な》くして南州《なんしう》を思《おも》ふ

現代語訳　秦州を発つ

わたしは衰えて前にもましてずぼらになり、生活の手だてを自分で算段することもしなくなった。

食べ物がないので楽園はどこかと尋ね、着る物がないので暖かい南の国へ行こうと思った。

語注　**0 同谷県**　秦州の南に隣接する成州に属する県。今の甘粛省成県。　**1 我衰**　『論語』述而篇の孔子の語を用いる。「甚だしきかな吾が衰へたるや、久し、吾復た夢に周公を見ず」。　**2 嬾拙**　懶惰で処世につたない。「嬾」は「懶」に通じる。　**2 生事**　生計。　**謀**　考える、算段する。『論語』衛霊公篇に「君子は道を謀りて食を謀らず」。生活のことに心を労するのは君子のすべきことでない、という自負とともに、自分で自分の生活をやりくりできない無能ぶりを自嘲する。　**3 無食**　食糧がない。『荘子』山木篇に、市南宜僚《しなんぎりょう》が魯侯の憂いを解こうとして、国を棄てて南越の楽園「建徳之国」へ行くことを勧めるが、魯侯は「吾に糧無し、我に食無し」、どうして至り着くことができようと応える。　**楽土**　楽園。『詩経』魏風・碩鼠《せきそ》に、「楽土よ楽土、爰《ここ》に我が所を得ん」。楽土の条件はまず食べ物が保証されること。　**4 無衣**　着るものがない。『詩経』豳風・七月に「衣無く褐《かつ》（鄭箋によれば毛の衣）無し、何を以て歳を卒《を》へん」。　**南州**　南の国。『楚辞』遠遊に、「南州の炎徳を嘉し、桂樹の冬に栄ゆるを麗とす」。

5　漢　源　十　月　交　　漢源《かんげん》　十月《じふがつ》の交《かう》

6　天　氣　如二涼　秋一　　天氣《てんき》　涼秋《りやうしう》の如《ごと》し

7　草　木　未二黄　落一　　草木《さうもく》　未《いま》だ黄落《くわうらく》せず

8　況　聞二山　水　幽一　　況《いは》んや山水《さんすい》の幽《いう》なるを聞《き》くをや

9　栗　亭　名　更　嘉　　栗亭《りつてい》　名《な》更《さら》に嘉《よ》し

10 下有㆓良田疇㆒
11 充㆑腸多㆓薯蕷㆒
12 崖蜜亦易㆑求
13 密竹復冬筍
14 清池可㆑方㆑舟
15 雖㆑傷㆓旅寓遠㆒
16 庶遂㆓平生遊㆒

下《した》に良田疇《りやうでんちう》有《あ》り
腸《ちやう》を充《み》たすには薯蕷《しよよ》多《おほ》く
崖蜜《がいみつ》 亦《ま》た求《もと》め易《やす》し
密竹《みつちく》 復《ま》た冬筍《とうじゆん》
清池《せいち》舟《ふね》を方《なら》ぶ可《べ》し
旅寓《りよぐう》の遠《とほ》きを傷《いた》むと雖《いへど》も
庶《こひねが》はくは平生《へいぜい》の遊《いう》を遂《と》げん

現代語訳

漢水の源にあたる地の冬十月に入るころ、天気は爽やかな秋のようだ。草木はまだ枯れ落ちていないし、そのうえ山水は幽邃であるという。栗亭というのは名前がまたいい。その下に肥沃な農地がある。イモがたくさんあって腹を満たしてくれるし、崖蜜もたやすく手に入る。びっしりと生えた竹林では冬筍も採れる。きれいな池では舟を浮かべることもできる。遠い地へ寄寓している辛さはあっても、かねてよりの幽邃の地に遊びたい思いがかなえられよう。

語注 **5 漢源** 西漢水（嘉陵江に注ぐ川）の水源、すなわち同谷を指す。**十月交** 九月から十月へ変わる時。語は『詩経』小雅・十月之交にも見えるが、『詩経』では前の月と次の月の交接の意味ではなく、日と月が交わるの意味。**6 涼秋** 気持ちのよい秋涼。**7・8** 植物がまだ枯れ落ちていないだけでなく、そのうえ同谷には山水幽邃の美があると聞いている。**9 栗亭**

同谷県の東の鎮の名。**名更嘉**　地元の人には符号に過ぎない地名が、他所の人にとっては意味をもつ語として新鮮に響くことがある。『論語』八佾篇に、哀公から「社」（やしろ）の木を尋ねられた宰我《さいが》が周では「栗」を用いる、「人をして戦栗せしむるなり」と答えて、孔子にとがめられた話がある。そこでは地名「栗」の音による連想（戦慄）、ここでは「栗」から栗の実を連想する。**10 良田疇**　肥沃な農地。『孟子』尽心篇上に、「孟子曰く、其の田疇を易《をさ》めしめ、其の税斂を薄くすれば、民は富ましむ可きなり」。**11 薯蕷**　いもの類。**12 崖蜜**　山の崖に採れる蜂蜜。**13 密竹**　密生した竹林。南朝宋・謝霊運「石門の最高頂に登る」（『文選』巻二二）に「密竹は径をして迷はしむ」。**冬筍**　冬期に食用となる種類のたけのこ。晋・左思「呉都の賦」（『文選』巻五）に「苞筍は節を抽きんず」、その李善注に「苞筍は冬筍なり」。**14 清池**　魏・曹植「王粲に贈る」（『文選』巻二四）に「清池　長流激す」。**方舟**　もとは二艘の舟を並べること。『荘子』山木篇に「舟を方べて河を済る」。転じて舟を浮かべること。**15 旅寓**　旅住まい。**16 庶**　なんとか……したいものだ。**平生遊**　以前から抱いていた山水に遊びたい思い。

17 此邦俯㆓要衝㆒　　此《こ》の邦《くに》は要衝《えうしよう》に俯《ふ》す
18 實恐人事稠　　實《じつ》に恐《おそ》る　人事《じんじ》の稠《おほ》きを
19 應接非㆓本性㆒　　應接《おうせつ》は本性《ほんせい》に非《あら》ず
20 登臨未㆑銷㆑憂　　登臨《とうりん》するも未《いま》だ憂《うれ》ひを銷《け》さず
21 谿谷無㆓異石㆒　　谿谷《けいこく》　異石《いせき》無《な》く
22 塞田始微收　　塞田《さいでん》　始《はじ》めて微《すこ》しく收《をさ》む
23 豈復慰㆓老夫㆒　　豈《あ》に復《ま》た老夫《らうふ》を慰《なぐさ》めんや
24 惘然難㆓久留㆒　　惘然《ばうぜん》として久《ひさ》しく留《とど》まり難《がた》し

現代語訳

この秦州という国は天下の要衝を見下ろす位置にあり、人間関係が複雑すぎる。人の相手をするのは自分の本性には合わない。山や水を眺めても憂いは消えない。谷川には珍しい岩もないし、とりでの地の農地ではやっと少しだけ収穫できた。この老人を慰めるものはない。茫然としてこのままずっと居られそうにない。

語注　**17 此邦**　今いる秦州を指す。**要衝**　重要な地。『後漢書』傅燮《ふしょう》伝に「今　涼州は天下の要衝、国家の藩衛」。**18 人事**　人間関係に関わる事。**稠**　濃密。**19 応接**　人との付き合い。『世説新語』言語篇に、王献之が山陰の道中は山水の美に富み、「人をして応接に暇あらざらしむ。秋冬の際の若きは、尤も懐ひを為し難し」と自然に触れる楽しみをいう。時節は同じく秋冬の交ではあるが、杜甫のいう「応接」は人との接触。**本性**　持って生まれた性質。陶淵明は官を辞そうとする理由を、「何となれば則ち質性は自然にして、矯厲（無理にゆがめて）して得る所に非ざればなり」（「帰去来の辞」序）と、自分本来の持ち前と合わないからだと述べた。**20 登臨**　山に登ったり水に臨んだりして山水を愛でる。**銷憂**　憂愁を解消する。魏・王粲「登楼の賦」（『文選』巻一一）は「茲の楼に登りて以て四もを望め、聊か暇日に以て憂ひを銷さん」といったが、自分は山水を見ても憂いが消滅しない。**21 谿谷**　「渓谷」に同じ。**異石**　珍しく、賞美に値する岩。**22 塞田**　辺塞の地の耕地。**23** 人の往来が多くて煩わしい、山水の美もない、農作物の収穫もない、そのために心を楽しませてくれはしない。**24 惘然**　落胆と悲哀でぼんやりするさま。**難久留**　漢・李陵の「蘇武に与ふ三首」（『文選』巻二九）其の三に、「行人は久しく留まり難し」。

日色隠㆓孤戍㆒　　日色《にっしょく》　孤戍《こじゅ》に隠《かく》れ
烏啼満㆓城頭㆒　　烏啼《からすな》きて　城頭《じやうとう》に満《み》つ
中宵駆㆑車去　　中宵《ちゆうせう》　車《くるま》を駆《か》りて去《さ》る
飲㆓馬寒塘流㆒　　馬《うま》を寒塘《かんたう》の流《なが》れに飲《の》ます

29　磊落星月高　　磊落《らいらく》として星月《せいげつ》高《たか》く
30　蒼茫雲霧浮　　蒼茫《さうばう》として雲霧《うんむ》浮《う》かぶ
31　大哉乾坤內　　大《おほ》いなるかな乾坤《けんこん》の內《うち》
32　吾道長悠悠　　吾《わ》が道《みち》は長《とこしへ》に悠悠《いういう》たり

現代語訳
日の光はぽつんとあるこの守りの地に隠れ、からすが城の上に群がって鳴き交わしている。

深夜に馬車を走らせてこの町を出た。寒々とした流れで馬に水飼う。

星や月は高い夜空にきらめき、薄暗く雲や霧が浮かぶ。

世界は実に大きい。わたしの道はそのなかで永遠に果てなく続く。

語注　**25 日色**　太陽の光。**隠**　物に遮蔽されるのでなく、暗く見えにくくなる。ここでは日暮れをいう。**孤戍**　孤立したとりで。秦州をいう。**26 烏啼満城頭**　夕暮れにからすの群れがねぐらに集まる。**27 中宵**　真夜中。**駆車**　「古詩十九首」（『文選』巻二九）其の三に、「車を駆りて駑馬に策《むち》うつ」。**28 飲馬**　馬に水を飲ませる。古楽府に出征兵士の辛さをうたう「飲馬長城窟行」がある。**寒塘**　冷たい池。**29 磊落**　空高くに星がきらめくさまをいう双声の語。『芸文類聚』（巻五六）が引く古い歌に「磊磊落落として曙に向かふ星」。**30 蒼茫**　暗く広いさまをいう畳韻の語。**31 乾坤**　天地。『周易』の語。**32 吾道**　この先に続く旅の道であると同時に人生の道。『論語』里仁篇の孔子の言葉、「吾が道は一以て之を貫く」に基づく。**悠悠**　果てしなく遠く続くさま。【詩型・押韻】　五言古詩。下平十八尤（謀・州・秋・疇・求・舟・遊・稠・憂・収・留・流・浮・悠）、十九侯（頭）、二十幽（幽）の同用。平水韻、下平十一尤。

詩解　乾元二年（七五九）十月、題下の原注にいうように、杜甫は秦州を離れ同谷県に移ることに決め、「鳳凰台」（08-36）に至るまで、その途上の作が続く。本詩はいわば十二首の序にあたり、自分の来し方と移住の決意、そのゆえんを述べる。以下の十一首はいずれも経過する地名を詩題とする。総序の役割をもつこの詩と含めて十二首の連作とみなすことができる。

1〜16はこれから向かう同谷県への期待に胸をふくらませる。その地は十月に入っても暖かく、したがって食糧も豊富。期待の第一は食べ物の苦労から解放されることで、「薯蕷」「崖蜜」「冬筍」など名前まで挙げる。期待はすぐ裏切られてまた同谷を立ち去ることになった結果を知っている我々から見ると、涙ぐましくもなる。期待のもう一つは山水の美を賞翫できること。物質生活の保証と並んで、文人としての精神生活も求めている。

17〜24は今立ち去ろうとしている秦州への嫌悪を綴る。人間関係の煩わしさを挙げるのは、そこで何らかのトラブルも生じたか。山水の美もないし食糧も乏しい。つまりは同谷に期待することが秦州に欠如している。

25〜32は出立とその心境を述べる。夜中に発つのが事実だとすれば、急遽離れなければならない理由があったのか。夜であるためもあって、期待した旅なのに風景は暗く不安を帯びる。そして最後の二句「大いなるかな乾坤の内、吾が道は長《とこしへ》に悠悠たり」。これについて小川環樹博士は「詩人としての自覚」を読み取る。「浮動し、流動する天地、その天地のあいだは広い。どれほどあるのか、はかり知れない。その広大な空間のなかに、自分の進んでゆく一すじの路は、また長く長くつづいている。一すじの路、それの終着点はどこであるのか、この詩では語られていない。けれども、その一すじの路が「吾が道」であり、杜甫が永遠にこの路を歩きつづけるほかはない運命は、この二句において明らかに示されている」（「吾道長悠悠——杜甫の自覚」、初出一九六二年、『風と雲——中国文学論集』、一九七二、朝日新聞社、所収）。

赤谷（赤谷《せきこく》）　08-26

1　天寒霜雪繁　　天寒《てんさむ》くして霜雪繁《さうせつしげ》し
2　遊子有レ所レ之　　遊子《いうし》　之《ゆ》く所《ところ》有《あ》り
3　豈但歳月暮　　豈《あ》に但《た》だ歳月《さいげつ》の暮《く》るるのみならんや

4 重來未レ有レ期　　重《かさ》ねて來《きた》るに未《いま》だ期《き》有《あ》らず

現代語訳　赤谷

空は寒々と広がり霜や雪がしとどに降りくる。旅人にはこのさき行く所がある。

時間が暮れに向かっているだけではない。またここへいつ来られるか、あてもない。

語注　**0 赤谷**　秦州に属する地。　**1 天寒霜雪繁**　『荘子』譲王篇に孔子が陳蔡の間に窮した時の言葉に「天寒既に至り、霜雪既に降る。吾是《ここ》を以て松柏の茂るを知るなり」。『詩経』小雅・正月に「正月に霜繁し、我が心　憂傷す」。　**2 遊子**　旅人。　**有所之**　漢・李陵「蘇武に与ふ三首」（『文選』巻二九）其の三、「手を携へて河梁に上る、遊子　暮れに何くにか之く」を反転して用い、酷寒に抗して進まねばならない辛苦、それに抗する覚悟、意志を表す。　**3 歳月暮**　時が歳暮に近づく。「古詩十九首」（『文選』巻二九）其の一に、「君を思へば人をして老ひしむ、歳月は忽として已に晩る」。　**4** 二度と足を踏み入れることはないであろう地を離れるに当たって、感慨を生じる。　**重来**　秦州にもう一度来る機会。　**未有期**　漢・蘇武「詩四首」（『文選』巻二九）其の三に、「行役して戦場に在り、相ひ見ること未だ期有らず」。

5 晨發二赤谷亭一　　晨《あした》に赤谷亭《せきこくてい》を發《はつ》し
6 險艱方自レ茲　　險艱《けんかん》 方《まさ》に茲《これ》自《よ》りす
7 亂石無レ改レ轍　　亂石《らんせき》 轍《てつ》を改《あらた》むる無《な》く
8 我車已載脂　　我《わ》が車《くるま》 已《すで》に載《すなは》ち脂《あぶら》す
9 山深苦多レ風　　山深《やまふか》くして苦《はなは》だ風《かぜ》多《おほ》し
10 落日童稚飢　　落日《らくじつ》 童稚《どうち》飢《う》う

11　悄然村墟迥　　悄然《せうぜん》として村墟《そんきよ》迥《はる》かに

12　煙火何由追　　煙火《えんくわ》何《なに》に由《よ》りて追《お》はん

現代語訳

朝に赤谷の宿を出発し、困難な道はまさしくここから始まる。岩石入り乱れても道を換えることもできない。わたしの車はもう油をさして準備が整っている。山が深まるにつれて風が強くなり、日が沈む頃には子供たちが腹を空かせる。寂しげにたたずむ村落が遠くに見えるが、人家の煙までどうやってたどりつけるのか。

語注　**5・6 晨発**　早朝に出発する。梁・任昉「郭桐廬に贈る……」（『文選』巻二六）に、「朝に富春の渚を発ち、意を蓄へて相思を忍ぶ。……滄江　路は此《ここ》に窮まり、湍険《たんけん》（急流）　方《まさ》に茲自りす」。　**亭**　駅亭。宿場の旅舎。　**険艱**　険阻な道。　**7 乱石**　通行をこばむ散乱した石や岩。　**改轍**　進む道を変える。魏・曹植「白馬王彪に贈る」（『文選』巻二四）に、「轍を改めて高岡に登る」。「轍」はわだち。走りづらくてもそのまま進むのは、ほかに道がないから。　**8 我車**　『詩経』小雅・車攻に「我が車既に攻《かた》し」。　**載脂**　車に油をさして走行の準備をする。「載」は語調を整える助字。『詩経』邶風・泉水の「載ち脂さし載ち舝《くさび》す」を用いる。　**9・10** 山行の困難をいう。魏・曹丕「善哉行」（『文選』巻二七）に「山に上りて薇《び》を采り、薄暮　飢ゑに苦しむ。谿谷は風多く、霜露は衣を沾す」。　**11 悄然**　ひっそり寂しいさま。　**村墟**　村落。「墟」も村。　**12 煙火**　煮炊きの煙。魏・王粲「従軍詩五首」（『文選』巻二七）其の五に「四望するも煙火無く、但だ林と丘とを見るのみ」。　**何由追**　追い求めるすべもない。

13　貧病轉零落　　貧病《ひんぺい》　轉《うた》た零落《れいらく》し

14　故郷不レ可レ思　　故郷《こきやう》　思《おも》ふ可《べ》からず

15　常　恐　死二道　路一　　常《つね》に恐《おそ》る　道路《だうろ》に死《し》し

16　永　爲二高　人　嗤一　　永《なが》く高人《かうじん》の嗤《わら》ふところと爲《な》るを

現代語訳　貧窮と病気によってますます落ちぶれ、故郷は思い浮かべることもできない。常に恐れるのは路傍で死んでしまうこと。そして後々まで高士の笑い者となること。

語注　**13 貧病**　貧困と病気の不幸。南朝宋・顔延之「陶徵士（陶淵明）の誄」に「少《わか》くして貧病」。**零落**　もとは草木が枯れ落ちる。『楚辞』離騒に「惟れ草木の零落し、美人の遅暮を恐る」。転じて人が落ちぶれる。南朝宋・謝霊運「富春の渚」（『文選』巻二六）に「万事倶に零落す」。**14 故郷**　魏・曹丕「雑詩二首」（『文選』巻二九）其の一に「鬱鬱として悲思多く、綿綿として故郷を思ふ」。**15 死道路**　行き倒れ。『論語』子罕篇の孔子の語、「予は道路に死せんか」を用いる。**16 永為……嗤**　「古詩十九首」（『文選』巻二九）其の十五に「愚者は費《つひ》えを愛惜し、但だ後世の嗤ひと為る」。**高人**　凡俗を超越した人物。『杜臆』は「龐公の輩を指す」という。龐公は『後漢書』逸民列伝に見える隠者。劉表の誘いを断り鹿門山へ隠遁した。「秦州雑詩」（07-19）其の十五などに見える。【詩型・押韻】　五言古詩。上平六脂（脂・飢）と七之（之・期・茲・追・思・嗤）の同用。平水韻、上平四支。

詩解　秦州から同谷に向かう紀行詩の第二首。行程の始まる「赤谷」は、まだ秦州の町外れであろうか、まずはその宿場に一泊し、そこからいきなり険阻な山道に入る。寒さと風雪のなかを進むも、石だらけの道は馬車を妨げる。終日の難行の挙げ句、日没の時に至っても泊まるべき人家はまだ遠い。

困苦のなかで我が身の零落ぶりを歎き、そして「故郷　思ふ可からず」とつぶやく。『杜臆』は「故郷の乱は未だ息《や》まず、……、永《とこしへ》に帰期無し」、すなわち故郷が戦乱状態にあることを理由とし、『杜甫詩注』は「故郷は遠く隔たり、それへの思念をはせることさえ、不可能である」、すなわち故郷との距離を理由とする。両者ともに「故郷を思うことができない」とするが、あるいは「故郷を思ってはならない」、この苦境にあって湧き起こる望郷の念を、いっそう辛くなるゆえに封じ込めようとする、とは解せないだろうか。いずれにせよ「不可思の三字甚だ悲し」（『詳注』）には違いなく、「不可思」と言いながら思ってはいるのである。

末二句、「高人」が自分を嘲笑するのは、己の生き方を貫く高逸の人から見れば、世俗の苦にまみれて命を落とす自分は笑い者でしかないから。旅に難儀する今の自分を、「人はいかに生きるべきか」という視点から見たら、笑止というほかない。

本詩には先人の詩句を反転して用いた箇所が二例見える。李陵「遊子　暮れに何くにか之く」を「遊子　之く所有り」（2）、曹丕「綿綿として故郷を思ふ」を「故郷　思ふ可からず」（14）。これは単なる修辞にとどまらず、旅に向かう時、そのなかで生じる望郷の思い、自分自身の実体験を古人のそれと重ね合わせて生きていることを示している。重層的に受け止めるとともに、反転することによって自分自身のものとして改めて捉え直す。

鐵堂峡（鐵堂峡《てつだうけふ》）　08-27

1　山風吹㆓遊子㆒　　山風《さんぷう》　遊子《いうし》を吹《ふ》き
2　縹緲乘㆓險絕㆒　　縹緲《へうべう》として険絶《けんぜつ》に乗《じよう》ず
3　硤形藏㆓堂隍㆒　　硤形《けふけい》　堂隍《だうくわう》を藏《かく》し
4　壁色立㆓積鐵㆒　　壁色《へきしよく》　積鐵《せきてつ》を立《た》つ

現代語訳　鉄堂峡

山の風は旅人に吹きつけ、ひらひらと風に衣を舞わせて険しい坂を登る。

峡谷のかたちのなかにはホールを含んでいるようなものもあり、岩壁の色は鉄を立てたかのよう。

語注　**0 鉄堂峡**　秦州の東五里にある峡谷（『方輿勝覧』巻六九）。鉄の堂宇のような絶壁に囲まれた谷間の地。　**1 山風**　山から谷へ吹き下ろす風。風に吹きつけられる場面は、杜甫の詩に頻見。**2 縹緲**　衣服が風にあおられるさま。畳韻の語。**険絶**　非常な険しさ。『詩経』小雅・正月に「終に絶険を踰ゆ」とあるのを押韻のために逆転する。**3 硤形**　峡谷の形状。「硤」は「峡」に通じる。**堂隍**　大広間。「堂皇」とも表記する。**4 積鉄**　積み重ねた鉄。『詳注』は五字すべて入声であるのを避けて「精鉄」に改める。

5　徑摩㆓穹蒼㆒蟠　　徑《けい》は 穹蒼《きゆうさう》を摩《ま》して 蟠《わだかま》り
6　石與㆓厚地㆒裂　　石《いし》は厚地《こうち》と裂《さ》く
7　修纖無㆑垠竹　　修纖《しうせん》 垠《かぎ》り無《な》き竹《たけ》
8　嵌㆑空太始雪　　空《くう》に嵌《は》む 太始《たいし》の雪《ゆき》
9　威遲哀壑底　　威遲《ゐち》たり 哀壑《あいがく》の底《そこ》
10　徒旅慘不㆑悦　　徒旅《とりよ》 慘《さん》として悦《よろこ》ばず
11　水寒長冰横　　水寒《みづさむ》くして 長冰《ちやうひよう》 横《よこ》たはり
12　我馬骨正折　　我《わ》が馬《うま》は骨正《ほねまさ》に折《を》れん

現代語訳

道は青空をこするほど高くわだかまり、岩は厚い大地ともども裂けている。
長く細い竹が果てなく続き、中空を埋めているのは太始のままの雪。
くねくねと降りる悲しみの谷底、旅の一行は痛ましさに心沈む。
水は冷え、氷がずっと横たわる。わたしの馬は冷たさに骨が折れてしまう。

語注 **5 穹蒼** 青空。『詩経』大雅・桑柔に、「旅力有る靡し、以て穹蒼を念ふ」。 **蟠** 蛇がとぐろを巻くように屈曲する。 **6 厚地** 大地。『詩経』小雅・正月に「地は蓋し厚しと謂ふ。」。 **7 修織** 細くて長い。 **無垠** 限りがない。 **8 嵌空** 中空にはめ込む。 **太始** 天地が開闢した最初の時。『列子』天瑞篇に、「太始なる者は、形の始めなり」。 **9 威遅** 曲折するさま。畳韻の語。南朝宋・顔延之の「北のかた洛に使ひす」（『文選』巻二七）に「威遅として良馬煩《つか》る」。 **哀壑** 悲しみをそそう谷。東晋・殷仲文の「南州桓公の九井の作」（『文選』巻二二）に「哀壑 虚牝（うつろな穴）を叩く」。 **10 徒旅** 旅をしている他の一行。南朝宋・謝霊運「七里瀬」（『文選』巻二六）に「徒旅は奔峭に苦しむ」。 **惨不悦** 痛ましく悩む。 **11 長氷横** 張りつめた氷が一面に続く。梁・徐陵「出自薊北門行」（『芸文類聚』巻四二）に「長冰 塹《ほり》流れず」。北周・庾信「哀江南の賦」に「冰は横たはりて岸に似る」。 **12 骨正折** 水の冷たさに、水飼う馬の骨が折れそうになる。魏・陳琳「飲馬長城窟行」（『玉台新詠』巻一）に「水寒くして馬の骨を傷《そこな》ふ」。

13 生涯抵㆓弧矢㆒
14 盗賊殊未㆑滅
15 飄蓬踰㆓三年㆒
16 迴㆑首肝肺熱

生涯《しやうがい》 弧矢《こし》に抵《あ》たる
盗賊《たうぞく》 殊《こと》に未《いま》だ滅《ほろ》びず
飄蓬《へうほう》 三年《さんねん》を踰《こ》ゆ
首《かうべ》を迴《めぐ》らせば肝肺熱《かんはいあつ》し

現代語訳

生涯、戦乱の時期にぶつかり、盗賊はまだ滅ぼされていない。風にまろぶ蓬の暮らしもはや三年を越えた。振り返ってみれば、腹のなかが熱くなる。

語注 **13 抵** ぶつかる。 **弧矢** 弓と矢。戦乱をいう。『周易』繫辞伝下に「弧矢の利、以て天下を威す」。 **14 盗賊** 史思明が幽州（北京市）でなお勢力を誇っているのを指す。 **殊** 否定を強める。 **15 飄蓬** 風の吹くままに転がる蓬。「蓬」はヨモギではなく、根からちぎれて転々とする、中国西北部の草。さすらいの身の比喩として習用。　**踰三年**　天宝十四載（七五五）の奉先県への旅から数えて三年を越える。　**16 迴首**　放浪生活の続いた過去を振り返ってみる。　**肝肺熱**　強い感情がこみ上げてくる。陶淵明「形影神」の「影　形に答ふ」に「身没すれば名も亦た尽く、之を念へば五情熱す」。【詩型・押韻】　五言古詩。入声十六屑（鉄）と十七薛（絶・裂・雪・悦・折・滅・熱）の同用。平水韻、入声九屑。

詩解　秦州から同谷へ向かう紀行詩の第三首。これは谷底への道程。「鉄堂峡」という名からも、その峡谷の人を拒絶する、異様な様相の地を思わせる。事実、険阻な道を経た後にたどりついた谷底には、万年雪がのこり、氷が敷き詰める。道中のさまざまな地形を書き分けながら、この詩も末四句には今置かれた状況を生涯全体のなかで捉え、辛苦から免れる時のない我が身への感慨に耽る。

鹽井（鹽井《えんせい》）　08-28

1　鹵 中 草 木 白　　鹵中《ろちゅう》　草木白《さうもくしろ》し
2　青 者 官 鹽 煙　　青《あを》き者《もの》は官鹽《くわんえん》の煙《けむり》
3　官 作 既 有レ程　　官作《くわんさく》　既《すで》に程有《ていあ》り
4　煮レ鹽 煙 在 川　　鹽《しほ》を煮《に》れば煙《けむり》は川《かは》に在《あ》り

現代語訳　塩の井戸
塩気を含んだ土地では草木が白く枯れている。青いのは官塩を作る煙。
役所仕事には日程が決まっている。塩を煮る煙が川原に充満する。

語注　**0 塩井**　岩塩を含んだ井戸。各地で製塩が行われ、成州にも一箇所あったという（『新唐書』食貨志四）。　**1 鹵**　塩分を含んだ地。 **草木白** 塩気のために植物が枯れて育たない。『漢書』溝洫志に「木は皆立ちどころに枯れ、鹵は穀を生ぜず」。 **2 官塩** 塩は政府の専売であった。 **3 官作** 官庁の課す仕事。 **有程** 定まった期日がある。魏・陳琳「飲馬長城窟行」(『玉台新詠』巻一)に、「官作は自ら程有り、築を挙げ汝の声を諧《かな》へよ(かけ声をそろえて杵を振り上げよ)」。 **4 煮塩** 井戸からくみ上げた水を煮つめて塩を精製する。

汲レ井歳搰搰
出レ車日連連
自レ公斗三百
轉致斛六千
君子愼二止足一
小人苦喧闐
我何良歎嗟
物理固自然

井《ゐ》を汲《く》みて歳《とし》ごとに搰搰《こつこつ》たり
車《くるま》を出《い》だして日《ひ》びに連連《れんれん》たり
公《こう》自《よ》りするは斗《と》三百《さんびやく》
轉致《てんち》すれば斛六千《こくろくせん》
君子《くんし》は止《し》足《そく》を愼《つつし》み
小人《せうじん》は苦《はなは》だ喧闐《けんてん》
我《われ》何《なん》ぞ良《まこと》に歎嗟《たんさ》せん
物理《ぶつり》 固《もと》より自《おのづか》ら然《しか》り

現代語訳

井戸を汲み上げるのは毎年の力仕事。車で運ぶのは毎日引き続く。
お上より出荷される時は一斗三百。転売されているうちに一斛六千。
君子は自制して程《ほど》を過ごさない。小人はやたらに騒ぎ出す。
わたしはどうして心底歎いたりするのか。物の道理はもともとこういうものなのに。

語注 **5歳** 毎年。 **搰搰** 力を振り絞って仕事をするさま。『荘子』天地篇に、つるべという利器を使わずに井戸の水を汲む老人の労働を「搰搰然として力を用ゐること甚だ多く、而して功を見ること寡し」。 **6出車** 精製された塩を車で運び出す。語は『詩経』小雅・出車の「車を出だすこと彭彭《はうはう》たり（盛ん）」を用いる。 **連連** 次々と繰り出すさま。語は『詩経』大雅・皇矣の「訊《じん》（捕虜）を執ること連連たり」を用いる。 **7自公** 役所から出る。語は『詩経』召南・羔羊の「退食 公自《よ》りす」を用いる。 **斗三百** 塩の原価。一斗は約六リットル。 **8転致** 仲介を経て価格があがる。 **斛六千** 「斛」は十斗。二倍に跳ね上がる。 **9止足** 程度をわきまえて貪らない。『老子』四十四章に「足るを知れば辱められず、止まるを知れば殆《あやふ》からず」。晋・張協「詠史」（『文選』巻二一）に「達人は止足を知る」。双声の語。 **10小人** 君子と対比されるつまらない人間。 **苦** よくないことの程度が甚だしいことをいう副詞。 **喧闐** 大騒ぎをする。畳韻の語。欲にかまけた軽薄な態度をいう。 **11** 官僚や商人が私利を貪るために塩の価格が高騰することに対して嗟嘆するのはなぜかと自問する。 **12物理** 物事の道理。 **固自然** 利益を求めるのは自然のこと。【詩型・押韻】五言古詩。下平一先（煙・千・闐）と二仙（川・連・然）の同用。平水韻、下平一先。

詩解 秦州から同谷へ向かう紀行詩の第四首。旅の途中で目睹した製塩場を描く。先の連作詩「秦州雑詩二十首」（07-19）が多様に展開していたように、紀行の連作詩も旅の難儀だけを語るものではない。話題の転換を含むことは、表現者としての意識的な工夫であろう。

塩のために周囲一面が白く、立ち昇る煙だけが青いという異様な光景から始まり、岩塩精製の現場で働く人たちの労苦に加えて、塩の価格が中間で搾取され二倍に高騰する不合理に杜甫は嗟嘆する。介在する者たちの貪欲は醜い。が、この詩は社会の矛盾、不合理とそれに対する批判という図式に収まらない。彼らの貪欲を歎く自分、自分はなぜ歎くのかと自問する自分、欲得を求めるのは自然の理だとしてあきらめる自分――様々な思惑が絡み合うところが、凡百の政治批判詩と一線を画する。もちろん利をむさぼるのは当然のことと容認しているわけではないのだけれども。

1 行邁日悄悄
2 山谷勢多端
3 雲門轉㆓絶岸㆒
4 積阻霾㆓天寒㆒
5 寒硤不㆑可㆑度
6 我實衣裳單
7 況當㆓仲冬交㆒
8 遡沿增㆓波瀾㆒

行邁《かうまい》 日《ひ》びに悄悄《せうせう》たり
山谷《さんこく》 勢《いきほ》ひ 多端《たたん》
雲門《うんもん》 絶岸《ぜつがん》轉《てん》じ
積阻《せきそ》 天寒《てんかん》に霾《つちふ》る
寒硤《かんけふ》 度《わた》る可《べ》からず
我《われ》は實《じつ》に衣《い》裳《しやう》單《たん》なり
況《いは》んや仲冬《ちゆうとう》の交《かう》に當《あ》たり
遡《そ》沿《えん》 波《は》瀾《らん》を增《ま》すをや

現代語訳 寒硤

旅を続けるにつれて日に日に心は結ぼれる。山や谷の形勢はさまざまに変わる。雲の門かとみまがう絶壁が歩むにつれて回り、険阻な山は高く積み重なり、冷たい空から土の雨が降る。その名も寒硤という谷はとても渡れそうにない。わたしはなんと一重の衣《ころも》しかない。まして冬十一月に入ろうというこの時節、流れを上り下りするにつけて波濤はますます募る。

語注 **0 寒硤** 成州の峡谷の名。「硤」は「峡」に通じる。**1 行邁** 行き進む。『詩経』王風・黍離に「行邁靡靡《びび》（のろのろ）たり、中心揺揺たり」。**悄悄** 憂うるさま。『詩経』邶風・柏舟、また小雅・出車に「憂心悄悄たり」。**2 多端** 多様、さまざま。**3 雲門** 雲が湧き起こる、門のような峡谷の入り口。晋・左思「蜀都の賦」（『文選』巻四）に「渠口《きよこう》を指して以て雲門と為す」。**絶岸** 切り立った岸壁。晋・木華「江の賦」（『文選』巻一二）に「絶岸は万丈」。**4 積阻** 険しく積み重なる山。南斉・謝朓「郡内登望」（『文選』巻三〇）に「山は陵陽（山の名）の阻を積む」。**霾** 土砂が雨のように降る。**天寒** 古楽府「飲馬長城窟行」（『文選』巻二七）に「海水は天寒を知る」。**5 不可度**　「度」は「渡」に通じる。**6 衣裳単**　「衣」は上半身の、「裳」は下半身の服。どちらもひとえ。梁・沈約「白馬篇」（『芸文類聚』巻四二）に「唯だ見る恩義の重きを、豈に覚えんや衣裳の単を」。**7 仲冬**　陰暦十一月。『礼記』月令に「仲冬之月……冰始めて壮、地始めて坼《さ》く」。**交**　仲冬の始め。孟冬から仲冬へ移る時。「秦州を発つ」（08-25）に「漢源　十月の交」。**8 遡沿**　流れに逆らって上るのが「遡」、流れに従って下るのが「沿」。梁・何遜「還りて五洲を渡る」に「水を遡り復た流れに沿ふ」。**波瀾**　激しい波。

9　野人尋レ煙語　　野人《やじん》　煙《けむり》を尋《たづ》ねて語《かた》り
10　行子傍レ水餐　　行子《かうし》　水《みづ》に傍《そ》ひて餐《さん》す
11　此生免レ荷レ殳　　此《こ》の生《せい》　殳《しゆ》を荷《にな》ふを免《まぬが》る
12　未三敢辞二路難一　　未《いま》だ敢《あ》へて路《みち》の難《かた》きを辞《じ》せず

現代語訳

田舎の人たちが靄を隔てて相手を探しながら語らっている。旅人たちは水辺で食事を取っている。
この人生、槍を背負って戦に出なくて済む。道の難儀など拒みはしない。

語注　**9 野人**　土地の人々。**尋煙**　靄に隔てられた人どうしがその向こうの相手を探しながらしゃべる。**10 行子**　ほかの旅する人たち。**11 荷殳**　兵役に従事する。「殳」はほこ。兵器。『詩経』衛風・伯兮に「伯や殳を執りて、王の前駆と為る」。**12 路難**　旅路の艱難。楽府題に「行路難」がある。【詩型・押韻】　五言古詩。上平二十五寒（寒・単・瀾・餐・難）と二十六桓（端）の同用。平水韻、上平十四寒。

詩解　秦州から同谷へ向かう紀行詩の第五首。山から谷へ、谷から山へ、地形は変化に富むが、それを自然美として賞翫するゆとりはなく、ひたすら威圧される。その渓流の渡し場のあたりだろうか、あたりに居住する人や旅の人たちが集まっている。「行子」について『杜甫詩注』は「むろんおのれとおのれの家族を中心としようが」と記すが、杜甫の一行は含めないほうがいい。寒々とした水辺で寂しい食事を取る人たちの姿を見ることによって、最後の二句が導かれる。彼らの境遇に比べたら、兵役や租税を免れた身分である自分はまだまし。この旅程の厳しさを敢えて受け止めよう。「京より奉先県に赴く詠懐五百字」（04-06）の末尾にも、子を亡くした不幸のなかで、自分の悲しみを仕事を失い遠征に駆り出される人々の悲しみに拡げる思いが語られている。階層を越えて人々の全体に想像力を拡げるところも、杜甫の特徴の一つ。そしてまた困難に向かって立ち向かおうとする意志を抱くところも、杜甫の詩に雄勁さを与えている。

法鏡寺（法鏡寺《はふきやうじ》） 08-30

1 身危適二他州一　身《み》危《あや》ふくして他州《たしう》に適《ゆ》く
2 勉強終勞苦　勉強《べんきやう》するも終《つひ》に勞苦《らうく》
3 神傷山行深　神《しん》は傷《いた》む 山行《さんかう》の深《ふか》きに
4 愁破崖寺古　愁《うれ》ひは破《やぶ》る 崖寺《がいじ》の古《ふる》きに

現代語訳　法鏡寺
我が身が危機に瀕することになってやむなくほかの地へ行く。無理を重ねてみても結局は苦労ばかり。
深い山へ分け入って心は傷んだが、崖に寄り添って立つ古寺に愁いがからりと晴れた。

語注　0 **法鏡寺**　場所は不明。　1 **身危**　身に危険が迫る。『韓非子』説難篇に繰り返し語られる語。飢餓の恐れを大げさにいったものか。　**適他州**　秦州を離れ、隣の成州へ行く。　2 **勉強**　無理に努める。魏・嵆康の「山巨源に与へて交はりを絶つ書」（『文選』巻四三）に自分が官に不適な理由の一つ筆無精を挙げて「自ら勉強せんと欲すれば、則ち久しきこと能はず」。　**労苦**　苦労。『詩経』邶風・凱風に「子七人有りて、母氏（母親）は労苦す」。　3 **神傷**　精神が痛む。晋・孫盛『晋陽秋』（『三国志』

荀惲伝注）に、荀粲が妻を亡くして悲しみ、「哭せざるも神傷む」。**4 愁破**　憂愁が晴れる。**崖寺**　断崖にへばりついた寺。

5　嬋娟碧鮮浄　　嬋娟《せんけん》として碧鮮《へきせん》浄《きよ》く
6　蕭摵寒籜聚　　蕭摵《せうしゆく》として寒籜《かんたく》聚《あつ》まる
7　回回山根水　　回回《くわいくわい》たり　山根《さんこん》の水《みづ》
8　冉冉松上雨　　冉冉《ぜんぜん》たり　松上《しようじやう》の雨《あめ》
9　洩雲蒙㆓清晨㆒　　洩雲《せつうん》　清晨《せいしん》を蒙《おほ》ひ
10　初日翳復吐　　初日《しよじつ》　翳《かげ》りて復《ま》た吐《は》く
11　朱甍半光炯　　朱甍《しゆばう》　半《なか》ば光炯《くわうけい》
12　戸牖粲可㆑數　　戸牖《こいう》粲《さん》として數《かぞ》ふ可《べ》し

現代語訳

あでやかにもさやかな緑の清浄さ。かさこそと葉を鳴らして竹が一つに集まる。ぐるぐると渦を巻く山ふところの水の流れ、そっと糸を引く松の木から注ぐ雨。こぼれ出た雲が爽やかな朝を覆い、そこから朝日が顔をのぞかせたと思うとまた隠れる。朱のいらかは半ば陽光に輝き、戸や窓も数えられるほどにくっきり見える。

語注　**5 嬋娟**　姿態の婉麗さをいう畳韻の語。**碧鮮**　光沢のある青。竹をいう。晋・左思「呉都の賦」（『文選』巻五）に竹の美しさを「檀欒蟬蜎（嬋娟）、玉潤碧鮮」（『文選』には多少字の異同がある）というのを用いる。「碧蘚」に作る本もあり、ならば「青い苔」になるが、左思の二句を用いて5・6ともに竹をいうとみてよい。**6 蕭摵**　枯れた葉ずれの音をいう双声の語。

晋・夏侯湛「寒苦謡」（『芸文類聚』巻五）に「草は槭槭として以て疏葉、木は蕭蕭として以て零残」。**寒篺**　「篺」は竹の皮。転じて竹をいう。**7 回回**　旋回するさま。魏・劉楨「雑詩」（『文選』巻二九）に「回回として自ら昏乱す」。**山根**　山のふもと。北周・庾信「遊山」に「山根　一片の雨」。**8 冉冉**　やわらかに伸びるさま。「古詩十九首」（『文選』巻二九）其の八に「冉冉たり孤生の竹」。**9 洩雲**　山あいから漏れ出た雲。晋・左思「魏都の賦」（『文選』巻六）に「窮岫の泄（洩）雲、日月恒に翳《かげ》る」。雲は山の洞窟から発生すると考えられた。**10 初日**　出たばかりの太陽。梁・何遜「暁に発す」に「早霞　初日に麗し」。**翳復吐**　太陽が雲のために隠れたり現れたりする。**11 朱甍**　朱色の屋根。後の「越王楼の歌」（11-21）に「碧瓦朱甍　城郭を照らす」。**光炯**　ひかり。「炯」もひかり。**12 戸牖**　部屋の入り口や窓。**粲可数**　明るく輝いて一つ一つ数えられるほど明瞭。

拄レ策　忘二前　期一　　策《さく》に拄《ささ》へられて前期《ぜんき》を忘《わす》れ
出レ蘿　已　亭　午　　蘿《ら》を出《い》づれば已《すで》に亭午《ていご》
冥　冥　子　規　叫　　冥冥《めいめい》として子規《しき》叫《さけ》ぶ
微　徑　不二復　取一　　微徑《びけい》　復《ま》た取《と》らず

現代語訳

杖にもたれてたたずめば先の旅路を忘れてしまう。つたのなかから抜け出したらもう正午。暗い奥からホトトギスが叫ぶ。寺に通じる小道はもう辿るまい。

語注

13 拄策　杖に体を支えられる。**前期**　この先の旅の期日、旅程。梁・沈約「范安成に別るる詩」（『文選』巻二〇）に「生平少年たりし日は、手を分かつも前期を易《やす》しとせり」は、この先の会う約束。**14 出蘿**　寺の周囲のツタから出る。**亭午**　正午。**15 冥冥**　暗いさま。『詩経』小雅・無将大車に「大車を将《すす》むる無かれ、維《こ》れ塵冥冥たり」。ここでは森林の暗く深い所から子規の声が聞こえてくるのをいう。**子規**　ホトトギス。蜀にまつわる鳥。「杜鵑行」（10-36）参照。**16 微径**　小道。ツタをくぐり抜けて寺に戻る道。**不復取**　「不敢取」に作る本もある。意志がより強く表出されるが、いずれにせよ寺に引き返すことはせず前途を進もう、の意。【詩型・押韻】　五言古詩。上声九麌《ぐ》（聚・雨・数・取）と十姥《ぼ》（苦・古・吐・午）の同用。平水韻、上声七麌。

詩解　秦州から同谷へ向かう紀行詩の第六首。「秦州雑詩二十首」（07-19）の連作と同じように、この一連の紀行詩も旅の苦難だけに終始せず、抑揚を備えている。この詩は憂愁がひととき晴れ上がる古寺との出会いをうたう。深い森のなかに突如現れた寺、無住かどうかわからないが、少なくとも詩のなかに僧は登場せず、詩人は外側から寺のたたずまいを見る。折しも朝日の光を浴びた寺は、これまでの旅の苦難とは異次元の世界にひっそりと、しかし確かに存在している。思わず昼の時までを過ごした境内から木々に蔽われた小道を抜けて外の世界にまた出てくる。

旅の途中に偶然出会った別世界を記した詩であるが、最初と最後の箇所にわかりにくさをのこす。杜甫は饒舌な詩人といっていいだろうが、生活が変化する際、その理由については寡黙なことが多く、謎めいている。秦州を離れて成州同谷県に移動することをいう1「身危ふくして他州に適く」も秦州からよその地への移動をいうに違いないが、「身危ふし」とは穏当でない何らかの事情があったことを暗示するにとどまる。

末二句、「子規叫ぶ」と「微径を取らず」とはどのように繋がるのだろうか。『詳注』の引く黄希の注に、子規は春の鳥であるのに、仲冬に声を聴くのはこの地が暖かいからだというが、そうした現実的な説明で片付けてしまっては、この二句の関係が捉えられない。子規は古代の蜀王望帝《ぼうてい》が自死した化身といわれ、蜀にまつわる鳥であるとともに、不吉な鳥でもある。「冥冥」が子規の住む深い森であるにせよ、その鳴き声であるにせよ、暗い世界に属する鳥に違いない。その声も「鳴く」ではなく「叫ぶ」。耳に快い鳴き声でなく、何かを訴えかける鋭い叫びである。小暗い山の奥から聞こえてくる子規の叫びは、杜甫を不可解な闇の世界へ誘うかのようだ。そこへの誘惑を覚えつつ、しかしそれを振り切って旅を続ける日常に戻る。

青陽峡（青陽峡《せいやうけふ》）　08-31

1　塞外苦厭山　　塞外《さいぐわい》　苦《はなは》だ山《やま》に厭《あ》き
2　南行道彌惡　　南行《なんかう》　道《みち》彌《いよいよ》惡《あ》し
3　岡巒相經亙　　岡巒《かうらん》　相《あ》ひ經亙《けいこう》す
4　雲水氣參錯　　雲水《うんすい》　氣《き》參錯《さんさく》す

現代語訳　青陽峡

塞の外は嫌というほど山ばかり。南へ進むに連れて道はますますひどくなる。
岡と山が入れ替わっては続き、雲の気と水の気が絡み合う。

語注　**0 青陽峡**　成州に属する地の峡谷。　**1 塞外**　国境を越えた辺境の地。漢・李陵「蘇武に答ふる書」（『文選』巻四一）に「涼秋九月、塞外の草は衰ふ」。実際には領土内であるが、秦州より先は辺塞の外であるかに捉える。　**厭山**　山ばかり続く行程にうんざりする。　**2 南行**　秦州から同谷へはほぼ南への旅。『詩経』邶風・撃鼓に「我は独り南行す」というのは、国外の戦争に行かされることをいう。　**3 岡巒**　おかと山。後漢・張衡「西京の賦」（『文選』巻二）に「岡巒参差《しんし》たり」。　**経亘**　入り組んで続くさまをいう双声の語。　**4 雲水**　水分をなかに含んでいるのが雲の気、水分が水滴として外に出たのが水の気。　**参錯**　入り交じるさまをいう双声の語。南朝宋・謝霊運「富春の渚」（『文選』巻二六）に「圻《きし》に臨みて参錯に阻まる」は岸辺がぎざぎざ続いて着岸できないことをいう。

5　林迴硤角來　　林《はやし》迴《はる》かにして硤角《けふかく》來《きた》り
6　天窄壁面削　　天《てん》窄《せま》くして壁面《へきめん》削《けづ》らる
7　溪西五里石　　溪西《けいせい》　五里《ごり》の石《いし》

奮怒向レ我落

仰看二日車側一

俯恐二坤軸弱一

魑魅嘯有レ風

霜霰浩漠漠

奮怒《ふんど》して我《われ》に向《む》かひて落《お》つ

仰《あふ》ぎては日車《にちしや》の側《かたむ》くを看《み》

俯《ふ》しては坤軸《こんぢく》の弱《よわ》きを恐《おそ》る

魑魅《ちみ》嘯《うそぶ》きて風《かぜ》有《あ》り

霜霰《さうせん》浩《かう》として漠漠《ばくばく》たり

現代語訳

林は遠く、峡谷の角ばった岩が迫る。削られた岩壁に挟まれて、空はわずかな隙間のみ。峡谷の西は五里にわたって岩が続き、憤怒してわたしに向かって落ちそうだ。上を見れば日輪はよろよろと傾《かし》ぐ。見下ろせば地軸もがっしり支えられないのではないか。魑魅の嘯きは風を起こし、霜やあられが一面を薄暗く蔽う。

語注

5 硤角　「硤」は「峡」に通じる。峡谷の岩が角張って突き出たもの。**来**　そこに向かうことを、向こうのほうが威圧するかのように近づいてくるという。**6 天窄**　両側に岸壁がそそり立って、その上に空がわずかに見える。**壁面削**　岸壁が垂直に立つのを削ったかのようだと表現する。**7 渓西**　峡谷の西。**五里石**　五里にもわたって岩石ばかりが続く。**8 奮怒**　怒りを爆発させる。魏・陳琳「袁紹の為に予州に檄す」（『文選』巻四四）に「兵を興して怒りを奮ふ」。岩が威圧するさまをいう。**向我落**　突き出た岩が落下しそうなのをいう。『水経注』渭水上に陳倉県の呉山について「之を望めば恒に落勢有り」。**9 日車**　太陽。神話では太陽は義和《ぎか》を御者とする馬車に乗せられて天空を運行するという。**側**　かたむく。ふつうは太陽が西へ傾くことをいうが、ここでは太陽が勢いを失って不安定に動くことをいう。似た表現に、「愁へて畏る日車の翻らん（ひっくり返る）ことを」（「瞿唐の両崖」18-08）がある。**10 恐坤軸弱**　大地を支えているという三千六百本の軸（「乾軸」）も、岩の重みに耐えられないのではと心配になる。**11 魑魅**　人に害をなす化け物。晋・孫綽「天台山に遊ぶ賦」（『文選』巻一一）に「始めて魑魅の塗を経、卒に無人の境を践む」。**嘯** 本来は山中の隠者などによる特殊な発声。ここでは風が吹き起こるのを魑魅の嘯とする。**12 霜霰** 霜とあられ。陶淵明「園田の居に帰る五首」其の二に「常に恐る霜霰の至り、零落して草莽に同じきを」。「霜が飛ぶ」という表現が詩によく見られるように、霜も霰と同じく空中を飛ぶものと捉えられていた。**浩漠漠** 広く一面にわたって暗いさま。

13 昨 憶 踰㆓隴 坂㆒　　昨《さく》 憶《おも》ふ 隴坂《ろうはん》を踰《こ》えて
14 高 秋 視㆓呉 嶽㆒　　高秋《かうしう》 呉嶽《ごがく》を視《み》しを
15 東 笑㆓蓮 花 卑㆒　　東《ひがし》には蓮花《れんくわ》の卑《ひく》きを笑《わら》ひ
16 北 知㆓崆 峒 薄㆒　　北《きた》には崆峒《こうどう》の薄《せま》るを知《し》る
17 超 然 侔㆓壮 観㆒　　超然《てうぜん》として壮観《さうくわん》を侔《ひと》しくす
18 已 謂㆑殷㆓寥 廓㆒　　已《すで》に寥廓《れうくわく》に殷《いん》たりと謂《おも》ふ
19 突 兀 猶 趁㆑人　　突兀《とつこつ》として猶《な》ほ人《ひと》を趁《お》ふ
20 及㆑茲 歎㆓冥 寞㆒　　茲《ここ》に及《およ》びて冥寞《めいばく》を歎《たん》ず

現代語訳

思えば先に隴阪を越えた時には、澄み切った秋の空のもと、呉岳を眺めたことがあった。東方にそびえる蓮華峰も低いものだと笑い、北方では崆峒山も貧相だとわかった。すくっと立つこの山の壮観は呉岳と並ぶ。何もない空間にどっしりと自足していると思った。ごつごつした山容はまだ人のあとを追いかけてくる。ここに至って感嘆するのは自然の底知れぬ奥深さ。

語注 **13 昨憶** 近い過去のことを思い出す。「憶昨」に作る本があるが、それがふつうの語順。**隴坂** この年の九月、杜甫が長安から秦州へ移る際に越えた隴山の坂道。後漢・張衡「四愁詩四首」（『文選』巻二九）其の三に「往きて之に従はんと欲するも隴阪（坂）長し」。**14 高秋** 空高く澄み切った秋。**呉岳** 陝西省隴県の西南の山。『尚書』禹貢の岍山に当たる。**15・16 蓮花** 五岳の西岳である華山の蓮華峰。華山は陝西省華陰県の南に位置し、呉岳の東にあたる。**崆峒** 甘粛平涼市西の山。黄帝が広成子に道について尋ねたと伝えられる（『荘子』在宥篇）由緒ある山。呉岳の北にあたる。『詳注』は呉岳から華山・崆峒山を眺めたとするが、呉岳のすばらしさをいうための比較として世に知られた名山を持ち出したのであって、実際に見たわけではない。**17 超然** 衆多に抜きんでる。**侔壮観** 呉岳と今いる所の青陽峡とは天下の壮観として同等である。**18 殷** 堂々とそれ自体で充足している。**寥廓** 広々として何もないさま。山の背景となる空間をいうと解する。『楚辞』遠遊に「上は寥廓として天無し」。山が空虚のなかに存在感を示すものだと、呉岳を見た時に思った。**19 突兀** 岩だらけの山のいかつく荒々しいさま。**猶趁人** いつまでも視界から去らないことを、山を擬人化して追いかけてくるという。**20 冥寞** 奥深く不分明なさまをいう双声の語。【詩型・押韻】五言古詩。入声十八薬（削・弱）と十九鐸（悪・錯・落・漠・薄・廓・寞）の同用。平水韻、入声十薬。ただし「岳」は入声四覚。平水韻、入声三覚。

詩解 秦州から同谷へ向かう紀行詩の第七首。青陽峡なる峡谷の名を詩題とするが、叙述は峡谷を挟み込む周囲の山の姿に費やされる。岩石の露出した壁の間は空もわずかにのぞくのみ。岩に圧倒されて日輪も地軸も頼りなく感じるのは、そこを通る者の不安、おびえにほかならない。その光景にかつて見た呉岳の姿を重ねる。呉岳と違って名もないこの山ではあるが、壮観という点では双璧を成す。

難解なのは最後の四句。「已に謂ふ」(18) は先に呉岳を見た時の思い、「茲に及ぶ」(20) は呉岳に匹敵するほどの山に触れた今をいうと読めないだろうか。「寥廓に殷たり」(18) も解しがたいが、がらんとした空間のなかで独り充実して、確かな存在を保持しているものとしてあの時は山を把握したものだった。しかし今ここに至ると、そうした自分の認識を超える、不分明なものに触れたかに思われ、自分が捉えられない世界はもはや「歎ずる」(20) ほかない、と。自然のありさまに圧倒されたことをいうには違いない。

龍門鎮（龍門鎮《りゅうもんちん》） 08-32

細泉兼ニ輕冰一　細泉《さいせん》と輕冰《けいひよう》と
沮洳棧道濕　沮洳《しよじよ》として棧道《さんだう》濕《うるほ》ふ
不レ辭ニ辛苦行一　辛苦《しんく》して行《ゆ》くを辭《じ》せざるも
迫ニ此短景急一　此《こ》の短景《たんけい》の急《きふ》なるに迫《せま》らる

石門雪雲隘　石門《せきもん》　雪雲《せつうん》隘《ふさ》ぎ
古鎮峯巒集　古鎮《こちん》　峯巒《ほうらん》集《あつ》まる
旌竿暮慘澹　旌竿《せいかん》　暮《く》れに慘澹《さんたん》たり
風水白刃澀　風水《ふうすい》　白刃《はくじん》澀《しぶ》り

現代語訳　龍門鎮

か細く湧き出る泉と薄く張った氷。じとじとと桟道は湿る。辛い旅を辞しはしないが、つるべ落としの日に追い立てられる。

語注　**0 龍門鎮**　成州に属する集落の名。「鎮」は軍隊の駐屯地。**1 細泉**　細く湧き出る泉。**軽氷**　「細泉」の水で薄く張った氷。**2 沮洳**　水に浸って湿ったさまをいう畳韻の語。『詩経』魏風・汾沮洳に「彼の汾《ふん》（川の名）は沮洳たり」。**桟道**　岸壁に沿って木を渡した通路。蜀の地に特有。**3・4**　桟道を通る辛さは甘受するにしても、日のあるうちに宿泊の地に着かねばと焦る。**短景**　短い日足。

胡　馬　屯㆓成　皋㆒　　胡馬《こば》 成皋《せいかう》に屯《とん》す
防　虞　此　何　及　　防虞《ばうぐ》 此《こ》れ何《なん》ぞ及《およ》ばん
嗟　爾　遠　戍　人　　嗟《ああ》 爾《なんぢ》 遠戍《ゑんじゆ》の人《ひと》
山　寒　夜　中　泣　　山寒《やまさむ》くして夜中《やちゆう》に泣《な》く

現代語訳

岩の門は雲や雪で道がふさがれ、古い鎮には山々が周りを囲むように集まる。軍隊の旗ざおは日暮れに陰惨と力なく、吹き付ける風や冷たく流れる水に兵士の白刃も鈍る。えびすの騎馬兵は成皋《せいこう》に留まったまま。防戦するといってもここからは及びようがない。ああ君たち、遠くまで防備に駆り出された兵士たちよ、寒い山のなかで深夜に涙するのか。

語注

5 石門　門のように両側からそそり立った岩。晋・左思「蜀都の賦」（『文選』巻四）の「縁るに剣閣を以てし、阻むに石門を以てす」の「石門」は、『文選』の劉淵林の注では固有名詞としているが、ここではそれを意識しながら普通名詞として使うか。「龍門鎮」の名はおそらくその入り口の特徴的な岩の門に由来する。**雪雲隘**　入り口となっている「石門」を雪や雲が塞ぐ。**6 古鎮**　古くから置かれた駐屯地。龍門鎮を指す。**峰巒集**　さまざまな形の山がこの地に集中する。**7 旌竿**　軍隊の旗と竿。**慘澹**　冷たく痛ましい。**8 風水**　冷たく吹き下ろす風と辺りを流れる川。**白刃渋**　兵士の手にする刀も、暗澹たるこの場では本来の鋭さがない。「風」「水」「白」が冷たさを醸し出す。**9 胡馬**　異民族の軍。史思明の軍隊を指す。**屯**　駐屯する。**成皋**　成皋関。洛陽の東、河南省滎陽市郊外にあり、史思明はこの年の九月に洛陽およびその周辺の四州を陥落させた。**10 防虞**　恐れを防ぐ。防備する。**此何及**　成皋からはるかに離れたこの龍門鎮で防備しても、届きはしない。**11 嗟爾**　相手に呼びかけながら感嘆する語。**遠戍人**　故郷から遠く離れて守備についている兵士たち。**12 夜中泣**　真夜中に泣く。兵士の悲しみを思いやる。【詩型・押韻】　五言古詩。入声二十六緝（湿・急・集・渋・及・泣）。平水韻、入声十四緝。

詩解 秦州から同谷へ向かう紀行詩の第八首。龍門鎮という駐屯地の部隊を取り上げる。冷たく暗い情景のなかで、兵士たちの意気はあがらない。周囲の状況によるばかりではない。今、防備すべき敵軍ははるかに離れた洛陽周辺にいる。この地で軍営を張る空しさがいっそう彼らの無力感を生む。官軍の戦術への疑問、批判を含みつつも、直接目にする兵士たちの辛さ、悲しさに真率な同情を向ける。

石龕（石龕《せきがん》） 08-33

1 熊羆咆二我東一　熊羆《ゆうひ》 我《わ》が東《ひがし》に咆《ほ》え
2 虎豹號二我西一　虎豹《こへう》 我《わ》が西《にし》に號《さけ》ぶ
3 我後鬼長嘯　我《わ》が後《うし》ろには鬼《き》長嘯《ちやうせう》し
4 我前狨又啼　我《わ》が前《まへ》には狨《じゆう》又《ま》た啼《な》く
5 天寒昏無レ日　天寒《てんさむ》くして昏《くら》く日《ひ》無《な》く
6 山遠道路迷　山遠《やまとほ》くして道路《だうろ》迷《まよ》ふ
7 驅レ車石龕下　車《くるま》を驅《か》る 石龕《せきがん》の下《もと》
8 仲冬見二虹蜺一　仲冬《ちゆうとう》に虹蜺《こうげい》を見《み》る

現代語訳 石龕

熊・羆《ひぐま》がわたしの東で咆吼し、虎・豹がわたしの西で雄叫びをあげる。

わたしの後ろでは鬼がうめき声をたて、わたしの前ではさらに猱《さる》が啼く。
寒空は暗く、日の光もない。山は深く、道に迷う。
石龕の下に馬車を走らせていくと、冬十一月というのに虹が現れた。

語注　**0 石龕**　岩を削って内部に仏像などを置いた石窟。　**1・2 熊羆**　クマやヒグマの類。**虎豹**　トラやヒョウの類。いずれも人に危害を与える猛獣。『楚辞』招隠士（『文選』では巻三三）に山の恐ろしさを語って、「虎豹闘ひて熊羆は咆ゆ」。それを二句にした魏・曹操「苦寒行」（『文選』巻二七）は行軍の危険を「熊羆は我に対して蹲り、虎豹は路を夾みて啼く」。　**3 鬼**　化け物。　**長嘯**　鬼の咆える声をたとえる。「青陽峡」（08-31）にも「魑魅嘯（うそぶ）きて風有り」。　**4 猱**　サルの類。　**5 昏無日**　日暮れて暗くなったのではなく、昼間なのに暗く、太陽も見えない。　**6**　深い山のなかで道に迷う。　**7**　不気味な猛獣の声に囲まれ、昼なお暗い空間を走り抜けて石龕に到達する。　**8 仲冬**　旧暦十一月。　**虹蜺**　にじ。『礼記』月令に「孟冬の月……虹蔵《かく》れて見えず」。十月からすでに虹は見えなくなるのが自然の秩序であるのに、十一月の今も虹が現れるのは不吉。『詩経』鄘風・蝃蝀の詩にいうように、虹は淫乱の象徴。世界の秩序の根底であるべき夫婦の調和を喪失することは、不穏のしるし。

9　伐㆑竹者誰子　竹《たけ》を伐《き》る者《もの》は誰《た》が子《こ》ぞ
10　悲歌上㆓雲梯㆒　悲歌《ひか》して雲梯《うんてい》に上《のぼ》る
11　爲㆑官采㆓美箭㆒　官《かん》の爲《ため》に美箭《びせん》を采《と》り
12　五歳供㆓梁齊㆒　五歳《ごさい》　梁齊《りやうせい》に供《きよう》す
13　苦云直幹盡　苦《ねんご》ろに云《い》ふ　直幹《ちよくかん》は盡《つ》き
14　無㆔以充㆓提攜㆒　以《もつ》て提攜《ていけい》を充《み》たす無《な》しと
15　奈何漁陽騎　奈何《いかん》ぞ　漁陽《ぎよやう》の騎《き》

16 颯颯驚二蒸黎一　颯颯《さつさつ》として蒸黎《じようれい》を驚《おどろ》かす

現代語訳

竹を切るのはいずこの人か。悲しい歌を口ずさみながら高い梯子を登る。

「お上のためにりっぱな竹を採っています。この五年、斉梁の戦に供出してきました」。

切々と語る、「まっすぐな竹は底を尽き、兵士が携えるのに足りません。」

なんとしたことか、漁陽の兵は、びゅうびゅうと風が吹くように民草の肝をつぶすのは。

語注　**9 伐竹**　『礼記』月令に「仲冬の月……日短至すれば（冬至になると）、則ち木を伐りて竹箭を取る」。冬至には竹の質が最も堅くなるからだという（鄭玄注）。**誰子**　だれ。「子」は人につける接尾語。**10 雲梯**　雲に届かんばかりに高いはしご。『墨子』公輸篇では城を攻める兵器であるが、ここでは竹の伐採のための梯子。**11**以下**14**まで、竹取りの男の語る言葉。**美箭**　みごとな矢。竹を切るのは官の命令を受けて武器の材料を取るためであった。『杜甫全集校注』は銭起の詩などを引いて、当時矢竹を採るための専門の職務があったという。**12 五歳**　安史の乱の勃発した天宝十四載（七五五）からこの年乾元二年（七五九）までのまる五年。**供梁斉**　官軍が戦を続けた梁（河南省）斉（山東省）の地へ供給してきた。**13 苦云**　切実に訴えかける。**直幹**　矢に用いるのにふさわしいまっすぐな竹。**14 充提携**　兵士が携える分に充当する。**15 漁陽騎**　漁陽（北京市）で挙兵した安史の乱の騎兵。**16 颯颯**　風の立てる音。暴風のように猛り立つ反乱軍をいう。**蒸黎**　「烝黎」とも表記する。一般の民衆。「家無き別れ」（07-06）の注32を参照。**【詩型・押韻】**　五言古詩。上平十二斉（西・啼・迷・蜺・梯・斉・携・黎）。平水韻、上平八斉。

詩解　秦州から同谷県に向かう紀行詩の第九首。前半八句は道中の危険と不安を象徴的に綴る。「我東」「我西」「我後」「我前」のリフレインは、歌謡の唱いぶりを思わせるところがある。周囲から脅かす「熊羆」「虎豹」「鬼」「狨」、いずれも実在するわけではなく、怯えから生み出された物。後半八句はがらりと転じて、武器の矢の素材となる竹を切り出す土地の男が登場。矢に仕立てる竹を切り尽くすほどに戦争は長く続く。それをもたらした反乱軍への怒りを最後にぶつける。

積草嶺（積草嶺《せきさうれい》） 08-34

1 連峯積㆓長陰㆒
2 白日遞隱見
3 颼颼林響交
4 慘慘石狀變
5 山分積草嶺
6 路異明水縣
7 旅泊吾道窮
8 衰年歲時倦

連峯《れんぽう》 長陰《ちやういん》を積《つ》み
白日《はくじつ》 遞《たが》ひに隱見《いんけん》す
颼颼《そうそう》として林響《りんきやう》交《まじ》はり
慘慘《さんさん》として石狀《せきじやう》變《へん》ず
山《やま》は分《わ》かる 積草嶺《せきさうれい》
路《みち》は異《こと》なる 明水縣《めいすいけん》
旅泊《りよはく》 吾《わ》が道窮《みちきゆう》す
衰年《すいねん》 歲時《さいじ》倦《う》む

現代語訳 積草嶺

連なる嶺々には拡がる雲が厚く積み重なり、太陽は見えたり隠れたり。ひゅうひゅうと吹く風に林は響きが絡み合う。陰惨と岩のありさまも変わった。積草嶺で山は両側に分かれ、明水県へ向かう道が分岐する。旅を続けてきて、わたしの道は行き詰まった。老衰の身で年がら年中旅を続けているのが厭わしい。

語注 **0 積草嶺** 同谷県の県境。 **1 長陰** 横に拡がる峰の上に雲が横にずっと連なると解した。 **2 遞** 入れ替わって。『楚辞』九弁に「四時遞ひに来りて歳を卒《を》ふ」。 **隠見** 見え隠れする。 **3 颼颼** 木々に触れて風がたてる音。 **林響交** 林のなかの様々な響きが交錯する。**4 惨惨** 黒ずんださま。あたりの様子ではなく、「石状」から暗い感じを覚える。**石状変** ここへ至ると、岩の姿が薄黒いものに変わる。**5・6**『草堂詩箋』によればこの嶺で道が分かれ、東は同谷県に、西は鳴水県に通じるという。「明水県」は鳴水県のこと。**7 旅泊** 旅。旅が続く暮らし。**吾道窮** 道が行き止まりになる。分かれ道に来てかく歎くのは、戦国時代の楊朱が岐路で哭した故事（『淮南子』説林訓）と繋がる。「吾道」は「秦州を発す」（08-25）の「吾が道は長《とこしへ》に悠悠たり」をはじめとして常に人生行路の意も兼ねる。**8 衰年** 老いて弱った年齢。杜詩に頻見の語。**歳時** 一年と四時（四季）。**倦** 旅を続ける時間にうんざりする。

9 卜㆑居尚百里　　居《きよ》を卜《ぼく》するは尚《な》ほ百里《ひやくり》
10 休㆑駕投㆓諸彦㆒　　駕《が》を休《や》めて諸彦《しよげん》に投《とう》ず
11 邑有㆓佳主人㆒　　邑《いふ》に佳《よ》き主人《しゆじん》有《あ》り
12 情如㆓已會面㆒　　情《じやう》は已《すで》に會面《くわいめん》せるが如《ごと》し
13 來書語絶妙　　來書《らいしよ》 語《ご》絶妙《ぜつめう》なり
14 遠客驚㆓深眷㆒　　遠客《ゑんかく》 深眷《しんけん》に驚《おどろ》く
15 食㆑蕨不㆑願㆑餘　　蕨《けつ》を食《く》らひて餘《よ》を願《ねが》はず
16 茅茨眼中見　　茅茨《ばうし》 眼中《がんちゆう》に見《み》ゆ

現代語訳

住まいまでまだ百里ある。馬車を止めてお歴々のもとに身を投じよう。

町には立派な主人がおられて、まるでもう会ったことがあるかのような親しみを覚える。

くださったお手紙はすばらしい言葉。遠来の客に厚く配慮してくださるのに感動する。ワラビを食べられたらほかは何もいらない。かやぶきの住まいが眼に浮かぶ。

語注　**9 卜居**　定住する家を決める。『楚辞』に屈原の「卜居」の篇がある。この時点では杜甫は同谷県に住むつもりでいた。**10 休駕**　馬車を止める。**投**　身を寄せる。**諸彦**　すぐれた人士たち。南朝宋・謝霊運「魏の太子の鄴中集の詩に擬す」(『文選』巻三〇)の「序」に、「今　昆弟友朋、二三の諸彦、共に之を尽くす(すべて手に入れた)」。**11 邑**　町。同谷県を指す。**主人**　もてなしてくれる人。**12** 旧知の人であるかのように打ち解けて迎え入れてくれることをいう。**13 来書**　「主人」があらかじめ送ってくれた手紙。**絶妙**　この上なくすばらしい。**14 遠客**　遠くから来た客人。杜甫を指す。**深眷**　深い情け。「眷」は顧みることから、恩顧をいう。**15 蕨**　ワラビ。食用にする野生植物。『詩経』召南・草虫に「彼の南山に陟《のぼ》り、言《ここ》に其の蕨を采《と》る」。周粟を拒んで首陽山に入った伯夷・叔斉が食べた「薇」について(『史記』伯夷列伝)、唐・司馬貞の『索隠』は「薇は蕨なり」という。**不願余**　それ以外のことは求めない。晋・左思「詠史八首」(『文選』巻二一)其の八に「河に飲むは腹を満たすを期し、足るを貴びて余を願はず」。**16 茅茨**　カヤで屋根を葺《ふ》く。「茅茨翦らず」(屋根を葺いたカヤを切りそろえない)は質素な住まいをいう成語。もとは『韓非子』五蠹篇に堯について言った語。ここでは杜甫のために用意された簡素な家屋をいう。**眼中見**　目に見えてくる。【詩型・押韻】五言古詩。去声三十二霰(見・県・見)と三十三線(変・倦・彦・面・眷)の同用。平水韻、去声十七霰。

詩解　秦州から同谷へ向かう紀行詩の第十首。雲に厚く蔽われた山、風が冷たくうなる林を進んで分かれ道に至る。目指すのは同谷への道と決まってはいるが、明水県(鳴水県)への道ももう一つの可能性としてある。それを選んでいたとしたら、杜甫のその後の人生も変わっていたかも知れない。迷うことはないにしても、岐路に出会ったことを記すのは人生の選択肢に際して一つの決断があったのかも知れない。

同谷の有力者からは既に歓迎の書簡を得ていた。9以下は自分を迎え入れてくれる人たちに対する社交の辞を連ねる。見ず知らずの杜甫のために住居まで用意してくれている厚情に心から感謝の思いを抱いたことであろうけれども、その後の経過を知っている我々にとっては、杜甫の胸中にいよいよふくらむ期待は痛々しくもある。

泥功山（泥功山《でいこうざん》）08-35

1 朝 行㆓青 泥 上㆒　朝《あした》に青泥《せいでい》の上《うへ》を行《ゆ》き
2 暮 在㆓青 泥 中㆒　暮《く》れに青泥《せいでい》の中《なか》に在《あ》り
3 泥 濘 非㆓一 時㆒　泥濘《でいねい》一時《いちじ》に非《あら》ず
4 版 築 勞㆓人 功㆒　版築《はんちく》人功《じんこう》を勞《らう》す

現代語訳　泥功山

朝に黒い泥の上を進み、夕べにもまだ黒い泥のなかにいる。このぬかるみはいつまでも続く。それを板で固める作業に人が骨身を削る。

語注　**0 泥功山**　同谷県の西二十里にある山。後世、成州八景の一つに数えられる。しかし泥濘を言うばかりで勝景について記さないのはなぜかと『杜臆』は疑問を記す。　**1・2 青泥**　青黒い色の泥。「泥功山」の名のとおり、泥濘の道がどこまでも続くことを、「朝」「暮」によって表す。李白「蜀道難」にも「青泥何ぞ盤盤たる」。　**3 泥濘**　ぬかるみ。双声の語。　**非一時**　一箇所だけで通り過ぎることはできず、いつまでも泥道が続く。　**4 版築**　板の間に泥を挟んで搗《つ》き固める。　**人功**　人力。

5 不㆑畏㆓道 途 永㆒　道途《だうと》の永《なが》きを畏《おそ》れず
6 乃 將㆓汨 沒 同㆒　乃《すなは》ち將《まさ》に汨沒《こつぼつ》同《おな》じからんとす
7 白 馬 爲㆓鐵 驪㆒　白馬《はくば》は鐵驪《てつり》と爲《な》り
8 小 兒 成㆓老 翁㆒　小兒《せうじ》は老翁《らうをう》と成《な》る

9　哀　猿　透　却　墜
10　死　鹿　力　所レ窮
11　寄レ語　北　來　人
12　後　來　莫二怱　怱一

哀猿《あいゑん》 透《は》ねて却《かへ》つて墜《お》ち
死鹿《しろく》 力《ちから》 窮《きは》まる所《ところ》
語《ご》を寄《よ》す 北《きた》より來《きた》る人《ひと》
後來《こうらい》 怱怱《そうそう》たること莫《な》かれと

現代語訳

道の遠いことは恐れはしないが、みなもろともに埋まってしまわないか。

白馬もくろがねの馬となり、子供も老人になってしまう。

悲しく叫ぶ猿は飛び上がっても逆に落ちてしまうし、死んだ鹿は力が尽きてしまったもの。

北から来る人にお伝えしよう。後から来てもあたふたとここを通らぬように、と。

語注　**5 道途永**　旅の道が長く続く。**6 汩没**　埋没する。畳韻の語。一句は読みにくいが、『詳注』がぬかるみに皆もろとも落ち込むと解するのに従う。**7 鉄驪**　黒い馬。黒（玄）は冬に相当する色なので、『礼記』月令に「仲冬の月」には天子は「鉄驪に駕す」。**8** 泥だらけになって子供も老人の姿になってしまう。**9 哀猿**　猿の鳴き声は悲しいものと受け止められた。南朝宋・謝霊運「臨海の嶠に登らんとし……」（『文選』巻二五）に「哀猿は南巒に響く」。**透**　跳躍する。猿が木から木へ跳ねる動き。謝霊運「山居の賦」（『宋書』謝霊運伝）に動物の様々な運動を述べて「飛泳騁透、胡ぞ根源すべき（源を探れない）」。**10** ぬかるみにはまった鹿が力尽きて死ぬ。**11 寄語**　言葉を伝える。忠告する。**北来人**　自分と同じように北方からここへ来る人。**12 後来**　後から来て。**怱怱**　慌ててそそっかしい。【詩型・押韻】五言古詩。上平一東（中・功・同・翁・窮・怱）。平水韻、上平一東。

詩解　秦州から同谷へ向かう紀行詩の第十一首。目的地に近づいてきても、難所はなお続く。連作詩が一律に陥らないように工夫が施されていることは先に記したが、旅の難儀もさまざま、悪路にもいろいろあって、これは泥濘の道。終日進んでもまだぬかるみの道にいるというほど、延々と続く。その泥のなかに埋もれてしまうのではないかという恐れ（6）は、道の辛さと不快を大げさに言ったものだが、以下に続く泥濘による変身（7・8）も、誇張が説話的な想像の膨らみを感じさせる。猿の墜落（9）、鹿の死（10）も、泥に苦しむのはすべて動物。人についていう8も自分たちのことではない。大げさな表現が深刻さを薄めるかのように見えるのは、いよいよ終着点が近づいて来たためであろうか。

鳳凰臺（鳳凰臺《ほうわうだい》）08-36

（原注）山峻、不レ至二高頂一。（山峻《やまけは》しくして、高頂《かうちやう》に至《いた》らず。）

1 亭亭鳳凰臺　　亭亭《ていてい》たり 鳳凰臺《ほうわうだい》
2 北對二西康州一　　北《きた》のかた西康州《せいかうしう》に對《たい》す
3 西伯今寂寞　　西伯《せいはく》 今《いま》は寂寞《せきばく》たり
4 鳳聲亦悠悠　　鳳聲《ほうせい》 亦《ま》た悠悠《いういう》たり
5 山峻路絶レ蹤　　山峻《やまけは》しくして路《みち》は蹤《あと》を絶《た》ち
6 石林氣高浮　　石林《せきりん》 氣《き》は高《たか》く浮《う》かぶ
7 安得二萬丈梯一　　安《いづ》くんぞ萬丈《ばんぢやう》の梯《はしご》を得《え》て
8 爲レ君上二上頭一　　君《きみ》が爲《ため》に上頭《じやうとう》に上《のぼ》らん

現代語訳　鳳凰台

山は険しくて、山頂にまで行けない。

高くそびえ立つ鳳凰台、北は西康州に向かい合う。

西伯も今や亡く、鳳凰の鳴き声もずっと遠い昔のこと。

山は険しく、道には人の足跡もない。岩の林には気が高く浮かぶ。

なんとか一万丈もある高いはしごを手に入れて、君のためにてっぺんまで登れないものか。

語注　**0 鳳凰台**　同谷県の東南十里に位置する。鳳渓のなかに門のように並び立つ岩を名付けたもの。漢の時、聖なる鳥鳳凰《ほうおう》がそこに棲んでいたことから鳳凰台と呼ばれた（『水経注』漾水の支流鳳渓水）。　**1 亭亭**　高くそびえるさま。　**2 西康州**　同谷県を唐の初めの時期の名でいったもの。　**3 西伯**　周の文王。　**寂寞**　没してこの世にいない。また文王のような立派な君王の不在を含める。　**4 鳳声**　文王の時に、鳳が岐山（陝西省の山）で鳴いたという故事に基づく。『国語』周語上に「周の興るや、鸑鷟《がくそく》（鳳の別名）岐山に鳴く」。　**悠悠**　空間的、時間的にはるかに離れる。　**5 絶蹤**　人の通った跡がない。南朝宋・謝霊運「南山より北山に往くに湖中を経て瞻眺す」（『文選』巻二二）に「林は密にして蹊は蹤を絶つ」。　**6 石林**　岩が樹木のように垂直に立ち、それが林のように集まった場所。『楚辞』天問に「焉《いづ》くにか石林有る」。　**気高浮**　目に見えるものとすれば、北周・庾信「趙王隠士に和し奉る」に「雲気　函谷に浮かぶ」というように雲の気であるだろうが、それを抽象的な気として表現する。　**7 万丈梯**　高い梯子。　**8 君**　誰を指すかは説が分かれる。『杜甫全詩集』では一般人、『杜甫詩注』では「自分をあたたかく迎えてくれた土地の人々が、意識の中心にあろう」、『杜甫全詩訳注』（後藤秋正執筆）では君主。ここでは二人称と取り、以下に登場する母を失った雛を指すと解する。　**上頭**　上方。「頭」は接尾語。

9　恐有無レ母雛　　恐《おそ》らくは母《はは》無き雛《ひな》の
10　飢寒日啾啾　　飢《き》寒《かん》　日《ひ》びに啾啾《しゅうしゅう》たる有《あ》らん
11　我能剖レ心出　　我《われ》能《よ》く心《こころ》を剖《さ》きて出《い》だし

12 飲啄慰㆓孤愁㆒
13 心以當㆓竹實㆒
14 烱然忘㆓外求㆒
15 血以當㆓醴泉㆒
16 豈徒比㆓清流㆒

飲啄《いんたく》 孤《こ》愁《しう》を慰《なぐさ》めんか
心《こころ》は以《もつ》て竹實《ちくじつ》に當《あ》てん
烱然《けいぜん》として外《ほか》に求《もと》むるを忘《わす》る
血《ち》は以《もつ》て醴泉《れいせん》に當《あ》てん
豈《あ》に徒《ただ》に清流《せいりう》に比《くら》べんや

現代語訳

母のいない雛鳥が、飢えと寒さで毎日しゅうしゅうと鳴いているのではないか。わたしは心臓を抉《えぐ》り血を出し、それを飲み啄《ついば》ませて孤児の悲しみを慰められないものか。心臓を竹の実の代わりとしよう。ぱっと明るくなってほかに求めることもなかろう。血を醴泉《れいせん》の代わりとしよう。それは清流どころではない飲み物となろう。

語注

9・10 古楽府「隴西行」（『楽府詩集』巻三七）に「鳳凰は鳴くこと啾啾、一母 九雛を将ゐる」と雛とともにいる鳳凰の母鳥をうたうが、ここでは母を失った雛鳥がいるのではないかと案ずる。**啾啾** 鳳凰の鳴き声。ここでは悲しく鳴く声。**11 能** 「できる」ではなく、「耐」と同じように「……できないものだろうか」の意で読む。**剖心出** 心臓を裂いて提出する。『拾遺記』巻三に「二人は心を刳り血を瀝《なぐ》らして、以て墨に代ふ」。**12 飲啄** 鳥の飲むと食べる動作。「孤雁」（17-36）に「孤雁飲啄せず」。**慰孤愁** 雛の孤独を慰める。**13** 心臓を鳳凰の食べ物である竹の実の代わりとする。鳳凰は竹の実しか食べないとされる。『詩経』大雅・巻阿の鄭玄の箋に「鳳皇（鳳凰）の性は、梧桐に非ざれば棲まず、竹実に非ざれば食らはず」。**14 烱然** 光り輝くさま。食べ物を得た雛の気持ちが明るく輝くのをいう。**忘外求** それ以外の物を求めようとしない。**15 醴泉** 鳳凰が唯一飲むもの。『荘子』秋水篇に「梧桐に非ざれば止まらず、練実に非ざれば食らはず、醴泉に非ざれば飲まず」。魏・阮籍「詠懐詩八十二首」其の七十九に「林中に奇鳥有り、自ら言ふ是れ鳳凰と。清朝に醴泉を飲み、日夕に山岡に栖む」。**16 豈徒比**

清流　単に清流に並ぶだけに留まらない。それ以上に清らか。

17 所レ重王者瑞　重《おも》んずる所《ところ》は王者《わうじや》の瑞《ずい》
18 敢辭二微命休一　敢《あ》へて微命《びめい》の休《きう》するを辭《じ》せんや
19 坐看綵翮長　坐《ざ》して看《み》ん　綵翮長《さいかくちやう》じて
20 擧レ意八極周　意《い》を擧《あ》げて八極《はちきよく》に周《あまね》からんを
21 自レ天銜二瑞圖一　天自《てんよ》り瑞圖《ずいと》を銜《ふく》みて
22 飛下二十二樓一　飛《と》びて十二《じふに》樓《ろう》に下《くだ》る
23 圖以奉二至尊一　圖《と》は以《もつ》て至尊《しそん》に奉《ほう》じ
24 鳳以垂二鴻猷一　鳳《ほう》は以《もつ》て鴻猷《こういう》を垂《た》る
25 再光二中興業一　再《ふたた》び中興《ちゆうこう》の業《げふ》を光《かがや》かし
26 一洗二蒼生憂一　一《ひと》たび蒼生《さうせい》の憂《うれ》ひを洗《すす》がん
27 深衷正爲レ此　深衷《しんちゆう》　正《まさ》に此《これ》が爲《ため》なり
28 羣盜何淹留　羣盜《ぐんたう》　何《なん》ぞ淹留《えんりう》せんや

現代語訳

大切にするのは王者の瑞兆だから。つまらぬ命を失うことなど何とも思いはしない。

このまま見ていよう、鳳凰の色鮮やかな羽が拡がり、意気高らかに世界をくまなく翔けるのを。

天から瑞兆の図を口にくわえてきて、仙界の十二楼に舞い降りるのを。
図はうやうやしく天子に捧げられ、鳳凰は国家の大計を示す。
再び中興の事業を輝かせ、一気に民草の憂いは洗い流される。
心に深く思うのはこのことのため。盗賊どもが居続けられるはずはない。

語注 **17 王者** 王道によって王となる者。『論語』子路篇に「如し王者有れば、必ず世にして（三十年で）後に仁ならん」。**瑞**瑞祥。注13「巻阿」の毛伝に「鳳皇は霊鳥、仁の瑞なり」。**18 敢辞** 反語。辞そうなどとはしない。**微命** 自分の小さな命。唐・王勃「滕王閣の序」に「勃は三尺の微命、一介の書生」。**休** 止まる、終わる。一句は自分の心臓と血を差し出すことによって命を失おうとかまわないの意。**19 坐看** 自分は何もせずにただ見る。**綵翮** 彩り鮮やかな鳳凰の羽。**長** 雛の羽が長くなる。成長する。**20 挙意** 意志を高く挙げる。**八極** 世界の四方八方の果て。『荘子』田子方篇に「夫れ至人なる者は、上は青天を闚《うかが》ひ、下は黄泉に潜《もぐ》り、八極を揮斥《きせき》（駈け巡る）して、神気変ぜず」。**周** あまねくめぐる。漢・王褒の「聖主の賢臣を得る頌」（『文選』巻四七）に「八極に周流し、万里に一たび息《やす》む」。**21 瑞図** 瑞祥を描いた図。『芸文類聚』巻九九に引く『春秋』の緯書『春秋合誠図』に「鳳皇（鳳凰）図を銜みて帝（黄帝）の前に置く。帝は再拝して図を受く」。**22 十二楼** 崑崙山にある神仙のいる場所（『漢書』郊祀志下など）。**23 至尊** 皇帝。注21では太古の黄帝。ここでは唐の皇帝。**24 垂** 上のものから下のものへ示す。**鴻猷** 大いなるはかりごと。**25 再光** 再び輝かせる。**中興** 安史の乱で昏乱した唐王朝を再び盛んにする。**26 蒼生** 一般庶民。**27 深衷** 内心の思い。南朝宋・顔延之「五君詠」（『文選』巻二一）劉参軍（劉伶《りゅうれい》）に「頌酒（劉伶の「酒徳頌」）は短章なりと雖も、深衷は此自《これよ》り見《あらは》る」。**此** 世の太平を希求する気持ち。**28 群盗** 史思明の賊軍を指す。**何淹留** 鳳凰が出現すれば、留まり続けられはしない。反語で読む。**【詩型・押韻】** 五言古詩。下平十八尤（州・悠・浮・啾・愁・求・流・休・周・猷・憂・留）と十九侯（頭・楼）の同用。平水韻、下平十一尤。

詩解 秦州から同谷へ向かう紀行詩の第十二首。この一首は、旅の終わりにさしかかった「鳳凰台」という地名を題としながらも、はなはだ異質である。旅について触れることはなく、地名から連想される鳳凰の故事を用いて、鳳凰の出現、すなわち世の太平への希求が全篇を貫く。事実を離れて想像するのは、鳳凰台に残《のこ》された雛を自分が救うこと。そのためには我が命を犠牲にして心臓と血液を差し出そうという。この突飛な発想を、黒川洋一は『金光明経』捨身品にみえる摩珂薩埵《まかさった》太子が虎の母子を助けるために自分の命を投げ出した故事を用いたという（「杜詩における摩珂薩埵の投影」、『杜甫の研究』、一九七七、創文社、所収）。その指摘は説得力に富むが、紀行詩の最後に至ってなぜ突然旅から離れて救済の願望を綴るのか、違和感がのこる。自己を犠牲にして人々の救済を願う空想を繰り広げるのは、後の成都での作、「茅屋の秋風の破る所と為る歌」（10-33）にも見られるが、「茅屋」詩に見られる諧謔はここにはない。平和の到来を願う象徴的な詩ではある。

乾元中寓二居同谷縣一作歌七首　其一　（乾元中《けんげんちゅう》、同谷縣《どうこくけん》に寓居《ぐうきょ》して作《つく》れる歌七首《うたしちしゅ》　其《そ》の一《いち》）　08-37a

1　有レ客有レ客字子美　　客有《かくあ》り客有《かくあ》り　字《あざな》は子美《しび》
2　白頭亂髮垂過レ耳　　白頭亂髮《はくとうらんぱつ》　垂《た》れて耳《みみ》を過《す》ぐ
3　歳拾二橡栗一隨二狙公一　　歳《とし》どし橡栗《しやうりつ》を拾《ひろ》ひて狙公《しよこう》に隨《したが》ふ
4　天寒日暮山谷裏　　天寒《てんさむ》く日暮《ひく》る　山谷《さんこく》の裏《うち》
5　中原無レ書歸不レ得　　中原《ちゆうげん》　書無《しよな》くして歸《かへ》り得《え》ず
6　手脚凍皴皮肉死　　手脚凍皴《しゆきやくとうしゆん》して皮肉《ひにく》は死《し》す
7　嗚呼一歌兮歌已哀　　嗚呼《ああ》　一歌《いつか》す　歌已《うたすで》に哀《かな》し
8　悲風爲レ我從レ天來　　悲風《ひふう》　我《わ》が爲《ため》に天《てん》より來《きた》る

現代語訳　乾元年間、同谷県に仮住まいして作る歌七首　其の一旅の人、旅の人、字《あざな》は子美《しび》。白髪は乱れ放題、耳の下まで垂れ下がる。天は寒く日は暮れる、谷間のなか。

来る年も来る年も、ドングリを拾って、猿飼う男の後を追う。

中原からの便りはなく、帰るに帰れず。手足は凍ってあかぎれ、皮膚は生気を失う。

ああ、一の歌をうたえば、はや悲哀の歌。悲しい風がわたしのために天から吹いてくる。

語注 **0 乾元中** 乾元二年（七五九）十一月、杜甫は同谷県に着いた。**寓居** 仮住まいする。**同谷県** 隴右道《ろうゆうどう》成州に属する県。今の甘粛省隴南市成県。**1 有客** 旅人がいる。『詩経』周頌・有客に「客有り客有り、亦た白き其の馬」の言い方に倣う。『捜神後記』巻一の歌にも、「鳥有り鳥有り丁令威《ていれいい》、家を去りて千年 今始めて帰る」という「有○有○」のリフレインが見える。**2** 外貌のむさくるしさから、この篇の自己戯画化が始まる。**3 歳** 毎年。実際には寄食生活はこの年から始まるが、誇張していう。**橡栗** 「栗」はクリではなく、ドングリの実。トチは和訓。「北征」（05-23）にも「山果 瑣細多く、羅生して橡栗を雑ふ」。**狙公** 猿を飼う男。一句は『荘子』斉物論篇の故事を用いる。「狙公」が猿に芧《ちょ》（ドングリ）を「朝三にして暮れに四」与えようと言うと、猿たちが怒り出すので、「朝四にして暮れ三」にしようと言うと、みな満足した。**4 裏** 中。「うら」ではない。**5 中原** 長安を中心とした中国の中心部。**無書** 便りがない。**帰不得** 帰れない。口語的な言い方。長安に戻ることも考えていたことがわかる。**6 手脚** 口語的な語。文言ならば「手足」というべきところ。**凍皴** 凍てついてできたあかぎれ。**死** 知覚を失う。**7 嗚呼** 激しい嘆きを表す感嘆詞。**歌已哀** 最初の歌からして悲哀に満ちる。**8 悲風** 悲しみを添える風。風などの自然現象が自分のために生じるという措辞は、漢・息夫《そくふ》躬《きゅう》「絶命の辞」（『漢書』息夫躬伝）に「秋風 我が為に唫《ぎん》（吟）じ、浮雲 我が為に陰《くも》る」などと見える。杜甫の詩では「冬に金華山の観に到り、因りて故の拾遺陳公の学堂の遺跡を得たり」（11-43）の末二句、「悲風 我が為に起こり、激烈 雄才を傷む」（陳子昂を傷むわたしに共感して悲風が起こる）。【詩型・押韻】七言古詩。上声五旨（美・死）と六止（耳・裏）の同用。平水韻、上声四紙。末二句は上平十六咍（哀・来）。平水韻、上平十灰。

詩解 秦州に失望した杜甫は、期待に胸をはずませて同谷県に移ったが、そこもまた衣食に事欠く地であった。する事なす事、裏目に出るのを自嘲してうたう。猿を飼う男の後についてドングリの実を拾う猿さながらとまで自嘲し、あてにならない人に頼るしかない不甲斐なさを苦く嚙みしめる。しかしそうした苦難のなかにありながら、悲嘆の感傷に沈むことはない。「悲風　我が為に天より来る」（8）の句は、苦難をいやましにするかのように吹き付ける冷たい風、それを天が自分に苦難を与えようとする意思と捉え、それをそのまま受け止めようとする。これも自虐を帯びてはいるが、苦難に向き合おうとする強い態度を示すものでもある。

其二（其《そ》の二《に》）　08-37b

1　長鑱長鑱白木柄
2　我生託レ子以爲レ命
3　黄精無レ苗山雪盛
4　短衣數挽不レ掩レ脛
5　此時與レ子空歸來
6　男呻女吟四壁靜
7　嗚呼二歌兮歌始放
8　鄰里爲レ我色惆悵

長鑱《ちやうさん》　長鑱《ちやうさん》　白木《はくぼく》の柄《え》
我《わ》が生《せい》　子《し》に託《たく》して以《もつ》て命《めい》と爲《な》す
黄精《くわうせい》苗《なへ》無《な》く　山雪《さんせつ》盛《さか》んなり
短衣《たんい》　數《しば》しば挽《ひ》くも脛《すね》を掩《おほ》はず
此《こ》の時《とき》　子《し》と空《むな》しく歸《かへ》り來《きた》れば
男《をとこ》は呻《うめ》き女《むすめ》は吟《ぎん》じて　四壁《しへき》靜《しづ》かなり
嗚呼《ああ》　二歌《にか》す　歌《うた》始《はじ》めて　放《ほしいまま》にす
鄰里《りんり》　我《わ》が爲《ため》に　色《いろ》　惆悵《ちうちやう》す

現代語訳　其の二

鋤《すき》よ、鋤よ、白木《しらき》の柄。わたしの生はおまえに命を託している。

黄精は苗すらなく、山には雪がどっさり。短い衣はいくら引っ張ってもすねを隠せない。

こんな時、おまえと手ぶらで帰ってくると、息子はうめき娘はぐずるが、周りの壁は無言のまま。

ああ、二の歌をうたう、歌はここから破れかぶれ。隣近所の人たちもわたしのために面持ち暗く沈む。

語注 **1 長鑱** 柄の長い鋤。**白木柄** 白木のままなのは、貧しさ、質朴さを表すか。**2 子** 鑱に対して呼びかける二人称。『詩経』鄭風・蘀兮《たくけい》には、「蘀よ蘀よ、風は其れ女《なんぢ》を吹く」と「蘀」（枯れ葉）に対して「女（汝）」と呼ぶ。**3 黄精** 宋本の一本は「黄独」に作る。黄庭堅「雑書」によれば、黄精は精力剤（和名はナルコユリ）であって、飢饉の時の食糧である「黄独」（イモの一種）に作るのをよしとする。**4 短衣** 丈の短い上着。春秋時代、甯戚《ねいせき》は牛の角を叩きながら「短布単衣適《ただ》に骭《すね》に至る」云々の歌をうたっていると、斉の桓公が取り立てて大夫に任じた（『漢書』鄒陽伝の応劭注）。**5 空帰来** 畑から収穫なしで帰る。**6 男呻女吟** 男の子、女の子が飢餓・寒さでうめく。『呂氏春秋』大楽篇に「君臣は位を失ひ、父子は処を失ひ、夫婦は宜しきを失ひ、民人は呻吟す」。**四壁** 四方に壁が立つだけの殺風景な部屋。貧しい暮らしをいう。漢の司馬相如は卓文君とともに貧窮にあった時、「家居は徒だ四壁立つのみ」（『史記』司馬相如列伝）というのに基づく。**静** 子どもたちは泣き騒いでも、まわりの壁は何の反応も示さない。**7 放** 放埒。勝手気まま。**8 隣里** 近所の人たち。「閭里」に作る本があるが、意味は同じ。**為我** 「京より奉先県に赴く詠懐五百字」（04-06）の末尾にも、子を失った杜甫に対して「里巷も亦た嗚咽す」と、近隣の人々も悲哀を分かち合ってくれる。**色** 顔色、表情。**惆悵** 悲しむことをいう双声の語。**【詩型・押韻】** 七言古詩。上声四十静（静）、去声四十三映（柄・命）と去声四十六径（脛）の通押。平水韻、上声二十三梗、去声二十四敬、二十五径。末二句は去声四十一漾（放・悵）。平水韻、去声二十三漾。

詩解 第二首は「長鑱」（長い鋤）を擬人化して呼びかける。長鑱という、食糧をみずから得るための身近な道具、それを取り上げることによって飢えの苦しみをうたう。鋤を手に畑に行っても何の収穫も得られず、むなしく家に戻れば、腹を空かせて泣く子供たち。「四壁静かなり」について、『詳注』は子供の呻吟が止んだ後に四壁がひっそり静まりかえると説くが、泣き叫んでいるなかで周囲の壁は非情にも無言で突っ立ったままと解すべきだろう。それでこそ凄絶さが表現される。壁は何の共感もしてくれないが、隣人たちは杜甫の家族のみじめさに同情を示してくれる。

其三（其《そ》の三《さん》）　08-37c

1 有レ弟　有レ弟　在二遠　方一
2 三　人　各　痩　何　人　強
3 生　別　展　轉　不二相　見一
4 胡　塵　暗レ天　道　路　長
5 東　飛二駕　鵝一後　鶖　鶬
6 安　得レ送レ我　置二汝　傍一
7 嗚　呼　三　歌　兮　歌　三　發
8 汝　歸二何　處一收二兄　骨一

弟《おとうと》有《あ》り　弟《おとうと》有《あ》り　遠方《ゑんぱう》に在《あ》り
三人《さんにん》　各《おの》おの痩《や》せて何人《なんぴと》か強《つよ》からん
生別《せいべつ》　展轉《てんてん》として　相《あ》ひ見《み》ず
胡塵《こぢん》　天《てん》に暗《くら》くして　道路《だうろ》長《なが》し
東《ひがし》に駕鵝《がが》飛《と》び　後《うし》ろに鶖鶬《しうさう》
安《いづ》くんぞ我《われ》を送《おく》りて汝《なんぢ》の傍《かたは》らに置《お》くを得《え》ん
嗚呼《ああ》　三歌《さんか》す　歌《うた》　三《み》たび發《はつ》す
汝《なんぢ》は何《いづ》れの處《ところ》にか歸《かへ》りて兄《あに》の骨《ほね》を收《をさ》めん

現代語訳　其の三

弟よ、弟よ、居るのは遠い所。三人それぞれに痩せ細り、がっしりしたものはいない。

生き別れしてから転々として会うこともない。夷狄と争う戦塵で空は暗く覆われ、道のりは遠い。

東には駕鵝《かり》が飛び、後には鶖鶬《つる》。なんとかわたしを送っておまえたちのそばに届けてくれないものか。

ああ、三の歌、歌は三たび発せられる。おまえたちは故郷に帰っても、どこで兄の骨を拾ってくれることだろうか。

語注　**1**　弟を想った詩には、先に「月夜　舎弟を憶ふ」（07-20）などがある。　**2**　**三人**　杜甫には穎《えい》・豊《ほう》・観《かん》・占《せん》の四人の弟あり。末弟の占だけは杜甫の家族と同行してきていた。　**各痩**　痩せた姿は貧しさを示し、哀れさを伴う。「新安の吏」（07-01）に

「肥男は母の送る有り、瘦男は独り伶俜たり」というのも、痩せた男の貧相と不幸をいう。**何人強**　三人のなかに頑健なのはいない。『杜甫詩注』は「強」を「まさる」と読み、三人のなかでは誰がましか、と解する。**3 生別**　生き別れ。『楚辞』九歌・少司命に「悲しきは生別離より悲しきは莫《な》し」。**展転不相見**　あちこちに転々と移動して会えない。古楽府「飲馬長城窟行」（『文選』巻二七）に「佗（他）郷　各おの県を異にし、輾（展）転して見る可からず」。**4 胡塵**　異民族の巻き起こす塵埃。安史の乱の戦乱が続くことをいう。**道路長**　弟たちのもとへ行く道は遠い。**5・6 鴐鵝**　ガンの類。『楚辞』東方朔「七諫」では「鸞皇孔鳳（孔雀と鳳凰）日びに以て遠く、鳧と鴐鵝を畜ふ」と、鳳凰などと対比される凡鳥。**鶖鶬**　ツルの類。『詩経』小雅・白華に「鶖有りて梁に在り」。鄭箋に「性は貪悪」、悪鳥とする。**安得**　なんとかして……できないものか。二句を『杜臆』は「鴐鵝」を兄弟の比喩とし、「鶖鶬」のような悪鳥が後ろにいるから弟のそばまで送ってもらえないと説明する。ここでは凡鳥とか悪鳥とかいった面は取り上げず、共に渡り鳥と捉えて、鳥たちは我々兄弟と違って群れをなして翔けてゆく。弟たちのいる東へ飛ぶ「鴐鵝」はわたしを送り届けてくれないかと解した。**8 収骨**　『春秋左氏伝』僖公三十二年に、秦の蹇叔《けんしゅく》が我が子の戦死を予言して「余は爾の骨を収めん」。『杜甫全詩集』は「汝帰るも何れの処にか兄が骨を収めん」（お前は（故郷に）帰って来たところで、どこでわたしの骨を拾ってくれるのであろうか）と読むが、句法に無理があり、「帰」を兄のもとに帰着すると取ればよい。いずれにしても自分の死に場所はわからないの意。【詩型・押韻】七言古詩。下平十陽（方・強・長）と十一唐（傍）の同用。平水韻、下平七陽。末二句は入声十月（発）と十一没（骨）の同用。平水韻、入声六月。

詩解　第三首は弟たちが主題。中国では兄弟姉妹との結束が強いが、杜甫はとりわけ肉親への思いを度々うたう。三人とも恵まれない境遇にあるのみならず、遠く離れて会えない状態が続く。鳥に乗って思う人のもとへ翔けたいというモチーフは、漢魏の詩によく見える。たとえば漢・烏孫公主「歌詩」（『玉台新詠』巻九）に「願はくは黄鵠と為りて故郷に還らん」など。

其四（其《そ》の四《し》）　08-37d

1 有㆑妹 有㆑妹 在㆓鍾離㆒　　妹《いもうと》有《あ》り 妹《いもうと》有《あ》り 鍾離《しょうり》に在《あ》り

2 良人早歿諸孤癡
3 長淮浪高蛟龍怒
4 十年不レ見來何時
5 扁舟欲レ往箭滿レ眼
6 杳杳南國多二旌旗一
7 嗚呼四歌兮歌四奏
8 林猿爲レ我啼二清晝一

良人《りやうじん》 早《つと》に歿《ぼつ》し諸孤《しよこ》は癡《ち》なり
長淮《ちやうわい》 浪高《なみたか》くして蛟龍《かうりゆう》は怒《いか》る
十年《じふねん》 見《み》ず 來《きた》るは何《いづ》れの時《とき》ぞ
扁舟《へんしう》 往《ゆ》かんと欲《ほつ》するも 箭《や》 眼《め》に滿《み》つ
杳杳《えうえう》たり 南國《なんごく》 旌旗《せいき》多《おほ》し
嗚呼《ああ》 四歌《しか》す 歌《うた》 四《よ》たび奏《そう》す
林猿《りんゑん》 我《わ》が爲《ため》に清晝《せいちう》に啼《な》く

現代語訳　其の四

妹よ、妹よ、鍾離にいる。夫はつとに没し、父を失った子らは是非もわからぬ幼さ。淮水は波高く、蛟龍は荒れ狂う。十年会えずにいるが、来るのはいつのことか。小舟に乗って行きたくても、満目みな戦の矢。遠い南の国は軍隊の旗ばかり。ああ、四の歌、歌は四たび奏《かな》でられる。林中の猿がわたしのために真昼から啼いてくれる。

語注　**1 妹**　韋《い》氏に嫁ぎ、寡婦となった妹。「元日　韋氏の妹に寄す」（04-20）に「近ごろ聞く韋氏の妹は、迎へられて漢の鍾離に在りと」。　**鍾離**　漢以来の県名。今の安徽省鳳陽県。**2 良人**　夫。　**諸孤**　父を亡くした子供たち。「孤」は『孟子』梁恵王篇下に「幼くして父無きを孤と曰《い》ふ」。『礼記』月令に「仲春の月……幼少を養ひ、諸孤を存す（慰問する）」。　**癡**　物事がわからないほど幼い。　**3 長淮**　妹のいる地を流れる淮水。　**蛟龍**　みずちや龍。洪水を起こして人に危害を与える動物。彼の地で戦乱が収まらないことをいう。　**5 扁舟**　一艘の小舟。　**箭満眼**　戦乱の弓矢が視界にあふれる。陶淵明「程氏の妹を祭る文」に、「書疏猶ほ存し、遺孤（遺児）は眼に満つ」。　**6 杳杳**　暗くて定かに見えないことから、はるかに遠いことをいう。『楚辞』

九章・懐沙に、南の地に行く屈原をうたって、「眴《とほ》くして杳杳たり」。**南国** 中原から離れた長江の中下流以南の地。『詩経』小雅・四月に「滔滔たる江漢（長江と漢水）、南国の紀《のり》」。**多旌旗** 戦いの旗が多い。趙次公はこの年の八月に康楚元《こうそげん》なる者が反乱を起こして節度使の杜鴻漸《とこうぜん》に代わって荊州を支配した時事を指すとする。**8 林猿** 林中にいて姿は見えず、啼き声だけが聞こえる。猿は蜀に多く、その啼き声は悲しみを帯びるとされるが、ここでは杜甫に同調して悲哀の声を発する。**清昼** 「白昼」の語があるように、昼の属性である明るさを添えて二字にしたもの。猿は詩のなかでは夜啼くことが多く、昼間から啼くのは尋常でない感じを伴うか。【詩型・押韻】七言古詩。上平五支（離）と七之（癡・時・旗）の同用。平水韻、上平四支。末二句は去声四十九宥（昼）と五十候（奏）の同用。平水韻、去声二十六宥。

詩解 第四首は妹。夫を亡くし、幼い子供たちを一人で育てる身を案じる。しかも住むのは南方、はるか離れているのみならず、戦塵のなかにある。「箭　眼に満つ」（5）は妹のいる地を思い描き、情景をまざまざと目に浮かべていることを示す。猿の悲痛な叫びは、胸を突き刺す自分自身の悲しみとして耳に響く。

其五（其《そ》の五《ご》）　08-37e

1 四山多㆑風溪水急
2 寒雨颯颯枯樹濕
3 黄蒿古城雲不㆑開
4 白狐跳梁黄狐立
5 我生何爲在㆓窮谷㆒
6 中夜起坐萬感集

四山《しざん》 風《かぜ》多《おほ》く 溪水《けいすい》急《きふ》なり
寒雨《かんう》颯颯《さつさつ》として枯樹《こじゆ》濕《しめ》る
黄蒿《くわうかう》 古城《こじやう》 雲《くも》開《ひら》かず
白狐《はくこ》は跳梁《てうりやう》し 黄狐《くわうこ》は立《た》つ
我《わ》が生《せい》 何爲《なんす》れぞ 窮谷《きゆうこく》に在《あ》る
中夜《ちゆうや》 起《お》き坐《ざ》して 萬感《ばんかん》集《あつ》まる

7　嗚呼五歌兮歌正長　　嗚呼《ああ》 五歌《ごか》す　歌《うた》　正《まさ》に長《なが》し

8　魂招不レ來歸二故鄉一　　魂《たましひ》　招《まね》くも來《きた》らず　故鄉《こきやう》に歸《かへ》れ

現代語訳　其の五

四方《よも》の山々から風吹きつのり、渓谷の流れは激しい。冷たい雨がさつさつと降り、枯れた木々を濡らす。

黄ばんだ草が掩う古い町は雲に閉ざされたまま。白い狐が飛び跳ね、黄色い狐が立ち上がる。

わたしの人生はどうして行き詰まった谷底に至り着いたのか。深夜起き上がって坐れば万感が胸にこみ上げる。

ああ、五の歌、歌はこれぞ長く続く。魂は招いても戻らないが、どうか故郷に帰ってくれ。

語注　**1 四山**　四方を囲む山。　**2 颯颯**　雨の降り注ぐ音。　**3 黄蒿**　枯れて黄ばんだヨモギなどの雑草。　**古城**　同谷の町を指す。　**4 白狐**　瑞兆として『芸文類聚』巻九九・狐の条に「河図曰く、白帝生まるるに、先に白狐を致す」、また「潜潭巴曰く、白狐至れば、国民利す」という例もあるが、ここでは不気味なイメージ。　**5 窮谷**　同谷県の杜甫が住んでいる地。地形が行き詰まるように、人生も行き詰まる閉塞感を伴う。　**6 中夜起坐**　憂愁・煩悶のために寝つけず、夜中に起き上がるというモチーフは、魏・阮籍「詠懐十七首」（『文選』巻二三）其の一に「夜中寐ぬる能はず、起き坐して鳴琴を弾く」など、漢魏の詩に頻見。　**万感集**　さまざまな思いが一気に集まる。南朝宋・謝霊運「彭蠡湖口に入る」（『文選』巻二六）に「千念　日夜に集まり、万感　朝昏に盈《み》つ」。　**7 歌正長**　第五歌に至って、気持ちもますます昂揚し、歌声が長く続く。　**8 魂招**　死者の魂を呼び戻す魂《たま》呼びの儀礼とは別に、生者の肉体から遊離した魂を呼び戻す風習もあった。「彭衙行」（05-26）の注31を参照。一句の解釈について『詳注』は二説を挙げる。一は魂は招いても戻って来ないが、肉体とともに故郷に帰ろう（『杜臆』）。二は魂は招いても戻らない、故郷に帰ってしまった（胡夏客）。ここでは『楚辞』招魂の「魂よ帰り来れ、故《もと》の居に反《かへ》れ」に即して、また別の解釈を試みる。――魂は招いても戻って来ない、どこをさまよっているのか、せめて故郷に帰ってほしい。【詩型・押韻】七言古詩。入声二十六緝（急・湿・立・集）。平水韻、入声十四緝。末二句は下平十陽（長・郷）。平水韻、下平七陽。

詩解　第五首以下はうたいぶりが変わって、主題のリフレインから始まらない。辺境の同谷県、冷たい風と雨に見舞われた陰鬱な風景のなかに身を置く自分をうたう。白狐・黄狐の句（4）について、何焯《かしゃく》『義門読書記』（巻五一）は「狐は（安）禄山の逆を作すを指す」というが、具体的に何を比喩するかよりも、同谷の町に覚える不安、怯えを表象すると捉えるべきだろう。その陰惨な町にあって、まるで魂が自分から離れてしまったような、自分が自分でないような感覚に襲われる。せめて遊離した魂だけでも故郷に帰って落ち着き場所を得てほしい、と解した。

其六（其《そ》の六《ろく》）　08-37f

1 南有レ龍兮在二山湫一　南《みなみ》に龍《りゅう》有《あ》り　山湫《さんしゅう》に在《あ》り
2 古木巃嵸枝相樛　古木巃嵸《こぼくろうしょう》として枝《えだ》相《あ》ひ樛《まと》ふ
3 木葉黄落龍正蟄　木葉《もくえふ》黄落《くわうらく》して龍《りゅう》は正《まさ》に蟄《ちつ》す
4 蝮蛇東來水上遊　蝮蛇《ふくだ》東《ひがし》より來《きた》りて水上《すいじやう》に遊《あそ》ぶ
5 我行怪レ此安敢出　我《われ》行《ゆ》きて此《これ》を怪《あや》しむ　安《いづ》くんぞ敢《あ》へて出《い》づるや
6 拔レ劍欲レ斬且復休　劍《けん》を拔《ぬ》きて斬《き》らむと欲《ほっ》し且《か》つ復《ま》た休《や》む
7 嗚呼六歌兮歌思遲　嗚呼《ああ》　六歌《ろくか》す　歌思《かし》遲《おそ》し
8 溪壑爲レ我迴二春姿一　溪壑《けいがく》　我《わ》が爲《ため》に　春姿《しゅんし》を迴《めぐ》らせ

現代語訳　其の六

南に龍がいる、山の池に。古木は鬱蒼、枝は絡まり合う。

木々の葉が黄ばんで落ちると龍はちょうど穴籠もり。毒蛇が東からやってきて水の上で遊ぶ。
わたしは池に行ってこれがどうして出てきたのか怪しく思い、剣を抜いて斬ろうとしたが、まずはやめよう。
ああ、六の歌、歌おうにも思いがつかえる。渓谷よ、わたしのために春の姿を戻してくれ。

語注　**1 山湫**　山のなかの池。「万丈潭」（08-38）は同谷県の万丈潭という池に住むと伝えられる龍をうたう。　**2 龍嵸**　こんもり茂るさま。畳韻の語。　**枝相樛**　枝が曲がりからまる。南斉・謝朓「敬亭山」（『文選』巻二七）に「樛枝は聳《そび》えて復た低《た》る」。　**3 木葉黄落**　『礼記』月令に「季秋の月……草木黄落す」。　**蟄**　穴に入って冬ごもりする。『周易』繋辞伝下に「龍蛇の蟄するは、以て身を存するなり」。　**4 蝮蛇**　毒蛇。『楚辞』招魂に、南方の地の恐ろしさを説いて「蝮蛇は蓁蓁《しんしん》たり（うようよ）」。　**5・6**　蝮蛇がなぜ出現したのかいぶかり、斬り殺そうとも思ったがやめておく。　**7 歌思遅**　歌を思案してもなかなか思い浮かばない。　**8 渓壑**　渓谷。　**迴春姿**　季節が巡って春の様相を示せ。【詩型・押韻】七言古詩。下平十八尤（湫・遊・休）と二十幽（樛）の同用。平水韻、下平十一尤。末二句は上平六脂（遅・姿）。平水韻、上平四支。

詩解　第六首はうたいぶりのみならず、内容も変わって、寓意的な詩となる。龍が冬眠に入ったすきに、我が物顔に池にのさばる蝮蛇。旧注は当然ながらそれが何を指すか、説を呈する。『読杜心解』が龍は皇帝、蝮蛇は安禄山・史思明とするのは、「東より来りて」も合致してわかりやすいが、ではなぜ蝮蛇を斬ろうとしてやめるかに説明がつかない。沈徳潜は特化することを控えて、「君子が潜伏し、小人が横行す」と一般化するのが、妥当なところか。「蝮蛇東より来りて水上に遊ぶ」（4）の一句は、邪悪な者の薄気味悪さをみごとに描き出す。

其七（其《そ》の七《しち》）　08-37g

1 男児生不㆑成㆑名　身已老　　男児《だんじ》生まれて名《な》を成《な》さず　身《み》已《すで》に老《お》ゆ
2 三年飢走荒山道　　三年《さんねん》飢《う》ゑ走《はし》る　荒山《くわうざん》の道《みち》

3 長安卿相多㆓少年㆒
4 富貴應㆓須致㆑身早㆒
5 山中儒生舊相識
6 但話㆓宿昔㆒傷㆓懷抱㆒
7 嗚呼七歌兮悄終㆑曲
8 仰視㆓皇天㆒白日速

長安《ちやうあん》の卿相《けいしやう》　少年《せうねん》多《おほ》し
富貴《ふうき》　應《まさ》に須《すべか》らく身《み》を致《いた》すこと早《はや》かるべし
山中《さんちゆう》の儒生《じゆせい》は旧相識《きうさうしき》
但《た》だ宿昔《しゆくせき》を話《はな》して　懐抱《くわいはう》を傷《いた》ましむ
嗚呼《ああ》　七歌《しちか》す　悄《せう》として曲《きよく》を終《を》ふ
仰《あふ》ぎて　皇天《くわうてん》を視《み》れば　白日《はくじつ》速《はや》し

現代語訳　其の七

男子として生まれながら名を成さぬまま身はもう老いた。三年というもの、不毛の山中の道を腹を空かせて走り続けた。長安の大臣には若い人が多い。富貴に至るには早くから出仕しなければならない。山のなかの文人は昔の知り合い。昔のことばかり語らっては胸を傷める。ああ、七の歌、歌は消え入るように終わる。大いなる天を振り仰げば、日輪の運行の速いこと。

語注　**1 男児生不成名**　漢・李陵「蘇武に与ふる書」（『文選』巻四一）に「男児生まれて以て名を成さず、死して則ち蛮夷の中に葬らる」をほぼそのまま用いる。この背景には『論語』子罕篇の孔子の言葉、「四十・五十にして聞こゆること無くんば、斯れ亦た畏るるに足らざるのみ」がある。**2 三年**　至徳二載（七五七）、北方への疎開の旅から数えて足かけ三年。「鉄堂峡」（08-27）にも「飄蓬　三年を踰ゆ」。**3 卿相**　大臣。『史記』孫子・呉起列伝に「起《き》は卿相と為らざれば、復た衛に入らず」。**少年**　若い人。日本語の「少年」より年長にあたる。『詳注』などが引く師氏の注に、粛宗の朝廷では玄宗の旧官僚から若い新官僚に一新されたことをいうとする。忌々しい思いが含まれることになる。**4 致身**　語は『論語』学而篇の「君に事《つか》へては能く其の身を致す」（献身的に勤める）に出るが、後に仕官の意味で使われる。**5 山中**　同谷県を指す。**儒生**　学者文人。**旧相識**　古くからの知り合い。『読杜心解』によると、同谷で会った旧知の人とは李《り》銜《かん》。十二年後、洞庭湖で再会した時の作、「長沙にて李十一銜を送る」(23-47)がある。**6 但話宿昔**　不確かな将来は話題にのぼすこともできず、昔のことだけをおしゃべりする。「話」は口語的な語か。**懐抱**　胸に抱く思い。**7 悄終曲**　心寂しく、また消え入るように曲が終わる。**8 皇天**　天帝、天を尊んでいう。「皇」は「大」の意。『尚書』大禹謨《だいうぼ》に「皇天眷《かへり》みて命ず」など。**白日速**　時間の経過の速いのをいうに違いないが、それを太陽が天空を移動する速さによって可視的にいう。【詩型・押韻】七言古詩。上声三十二皓(老・道・早・抱)。平水韻、上声十九皓。末二句は入声一屋(速)と三燭(曲)の通押。平水韻、入声一屋と二沃。

詩解　七首の最終章。五十歳近くなるのに名もなく官位もなく偏僻な町にいる自分、一方で花の都で今をときめく人々。たまたま自分と同じように同谷に流れ着いた旧知の人に出会ったが、彼もまた不遇をかこつ人。共にこの先のあても希望もないゆえに、話すのは過去のことばかり。この年でこのままでいいのか、これからどうすべきか、その焦燥感が末句の「白日速し」へと繋がる。空を異常な速度で運行する日輪は、自分など無視する非情な存在。焦りは絶望に近づく。

七首いずれも同谷県にあって悲嘆する詩に違いないが、注意すべきはこれが「歌」のかたちで表現されていることである。一般の詩でも作者と話者(詩のなかでの主体)とは区別すべきであるとはいえ、楽府や歌行といった歌謡のかたちの場合、作者と話者の違いはいっそう歴然とする。つまり話者は歌謡の「歌い手」であり、作者は歌い手を演じているのだ。胸中の思いはそのまま言葉になるのではなく、歌謡という文芸形式に則り、歌い手という役割をもった表現者の言葉として表出される。歌謡のなかで述べられる心情を作者の心情そのものと直結してはならない。歌い手が介在することによって、形式に沿った加工が施される。この一連の詩に見られる、時に誇張を伴った自虐性もその現れといえよう。すると作者は作者自身とともに、歌い手としての自分との二重の自分をもつことになり、歌い手の自分をみつめる自分も存在していることになる。ことに杜甫の場合は自己の二重性ないし多重性に意識的であるようにみえる。

發二同谷縣一(同谷縣《どうこくけん》を發《はっ》す)　09-01

(原注)乾元二年十二月一日、自二隴右一赴二劍南一紀行。(乾元二《けんげんに》年十二《ねんじふに》月一日《ぐわつついたち》、隴右《ろういう》自《よ》り劍南《けんなん》に赴《おもむ》く紀行《きかう》。)

1 賢有レ不レ黔レ突
2 聖有レ不レ暖レ席
3 況我飢愚人
4 焉能尚安レ宅
5 始來二茲山中一
6 休レ駕喜二地僻一
7 奈何迫二物累一
8 一歳四行役

賢《けん》に突《とつ》を黔《くろ》くせざる有《あ》り
聖《せい》に席《せき》を暖《あたた》めざる有《あ》り
況《いは》んや我《われ》は飢《き》愚《ぐ》の人《ひと》
焉《いづ》くんぞ能《よ》く尚《な》ほ宅《たく》に安《やす》んぜんや
始《はじ》めて茲《こ》の山中《さんちゆう》に來《きた》りて
駕《が》を休《と》めて地《ち》の僻《へき》なるを喜《よろこ》ぶ
奈何《いかん》ぞ物累《ぶつるい》に迫《せま》られ
一歳《いつさい》に四《よ》たび行役《かうえき》す

現代語訳 同谷県を発つ

乾元二年十二月一日、隴右から剣南に向かう紀行。

煙突を黒くする暇がない賢者がいたし、席を温める暇がない聖人がいた。ましてわたしは貧しく愚かな者、家にゆっくり落ち着けるはずがない。初めてこの山のなかに来た時は、辺鄙な土地柄が気に入って車を止めたのだった。それがどうしたことか、外からの煩いに追われて、一年のうちに四度も旅に出ることになった。

語注 **0 同谷県** 隴右道成州に属する県。現在の甘粛省成県。原注にいうように、杜甫は同谷県を発って成都に向かう。**隴右** 隴右道。唐が全国を十の道に分けた一つ。同谷県がそれに属する。**剣南** 同じく唐の行政区分の剣南道。成都がそれに属する。

1・2 聖人賢者すら安閑としている閑はないことをいう成語。墨子と孔子の故事を用いる。『淮南子』修務訓に「墨子は黔突、

（黒い煙突）無く、孔子は煖（暖）無し」。 3・4 **飢愚** 生活に追われる点で「飢」、賢者・聖人に対して「愚」、二重の理由を挙げる。 **安宅** 家に落ち着いている。『詩経』小雅・鴻雁に「其れ究《つひ》に宅に安んず」。 5 **茲山中** 同谷県を指す。 6 **休駕** 馬車を止める。 **地僻** 土地が偏僻。「秦州を発す」（08-25）に「応接は本性に非ず」というように、秦州は人の往来に煩わされたのに対して、辺境の地にある同谷はそれから免れた。陶淵明「飲酒二十首」其の五に「君に問ふ　何ぞ能く爾るかと、心遠ければ地自ら偏なり」というように、文人の通性として世間の煩雑を嫌う。 7 **物累** 外物に煩わされる。『荘子』天道篇に「故に天の楽しきを知る者は、天怨（天に咎められる）無く、人非（人に非難される）無く、物累無く、鬼責（鬼神に罰せられる）無し」。また『淮南子』汜論訓に「性を全ふして真を保ち、物を以て形を累はさず」。 8 **四** たびたびの意味もあるが、この年、乾元二年には実際に四たびの旅を数えることができる。一は春、洛陽から華州へ戻る。二は秋、秦州へ移る。三は冬、秦州から同谷へ。四はこのたびの同谷から成都へ向かう旅。 **行役** 労役や公務の旅、また気の進まぬ旅をいう。『詩経』魏風・陟岵に「嗟《ああ》予が子は行役し、夙夜　已《や》むこと無かれ」。

9 忡忡去㆓絶境㆒　　忡忡《ちゆうちゆう》として絶境《ぜつきやう》を去《さ》り
10 杳杳更遠適　　杳杳《えうえう》として更《さら》に遠《とほ》く適《ゆ》く
11 停㆑驂龍潭雲　　驂《さん》を停《とど》む　龍潭《りゆうたん》の雲《くも》
12 迴㆑首白崖石　　首《かうべ》を迴《めぐ》らす　白崖《はくがい》の石《いし》
13 臨㆑岐別㆓數子㆒　　岐《き》に臨《のぞ》みて數子《すうし》に別《わか》れ
14 握㆑手涙再滴　　手《て》を握《にぎ》りて　涙《なみだ》　再《ふたた》び滴《したた》る
15 交情無㆓舊深㆒　　交情《かうじやう》　舊深《きうしん》無《な》く
16 窮老多㆓慘慼㆒　　窮老《きゆうらう》　慘慼《さんせき》多《おほ》し

現代語訳

不安に満ちて絶域の地を離れ、暗い闇に向かうように更に遠くへと行く。
馬車を停めれば龍潭《りゆうたん》には雲がかかり、振り返るのは白崖《はくがい》の岩。
分かれ道まで来て見送りの数人とお別れ。手を握りしめながら涙がまたこぼれる。
交遊に古い深いの区別はない。年をとると悲痛な思いばかりがつのる。

語注 **9 忡忡** 不安なさま。『詩経』召南・草虫に「憂心忡忡たり」。『楚辞』九歌・雲中君に「夫の君を思ひて太息す、労心を極めて忡忡たり」。 **絶境** 人里を離れた地の果て。同谷を指す。陶淵明「桃花源記」に「此の絶境に来りて、復た出でず」。 **10 杳杳** 遠いの意味もあるが、暗い。『楚辞』九章・懐沙に「眴《み》るに杳杳たり、孔《はなは》だ静かにして幽黙なり」。 **更遠適** 「適」は行く。同谷が既に絶境の地であるのに、更に人跡無き地へと向かう。 **11・12 驂** 三頭の馬、あるいは左右の馬。ここでは旅の馬車をいう。 **龍潭** 『杜臆』によれば同谷の万丈潭を指す。 **白崖** 「龍潭」と同じく、今立ち去ろうとしている同谷付近の地名。「虎崖」に作る本もある。「停驂」も「迴首」も名残惜しい気持ちから。 **13 臨岐** 分かれ道にさしかかる。分かれ道は見送る人々と別れる場所でもある。唐・王勃「杜少府の任に蜀州に之くを送る」に「為す無かれ岐路に在りて、児女と共に巾を霑らすを」。 **14 握手涙再滴** 漢・蘇武「詩四首」(『文選』巻二九)其の三に夫婦の別れをうたって、「手を握りて一たび長歎し、涙は生別の為に滋し」。「再」はいよいよ別れという場に至ってもう一度泣くこと。 **15 交情無旧深** 成語に基づく句かと思われる。見送って岐路まで同行した数人は、古い知友ではなく、同谷で知り合った人たちだったのだろう。 **16 窮老** 困窮した老人。「後出塞五首」(04-09)其の五に「窮老にして児孫無し」。 **惨慼** 痛切な悲哀をいう双声の語。

17 平生嬾拙意　　平生《へいぜい》 嬾拙《らんせつ》の意《い》
18 偶値二棲遁跡一　　偶《たま》たま棲遁《せいとん》の跡《あと》に値《あ》ふ
19 去住與レ願違　　去住《きよぢゆう》 願《ねが》ひと違《たが》ひ

20　仰慙二林間翮一　仰《あふ》ぎて林間《りんかん》の翮《とり》に慙《は》づ

現代語訳　前々からものぐさで世渡り下手と思っていたが、たまたま隠棲にふさわしい地に巡り会った。立ち去るかとどまるか、願いとは食い違い、仰げば林のなかを翔る鳥に恥ずかしい。

語注　**17 平生**　ふだん。かねてから。**嬾拙**　「懶拙」と同じ。懶惰で処世にうとい。「秦州を発す」（08-26）に「我衰へて更に嬾拙」。**18 偶値**　思いがけず出会う。**棲遁跡**　隠棲にかなった場所。「地僻」なる同谷をいう。自分のようなものにはぴったりの地だった。東晋・郭璞「遊仙詩七首」（『文選』巻二一）其の一に「山林は隠遁の棲（すみか）」。**19 去住**　「去留」と同じ。去るととどまると。後漢・蔡琰（実は唐以降の偽作）「胡笳十八拍」其の十二に「去住の両情　具《つぶさ》に陳べ難し」。**与願違**　同谷に隠棲しようという願いは実現しなかった。魏・嵆康「幽憤詩」（『文選』巻二三）に「事は願ひと違ひ、茲の淹留に遘《あ》ふ」。**20 林間翮**　「翮」は羽。鳥をいう。陶淵明「貧士を詠ず七首」其の一に、「遅遅たり林を出づる翮、未だ夕ならざるに復た来り帰る」。【詩型・押韻】　五言古詩。入声二十陌（宅）、二十一麦（翮）、二十二昔（席・役・適・石・跡）、二十三錫（僻・滴）、二十四職（慼）の通押。平水韻、入声十一陌、十二錫、十三職。

詩解　題下の原注にいうように、乾元二年（七五九）十二月一日、杜甫は成都へ向けて出立する。同谷県にはわずか一月前後の滞在であった。この年のめまぐるしい移住には、自分に対しても気まずさを覚えたのか、冒頭四句には言い訳めいた言葉を並べる。秦州を離れたのは人間関係の複雑さがあったようだが、同谷は食糧に事欠くという切実な困窮が理由だったと思われる。この山あいの小さな町自体には、隠逸の場として住み続けたい思いがあったことは、末尾の四句にうかがうことができる。

最後の一句、「仰ぎて林間の翮に慙づ」——思いと裏腹にこの地を立ち去らざるをえない自分が鳥に対して恥ずかしく思う。この発想・表現は、杜甫と最も深い関わりをもつ先人、陶淵明に由来する。『杜甫詩注』が挙げるように、陶淵明の「始めて鎮軍参軍と作《な》りて曲阿を経《へ》しときの作」（『文選』巻二六）に「雲を望みては高鳥に慙ぢ、水に臨みては遊魚に愧づ」。自分に合わない仕官をせざるを得ない陶淵明は、郷里での隠遁生活に後ろ髪を引かれながら任地へ向かう。鳥と魚は他の動物と違って三次元の空間を行動できることから、しばしば自由の象徴となる。空中・水中を自在に動き回る鳥や魚に対して、官に縛られる自分のふがいなさ、鳥・魚にも劣る、そこに覚えるのが「慙」「愧」であろう。杜甫が「林間の翮《とり》に慙づ」のは、明らかに陶淵明を承けている。「はじる」という思いを抱くのは、相手と自分が同等であるという認識が前提にある。同等であるはずなのに自分が劣るゆえにはじるのだ。人間も動物も世界を構成するものとして同等である、同等でなければならないという杜甫の世界観が背後にはある。これは自然が秩序をもつように人も秩序をもたねばならないという杜甫の全体に通底する態度に繋がっている。この一句に関しては陶淵明との繋がりが明らかだが、それ以外にも杜甫は様々な場面で「はじる」ことが多い。

　秦州を発つ時に「秦州を発す」（08-25）から始まる十二首の紀行詩が並べられたように、同谷を発つこの「同谷を発す」以下、成都に着くまで十二首が続く。このことは杜甫が二組みの紀行詩をそろえようとしたことを示している。秦州から同谷への旅が苦難に満ちたものであったように、同谷から成都へも厳しい旅が続く。それをどちらも十二首の連作紀行詩にまとめるのは、実際の体験を文学として構築しようとする意志を表している。我々は旅の辛さに目を奪われがちであるけれども、それを作品に仕立て上げる表現者としての強靭さにこそ注目すべきだろう。

木皮嶺（木皮嶺《もくひれい》）　09-02

1 首㆓路栗亭西㆒　路《みち》を栗亭《りってい》の西《にし》より首《はじ》め
2 尙想鳳皇村　尙《な》ほ想《おも》ふ 鳳皇村《ほうわうそん》
3 季冬攜㆓童稚㆒　季《き》冬《とう》 童稚《どうち》を攜《たづさ》へ
4 辛苦赴㆓蜀門㆒　辛苦《しんく》して 蜀門《しよくもん》に赴《おもむ》く
5 南登㆓木皮嶺㆒　南《みなみ》のかた木皮嶺《もくひれい》に登《のぼ》る

6　艱険不レ易レ論　　艱険《かんけん》 論《ろん》ずるに易《やす》からず
7　汗流被二我體一　　汗流《あせなが》れて我《わ》が體《からだ》を被《おほ》ひ
8　祁寒爲レ之暄　　祁《き》寒《かん》も之《これ》が爲《ため》に暄《あたた》かなり

現代語訳　木皮嶺

旅立ちは栗亭の西。鳳凰村がまだ懐かしく思い起こされる。冬も末の十二月、幼い子供を携えて、苦心しながら蜀の門、剣閣山に向かう。南のほう、木皮嶺に登る。その難儀は口では言いがたい。汗が流れて体を覆い、酷寒なのにそのために暖かになる。

語注　**0 木皮嶺**　同谷県の東にある山。杜甫は同谷を発った後、栗亭、当房村を経て木皮嶺を越える。　**1 首路**　旅路に就く。旅を始める。　**栗亭**　同谷県の東の鎮の名。「秦州を発す」(08-25)に「栗亭　名更に嘉し、下に良田疇有り」。　**2 鳳皇村**　「鳳凰村」と同じ。鳳凰山の下にある村。鳳凰山は「鳳凰台」(08-36)に見える。　**3 季冬**　旧暦十二月。　**4 蜀門**　蜀の門、すなわち剣閣山をいう。晋・張載の「剣閣の銘」(『文選』巻五六)に「惟《こ》れ蜀の門、固めを作《な》し鎮めを作す」。　**6 艱険**　険阻。　**8 祁寒**　厳寒。「祁」は「たいそう」の意味。『尚書』君牙に「冬は祁寒」。その孔安国の注に「大寒なり」。　**暄**　温暖。

9　遠岫争輔佐　　遠岫《えんしう》は争《あらそ》つて輔佐《ほさ》し
10　千巖自崩奔　　千巖《せんがん》は自《おのづか》ら崩奔《ほうほん》す
11　始知五岳外　　始《はじ》めて知《し》る 五岳《ごがく》の外《ほか》
12　別有二他山尊一　　別《べつ》に他山《たざん》の尊《たつと》き有《あ》るを

13 仰干塞㆓大明㆒
14 俯入裂㆓厚坤㆒
15 再聞虎豹闘
16 屢跼㆓風水昏㆒
17 高有㆓廢閣道㆒
18 摧折如㆓短轅㆒
19 下有㆓冬青林㆒
20 石上走㆓長根㆒

仰《あふ》げば干《をか》して大明《たいめい》を塞《ふさ》ぎ
俯《ふ》すれば入《い》りて厚坤《こうこん》を裂《さ》く
再《ふたた》び聞《き》く 虎豹《こへう》の闘《たたか》ふを
屢《しばしば》 風水《ふうすい》の昏《くら》きに跼《せくぐま》る
高《たか》きには廢《はい》されし閣道《かくだう》有《あ》り
摧折《さいせつ》せられて短轅《たんゑん》の如《ごと》し
下《した》には冬青《とうせい》の 林《はやし》有《あ》りて
石上《せきじやう》に 長根《ちやうこん》走《はし》る

現代語訳

遠くの山々は競い合って周りから支え、千もの岩が崩落する。五岳のほかにも尊ぶべき山があることが初めてわかった。上を向いては太陽まで冒してその光を遮り、下を向けば大地にまで入り込んで裂いてしまう。一度ならず虎豹が戦う音が聞こえ、たびたび暗い気配のもとに身をかがめる。高い所にあるのはうち捨てられた桟道、へしゃげた短い轅のかたち。低い所にあるのは冬青《とうせい》の林、岩の上に長い根が走る。

語注 **9 遠岫** 遠くの山々。「岫」は山。 **輔佐** 補佐する。晋・張華『博物志』に「地は名山を以て輔佐と為す」。 **10 千巌** 多くの岩。 **崩奔** 崩れ落ちる。双声の語。南朝宋・謝霊運「彭蠡湖口に入る」（『文選』巻二六）に「圻岸《きがん》（岸壁の岩）屢《しばしば》崩奔す」。**11 五岳**　鎮めとなる五座の山。東岳泰山・西岳華山・南岳衡山・北岳恒山・中岳嵩山。**12 他山**　五岳に数えられない山。語は『詩経』小雅・鶴鳴の「它（他）山の石、以て玉を攻《をさ》むべし」に出る。**13・14** 木皮嶺の勢いを言う。太陽や月までも凌駕するほど上に伸び、下は大地を裂くほど。**大明**　太陽。『礼記』礼器に「大明は東に生じ、月は西に生ず」。鄭玄の注に、「大明は日なり」。**厚坤**　大地。『周易』坤の彖辞に、「坤は厚くして物を載す」。**15 再聞**　再三聞こえる。恐ろしさを強調する。**虎豹闘**　『楚辞』招隠士に隠者の住む山中の恐ろしさを「虎豹は闘ひて熊羆は咆ゆ」。**16 跼**　険しい道に体を縮める。南朝宋・顔延之「北のかた洛に使ひす」（『文選』巻二七）に、「路を首《はじ》めて険難に跼る」。**風水**　具体的な風と水ではなく、あたりの雰囲気をいうか。**17 閣道**　桟道。道の険しさを表す蜀独特の通路。**18 摧折**　破砕されている。**短轅**　「轅」はながえ。馬車と馬のくびきを結ぶ棒。**19 冬青**　『杜甫全詩集』はトチノキ、アオキ、『杜甫詩注』はクスノキの和名を当てる。いずれにせよ常緑樹。**20**「冬青」の木の根が露出する。

21 西崖特秀發　　西崖《せいがい》は特《とく》に秀發《しうはつ》

22 煥若二靈芝繁一　　煥《くわん》として靈芝《れいし》の繁《しげ》きが若《ごと》し

23 潤聚金碧氣　　潤《うるほ》ひは聚《あつ》む　金碧《きんぺき》の氣《き》

24 清無二沙土痕一　　清《きよ》きは沙土《さど》の痕《あとな》無し

25 憶觀二崑崙圖一　　憶《おも》ふ　崑崙《こんろん》の圖《づ》を觀《み》しを

26 目擊玄圃存　　目擊《もくげき》す　玄圃《げんぽ》の存《そん》するを

27 對レ此欲二何適一　　此《これ》に對《たい》して何《いづ》くに適《ゆ》かんと欲《ほつ》する

28 默傷垂老魂　　默《もく》して傷《いた》む　垂老《すいらう》の魂《こん》

現代語訳

西の崖はとりわけきらきらしている。まるで霊芝が繁茂しているようにきらめく。

黄金や碧玉の気を集めた色つや、砂や土の形跡もない清らかさ。

崑崙《こんろん》の図を一覧したことを思い出す。懸圃《けんぽ》が存在しているのを目の当たりにする。

これに向き合いながら、いったいどこへ行こうというのか。言葉もなく老いた魂が傷ましい。

語注

21 秀発　植物が輝くように繁茂する。語は『詩経』大雅・生民に「実《まこと》に発し実に秀（ひい）づ（穂が出て花が開く）」に基づく。**22 煥**　ひかり輝くさま。**霊芝**　仙人の食する瑞草。**23 潤**　『大戴礼記』勧学篇に「玉の山に居れば木潤ふ」。**金碧**　黄金と碧玉。貴重な宝玉。**24 清無沙土痕**　砂や土といった凡庸な山の成分は痕跡も留めぬほどに清浄。**25・26 崑崙図**　崑崙山を描いた絵。崑崙山は西の果てにあると伝えられる仙人の山。**玄圃**　崑崙山の峰の一つ。「県圃」「懸圃」とも表記する。『楚辞』天問に、「崑崙県（玄）圃は、其の居　安《いづ》くに在る」。**26 目撃**　自分の目でしかと見る。**27**　霊妙な光景を前にしながら、ここを離れてどこへ行くというのか。**何適**　『礼記』礼運篇に、「孔子曰く、嗚呼《ああ》哀しい哉、……吾　魯を舎《す》てて何くにか適かん」。**28 垂老**　老いに近づく。「垂老の別れ」（07-05）を参照。【詩型・押韻】五言古詩。上平二十二元（喧・轅・繁）、二十三魂（村・門・論・奔・尊・坤・昏・存・魂）、二十四痕（根・痕）の同用。平水韻、上平十三元。

詩解　同谷を発って成都に向かう紀行詩の第二首。初めの難関が木皮嶺。急坂を登ると、冬でも汗が流れると、山の険しさを実感に即して表現する。名も無き山でありながら、囲繞する峰々、岩の崩れ落ちる絶壁といった光景は、険しさに怯えるよりも、その雄渾な光景に見入る。五山に数えられなくても「尊い」（12）。険阻が尊厳にすり替わるのである。朽ちたままのこっている桟道といった極めて具象的な句とともに、「大明を塞ぐ」「厚坤を裂く」といった抽象化された句も交じる。険阻は尊厳から更に神秘へと転じ、崑崙・玄圃が幻出する（25・26）。山の風景に宗教的な境地を見出すのは、謝霊運の山水詩に始まるが、杜甫はそこに留まることができず、旅を続けなければならない。

白沙渡（白沙渡《はくさと》）　09-03

畏途随㆓長江㆒　　畏途《ゐと》　長江《ちやうかう》に随《したが》ひ
渡口下㆓絶岸㆒　　渡口《とこう》　絶岸《ぜつがん》を下《くだ》る
差池上㆓舟楫㆒　　差池《しち》として舟楫《しうしふ》に上《のぼ》り
杳窕入㆓雲漢㆒　　杳窕《えうてう》として雲漢《うんかん》に入《い》る

天寒荒野外　　天《てん》は寒《さむ》し　荒野《くわうや》の外《そと》
日暮中流半　　日《ひ》は暮《く》る　中流《ちゆうりう》の半《なか》ば

現代語訳　白沙渡
恐ろしい道が長い江《かわ》に沿って続き、渡し場へ向かって岸辺の絶壁を降る。ばらばらに舟に乗り移る。小暗い行く手、舟は天の川へ入っていく。

語注　**0 白沙渡**　固有名詞か否かわからないが、いずれにせよ白砂の岸辺に設けられた渡し場であろう。　**1 畏途**　恐ろしく危険な道。　**長江**　固有名詞ではなく、長く続く川。　**2 渡口**　渡し場。詩題の白沙渡。　**下絶岸**　絶壁を下った所に渡し場がある。晋・郭璞「江の賦」（『文選』巻一二）に、「絶岸は万丈」。　**3 差池**　ふぞろいなさまをいう畳韻の語。人が三々五々舟に乗り込む様子。　**舟楫**　「楫」は舟のかい。『周易』『尚書』以来、二字で舟を意味する語として用いる。　**4 杳窕**　「窈窕」と同じ。奥深いさまをいう畳韻の語。東晋・孫綽「天台山に遊ぶ賦」（『文選』巻一一）に「邈かなる彼の絶域、幽邃窈（杳）窕たり」。　**雲漢**　天の川。『詩経』大雅・雲漢に、「倬《おほ》いなる彼の雲漢、昭《ひか》り天に回る」。高地を流れる川を天の河に見立てる。

7 我 馬 向レ北 嘶　　我《わ》が馬《うま》は北《きた》に向《む》かつて嘶《いなな》き

8 山 猿 飲 相 喚　　山猿《さんゑん》は飲《の》みて相《あ》ひ喚《よ》ぶ

9 水 清 石 磊 磊　　水《みづ》清《きよ》くして 石《いし》磊磊《らいらい》たり

10 沙 白 灘 漫 漫　　沙《すな》白《しろ》くして 灘《だん》 漫漫《まんまん》たり

11 迥 然 洗二愁 辛一　　迥然《けいぜん》として愁辛《しうしん》を洗《あら》ひ

12 多 病 一 踈 散　　多病《たびやう》 一《いつ》に踈散《そさん》す

現代語訳

空は寒々、荒涼たる原野の更にその外側のこの地。流れの半ばへ来たあたりで日が暮れた。我が馬は懐かしい北の方に向いていななき、山に住む猿が水を飲みつつ呼び交わす。水は澄み、石がごろごろ。砂は白く、早瀬には漫々たる水。すっきりと辛い思いは洗い流し、あれやこれやの病気も一度に消えた。

語注

5 荒野　人のいない原野。**6 中流**　川の中。**7 我馬**　『詩経』周南・巻耳に「我が馬は玄黄たり」。**向北**　馬も故郷を恋しがって北に向かって鳴く。「古詩十九首」（『文選』巻二九）其の一に「胡馬は北風に依り、越鳥は南枝に巣くふ」。**8 山猿**　猿は蜀の地に多い。旅愁を誘うものとして詩に見える。**9 磊磊**　「磊磊」と同じ。石がたくさんあるさま。『楚辞』九歌・山鬼に「石は磊磊たりて葛は蔓蔓たり」。「古詩十九首」其の三に、「磊磊たり磵中の石」。**10 灘**　早瀬。**漫漫**　水がたっぷりと流れているさま。**11 迥然**　すくっと聳えるさま。ここでは憂いが消えてさばさばした状態に用いる。底本は「迴然」に作るが、諸本によって改めた。**愁辛**　悲しく辛い思い。**12 一**　一気に。すべて。**踈散**　ばらばらになって消える。

13 高 壁 抵二嶔 崟一　　高壁《かうへき》 嶔崟《きんぎん》たるに抵《いた》り

14　洪　濤　越㆓凌　亂㆒　　洪濤《こうとう》 凌亂《りょうらん》たるを越《こ》ゆ
15　臨㆑風　獨　迴㆑首　　風《かぜ》に臨《のぞ》みて獨《ひと》り首《かうべ》を迴《めぐ》らし
16　攬㆑轡　復　三　歎　　轡《たづな》を攬《と》りて復《ま》た三歎《さんたん》す

現代語訳　高い岩壁が険しくそそり立つ所までたどり着き、大きな波が激しくうねるのを乗り越えてきた。風に吹かれて来し方を振り返り、たづなを手にして何度も嘆く。

語注　**13 高壁**　絶壁。　**嶔崟**　高く険しいさま。後漢・王逸「魯の霊光殿の賦」（『文選』巻一一）に宮殿の威容を、「倔佹《くつき》として雲のごとく起こり、嶔崟として離摟《りろう》たり」。　**14 洪濤**　大きな波。魏・曹植「白馬王彪に贈る」（『文選』巻二四）に、「舟を汎《うか》べて洪濤を越ゆ」。　**凌乱**　乱れるさま。南朝宋・鮑照「舞鶴の賦」（『文選』巻一四）に、「軽迹（軽やかな足取り）凌乱たり」。　**15 迴首**　通ってきた流れを振り返って見る。　**16 攬轡**　手綱を手に取る。ここからは再び陸路が始まる。　**三歎**　何度も感歎する。川を渡ったのにすぐ引き続いて、また山道を前にして苦難の旅を歎く。『春秋左氏伝』昭公二八年に、「吾子　食を置くの間に三歎するは、何ぞや」。【詩型・押韻】　五言古詩。去声二十八翰（岸・漢・散・歎）と二十九換（半・喚・漫・乱）の同用。平水韻、去声十五翰。

詩解　乾元二年、同谷から成都に向かう紀行詩の第三首。しばし舟の旅に変わる。水を見ることは人に生気を与えるものなのか、11・12二句は心身爽快になったことをいう。しかしそれも束の間、舟を下りてまた山道を進まねばならない。

初めに舟の乗り込む箇所に、4「杳窕として雲漢に入る」という句があった。黄河の源流が天の河に通じているという伝説があったことは先に記したが（「秦州雑詩」07-19其の八）、詩人は山の中の川を銀漢に見立てている。舟に乗っている浮遊感はあたかも虚空に浮かぶようでもあったし、また未知の空間へ向かうことを不安とともに、あるいは不安以上に期待を抱き、目の前の「杳窕たる」暗い空間に目を凝らしているかのようだ。難路の続く旅とはいえ、艱難を歎くに留まらず、好奇の心も常に伴う。

水會渡（水會渡《すいくわいと》） 09-04

1 山行有二常程一　山行《さんかう》に常程《じやうてい》有《あ》り
2 中夜尚未レ安　中夜《ちゆうや》 尚《な》ほ未《いま》だ安《やす》んぜず
3 微月沒已久　微月《びげつ》 沒《ぼつ》して已《すで》に久《ひさ》しく
4 崖傾路何難　崖傾《がけかたむ》き 路《みち》 何《なん》ぞ難《かた》き
5 大江動二我前一　大江《たいかう》 我《わ》が前《まへ》に動《うご》き
6 洶若二溟渤寬一　洶《きよう》として溟渤《めいぼつ》の寬《ひろ》きが若《ごと》し
7 篙師暗理レ楫　篙師《かうし》 暗《あん》に楫《かい》を理《をさ》め
8 歌嘯輕二波瀾一　歌嘯《かせう》して波瀾《はらん》を輕《かろ》んず

現代語訳　水会渡

山を旅するには決まった日程というものがあり、そのために夜中になってもまだ休めない。

細い月はもうとっくに沈み、崖は斜めに傾き、道はなんと険しいことか。

大いなる江《かわ》が私の目の前にうごめく。湧き立つ波は広い大海原に似る。

舟人は暗闇のなかでさおをさばく。大波をものともせずに歌を口ずさみながら。

語注　**0 水会渡**　川の合流する地点にある渡し場。　**1 山行**　山の旅。『史記』夏本紀に、陸・水・泥・山、それぞれ乗り物が異なることを述べて、「山行は檋《けう》に乗る」。　**常程**　決まった行程。山間の道では宿泊できる場所が限られるため。　**2 中夜**　真夜中。**尚未安**　その日の宿泊場所に到達していないために、夜になってもまだ休めない。**3 微月**　新月から間もない細い月。晋・傅玄「雑詩」（『文選』巻二九）に「清風何ぞ飄颻たる、微月　西方に出づ」。**4 崖傾**　南朝宋・謝霊運「石門に新たに住む所を営む……」（『文選』巻三〇）に「崖傾きて光は留め難く、林深くして響きは奔り易し」。**5 大江**　南斉・謝朓「暫く下都に使ひす……」（『文選』巻二六）に、「大江は日夜に流れ、客心　悲しみ未だ央《つ》きず」。**6 洶**　水が湧き起こる。**溟渤**　大海。鮑照「君子有所思に代ふ」（『文選』巻三一）に「山を築きて蓬壺に擬し、池を穿ちて溟渤に類す」。**7 篙師**　竿を操る人、船頭。晋・左思「呉都の賦」（『文選』巻五）に「篙工・楫師（かいを操る人）、閩禺《びんぐ》（南方の水辺の地）自《よ》り選ばる」。**暗**　暗い闇のなかで。**理楫**　かいを操る。**8 歌嘯**　船頭は緊張することもなくうたいながら舟を進めることをいう。「嘯」はもともとは声を遠くまで響かせる発声法。

9　霜濃木石滑　　霜《しも》濃《こ》くして木石《ぼくせき》滑《すべ》り
10　風急手足寒　　風《かぜ》急《きふ》にして手足《しゆそく》寒《さむ》し
11　入㆑舟已千憂　　舟《ふね》に入《い》れば已《すで》に千憂《せんいう》
12　陟㆑巘仍萬盤　　巘《けん》に陟《のぼ》れば仍《な》ほ萬盤《ばんばん》
13　迴㆓眺積水外㆒　　積水《せきすい》の外《そと》を迴眺《くわいてう》し
14　始知㆓衆星乾㆒　　始《はじ》めて衆星《しゆうせい》の乾《かわ》くを知《し》る
15　遠遊令㆓人痩㆒　　遠遊《ゑんいう》　人《ひと》をして痩《や》せしむ
16　衰疾慙㆓加餐㆒　　衰疾《すいしつ》　加餐《かさん》に慙《は》づ

現代語訳

濃い霜が降りて木や石は滑りやすい。風がきつく手足が冷える。
舟に乗るだけではや千もの憂いに襲われ、山に登ればやはりまた万の数の折れ曲がり。
たたなわる水の向こうを振り返って眺めると、星々が水に濡れていないことが初めてわかる。
遠い旅は人をやつれさせる。病む身には「箸を進めよ」と言われても気後れする。

語注 **9 霜濃** 霜が深く降りる。唐・太宗「冬狩」に「霜濃くして広隰に凝し、氷厚くして清流に結ぶ」。**11 入舟** 謝霊運「石壁の精舎より湖中に還るの作」（『文選』巻二二）に、「谷を出でしとき日尚ほ早きに、舟に入るときは陽已に微かなり」。**12 陟巘** 山に登る。『詩経』大雅・公劉に、「陟れば則ち巘に在り、復た降りては原に在り」。毛伝によれば「巘」は大きな山から分かれた小さな山。**万盤** 幾重にも曲折する。**13 迴眺** 後ろを振り返って眺める。**積水** 水量たっぷりの水。渡ってきた川を指す。**14 衆星** 多くの星。『論語』為政篇に「政を為すに徳を以てすれば、譬へば北辰の其の所に居て、衆星の之を共にするが如し」。「古詩十九首」（『文選』巻二九）其の七に「衆星何ぞ歴歴たる」。**15 遠遊** 『楚辞』に「遠遊」の篇がある。魏・曹植「雑詩六首」（『文選』巻二九）其の五に、「遠遊して何《いづ》くにか之《ゆ》かんと欲する、呉国は我が仇為《た》り」。**令人痩** 苦難のために痩せる。「古詩十九首」其の一に、「相ひ去ること日びに已《もつ》て遠く、衣帯日びに已て緩し。……君を思へば人をして老いしむ（令人老）、歳月忽として已に晩《く》る」。**16 衰疾** 病気。謝霊運「南亭に遊ぶ」（『文選』巻二二）に、「衰疾は忽ち斯《ここ》に在り」。**加餐** 相手に体を大切にするよう祈る定型の語。古楽府「飲馬長城窟行」（『文選』巻二七）に「上には餐食を加へよと有り、下には長く相ひ憶ふと有り」。「古詩十九首」其の一に、「努力して餐飯を加へよ」など。【詩型・押韻】五言古詩。上平二十五寒（安・難・瀾・寒・乾・餐）と二十六桓（寛・盤）の同用。平水韻、上平十四寒。

詩解 同谷から成都へ向かう紀行の第四首。崖を降りた渡し場から舟の旅に移る。海のように拡がる水面も晴れ晴れとした爽快感ではなく、不安、怯えを与えるものでしかない。それに対して舟人は慣れたもの、鼻歌まじりに舟を進める。労働する人々の職業的熟練に目を留めるのも、杜詩の特徴の一つ。後の夔州の詩では、「最能行」（15-18）のようにそのことを主題とする作もある。

本詩の最も特異な表現は13・14の二句。「巘に陟れば」の句に続いていることから、既に舟を下り、再び山道にさしかかって振り返るのだが、陸から眺めることで初めて星々が「乾いている」ことがわかる。舟から見ていた時は、水と空の区別がつかず、星も水に映って濡れそぼっていたのだった。冷たく乾燥した空気のなかできらめく星の映像が鮮やかに写し取られる。

　末句も必ずしもわかりやすくはない。「餐食を加へよ」という励ましの決まり言葉を受けても、「衰疾」の身の自分は食も進まないということだろうが、それを「慙づ」というのは、どのような思いだろうか。杜甫は「恥じる」に関連する語がはなはだ多く、ふつうは恥じるとは言わない事態に対しても「恥じる」。今後の課題としてのこる。

飛仙閣（飛仙閣《ひせんかく》）　09-05

1 土門山行窄
2 微徑縁㆓秋毫㆒
3 棧雲闌干峻
4 梯石結構牢
5 萬壑欹㆓疎林㆒
6 積陰帶㆓奔濤㆒
7 寒日外淡泊
8 長風中怒號

土門《ともん》　山行《さんかう》窄《せま》く
微徑《びけい》　秋毫《しうがう》に縁《よ》る
棧雲《さんうん》　闌干《らんかん》峻《けは》しく
梯石《ていせき》　結構《けつこう》牢《かた》し
萬壑《ばんがく》　疎林《そりん》欹《かたむ》き
積陰《せきいん》　奔濤《ほんたう》を帶《お》ぶ
寒日《かんじつ》　外《そと》に淡泊《たんぱく》
長風《ちやうふう》　中《なか》に怒號《どがう》す

現代語訳　飛仙閣
門のように両側から崖に挟まれ、山を行く道は狭苦しい。か細い小道のわずかな隙間に沿って進む。

桟道にかかる雲、手すりは急峻。石畳みの坂道はがっちりと組み立てられている。

無数の谷には葉もまばらな木々が傾き、陰気が鬱積して猛る波の音を伴う。

冬の日輪は谷の外で光も淡く、吹き寄せる風が谷のなかで叫びをあげる。

語注 **0 飛仙閣** 桟道の名。「閣」は桟道の大規模なもの。興州（陝西省略陽県）の東にあった飛仙嶺に設けられた閣道。『方輿勝覧』巻六九に、飛仙嶺に続いて「上に閣道百余間有り、即ち蜀に入る路なり」。 **1 土門** 門のように両側から崖が迫る道。「出門」に作る本もある。ならば「門を出づれば」。 **2 縁** へりに寄り添う。 **秋毫** 秋になって生える鳥獣の細い毛。微細なものをたとえる。 **3 桟雲** 桟道にかかる雲。 **闌干** 「欄檻」と同じ。手すり。 **4 梯石** 石畳みの道。 **5 万壑** 刻まれた多くの谷。桟道から見下ろした風景。 **欹疎林** 葉がまばらになった木々が谷の傾斜に従って傾く。 **6 積陰** 集積した陰の気。『淮南子』天文訓に「積陰の寒気は水と為る」。元は形而上的な語であるが、ここでは陰鬱な気配と寒気をいう。 **奔濤** 奔流する水の波。谷底に流れる水をいう。 **7 寒日** 冬の太陽。陶淵明「龐《ほう》参軍に答ふ」に「惨惨たる寒日」。 **淡泊** 太陽の色が薄い。 **8 長風** 遠くから吹いてくる風。

9 歇㆑鞍在㆓地底㆒　鞍《くら》を歇《やす》めて地底《ちてい》に在《あ》り
10 始覺所㆑歷高　始《はじ》めて覺《おぼ》ゆ 歷《ふ》る所《ところ》の高《たか》きを
11 往來雜㆓坐臥㆒　往來《わうらい》 坐臥《ざぐわ》を雜《まじ》へ
12 人馬同疲勞　人馬《じんば》 同《とも》に疲勞《ひらう》す
13 浮生有㆓定分㆒　浮生《ふせい》 定分《ていぶん》有り
14 飢飽豈可㆑逃　飢飽《きはう》 豈《あ》に逃《のが》る可けんや
15 歎息謂㆓妻子㆒　歎息《たんそく》して妻子《さいし》に謂《い》ふ

16　我何隨二汝曹一　我《われ》何《なん》ぞ汝曹《なんぢら》を隨《したが》ふるやと

現代語訳　地の底で馬を止めると、その時になって初めて、なんと高い所を通ってきたか気付く。行き来する人たちは座ったり寝そべったりさまざま、人も馬も共に疲れ切っている。人生には決まった運命というものがある。飢えに苦しむのも満腹するほど食べるのも、定めゆえに逃れることはできぬ。妻や子にため息をついて語りかける、「私はどうしてお前たちを連れてきたのだろうか」と。

語注　**9 歇鞍**　休憩する。　**地底**　大地の底。谷底。　**10** 最も低い場所に来て、これまで高い場所を経過してきたことに気付く。　**12** ほかの旅人もここで休息する。　**人馬**　魏・曹操「苦寒行」（『文選』巻二七）に、「行き行きて日びに已《もっ》て遠く、人馬同時に飢う」。　**13 浮生**　人の人生。『荘子』刻意篇に、「其の生や浮くが若く、其の死や休むが若し」。　**定分**　定まった運命。西晋・欧陽建「臨終詩」（『文選』巻二三）に、「窮達には定分有り、慷慨して復た何をか歎かん」。　**14 飢飽**　食べるに事欠くことと多すぎること。　**16 汝曹**　お前たち。「曹」は複数の人を意味する。目下の人に向かって用いられる。**【詩型・押韻】**　五言古詩。下平六豪（毫・牢・濤・号・高・労・逃・曹）。平水韻、下平四豪。

詩解　同谷から成都に向かう紀行詩の第五首。飛仙閣という高所の桟道から深い谷底まで下って一休みするまでの行程。そこはまわりの旅人たちも休憩する場所であった。秦州から同谷へ、同谷から成都へという一連の紀行詩のなかには、時折ほかの旅人たちの姿も描かれる。厳しい山行とはいえ、このルートが当時の主要な経路であったことがわかる。また記述が詩人の内面や杜甫の一行に限定されないことによって、旅の描写にも拡がりが生まれる。

　疲れ果てて谷底で休む杜甫の胸に去来するのは、この苦難の旅も人にあらかじめ定められた運命かと受け入れる思いであった。そう考えることによって、苦難を甘受しよう、甘受するほかない。そうであるにしても、帯同している家族たちはどうか。成都に移ることを決めた自分のために、彼らにも同じ苦労を与えたのではないか。黙々と付いてくる妻や子に対して済まなく思う気持ちのほうが、「浮生　定分有り」よりもいっそう真情がこもる。

五盤（五盤《ごばん》）　09-06

1　五　盤　雖㆑云㆑険　　五盤《ごばん》険《けん》なりと云《い》ふと雖《いへど》も
2　山　色　佳　有㆑餘　　山色《さんしよく》佳《か》　餘《あま》り有《あ》り
3　仰　凌㆓桟　道　細㆒　　仰《あふ》げば桟道《さんだう》の細《ほそ》きを凌《しの》ぎ
4　俯　映㆓江　木　疏㆒　　俯《ふ》せば江木《かうぼく》の疏《そ》なるを映《えい》ず
5　地　僻　無㆓罟　網㆒　　地《ち》は僻《へき》にして罟網《こまう》無《な》く
6　水　清　反　多㆑魚　　水《みづ》は清《きよ》くして反《かへ》つて魚《うを》多《おほ》し
7　好　鳥　不㆓妄　飛㆒　　好鳥《かうてう》　妄《みだ》りには飛《と》ばず
8　野　人　半　巣　居　　野人《やじん》半《なか》ば巣居《さうきよ》す

現代語訳　五盤

五盤は険しいといわれるけれども、山の姿は存分に美しい。上には細い桟道をしのぐように嶺がせりあがり、下には水辺のまばらな木々が水に映っている。

語注　**0　五盤**　現在の四川省広元県の北東。七盤嶺とも五盤嶺ともいう。「盤」は盤曲。名は桟道が湾曲しているのに由来するという。今も陝西省との境界に七盤関という地名が残る。　**2　佳有余**　よさがたっぷりある。　**3・4**　二句、わかりにくいが、上を見れば山が桟道を凌ぐように更に高く続き、下を見れば川に木々が映っていると解する。

喜見淳朴俗　　喜《よろこ》びて見《み》る　淳朴《じゅんぼく》の俗《ぞく》
坦然心神舒　　坦然《たんぜん》として心神《しんしん》舒《の》ぶ

現代語訳

僻遠の地には魚を捕る網もなく、水が澄んでいても魚が多い。好ましい鳥たちはやたらに飛び立つこともなく、田舎の人たちは半ば樹上で暮らしている。古代の純朴な風俗を目にしたのが嬉しく、ほがらかに心がのびゆく。

語注　**5 地僻**　陶淵明「飲酒二十首」其の五（『文選』では巻三〇、「雑詩」二首の一）の「心遠ければ地自ら偏なり」は、気持ちの持ちようで辺鄙な地となることをいうが、ここは実際に僻遠の地。　**罟網**　魚を採るあみ。『荘子』胠篋《きょきょう》篇に、「鉤餌網罟罾《そう》（あみ）笱《こう》（やな）の知多ければ、則ち魚は水に乱る」。　**6 水清**　漢・東方朔「客の難ずるに答ふ」（『文選』巻四五）に「水至つて清ければ則ち魚無し」。そう言われるが、ここは魚が多い。　**7 不妄飛**　人を恐れることを知らないことをいう。　**8 巣居**　樹上に鳥のように巣を作って暮らす。『荘子』盗跖篇に「古は禽獣多くして人民少なし。是に於て民は巣居して以て之を避く」。　**9 淳朴**　原始的生活の質朴さ。　**10 坦然**　心が明るくのびやかになるさま。

東郊尚格闘　　東郊《とうかう》　尚《な》ほ格闘《かくとう》す
巨猾何時除　　巨猾《きよくわつ》　何《いづ》れの時《とき》か除《のぞ》かん
故郷有㆓弟妹㆒　　故郷《こきやう》には弟妹《ていまい》有《あ》り
流落随㆓丘墟㆒　　流落《りうらく》して丘墟《きうきよ》に随《したが》ふ
成都萬事好　　成都《せいと》は萬事《ばんじ》好《よ》きも

16 豈 若レ帰二吾 廬一

豈《あ》に吾《わ》が廬《ろ》に帰《かへ》るに若《し》かんや

現代語訳

東のほうではまだ闘いが続いている。巨大な悪者はいつになったら除去されるのか。
ふるさとにいる弟や妹、うらぶれて廃墟の町に身をまかせていよう。
成都は何もかもいいというが、それでも自分のいおりに帰るほうがいい。

語注 **11 東郊** 中国の東部を指す。『尚書』費誓の序に見える語。 **格闘** 戦闘。官軍李光弼《りこうひつ》と賊軍史思明《ししめい》の軍が洛陽の北で戦闘を続けていたことを指す。 **12 巨猾** 巨大な狡猾者。史思明を指す。晋・潘岳「西征の賦」（『文選』巻一〇）などでは王莽《おうもう》を指す。史思明を王莽になぞらえる。 **13 故郷有弟妹** 弟妹については「乾元中、同谷県に寓居して作れる歌七首」（08-37）其の三、其の四を参照。 **14 流落** 零落する。 **丘墟** 廃墟。『史記』李斯列伝に「紂は親戚を殺し、諫むる者を聴かずして、国は丘墟と為る」。 **15** これから向かう先の地はすべてに恵まれていると思い込むのは、秦州から旅立つ時に同谷に期待したのと同じ。「秦州を発す」（08-25）参照。 **16 吾廬** 陶淵明「山海経を読む十三首」其の一に「衆鳥は託する有るを欣び、吾も亦た吾が廬を愛す」。外地が楽しくても家のほうがよいという思いは、「古詩十九首」（『文選』巻二九）其の十九に、「客行は楽しと云ふと雖も、早く旋り帰るに如かず」。**【詩型・押韻】** 五言古詩。上平九魚（余・疎・魚・居・舒・除・墟・廬）。平水韻、上平六魚。

詩解 同谷から成都へ向かう紀行詩の第六首。この連作詩でも苦難をうたうだけに塗りつぶすことはなく、この詩は風景の賞すべきことを喜び、この地に住む人々の純朴な生活を見て快さを覚える。杜甫が通ったような道が繋がってはいても、当地の人々はほかの大都市と接触することもなく、半ば原始的な生活を続けていたようだ。人為的な道具を使わない古代生活は老荘が理想とするところであったが、杜甫もそれを喜ぶ。しかし心がほぐれた状態もすぐに胸をふたぐのは、世の中の混乱がまだ収束しないいらだち、そのために弟妹たちもかつての生活を失って落ちぶれているのではないかという危惧。弟妹を想起したことで故郷への思いがつのり、これから向かう成都よりも本当に欲するのは故郷に帰ることと結ぶ。

龍門閣（龍門閣《りゆうもんかく》）　09-07

1 清 江 下㆓龍 門㆒　清江《せいかう》 龍門《りゆうもん》を下《くだ》り
2 絶 壁 無㆓尺 土㆒　絶壁《ぜつぺき》 尺土《せきど》も無《な》し
3 長 風 駕㆓高 浪㆒　長風《ちやうふう》 高浪《かうらう》を駕《が》し
4 浩 浩 自㆓太 古㆒　浩浩《かうかう》 太古《たいこ》自《よ》りす
5 危 途 中 縈 盤　危途《きと》 中《なか》ほどに縈盤《えいばん》し
6 仰 望 垂㆓線 縷㆒　仰《あふ》ぎ望《のぞ》めば 線縷《せんる》垂《た》る
7 滑 石 欹 誰 鑿　滑石《くわつせき》欹《かたむ》きて誰《たれ》か鑿《うが》てる
8 浮 梁 裊 相 拄　浮梁《ふりやう》 裊《でう》として相《あ》ひ拄《ささ》ふ

現代語訳　龍門閣

清らかな川が龍門を流れ落ち、絶壁には猫の額ほどの土もない。吹き寄せる風は高い波を馳せ、滔滔たる水は太古のまま。危うげな道は途中で曲がりくねり、上を見れば垂れ下がる一筋の糸。つるつるした岩は傾き、誰がのみで掘りつけたのか。浮き橋がゆらゆらとくねりながら支え合う。

語注　**0 龍門閣**　今の四川省広元県に龍門山があり、閣はそこにつけられた桟道。この山の桟道は直立する岩壁に足場を削って作った、とりわけ険しいものであったという。 **1 清江**　嘉陵江を指す。 **2 尺土**　わずかな地面。漢・李陵「蘇武に答ふる書」（『文選』巻四二）に「尺土の封無し」。**3 駕高浪**　馬車に乗って馬を操るように波を走らせる。**4 浩浩**　水が豊かで勢いのあるさま。『尚書』堯典に洪水のすさまじさを述べて、「浩浩として天をも滔《しの》ぐ」。**5 縈盤**　ぐるぐるめぐる。**6 線縷**　桟道が細く続くのをたとえる。**7 滑石**　なめらかな岩。**誰鑿**　穴をあけたのは桟道を作るため。**8 浮梁**　空中に浮いた桟道の板。**相拄**　しなやかに揺れながら桟道の板と板が支え合う。

9 目眩隕㆓雑花㆒　目眩《めくら》みて雑花《ざつくわ》隕《お》ち
10 頭風吹㆓過雨㆒　頭風《かしらかぜ》ふきて過雨《くわう》を吹《ふ》く
11 百年不㆓敢料㆒　百年《ひやくねん》敢《あ》へて料《はか》らず
12 一墜那得㆑取　一墜《いつつい》那《なん》ぞ取《と》るを得《え》む
13 飽㆑聞經㆓瞿塘㆒　聞《き》くに飽《あ》く瞿塘《くたう》を經《ふ》るを
14 足㆑見度㆓大庾㆒　見《み》るに足《た》る大庾《だいゆ》を度《わた》るを
15 終身歴㆓艱険㆒　終身《しゆうしん》艱険《かんけん》を歴《へ》ん
16 恐懼従㆑此数　恐懼《きようく》此《これ》より数《かぞ》へん

現代語訳

目はくらみ、色とりどりの花が落ちるよう。頭には風が吹き、通り雨に吹きつけられるよう。人の一生は百年、そこまで生きられるとは思わないが、ここでひとたび墜落したらもう引き上げることはできない。瞿塘峡《くとうきよう》を通る恐ろしさはいやというほど聞いた。大庾嶺《だいゆれい》を渡る危うさはさんざん目にした。死ぬまで艱難は続くことだろう。その恐ろしさはここから数え始めることにしよう。

語注　**9・10 目眩・頭風**　目がくらみ頭がふらふらする。「目眩頭昏」などのように並べて用いられる。**隕雑花**　さまざまな花が落ちる。目がくらんだことのたとえ。**吹過雨**　風が通り雨に吹きつける。頭がふらつくことのたとえ。**11 百年**　人が生きられる時間。一生。**不敢料**　推し量ろうとはしない。百年生きられるとは思わない。**12 一墜**　ここでひとたび落ちる。**那得取**　どうして取り戻すことができようか。「取」は深い谷底から取り上げる。**13・14 飽聞・足見**　さんざん見たり聞いたりした。**瞿塘**　長江の上流のいわゆる三峡の一つ瞿塘峡。川幅狭く流れ早く、難所として知られる。**大庾**　江西省と広東省の境を横切る五嶺の一つ、大庾嶺。嶺南・嶺北を遮る難所。**15・16** これまでの人生も含めて、これからの人生にも艱難は数知れないことであろうが、当面している難所をその最初と数えることにしよう。**恐懼**　『詩経』小雅・谷風に「将《は》た恐れ将た懼る」。

【詩型・押韻】五言古詩。上声九麌（縷・挂・雨・取・庾・数）と十姥（土・古）の同用。平水韻、上声七麌。

詩解　同谷から成都に向かう紀行詩の第七首。道中の最も険阻な箇所だったようだ。断崖にへばりつくような桟道、下は深い谷底。これがいかに危うい難所であったかをいうのに、天下の難所として衆知の瞿塘峡・大庾嶺を挙げる。どちらも杜甫は未体験であり（後に瞿塘峡は通ることになる）、伝聞でしか知らない。そういう危険な箇所がまだまだあることだろう。自分は今後も難所を経ることになるだろう。これをその最初としようという末尾の句は、今までに経てきたなかではこれを上回るものはない、これが最も厳しいというものではある。そうであるに違いないものの、こうした発想を生んでいるのは、自分の人生はこれからも更なる苦難が待ち受けていることだろう、それを受け入れ、一つ一つ数えてやろう、という態度である。苦難を甘受しようとする態度、それも杜甫の特質の一つ。更にいえば、遭遇する苦難に対して、そのなかに巻き込まれず、人生の全体のなかにおいてある距離を置いて見返す態度といえようか。つまり直接の経験にのみ終始するのでなく、それを人生の経験の全体のなかで捉えようとする。こうした重層的な態度は実際の苦難の軽減にもなるだろうし、経験を文学として昇華することにもなる。少なくともここで杜甫は「こんな危うい目はもうこりごりだ」とはいっていないのである。

石櫃閣（石櫃《せきき》閣《かく》）　09-08

1 季冬日已長
2 山晩半天赤
3 蜀道多㆓早花㆒
4 江閒饒㆓奇石㆒
5 石櫃曾波上
6 臨㆑虚蕩㆓高壁㆒
7 清暉迴㆓羣鷗㆒
8 暝色帯㆓遠客㆒

季冬《きとう》 日《ひ》已《すで》に長《なが》く
山晩《やまく》れて 半天《はんてん》赤《あか》し
蜀道《しょくだう》 早花《さうくわ》多《おほ》く
江閒《かうかん》 奇《き》石《せき》饒《おほ》し
石櫃《せきき》 曾波《そうは》の上《うへ》
虚《きよ》に臨《のぞ》みて高壁《かうへき》に蕩《ゆ》らぐ
清暉《せいき》 羣鷗《ぐんおう》迴《めぐ》り
暝色《めいしょく》 遠客《ゑんかく》を帯《お》ぶ

現代語訳 石櫃閣

冬の最後の月には日が長くなり、山が暮れる時分、空の半分が赤く染まる。蜀の道辺には早咲きの花が多く、川のなかには奇態な岩に富む。石櫃閣《せききかく》は畳《たた》なわる水の上にあり、虚空を映す水に臨んで、そびえ立つ岩壁に影が揺らぐ。清らかな光のなかに鷗の群れは輪を描き、夕闇が遠い旅人を包み込んでいく。

語注 **0 石櫃閣** 石櫃山の上にかかる桟道。龍門閣と並んで名高い。四川省広元市の北方。「櫃」は箱。岩でできた箱のような形にちなんだ山名であったか。 **1 季冬** 旧暦十二月。 **日已長** 冬至を過ぎて日が長くなる。 **2 半天赤** 夕焼け。 **3 早花** 北方から移動すると蜀の地は温暖で春咲きの花がもう咲いている。 **4 奇石** 珍しい形状の岩。 **5 曽波** 幾重もの水。「曽」は「層」に通じる。 **6 臨虚** ふつうは虚空に臨むと解されるが、虚空を映した水に臨むと読む。「臨」は下に見る。 **蕩高壁** 石櫃閣も水に映り、それが岩壁に照り返して影をゆらめかすと解する。 **7 清暉** 清らかな日の光。南朝宋・謝霊運「石壁の精舎より湖中に還るの作」（『文選』巻二二）に「昏旦に気候変じ、山水　清暉を含む。清暉は能く人を娯しましめ、遊子　憺《たん》として帰るを忘る」。**8 暝色**　暮色。謝霊運の同上の詩に、「林壑　暝色を斂《をさ》め、雲霞　夕霏を収む」。**帯遠客**　遠くの旅人の影を伴う。

9　羈栖負㆓幽意㆒　　羈栖《きせい》　幽意《いうい》に負《そむ》き
10　感歎向㆓絶跡㆒　　感歎《かんたん》して絶跡《ぜつせき》に向《む》かふ
11　信甘㆓孱懦嬰㆒　　信《まこと》に孱懦《せんだ》に嬰《かか》るに甘《あま》んず
12　不㆓獨凍餒迫㆒　　獨《ひと》り凍餒《とうだい》に迫《せま》らるるのみならず
13　優游謝康樂　　優游《いういう》す　謝康樂《しやかうらく》
14　放浪陶彭澤　　放浪《はうらう》す　陶彭澤《たうはうたく》
15　吾衰未㆓自由㆒　　吾《われ》衰《おとろ》へて未《いま》だ自由《じいう》ならず
16　謝㆓爾性有㆒㆑適　　爾《なんぢ》が性《せい》の適《てき》する有《あ》るに謝《しや》す

現代語訳

旅暮らしは幽興への思いもままならず、歎きながら人跡もない地へ向かう。病弱な体に甘んじるほかない。飢えや寒さに迫られるためだけではない。山水に優々と遊んだ謝霊運。思うまま歩き回った陶淵明。衰えたわたしは不自由なまま。本性のままに生きたあなたたちに恥ずかしい。

語注　**9 羈栖**　旅が続く暮らし。**幽意**　俗事を離れ自然を味わう思い。**10 感歎**　思うままになれないことを歎く。**絶跡**　人跡を絶った地。**11 孱懦** 虚弱な体。**嬰** 病に纏《まと》いつかれる。**12 凍餒** 寒さと飢え。衣食の不自由。**13 優游** ゆったりと遊ぶ。**謝康楽** 南朝宋の詩人謝霊運。祖父以来の爵位を継いで康楽公に封ぜられた。**14 放浪** 拘束を受けることなく気ままに振る舞う。陶淵明が官を辞して郷里に隠棲したことを指す。**陶彭沢** 東晋から南朝宋にかけての詩人陶淵明。最後は彭沢県令の任にあった。**15 吾衰** 『論語』述而篇の孔子の言葉、「甚だしいかな吾が衰へたるや、久し、吾復た夢に周公を見ず」に出る語。**16 謝** 「ゆずる」というのがふつうの訓。劣ることを認める。しかし「恥じる」とも読める。南朝宋・顔延之「王太常(王僧達)に贈る」(『文選』巻二六)に、「美を属《しょく》して(綴って)繁翰(相手の文)に謝す」、その李善注に「謝は猶ほ慚のごときなり」。**爾** 謝霊運と陶淵明を指す。**性有適** 本性にかなう。謝霊運「名山に遊ぶ志の序」(『初学記』巻五)に「山水は性の適する所」。陶淵明「園田の居に帰る六首」其の一に、「性 本 丘山を愛す」。【詩型・押韻】五言古詩。入声二十陌(客・迫・沢)、二十二昔(赤・石・跡・適)と二十三錫(壁)の通押。平水韻、入声十一陌と十二錫。

詩解 同谷から成都へ向かう紀行詩の第八首。冒頭には日が長くなる変化、夕焼けの光景、春の花の開花、おもしろい形の岩を並べる。この光と暖かさに余裕が生まれたのか、「幽意」の探求がぶり返し、謝霊運・陶淵明が想起される。謝霊運は高い地位ゆえに免れがたい政治上の軋轢、陶淵明は低い地位ゆえに免れがたい生活上の苦労、それはあったにせよ、山水行脚を楽しみ、隠棲を満喫したのは、二人とも本性に適したことであった。その二人と比べていることは、杜甫は自分を謝霊運・陶淵明に伍する文学者として捉えていたことを示す。同等の力をもつ表現者でありながら、自分が本来の生き方をしえていないのは、生活苦のほかに老いと病のためだ。自分のふがいなさを彼らに「謝す」。この「謝」には単に自分は劣るとかいう以上に、同等であるべきなのにそうなってはいないふがいなさ、みじめさなどの思いが絡みついている。

桔柏渡(桔柏渡《けつはくと》) 09-09

1 青 冥 寒 江 渡　　青冥《せいめい》たり 寒江《かんかう》の渡《と》

2 駕㆑竹 爲㆓長 橋㆒　　竹《たけ》を駕《が》して 長橋《ちやうけう》と爲《な》す

竿濕煙漠漠　竿《さを》湿《うるほ》ひて　煙《けむり》漠漠《ばくばく》たり
江永風蕭蕭　江《かう》永《なが》くして　風《かぜ》蕭蕭《せうせう》たり
連笮動嫋娜　連笮《れんさく》動《うご》きて　嫋娜《でうだ》たり
征衣颯飄颻　征衣《せいい》　颯《さつ》として　飄颻《へうえう》たり
急流鴇鶂散　急流《きふりう》　鴇鶂《ほうげき》散《さん》じ
絶岸黿鼉驕　絶岸《ぜつがん》　黿鼉《げんだ》驕《おご》る
西轅自ㇾ茲異　西轅《せいゑん》　茲《これ》自《よ》り異《こと》なり

現代語訳　桔柏渡

青く暗い冬の渡し場。竹を掛け渡した長い桟橋。竹竿は濡れそぼち、水煙が濛濛と立ち籠める。川は長く続き、風がしゅうしゅうと吹き寄せる。舟の引き綱はたおやかに揺れ、旅の衣はひらひらと風に吹かれる。急流から鴇《ほう》や鶂《げき》の水鳥が飛び立ち、切り立つ岸には黿《げん》や鼉《だ》の大亀が我が物顔にのさばる。

語注　**0 桔柏渡**　嘉陵江の渡し場。現在の四川省広元市の南。　**1 青冥**　青黒い。　**2 駕**　「架」に通じる。掛ける。　**長橋**　この橋は桟橋、あるいは舟に乗り移るための橋か。　**3 煙漠漠**　水煙が濛濛と立ち籠める。　**4 江永**　『詩経』周南・漢広に「江の永きは、方《いかだ》す可《べ》からず」。　**5 連笮**　「笮」は竹を編んで作った綱。それで舟を引く。南朝宋・謝霊運「折楊柳行」（『楽府詩集』巻三七）に「笮を負ひて文舟を引く」。　**嫋娜**　柔らかく揺れるさまをいう双声の語。　**6 征衣**　旅の衣服。　**颯**　風に翻る。　**飄颻**　揺れるさまをいう畳韻の語。　**7 鴇鶂**　共に水鳥。後漢・班固「西都の賦」（『文選』巻一）に見える。　**8 黿鼉**　おおがめ。『淮南子』斉俗訓に「積水重泉は、黿鼉の便とする所」。

10 東逝不レ可レ要　東逝《とうせい》 要《と》む可《べ》からず
11 高通二荊門路一　高《たか》く荊門《けいもん》の路《みち》に通《つう》じ
12 闊會二滄海潮一　闊《ひろ》く滄海《さうかい》の潮《しほ》に會《くわい》す
13 孤光隱顧眄　孤光《こくわう》 隱《かく》れて顧眄《こべん》す
14 遊子悵寂寥　遊子《いうし》 悵《ちやう》として寂寥《せきれう》たり
15 無三以洗二心胸一　以《もつ》て心胸《しんきよう》を洗《あら》ふ無《な》く
16 前登但山椒　前《すす》みて登《のぼ》るは但《た》だ山椒《さんせう》のみ

現代語訳

西へ行く車はここから道が異なる。東へ向かう川の流れは止めることもできない。川は高いところでは荊門の道に通じ、広いところは青い海と出会う。川面の光はちらちらと左右に後ろに見え隠れし、旅人は寂しさに胸をふたがれる。心の思いを洗い流すすべもない。前に見据えて登る山の頂あるのみ。

語注

9 西轅　車を西へ向ける。「轅」はながえ、かじ棒。**自茲異**　ここから進む方向が変わる。**10 東逝**　「東へ逝くもの」で川を表す。中国の川は基本的に東流する。ここで指すのは嘉陵江。魏・繁欽《はきん》「魏の文帝に与ふる牋」（『文選』巻四〇）に「流泉は東に逝《い》く」。**不可要**　「要」は制止する。東へ向かって流れ続ける川は留めることができない。**11・12 嘉陵江の流れの行く末を思う。**高**　荊門山は山であるので、川が通過する高い地点としては、の意味か。**荊門**　荊門山。湖北省宜都市の西北に位置する。蜀と楚の境、荊州の入り口にあたる。**滄海**　青海原。**13 孤光**　嘉陵江の一筋の光。**隱顧眄**　視界から消えたのを見回すというのが、普通の解釈。ここでは川の光が後ろや左右に見え隠れすると解した。**14 遊子**　旅人。杜甫自身を指す。

悵　悲しむさま。ここまで行をともにしてきた嘉陵江と別れるのを悲しむ。**15 洗心胸**　胸中の思いを洗い流す。嘉陵江と別れて、洗うための水もない。**16 前登**　別れの悲しみを吹っ切って前進しようと意志する。**山椒**　山頂。南朝宋・謝荘「月の賦」（『文選』巻一三）に、「菊は芳りを山椒に散ず」。【詩型・押韻】　五言古詩。下平三蕭（蕭・寥）と四宵（橋・飆・驕・要・潮・椒）の同用。平水韻、下平三蕭。

詩解　同谷から成都に向かう紀行詩の第九首。この桔柏渡を渡りきった所で、道は西へと転じる。これまで沿ってきた嘉陵江が東へ流れるのとは別れることになる。詩の前半八句は流れを渡る過程を述べ、後半八句は陸に上がり、嘉陵江と別れる悲しさをいう。川であってもしばらく行をともにしてきたことで親しみを覚える。川に未練を覚えることを綴るのは、なじんだものとの別離のためだけでなく、また目新しい空間に向かうのを気重に思うためでもある。しかし眼前に立つ山、まずその頂上を目指さねばならない。感傷は棄てて与えられた条件を淡々と受け入れ、前進する。

剣門（剣門《けんもん》）　09-10

1 惟天有レ設レ險　　惟《こ》れ天《てん》に険《けん》を設《まう》くる有《あ》り
2 剣門天下壮　　剣門《けんもん》は天下《てんか》の壮《さう》
3 連山抱二西南一　　連山《れんざん》 西南《せいなん》に抱《いだ》き
4 石角皆北向　　石角《せきかく》 皆《みな》北《きた》に向《む》かふ
5 兩崖崇墉倚　　兩崖《りやうがい》 崇墉《しゆうよう》 倚《よ》り
6 刻畫城郭狀　　刻畫《こくくわく》す 城郭《じやうくわく》の狀《じやう》
7 一夫怒臨レ關　　一夫《いつぷ》 怒《いか》りて關《くわん》に臨《のぞ》めば

8　百　萬　未㆑可㆑傍　　百萬《ひやくまん》も未《いま》だ傍《ちか》づく可《べ》からず

現代語訳　剣門

天は険阻な場所をしつらえたが、なかでも剣門は天下に壮たるもの。
連なる山々は西南の地を抱きかかえ、岩の切っ先はすべて北に向かっている。
両側の崖は高い城壁が寄り添うさま。城郭のかたちをそこに写している。
一人がここに憤って関所を守れば、百万をもってしても寄りつけない。

語注　**0 剣門**　一名は剣閣。山の名。蜀を守る要害。今の四川省剣閣県の東北に大剣山・小剣山があり、大剣山は二つの崖が門のように屹立するので、剣門山の名がある。先行の文学に西晋・張載の「剣閣銘」（『文選』巻五六）が知られる。　**1 惟天有設険**　天が設けた険阻の地であると重々しく語り出す。『周易』習坎の彖辞に「天険は升る可からざるなり。地険は山川丘陵なり。王公は険を設け、以て其の国を守る」。　**2 天下壮**　漢・司馬相如「封禅文」（『文選』巻四八）に、「此れ天下の壮観なり」。　**3 抱西南**　西南の蜀の地を抱きかかえるように守る。　**4 石角**　岩のかどばった突先。　**皆北向**　『杜甫詩注』に「中央への反抗の象徴」。　**5 崇墉**　高い城壁のかきね。両側の絶壁を城壁にたとえる。『詩経』周頌・良耜《りようし》に、「其の崇きこと墉の如し」。　**6 刻画**　彫刻したり絵画に描く。天然の地形が人工の城郭を彫り刻み描いているようだと比喩する。　**7・8**　晋・左思「蜀都の賦」（『文選』巻四）の「一人　隘を守れば、万夫も向かふ莫し」など習用の表現。「剣閣銘」にも「一人　戟を荷なへば、万夫も趑趄《ししよ》す（進みあぐねる）」。　**傍**　寄り添う、近づく。

9　珠　玉　走㆓中　原㆒　　珠玉《しゆぎよく》　中原《ちゆうげん》に走《はし》り
10　岷　峨　氣　悽　愴　　岷峨《びんが》　氣《き》は悽愴《せいさう》たり
11　三　皇　五　帝　前　　三皇《さんくわう》　五帝《ごてい》の前《まへ》

12　鶏犬各相放　　鶏犬《けいけん》各《おの》おの相《あ》ひ放《はな》つ

13　後王尚㆓柔遠㆒　　後王《こうわう》は柔遠《じうゑん》を尚《たふと》びて

14　職貢道已喪　　職貢《しよくこう》道《みち》已《すで》に喪《うしな》はる

現代語訳

宝物は中原の地へと行ってしまい、岷山や峨眉山はすっかりしょげている。

かの三皇五帝の御代の前には、鶏や犬が自由に放し飼いにされていたのだったが。

後代の王たちは懐柔策を取ったために、天子に貢ぎ物を献ずるというしきたりも廃れてしまった。

語注　**9**　詳注によれば9の前に「川嶽儲精英、天府興寶藏」の二句を置く抄本があったという。「川岳は精英を儲け、天府は宝蔵を興す」（川や山はすぐれた素材を蔵し、天界の倉庫というべきこの地は宝物庫を開く）」。二句の挿入に賛否分かれるが、以下の句との繋がりはスムーズになる。**珠玉**　宝玉などの貴重品。**走中原**　蜀から中原に出て行く。**10　岷峨**　成都の西にある岷山と峨眉山。**気悽愴**　宝玉を失って気落ちする。**11　三皇五帝**　三皇は伏羲・神農・燧人、五帝は黄帝・顓頊・帝嚳・堯・舜。中国古代の理想的時代の統治者。**12　鶏犬**　古代農村ののどかな姿を表象する。『老子』八十章に小国寡民の理想的時代について「隣国は相ひ望み、鶏犬の声は相ひ聞こゆるも、民は老死するに至るまで、相ひ往来せず」。『老子』では小国どうしが鶏や犬の声が聞こえるほど近くにあっても行き来はないのを理想とするものだが、「鶏犬の声相ひ聞こゆ」は後に平安な農村のしるしとして用いられる。**各相放**　鶏も犬も放し飼いにされている。**13　柔遠**　遠方の人、異民族に柔軟に対処する。『尚書』舜典に「遠きを柔らかにし、邇《ちか》きを能くす」。ここでは弱腰な対外政策を批判的にいう。**14　職貢**　各地から朝廷への貢ぎ物。

15　至㆑今英雄人　　今《いま》に至《いた》るまで英雄《えいゆう》の人《ひと》

16　高視見㆓霸王㆒　　高視《かうし》して霸王《はわう》を見《しめ》す

17 幷呑與㆓割據㆒　　幷呑《へいどん》と割據《かつきよ》と
18 極㆑力不㆓相讓㆒　　力《ちから》を極《きは》めて相《あ》ひ讓《ゆづ》らず
19 吾將罪㆓眞宰㆒　　吾《われ》は將《まさ》に眞宰《しんさい》を罪《つみ》せんとし
20 意㆔欲鏟㆓疊嶂㆒　　疊嶂《でふしやう》を鏟《けづ》らんと意欲《ほつ》す
21 恐㆓此復偶然㆒　　此《こ》れ復《ま》た偶《たま》たま然《しか》らんことを恐《おそ》れ
22 臨㆑風默惆悵　　風《かぜ》に臨《のぞ》みて默《もく》して惆悵《ちうちやう》たり

現代語訳

今日に至るまで英雄たちは、高みから見下ろして覇王ぶりを見せつける。併呑したり割拠したり、力の限りを尽くして譲ろうともしない。わたしは天の主宰者に罰をくれようと思う。たたなわる峰々を削ってしまいたい。これがたまたまその通りになりはしないかと案じて、風に吹かれて黙したまま胸を痛める。

語注

15 英雄人　蜀から輩出した英雄。王莽の新《しん》の後に蜂起した公孫述、三国の劉備など。**16 高視**　高いところから見下す。傲慢な態度をいう。**見**　ここでは見せつけるといった意か。**覇王**　覇者と王者の併称でもあるが、ここでは覇者の意として読む。力づくで支配する権力者。**17 幷呑**　他国の領土をむりやり自国に組み込む。**割拠**　一部の地を占拠して政権を建てる。**18 極力**　力の限りを尽くす。**不相譲**　自己の主張を通して妥協しない。**19 真宰**　造物主。『荘子』斉物論篇などに見える。一句は蜀に闘争が続くのは、このような好条件の土地を作った天に罪がある、の意。**20 意欲**　二字で……したいと思う。**鏟**　削って平らにする。**畳嶂**　重層する峰々。一句はこの山さえなくなれば争奪の場とはならない、の意。**21 偶然**　たまたまそうなる。一句は蜀の条件が騒乱を生むという考えが、また思いも掛けずその通りになりはしないか心配する、の意。**22 惆悵**

心を痛める。双声の語。【詩型・押韻】五言古詩。去声四十一漾（壮・向・状・愴・放・喪・王・譲・嶂・悵）と四十二宕（傍）の同用。平水韻、去声二十三漾。

詩解　同谷から成都へ向かう紀行詩の第十首。剣門は中原と蜀とを隔てる、また蜀の地の険しさを代表する山。そのためか、紀行から離れて、蜀を論ずる史論の様相を呈する。剣門がいかに厳しい要害の地であるかを綴った後、その地形にたよって群雄たちが中央に対する叛旗を掲げ、騒乱の続く地となった。非は険阻な地形をこしらえた造物主にある。この山を削ってしまえばよい。そんな放恣な空想をふくらませてみたものの、実際にまたここが争乱の地になりはしないか恐れる。杜甫の予感は的中して、ほどなく段子璋・徐知道などが暴動を起こし、それに杜甫も巻き込まれることになる。『詳注』はここでも杜甫の予想は当たったと記す。

鹿頭山（鹿頭山《ろくとうざん》）　09-11

1　鹿頭何亭亭　　鹿頭《ろくとう》 何《なん》ぞ亭亭《ていてい》たる
2　是日慰ニ飢渇一　　是《こ》の日《ひ》 飢渇《きかつ》を慰《なぐさ》む
3　連山西南斷　　連山《れんざん》 西南《せいなん》に斷《た》え
4　俯見千里豁　　俯《ふ》して見《み》る 千里《せんり》の豁《ひろ》きを
5　遊子出ニ京華一　　遊子《いうし》 京華《けいくわ》を出《い》で
6　剣門不レ可レ越　　剣門《けんもん》 越《こ》ゆ可《べ》からず
7　及レ茲険阻盡　　茲《ここ》に及《およ》びて険阻《けんそ》盡《つ》き
8　始喜原野闊　　始《はじ》めて喜《よろこ》ぶ 原野《げんや》の闊《ひろ》きを

現代語訳 鹿頭山

鹿頭の山が高々とそびえる。この日、心の飢えが癒される。
連なる峯々は西南の方角でとぎれ、見下ろせば千里、広大な平野が拡がる。
みやこを出てからの道中、剣門は越えられぬ険しさだった。
ここまで来て険阻な道もなくなり、やっと広々とした平原を目にして心は喜ぶ。

語注 **0 鹿頭山** 今の四川省徳陽市の北にある山。山上に鹿頭関があった。蜀に至る険阻な道もここに終わる。 **1 亭亭** 高くそびえるさま。 **2 是日** ほかならぬ今日この日という特別な思い入れを籠める。 **慰飢渴** 心の飢え、渇きを慰撫する。晋・陸機「顧彦先の為に婦に贈る二首」(『文選』巻二四)其の二に、「願はくは金石の軀《み》を保ち、妾《わらは》が長飢渴を慰めんことを」。 **3 西南断** 西南の方向に連なっていた山が途切れる。 **4 俯見** 見下ろす。 **豁** からっと拡がる。 **5 遊子** 旅人。杜甫を指す。 **京華** 都。 **6 剣門** 前詩の剣門山。 **7 険阻尽** 険阻な行程は終わった。 **8 原野闊** 平らな地が広々と拡がる。

9 殊方昔三分　　殊方《しゆはう》 昔《むかし》 三分《さんぶん》し
10 霸氣曾閒發　　霸氣《はき》 曾《かつ》て閒《ま》ま發《はつ》す
11 天下今一家　　天下《てんか》 今《いま》 一家《いつか》
12 雲端失㆓雙闕㆒　　雲端《うんたん》に雙闕《さうけつ》を失《うしな》ふ
13 悠然想㆓楊馬㆒　　悠然《いうぜん》として楊馬《やうば》を想《おも》ひ
14 繼起名硉兀　　繼起《けいき》 名《な》は硉兀《ろつこつ》たり
15 有㆑文令㆓人傷㆒　　文《ぶん》有《あ》りて人《ひと》をして傷《いた》ましむ
16 何處埋㆓爾骨㆒　　何《いづ》れの處《ところ》にか爾《なんぢ》の骨《ほね》を埋《うづ》めん

現代語訳

この辺境の地は天下が三分された昔、覇者を生む気が折々に起こったのだった。天下は今や一つにまとまり、雲のかなたにかつての城門は消えた。はるか昔の司馬相如・揚雄を思い浮かべる。相い継いだ文人の名声がそそり立つ。すぐれた文学を遺したものの、人を悲しませる。どこにあなたがたの骨は埋められているのか。

語注

9 殊方　中央から遠く隔たった地域。後漢・班固「西都の賦」（『文選』巻一）に「崑崙を踰え、巨海を越え、殊方異類、三万里に至る」。ここでは蜀を指す。　**三分**　天下が魏・蜀・呉の三つに分かれたこと。三国・諸葛亮「出師の表」（『文選』巻三七）に、「今　天下は三分す」。語自体は『論語』泰伯篇に、周の文王が「天下を三分して其の二を有し、以て殷に服事す」から出て、それぞれの時代について用いられる。　**10 覇気**　自然のなかに含まれる覇者を生む気。　**11 天下今一家**　天下は一つにまとまっている。『礼記』礼運篇に「故に聖人の耐《よ》く天下を以て一家と為し、中国を以て一人と為すは、之を意《はか》るに非ざるなり」。唐王朝が唯一の支配者である。　**12 雲端**　雲のはし、へり。　**失**　以前にはあったものがなくなる。　**双闕**　宮城の入り口に左右に対になってそびえる城門。　**13 悠然**　はるか遠い。　**揚馬**　漢の司馬相如と揚雄。共に賦の代表的作者、また共に蜀の出身。底本では揚雄の姓が楊と表記されている。　**14 継起**　二人は相継いで登場した。揚雄は司馬相如にほぼ百年遅れる。ちなみにふつう時代の前後とは逆に「揚馬」と称されるのは、下平（揚）を前に上声（馬）を後にする声調の要求による。　**硉兀**　高く突出するさまをいう畳韻の語。　**15 有文**　すぐれた文学が残る。晋・皇甫謐「三都の賦の序」（『文選』巻四五）に賦の傑作を挙げた冒頭に「相如の上林、揚雄の甘泉……煥乎（輝かしく）として文有り」。

17 紆餘脂膏地　　紆《う》餘《よ》たり　脂《し》膏《かう》の地《ち》

18 慘澹豪俠窟　　慘《さん》澹《たん》たり　豪《がう》俠《けふ》の窟《くつ》

19 杖㆑鉞非㆓老臣㆒　　鉞《ゑつ》に杖《つゑ》つくは老《らう》臣《しん》に非《あら》ずんば

20 宣㆑風豈専達　風《ふう》を宣《の》ぶるも豈《あ》に専達《せんたつ》せんや

21 冀公柱石姿　冀公《きこう》 柱石《ちゆうせき》の姿《すがた》

22 論㆑道邦國活　道《みち》を論《ろん》じて邦國活《はうこくくわつ》す

23 斯人亦何幸　斯《こ》の人《ひと》 亦《ま》た何《なん》の幸《さいは》ひぞ

24 公鎮踰㆓歳月㆒　公《こう》 鎮《ちん》して歳月《さいげつ》を踰《こ》ゆ

(原注) 僕射裴冀公冕。(僕射《ぼくや》の裴冀公冕《はいきこうべん》。)

現代語訳

形の入り組んだ肥沃の地。陰惨とした無頼者の住み家。

任せるのは老練の臣でなければ、教化を広めて取り仕切ることができようか。

冀《き》国公《こくこう》は国の礎というべき風姿。政道を論じて国は活気づくだろう。

この地の人はなんと幸せなことか。公が治を敷いてから年月を経た。(僕射《ぼくや》の冀《き》国公裴冕《こくこうはいべん》殿)

語注

17 紆余 曲がりくねったさまをいう畳韻の語。 **脂膏** 油。蜀の地の肥沃をいう。晋・左思「蜀都の賦」(『文選』巻四)に蜀地について、「内に要害を膏腴に函《つつ》む」。 **18 慘澹** 暗く陰鬱なさまをいう畳韻の語。 **豪俠** 力で脅かして不法を犯す者ども。 **19 杖鉞** まさかりを手にする。天子は将軍に征伐を命じるしるしに鉞を与える。『尚書』牧誓篇に「王左は黄鉞を杖す」。 **老臣** 熟達した家臣。 **20 宣風** 風教をあまねく行き渡らせる。後漢・班固「東都の賦」(『文選』巻一)に、「皇風を宣(の)ぶ」。 **専達** もともとは官員が自分の判断で処置すること。『周礼』天官・小宰に天官以下すべての官に「大事は則ち其の長に従ひ、小事は則ち専達す」。ここでは教化を直接に伝達すること。 **21 冀公** 冀国公裴冕を指す。裴冕は乾元二年(七五九)に成都尹、剣南西川節度使に任じられていた。 **柱石** 建造物にたとえて国家を支える重鎮をいう。石は柱を支える物。 **22 論道** 治世のありかたを議論する。『尚書』周官篇に国家の重鎮である太師・太傅・太保の三公は、「道を論じ邦を経《をさ》む」。 **邦国** 本来は諸侯の国。ここでは節度使の治める地。蜀を指す。**23 斯人**　裴冕に統治される蜀の人々。**24 鎮**　蜀の地を統治することをいう。**僕射裴冀公冕**　底本には句末にこの原注がある。裴冕は粛宗のもとで右僕射に任じられ、冀国公に封じられた。その後、この年の六月に成都尹・剣南西川節度使として成都に赴任していた（『旧唐書』粛宗本紀）。**踰歳月**　乾元二年六月の着任とすれば、数か月に過ぎないが、かなりの時間が過ぎたかのように言う。【詩型・押韻】五言古詩。入声十月（越・発・闕・月）、十一没（兀・骨・窟）、十二曷（達）、十三末（豁・闊・活）、十七薛（渇）の通押。平水韻、入声六月、七曷、九屑。

詩解　同谷から成都へ向かう紀行詩の第十一首。ずっと続いた山中の険阻な道も終わり、平坦な地に出たことを喜ぶ。「俯して見る千里の豁きを」（4）、「始めて喜ぶ　原野の闊きを」（8）——広々とした平原に出た時の安堵の思いが、繰り返すかのように噛みしめられる。

そしてこれから足を踏み入れる蜀の地へ思いをふくらませる。過去には覇が争われた地であり、一方でまた文人を出した地でもあったが、いずれももはや痕跡も留めない。「文有りて人をして傷ましむ」（15）のは、「二人の一生は必ずしも幸福ではなかった」から（『杜甫詩注』）と補って説明されることもあるが、すぐれた作品を遺しながら二人とも今や存在しないことを悲しむのだろう。

蜀の地を統治するのは容易でない。今の成都尹・節度使である裴冕なればこそ安定を得ていると讃え、且つ成都での庇護に期待を寄せる。

成都府（成都府《せいとふ》）　09-12

1　翳翳桑楡日　　翳翳《えいえい》たる桑楡《さうゆ》の日《ひ》
2　照二我征衣裳一　　我《わ》が征衣裳《せいいしやう》を照《て》らす
3　我行山川異　　我行《われゆ》きて山川《さんせん》異《こと》なり

4　忽　在二天　一　方一
5　但　逢　新　人　民
6　未レ卜　見二故　郷一
7　大　江　東　流　去
8　游　子　去　日　長

忽《たちま》ち天《てん》の一方《いつぱう》に在《あ》り
但《た》だ逢《あ》ふ　新人民《しんじんみん》
未《いま》だ卜《ぼく》せず　故郷《こきやう》を見《み》るを
大江《たいかう》　東《ひがし》に流《なが》れ去《さ》り
游子《いうし》　去日《きよじつ》長《なが》し

現代語訳　成都府

夕闇の深まるなか、日の光がわたしの旅衣《たびごろも》を照らす。わたしが進むにつれて山川のたたずまいは変わり、ふと気がつけば世界の果ての地。見知らぬ人々を目にするばかりで、故郷にいつ帰れるのか、目途もつかない。大いなる川はひたすら東へと流れ去り、旅人は長い時を重ねてきた。

語注　**0 成都府**　当時の剣南道の都。今の四川省成都市。天宝十五載（七五六）に玄宗がこの地へ逃れて以後、「成都府」と称された。**1 翳翳**　薄暗いさま。陶淵明「帰去来の辞」に「景は翳翳として以て将に入らんとす」。**桑楡**　クワとニレ。日暮れ時に太陽の光がそのあたりにのこることから夕暮れをいう。『淮南子』（『太平御覧』巻三所引）に「日は西に垂れ、景は樹の端に在り、之を桑楡と謂ふ」。人の晩年も比喩する。**2 征衣裳**　旅の衣服。「衣」は上半身の、「裳」は下半身の服。魏・阮籍「詠懐詩十七首」（『文選』巻二三）其の十四に、「灼灼として西に隤《くづ》る日、余光　我が衣を照らす」。**3 山川異**　さまざまに形の異なる山や川を経た。**4 忽在天一方**　気がつけば天の端に来ている。漢・蘇武「詩四首」（『文選』巻二九）其の四に、「良友は遠く離別し、各おの天の一方に在り」。**5 新人民**　新しい地で初めて知る人々。**6 未卜見故郷**　故郷に帰る日を予測できない。**7 大江東流去**　南斉・謝朓「暫く下都に使ひし夜　新林を発して京邑に至らんとし、西府の同僚に贈る」（『文選』巻二六）に、「大江　日夜に流れ、客心　悲しみ未だ央《つ》きず」。**8 去日長**　過ぎ去った日は長い時間になる。魏・曹操「短歌行」

(『文選』巻二七)に、「譬へば朝露の如し、去りし日は苦《はなは》だ多し」。

9　曾 城 塡二華 屋一　　曾城《そうじやう》 華屋《くわをく》を塡《うづ》め
10　季 冬 樹 木 蒼　　季冬《きとう》にも樹木《じゆもく》蒼《あを》し
11　喧 然 名 都 會　　喧然《けんぜん》たる名都《めいと》會《くわい》
12　吹 簫 間二笙 簧一　　吹簫《すいせう》 笙簧《しやうくわう》を間《まじ》ふ
13　信 美 無二與 適一　　信《まこと》に美《び》なるも與《とも》に適《てき》する無《な》く
14　側レ身 望二川 梁一　　身《み》を側《そばだ》てて川梁《せんりやう》を望《のぞ》む
15　鳥 雀 夜 各 歸　　鳥雀《てうじやく》 夜《よる》 各《おの》おの歸《かへ》り
16　中 原 杳 茫 茫　　中原《ちゆうげん》 杳《えう》として茫茫《ばうばう》たり

現代語訳

城壁に幾重にも囲まれた町は立派な屋敷で埋め尽くされ、十二月というのに樹木は青々としている。賑々《にぎにぎ》しい大都会、簫の音、笙の音が混じり合う。確かに美しい町ではあっても心の落ち着く場所はない。身を傾けて橋を遠望する。小鳥たちには夜になれば帰る家があるのに、帰るべき中原の地は暗闇に沈んで見定めがたい。

語注　**9 曽城**　重なり合った城壁。「曽」は「層」に通じる。**華屋**　豪勢な家屋。**10 季冬**　陰暦十二月。**樹木蒼**　温暖な成都の地では真冬でも木々が青い。**11 喧然**　にぎやかで活気あふれる。**12 簫**　竹管を横に並べた笛。**笙簧**　竹管に穴を開けた笛。「簧」は笛のリードの意味もあるが、ここでは二字で「笙」の笛をいう。『詩経』小雅・鹿鳴に宴席での歓迎を「我に嘉賓有り、瑟を鼓《こ》し笙を吹く。笙を吹き簧を鼓す（演奏する）」。各種の管楽器が入り交じって聞こえてくることで町の賑々しさをいう。**13 信美** 魏・王粲「登楼の賦」（『文選』巻一一）に「信に美なりと雖も吾が土に非ず（故郷ではない）」の句以後、肯定すべきものではあっても自分にとってはそうでないという意味で用いられる。**無与適** 自分の心にぴったり合うものはない。**14 側身** 体を傾ける。眺める方向へ身を乗り出す。後漢・張衡「四愁詩四首」（『文選』巻二九）に、「身を側てて東のかた望めば涕《なみだ》 翰《ふで》を霑《うるほ》す」などと繰り返される。**川梁** 橋梁。漢・李陵「蘇武に与ふ三首」（『文選』巻二九）其の三に「手を携へて河梁に上る、遊子 暮れに何くにか之く」。橋を渡れば成都の城内。旅の終わりに生じる感慨、新たな地への期待や不安が交錯し、境界となる橋を思い入れを籠めて眺める。**15 鳥雀** 小鳥たちはねぐらに帰る。**16 中原** 杜甫が帰ることを望んでいた都、故郷の地。**杳茫茫** 暗くて定かでない。

17 初 月 出 不レ高　　初月《しよげつ》 出《い》づるも高《たか》からず
18 衆 星 尚 争レ光　　衆星《しゆうせい》 尚《な》ほ光《ひかり》を争《あらそ》ふ
19 自レ古 有二羇 旅一　　古《いにしへ》自《よ》り羇《き》旅《りよ》有《あ》り
20 我 何 苦 哀 傷　　我何《われなん》ぞ苦《はなは》だ哀傷《あいしやう》せん

現代語訳

出たばかりの月はまだ低い。星たちもまだ光を競い合っている。
いにしえから人に旅はつきもの。私ひとりがなどに苦しもうや。

語注

17 初月 三日月ではなく、その夜出てきたばかりの月。**18 尚争光** 月の明るさにはかなうべくもないが、それでも輝こうとする。**19 羇旅** 旅。この紀行詩の第一首、「同谷県を発す」（09-01）に、「聖に席を暖めざる有り」と常に各国を奔走した孔子からうたい起こしていたように、孔子をはじめとして、誰もが旅の苦難を味わってきた。**20 哀傷** 傷み悲しむ。魏・阮籍「詠懐詩十七首」（『文選』巻二三）其の十二に、「羇旅 疇匹無く、俛仰して哀傷を懐く」というのは、孤独な旅を悲しむ。【詩

型・押韻】　五言古詩。下平十陽（裳・方・郷・長・梁・傷）と十一唐（蒼・簧・茫・光）の同用。平水韻、下平七陽。

詩解　同谷から成都へ至る紀行詩十二首の最後の一首。その冒頭二句、入り日の薄れた光に照らされた旅の衣――この印象的な映像には、旅の終わりに生じる思いがおのずと映されている。疲労、倦怠、安堵、それに加えて一つの事をし終えた際の空しさも伴うかに思われる。そうした諸々の感慨が8までの旅の追憶を引き起こす。9からは目前に現れた成都の町へと移る。やっと目的地に到達したというのに、詩人の気持ちは弾まない。山中の旅程とはあまりにかけ離れた大都会の賑わいに違和感を覚える。それはこの地の暮らしへの不安が期待よりも強く心を占めるからだろう。早くも帰郷の念に襲われる。そして末二句、自分が経てきた旅の苦難は自分一人に限られるものではなく、古来人がいずれも免れなかったものと思いなすことによって、つまりは個人の悲哀を普遍的なものに拡げることによって慰撫を得ようとする。

V

成都時期　上元元年（七六〇）四十九歳〜上元二年（七六一）五十歳

年明けて上元元年、その暮春には成都郊外に浣花草堂を作った。ここでやっと落ち着いた暮らしに入ることができた。浣花《かんか》渓《けい》という流れのわきに建てたささやかな草堂。世間の喧噪からやや距離を置いたその地で営む妻子との暮らしに、杜甫は安らぎの日々を得る。後半生の流浪生活のなかで、浣花草堂に住んだ一時期は、ほとんど唯一の静かな幸福を味わった日々と言えるかも知れない。それは隠棲というに近い。しかし杜甫はそれに完全に満足していたわけではない。世の混乱はまだ収まっていないし、弟妹の消息も心配になる。そして何より自分自身も浣花草堂の生活を人生の到達点として満足したわけでは決してない。やっと得た平安の暮らし、しかしそのなかで覚える満たされない思い、杜甫の気持ちは揺れ動く。そうであるにしても、やはり平穏な生活は、物を見る目に余裕を与えたようだ。周囲の自然を描く詩句はこの時期に至って、暖かさと繊細さを増すかのように思われる。

酬ニ高使君相贈一（高使君《かうしくん》の相《あ》ひ贈《おく》るに酬《むく》ゆ）　09-13

1　古寺僧牢落
2　空房客寓居
3　故人供ニ祿米一
4　鄰舍與ニ園蔬一
5　雙樹容レ聽レ法
6　三車肯載レ書
7　草レ玄吾豈敢
8　賦或似ニ相如一

古寺《こじ》　僧《そう》　牢落《らうらく》たり
空房《くうばう》　客《かく》　寓居《ぐうきよ》す
故人《こじん》　祿米《ろくまい》を供《きよう》し
鄰舍《りんしや》　園蔬《ゑんそ》を與《あた》ふ
雙樹《さうじゆ》　法《ほふ》を聽《き》くを容《ゆる》し
三車《さんしや》　肯《あ》へて書《しよ》を載《の》す
玄《げん》を草《さう》すること　吾《われ》　豈《あ》に敢《あ》へてせんや
賦《ふ》は或《ある》いは相如《しやうじよ》に似《に》ん

現代語訳　高使君殿が贈られた詩にお応えする

古びた寺では僧侶もまばら。がらんとした部屋に旅人が仮住まい。知人が扶持米を分けてくれるし、隣人が手作りの野菜をくださる。沙羅双樹のもと、仏法を聴かせてもらい、「三車」といってもそれに載せるほどの本はない。『太玄経』など書けはしないが、賦だったら司馬相如に近いかも知れない。

語注　**0 高使君**　高適。「使君」は州刺史の敬称。高適は若い時からの友。洛陽における太子少詹事の職から、この詩の作られた前の年、乾元二年（七五九）五月に彭州刺史に移っていた。彭州は成都の属する益州の北に隣接する州。またこの年九月には蜀州（益州の西に隣接）刺史に移る。**相贈**　高適が杜甫に贈った「杜二拾遺に贈る」を指す。**1古寺**　成都で杜甫が仮住まいをしていた浣花渓の寺。**牢落**　わびしいさまをいう双声の語。**2空房**　空いていると同時に何もない部屋。**3・4**周囲の人の援助によって暮らしていることをいう。**故人**　旧知の親しい人。指すのは「鹿頭山」（09-11）の原注に名が記された裴冕であろうという（『杜臆』）。**禄米**　官人が俸給として与えられる米。**隣舎**　近所の家。**園蔬**　菜園で収穫した野菜。二句は高適が「僧飯　屢しば門に過《よ》ぎる」、僧らと食事を共にしているだろうと言った句への答え。**5双樹**　沙羅双樹。仏寺に植えられた木。二本が同じ根から生じているので「双樹」という。**容**　受け入れられる。**聴法**　仏法を聴く。寺に寓居している杜甫が僧侶の説法を聞かせてもらう。**6三車**　銭謙益は玄奘の弟子の尉遅《うっち》窺基《きき》の故事を用いるとする。玄奘に出家を勧められた時、三つの事を許されれば出家すると答える。前乗には書籍、中乗には自分と御者、後乗には妓女と食べ物を載せると。『杜甫全詩集』では恵施《けいし》五車の故事を用いるとして、「三車　肯へて書を載す」、少しばかりの書物を車に載せて運び込んだ、と解する。『荘子』天下篇に「恵施は多方にして、其の書は五車、其の道は舛駁《せんばく》にして、其の言や中《あ》たらず」。博識でも本質を把握できない学者をいう。ここでは『杜甫詩注』の解釈に従う。『法華経』譬喩品の長者が牛車・羊車・鹿車を門外に立て、諸子を引き連れて火宅を離れたという話に基づく。仏寺にちなんだ語を用いて、蔵書は三台の車に載せるほど多くはないという。**7・8草玄**　漢の揚雄が『周易』に倣って『太玄経』を起草したことをいう。**相如**　前漢の賦の大家司馬相如。高適の詩に「玄を草して今已に畢る、此の外　復た何をか言ふ」（『太玄経』を書き終えた君は、このほかに何を書くのか）というのに応えて、哲学書などは書こうと思わない。文学ならば司馬相如の賦に近いかという。揚雄も司馬相如も蜀の人。前出「鹿頭山」にも蜀の文人として二人の名が見えた。【詩型・押韻】五言律詩。上平九魚（居・蔬・書・如）。平水韻、上平六魚。

詩解　上元元年（七六〇）、成都でまず浣花渓の寺に入った時、高適の「杜二拾遺に贈る」詩に応えたもの。仏教寺院はしばしば逗留者の宿の役も果たした。成都に着いたばかりの杜甫も、まずは寺に旅装を解いた。旧知の高適からの詩の句に、一つ一つ応える。仮寓する仏寺にまつわる語、たどり着いた蜀にちなむ人の名をちりばめた軽い挨拶の詩。高適が「玄を草して今　已に畢る」と言ったのは、杜甫がまとまった著作をものしたということではなく、単に活発な詩作を讃えたものだろうが、杜甫がそれを承けて自分は揚雄より司馬相如に追随すると応えるのは、思想と文学とを区別する考えが明確にあったこと、文学こそ我が本分とする自負を示すだろう。

付　高適　贈㆓杜二拾遺㆒

伝道招提客
詩書自討論
仏香時入㆑院
僧飯屢過㆑門
聴㆑法還応㆑難
尋㆑経剰欲㆑翻
草㆑玄今已畢
此後更何言

杜二拾遺《とじしふゐ》に贈《おく》る

伝《つた》へ道《い》ふ　招提《せうだい》の客《かく》
詩書《ししよ》　自《みづか》ら討論《たうろん》すと
仏香《ぶつかう》　時《とき》に院《いん》に入《い》り
僧飯《そうはん》　屢《しば》しば門《もん》に過《よ》ぎる
法《はふ》を聴《き》けば還《ま》た応《まさ》に難《なん》ずべく
経《きやう》を尋《たづ》ねて剰《あまつさ》へ翻《ひるがへ》さんと欲《ほつ》す
玄《げん》を草《さう》して今已《いますで》に畢《をは》る
此《こ》の後《のち》　更《さら》に何《なに》をか言《い》はん

杜二拾遺に贈る（二は杜甫の排行。拾遺はかつて左拾遺の官にあったことによる）
聞けば仏寺の客人となって、『詩経』『尚書』の経書を議論をしているとのこと。
寺の香に時には寺院に入り、僧の飯にはしょっちゅう門をくぐる。
仏法を聞いてはきっと批判を加えることだろう。仏典を探って存分に閲しようとする。
太玄経を書き終えたところで、この後は何を書かれるのでしょうか。

卜居（居《きよ》を卜《ぼく》す）　09-14

1　浣花流水水西頭　　浣花流水《くわんくわりうすい》　水《みづ》の西頭《せいとう》
2　主人爲卜林塘幽　　主人《しゆじん》　爲《ため》に卜《ぼく》す　林塘《りんたう》の幽《いう》なるを

3 已知㆔出㆑郭少㆓塵事㆒
4 更有㆔澄江銷㆓客愁㆒
5 無數蜻蜓齊上下
6 一雙鸂鶒對沈浮
7 東行萬里堪㆑乘㆑興
8 須㆘向㆓山陰㆒上㆗小舟㆖

已《すで》に郭《くわく》を出《い》でて塵事《ぢんじ》少《すく》なきを知《し》り
更《さら》に澄江《ちようかう》の客愁《かくしう》を銷《け》す有《あ》り
無數《むすう》の蜻蜓《せいてい》齊《ひと》しく上下《じやうげ》し
一雙《いつさう》の鸂鶒《けいせき》對《たい》して沈浮《ちんふ》す
東行萬里《とうかうばんり》興《きよう》に乘《じよう》ずるに堪《た》ふ
須《すべから》く山陰《さんいん》に向《む》かひて小舟《せうしう》に上《のぼ》るべし

現代語訳 住まいをトす
浣花渓の水の流れる、その水の西側、そこに主人は住まいを決めた、樹林や池の幽深な地に。城郭の外のここは世塵から遠いと分かっていたが、更に旅人の悲しみを消してくれる澄んだ流れもある。数限りないトンボが一斉に上になったり下になったり。つがいのオシドリが向かい合って水面に顔を出したり潜ったり。ここから東へ万里、興に乗じて下ることもできる。風雅の地、山陰へ向けて小舟に乗らなくては。

語注 **0 卜居** 住まいを決める。杜甫は成都に入ってほどなく、西郊に家を建てた。いわゆる浣花草堂。「江外の草堂に寄せ題す」(12-37)によれば、「経営す 上元の始め、断手す 宝応の年(七六二)」、施工の開始からすべてが完成するまで足かけ三年を要した。 **1 浣花** 浣花渓。百花潭ともいう。成都の西を流れて錦江に入る川。もとは「花を浣《あら》う」の意。 **流水** 「渓水」「之水」に作る本もある。 **2 主人** 家を建てるに当たって出資した人とする説もあるが(『杜甫詩注』)、杜甫自身が家を得た満足の思いを含んで自分を呼んだものと解する。 **為** 動詞の前に置く軽い字。強いていえば、自分のために。 **林塘** 林と池。樹木や水の幽邃なる地が気に入ってこの地に決めたことをいう。 **3・4 已……更……** 同じ方向のことを重ねる語法。郭外の地の静寂は分かっていたが、来てみたら更に嬉しいことに澄んだ流れもあった、の意。 **出郭** 「郭」は成都の城壁の外側を更に囲む城郭。**少塵事**　町中の喧騒や汚濁がない。陶淵明「飲酒二十首」其の五に「廬を結びて人境に在り、而るに車馬の喧しき無し」。また陶淵明の「辛丑の歳の七月　仮に赴きて江陵に還るに　夜　途中に過ぎる」に「閑居すること三十載、遂に塵事と冥《くら》し」。**澄江**　浣花渓を指す。南斉・謝朓の「余霞　散じて綺《あやぎぬ》を成し、澄江　静かにして練《ねりぎぬ》の如し」（「晩に三山に登り京邑を還望す」、『文選』巻二七）が名句として名高い。**銷客愁**　旅愁を消す。**5 蜻蜓**　トンボ。**6 一双**　一つがい。**鸂鶒**　オシドリの類の水鳥。**対沈浮**　つがいの鳥が向き合って水に浮かんだり潜ったりする。**7・8**　この地から川に沿って東に下れば万里の先に、東晋の王徽之《おうきし》が「興に乗じて」赴いたという剡《せん》の地に至る。『世説新語』任誕篇に、「王子猷《わうしいう》（王徽之）山陰（会稽。今の浙江省紹興市）に在り、夜　大いに雪ふる。……忽ち戴安道（戴逵《たいき》）を憶ふ。時に戴は剡《せん》（浙江省嵊県）に居る。即便《すなは》ち夜小船に乗りて之に就く。経宿（一晩かかって）にして方《はじ》めて至るも、門に造《いた》るや前《すす》まずして返る。人　其の故を問へば、王曰く、『吾　本　興に乗じて行く、興尽きて返る。何ぞ必ずしも戴に見《あ》はんや』」。**万里**　浣花渓の東に「万里橋」がある。三国時代、蜀の費禕《ひき》が呉に赴くのを諸葛亮が見送った際、費禕は「万里の路は、此の橋より始まる」と嘆いたことから名付けられたという（『元和郡県図志』巻三一、剣南道成都府）。南宋・范成大『呉船録』上にもその故事、及び杜甫のこの句を引いて、「此の橋は正に呉人の為に設けらる。余は郡に在りし時、東都に出づる毎に此の橋を過ぎ、輒ち之が為に慨然たり」と記す。**堪**　十分……できる。【詩型・押韻】七言律詩。下平十八尤（愁・浮・舟）・十九侯（頭）・二十幽（幽）の同用。平水韻、下平十一尤。但し詩中の「流」も十八尤。「流」を「渓」に作る本、「之」に作る本があるのは、それを避けるか。

詩解　上元元年（七六〇）、成都の作。辛い旅を経て成都に自分の家を得た喜びに浸る。老病や貧苦を嘆く言葉は一語もない。この居の嬉しいのは、木々や水に恵まれ（1・2）、世俗を離れた清閑な地（3・4）であること。幽人の住むにふさわしいところから、7・8の風雅へと思いを誘われる。

5・6には「蜻蜓」「鸂鶒」という、従来の詩では取り上げられない身近な小動物が描かれる。殊に成都時代に目立つが、杜甫の詩に登場する小動物は、そこに既成の寓意性を伴うことなく、自然物は自然物のままに行動する。ここでも蜻蜓や鸂鶒が人と関わりなく、自分たちの生の営みを繰り広げている。それは杜甫自身が落ち着いた生活を得られた安堵感と遠くで繋がっている。

杜甫の叙景の句の特徴の一つは、我々が目にしているけれども気づかない光景、それが言葉で切り取られて呈示され、言われて見れば実際の光景として目睹したことがあると思い知る、そんな表現である。換言すれば、現実の光景を新たに切り取った描写。「無数の蜻蜓　斉しく上下し」（5）、トンボの群れがまるで号令に合わせるかのように一斉に動く――実際の光景のなかに見出しうる斬新さである。「一双の鸂鶒　対して浮沈す」（6）はあたかも「鸂鶒」が水面で遊んでいるかのような情景を描く。

険阻な蜀道を経てやっと身を落ち着けたとたん、遠く会稽への旅の可能性をうたって結ぶ（7・8）。成都に定住しようとは考えず、更なる移動も考えていたのだろうか。しかし浣花渓のほとりに居を定めた今、ここまで経てきた秦州・同谷、そして剣閣のような閉鎖性はなく、南へ通じてもいるという開放感に心が浮き立ったのだろう。

堂成（堂成《だうな》る）　09-22

1 背レ郭堂成蔭二白茅一
2 縁レ江路熟俯二青郊一
3 榿林礙レ日吟レ風葉
4 籠竹和レ煙滴レ露梢
5 暫止飛鳥將二數子一
6 頻來語燕定二新巢一
7 旁人錯比揚雄宅
8 嬾惰無レ心レ作二解嘲一

郭《くわく》を背《せ》にして堂《だう》は成《な》り白茅《はくばう》に蔭《おほ》はる
江《かう》に縁《そ》ひて路《みち》は熟《じゆく》し青郊《せいかう》に俯《ふ》す
榿林《きりん》 日《ひ》を礙《さへぎ》る 風《かぜ》に吟《ぎん》ずる葉《は》
籠竹《ろうちく》 煙《けむり》に和《わ》す 露《つゆ》を滴《したた》らす梢《こずゑ》
暫《しばら》く止《とど》まる飛鳥《ひてう》は數子《すうし》を將《ひき》ゐ
頻《しき》りに來《きた》る語燕《ごえん》は新巢《しんさう》を定《さだ》む
旁人《ばうじん》錯《あやま》りて比《ひ》す 揚雄《やうゆう》の宅《たく》
嬾惰《らんだ》にして解嘲《かいたう》を作《つく》るに 心無《こころな》し

現代語訳　草堂ができあがる

城郭を背にして草堂ができあがった。白いちがやに屋根を覆われて。川に沿った道も通い慣れ、青々と広がる郊外が見下ろされる。

榿《き》木《ぼく》が日の光をさえぎり、風にうたうその葉。籠竹はもやとなじみ合い、露をしたたらせるそのこずえ。

しばしここに羽を休める鳥は数羽の雛を引き連れる。しきりにやってくるつばめは、さえずりながら巣作りに勤しむ。

人は揚雄の家だなどというが、怠惰な身にはその「嘲り」を釈明する気持ちもない。

語注　**0 堂成**　浣花草堂の落成。「居を卜す」（09-14）の注に記したように、杜甫自身が「宝応の年」に完成したというので、ふつう上元元年（七六〇）の作とされる本詩では、ひとまず出来上がって入居したことをいう。**1 背郭**　「郭」は成都の城郭。それを後ろに控える。**蔭**　屋根が葺かれている。**白茅**　チガヤ。茅葺きの屋根は質素であるとともに、隠者の住まいにふさわしい。**2 縁江**　浣花渓に沿う。**路熟**　新たな住まいに続く道にも慣れたことをいう。**青郊**　春の麦が青々と広がる郊外（趙次公）。**3 榿林**　榿はハンノキの和名があてられるが、四川に特有の木。「何十一少府邕《よう》に憑りて榿木の栽（苗木）を覓《もと》む」（09-18）にその木の苗木をねだったことが見えるが、ここでは既に「日を礙る」ほどであるから、もともと生えていた木を指すか。あるいは本詩の制作年代を後ろにずらすべきか。**礙日**　日光を阻止する。影を作る。**4 籠竹**　竹の一種。四川特有の種類。**和煙**　もやとなじむ。**5 飛鳥将数子**　漢の古楽府「烏生」（『楽府詩集』巻二八）に「烏　八九子を生み、端坐す　秦氏の桂樹の間」。**6 語燕**　さえずっている燕。**7 旁人**　周囲の他人。「旁」は「傍」に同じ。**揚雄**　前漢末の思想家。「高使君の相ひ贈るに酬ゆ」（09-13）の注7・8を参照。**8 嬾惰**　怠惰。「嬾」は「懶」に通じる。底本は「嬾堕」に作るが、諸本によって改めた。**解嘲**　『太玄経』のような世界の理を極め尽くす著述をものしながら、現実の世では何もできないという批判に対して、揚雄が「嘲」りを「解」き、釈明した文（『文選』巻四五）。**【詩型・押韻】**　七言律詩。下平五肴（茅・郊・梢・巣・嘲）。平水韻、下平三肴。

詩解　「居を卜す」（09-14）が着工をいうのを承けて、浣花草堂の落成を喜ぶ詩。上元元年（七六〇）の作とされる。新たな地にもしだいになじんで、家に続く小道も通い慣れた。この地特有の木や竹に囲まれた静謐を楽しむ。「卜居」の詩にトンボやオシドリが歌われたように、この詩にも「鳥」「燕」といった小動物が登場する。雛を引き連れた鳥、つがいで巣作りする燕が杜甫の家庭生活をたとえると説明するよりも、鳥たちも安らかに生を営んでいるその光景が、遠いところで杜甫にも繋がると解釈すべきだろう。土地の人たちは、都から流れ落ちてきて生業もなさそうな住人を、蜀の地の文人揚雄のような人だろうと、敬意といくらかの侮蔑もまじえてうわさしている。「解嘲」は世間における落伍者とする批判に対して、思想の世界に生きるのだと反駁した、いわば対立する価値観を論じた作品であるけれども、ここではそれを借りて、揚雄になぞらえられた誤解に自分は反駁する気もないと、軽くいなす。

蜀相（蜀相《しよくしやう》）　09-23

1 丞相祠堂何處尋　　丞相《じようしやう》の祠堂《しだう》 何《いづ》れ處《ところ》にか尋《たづ》ねん
2 錦官城外柏森森　　錦官《きんくわん》 城外《じやうぐわい》 柏《はく》 森森《しんしん》たり
3 映レ堦碧草自春色　　堦《かい》に映《えい》ずる碧草《へきさう》は自《おのづか》ら春色《しゆんしよく》
4 隔レ葉黄鸝空好音　　葉《は》を隔《へだ》つる黄鸝《くわうり》は空《むな》しく好音《かういん》
5 三顧頻繁天下計　　三顧《さんこ》 頻繁《ひんぱん》 天下《てんか》の計《けい》
6 兩朝開濟老臣心　　兩朝《りやうてう》 開濟《かいせい》す 老臣《らうしん》の心《こころ》
7 出師未レ捷身先死　　出師《すいし》未《いま》だ捷《か》たずして身《み》先《さき》に死《し》す
8 長使二英雄涙滿一レ襟　　長《とこしへ》に英雄《えいゆう》をして涙《なみだ》 襟《えり》に滿《み》たしむ

現代語訳　蜀の丞相

丞相を祀った廟堂はどこにあろうか。それは錦官城外の、柏《はく》の木が深々と茂ったあたり。

きざはしに青く映っている草は春の色。木の葉の向こうのウグイスは空しくも美しいさえずり。

三顧の礼を尽くしてたびたび招請したのは、天下のためのはかりごと。二朝に仕えて国を興し世を救済したのは、この老臣の心。

兵を出したものの勝利する前に自分が没した。それは後々まで英雄たちの涙を誘う。

語注　**0 蜀相**　三国蜀の宰相諸葛亮。蜀の章武元年（二二一）、劉備が即位して、諸葛亮を「丞相、録尚書事」とした。以後、劉備の子である蜀の二代皇帝劉禅に仕えた。　**1 祠堂**　先人をまつるほこら。『三国志』蜀書・諸葛亮伝の裴松之の注は『襄陽記』を引いて、成都に廟を立てることを建議するものもあったが、後主（劉禅）が許さず、沔陽《べんよう》（陝西省沔県の東南、漢中に駐屯した時の地）に廟を立てたという。その後あちこちに諸葛亮の祠堂はのこり、杜甫も後に夔州《きしゅう》のそれについて、「武侯廟」（15-11）、「諸葛廟」（19-26）の詩がある。　**何処尋**　『杜甫詩注』では、この言い方は成都に来て間もないことを思わせるというが、場所を鮮明に提示するレトリック、そしてまた武侯祠を最初に訪れる高揚した気分をいうものだろう。　**2 錦官城**　成都の美称。厳密には成都の大城の西の小城の別名。『華陽国志』蜀志に、成都の「西城は故《もと》の錦官なり」。成都の特産である錦を扱う役所があったためともいい、また成都の錦はその町を流れる錦江の水にさらしてこそ鮮やかな色彩を生んだからともいい、更にはまた錦のような江山に囲まれていたからともいう。　**柏**　コノテガシワ。常緑の針葉樹。『論語』子罕篇に「歳寒くして然る後に松柏の彫《しぼ》むに後《おく》るるを知る」と、松とならんで節義の堅さをたとえられる。柏は墓地に植えられる木であるが（たとえば「古詩十九首」『文選』巻二九、其三、に「青青たり陵上の柏」）、ここでは諸葛亮の節義を讃える意から植えられたものか。　**森森**　樹木が鬱蒼と茂ったさま。　**3 階**　祠堂に上る何段かの階段。　**自**　人間世界と関わりなく、春になればそれ自体として、の意。　**4 隔葉**　重なり合う葉の向こうに。　**黄鸝**　コウライウグイス。春を代表する小鳥。　**空**　聞く人もないのに、の意。祠堂に訪れる人がないのみならず、祠の主である諸葛亮がこの世にいないことも示す。　**5 三顧**　諸葛亮を招聘すべく、その草廬を劉備が何度も訪れて懇願した故事。諸葛亮「出師の表」（『文選』巻三七）に、「三たび臣を草廬の中に顧みる」。　**頻繁**　何度も。　**天下計**　天下を統べる計略。「出師の表」に「臣に諮るに当世の事を以てす」。　**6 両朝**　先主・後主の二代にわたる王朝。　**開済**　王朝を開き世を救済する。　**7 出師**　兵を出す。「師」は兵。蜀の建興五年（二二七）、諸葛亮は魏の討伐を後主に進言する「出師の表」を上呈した。**未捷身先死** 戦闘の最中の、蜀の建興十二年（二三四）、諸葛亮は陣中に没した。8 **英雄** 後世の英雄たち。【詩型・押韻】七言律詩。下平二十一侵（尋・森・音・心・襟）。平水韻、下平十二侵。

詩解 上元元年（七六〇）、成都の作。諸葛亮へのオマージュ。先主・後主を助け、大きな働きを成し遂げながら、志なかばで倒れた悲劇を高らかにうたう。正統王朝は魏か蜀かという論議が殊に宋代に盛んになるが、杜甫はいずれを正統とするかよりも、天下のために尽力して志半ばで没した悲運の英雄として諸葛亮を讃える。諸葛亮は杜甫が最も敬愛した歴史上の人物であった。旧跡を訪れ歴史を偲ぶ、いわゆる懐古詩に属するが、懐古詩ではしばしば過去の人物や建物の消失と今も変わらぬ自然の姿が対比される。この詩では3・4がそれにあたるが、杜甫の場合、対比のための自然描写といった類型的なかたちよりも、その場の情景としての色合いがまさるかに思われる。

なおこの詩については、韓愈「順宗実録」（巻五）に順宗の時に権力を専横して失墜した王叔文が吟じ、失笑を買ったという記事が見える。「常に杜甫の諸葛亮の廟に題する詩の末句を吟じて云ふ、出師未用身先死、長使英雄涙満襟。因りて歔欷流涕す。聞く者咸《みな》窃かに之を笑ふ」。この記事は新旧唐書の王叔文伝にも引かれる。王叔文が悲運の英雄を気取ったことが冷笑されたのである。また金と闘った忠臣、宋の宋沢《そうたく》についても、「沢嘆きて曰く、出師未捷身先死、長使英雄涙満襟、と。翌日 風雨 昼より晦く、沢は一語の家事に及ぶ無く、但だ『河を過ぎれ』と連呼すること三たびにして薨ず。都の人 号慟す」（『宋史』巻三六〇）。杜甫以後の「英雄」がこの詩を己のこととして涙した例であるが、本人は自分を諸葛亮に重ね合わせて嘆いても、立場が変われば王叔文のように冷笑の対象になってしまうことを示している。

梅雨（梅雨《ばいう》） 09-24

1 南京西浦道　　南京《なんけい》西浦《せいほ》の道《みち》

2 四月熟二黄梅一　　四月《しぐわつ》 黄梅《くわうばい》熟《じゆく》す

3 湛湛長江去　湛湛《たんたん》として長江《ちやうかう》去《さ》り
4 冥冥細雨來　冥冥《めいめい》として細雨《さいう》來《きた》る
5 茅茨疏易レ濕　茅茨《ばうし》疏《そ》にして濕《うるほ》ひ易《やす》く
6 雲霧密難レ開　雲霧《うんむ》密《みつ》にして開《ひら》き難《がた》し
7 竟日蛟龍喜　竟日《きやうじつ》蛟龍《かうりゆう》喜《よろこ》び
8 盤渦與レ岸迴　盤渦《ばんくわ》岸《きし》と迴《めぐ》る

現代語訳　梅雨

南京《なんけい》の西の水辺の道。初夏四月、黄梅が熟する。
水も豊かに長江は流れ行き、ほの暗いなか、細かな雨が降りしきる。
茅葺きの屋根は目が粗くて湿っぽい。雲霧が濃密に固まったまま開きそうもない。
日がな一日、はしゃぐ蛟龍。水は岸に当たって渦《うず》を巻く。

語注　**0 梅雨**　初夏の長雨。趙次公によれば、「梅雨」は江南の語、蜀の人はその言葉も知らないが、梅雨にあたるものは蜀にもあるという。「黄梅雨」ともいう。趙次公の引く周処『風土記』に、「夏至の前の雨は、黄梅雨と名づく」。後に江陵における詩「多病執熱、李尚書之芳を懐ひ奉る」（21-49）には「道暍《だうえつ》（道の熱さ）を霑さんことを思ふ黄梅雨」。**1** 場所を提示する。**南京**　成都を指す。粛宗の至徳二載（七五七）、「成都府蜀郡」を「南京」とした（『新唐書』地理志六ほか）。詩の中の地名は、単なる行政区分としての符号を避けて、あえて古雅な名を用いることが多いが、ここでは逆に新しい名称を借りる。また「西浦」の語とともに一句のなかに「南」「西」という方角の語を重ねたおもしろさもあるか。**西浦**　成都の西側の水辺の地。「犀浦」に作る本もあり、成都の属県に犀浦という県がある。**2** 場所に続いて時を指示する。**四月**　旧暦の四月。初夏。**3 湛湛**　たっぷり水をたたえるさま。『楚辞』招魂に、「湛湛たる江水　上に楓有り」。それを用いた魏・阮籍「詠懐詩十七首」（『文選』巻二三）其の十七に、「湛湛たる長江の水、上に楓樹の林有り」。**長江**　成都を流れる岷江《びんこう》を指す。**4冥冥**　ほの暗いさま。『楚辞』九歌・山鬼に、「雷は塡塡《てんてん》として雨は冥冥たり」。**細雨**　梅雨どきのそぼ降る雨。隋の煬帝「四時白紵歌二首」其の二「江都の夏」に、「黄梅の雨は細やかにして麦秋軽し」。杜甫以後、唐詩に浸透する語。**5茅茨**　かや葺きの屋根。**6雲霧**　雨をもたらす雲や霧。**密**　『周易』小畜の卦辞に、「密雲　雨ふらず」。**7竟日**　一日中。**蛟龍**　水中のみずちや龍。水を得て勢いづく。**8盤渦**　うずを巻く水。晋・郭璞「江の賦」（『文選』巻一二）に、「盤渦は谷のごとく転じ、淩濤は山のごとく頽る」。**与岸迴**　『杜甫全詩集』の注に「岸の勢にしたがってめぐる」。あるいは渦が回るのは岸も一緒に回っているように見えることをいうか。【詩型・押韻】五言律詩。上平十五灰（梅・迴）、十六咍（来・開）の同用。平水韻、上平十灰。

詩解　上元元年（七六〇）、成都の作。蜀独特の気候を詠ずる。梅雨は土地独特のもの、季節特有のものゆえに、詩は場所と時の提示から始められる。自分にとって慣れない土地ゆえに、梅雨という現象にも新奇な関心を抱く。細かく降りそぼつ雨は、「冥冥」と暗く、雨雲は立ち籠めたまま「密にして開き難し」なのだけれども、しかし詩人の思いは暗くない。蛟龍とともに喜んでいるかのようだ。

爲レ農（農《のう》を爲《な》す）　09-25

1 錦里煙塵外　　錦里《きんり》　煙塵《えんぢん》の外《そと》
2 江村八九家　　江村《かうそん》　八九家《はちきうか》
3 圓荷浮二小葉一　　圓荷《ゑんか》　小葉《せうえふ》浮き
4 細麥落二輕花一　　細麥《さいばく》　輕花《けいくわ》落《お》つ
5 卜レ宅從レ茲老　　宅《たく》を卜《ぼく》して茲《これ》より老《お》いん

6　爲レ農 去レ國 賒　　農《のう》を爲《な》して國《くに》を去《さ》ること賒《はる》かなり
7　遠 慙二勾 漏 令一　　遠《とほ》く勾漏《こうろう》の令《れい》に慙《は》づ
8　不レ得レ問二丹 砂一　　丹砂《たんさ》を問《と》ふことを得《え》ざるを

現代語訳　畑仕事をする

錦城の里は戦塵を被らぬ地。川沿いの村には八軒九軒の家。

丸いハスは小さな葉を水面に浮かべ、細いムギは軽やかな花がこぼれ落ちる。

この地に家を定め、今から老いの日を過ごすことにしよう。都からはるか離れて畑仕事をしよう。

遠い昔、勾漏《こうろう》県令を求めた葛洪《かっこう》には面目が立たない。彼が目当てとした丹砂とは無縁なのだから。

語注　**1 為農**　農作業を営む。趙次公は漢・楊惲《よううん》「孫会宗に報ゆる書」（『文選』巻四一）の「長く農夫と為りて、以て世を没せん」に基づくとする。ならば「農と為る」（農夫となる）」。**1 錦里**　成都の美称、錦官城。「蜀相」（09-23）参照。**煙塵**　戦火。**2 江村**　浣花渓のあたりの集落。**3 円荷**　円形のハスの葉。**5 卜宅**　「卜居」と同じ。家を決める。「居を卜す」（09-14）参照。**6 去国**　国の中心を離れる。「国」は国都。魏・王粲「七哀詩二首」（『文選』巻二三）其の一に、「復た中国を棄てて去り、身を遠ざけて荊蛮に赴く」。**賒**　遠い。**7・8 勾漏令**　東晋の葛洪を指す。道教の理論と実践に努め、『抱朴子』の著がある。丹砂を産する勾漏（広西壮族自治区北流県）の県令を自ら求めて赴任した（『晋書』本伝）。**不得問**　丹砂について尋ねることができない。自分は丹砂とは関わりないことをいう。**丹砂**　仙薬の原料となる硫黄と水銀の化合物。二句は都から遠く離れる点では葛洪と同じであるが、丹砂のような彼を動かした強い動機が自分にはないのを恥じる、の意。【詩型・押韻】五言律詩。下平九麻（家・花・賒・砂）。平水韻、下平六麻。

詩解　上元元年（七六〇）、成都の作。世の戦禍とは無縁の町、その片隅の小さな集落。そこで静かに穏やかに暮らしながら農作業にも手を出そうとうたう。3・4の叙景の句には、「小」「細」「軽」といった形容詞が並ぶように、小さな自然の、目立ちはしないが、ほっとするような光景が捉えられている。小さくやさしい光景は、小さい物に惹かれるやさしく穏やかな心情と共振する。ここに落ち着いて人生の残りを終えようという気持ちに、少なくともこの時点では傾いている。

有レ客（客有《かくあ》り） 09-26

1 幽 棲 地 僻 經 過 少
2 老 病 人 扶 再 拜 難
3 豈 有三文 章 驚二海 内一
4 漫 勞二車 馬一駐二江 干一
5 竟 日 淹 留 佳 客 坐
6 百 年 麤 糲 腐 儒 餐
7 不レ嫌三野 外 無二供 給一
8 乘レ興 還 來 看二藥 欄一

幽棲《いうせい》 地《ち》僻《へき》にして經過《けいくわ》するもの少《すく》なく
老病《らうびやう》 人《ひと》に扶《ふ》されて再拜《さいはい》すること難《かた》し
豈《あ》に文章《ぶんしやう》の海内《かいだい》を驚《おどろ》かす有《あ》らんや
漫《みだ》りに車馬《しやば》を勞《らう》して江干《かうかん》に駐《とど》まる
竟日《きやうじつ》 淹留《えんりう》 佳《か》客《かく》坐《ざ》し
百年《ひやくねん》 麤《そ》糲《れい》 腐《ふ》儒《じゆ》餐《さん》す
野《や》外《ぐわい》に供給《きようきふ》無《な》きを嫌《きら》はざれば
興《きよう》に乘《じよう》じて還《ま》た來《きた》りて藥欄《やくらん》を看《み》よ

現代語訳 客人の来訪

わび住まいの地は辺鄙、訪れる人もめったにありません。老いと病の身は人に支えられ、挨拶するのもむずかしい。世の中をあっと驚かす文学があるでもなく、馬車をわざわざ川辺の地に止める厄介をおかけしました。お客様は終日ここに留まって坐してくださるが、腐儒たる身は一生このような粗末な米を食べているのです。

田舎の暮らしでは何もごちそうはありませんが、お嫌でなければ興にまかせてまたいらして薬草畑を見てください。

語注　**0 有客**　『草堂詩箋』では本詩「有客」と「賓至」（09-27）の詩題が入れ替わり、『詳注』はそれに従う。「賓至」詩の本文に「有客」の二字があり、この時期の詩題には詩中の二字をもって詩題とする作が多いために入れ替えたのだろうが、本書では宋本の詩題に従う。どちらも賓客の訪れをいう点で変わりはないが、『詳注』に引く盧文昌《ろぶんしょう》によると、「有客」は思いがけない来客があったことという。**1 幽棲**　世俗を避けて幽遠の地に住む。南朝宋・謝霊運「隣里　方山に相送りしときの詩」（『文選』巻二〇）に、「此《これ》に資《よ》りて永く幽棲せん」。**地僻**　場所が辺鄙。陶淵明「飲酒二十首」其の五に「心遠ければ地自ら偏なり」。**経過**　人の訪れ。東晋・謝混「西池に遊ぶ」（『文選』巻二二）に「願《おも》ひて言《ここ》に屢《しばしば》経過す」。**2 人扶**　人に支えられる。**再拝**　二度拝礼する。『論語』郷党篇に「人を他邦に問へば、再拝して之を送る」。**3 文章**　今いうところの文学に相当する。魏・曹丕「典論論文」（『文選』巻五二）に、「蓋し文章は経国の大業、不朽の盛事」。**海内**　四方の海に囲まれた内側、すなわち中国全土。『孟子』梁恵王篇下に、「海内の地は、方千里なる者九」。北周・庾信「枯樹の賦」に、「殷仲文は風流儒雅、海内に名を知らる」。**4 漫労**　無駄に手間をとらせる。**江干**　江の岸辺。「干」は岸。『詩経』魏風・伐檀に、「之を河の干に寘《お》く」。**5 竟日**　一日中。**淹留**　逗留する。**佳客**　りっぱな賓客。**6 百年**　一生ずっと。**麤糲**　粗末な食事。「麤」は「粗」に通じる。精白してない玄米。『戦国策』韓策二に、「故に直ちに百金を進むるは、特に以て夫人の麤糲の費と為すのみ」。**腐儒**　世の役に立たない学者。『史記』黥布列伝に、劉邦が随何《ずいか》をののしって、「（随）何を謂ひて腐儒と為す」。杜甫はしばしば自分を「腐儒」と称する。**7 野外**　郊外の地。浣花草堂の地をいう。**供給**　客人にもてなす。**8 乗興**　王徽之の故事を用いる。「居を卜す」（09-14）を参照。**薬欄**　薬草を植えた菜園の手すり。**【詩型・押韻】**　七言律詩。上平二十五寒（難・干・餐・欄）。平水韻、上平十四寒。

詩解　上元元年（七六〇）、成都の作。浣花草堂に来客を接待する。成都に来た当初は、都から人が来たと聞きつけて、地元の人士が次々訪問したようだ。しかし杜甫には国中に轟く文名があるわけでもない。もてなしの供えがあるわけでもない。そんなわたしではあるが、またの来訪を願って結ぶ。どのような客人であるか、何を話題にしたか、実際の交わりの様子は何も記されていないのは、まだ淡い交遊だったためだろうが、杜甫はへりくだって客への礼を尽くしている。

賓至（賓至《ひんいた》る）　09-27

1 患レ氣 經レ時 久　氣《き》を患《わづら》ひて時《とき》を經《ふ》ること久《ひさ》しく
2 臨レ江 卜レ宅 新　江《かう》に臨《のぞ》みて宅《たく》を卜《ぼく》すること新《あら》たなり
3 喧卑 方 避レ俗　喧卑《けんぴ》 方《まさ》に俗《ぞく》を避《さ》け
4 疏快 頗 宜レ人　疏快《そくわい》 頗《すこぶ》る人《ひと》に宜《よろ》し
5 有三客 過二茅宇一　客《かく》の茅宇《ばうう》に過《よ》ぎる有《あ》り
6 呼レ兒 正二葛巾一　兒《じ》を呼《よ》びて葛巾《かつきん》を正《ただ》さしむ
7 自鋤 稀二菜甲一　自《みづか》ら鋤《す》きても菜甲《さいかふ》稀《まれ》なり
8 小摘 爲二情親一　小《すこ》しく摘《つ》むは情《じやう》の親《した》しむが爲《ため》なり

現代語訳　賓客が至る

肺の患いも長いことになる。川に面して家を建てたばかり。騒々しくて下卑《げび》た俗世間もここなら避けられる。すかっと爽快なのは自分にぴったり。客人がこの茅屋を訪ねてくれた。子供を呼んで葛の頭巾をかぶり直す。自家菜園では野菜はわずかしか芽を出さないが、少し摘み取るのは打ち解けたお方だから。

語注　**0 賓至**　『詳注』では「客有り」（09-26）と詩題を入れ替える。『春秋左氏伝』襄公三十一年に、「諸侯の賓至る。旬に庭燎を設く」など。　**1 患気**　呼吸器系の病気。　**2**　浣花草堂を建てたことをいう。　**3 喧卑**　騒がしく下品。南朝宋・鮑照「舞鶴の賦」(『文選』巻一四)に、「帝郷の岑寂《しんせき》を去り、人寰《じんくわん》の喧卑に帰る」。**4 疎快**　さっぱりして気持ちがいい。**宜人**　人に具合がいい。『詩経』大雅・仮楽に「民に宜しく人に宜しく、禄を天に受く」。**5 有客**　『詩経』周頌・有客に「客有り客有り、亦た其の馬を白くす」。「乾元中　同谷県に寓居して作れる歌七首」(08-37)其の一に「客有り客有り字は子美」。**過**　訪ねる。**茅宇**　かや葺きの粗末な家。「宇」はのき、ひさし。家の一部で家全体をいう。浣花草堂を指す。**6 葛巾**　葛布で作った頭巾。隠者のかぶるもの。陶淵明は「其の醸熟するに値《あた》り、頭上の葛巾を取りて酒を漉《こ》し、漉し畢《をは》れば還た復た之を著《つ》く」(梁・昭明太子「陶淵明伝」)。**7 菜甲**　野菜の新芽。「甲」は芽生え。**8 情親**　「李白を夢む二首」(07-14)其の二の「情親しみて君が意を見る」と同じく、気持ちが親しみを覚えるの意。【詩型・押韻】五言律詩。上平十七真(新・人・巾・親)。平水韻、上平十一真。

詩解　上元元年(七六〇)、成都の作。「客有り」(09-26)の客人とは別の人であろうが、強いて比べれば、この詩の訪問者のほうが気の置けない関係にあるかに見える。家庭菜園から摘んだ野菜でささやかにもてなす。しかしそこにも客人に対する気持ちは十分に籠もる。6「児を呼びて葛巾を正さしむ」、対面する前にちょっと身繕いする場面、日常生活の中でさりげなく行われている小さな行為を詩のなかで描くところに、杜甫らしさがある。従来の詩が取り上げなかった一齣であり、これによって詩は実際の暮らしぶりを生き生きと表現する。そしてまたそれは浣花草堂における静かで落ち着いた日々を表してもいる。

狂夫(狂夫《きやうふ》)　09-28

1 萬里橋西一草堂　　萬里《ばんり》橋西《けうせい》　一草堂《いちさうだう》
2 百花潭水卽滄浪　　百花潭水《ひやくくわたんすい》　卽《すなは》ち滄浪《さうらう》
3 風含翠篠娟娟靜　　風《かぜ》を含《ふく》みて翠篠《すいでう》は娟娟《けんけん》として靜《しづ》かに

4 雨裛紅蕖冉冉香
5 厚祿故人書斷絕
6 恆飢稚子色淒涼
7 欲レ塡二溝壑一唯疏放
8 自笑狂夫老更狂

雨《あめ》に裛《つつ》まれて紅蕖《こうきよ》は冉冉《ぜんぜん》として香《かんば》し
厚祿《こうろく》の故人《こじん》 書《しよ》 斷絕《だんぜつ》
恆飢《こうき》の稚子《ちし》 色《いろ》 淒涼《せいりやう》
溝壑《こうがく》に塡《てん》せんと欲《ほつ》するも惟《た》だ疏放《そはう》なり
自《みづか》ら笑《わら》ふ 狂夫《きやうふ》 老《お》いて更《さら》に狂《きやう》なるを

現代語訳 瘋癲《ふうてん》

万里橋の西に草堂一つ。百花潭の水はすなわち滄浪。

風を含んだ緑の竹はやわらかく物静か。雨につつまれた赤いハスの花はしだいに香りを拡げる。

高禄の友人からは書翰も途絶え、いつも腹を空かせている子供はすさまじい顔色。

どぶにはまってのたれ死にしたってどうでもいい。もともと瘋癲、年老いて更に気が変になる自分を嘲《あざけ》る。

語注 0 **狂夫** でたらめな男。瘋癲。『詩経』斉風・東方未明に「柳を折りて樊圃《はんぽ》（かきね）とす、狂夫瞿瞿《くく》たり」。 1 **万里橋** 浣花渓の東にある橋。「卜居」（09-14）注参照。 **草堂** 草葺きの質素な住まい。隠逸の住み家。浣花草堂を指す。南宋・陸游『老学庵筆記』によれば杜甫は成都に二つの草堂を持ち、一つは万里橋の西に、もう一つは浣花渓にあったというが、両者は一つのものと考えられている。 2 **百花潭** 浣花渓の別名とも、浣花渓の上流ともいう。後に雲安に至った時、成都の住まいを追憶した詩、「錦水の居止を懐ふ二首」（14-59）其の二に、「万里橋西の宅、百花潭北の荘」と似た対句で描かれる。 **即** 「百花潭」と「滄浪」という異なる物を即座に結びつける語。 **滄浪** 青く澄んだ水。隠逸の地をいう。『孟子』離婁篇上、『楚辞』漁父に見える歌に「滄浪の水清まば、以て吾が纓を濯ふ可く、滄浪の水濁らば、以て吾が足を濯ふ可し」。 3 **翠篠** 緑の竹。 **娟娟** なよなよと柔らかなさま。 **静** 諸本は「浄」に作る。 4 **紅蕖** 赤いハスの花。 **冉冉** 徐々に進むさま。香りがしだいに拡がることをいう。 5 **厚禄** 俸禄が豊か。 **故人書断絶** 親しい人たちが便りすらくれなくなった。成都に着いた当初、高適に贈った詩「高使君の相贈るに酬ゆ」（09-13）では、「故人 禄米を供す」と俸禄の一部を譲ってもらっていたことを記していた。 **6 色凄涼** 食べ物がないために、顔色が凄惨たるありさま。 **7 塡溝壑** みぞに落ちて身をうずめる。のたれ死にをいう。『孟子』滕文公篇下に「志士は溝壑に在るを忘れず（畳の上で死ねない覚悟をするの意）」。 **疎放** 放縦。晋・向秀「思旧の賦」（『文選』巻一六）に「嵆（康）の志は遠くして疎、呂（安）の心は曠くして放。其の後 各おの事を以て法せらる」。 **8 自笑** 自嘲する。

詩解 上元元年（七六〇）、成都の作。前半四句は浣花草堂での静穏な暮らしをうたう。満たされた思いを助けるかのような、風に揺れる緑の竹と雨に濡れた赤い荷花。ところが後半四句は一転して人事の不本意に及ぶ。たつきを助けてくれた友人も近頃では疎遠になり、そのために食べるに事欠いて子供たちの顔も青ざめている。名は挙げないものの冷淡に変じた知友に非難がましい言辞をぶつける背後には、よほどの憤懣があるかのようだ。そんな状況のなかで破れかぶれになる自分、それを笑う自分、というように自己に収束する。浣花草堂の日々はおおむね平穏であり、杜甫もそれに自足していたかに見えるが、しかし時にこうして乱れることもある。人に頼らざるを得ない暮らしに、自分でもいらだつ。自暴自棄に陥っているかにも見えるが、そんな自分を「狂夫」——世間の基準から逸れただめな男と称するところに、自分を見つめるもう一人の自分がいて、かろうじて破綻を免れている。

江村（江村《かうそん》） 09-30

1 清江一曲抱㆑村流　清江《せいかう》 一《ひと》たび曲《ま》がりて村《むら》を抱《いだ》きて流《なが》る
2 長夏江村事事幽　長夏《ちやうか》 江村《かうそん》 事事《じじ》幽《いう》なり
3 自去自來堂上燕　自《みづか》ら去《さ》り自《みづか》ら來《きた》る 堂上《だうじやう》の燕《つばめ》
4 相親相近水中鷗　相《あ》ひ親《した》しみ相《あ》ひ近《ちか》づく 水中《すいちゅう》の鷗《かもめ》

5 老妻畫レ紙爲二棊局一　老妻《らうさい》は紙《かみ》に畫《ゑが》きて棊局《ききよく》を爲《つく》り
6 稚子敲レ針作二釣鉤一　稚子《ちし》は針《はり》を敲《たた》きて釣鉤《てうこう》を作《つく》る
7 多病所レ須唯藥物　多病《たびやう》 須《もと》むる所《ところ》は唯《た》だ藥物《やくぶつ》
8 微軀此外更何求　微軀《びく》 此《こ》の外《ほか》に更《さら》に何《なに》をか求《もと》めん

現代語訳　川辺の村

清流は一たび曲がって村を抱くように流れる。長い夏の日、川辺の村は何もかもひっそりと静まる。行ったり来たり飛び交う堂上のツバメ、近づいたり触れ合ったりしている水上のカモメ。老妻は紙に線を引いて碁盤を作り、幼な子は針を叩いて釣り針を作る。病《やまい》がちなこの体、薬さえあればいい。役立たずの身はほかに何を求めようか。

語注　**0 江村**　浣花渓《かんかけい》に沿った村。**1 清江**　成都の西郊に流れる浣花渓を指す。**2 長夏**　日脚の延びた夏。**幽**　静かに潜まりかえる。**3 自去自来**　勝手に行き来する。**4 相親相近**　つがいの鷗が水に浮かんで仲むつまじく身を寄せ合っている。**5 棊局**　碁盤。**6 稚子**　幼い子供。**7**『文苑英華』などでは一句を「但有故人供禄米」に作る。「但だ故人の禄米を供する有り」（知り合いが俸給された米を提供してくれるのだけはある）とする。**8 微軀**　取るに足らない我が身。【詩型・押韻】七言律詩。下平十八尤（流・求）、十九侯（鷗・鉤）、二十幽（幽）の同用。平水韻、下平十一尤。

詩解　上元元年（七六〇）、成都の作。浣花草堂での夏の一日、物静かで平凡な暮らしを描く。湾曲する川に抱かれるように位置する村から始まり、戸外の鳥、そして室内の妻と子、最後に自分の思いというように、しだいに焦点が絞られていく。巣作りのためか雛を育てるためか、活発に飛び交う燕も、水に浮かんでじゃれあう鷗もつがいの鳥であり、それが詩人の家族へと続いていく。囲碁も魚釣りも本来は隠者のすること、浣花草堂の日々は隠棲というにふさわしい。しかし型どおりの隠者が登場するのではなく、ここで碁盤を描いているのは妻、釣り針を作っているのは我が子であるところに、観念としての隠棲ではなく、実生活がそのまま描きだされる。また碁盤は紙に線を引いて作る、釣り針は針を叩いて作る、つまりいずれも代用品をこしらえている所にも、生活感がにじむ。唐代では女も碁を打つことから、夫婦で碁を囲む睦まじさをいうとする解釈（『杜甫詩注』）もあるが、嬉々として紙に線を引いている妻の姿よりも、生活にやつれて黙々と無表情のままの「老妻」と捉えたい。

草堂での暮らしはのどかではあるが、杜甫自身はそこに必ずしも満足しているわけではない。「更に何をか求めん」という最後の言葉には、ここに落ち着いた安堵とともに、このまま居続けてよいものだろうかという割り切れない思いが含まれている。

江漲（江漲《かうみなぎ》る）　09-31

1　江漲柴門外　　江《かう》は漲《みなぎ》る 柴門《さいもん》の外《そと》
2　兒童報二急流一　　兒童《じどう》 急流《きふりう》を報《ほう》ず
3　下レ牀高數尺　　牀《しやう》より下《くだ》れば高《たか》きこと數尺《すうしやく》
4　倚レ杖沒二中洲一　　杖《つゑ》に倚《よ》れば 中洲《ちゆうしう》沒《ぼつ》す
5　細動迎レ風燕　　細《こま》やかに動《うご》く 風《かぜ》を迎《むか》ふる燕《つばめ》
6　輕搖逐レ浪鷗　　輕《かろ》やかに搖《ゆ》らぐ 浪《なみ》を逐《お》ふ鷗《かもめ》
7　漁人縈二小楫一　　漁人《ぎよじん》 小楫《せうしふ》を縈《まは》し
8　容易拔二船頭一　　容易《ようい》に船頭《せんとう》を拔《ぬ》く

現代語訳　江《かわ》の増水

柴の門の向こうに江《かわ》は溢れんばかり。流れのすごさを子供が知らせに来た。牀から降りてみると、数尺ほど水かさが増し、杖にもたれて眺めれば、中州はもう水中に没した。細かに動くのは風に向かうツバメ、軽やかに揺れるのは、波を追って浮かぶカモメ。漁師は小舟の向きを換えて、やすやすとへさきを操る。

語注 **0江** 草堂が面している浣花渓。 **1柴門** 木々を集めて作った粗末な門。 **2児童** 男の子。杜甫の子の宗文と宗武を指す。 **4中洲** 『楚辞』九歌・湘君に「君は行かずして夷猶す（ぐずぐずする）、蹇《ああ》誰か中洲に留まらん」の「中洲」は「洲中」の意味だが、ここでは水中の洲の意。 **7漁人** 漁師。 **縈** 回転させる。 **小楫** 「楫」はかじ。一部によって全体を指す語。小船をいう。 **8抜船頭** 趙次公注によれば、舟人の使う語。へさきを回すことという。激流のなかで自在に操ることをいうのだろう。【詩型・押韻】五言律詩。下平十八尤（流・洲）と十九侯（鷗・頭）の同用。平水韻、下平十一尤。

詩解 上元元年（七六〇）、成都の作。草堂が面する浣花渓の増水をうたう。雨の後か、浣花渓が一気に水量を増すという日常の一小事件を、父に報ずる子供と一緒に、明るい興奮を楽しんでいる。

子供の報告を受けてまず「牀より下」ると、江の水かさはふだんより数尺上まで来ている。更に戸外に杖して出て見れば中洲は既に水没というように、時間に沿った自分の動きを記しながら、水かさが一気に増すことをいう。

この時期、身近な小動物の新鮮な描写が目立つが、この詩でも水上・水面の燕と鷗をとらえる。燕の「細動」は風を受けてかすかな振動をしながら静止している姿を写すかのように見えるが、燕が空中に静止することはないから、風に舞うの機敏な動きをいうものであろう。燕も鷗も「風を迎ふ」「浪を逐ふ」、押し寄せる風や波に向かって行く能動的な動きではある。人も負けてはいない。舟人は激流の中で巧みに、いとも楽々と舟を操る。そうした動物や舟人が激流に処する動きを見ている杜甫父子もまた、胸をとどろかせている。

野老（野老《やらう》）　09-32

1 野老籬邊江岸迴
2 柴門不レ正逐レ江開
3 漁人網集二澄潭下一
4 賈客船隨二返照一來
5 長路關心悲二劍閣一
6 片雲何意旁二琴臺一
7 王師未レ報レ收二東郡一
8 城闕秋生畫角哀

野老《やらう》の籬邊《りへん》に江岸《かうがん》迴《めぐ》り
柴門《さいもん》正《ただ》しからず江《かう》を逐《お》ひて開《ひら》く
漁人《ぎよじん》の網《あみ》は澄潭《ちようたん》の下《もと》に集《あつ》まり
賈客《こかく》の船《ふね》は返照《へんせう》に隨《したが》ひて來《きた》る
長路《ちやうろ》　關心《くわんしん》　劍閣《けんかく》を悲《かな》しみ
片雲《へんうん》　何《なん》の意《い》ぞ琴臺《きんだい》に旁《そ》ふ
王師《わうし》未《いま》だ東郡《とうぐん》を收《をさ》むると報《ほう》ぜず
城闕《じやうけつ》　秋生《あきしやう》じて畫角《ぐわかく》哀《かな》し

現代語訳　田舎のじいさん

田父の垣根のあたりで川岸は湾曲し、柴《しば》の粗末な門は斜め、川の流れを追って開く。漁師の網は澄んだ淵のもとに集まり、商人の船は夕映えとともにやってくる。ここまでの長い道のりが心から離れず、剣閣越えの辛さを悲しく思う。ひとひらの雲はどういうつもりか琴台に寄り添う。官軍が東郡を取り返したとの知らせはまだ来ない。街角には秋の気配、角笛の音《ね》がもの悲しく響く。

語注　**0 野老**　田舎の老爺の意味で以前からある語だが、杜甫は自称としてしばしば用いる。**1 籬辺**　浣花草堂の垣根のあたり。 **2 柴門**　柴でこしらえた粗末な門。一句は門が道に正しく向いていず、湾曲する浣花渓に沿うように曲がっている。 **3 澄潭**　「潭」は浣花渓のよどみである百花潭を指す。 **4 賈客船**　商人の船。『世説新語』文学篇に、袁宏《えんこう》は若い時に貧しく、運送の仕事に雇われていた。謝尚《しゃしょう》が清風朗月のもと船を進めていると「估（賈）客の船上に詩を詠ずる声」が聞こえてきた。情趣に富むその詩の主を尋ねてみると、袁宏が自作の詠史詩を詠じていたものであったので、彼を招き入れて、おおいに賞賛した、という故事が見える。 **返照**　照り返し。日没の際、東を射す夕日。 **5 長路**　長い旅路。長安から成都までの旅をいう。「古詩十九首」（『文選』巻二九）其の六に「還顧して旧郷を望めば、長路　漫として浩浩たり」。 **関心**　心に掛ける。南朝宋・鮑照「堂上歌行に代《か》ふ」に「万曲　関心せず、一曲　情を動かすこと多し」。 **剣閣**　長安と成都の間にそびえる剣閣山。「剣門」（09-10）を参照。 **6 片雲**　ひとひらの雲。 **琴台**　漢・司馬相如の遺跡。浣花渓の海安寺の南にあったという。司馬相如は無名のころ、卓文君に琴を奏して恋情をそそり、夫婦になった。その伝承に基づいた建物。杜甫には成都時期、「琴台」（10-12）と題する詩もある。 **7 王師**　唐王朝の軍。 **東郡**　本来は秦漢の地方区分の名。ここでは都長安の東方の諸郡。乾元二年（七五九）、史思明は洛陽および周辺の州を陥落させ、翌年の上元元年、田神功が史思明の軍を鄭州で破るが、洛陽などはまだ奪還していなかった。 **8 城闕**　城門の両側に立つ望楼。そこから宮城、都をいう。成都について「城闕」と言いうることは、「南京（成都）は両都（長安・洛陽）に同じ。城闕と云ふを得」という原注がある。至徳二載（七五七）に成都は南京に昇格した（『新唐書』地理志六）。 **画角**　西域から伝えられた管楽器。表面に彩色を施されたので「画角」という。多く軍中で用いられた。【詩型・押韻】七言律詩。上平十五灰（迴）と十六咍《かい》（開・来・台・哀）の同用。平水韻、上平十灰。

詩解　上元元年（七六〇）秋、浣花草堂での作。初二句は草堂と浣花渓の位置関係を示す。道であれ岸であれ、平行して建てられるべき家が、湾曲する岸に合わせて曲がっている。草堂が堂々たる建築でなく、バラックのごときものであることをも示すが、それは同時にここに仮住まいする野老の落ち着かない心象でもあろうか。三・四句は浣花渓で働いている他者へと目を向ける。漁師・商人の活動を、たたずんだままの詩人は風景のように見る。ここに至るまでの苦しい旅はなお心にわだかまり続ける。しかし雲が心あるかのように琴台に寄り添うのは、つかの間の安堵をもたらす。国はまだ平穏を取り戻せないまま、秋の訪れ、画角の音は静かな憂愁を醸し出す。

遣レ興（興《きょう》を遣《や》る）　09-34

1 干戈猶未レ定
2 弟妹各何之
3 拭レ涙霑レ襟血
4 梳レ頭満レ面絲
5 地卑荒野大
6 天遠暮江遅
7 衰疾那能久
8 應レ無二見レ汝期一

干戈《かんくわ》 猶《な》ほ未《いま》だ定《さだ》まらず
弟妹《ていまい》 各《おの》おの何《いづ》くに之《ゆ》く
涙《なみだ》を拭《ぬぐ》へば襟《えり》を霑《うるほ》す血《ち》
頭《かうべ》を梳《くしけづ》れば面《めん》に満《み》つる絲《いと》
地《ち》卑《ひく》くして荒野《くわうや》は大《だい》
天遠《てんとほ》くして暮江《ぼかう》は遅《おそ》し
衰疾《すいしつ》 那《なん》ぞ能《よ》く久《ひさ》しからん
應《まさ》に汝《なんぢ》を見《み》る期《き》無《な》かるべし

現代語訳　思いを晴らす

戦《いくさ》はまだ決着に至らず、弟も妹もみなどこへ行ってしまったのか。
涙を拭えば襟は血の涙にぬれる。髪に梳を入れれば、顔一面に糸くず。
低い大地には荒野が広く続き、遠い空のもとには日暮れの江《かわ》がのろのろ流れる。
病み衰えたこの身、いつまで生きられよう。お前たちに会う機はありそうにない。

語注　**0 遣興**　胸中の思いを外に出す。杜甫以後、詩題として定着する。　**1 干戈**　干《たて》と戈《ほこ》。武器の名によって戦争を意味する。　**2 弟妹**　杜甫には四人の弟と一人の妹があり、末弟の杜占《とせん》のみは成都にも同行。他の四人とは遠く離れたままの状態が続いていた。「月夜　舎弟を憶ふ」（07-20）参照。**何之**　詩語として習用。漢・李陵「蘇武に与ふ三首」（『文選』巻二九）其三に「遊子　暮れに何くにか之く」など。**3 拭涙霑襟血**　血涙をいう。『韓非子』和氏《かし》に玉を抱いて泣く和氏について「三日三夜にして、涙尽きて之に継ぐに血を以てす」。**4 梳頭満面糸**　白髪が抜け落ちる。「糸」は髪の比喩。「子夜歌」（『楽府詩集』巻四四）に「宿昔　頭を梳かざれば、糸髪　両肩を被ふ」。**5 地卑**　『周易』繫辞伝上に「天は尊《たか》く地は卑くして、乾坤定まる」。**7 衰疾**　老いによる衰えと病気。杜詩に頻見。**8 汝**　弟妹を指す。【詩型・押韻】五言律詩。上平六脂（遅）と七之（之・糸・期）の同用。平水韻、上平四支。

詩解　上元元年（七六〇）、成都の作。浣花草堂に落ち着いた暮らしのなかでも、心にわだかまるのは身内の安否、そして離散をもたらしている戦局のゆくえであった。胸中に湧き起こるそんな思いを吐き出すのが「興を遣る」詩。似たような題の「愁ひを遣る」（09-35）もこれに続き、ほぼ同じ内容がうたわれる。その詩の尾聯には「兵戈と人事と、首を回《めぐ》らせば一に悲哀」と、戦争の継続と人の消息なきことが悲痛のゆえんであると端的に語られる。またそこに「弟妹の来るに由《よし》無し」というのを見れば、彼らを呼び寄せようという思いもあったのかも知れない。本詩の5・6は叙景の句を交える。広々と拡がる大地と天空。そのもとに流れる大江ののろい動き。「遅」い動きは、詩人の焦燥に無関心であるかのように、自分のペースで流れ続ける。

戯題㆘畫㆓山水㆒圖㆖歌　（戯《たはむ》れに山水《さんすい》を畫《ゑが》ける圖《づ》に題《だい》する歌《うた》）　09-38

（原注）王宰畫。宰丹青絶倫。（王宰《わうさい》の畫《ゑ》。宰《さい》は丹青絶倫《たんせいぜつりん》なり。）

1 十日畫㆓一水㆒　十日《じふじつ》に一水《いつすい》を畫《ゑが》き
2 五日畫㆓一石㆒　五日《ご じつ》に一石《いつせき》を畫《ゑが》く
3 能事不㆑受㆓相促迫㆒　能事《のうじ》は相《あ》ひ促迫《そくはく》するを受《う》けず
4 王宰始肯留㆓眞跡㆒　王宰《わうさい》始《はじ》めて肯《あ》へて眞跡《しんせき》を留《とど》む

5　壯哉崑崙方壺圖　　壯《さう》なるかな 崑崙《こんろん》 方壺《はうこ》の圖《づ》

6　挂㆓君高堂之素壁㆒　　君《きみ》の高堂《かうだう》の素壁《そへき》に挂《か》く

現代語訳　戯れに山水を画いた絵に題する歌

王宰の絵。王宰は絵画絶妙である。

十日で川を一つ画く。五日で岩を一つ画く。

達者な仕事は急《せ》かせることを受け入れない。王宰はかくしてやっと真筆をのこすことをうべなう。

壮大たるは崑崙《こんろん》と方壺《ほうこ》の図。あなたの広間の白壁に掛けられる。

語注　**0 王宰**　杜甫と同時代の蜀の画家。山水画を得意としたことは、張彦遠『歴代名画記』巻一〇にも「多く蜀の山を画く」と記される。　**丹青**　丹砂と青雘《せいわく》という赤と青の絵の具の原料。それによって絵画を意味する。　**3 能事**　得意とする事。『周易』繋辞伝上、「天下の能事畢《をは》れり」に出る語。　**相促迫**　人に催促する。　**4 留真跡**　作者自身の手になる筆跡を残す。　**5 崑崙**　西の果てにある仙山。　**方壺**　東の海上にある三仙山の一つ。　**6 挂**　「掛」に同じ。絹に描いた絵を壁に掛ける。　**素壁**　白く塗られた壁。【押韻】入声二十陌（迫）、二十二昔（石・跡）と二十三錫（壁）の通押。平水韻、入声十一陌と十二錫。

7　巴陵洞庭日本東　　巴陵《はりよう》 洞庭《どうてい》 日本《につぽん》の東《ひがし》

8　赤岸水與㆓銀河㆒通　　赤岸《せきがん》の水《みづ》は銀河《ぎんが》と通《つう》ず。

9　中有㆔雲氣隨㆓飛龍㆒　　中《なか》に雲氣《うんき》の飛龍《ひりゆう》に隨《したが》ふ有《あ》り

10　舟人漁子入㆓浦漵㆒　　舟人漁子《しうじんぎよし》 浦漵《ほじよ》に入《い》り

11　山木盡亞㆓洪濤風㆒　　山木盡《さんぼくことごと》く洪濤《こうたう》の風《かぜ》に亞《つ》ぐ

現代語訳

巴陵の山、洞庭の湖、そして日本の東の海。赤岸山に発する流れは銀河に通じる。中では雲が天翔る龍のあとに従い、舟人・漁師は舟を浦に入れ、山の木々は残らず大波を起こす風になびく。

語注 **7 巴陵** 岳州（湖南省岳陽市）の古名。ここでは岳陽県の西南、洞庭湖に面する山の名。羿《げい》が洞庭湖で巴蛇という大蛇を殺すと、その骨が丘陵となってできた山という（『元和郡県図志』巻二七）。**洞庭** 湖南省の北部に位置し、その北端が長江に接する湖。**8 赤岸** 赤岸山。南京市六合区の東南、長江の北に位置する。土が赤いのでかく言う。東晋・郭璞「江の賦」（『文選』巻一二）に「洪濤を赤岸に鼓す」。**銀河** 天の河。漢の張騫《ちょうけん》は黄河の源流を探るべく槎に乗って進み、一つの石を得て帰国すると、東方朔がそれは織女の支機石（織機の敷石）だと言った話がある（『太平御覧』巻五一に引く『荊楚歳時記』）。銀河に至ったのは漢末の厳君平だとする話もある（同巻八の引く張華『博物志』）。**9 雲気・飛龍** 「雲気」は雲霧、雲。「飛龍」は『周易』乾卦・九五爻辞、「飛龍 天に在り」に出る。雲と龍の関係も『周易』に基づく。その乾卦・文言伝に「雲は龍に従ひ、風は虎に従ふ」。また『荘子』逍遥遊篇に「雲気に乗り、飛龍を御して、四海の外に遊ぶ」。**10 舟人・漁子** 舟を操る人と魚を漁する人。晋・木華「海の賦」（『文選』巻一二）に「是に於て舟人・漁子、南に徂《ゆ》き東を極む」。**浦漵** 「漵」も浦。『楚辞』九章・渉江に「漵浦に入りて余 儃佪《せんくわい》す」を転倒して用いる。**11 亜** 従属するかのように、なすままになる。**洪濤風** 大波を吹き起こす風。**【押韻】** 上平一東（東・通・風）と三鍾（龍）の通押。平水韻、上平一東、二冬。

尤 工二遠 勢一古 莫レ比　　尤《もっと》も遠勢《えんせい》に工《たく》みなるは古《いにしへ》に比《ひ》する莫《な》し

咫 尺 應三須 論二萬 里一　　咫尺《しせき》 應《まさ》に須《すべか》らく萬里《ばんり》を論《ろん》ずべし

焉 得二幷 州 快 剪 刀一　　焉《いづ》くんぞ幷州《へいしう》の快剪刀《くわいせんたう》を得《え》て

剪二取 呉 松 半 江 水一　　呉松半江《ごしょうはんかう》の水《みづ》を剪取《せんしゅ》せん

現代語訳

とりわけ優れるのは遠景の描写、古来並ぶ者はない。絵は一尺の中に万里を説くべきもの。

どうにかして幷州の切れ味鋭いはさみを手に入れ、呉松江の水を半分でも切り取ってしまいたい。

語注　**12 遠勢**　遠くの物の持つ形勢。一句は遠景の描写に優れることをいう。**13 咫尺**　短い長さ。「咫」は八寸、「尺」は一尺。一句はわずかな画面に大きな風景を描き収めることをいう。『南史』斉武帝諸子伝の蕭子良伝に孫の蕭賁《しょうひ》の多才を述べて「扇上に山水を図《ゑ》がき、咫尺の内に、便ち万里の遙かなるを覚ゆ」。**14 焉得**　なんとかして……したい。**幷州**　山西省太原市一帯の古名。**快**　刃物がよく切れること。**剪刀**　はさみ。幷州は刃物の産地として知られていたか。宋代以後は、この句に基づいてか、「幷州の剪刀」の語がよく見える。**15 剪取**　はさみで切り取る。**呉松**　呉淞江。太湖から流れ出て黄浦江に合流する川。【詩型・押韻】七言歌行。上声五旨（比・水）と六止（里）の同用。平水韻、上声四支。

詩解　上元元年（七六〇）、成都の作。絵画を対象として詩を詠ずるのは、杜甫のころから始まり、後に中国絵画に特有の「題画詩」として継承される。これは成都滞在中、同地の画家王宰の絵に書き付けた作。「十日」「五日」の二句は、王宰が周囲にかまわず自分の画き方にこだわるタイプであったことを伝える。それはまた画家が自分の内部に自然に醸成される感興にのみ依拠して筆を運ぶべきとする創作観も表している。

『歴代名画記』が王宰は山の絵を得意としたと記録しているとおり、これも山水を画いたもので、それも江南から東海までの広い範囲を収めたもののようだ。「銀河と通ず」は銀河まで画かれているのではなく、その先は銀河に到達しそうな含みを絵が内蔵していることをいうと解する。それが絵画の無限定な拡がりを語るとするならば、「中に有り」の三句は逆に細緻な筆さばきを語る。11「山木」一句は、静止した画面の中に動きを含むことをいう。13「咫尺」一句は、杜甫の絵画論ともいうべきもの。大いなる自然を小さな画幅の中に再現する、すなわち絵画は限られた画面の中に全体を表現すべきだとするその考えは、絵画を超えて杜甫の詩論にも通じるといえようか。

末二句、『杜甫詩注』はまるで呉松江を切り取ってきたかのようだという賞賛と読むが、「焉得」が多く強い願望を表すこと、「半」は「せめて半分でも」の意を含むと取って、杜甫が絵の一部でも切り取って自分の所有としたい思いをいうと解した。

北鄰（北鄰《ほくりん》）09-40

1 明府豈辭レ滿
2 藏レ身方告レ勞
3 靑錢買二野竹一
4 白幘岸二江皐一
5 愛レ酒晉山簡
6 能レ詩何水曹
7 時來訪二老疾一
8 步屧到二蓬蒿一

明府《めいふ》 豈《あ》に滿《まん》に辭《じ》せんや
身《み》を藏《ざう》して方《まさ》に勞《らう》を告《つ》ぐ
靑錢《せいせん》 野竹《やちく》を買《か》ひ
白幘《はくさく》 江皐《かうかう》に岸《かし》ぐ
酒《さけ》を愛《あい》するは晉《しん》の山簡《さんかん》
詩《し》を能《よ》くするは何《か》水曹《すいさう》
時《とき》に來《きた》りて老疾《らうしつ》を訪《と》ふ
步屧《ほせふ》して蓬蒿《ほうかう》に到《いた》る

現代語訳 北のお隣

県令殿は任期満ちるまで職にしがみついたりしない。退官しないうちは勤務の苦労を口にすることもない。

青銅銭をはたいて竹林を買い取り、白い頭巾をせり上げたなりで水辺にくつろぐ。

酒好きは晋の山簡《さんかん》、詩に巧みなのは梁の何遜《かそん》。

ふらりと老病のわたしを訪ねに、草履をつっかけて草深い家に来てくださる。

語注 **0 北隣** 浣花草堂の北側の隣人。名は記されないが、本文から県令を退職した人と知られる。次の「南隣」（09-41）と一対をなす。 **1 明府** 県令の美称。 **豈辞満** 「豈」は反語。「辞満」は任期満了となって辞任する。任期が満ちるまで居座ったりしない。隣人が県令の職を潔く辞任したことをいう。南朝宋・謝霊運が永嘉太守を一年で辞任した時の作、「旧園に還りての作　顔（延之）・范（泰）二中書に見《しめ》す」詩（『文選』巻二五）に「満に辞するは豈に秩を多とせんや、病に謝すは年を待たず」を用いる。　**2 蔵身**　世間から身を隠す。官から退くことをいう。　**告労**　ほかの人に自分の苦労をいう。『詩経』小雅・十月之交に「黽勉《びんべん》として事に従ひ、敢へて労を告げず」。一句は退官して初めて職務の苦労を語る。在任中は口にすることはなかったことをいう。　**3 青銭**　青銅銭。　**野竹**　自生した竹。　**4 白幘**　髪を包む白い頭巾。無官の人のかぶりもの。『後漢書』礼儀志下に「百官皆白単衣を衣《き》、白幘して冠せず」。　**岸**　頭巾を押し上げて額を現す。洒脱な態度、あるいはくつろいだ態度をいう。『世説新語』簡傲篇に、謝奕《しやえき》が桓温《かんおん》の前で「幘を岸ぎて嘯詠し、常日に異なる無し」。　**江皐**　川の岸辺。『楚辞』九歌・湘君に「朝に江皐に騁騖《ていぶ》す」。　**5 山簡**　晋の人。竹林の七賢の一人である山濤《さんとう》の子。『晋書』本伝に「唯だ酒に是れ耽る」と記されるなど、酒好きで知られる。　**6 何水曹**　梁の詩人何遜。建安王の水曹行参軍に任じられたことがあるので、何水曹という。　**7 老疾**　老病の身にある杜甫自身をいう。　**8 歩屧**　屧（草履）を履いて歩く。気楽なさまをいう。　**蓬蒿**　雑草。草の生い茂ったままの自分の家を指す。『高士伝』に見える張仲蔚《ちようちゆううつ》という人は、暮らし貧しく、「処《を》る所の蓬蒿　人を没し門を閉ざす」ありさまであった。【詩型・押韻】五言律詩。下平六豪（労・皐・曹・蒿）。平水韻、下平四豪。

詩解　上元元年（七六〇）、成都の作。浣花草堂の北隣に住む人をうたう。隣人はどこかの県令を退職した人。官にしがみつくことなく、任期前にさっさと退いて今は隠居暮らし。竹を植えたのも、その人の高潔な人となりを表す。酒と詩を愛するところは、杜甫とも似る。気楽な交わりを気負いなく描く。

南鄰（南鄰《なんりん》）　09-41

1 錦里先生烏角巾　　錦里《きんり》先生《せんせい》烏《う》の角巾《かくきん》
2 園收二芋栗一不二全貧一　　園《あん》に芋《う》栗《りつ》を収《をさ》む　全《まつた》くは貧《ひん》ならず

3 慣レ看ニ賓客一兒童喜
4 得レ食ニ階除一鳥雀馴
5 秋水纔深四五尺
6 野航恰受兩三人
7 白沙翠竹江村暮
8 相對柴門月色新

賓客《ひんかく》を看《み》るに慣《な》れて兒童《じどう》喜《よろこ》び
階除《かいじょ》に食《しょく》するを得《え》て鳥雀《てうじやく》馴《な》る
秋水《しうすい》纔《わづ》かに深《ふか》し 四五尺《しごしやく》
野航《やかう》恰《あたか》も受《う》く 兩三人《りやうさんにん》
白沙《はくさ》 翠竹《すいちく》 江村《かうそん》暮れ
相《あ》ひ對《たい》すれば 柴門《さいもん》 月色《げつしよく》新《あら》たなり

現代語訳 南のお隣

錦里先生は黒い角頭巾。庭で芋や栗が採れるから完全な貧乏ではない。なじんだお客さんに子供たちもはしゃぐ。きざはしで餌をもらって小鳥たちも人に慣れた。秋の水は増えたといってもやっと四、五尺の深さ。小舟にはきっかり二、三人が乗れる。白い砂、緑の竹、江《かわ》べりの村が暮れていく。柴の門で向き合えば月が空に出た。

語注 **0 南隣** 浣花草堂の南隣の人。次の詩、「南隣の朱山人の水亭に過《よ》ぎる」（09-42）と同一の人であれば、隣人の姓は朱。 **1 錦里** 成都は錦の産地であったので、「錦里」の別称がある（『華陽国志』蜀志）。 **烏角巾** 黒色で角のついた頭巾。隠者のかぶり物。 **2 芋栗** 底本は「栗」を「粟」に作るが、呉若本などによって改める。アワも粗末な食べ物といえようが、栽培の労のいらないクリがふさわしいか。イモもクリも秋に収穫することが、第五句の「秋水」と対応する。 **不全貧** 最小限の食べる物は自宅で採れるゆえ、全くの貧乏というわけではない、というユーモア。 **3 慣看** 見慣れている。「賓客」を朱山人、「児童」を杜甫の子供と解することも、「賓客」を杜甫、「児童」を朱山人の子供と解することもできる。前者とすれば朱山人が杜甫を訪れたことになり、後者とすれば逆になる。杜甫の子供はしばしば詩に表れるが、朱山人については家族の記述がないことから、ここでは朱山人が杜甫の家を訪れたと解する。**4 階除**　「除」も階段。前庭から屋敷に上がる階段。**鳥雀**　小鳥たち。南朝宋・謝霊運「斎中読書」（『文選』巻三〇）に「虚館　諍訟絶え、空庭　鳥雀来る」。**5 秋水**　『荘子』に「秋水篇」がある。秋は水かさが増える時節とされるが、浣花渓の水量は多くはない。**6 野航**　農民の使う小舟。**恰**　ちょうど。ぴったり。**8 相対**　「相送」に作る本もある。ならば杜甫が南隣の人を見送る。杜甫の家を訪問したことがはっきりする。**柴門**　柴でこしらえた簡素な門。**月色新**　暮色深まる空に月が浮かび出る。東の空に昇った月と取ることもできるが、西の空の三日月をいうと解する。【詩型・押韻】七言律詩。上平十七真（巾・貧・人・新）と十八諄（馴）の同用。平水韻、上平十一真。

詩解　上元元年（七六〇）、成都の作。「北隣」に続いて「南隣」の人の来訪をうたう。近隣との交流を繰り返し詩にすることも、この住まいに満足を覚えていることを示す。往来はもはや度々のことで、子供たちも懐いている。それと対になるのが、人に慣れて餌をついばむ小鳥たち。子供—大人、小鳥—人間という弱い者と強い者との対立が馴れによって解消され、一つに溶け合っているありさまを、大人・人間の側に立つ杜甫も好ましいものとして受け止めている。見送りに門まで足を運べば、細い月がちょうど西の空に出ているのに気付く。このタイミングのよさも暮らしへの満足感と結びついている。

過㆓南鄰朱山人水亭㆒（南鄰朱山人《なんりんしゆさんじん》の水亭《すいてい》に過《よ》ぎる）　09-42

1 相近竹參差　　相《あ》ひ近《ちか》くして竹參差《たけしんし》たり
2 相過人不㆑知　　相《あ》ひ過《よ》ぎるも人知《ひとし》らず
3 幽花欹滿㆑樹　　幽花《いうくわ》　欹《かたむ》きて樹《き》に滿《み》ち
4 小水細通㆑池　　小水《せうすい》　細《ほそ》くして池《いけ》に通《つう》ず
5 歸客村非㆑遠　　歸客《きかく》　村《むら》　遠《とほ》きに非《あら》ず

6 殘罇席更移　殘罇《ざんそん》席《せき》更《さら》に移《うつ》さん

7 看㆓君多㆒道氣㆒　君《きみ》の道氣《だうき》多《おほ》きを看《み》て

8 從㆑此數追隨　此《これ》從《よ》り數《しば》しば追隨《ついずい》せん

現代語訳　南隣の朱山人の水べの亭を訪れる

近くであっても無造作に竹が茂っているので、訪ねてもほかの人には気付かれない。花はあちこちを向いて木にいっぱい咲いている。小さな水の流れが細く池に通じている。帰る人は村も遠くない。酒を飲み残して席を変えよう。君に道士の雰囲気がたっぷりあるのを見たからには、これ以後何度も後を追いかけることにしよう。

語注　**0 朱山人**　前の詩「南隣」（09-41）の人か。姓が「朱」である以外にはわからない。「山人」は本来は山林に住む人の意で、隠逸者をいう。　**水亭**　水に面して建てられたあずまや。　**1・2**　南に隣接する家との間には竹林があって、行き来してもほかの人にはわからない。　**参差**　不揃いなさまをいう双声の語。　**相過**　立ち寄る。訪れる。　**3 幽花**　ひっそりと咲く花。　**欹満樹**　正面を向いて咲いているのでなく、それぞれがいろいろな向きに咲いていて、そんな花が木にいっぱいついている。　**4 小水**　小川。　**細通池**　水亭が面する川と敷地のなかの池との間に細い流れが通じている。一句は「細水曲通池（細水曲がりて池に通ず）」に作る本もある。　**5 帰客**　自宅に帰る人。杜甫を指す。　**6 残罇**　飲み残しの酒樽。　**席更移**　酒席を改めて飲み直す。　**7 道気**　道士らしい気性。ここでは世俗離れした人となりをいうのだろう。　**8 追随**　後に従う。交遊したいことを謙虚にいう。　【詩型・押韻】五言律詩。上平五支（差・知・池・移・随）。平水韻、上平四支。

詩解　上元元年（七六〇）、成都の作。近隣の人との往来をうたう詩の一つ。この詩では相手の姓が朱であるところまでわかる。「山人」と称するからには無官であるが、のみならず「道気多し」、この人も世間的な価値観の埒外の人であった。先の「北隣」（09-40）では退職した官人との付き合いであったが、朱山人のような隠士のほうがいっそう気が置けなかったか。冒頭二句にいうように、裏口から気ままに出入りする関係も、遠慮のいらない好ましいものとしてわざわざ書き込んでいる。

恨レ別（別《わか》れを恨《うら》む）09-49

1 洛城一別四千里　　洛城《らくじやう》 一《ひと》たび別《わか》れて四千里《しせんり》
2 胡騎長驅五六年　　胡騎《こき》 長驅《ちやうく》すること五六年《ごろくねん》
3 草木變衰行二劍外一　　草木變衰《さうもくへんすい》し劍外《けんぐわい》に行《ゆ》く
4 兵戈阻絶老二江邊一　　兵戈阻絶《へいくわそぜつ》し江邊《かうへん》に老《お》ゆ
5 思レ家歩レ月清宵立　　家《いへ》を思《おも》ひて月《つき》に歩《あゆ》み清宵《せいせう》に立《た》ち
6 憶レ弟看レ雲白日眠　　弟《おとうと》を憶《おも》ひ雲《くも》を看《み》て白日《はくじつ》に眠《ねむ》る
7 聞道河陽近乘レ勝　　聞道《きく》ならく 河陽《かやう》 近《ちか》ごろ勝《か》ちに乘《じよう》ずと
8 司徒急爲破二幽燕一　　司徒《しと》 急《きふ》に爲《ため》に幽燕《いうえん》を破《やぶ》れ

現代語訳　別れを恨む

洛陽のまちをひとたび離れて四千里、胡の騎兵が遠くまで馳せてきてから五、六年。

草木が枯れ衰えるころ、剣門の外まで行き、戦《いくさ》が故郷を遮ったまま、川縁で老いていく。

家のことを想いながら月のもとを歩み、清らかな夜に立ち続け、弟を思って雲を眺めながら昼間に眠る。

河陽では最近勝ち戦が続いているという。司徒どのはその勢いのうちに急いで幽燕を打破してほしい。

語注 **0 恨別** 「春望」(04-21)に「別れを恨みて鳥にも心を驚かす」。 **1 洛城** 洛陽のまち。 **一別** 杜甫は乾元二年（七五九）春に洛陽を離れた。 **2 胡騎** 異民族の騎兵。魏・陳琳「袁紹《えんせう》の為に予州に檄す」（『文選』巻四四）に「長戟百万、胡騎千群」。ここでは安禄山の反乱軍を指す。 **長駆** 長い距離を疾駆する。魏・曹植「白馬篇」（『文選』巻二七）に「長駆して匈奴を蹈む」。 **五六年** 安禄山が范陽（北京市）で挙兵したのは天宝十四載（七五五）十一月。この詩の作られた上元元年（七六〇）の五年前。 **3 草木変衰** 『楚辞』宋玉「九弁」に「悲しいかな 秋の気たるや、蕭瑟として草木揺落して変衰す」。 **剣外** 剣門山の外の地。蜀を指す。「外」は中原から見て。 **4 兵戈** 「兵」は武器。「戈」は武器の一つであるほこ。戦争を意味する。 **阻絶** 隔て阻む。北周・庾信「枯樹の賦」に「山河阻絶す」。 **江辺** 錦江あるいは浣花渓の水辺。成都の住まいを指す。 **5 清宵** ひっそりと静まった夜。 **歩月** 隋・薛道衡「重ねて楊僕射山亭に酬ゆ」詩に「空庭 聊か月に歩み、閑坐して独り風に臨む」。 **6 憶弟** 蜀に同行した一人のほか、中原に残した三人の弟のことは、「興を遣る」(09-34)に、「弟妹 各おの何くに之く」など、兄弟のことはたびたび詠じられる。 **7 聞道** 「……と聞いている」。伝聞を表す。詩に常用される措辞。 **河陽** 河陽県（河南省孟州市）。洛陽の東北、黄河の北岸に位置する。 **乗勝** 勝利の勢いに乗る。『史記』孫子・呉起列伝に「斉は勝ちに乗ずるに因りて尽く其の軍を破る」。ここでは官軍の李光弼がこの年の三月、安太清を懐州で、続けて四月には史思明を河陽で撃破したことをいう。 **8 司徒** 古代の官名。唐では名目のみ残る。宰相を指していう。ここでは李光弼。 **急** いそいで。安史の軍に勝利したこの機を逃さずに、の意。 **幽燕** 幽州と先秦時代の燕の国。安禄山の本拠地である北京一帯の地。それによって安史の軍を指す。【詩型・押韻】七言律詩。下平一先（年・辺・眠・燕）。平水韻、下平一先。

詩解 上元元年（七六〇）、成都の作。洛陽から遠く隔たった蜀の地に身を置いて、故郷や兄弟への思いをうたう。こうした事態をもたらしているのは、安史の乱が終結していないためであり、官軍の勝利を願う。自分の身世と世のありさまを共に歎く詩を杜甫は繰り返し作る。

村夜（村夜《そんや》）　09-52

1　蕭蕭風色暮
2　江頭人不ㇾ行
3　村舂雨外急
4　鄰火夜深明
5　胡羯何多難
6　樵漁寄㆓此生㆒
7　中原有㆓兄弟㆒
8　萬里正含ㇾ情

蕭蕭《せうせう》として風色《ふうしよく》暮《く》れ
江頭《かうとう》　人行《ひとゆ》かず
村舂《そんしよう》　雨外《うぐわい》に急《きふ》に
鄰火《りんくわ》　夜深《やしん》に明《あき》らかなり
胡羯《こけつ》　何《なん》ぞ多難《たなん》なる
樵漁《せうぎよ》　此《こ》の生《せい》を寄《よ》す
中原《ちゆうげん》に兄弟《けいてい》有《あ》り
萬里《ばんり》　正《まさ》に情《じやう》を含《ふく》む

現代語訳　村の夜

ひそやかに風景は暮れていく。川べりに行く人はいない。村の臼《うす》の音が雨の向こうにせわしげに聞こえ、隣の家の灯は夜更けてぽつんとともっている。えびすどもはなんと難儀ばかり起こすことか。樵《きこり》や漁師に混じってこの生を送る。中原には兄弟たちがいる。万里も距たったまま、彼らへの思いを胸に抱え込む。

語　注　**1　蕭蕭**　ひっそりと寂しいさま。底本は「肅肅」に作るが、諸本によって改める。**風色**　風光、景色。**2　江頭**　川のほとり。浣花渓を指す。**3　村舂**　「舂」は穀物を搗く臼。底本では「舂」を「春」に作るが、字形が近いための明らかな誤り。

雨外　降り込める雨の向こう。**4 隣火**　隣家のともしび。**夜深**　夜が更ける。**5 胡羯**　異民族。安史の乱を起こした者らを指す。「羯」は本来、西北の種族の名。**多難**　苦難が多い。『礼記』檀弓上に「吾が君老いたり。子は少く、国家は多難」。**6 樵漁**　きこりと漁師。山中、水辺に暮らすことから隠者と結びつく。**7 中原**　長安・洛陽など中国の中心部。**8 含情**　胸に思いをじっと抱え込む。

詩解　上元元年（七六〇）、成都の作。静かに暮れてゆく時、静寂の中で戦乱の続く世とそのために気懸かりな兄弟たちを思って胸がふたぐ。前半四句は、夜の村の静まった情景が描かれるが、後半四句は我が身と世の状況、そしてそれにまつわって兄弟への思いという人事に及ぶ。前半の景、後半の情と、律詩が構成されるのはこの時期の杜甫の特徴。【詩型・押韻】　五言律詩。下平十二庚（行・明・生）と十四清（情）の同用。平水韻、下平八庚。

絶句漫興九首　其一（絶句《ぜつく》漫興《まんきょう》九首《きゅうしゅ》　其《そ》の一《いち》）　09-62a

1 眼見客愁愁不レ醒
2 無頼春色到二江亭一
3 即遣二花開一深造次
4 便覺鶯語太丁寧

眼《まなこ》に見《み》る客愁《かくしゅう》　愁《うれ》へて醒《さ》めず
無頼《ぶらい》の春色《しゅんしょく》　江亭《こうてい》に到《いた》る
即《たと》ひ花《はな》をして開《ひら》かしむるも深《ふか》く造次《ぞうじ》なり
便《すなは》ち覺《さと》る　鶯語《あうご》の太《はなは》だ丁寧《ていねい》なるを

現代語訳　興が向くままの絶句九首　其の一

見るからにわかる旅の愁い、愁えたまま醒めることもない。やくざな春景色が川べりの亭にまで到来。
たとえ花を開かせてもひどく気まぐれ。そこで気づく、ウグイスのさえずりもしつこすぎると。

語注　**0 漫興**　気の向くままに作った、即興の作。杜甫以後、詩題として定着する。**1 眼見**　一句は普通は「眼に見る　客愁の愁へて醒めざるを」と、「見る」の目的語を「客愁愁不醒」として読まれる。『杜甫全詩集』は更に「見る」の主語は2の「春色」とする。ここでは「眼見」二字を（「客愁」が）「目にもわかる」の意の口語として解釈する。**愁不醒**　「醒」は酔いが醒める、眠りが醒めるなど、意識を取り戻すこと。それを「愁」という状態からの抜け出すことに使うのは、杜甫以後か。**2 無頼**　ろくでなし。春を擬人化し、しかも不実な人と言いなすのが、この連作詩の特徴。**春色**　春の景色。**3 即**　たとえ……としても、の意で読む。口語的な語。**遣**　使役の助字。主語は春。**深**　程度の強さを表す口語的な副詞。**造次**　倉卒の間。慌ただしい。『論語』里仁篇に「造次にも必ず是《ここ》に於てし、顛沛《てんぱい》にも必ず是に於てす」。そこから転じて、軽はずみ、いい加減の意。**4 鶯語**　ウグイスの鳴き声。「鶯」はコウライウグイス。黄鸝《こうり》ともいい、春を代表する小鳥。**太**　程度が強すぎることを表す俗語。**丁寧**　もともとは鉦《しょう》という打楽器、また楽器の音をいう畳韻の語。後に念入りなさまをいうが、鳥の声についていうここでは、元の意味がのこる。喜ばしいはずの小鳥のさえずりを、度が越している、うるさいと捉える。【詩型・押韻】　七言絶句。下平十五青（醒・亭・寧）。平水韻、九青。

其二（其《そ》の二《に》）　09-62b

1　手種桃李非レ無レ主　　手《て》づから種《う》うる桃李《たうり》　主《しゆ》無《な》きに非《あら》ず
2　野老牆低還是家　　野老《やらう》　牆《かき》低《ひく》きも　還《ま》た是《こ》れ家《いへ》なり
3　恰似春風相欺得　　恰《あたか》も似《に》たり　春風《しゆんぷう》の相《あ》ひ欺《あなど》り得《え》たるに
4　夜來吹折數枝花　　夜來《やらい》　吹《ふ》き折《を》る數枝《すうし》の花《はな》

現代語訳　其の二

この手で植えた桃李の木、主人がいないわけじゃない。田舎の老いぼれ、垣根は低くともやはりこれでも家ではある。

まるで春風がご主人さまをばかにするかのように、ゆうべ数本の枝をへし折りよった。

語注 **1 桃李** モモとスモモ。春を代表する花木。**非無主** 持ち主はちゃんといる。詩の後半の、春風は主人がいるのに無視して桃李を折ったことに繋がる。「主」は杜甫。趙次公は桃李を植えた「主」は隣人であり、垣根が低いので自分の家のものと区別はない、杜甫は自他の違いにこだわらないという解釈を呈するが、おそらくは非。**2 野老** 田舎の老人。杜甫はしばしば自嘲を籠めてかく称する。**牆低** 粗末な家をいう。**還是** それでもやはり。口語。**3 恰似** ちょうど……のようだ。比喩を表す。**相欺得** 動詞の前に置かれた「相」は動詞が向かう対象があることを示す。「互いに」ではない。「欺」は見くびる。からかう。目的語は桃李の主人。「得」は動詞の後について以下の結果（ここでは4）が伴うことを示す口語的表現。ここでも「春風」を擬人化し、かつそれが人に悪さをすると捉える。**4 夜来** 昨夜。「来」は時間を表す接尾語。【詩型・押韻】七言絶句。下平九麻（家・花）。平水韻、六麻。

其三（其《そ》の三《さん》） 09-62c

1 熟㆓知茅齋絶低小㆒
2 江上燕子故來頻
3 銜㆑泥點汚琴書內
4 更接㆓飛蟲㆒打㆓著人㆒

茅齋《ばうさい》の絶《はなは》だ低小《ていせう》なるを熟知《じゆくち》して
江上《かうじやう》の燕子《えんし》 故《ことさら》に來《きた》ること頻《しき》りなり
泥《どろ》を銜《ふく》みて點汚《てんを》す 琴書《きんしよ》の內《うち》
更《さら》に飛蟲《ひちゆう》に接《せつ》して人《ひと》を打著《だちやく》す

現代語訳 其の三

草葺きの書斎がひどく小さいことがよくわかっていて、江《かわ》べのツバメはわざと何度もやってくる。泥をくわえて琴《きん》や本のなかに汚れをつけ、更には飛んでいる虫を捕まえようと人にぶち当たる。

語注 **1 熟知** よく知っている。主語は2の「燕子」。**茅斎** カヤ葺きの家の書斎。質素な部屋をいう。**低小** 部屋の狭小をいう。**2 燕子**　ツバメ。「子」は口語的な接尾語。**故**　わざわざ。ほかにも巣を作る場所はあるのに、よりによって自分の部屋に来る。ここにも燕をいじわるな鳥と捉える。**3 銜泥**　巣作りするための泥をくわえる。「古詩十九首」（『文選』巻二九）其の十二に、「思ふ双飛燕と為り、泥を銜みて君が屋に巣づくりせんと」。**点汚**　けがす。**琴書**　琴と書物。読書人の楽しみとして座右に置く物。陶淵明「帰去来の辞」に、「親戚の情話を悦び、琴書を楽しみて以て憂ひを消す」。**4 接**　捕食を意味する口語か。**打著**　ぶつかる。「著」は動詞の後につけて付着の意味を添える助字。これも口語的表現。少なくとも表面上は燕を迷惑な鳥と捉える。【詩型・押韻】七言絶句。上平十七真（頻・人）。平水韻、上平十一真。

其四（其《そ》の四《し》）　09-62d

1 二月已破三月來　　二月《にぐわつ》已《すで》に破《やぶ》れて三月《さんぐわつ》來《きた》る
2 漸老逢レ春能幾迴　　漸《やうや》く老《お》いて春《はる》に逢《あ》ふ　能《よ》く幾迴《いくくわい》ぞ
3 莫レ思身外無窮事　　思《おも》ふ莫《な》かれ　身外《しんぐわい》無窮《むきゅう》の事《こと》
4 且盡生前有限杯　　且《しばら》く盡《つ》くせ　生前有限《せいぜんいうげん》の杯《さかづき》

現代語訳　其の四

二月はもうつぶれて三月が来た。しだいに老いゆく身、春に出会うのも幾たびあろうか。身後の果てしないことを思うのはやめよう。まずは生きている時の限りある酒杯を飲み尽くそう。

語注　**1 破**　二月が終わることを、つぶれてなくなると表現する。春の盛りが過ぎゆくことを望ましい状態の破壊と捉える。**2 漸老**　徐々に、そして確実に老いてゆく。月の交替から我が身ののこる歳月へ思いが拡がる。**3 身外無窮事**　自分が死んだ後の果てしない事ども。**4 且**　とりあえず。**生前有限杯**　「身外無窮事」と対比される、生きている間に飲める酒杯。それは生が有限であるように、数に限りがある。『荘子』養生主篇に、「吾が生や涯《かぎり》有り、而して知や涯無し」。陶淵明「擬挽歌辞三首」其の二に、自分の葬儀に供えられた酒を見て、「在昔《むかし》は酒の飲むべき無きに、今は但だ空觴に湛《たた》ふ」。【詩型・押韻】七言絶句。上平十五灰（迴・杯）と十六咍（来）の同用。平水韻、上平十灰。

其五（其《そ》の五《ご》） 09-62e

1 腸斷江春欲㆑盡頭
2 杖㆑藜徐歩立㆓芳洲㆒
3 顚狂柳絮隨㆑風舞
4 輕薄桃花逐㆑水流

腸《ちやう》は斷《た》ゆ 江春《かうしゆん》盡《つ》きんと欲《ほつ》する頭《ころ》
藜《あかざ》を杖《つ》き徐《おもむ》ろに歩《あゆ》み芳洲《はうしう》に立《た》つ
顚狂《てんきやう》の柳絮《りうじよ》は風《かぜ》に隨《したが》ひて舞《ま》ひ
輕薄《けいはく》の桃花《たうくわ》は水《みづ》を逐《お》うて流《なが》る

現代語訳 其の五

身のちぎれる思い、江《かわ》べの春が過ぎゆくころ。あかざの杖を引いてゆるりと歩み、花香る中洲にたたずむ。血迷った柳絮は風に乗って舞う。はすっぱな桃花は水を追いかけて流れる。

語注 **1 腸断** 激しい悲哀をいう常語。**頭** 時を表す口語。**2 藜** アカザ。茎を杖とする。**芳洲** 春の花が香る中洲。『楚辞』九歌・湘君に「芳洲の杜若を采《と》る」。**3・4 顚狂** 狂気。柳絮が狂ったように乱舞するのをいう。**柳絮** 柳から飛ぶわた。**軽薄** 軽々しくて実《じつ》がない。節操なく流水に従って流れるのをいう。二句の「柳絮」と「桃花」は春の景物の典型。春をうたうのに常套の二物を並べながら、「顚狂」「軽薄」を添えて擬人化することによって、定型的な春景色が様相を一変し、ふしだらなものとして捉える。【詩型・押韻】七言絶句。下平十八尤（洲・流）と十九侯（頭）の同用。平水韻、下平十一尤。

其六（其《そ》の六《ろく》） 09-62f

1 懶 慢 無レ堪 不レ出レ村
2 呼レ兒 日 在 掩二柴 門一
3 蒼 苔 濁 酒 林 中 靜
4 碧 水 春 風 野 外 昏

懶慢《らんまん》 堪《た》ふる無《な》く村《むら》を出《い》でず
兒《じ》を呼《よ》び日在《ひび》に柴門《さいもん》を掩《おほ》はしむ
蒼苔《さうたい》 濁酒《だくしゆ》 林中《りんちゆう》靜《しづ》かに
碧水《へきすい》 春風《しゆんぷう》 野外《やぐわい》昏《くら》し

現代語訳 其の六

ぐうたらぶりは度し難く、村から外へ出ない。子を呼んで毎日柴の門を閉めさせる。緑の苔、にごり酒、林のなかはひっそり静まる。碧い川、春の風、野辺は小暗い。

語注 **1 懶慢** 不精。怠惰を自認するのは世間の尺度に合わない隠者、文人のありかた。 **2 日在** 二字で「日日の意か」と推測する『杜甫詩注』に従う。 **掩柴門** 柴の質素な門を閉じる。世と遮断して自閉する態度を表す。 **3 蒼苔** 青い苔。苔が生えるのは来訪者のないしるしでもある。 **4 野外昏** 「碧水」「春風」はもともと明るく暖かな春の景物であるはずなのに、静かに暮れていく様相を捉え、それを味わう。 **【詩型・押韻】** 七言絶句。上平二十三魂（村・門・昏）。平水韻、上平十三元。

其七（其《そ》の七《しち》） 09-62g

1 糝レ逕 楊 花 鋪二白 氈一
2 點レ溪 荷 葉 疊二青 錢一

逕《けい》に糝《まじ》はる楊花《やうくわ》は白氈《はくせん》を鋪《し》き
溪《けい》に點《てん》ずる荷葉《かえふ》は青錢《せいせん》を疊《たた》む

3 筍根雉子無二人見一
4 沙上鳧雛旁レ母眠

筍《じゅんこん》根の雉子《ちし》は人《ひと》の見《み》る無《な》く
沙《さ》上《じやう》の鳧《ふ》雛《すう》は母《はは》に旁《そ》ひて眠《ねむ》る

現代語訳 其の七

路上に混じる楊柳の花は、白い毛氈を敷く。流れに散らばるハスの葉は青い銅貨を重ねる。たけのこの根元のキジは人に見られることもなく、砂上のカモのひなは母鳥に寄り添って眠る。

語注 **1 糁逕** 小道に入り混じる。「糁」は「参」に、「逕」は「径」に通じる。**楊花** 楊柳の花。柳絮。北周・庾信「春の賦」に、「二月の楊花は路に満ちて飛ぶ」。**鋪白氈** 白い毛氈を敷き詰める。柳絮が路上を掩う比喩。**2 点渓** 渓流に点在する。**畳青銭** 青い銅貨を重ねる。水面に浮かぶハスの葉の比喩。**3 筍根** たけのこの根元。**雉子** キジ。「子」は接尾語。漢の鐃歌の一つに「雉子班」がある（『楽府詩集』巻一六の引く『古今楽録』）。底本は「稚子」。ならば筍。**4 鳧雛** カモの子。**旁** 寄り添う。「傍」に通じる。【詩型・押韻】七言絶句。下平一先（眠）と二仙（氈・銭）の同用。平水韻、下平一先。

其八（其《そ》の八《はち》） 09-62h

1 舎西柔桑葉可レ拈
2 江畔細麦復繊繊
3 人生幾何春已夏
4 不レ放香醪如レ蜜甜

舎《しや》西《せい》の柔《じう》桑《さう》 葉《は》 拈《と》る可《べ》し
江《かう》畔《はん》の細《さい》麦《ばく》 復《ま》た繊《せん》繊《せん》
人《じん》生《せい》幾《いく》何《ばく》ぞ 春《はる》已《すで》に夏《なつ》なり
放《はな》たず 香《かう》醪《らう》の蜜《みつ》の如《ごと》く甜《あま》きを

現代語訳　其の八

家の西の柔らかな桑、その葉はつまみ取れそう。江《かわ》べりの細い麦、これもほっそり。

人の寿命はいかほどのものか、春がもう夏になった。手から放さないのは蜜の甘さをたたえる芳醇な濁り酒。

語注　**1　舎西**　屋舎の西側。　**拈**　指でひねり取る。　**2　纖纖**　細い。　**3　人生幾何春已夏**　「その四」の1・2句と同じく、季節の推移にのこる歳月の短さを思う。漢・武帝「秋風の辞」（『文選』巻四五）に、「少壮幾時ぞ老いを奈何《いかん》せん」。魏・曹操「短歌行」（『文選』巻二七）に、「酒に対して当《まさ》に歌ふべし、人生幾何ぞ」。　**4　不放**　手から放さない。　**香醪**　香り高い濁酒。「醪」は濁り酒。　**蜜甜**　蜜のように甘い。美味をいう。人生の短さを忘れるために飲酒に向かうのは、右の曹操の詩、また同じ詩に「何を以て憂ひを解かん、唯だ杜康（酒）有るのみ」など。【詩型・押韻】　七言絶句。下平二十四塩（拈・纖）と二十五添（甜）の同用。平水韻下平十四塩。

其九（其《そ》の九《きう》）　09-62i

1　隔㆑戸楊柳弱嫋嫋　　戸《と》を隔《へだ》つる楊柳《やうりう》は弱《よわ》くして嫋嫋《でうでう》たり
2　恰似十五女兒腰　　恰《あたか》も似《に》る　十五《じふご》の女兒《ぢよじ》の腰《こし》に
3　誰謂朝來不㆑作㆑意　　誰《たれ》か謂《い》ふ　朝來《てうらい》　意《い》を作《な》さずと
4　狂風挽斷最長條　　狂風《きやうふう》　挽《ひ》き斷《た》つ　最《もつと》も長《なが》き條《えだ》

現代語訳　其の九

お隣の楊柳は柔らかくてなよなよ。まるで十五のむすめの腰のよう。

朝から気がなかったなどと誰がいうか。変な強風が一番長い枝を引きちぎったではないか。

語注 **1 隔戸** 隣。 **嫋嫋** しなやかさま。 **2 十五女児腰** 柳の枝のたおやかなさまを少女の腰にたとえる。杜詩には希な艶麗な句。 **3 誰謂** 反語。言わせはしない。 **作意** 気がある、懸想する。 **4 狂風** 強い風であるとともに頭のおかしな風。**挽断** 引っ張って断ち切る。 **最長条** 一番長い、一番目立つ枝に目をつけての意。柳の枝が折られたことを、風が「十五の女児の腰」に恋情をいだいたためと言いなす諧謔の詩。【詩型・押韻】七言絶句。下平三蕭（条）と四宵（腰）の同用。上声の「嫋」も平声として押韻。平水韻、下平二蕭。

詩解 上元二年（七六一）、成都の作。春をうたった連作詩。杜甫の春の捉え方ははなはだ特異である。それは早く長安時期の「曲江二首」（06-09）にも見られたが、殊に成都時期に目立つ。春の景物を美しいものとして観賞する、あるいは春の過ぎゆくのを静かに愛惜する、といった定型からはずれて、春に対して物狂おしい気持ちに駆り立てられるのである。この連作詩でも春をいじわるで食えないやつと擬人化する。そうした態度をもたらしているのは、春が自然の生命力が最も高まった時期であるのに対して、自分は老いゆく存在でしかないという春との乖離、焦燥の思いであろう。春を詠じた詩には杜甫の死生観が潜んでいる。なおこの詩は「漫興」と題するように気ままな作であるため、近体詩の平仄に合わない箇所がいくつか見られる。

春夜喜レ雨（春夜《しゅんや》 雨《あめ》を喜《よろこ》ぶ） 10-02

1 好 雨 知二時 節一
2 當レ春 乃 發 生
3 隨レ風 潛 入レ夜
4 潤レ物 細 無レ聲

好雨《かうう》 時節《じせつ》を知《し》り
春《はる》に當《あ》たつて乃《すなは》ち發生《はつせい》す
風《かぜ》に隨《したが》つて潛《ひそ》かに夜《よる》に入《い》り
物《もの》を潤《うるほ》して細《こま》やかにして聲無《こゑな》し

5　野徑雲倶黒
6　江船火獨明
7　曉看㆓紅濕㆒處
8　花重錦官城

野徑《やけい》　雲《くも》倶《とも》に黒《くろ》く
江船《かうせん》　火《ひ》獨《ひと》り明《あき》らかなり
曉《あかつき》に紅《くれなゐ》の濕《しめ》れるを看《み》る處《ところ》
花《はな》は重《おも》し　錦官城《きんくわんじやう》

現代語訳　春の夜、雨を喜ぶ

慈雨は時節をわきまえていて、春になればすぐさま生じる。風の後について人知れず夜に粉れ込む。地上のすべてを濡らし、密やかで音もない。野道を蔽う雲は辺り一面と共に黒く垂れ込め、川船の漁《いさ》り火《び》ひとつ明るく灯《とも》る。夜が明けて紅《くれない》に湿ったの見れば、しっとりと水気を含んだ花々に埋もれる錦官城。

語　注　**0 喜雨**　伝統的な詩題。魏・曹植はじめ、六朝に「喜雨」と題する詩があり、農耕に必要な降雨を喜ぶ。逆に長雨を厭う「苦雨」と題する詩も魏晋以後のこる。　**1 好雨**　人にとって好ましい雨。農作業を始めるのにふさわしい。　**時節**　季節の節目。二十四節気の一つに「雨水」がある。陽暦では二月十九日ころ。　**2 発生**　自然の万物が生育を始める。雨が降るのもその一つの現れ。『爾雅』釈天に「春を発生と為す」というのは、春の別名。　**3・4**　雨が静かに降り始める。　**5 野径**　野原の小道。　**雲倶黒**　雨をもたらした雲が周囲のものと共に黒い。それが次句の「火」を際立たせる。　**6 江船**　川に浮かぶ船。　**火**　ここでは漁り火をいう。　**7 処**　ふつうは「紅の湿れる処を看れば」と訓み、「場所」の意味で捉えられるが、ここでは「処」を仮定を表す語にとって、「……してみれば」と解する。　**8 錦官城**　成都の雅称。「錦城」ともいう。特産の錦を管轄する役所が置かれていたことからかくいう。　【詩型・押韻】　五言律詩。下平十二庚（生・明）と十四清（声・城）の同用。平水韻、下平八庚。

詩　解　上元二年（七六一）、成都の作。折良く降り出した雨によって春の到来を喜ぶ。自然が本来の秩序どおりに運行し、それによって人々に恵みがもたらされる。杜甫には自然と人間との齟齬を嘆く詩が多いが、調和を喜ぶこの詩は、成都の安定期ならではか。雨を擬人化しているところにも、自然の善意を味わっている思いが伝わる。夜景（5・6）も色彩鮮やかに描かれるが、翌朝、雨に重く枝垂れた花々が町にあふれる光景（7・8）は官能的ですらある。「紅湿」は物の名をいわずに感覚だけを先に記し、後から「花」であることを明かす手法。概念で捉えるよりも直截に対象を印象づける。また、成都といわずに「錦官城」ということによって、「花」と「錦」とが映え合う効果を生じる。

江亭（江亭《かうてい》）　10-04

1 坦腹江亭暖　坦腹《たんぷく》すれば江亭《かうてい》暖《あたた》かく
2 長吟野望時　長吟《ちやうぎん》す 野望《やばう》の時《とき》
3 水流心不レ競　水流《みづなが》れて心《こころ》競《きそ》はず
4 雲在意倶遅　雲在《くもあ》りて意《い》倶《とも》に遅《おそ》し
5 寂寂春將レ晩　寂寂《せきせき》として春《はる》は將《まさ》に晩《く》れんとし
6 欣欣物自私　欣欣《きんきん》として物《もの》は自《みづか》ら私《わたくし》す
7 故林歸未レ得　故林《こりん》 歸《かへ》ること未《いま》だ得《え》ず
8 排レ悶強裁レ詩　悶《もん》を排《はい》して強《し》ひて詩《し》を裁《さい》す

現代語訳　川辺のあずまや
川辺のあずまやで腹這いに寝転ぶ暖かさ。野原を眺めながら詩を朗々と口ずさむ。

水は流れ行き、心はそれと競い合うこともない。雲がぽっかり浮かび、気持ちも一緒にのんびり。
ひっそりと春はまさに暮れようとする。嬉々として外物はそれぞれの営みに精を出す。
故郷の林へ帰ろうにもまだ果たせない。わだかまる煩悶を除こうと無理に詩を作ってみる。

語注　**0 江亭**　「江」は浣花渓。その草堂に建てた亭。「江村」(09-30)参照。　**1 坦腹**　腹ばいに寝そべる。くつろいだ動作。『世説新語』雅量篇に見える王羲之《おうぎし》の故事を用いる。婿を選びに人が訪れた時、他の兄弟がしかるべくふるまったのに対して、王羲之のみは「東牀に在りて坦腹して食らひ、独り聞かざるが若し」、取り繕う風もなかった。それを見込まれて婿には彼が選ばれたという。　**2 長吟**　声を長く延ばして詩を吟じる。陶淵明「癸卯の歳の始春、田舎を懐古す二首」其の二に、「長吟して柴門を掩ひ、聊か隴畝《ろうほ》の民(農民)と為らん」。　**野望**　平原を眺める。　**3・4**　自然に溶け込んで穏やかな気持ちでいる。　**水流**　ひたすら過ぎゆく時間の象徴。『論語』子罕篇に、「子　川上に在りて曰く、逝く者は斯《か》くの如きかな。昼夜を舎《お》かず」。　**意倶遅**　空に浮かぶ雲がゆったりと漂うのと同じように自分の気持ちもゆったりとしている。陶淵明「帰去来の辞」の「雲は無心にして岫《くき》(岩穴)を出づ」というのに近い。　**5 寂寂**　ひっそり静まったさま。陶淵明「飲酒二十首」其の十五に「班班として翔鳥有り、寂寂として行迹無し」。また「飲酒二十首」其の五の「山気　日夕に佳く、飛鳥相ひ与に還る」に近い景。　**6 欣欣**　喜ばしげなさま。「帰去来の辞」に「木は欣欣として以て栄に向かふ」。　**物自私**　外界の万物はみなそれ自体の営みをしている。「帰去来の辞」の「万物の時を得たるを善《よ》みす」に近い。　**7 故林**　古巣。自分を鳥にたとえて故郷をいう。魏・王粲「七哀詩二首」(『文選』巻二三)其の二に「飛鳥　故林に翔る」。　**8 排悶**　胸中の煩悶を追いやる。　**裁詩**　布を裁断して衣を作るように詩を作る。【詩型・押韻】五言律詩。上平六脂(遅・私)と七之(時・詩)の同用。平水韻、上平四支。

詩解　上元二年(七六一)、成都の作。六句まではのどかな春の情景を味わう穏やかな心境をうたう。流れて止まぬ水にもせき立てられることはなく、動くとも見えぬ雲と同じく心もゆったり(3・4)。静かに暮れてゆく春の夕べ、自然の万物は各自本来の営為に勤しむという5・6は陶淵明を思わせるが、しかし陶淵明が世界の一部である自分もそれと同化することによって平穏な境地に到達するのに対して、杜甫は自分の不本意な状況に思い至る。「飛鳥相ひ与に還る」のと違って、自分は帰るべき故林に帰れないのだ(7)。そこに「悶」が湧き起こり、なんとか懊悩を排除しようと無理にも詩を作ってみる(8)。詩はそこで終わるが、憂愁は解消されなかったことだろう。「愁極まれば本《もと》　詩に憑《よ》りて興《きよう》を遣《や》るも、詩成りて吟詠すれば転《うた》た凄涼たり」（「至《し》後《ご》（冬至の後）」14-23）というように、詩は消憂どころかかえって憂いが募ることもある。

江上値三水如二海勢一聊短述（江上《かうじやう》　水《みづ》の海勢《かいせい》の如《ごと》きに値《あ》ひ聊《いささ》か短述《たんじゆつ》す）10-14

1 爲レ人性僻耽二佳句一　人《ひと》と爲《な》り　性《せい》　僻《へき》にして佳句《かく》に耽《ふけ》る
2 語不レ驚レ人死不レ休　語《ご》　人《ひと》を驚《おどろ》かさずんば　死《し》すとも休《や》まず
3 老去詩篇渾漫興　老《お》い去《さ》りて　詩篇《しへん》　渾《すべ》て漫興《まんきよう》
4 春來花鳥莫二深愁一　春來《はるきた》りて　花鳥《くわてう》　深《ふか》く愁《うれ》ふる莫《な》かれ
5 新添二水檻一供二垂釣一　新《あら》たに水檻《すいかん》を添《そ》へて垂釣《すいてう》に供《きよう》し
6 故著二浮槎一替レ入レ舟　故《もと》より浮槎《ふさ》を著《つ》けて舟《ふね》に入《い》るに替《か》ふ
7 焉得下思如二陶謝一手上　焉《いづ》くんぞ思《おも》ひ陶謝《たうしや》の如《ごと》き手《て》を得《え》て
8 令二渠述作一與同遊　渠《かれ》をして　述作《じゆつさく》せしめて與《とも》に同遊《どういう》せん

現代語訳　川べりで海のような勢いの水に出会い、とりあえず短く書き記す
性格は偏狭、よい詩句を得ることだけに我を忘れる。人をびっくりさせることばを書けなければ死んでも死にきれない。
老いぼれてきて詩もすっかりいいかげんになった。春になったところで花にも鳥にも深刻に悩まなくてよい。
このほど水辺に手すりを張り出して魚釣りに使うことにした。前からいかだを繋いで舟の代わりに乗り込んでいた。

なんとか陶淵明や謝霊運のような詩才を自分のものとして、彼らにも詩を作らせてともに交わりたい。

語注　**0 江上**　浣花渓のほとり。　**値**　思いがけずに出会う。　**水如海勢**　水かさが増して海のような勢いで流れる。水の激しい流れは「江漲る」（09-31）のように杜甫の好むところ。　**1 為人**　人となり。『論語』述而篇に、孔子が自分について「其の人と為りや、憤りを発して食を忘れ、楽しみて以て憂ひを忘れ、老いの将に至らんとするを知らざるのみ」。　**性僻**　性格が偏っている。詩作に対してただならぬ執着をする性格を「僻」と自認する。　**耽佳句**　みごとな句を得ようと夢中になる。　**2 語不驚人**　「毛詩大序」に詩の働きを述べて、「天地を動かし、鬼神を感ぜしむ」。　**死不休**　口語的な言い方。「死んでも（詩作を）やめない」意味にも、「死んでも死にきれない」意味にもとれるが、後者で解する。　**3 渾**　すっかり。口語。　**漫興**　いいかげんな思いつき。ただし「漫与」に作る本も多い。ならば単に「いいかげん」の意。　**4 花鳥**　春の詩材として典型的な二物。杜審言「湘江を渡る」に、「遅日の園林　昔遊を悲しみ、今春の花鳥　辺愁を作《な》す」。　**莫深愁**　右に挙げた祖父・杜審言の詩にもいうように、「花鳥」は愁いを誘うものでもある。しかし春の景物に我が心を痛めつけることはやめよう、過度に感受しないようにしよう。　**5 添**　付け加える。既存の建物に増設したことをいう。　**水檻**　水に面した手すり。「水檻にて心を遣る」（10-15）を参照。　**供**　用にあてる。　**垂釣**　釣り糸を垂らす。　**6 故**　以前から。　**著**　岸に着ける。　**浮槎**　水に浮かべたいかだ。　**替入舟**　「入舟」は舟に乗り込む。いかだを舟の代わりにする。このいかだは着岸したままで、舟のように航行はできないものか。　**7 思**　詩想。詩を作り出す思い。「春日　李白を憶ふ」（01-26）の「飄然　思ひは群ならず」の「思」。　**陶謝**　「陶」が東晋・陶淵明であることは動かないが、「謝」は諸説分かれる。王洙は謝霊運・謝恵連・謝朓ら謝氏一族。『詳注』は謝恵連。しかし「石櫃閣」（09-08）に「優游す謝康楽、放浪す陶彭沢」と、自らを陶淵明・謝霊運とくらべているのを併せ見れば、九家注がいうように謝霊運とすべきだろう。　**手**　能力、才能。　**8 渠**　三人称のかれ。口語。陶淵明・謝霊運を指す。　**述作**　詩文を書くことをいう。『論語』述而篇の「述べて作らず（先人の語を祖述して自分では創り出さない）」に由来する語。　**与同遊**　彼らと交遊する。【詩型・押韻】七言律詩。下平十八尤（休・愁・舟・遊）。平水韻、下平十一尤。

詩解　上元二年（七六一）、成都の作。詩題にいう異常な大水、それに触発されて詩作への意欲について語る。杜甫は水量が増えた川の流れを見るのが好きで、しばしば詩句に記しているが、自然のもつエネルギーをまざまざと感じて、表現の意欲を駆り立てられるのだろう。この詩では大水の描写は詩の本文になく、もっぱら詩作について語る。

佳句を命懸けで求める1・2のように、詩のなかで自分の詩作のありようを語ることは、杜甫以前には乏しいが、杜甫以後、中晩唐には「苦吟」と称して詩を作ること自体を詩にする詩が多くなる。3・4について、『杜甫詩注』は老いて詩作もおざなりになった今、もはや花鳥を苦しめることもないと解して、後に韓愈が「士を薦む」詩のなかで「勃興して李杜を得たり、万類陵暴に困しむ」（すぐれた詩人は対象をえぐり出すために、森羅万象が詩人に苦しめられる）という詩観に連なるという説を挙げるが、果たしてそうか。ここでは「深く愁う」のは花鳥ではなく、詩人自身と解した。爛漫たる春に接すると杜甫は物狂おしい気分にさいなまれることは、「絶句漫興九首」（09-62）の「詩解」にも記した。その鋭すぎる感性で自分を損なうことはもうやめよう、と捉えておく。とは言いながら7・8に至ると、過去の詩人のごとき才を自分のものとして眼前のこの光景を享受したいと、更なる表現を求めて詩は結ばれる。

水檻遣㆑心二首　其一　（水檻《すいかん》にて心《こころ》を遣《や》る二首《にしゅ》　其《そ》の一《いち》）　10-15a

1 去㆑郭軒楹敞　郭《くわく》を去《さ》つて　軒楹《けんえい》敞《ひろ》し
2 無㆑村眺望賖　村《むら》無《な》くして　眺望《てうばう》賖《はる》かなり
3 澄江平少㆑岸　澄江《ちようかう》平《たひ》らかにして岸《きし》少《すく》なく
4 幽樹晩多㆑花　幽樹《いうじゆ》晩《くれ》に花《はな》多《おほ》し
5 細雨魚兒出　細雨《さいう》魚兒《ぎよじ》出《い》で
6 微風燕子斜　微風《びふう》燕子《えんし》斜《なな》めなり
7 城中十萬戸　城中《じやうちゆう》十萬戸《じふまんこ》

8 此 地 兩 三 家　此《こ》の地《ち》 兩三家《りやうさんか》

現代語訳 水辺の手すりで憂さをはらす　其の一

街を離れているので部屋は手広い。村もないから見晴らしもよい。
清い江に水満ちて岸辺も消え、小暗い樹木は夕闇に花が目立つ。
小雨降る水面に魚が顔をのぞかせ、そよ吹く風に燕は斜めに飛ぶ。
城中には十万戸がひしめくが、この地にはわずか二、三軒。

語注 **0 水檻**　水に面した手すり。水面に張り出したテラスを増築したことは、「江上……」(10-14) に見える。**遣心**　鬱屈した思いを外に追いやる。**1 去郭**　「郭」は市街地を囲む城壁の外側を更に囲む城壁。それを離れるとは、喧噪から遠い地であることをいう。**軒楹**　「軒」は窓、また窓のある廊下。「楹」は柱。「軒楹」によって室内の構えをいう。「鷹を画く」(01-10) に「軒楹　勢ひ呼ぶ可《べ》し」。**敞**　からりと広々としている。**2 賒**　遠い。**3 澄江**　水澄める江《かわ》。浣花渓を指す。南斉・謝朓「晩に三山に登りて京邑を還望す」(『文選』巻二七) の「余霞散じて綺《あやぎぬ》を成し、澄江静かにして練《ねりぎぬ》の如し」が名句として名高い。**平少岸**　水かさが増えて水面が拡がり、岸がほとんどない。「平」は孟浩然「洞庭湖を望み張丞相に贈る」の「八月　湖水平らかなり」のように、水面が盛り上がらんばかりに水が増えることをいう。**4 幽樹**　薄暗い木々。**晩多花**　辺りが暗くなるにつれて、色鮮やかな花がいっそう映えて増えたように見える。**5・6 魚児・燕子**　「児」「子」は接尾語。「魚」「燕」を口語化して、親しみを表す。**7・8 城中**　成都の町。**此地**　杜甫の住む、浣花渓に沿った集落。大都会とその片隅の小さな集落との対比を人口の多寡で表す。それによって喧騒から離れた閑雅な地の心地よさをいう。**【詩型・押韻】**　五言律詩。下平九麻（賒・花・斜・家）。平水韻、下平六麻。

其二（其《そ》の二《に》）　10-15b

1 蜀天常夜雨　蜀天《しよくてん》 常《つね》に夜《よる》 雨《あめ》ふり
2 江檻已朝晴　江檻《かうかん》 已《すで》に朝《あさ》には晴《は》る
3 葉潤林塘密　葉《は》潤《うるほ》ひて林塘《りんたう》 密《みつ》に
4 衣乾枕席清　衣《ころも》乾《かわ》きて枕席《ちんせき》 清《きよ》し
5 不レ堪二祗老病一　祗《た》だ老病《らうへい》なるに堪《た》へず
6 何得レ尚二浮名一　何《なん》ぞ浮名《ふめい》を尚《たつと》ぶを得《え》ん
7 浅把二涓涓酒一　浅《あさ》く涓涓《けんけん》たる酒《さけ》を把《と》り
8 深憑送二此生一　深《ふか》く憑《よ》りて此《こ》の生《せい》を送《おく》らん

現代語訳 其の二

蜀の国はいつも夜に雨。江《かわ》べりの手すり、朝にはもう晴れ上がる。葉はしっとりと潤って、池もある林を隙間なく埋め、衣は乾いて枕元もすがしい。ただ老いと病のみというには堪えられない。世間の名前などどうでもいいが。したたり落ちる酒をそっと手に取り、手すりに深くもたれてこの生を送ろう。

語注 **1・2 蜀天常夜雨**　蜀は「蜀犬　日に吠ゆ」の言葉もあるとおり、古くから晴れる日差しが少ない地と言われる。毎晩のように雨が降るが、朝には止んでいる。**江檻**　江べりの手すり。「水檻」を指す。**3 林塘**　林とそのなかの池。**4 枕席**　寝所の枕と敷物。寝具。**5 祗**　ひたすら。それのみでほかにない。**6 浮名**　内容のない世間での名声。南朝宋・謝霊運「初めて郡を去る」（『文選』巻二六）に、「伊《こ》れ余　微尚を秉り（自分のささやかな志向を選び）、拙訥《せつとつ》（世渡りも口もへた）にして浮名を謝す」。**7 涓涓**　水の滴るさま。**8 憑**　身をもたれかける。【詩型・押韻】五言律詩。下平十二庚（生）と十四清（晴・

清・名）の同用。平水韻、下平八庚。

詩解　上元二年（七六一）、成都の作。草堂からじかに浣花渓に面する露台を張り出し、その手すりにもたれて胸の思いを晴そうとうたう。「其の一」は露台からは見晴らしが開け、広々とした眺望の心地よさから始まる。5・6は成都時期に目立つ身近な小動物の描出。細かな雨粒の打つ水面に魚たちが出てくる。軽やかな風を受けて燕は斜めに飛ぶ。寓意性を帯びないことによって、より大きな次元で詩全体の穏やかで落ち着いた気分と合致する。

「其の二」は前半四句の景、後半四句の情と分かれ、世間の名はどうでもよいとしても、自分には老と病しかないとは情けない。「心を遣る」と題したものの、わだかまりは胸にいっそう沈澱してくる。

江張（江張《かうみなぎ》る）　10-16

江發㆓蠻夷㆒漲　　江《かう》は蠻夷《ばんい》に發《はつ》して漲《みなぎ》る
山添㆓雨雪流㆒　　山《やま》は雨雪《うせつ》の流《なが》れを添《そ》ふ
大聲吹㆑地轉　　大聲《たいせい》 地《ち》を吹《ふ》きて轉《てん》じ
高浪蹴㆑天浮　　高浪《かうらう》 天《てん》を蹴《け》りて浮《う》かぶ
魚鼈爲㆓人得㆒　　魚鼈《ぎよべつ》 人《ひと》の得《う》るところと爲《な》り
蛟龍不㆓自謀㆒　　蛟龍《かうりゆう》 自《みづか》ら謀《はか》らず
輕帆好去便　　輕帆《けいはん》 好《よ》し 去《さ》るに便《べん》なり
吾道付㆓滄洲㆒　　吾《わ》が道《みち》は滄洲《さうしう》に付《ふ》さん

現代語訳 江《かわ》の増水

江は蛮夷の地から発して水かさを増し、山からは雨や雪の流れが加わる。

大きな音をたてて大地を吹いて転じ、高い波は天を蹴り上げて高く浮かぶ。

魚やすっぽんは人の手に取られ、みずちや龍も自分の意のままにならない。

軽快な舟はよし、出て行くのに都合がいい。わたしの道は海のかなたの滄州にゆだねよう。

語注 **0 江漲** 既に同題の詩があった（09-31）。詩題のなかに「江漲」の二字が入っているものはほかに12-26、23-42の二首がある。杜甫以前には見られない詩題ゆえ、杜甫が川の増水に特別の興味を抱いていたことがわかる。**1・2** 江水が北西の異民族の地を源流とし、途中の山々から雨や雪を集めて、増水するに至る経緯をいう。**3 大声** 激流の音。**吹地転** 水が岸にぶつかって回転する。**4 蹴天浮** 波が天を蹴り上げるほどに逆巻き、そのまま空中に浮かぶ。**5 魚鼈** さかなとすっぽん。**為人得** 人に取得される。**6 蛟龍** みずちや龍。水中の神秘の動物。**不自謀** 自分で判断しない。思うままにならない。**7 軽帆** 船足の速い小舟。**好** 新たな行動へ人や自分を駆り立てる語。**去便** 行くのに好都合。**8 吾道** 自分の進む道。「秦州を発す」（08-25）に「吾道 長《とこしへ》に悠悠たり」など、杜甫に頻見。**付** 付託する。**滄洲** 東の海にある隠逸の地。「滄州」とも表記する。【詩型・押韻】五言律詩。下平十八尤（流・浮・謀・洲）。平水韻、下平十一尤。

詩解 上元二年（七六一）、成都の作。同題の09-31に比べて、激流の具体的描写に乏しく、『杜臆』のように寓意的な作とする説もある。すなわち異民族の起こした混乱、それを避けて蜀を去ろうという思いをうたうのだとする。確かに前の「江漲る」が大水や急流そのものがもたらす直接の感興をうたっていたのに比べると、3・4の叙景も、5・6の魚や龍も、観念的なきらいがあるかに思われる。しかし7・8は眼前の急流に乗れば、一気に東の海へと流れ去ることもできようと、漲る江のスピード感、力動感を伴っている。

江畔獨歩尋㆑花七絶句　其一（江畔《かうはん》に獨《ひと》り歩《あゆ》みて花《はな》を尋《たづ》ぬ七絶句《しちぜつく》　其《そ》の一《いち》）　10-21a

1　江上被㆓花惱㆒不㆑徹　　江上《かうじやう》　花《はな》に惱《なや》まされ徹《つ》きず
2　無㆑處㆓告訴㆒只顚狂　　告訴《こくそ》する處《ところ》無《な》く　只《た》だ顚狂《てんきやう》
3　走覓㆓南鄰愛㆑酒伴㆒　　走《はし》りて南鄰《なんりん》の酒《さけ》を愛《あい》する伴《とも》を覓《もと》むれど
4　經㆑旬出飲獨空牀　　旬《じゆん》を經《へ》て出《い》でて飲《の》み　獨《ひと》り空牀《くうしやう》

（原注）斛斯融、吾酒徒。（斛斯融《こくしゆう》は、吾《わ》が酒徒《しゆと》なり。）

現代語訳　川べりを独り歩き、花を尋ねる　七絶句　其の一
川べりで花に悩まされたまま、どこにも訴える所なく、ひたすら物狂おしい。
南隣の酒好きの仲間を訪ねようと駆けつけたが、十日間も飲み歩いていて空のベッドがあるばかり。（斛斯融は私の飲み友達である。）

語注　**0 江畔**　浣花渓のほとり。**1 被**　受け身を表す。**悩不徹**　悩み続ける。動詞の後に「不徹」をつけて、その動作が終わりに到達しないことをいう。口語的な語法。**2 告訴**　告げるを意味する口語。**只**　ひとえに。**顚狂**　狂う。「絶句漫興九首」（09-62）其の五に「顚狂の柳絮」。ここでは自分の頭が変になる。**3 南隣愛酒伴**　原注の斛斯融を指す。**斛斯融**　成都における杜甫の酒友。斛斯融と思われる人物が現れる詩はほかに二首ある。「斛斯六官の未だ帰らずと聞く」（10-25）、「故斛斯校書の荘に過《よ》ぎる二首」（14-01）。**4 経旬**　十日を経過する。【詩型・押韻】　七言絶句。下平十陽（狂・牀）。平水韻、下平七陽。

其二（其《そ》の二《に》）　10-21b

1 稠花亂蕊裹二江濱一
2 行歩欹危實怕レ春
3 詩酒尚堪二驅使一在
4 未レ須料二理白頭人一

稠花《ちうくわ》 亂蕊《らんずい》 江濱《かうひん》を裹《つつ》み
行歩《かうほ》は欹危《きき》として實《じつ》に春《はる》を怕《おそ》る
詩酒《ししゆ》 尚《な》ほ驅使《くし》するに堪《た》へて在《あ》り
未《いま》だ須《もち》ゐず 白頭《はくとう》の人《ひと》を料理《れうり》するを

現代語訳 其の二

びっしりと咲く花、ごちゃごちゃと咲く花、川べりを埋め尽くす。歩みはよろよろ、まったく春は恐ろしい。
詩と酒はまだ思うまま使いこなせる。この白髪頭をかまってくれるのはご無用。

語注 **1 稠花** 稠密に咲いた花。 **乱蕊** 咲き乱れた花弁。「蕊」は花のしべでもあり、花弁でもある。 **裹** つつみ隠す。掩う。底本は「畏」。「江浜に畏《おそ》る」。川べりに恐ろしげに咲くの意となる。 **2 欹危** 傾いて危ういさま。 **3 詩酒** 詩と酒は共に憂いを遣るものとしてしばしば併称される。 **駆使** 家畜のように働かせる。思うままに扱える。 **4 未須** 必要ない。しなくてよい。 **料理** 処理する。かまう。一句は圧倒する花の力に抗すべく、自分には詩酒の力を借りることができるから、ほっておいてもらいたいの意。花に対して抵抗しようとする。【詩型・押韻】七言絶句。上平十七真（浜・人）と十八諄（春）の同用。平水韻、上平十一真。

其三（其《そ》の三《さん》） 10-21c

1 江深竹靜兩三家
2 多事紅花映二白花一

江《かう》は深《ふか》く竹《たけ》は靜《しづ》かに兩三家《りやうさんか》
多事《たじ》なり 紅花《こうくわ》 白花《はくくわ》に映《えい》ず

3　報二答　春　光一知レ有レ處　　春光《しゆんくわう》に報答《ほうたふ》するは處《ところあ》有るを知《し》る

4　應三須　美　酒　送二生　涯一　　應《まさ》に須《すべか》らく美酒《びしゆ》もて生涯《しやうがい》を送《おく》るべし

現代語訳　其の三

江が深く湾曲し竹がしんと立つ所に二、三軒の家。赤い花と白い花が映じ合う、これは大きなお世話。春の光にお返しするやり方はわかっている。美酒を手に生涯を送ればよい。

語注　**1　江深竹静両三家**　浣花渓が屈曲した奥まった地、竹がひそやかに並ぶ所に、二三軒の家がある。「水檻にて心を遣る二首」（10-15）其の一にも、「此の地　両三家」。　**2　多事**　よけいなおせっかい。　**紅花映白花**　赤い花と白い花が照り映える。定型的な花の美しさに対して、見せつけるような姿はかえって心を乱す余分なことだと否定する。　**3　報答**　お答えする。春景色を見せてくれたのに対して返答する。皮肉を込めたお返し。　**処**　処置。方法。　**4　美酒**　花に対抗する上等の酒。刹那的享楽をいう。「古詩十九首」（『文選』巻二九）其の十三に、死の免れがたきを知って、「如かず美酒を飲み、紈《がん》と素《そ》とを被服せんには」。【詩型・押韻】　上平十三佳（涯）と下平九麻（家・花）の通押。平水韻、上平九佳と下平六麻。

其四（其《そ》の四《し》）　10-21d

1　東　望二少　城一花　滿レ煙　　東《ひがし》のかた少城《せうじやう》を望《のぞ》めば　花《はな》は煙《もや》に滿《み》つ

2　百　花　高　樓　更　可レ憐　　百花《ひやくくわ》の高樓《かうろう》は更《さら》に憐《あは》れむ可し

3　誰　能　載レ酒　開二金　盞一　　誰《たれ》か能《よ》く酒《さけ》を載《の》せて金盞《きんさん》を開《ひら》き

4　喚二取　佳　人一舞二繡　筵一　　佳人《かじん》を喚取《くわんしゆ》して繡筵《しうえん》に舞《ま》はしめん

現代語訳 其の四

東に少城を眺めれば、花はすっかりかすみにくるまれ、あまたの花の上にそびえる高殿にはひとしお魅せられる。
誰か酒を用意して金の酒を開け、麗人を呼んで絨毯の上で舞わせることはできないか。

語注 **1 少城** 成都の西に接して設けられたもう一つの城市。成都に大城・小城（少城）があったことは、早く晋・左思「蜀都の賦」（『文選』巻四）にも見え、小城はことに繁華の町であったという。 **2 百花高楼** 多くの花の中から抜きんでた楼閣。 **可憐** 対象に強く心を惹かれる。 **3 載酒** 酒を携える。漢の揚雄のもとへ「酒肴を載せて」学びに行く者がいた故事（『漢書』揚雄伝下）に出る語。 **開金盞** 黄金のさかずきを用意する。「開く」のはふつうは酒樽。 **4 喚取** 呼び寄せる。「取る」は動詞の後に添えた語。口語的な口吻。 **佳人** 美人。 **繡筵** 刺繡を施した敷物。**【詩型・押韻】** 七言絶句。下平一先（煙・憐）と二仙（筵）の同用。平水韻、下平一先。

其五（其《そ》の五《ご》） 10-21e

1 黄師塔前江水東
2 春光懶困倚ニ微風一
3 桃花一簇開無レ主
4 可レ愛ニ深紅一愛ニ浅紅一

黄師塔前《くわうしたふぜん》 江水《かうすい》の東《ひがし》
春光《しゆんくわう》 懶困《らんこん》たりて微風《びふう》に倚《よ》る
桃花《たうくわ》 一簇《いちぞう》 開《ひら》くも主《しゆ》無《な》し
深紅《しんこう》を愛《あい》す可《べ》きや浅紅《せんこう》を愛《あい》さんや

現代語訳 其の五

黄師塔の前、江水の東。春の光は物憂くて、そよ風に身を寄せる。

桃の花が一むら、開いても主《ぬし》はいない。深紅の花を愛《め》でようか薄紅色にしようか。

語注　**1 黄師塔**　黄師という僧侶を記念した塔であろうか。陸游『老学庵筆記』巻九に、成都で「師塔」と教えられた場所に行き、杜甫のこの句の意味がわかったと記す。それによれば「師」は蜀で僧を指す語。**2 懶困**　疲れてだるい。主語は『詳注』では杜甫とするが、晩春の春の光がけだるいものとなり、それを感じる杜甫もけだるさを覚える。主客一体と捉える。「倚る」の主語は杜甫。**3 一簇**　一つに固まったもの。**無主**　かつての主人であった黄師が今やこの世にいない。春になれば花が咲くことを機として、人の不在ないし死去を思うというモチーフ。**4** 濃厚な赤い花がいいか、薄い花がいいか。選択するかにみせながら、共に愛すべきをいう。**【詩型・押韻】**　七言絶句。上平一東（東・風・紅）。平水韻、上平一東。

其六（其《そ》の六《ろく》）　10-21f

1 黄四娘家花滿㆑蹊
2 千朵萬朵壓㆑枝低
3 留連戲蝶時時舞
4 自在嬌鶯恰恰啼

黄四《くわうし》娘《ぢやう》の家《いへ》　花《はな》　蹊《たに》に滿《み》つ
千朵《せんだ》萬朵《ばんだ》　枝《えだ》を壓《あつ》して低《た》る
留連《りうれん》する戲蝶《ぎてふ》　時時《ときどき》に舞《ま》ひ
自在《じざい》の嬌鶯《けうあう》　恰恰《かふかふ》として啼《な》く

現代語訳　其の六
黄四娘の家は渓流にいっぱいの花。千の房、万の房が、枝を抑えて垂れ下がる。
離れようとしない蝶々はしじゅう舞い続ける。気まぐれなうぐいすは時折啼く。

語注　**1 黄四娘**　黄という姓で排行が四の女。「娘」は既婚の女をいう口語。誰ともわからないが、宋代の詩話では偶然名がのこることになった無名の人の典型としてあげられる。『読杜心解』は妓女とする。あるいは当時実在の人ではなく、黄四娘にまつわる伝説があったのかも知れない。 **2 千朶萬朶** 「朶」は花のふさ。 **3 留連** 居続けることをいう双声の語。 **戯蝶** ひらひら舞う様子を添えて蝶を二字にする。 **時時** しょっちゅう、ずっと。 **4 自在** 自由勝手、好き放題。 **嬌鶯** 鶯の属性として「愛らしい」意味を添えて鶯を二字にする。 **恰恰** ちょうどよいタイミングで。 蝶がしじゅう舞っているのに対して、鶯は時々声を挟む。 【詩型・押韻】 七言絶句。上平十二斉（蹊・低・啼）。平水韻、上平八斉。

其七（其《そ》の七《しち》） 10-21g

1 不是愛花即肯死　是《こ》れ花《はな》を愛《あい》するにあらずんば即《すなは》ち肯《あ》へて死《し》せん
2 只恐花盡老相催　只《た》だ恐《おそ》る 花盡《はなつ》きて老《お》い相《あ》ひ催《もよほ》すを
3 繁枝容易紛紛落　繁枝《はんし》は容易《ようい》にして紛紛《ふんぷん》として落《お》ち
4 嫩葉商量細細開　嫩葉《どんえふ》は商量《しやうりやう》して細細《さいさい》に開《ひら》く

現代語訳 其の七

花を愛せないならいっそ死ぬほうがまし。ひたすらに恐れるのは花が散って老いが急き立てられること。

枝にたわわな花がいともあっさり、はらはら散ってしまうと、たおやかな若葉がまわりと話し合いながらしずしずと開く。

語注 **1** 花を愛せないなら死んでしまいたい。『杜甫詩注』は「是れ花を愛して即ち肯へて死なんとにはあらず」と訓読し、「花を愛するあまり死んでもよいとまではいわぬ」と訳する。つまり肯定否定が逆転するが、結局のところ、いかに花を愛しているかを言うに行き着く。ここではより激烈な読み方を取る。 **2** 落花は老いを促す、それを恐れる。花を愛惜することは、自分の命を愛惜することにほかならないことが明示される。 **3 繁枝** 花をびっしりつけた枝。 **容易** 簡単に。口語。 **4 嫩葉** 若く柔らかな葉。「嫩蕊（つぼみ）」に作る本もあるが、ここでは花が散って次に葉が出ると解した。**商量**　相談する。口語。若葉が開こうとするのを若葉どうしで相談しながらと、擬人化する。**細細**　少しずつ緩やかに。【詩型・押韻】七言絶句。上平十五灰（催）と十六咍（開）の同用。平水韻、上平十灰。

詩解　上元二年（七六一）、成都の作。春の花に対する杜甫独特の捉え方を典型的に表す連作詩。花を愛するには違いないのだが、定型的な花の美を観照する安定した態度とはまるで異なる。花は杜甫を狂おしい気分にさせ、不安ないらだちをもたらす。花は生命の力と美しさによって杜甫を圧倒し、せめぎ、苦しめる。杜甫はそれに抗おうとして苦悶し、焦燥に駆り立てられる。若々しく美しい花が詩人を圧迫するのは、老いとそれに続く死を思い知らすからだ。花は生命力の顕現であることによって、老詩人に残酷な作用を及ぼす。春の光景は杜甫にとっては、花鳥風月などといった穏やかな美意識の対象とはまったく異質のものである。生と死について、たとえば杜甫に大きな影響を与えた陶淵明などのように直接煩悶を語ることが杜甫には少ないが、春の花をうたった詩篇は、杜甫の死生観と緊密に結びついている。

進㆑艇（艇《てい》を進《すす》む）　10-22

1 南京久客耕㆓南畝㆒　南京《なんけい》の久客《きうかく》　南畝《なんぽ》に耕《たがや》す
2 北望傷㆑神坐㆓北窗㆒　北《きた》を望《のぞ》みて神《しん》を傷《いた》め北窗《ほくさう》に坐《ざ》す
3 晝引㆓老妻㆒乘㆓小艇㆒　晝《ひる》に老妻《らうさい》を引《ひ》きて小艇《せうてい》に乘《の》り
4 晴看㆔稚子浴㆓清江㆒　晴《は》れて稚子《ちし》の清江《せいかう》に浴《よく》するを看《み》る
5 俱飛蛺蝶元相逐　俱《とも》に飛《と》ぶ蛺蝶《けふてふ》は元《もと》より相《あ》ひ逐《お》ひ
6 竝㆑蔕芙蓉本自雙　蔕《うてな》を竝《なら》ぶる芙蓉《ふよう》は本自《もと》より雙《なら》ぶ

7　茗飲蔗漿攜ㇾ所ㇾ有　　茗飲《めいいん》蔗漿《しよしやう》有《あ》る所《ところ》を攜《たづさ》ふ

8　瓷罌無ㇾ謝玉爲ㇾ缸　　瓷罌《しあう》は謝《しや》する無《な》し玉《ぎよく》もて缸《かう》と爲《な》すに

現代語訳　小舟を浮かべる

南京《なんけい》の逗留も長くなり、南の畑で野良仕事。北方を眺めては胸を痛め北窓に座る。明るい昼間、老妻の手を引いて小舟に乗り込む。青空のもと、子どもたちは清流で水遊び。絡みあって飛ぶ蝶は自然のままに追いかけっこ。そろって咲く蓮の花は初めから一対。お茶にキビの飲み物、ありったけ運び入れる。土の瓶でも玉のかめに負けはしない。

語注　**0 進艇**　小舟を水に漕ぎ入れる。「艇」は小舟。『淮南子』俶真訓に「越舲《れい》蜀艇は、水無くして浮く能はず」。その高誘の注に「蜀艇は一版の舟」というのによれば、板一枚のごく簡単な舟。**1 南京**　成都を指す。玄宗が蜀に避難したことから、至徳二載（七五七）に「南京」と呼ばれることになった（『新唐書』地理志）。**久客**　故郷ではない成都に久しく滞在を続けている自分をいう。**南畝**　日当たりのよい耕作地。『詩経』小雅・甫田に「今南畝に適き、或いは耘《くさぎ》り或いは耔《つちか》ふ」など。また「南京」の「南」を句中で繰り返す。**2 北望**　中原の地への思いを表す。**傷神**　心を悲しませる。「神」は精神。梁・江淹「別れの賦」（『文選』巻一六）に「感は寂漠として神を傷む」。**北窓**　「南畝」と対にし、「北望」ゆえに「北の窓」であり、また1句と同じく句中に「北」を繰り返すのだが、更に陶淵明「子の儼《げん》等に与ふる疏」に「五六月中、北窓の下に臥し、涼風暫く至るに遇へば、自ら是れ羲皇《ぎこう》上の人と謂《おも》へり」に基づいて、閑雅な読書人の居室の意も含む。**5 元**　もともとの本性のままに。**6 並蔕**　花が二つずつそろって茎に付く。「蔕」は花と茎が接する部分。**芙蓉**　ハスの花。**本自**　もともと。「自」は「猶《なほ》自」などと同じように、副詞を二字にすることがある。**7 茗飲**　「茗」は茶。**蔗漿**　「蔗」はサトウキビ。「漿」は絞り汁。**所有**　有る物はすべて。**8 瓷罌**　飲み物を容れる焼き物の容器。ここでは素焼きのものをいうか。**無謝**　譲らない、劣らない。**玉為缸**　玉で作った上等なかめ。【詩型・押韻】七言律詩。上平四江（窓・江・双・缸）。平水韻、上平三江。

詩解　上元二年（七六一）、成都の作。中原への思いはくすぶりながらも、しばし妻子とささやかな行楽を楽しむ。老夫婦は小舟を浮かべ、子供たちは水浴びにはしゃぐ。『杜甫詩注』が指摘するように、子供は戯れる蝶々に、夫婦は対をなして咲くハスの花に繋がる。人と周囲の情景とが溶け合うのである。一家はこれといった特別なこともない、ささやかな日常の一齣を味わう。お茶と果汁だけで酒はない、飲料をいれた容器は粗末な日用品、それで十分。あるだけの幸せをあるだけ享受すればよい。

茅屋爲㆓秋風所㆒㆑破歌　（茅屋《ばうをく》の秋風《しうふう》の破《やぶ》る所《ところ》と爲《な》る歌《うた》）　10-33

1 八月秋高風怒號
2 卷㆓我屋上三重茅㆒
3 茅飛渡㆑江洒㆓江郊㆒
4 高者挂㆓罥長林梢㆒
5 下者飄轉沈㆓塘坳㆒

八月《はちぐわつ》　秋高《あきたか》くして風《かぜ》怒號《どがう》し
我《わ》が屋上《をくじやう》の三重《さんちよう》の茅《かや》を卷《ま》く
茅《かや》は飛《と》びて江《かう》を渡《わた》り江郊《かうかう》に洒《そそ》ぐ
高《たか》き者《もの》は長林《ちやうりん》の梢《こずゑ》に挂罥《くわいけん》し
下《ひく》き者《もの》は飄轉《へうてん》して塘坳《たうあう》に沈《しづ》む

現代語訳　茅葺きの家が秋の風で壊された歌

秋八月の空は高く、風が怒り叫んで、わたしの屋根の三重の茅を巻き上げた。茅は舞い上がって川を越え、川向こうの原っぱにぱらぱらと落ちる。上に落ちたものは高い樹林の梢《こずゑ》に引っかかり、下に落ちたものは転がって池にはまる。

語注　**0 茅屋**　茅葺きの粗末な家。杜甫には「柟樹《なんじゆ》（クスノキ）の風雨の抜く所と為るの嘆き」（10-32）と題する詩もある。おそらくは同じ暴風に見舞われた時。　**1 秋高**　『楚辞』九弁に「天高くして気は清し」。　**怒号**　風が咆えるように音を上げる。『荘子』斉物論篇に、風について「作《おこ》れば則ち万竅《ばんけう》怒呺（号）す」。　**2 三重茅**　三重に葺いた茅の屋根。　**3 洒**　「灑」に通じる。水を撒くように上から降り落ちる。　**4 挂罥**　上からまとうように掛かる。　**梢**　底本は「稍」に作るが明らかな誤字。諸本によって改める。**5 飄転** 風に舞って転がる。**塘坳** 池。【押韻】下平五肴（茅・郊・梢・坳）と六豪（号）の通押。平水韻、下平三肴と四豪。

6 南 村 群 童 欺二我 老 無一レ力
7 忍 能 對 面 爲二盜 賊一
8 公 然 抱レ茅 入レ竹 去
9 脣 焦 口 燥 呼 不レ得
10 歸 來 倚レ杖 自 嘆 息
11 俄 頃 風 定 雲 墨 色
12 秋 天 漠 漠 向二昏 黑一

南村《なんそん》の群童《ぐんどう》 我《われ》の老《お》いて力《ちから》無《な》きを欺《あなど》り
忍《むご》くも能《よ》く對面《たいめん》して盜賊《たうぞく》を爲《な》す
公然《こうぜん》と茅《かや》を抱《いだ》きて竹《たけ》に入《い》りて去《さ》る
脣《くちびる》 焦《こ》がれ口燥《くちかわ》きて呼《よ》ぶも得《え》ず
歸《かへ》り來《きた》りて杖《つゑ》に倚《よ》りて自《おのづか》ら嘆息《たんそく》す
俄頃《にはか》にして風定《かぜさだ》まりて雲《くも》は墨色《ぼくしよく》
秋天漠漠《しうてんばくばく》として昏黑《こんこく》に向《む》かふ

現代語訳 南村《みなみむら》の子供らは老いぼれて非力なわたしを見くびって、無慈悲にも面と向かって盗みをはたらく。堂々と茅を抱きかかえて竹藪に入って行った。唇は焦げのどが乾くまで叫んでも呼び止められない。戻ってきて杖にすがるとひとりでにため息が出る。ほどなく風が静まったが、雲は墨を流したよう。秋空は重く垂れ込め黒ずんでゆく。

語注 **6 欺** ばかにする。**7 忍** 残忍。漢・賈誼『新書』道術篇に「惻隠して人を憐れむ、之を慈と謂ひ、慈に反するを忍と為す」。**8 公然** あからさまに。何はばかることもなく。口語的な語。**入竹去** 「去」は動詞「入」の方向を補う口語的な語。**9 呼不得** 呼んでも呼び止められない。「不得」は動詞の後について「できない」ことを意味する口語。**10 倚杖** 「老いて力無き」に加えて、屋根を失った悲嘆で杖にすがる。**11 俄頃** すぐに。**風定** 風が止む。**12 漠漠** どんより薄暗いさま。**昏**

黒　真っ暗。【押韻】入声二十四職（力・息・色）と二十五徳（賊・得・黒）の同用。平水韻、入声十三職。

13 布 衾 多 年 冷 似レ鐵　　布衾《ふきん》 多年《たねん》 冷《つめ》きこと鐵《てつ》に似《に》たり
14 嬌 兒 惡 臥 踏レ裏 裂　　嬌兒惡臥《けうじあくぐわ》して裏《うち》を踏《ふ》みて裂《さ》く
15 牀 牀 屋 漏 無ニ乾 處一　　牀牀《しやうしやう》 屋漏《をくも》りて乾《かわ》ける處無《ところな》く
16 雨 脚 如レ麻 未ニ斷 絶一　　雨脚《うきやく》 麻《あさ》の如《ごと》く未《いま》だ斷絶《だんぜつ》せず
17 自レ經ニ喪 亂一少ニ睡 眠一　　喪亂《さうらん》を經《へ》て自《よ》り睡眠《すいみん》 少《すく》なし
18 長 夜 沾 濕 何 由 徹　　長夜《ちやうや》 沾濕《てんしつ》して 何《なに》に由《よ》りてか徹《てつ》せん

現代語訳
煎餅布団は使い古して鉄のように冷たい。やんちゃ坊主は寝相が悪く、布団の中を踏み破った。どの寝台も雨漏りして乾いた所とてない。雨足は麻のように乱れて途切れる気配もない。戦乱以来、眠れぬ夜が続くが、秋の長い夜、濡れそぼってどうやって夜を明かそうか。

語注
13 布衾　粗末な布の布団。『漢書』叙伝下に「布衾疏食、倹を用て身を飾る」。**多年**　長く使ってきた。**14 嬌児**　やんちゃな子供。**踏裏裂**　布団の内側を踏んで破り裂く。**15 牀牀**　寝台ごとに。**16 如麻**　乱れたさまをたとえる。**17 喪乱**　世の動乱。『詩経』大雅・雲漢に「天 喪乱を降す」。**18 沾湿**　濡れる。**徹**　最後まで到達する。【押韻】入声十六屑（鉄）と十七薛（裂・絶・徹）の同用。平水韻、入声九屑。

19 安 得ニ廣 廈 千 萬 間一　　安《いづ》くにか廣廈千萬間《くわうかせんまんげん》を得《え》て
20 大 庇ニ天 下 寒 士一倶 歡 顏　　大《おほ》いに天下《てんか》の寒士《かんし》を庇《おほ》ひて倶《とも》に歡顏《くわんがん》せん

21 風雨不レ動安如レ山

風雨《ふうう》にも動《うご》かず 安《やす》きこと山《やま》の如《ごと》し

現代語訳 なんとかして千も万も部屋のある大きな家に、天下の貧しい人たちを包み込んでみんな一緒に顔をほころばせられないものか。雨にも風にも揺るぎもしない、山のようにどっしりとした家を。

語注 **19** **安得** なんとかして……できないものか。 **広厦** 広大な家屋。 **千万間** 「間」は柱と柱の間。部屋の数をいう。 **20** **歓顔** 喜んだ表情。【押韻】上平二十八山（間・顔・山）。平水韻、十五刪。

22 嗚呼何時眼前突兀見二此屋一

嗚呼《ああ》 何《いづ》れの時《とき》か眼前《がんぜん》に突兀《とつこつ》として此《こ》の屋《をく》を見《み》ば

23 吾廬独破受二凍死一亦足

吾《わ》が廬《いほり》は独《ひと》り破《やぶ》られて凍死《とうし》を受《う》くるも亦《ま》た足《た》らん

現代語訳 ああ、いつの日か、目の前にすくっとこんな建物が現れたら、わたしの小屋ひとつは壊れて凍え死んだって本望だ。

語注 **22** **突兀** そびえたつさまをいう畳韻の語。【詩型・押韻】雑言古詩。入声一屋（屋）と三燭（足）の通押。平水韻、入声一屋と二沃。

詩解 上元二年（七六一）、成都の作。秋の大風に屋根を吹き飛ばされ、雨に濡れそぼって夜を明かすという悲惨な事態を、物語歌謡のかたちに仕立ておもしろおかしくうたいなす。杜甫の諧謔と自虐、自己戯画化といった面を表す典型的な作。

末尾では誇大な空想を思い描いて、人々を寒さから救いたい、救うことができれば自分は凍死しても満足だという。この発想を借りた白居易の作が三首ある。「新たに布裘を製《つく》る」「酔後の狂言 酬ひて蕭・殷の二協律に贈る」「新たに綾襖を製りて成る 感じて詠ずる有り」。いずれも町を包むほどの巨大な暖衣をこしらえて人々を覆い、寒さから救ってあげたいとうたう。現実にはありえない巨大な建造物、衣服によって人々を救済したいという思いが、杜甫と白居易に共通する。白居易は明らかに杜甫の発想を借りているのだが、しかし両者の作品は全く異なる。杜甫の詩にあふれる諧謔が、白居易の詩にはまるでないのだ。相違をもたらしているのは、白居易自身は暖かい服にくるまれているのに対して、杜甫は雨を防ぐ家もないという条件の違い。そこから更に大きな相違が生まれる。杜甫は凍死する自分を想像して自己犠牲に陶酔する。しかも陶酔の中に陶酔する自分を笑うもう一人の自分もいる。こうした重層的な主体も白居易にはない。白居易の文学は満足をうたうものであるために、自分の幸福を人にも分け与えたいというにとどまる。発想は共通しながらも、両者の資質の違いをまざまざと示す作ではある。

杜鵑行（杜《と》鵑《けん》行《かう》）　10-36

1　君不レ見昔日蜀天子　　君《きみ》見《み》ずや　昔日《せきじつ》　蜀《しよく》の天子《てんし》
2　化作二杜鵑一似二老烏一　　化《くわ》して杜《と》鵑《けん》と作《な》りて老烏《らうう》に似《に》る
3　寄レ巣生レ子不二自啄一　　巣《す》に寄《よ》せて子《こ》を生《う》み自《みづか》ら啄《ついば》まず
4　羣鳥至レ今與哺レ雛　　羣鳥《ぐんてう》　今《いま》に至《いた》るまで與《ため》に雛《ひな》に哺《ほ》す

現代語訳　ホトトギスの歌

ほら見よ、昔、蜀の天子は、ホトトギスに化身、まるで老いぼれたカラス。よその巣に子を生んで自分では育てない。ほかの鳥が今でも雛を育ててあげている。

語注　**0 杜鵑**　ホトトギス。1・2に見えるように蜀の伝説にまつわる鳥。**1・2** 古代の蜀の王であった望帝《ぼうてい》（杜宇《とう》）は宰相の鼈霊《べつれい》の妻と密通したことを恥じて自殺し、死後ホトトギスに化すと、悲痛な声で鳴き続けたという（『太平御覧』巻一六六、巻八八八、巻九二三が引く漢・揚雄『蜀王本紀』など）。**老烏**　「老」は単に「烏」を二字にする接頭語とも取れるが、ここでは杜鵑を蔑む意が伴うことから、年寄りの意に解した。**3** 他の種の鳥の巣に卵を産み、育てさせる、いわゆる托卵をいう。ホトトギスは托卵する鳥の一つ。**啄** 鳥がくちばしで餌を啄む。ここでは親鳥が啄んだ餌を雛に与えることをいうか。**4 群鳥** 杜鵑以外の諸々の鳥たち。**至今** その習性が昔から今に至るまで続いている。**哺** 口から口へ餌を与えて雛を育てる。

5 雖㆘同㆓君臣㆒有㆗舊禮㆖　君臣《くんしん》に同《おな》じく舊禮《きうれい》有《あ》りと雖《いへど》も
6 骨肉滿㆑眼身羇孤　骨肉《こつにく》 眼《め》に滿《み》ちて 身《み》は羇孤《きこ》
7 業工㆓竄‐伏深樹裏㆒　業《すで》に工《たく》みに深樹《しんじゅ》の裏《うち》に竄伏《ざんぷく》し
8 四月五月偏號呼　四月《しぐわつ》 五月《ごぐわつ》 偏《ひとへ》に號呼《がうこ》す
9 其聲哀痛口流㆑血　其《そ》の聲《こゑ》は哀痛《あいつう》 口《くち》は血《ち》を流《なが》す
10 所㆑訴何事常區區　訴《うつた》ふる所《ところ》は何事《なにごと》ぞ 常《つね》に區區《くく》たる
11 爾豈摧殘始發憤　爾《なんぢ》 豈《あ》に摧殘《さいざん》して始《はじ》めて發憤《はつぷん》し
12 羞㆑帶㆓羽翮㆒傷㆓形愚㆒　羽翮《うかく》を帶《お》ぶるを羞《は》ぢ形《かたち》の愚《ぐ》なるを傷《いた》むか

現代語訳

君臣の関係のように古くからの礼を守っていても、目に入るのはすべて同族、自分だけが独りぼっち。深い森のなかに身を隠すのはもううまくなったが、四月五月ともなるとひたすら叫び声をあげる。その声は悲痛、口からは血を流す。訴えるのは何故かいつもくだくだ。お前は落ちぶれてからはじめていきり立ち、鳥に変わった身を恥じ、みじめな姿を悲しむのか。

語注　**5 旧礼** 昔からの礼儀。他の鳥が杜鵑の雛を育てる習慣を守っているのは、君臣の間に礼儀が存続するのに似ているけれども。**6 骨肉** 肉親。**羇孤** 孤独な旅の身。巣には他の鳥の親族がそろっていても、杜鵑の雛だけは種が違う。**7 業** すでに。**竄伏**　逃げて隠れる。**8 偏**　ひたすら、それぱかりする。**号呼**　大声で泣き叫ぶ。**9 口流血**　杜鵑は血を吐きながら鳴くという伝承がある。南朝宋・劉敬叔『異苑』巻三に、「杜鵑は……先に鳴く者は血を吐きて死す」。**10 何事**　どうして。**区区**　小さなことにこだわるさま。**11 摧残**　破壊される。双声の語。**発憤**　心を昂ぶらせる。**12** 王から鳥に変身したことを恥じる。**帯羽翮**　羽を身につける。鳥になる。**形愚**　姿がみすぼらしい。

13　蒼天變化誰料得　　蒼天《さうてん》の變化《へんくわ》 誰《たれ》か料《はか》り得《え》ん
14　萬事反覆何所無　　萬事《ばんじ》の反覆《はんぷく》 何《なん》の無《な》き所《ところ》ぞ
15　萬事反覆何所無　　萬事《ばんじ》の反覆《はんぷく》 何《なん》の無《な》き所《ところ》ぞ
16　豈憶當殿群臣趨　　豈《あ》に憶《おも》はんや 殿《でん》に當《あ》たりて群臣《ぐんしん》の趨《すう》せるを

現代語訳
天がもたらす事物の変転は誰しも計り得ない。万事は変転する、変わらぬ物とてない。万事は変転する、変わらぬ物とてない。宮中に群臣が行き交う光景など、思い出すことができようか。

語注
13 蒼天　大空。造物主をいう。『詩経』王風・黍離に、「悠悠たる蒼天、此れ何人なるや」。**変化**　万物が変転する。**誰料得**　人は誰も計り得ない。**14 反覆**　変化流転。『詩経』小雅・小明に「豈に帰るを懐はざらんや。此の反覆を畏る」。**何所無**　変転しないものはない。**15** 一般論として提示した14の句、それを繰り返して王の身分から杜鵑に姿を変えた個別的経験を導く。**16 豈憶**　王位にあった時の情景を思い起こすこともできはしない。**殿**　宮中の建物。**趨**　小走りに歩む。宮中での礼にかなった歩き方。【詩型・押韻】七言古詩。上平十虞（雛・区・愚・無・趨）と十一模（烏・孤・呼）の同用。平水韻、上平七虞。

詩解
上元二年（七六一）、成都の作。杜甫は行く先々でその地にまつわる事物や伝承を詩にしているが、成都では古跡にちなむ「石笋行」（10-34）、「石犀行」（10-35）に続いて、蜀の望帝伝説をうたう。杜鵑に身を落とした望帝は、帝位を失った玄宗を暗示するという解釈が、宋代から繰り返されている。南宋・洪邁『容斎随筆』五筆巻二、張戒『歳寒堂詩話』から明・王嗣奭『杜臆』、清の『読杜心解』、仇兆鰲『杜詩詳注』に至るまで、広く受け入れられているが、果たしてそうだろうか。杜甫は玄宗に対して終始して尊崇の念を抱き続けていた。それに対して本篇の杜鵑には身を鳥にやつした望帝＝杜鵑を憐れんではいても、蔑《さげす》みも伴っているように思われ、玄宗と重ね合わせるのは附会ではなかろうか。「万物は反覆す」、世界は流転するものであって一定不変ではありえない——杜鵑の故事からその原理を引き出して感じ入っているほうに注目したい。杜甫自身と結びつけるならば、かつては左拾遺として華やかな朝廷に参内していた自分が、今や片田舎にひっそり暮らす身となっている、そんな我が身の変化も反映しているとは言えるだろう。

百憂集行（百憂集行《ひやくいうしふかう》）　10-40

1　憶年十五心尚孩
2　健如㆓黄犢㆒走復來
3　庭前八月梨棗熟
4　一日上㆑樹能千迴

憶《おも》ふ年十五《としじふご》　心《こころ》は尚《な》ほ孩《がい》
健《けん》なること黄犢《くわうとく》の如《ごと》く走《はし》りて復《ま》た來《きた》る
庭前八月《ていぜんはちぐわつ》　梨棗《りさう》熟《じゆく》し
一日《いちじつ》　樹《き》に上《のぼ》ること能《よ》く千迴《せんくわい》

現代語訳　百の憂いが集まるうた
思い起こせば十五のころ、心はまだ子供のまま。子牛のように元気よく行ったり来たり。
庭は八月、梨やザクロが熟すると、一日に千回も木登りできた。

語注　**0 百憂**　たくさんの憂愁。『詩経』王風・兎爰《とえん》に「我が生の後、此の百憂に逢ふ」。　**1**　志学の年になっても子供心が抜けきらない。『春秋左氏伝』襄公十九年に「昭公は十九年なるに、猶ほ童心有り」。　**十五**　『論語』為政篇に「十有五にして学に志す」。**孩**　幼稚。**2健**　丈夫で活発。**黄犢**　飴色の子牛。「犢」は子牛。**3梨棗**　ナシとザクロ。共に食用の果実。陶淵明「子を責む」に、出来の悪い子供たちを嘆いて「通子は九齢に垂《なんな》んとするも、但だ梨と栗とを覓《もと》む」。【押韻】上平十五灰（迴）と十六咍（孩・来）の同用。平水韻、上平十灰。

5　即今倏忽已五十　　即今《そくこん》倏忽《しゅくこつ》として已《すで》に五十《ごじふ》

6　坐臥只多少㆓行立㆒　　坐臥《ざぐわ》只《た》だ多《おほ》くして行立《かうりつ》すること少《すく》なし

7　強将㆓笑語㆒供㆓主人㆒　　強《し》ひて笑語《せうご》を將《もつ》て主人《しゆじん》に供《きよう》す

8　悲見生涯百憂集　　悲《かな》しみて見《み》る　生涯《しやうがい》　百憂《ひやくいう》集《あつ》まるを

9　入㆑門依㆑舊四壁空　　門《もん》に入《い》れば舊《きう》に依《よ》りて四壁《しへき》　空《むな》し

10　老妻覩㆑我顔色同　　老妻《らうさい》　我《われ》を覩《み》て顔色《がんしょく》　同《おな》じ

現代語訳

今やたちまちもう五十歳。座る寝るばかりで立つ歩くはまれ。主にあたる人には無理して冗談で取り持っても、百の憂いが集まる生涯を悲しく見つめる。

語注　**5即今**　今、現在。**倏忽**　あっという間に。**五十**　この年、上元二年（七六一）に杜甫は五十歳。1の「十五」と数字を反転させる。**6坐臥**　座ったり横になったり。**行立**　「坐臥」の反対の、立ったり歩いたり。**7強**　無理矢理。**将**　「以」と意味は同じ。**笑語**　にこやかに応対することをいう。**供**　人のために提供する。**主人**　成都で後ろ盾となってくれている人。**8**　世話をしてくれる人には愛想よく振る舞っても、自分の身を振り返れば悲しいことばかり。**生涯**　一生。憂愁だらけの人生。【押韻】入声二十六緝（十・立・集）。平水韻、入声十四緝。

11 癡兒未レ知二父子禮一　癡兒《ちじ》未《いま》だ父子《ふし》の禮《れい》を知《し》らず

12 叫怒索レ飯啼二門東一　叫怒《けうど》して飯《はん》を索《もと》め門東《もんとう》に啼《な》く

現代語訳

門に入れば相変わらず部屋は四面に壁が立つだけで空っぽ。老いたる妻はわたしを見つめるが、うつろな面持ちは二人とも同じ。

聞き分けない子供は父子の礼もわきまえず、お腹が空いたとぐずって門の東で泣いている。

語注

9 依旧　これまでどおり。　**四壁空**　室内には家具もなく四方の壁だけが立つ。素寒貧の暮らしをいう。司馬相如が卓文君と一緒に暮らし始めた時、「家居は徒《た》だ四壁立つ」（『史記』司馬相如列伝）であった故事に基づく。　**10 顔色同**　『杜甫全詩集』は「どちらも心配そうなかほをしてをること相同じ」と注する。『杜甫詩注』は「いつも同じように無表情で、知らん顔をしている」と説明する。ここでは「心配そうな顔」は取らず「無表情」を取るが、それは老妻のみでなく、老妻と顔を見合わせた自分も同じと解する。　**11 痴児**　まだ物事をわきまえない子供。　**父子礼**　父と子の間で守るべき礼。　**12 索飯**　食べ物をほしがる。**【詩型・押韻】**　七言古詩。上平一東（空・同・東）。平水韻、上平一東。

詩解

上元二年（七六一）、成都の作。浣花草堂の暮らしは平穏を楽しむ日々であっても、物質的困窮から免れているわけではない。本篇は生活苦の暗い面をうたう。後に夔州《きしゅう》時期には自分の生涯を振り返る自伝的な長篇詩をたびたび書いているが、その先触れともいえる少年時代の回想から始まる。活発な子供であった十五歳の自分がたちまち五十歳。昔の活力はもはやない。人前では——庇護を受けている人の前では、ご機嫌をとって明るく振る舞ってみても、一人になれば我が生涯の憂愁が胸に押し寄せる。外と内で異なる自分のありさまを悲しみ、自己嫌悪も伴う。貧しく狭い家の中で顔を見合わせる夫婦。『杜甫全詩集』のようにどちらも「心配そうな」面持ちと解するのは、安易ではなかろうか。もはや常態となっている貧窮のなかで、大人は喜怒の表情もないほどに暗くなっているほうが、自然でもあるし、より悲痛な情景とも思われる。しかし子供はそうはいかない。大人の無表情と泣き叫ぶ子供との対比は、いっそう悲惨な現実感を伴う。

病柏（病柏《びやうはく》）　10-46

1 有レ柏生二崇岡一
2 童童狀二車蓋一
3 偃蹇龍虎姿
4 主二當風雲會一
5 神明依二正直一
6 故老多再拜
7 豈知千年根
8 中路顏色壞

柏《はく》有《あ》り　崇岡《すうかう》に生《しやう》ず
童童《どうどう》として車蓋《しやがい》に狀《に》たり
偃蹇《えんしゆく》たり　龍虎《りゆうこ》の姿《すがた》
風雲《ふううん》の會《くわい》を主當《しゆたう》す
神明《しんめい》　正直《せいちよく》に依《よ》る
故老《こらう》　多《おほ》く再拜《さいはい》す
豈《あ》に知《し》らんや　千年《せんねん》の根《ね》
中路《ちゆうろ》に顏色《がんしよく》　壞《くづ》るるを

現代語訳　病める柏《はく》

高い丘のうえに柏の木がある。こんもりとした姿は車の幌《ほろ》。うごめく様子は龍や虎のかたち。風と雲の出会いを掌《つかさど》る。神明はまっすぐな物に寄り添い、故老らもこぞって再拝する。どうしたことか、千年も根を張っていたというのに、中途で生気が失われた。

語注　**0 病柏**　以下、「病橘《びやうきつ》（タチバナ）」（10-47）、「枯椶《こしゆ》（シュロ）」（10-48）、「枯柟《こなん》（クヌギ）」（10-49）と、樹木を詩題とする寓意詩が並ぶ。「柏」は『論語』子罕篇に「歳寒くして然る後に松柏の彫《しぼ》むに後《おく》るるを知る」というように、松とともに常緑樹の代表。落葉樹であるカシワとは異なり、コノテガシワの和名があてられる。 **1 崇岡**　高い岡。高所に生えているのは、その木が高貴である意を含む。魏・嵆康「琴の賦」（『文選』巻一八）に、「惟れ椅梧《いご》（桐の類。琴の素材）の生ずる所は、峻岳の崇岡に託す」。 **2 童童**　こんもりと茂るさま。 **車蓋**　貴人の乗る車の幌。『三国志』蜀書・先主伝に、劉備が子供の時に住んでいた家には「桑樹の高さ五丈余り有り、遥かに望めば童童として小さき車蓋の如し」、人々はその木の非凡さを貴人の予兆と考え、劉備は大人になったらこんな車に乗る身分になるのだと豪語したという。これも木のめでたさをいう。 **3・4 偃蹙**　伸び縮み。龍や虎の屈伸する動きを思わせる。『詳注』は「偃蹇」に作る。「偃蹇」は『楚辞』離騒に「瑤台の偃蹇たるを望む」、高々とそびえるさま。「龍虎」に比すには、動きのある「偃蹙」がふさわしいか。 **龍虎**　傑出した存在。 **主当**　中心となって事に当たる。 **風雲会**　優れた人物が能力を発揮できる機会に巡り会う。『周易』乾・文言伝に「雲は龍に従ひ、風は虎に従ふ」。魏・応璩「尚書諸郎に与ふる書」（『芸文類聚』巻三五）に「二三の執事は、龍虎の姿を以て風雲の会に遭ふ」。 **5 神明**　神。『周易』繫辞伝下に「以て神明の徳に通ず」。 **正直**　正しくまっすぐ。『尚書』洪範に「王道は正直たり」。 **6 故老**　年配の賢人。『詩経』小雅・正月に「彼の故老を召し、之に訊ねて夢を占ふ」。 **再拝**　畏敬して丁寧な礼を行う。 **7 豈知**　老木が突然枯れるのをいぶかる。 **8 中路**　途中。 **顔色壊**　柏の色が褪せ、樹勢が衰える。

9 出非レ不レ得レ地　　出《い》づるに地《ち》を得《え》ざるに非《あら》ず
10 蟠據亦高大　　蟠據《ばんきよ》亦《ま》た高大《かうだい》
11 歳寒忽無レ憑　　歳寒《さいかん》忽《たちま》ち憑《よ》る無《な》し
12 日夜柯葉改　　日夜《にちや》柯葉《かえふ》改《あらた》まる
13 丹鳳領二九雛一　　丹鳳《たんほう》九雛《きうすう》を領《りやう》し
14 哀鳴翔二其外一　　哀鳴《あいめい》して其《そ》の外《そと》に翔《か》ける

15　鴟 鴞 志 意 滿　　鴟鴞《しけう》 志意《しいみ》満ち
16　養レ子 穿 穴 內　　子《こ》を養《やしな》ふ 穿穴《せんけつ》の内《うち》

現代語訳

生えた場所が悪かったわけではない。どっしりと構えて高く大きくそびえていた。寒くなるやたちまち寄る辺をなくし、昼に夜に枝葉がしおれる。丹鳳は九羽の雛を連れて、悲しく叫びながら木から飛び去った。鴟鴞《ふくろう》は思いどおりになって、うろのなかで雛を育てる。

語注

9 出　生え出る。**不得地**　土地が木に合わない。**10 蟠拠**　「盤拠」と同じ。しっかり根をはってその場を占める。**高大**　『周易』升の象伝に「君子は以て徳に順ひ、小を積みて高大なり」。**11 歳寒**　冬になる。注0の『論語』に見える。**無憑**　頼るものがない。**12 柯葉改**　常緑樹であるはずなのに、枝や葉の様子が変わってしまう。「柯」は枝。『礼記』礼器に「四時を貫きて柯を改め葉を易《か》へず」。**13 丹鳳**　羽の赤い鳳凰。鳳凰は神聖な鳥。**領**　率いる。古楽府「隴西行」(『楽府詩集』巻三七)に「鳳凰鳴くこと啾啾たり、一母　九雛を将《ひき》ゐる」。**14 哀鳴**　「諸公の慈恩寺の塔に登るに同ず」(02-07)に黄鵠について「哀鳴　何の投ずる所ぞ」というように、悲しく鳴くのは常によき鳥。**15・16 鴟鴞**　フクロウの類。邪悪な鳥とされる。『詩経』豳風・鴟鴞に「鴟鴞よ鴟鴞よ、既に我が子を取る、我が室を毀《こぼ》つ無かれ」。**志意満**　思いが満たされる。願いどおりになる。**穿穴**　刳《く》り抜いた穴。二句は丹鳳が去ったあと、フクロウが住み着いて雛を育てる。

17　客 從二何 鄕一來　　客《かく》 何《いづ》れの郷従《きやうよ》り来《きた》る
18　佇 立 久 吁 怪　　佇立《ちよりつ》して久《ひさ》しく吁怪《くくわい》す
19　靜 求二元 精 理一　　静《しづ》かに元精《げんせい》の理《り》を求《もと》むるに

20 浩蕩難㆓倚頼㆒　　浩蕩《かうたう》として倚頼《いらい》し難《がた》し

現代語訳 いずこの国の旅人か、佇んだまま長いこと不審をいだく。
じっと世界の根源となる原理を探ってみても、とりとめなくて頼みにしがたい。

語注 **17 客** 作者が第三者として登場、この事態に思案を巡らす。 **18 佇立** 立ちすくむ。 **吁怪** 嘆きいぶかる。 **19 元精** 世界の根源である精気。後漢・王充『論衡』超奇篇に「天は元気を稟け、人は元精を受く」。 **20 浩蕩** 広々とした水のようにとりとめのないさま。 **倚頼** 依拠する。 **【詩型・押韻】** 五言古詩。上声十五海（改）と去声十四泰（蓋・会・大・外・頼）、十六怪（拝・壊・怪）、十八隊（内）の通押。平水韻、上声十賄、去声九泰。

詩解 上元二年（七六一）、成都の作。柏は古くから倫理的な意味を帯びた木であり、意義付けされた木をうたうことは、これが風景描写ではなく、寓意的な詩であることを示す。その柏の木が突如枯れ、丹鳳が去って鴟鴞（ふくろう）が巣くう。鳳凰も鴟鴞もそれぞれ善悪の意味を帯びる。従来の注釈は玄宗、房琯など、地位を失墜した不幸な人物に擬したものとする。個々のケースはきっかけではあったかも知れないが、詩は最後の四句、こうした事態をもたらす世界の原理は何かと模索し、不可解と歎くところに収束する。「人間社会にはびこる不条理への抗議」（『杜甫詩注』）とするのが納得できる。あるいは「抗議」というよりも、不可解さに当惑する嘆きが全体に流れているというべきか。

病橘（病橘《びやうきつ》） 10-47

1 羣橘少㆓生意㆒　　羣橘《ぐんきつ》 生意《せいい》少《すく》なく
2 雖㆑多亦奚為　　多《おほ》しと雖《いへど》も亦《ま》た奚《なに》をか為《な》さん

惜哉結實小　　惜《を》しい哉《かな》 結實《けつじつ》小《ちひ》さく
酸澀如二棠梨一　　酸澀《さんじふ》 棠梨《たうり》の如《ごと》し
剖レ之盡蠹蟲　　之《これ》を剖《さ》けば 盡《ことごと》く蠹《と》蟲《ちゆう》され
采掇爽二其宜一　　采掇《さいてつ》 其《そ》の宜《よろ》しきに爽《たが》ふ
紛然不レ適レ口　　紛然《ふんぜん》として口《くち》に適《てき》せず
豈只存二其皮一　　豈《あ》に只《た》だ其《そ》の皮《かは》を存《そん》するのみならんや
蕭蕭半死葉　　蕭蕭《せうせう》たり 半死《はんし》の葉《は》
未レ忍レ別二故枝一　　未《いま》だ故枝《こし》に別《わか》るるに忍《しの》びず
玄冬霜雪積　　玄冬《げんとう》 霜雪《さうせつ》積む
況乃迴風吹　　況《いは》んや乃《すなは》ち迴風《くわいふう》の吹《ふ》くをや

現代語訳　病める橘《たちばな》

群生する橘、生気がない。実は多くても何にもならない。

惜しいことに生《な》った実は小さい。酸っぱく渋いのはまるでヤマナシ。

むいてみれば虫食いだらけ。もぎ取っても思った味とは違う。

ごろごろと数はあっても口には合わない。ただ皮が残るだけではないか。

かさかさと音をたてる葉は半死のありさま。それでも未練がましく枝にしがみついている。

真冬には霜雪が積もろう。ましてやつむじ風も吹くことだろう。

語注 **0 橘** タチバナ。みかんの類。やはり常緑の木。蜀の特産でもある。『楚辞』九章に「橘頌」があるように、有徳の木とされる。 **1 生意** 生命力。『世説新語』黜免《ちゆつめん》に、権勢を失った殷仲文が役所の前の槐の古木を見て、「槐樹婆娑として、復た生意無し」と嘆いた故事を用いる。 **2 雖多亦奚為** 『論語』子路篇に、学識は広くても政治・外交に無能な人を「多と雖も亦た奚を以て為さんや」と批判した句をほとんどそのまま用いる。ここでは橘の実が多くても食べられないこと。 **4 酸渋** 本来は甘い実をつけるはずの橘が酸っぱくて渋みがある。 **棠梨** ヤマナシ。実の小さい野生の木。 **5 蠹虫** 虫に食われる。 **6 采掇** 「采」も「掇」もつまみ取る。『詩経』周南・芣苢《ふい》に、「芣苢を采り采る、薄《いささ》か言《ここ》に之を掇る」。 **爽其宜** 本来あるべき味とは違う。 **7 紛然** ごたごたくさんあるさま。 **8** 中身は食べられず、皮しか残らないことをいう。 **9 蕭蕭** 風に吹かれて葉がたてる音。ここでは枯れ葉のわびしい音。 **10 故枝** もとの枝。葉が枯れたまま枝にしがみついてさまをいう。 **11・12 玄冬** 冬は五行説で色は玄（くろ）と対応するので、玄を冠して二字で冬をいう。 **迴風** つむじ風。二句は冬になって霜雪や風に痛めつけられたら、枯れ木はどうなるのかと案じる。

13 嘗聞蓬莱殿　　嘗《かつ》て聞《き》く　蓬莱殿《ほうらいでん》
14 羅列瀟湘姿　　羅列《られつ》す　瀟湘《せうしやう》の姿《すがた》
15 此物歳不レ稔　　此《こ》の物《もの》　歳《とし》に稔《みの》らざれば
16 玉食失ニ光輝一　　玉食《ぎよくしよく》　光輝《くわうき》を失《うしな》ふ
17 寇盗尚憑陵　　寇盗《こうたう》　尚《な》ほ　憑陵《ひようりよう》し
18 當ニ君減膳時一　　君《きみ》が減膳《げんぜん》の時《とき》に當《あ》たる
19 汝病是天意　　汝《なんぢ》が病《や》むは是《こ》れ天意《てんい》
20 吾諗罪ニ有司一　　吾《わ》が諗《しん》は有司《いうし》を罪《つみ》せんや

21　憶　昔　南　海　使　　憶《おも》ふ　昔《むかし》　南海《なんかい》の使《つか》ひ
22　奔　騰　献㆓荔　支㆒　　奔騰《ほんとう》して荔支《れいし》を献《けん》ず
23　百　馬　死㆓山　谷㆒　　百馬《ひゃくば》　山谷《さんこく》に死《し》し
24　到㆑今　耆　舊　悲　　今《いま》に到《いた》るまで耆舊《ききう》　悲《かな》しむ

現代語訳

蓬萊殿では瀟湘に産した見事な橘が並ぶと聞いたことがある。
この橘が時節に実ることがなければ、御膳にも輝きが失せる。
盗賊がまだはびこっていて、天子は食事を控えるべき時。
お前が病むのは天の御意。わたしは役人処罰の進言などしようものか。
思えばそのかみ、南海からの使者が、馬を飛ばして荔枝を献じたという。
そのために多くの馬が山や谷で命を落とした。今に至るまで古老たちは心を痛める。

語注　**13 蓬萊殿**　唐代の宮殿の名。**14 瀟湘**　瀟水と湘水。共に洞庭湖に南から流入する川。柑橘類の産地。**15 此物**　橘の木を指す。**16 玉食**　ご馳走。宮中での食事をいう。『尚書』洪範に「惟れ玉食を辟《まね》く」。**17 寇盗**　盗賊。安史の乱を起こした者たち。**憑陵**　横行する。畳韻の語。**18 減膳**　飢饉の年に天子は民の窮乏を思って食事を減らすことは、正史のあちこちに見える。**19 天意**　天の意思。橘が枯れるのは、不穏な世を傷む天の意思であるという。**20 諗**　諫言。**有司**　担当の官員。「諗」を「愁」に造る本もある。ならば「吾は有司を罪せんことを愁ふ」（官員が罰せられはしないか心配する）。いずれにしても橘が枯れたのは「天意」であって役人に責任はない。それゆえ一句は反語に読む。**21・22 献荔支**　「荔支」は「荔枝」と同じ。荔枝を好む楊貴妃のために南方から早馬で都に届けたこと（『国史補』など）を指す。**奔騰**　疾駆する。『後漢書』和帝紀に、「旧《もと》南海は龍眼・荔支を献じ、十里ごとに一置、五里ごとに一候（置・候は中継地）、阻険を奔騰し、死者は路に継ぐ」。**23** 都まで急遽届けるために馬が犠牲になったことをいう。**24 書旧** 昔を知る老人。【詩型・押韻】五言古詩。上平五支（為・宜・皮・枝・吹・支）、六脂（梨・姿・悲）、七之（時・司）及び八微（輝）の通押。平水韻、上平四支と五微。

詩解 上元二年（七六一）、成都の作。「病める」木の連作詩の一つ。本篇は橘の木に生意なく、実はたくさんできても食べられない事態を取り上げる。橘はもともと南方温暖の地の特産物であるが、茘枝と同じように蜀でも産したであろう。中原では貴重な果実として宮中の御膳を飾ったが、それが不作になった。しかしそれは天の意思、人を咎めるべきではない。それよりも珍しい産物を人馬を酷使して朝廷に献上させる、その不合理に杜甫は批判の矛先を向ける。

江頭五詠　其一　丁香（江頭五詠《かうとうごえい》　其《そ》の一《いち》　丁香《ちやうかう》）　10-66a

1 丁香體柔弱　　丁香《ちやうかう》　體《たい》は柔弱《にうじやく》
2 亂結枝猶墊　　亂結《らんけつ》　枝《えだ》は猶《な》ほ墊《た》る
3 細葉帶二浮毛一　　細葉《さいえふ》　浮毛《ふまう》を帶《お》び
4 疏花披二素豔一　　疏花《そくわ》　素豔《そえん》を披《ひら》く
5 深栽二小齋後一　　深《ふか》く小齋《せうさい》の後《うし》ろに栽《う》ゑ
6 庶近二幽人占一　　庶《ねが》はくは幽人《いうじん》の占《し》むるに近《ちか》づけん
7 晩墮二蘭麝中一　　晩《ばん》に蘭麝《らんじや》の中《うち》に墮《お》つるも
8 休レ懷二粉身念一　　粉身《ふんしん》の念《ねん》を懷《いだ》くを休《や》めよ

現代語訳　江《かわ》のほとりの五詠　其の一　丁香

丁子は体がしなやかで、やたらにつぼみがついた枝が重く垂れ下がる。

細かな葉にはにこ毛が付き、まばらな花が白くつややかに開く。

小さな書斎の背後の奥深い所に植えて、隠者が一人占めすることにしよう。

後に蘭や麝香の中に身を落とすことになっても、身を粉《こ》にして尽くそうなんて思わなくてよい。

語注　**0江頭**　江のほとり。この江は杜甫の住まいの前を流れる浣花渓。**丁香**　丁子。チョウジのつぼみを乾燥させた香料。その形が釘に似るところから丁（釘）子の名がある。**1柔弱**　柔らかい。『老子』七十六章に「人の生や柔弱、其の死は堅強」。**2乱結**　入り乱れた実。「結」はつぼみ。**3浮毛**　葉についた細かい毛。**4素豔**　花が白く光沢のあるのをいう。**5深栽**　人目につかない所に植える。**6近**　近い状態にする。「使」に作る本もある。ならば「庶はくは幽人をして占めしめん」。**占**　独占する。**7・8晩**　後になって。**墊**　低く垂れる。**堕**　思わぬ状況に陥る。**蘭麝**　蘭と麝香。共に香料として名高い。同じ香料であっても丁字に対して、上等な部類に属するか。その中に混じることを「堕」というのは、蘭麝を俗なものとみなすから。**粉身念**　身を粉にして努めようとする思い。二句は丁字は丁字のままがよいのであって、世間で高貴とされる香料と同じようになろうとしなくてよいの意。【詩型・押韻】五言古詩。去声五十五艶（艶・占）と五十六㮇（墊・念）の同用。平水韻、去声二十九艶。

其二　麗春（其《そ》の二《に》　麗春《れいしゅん》）　10-66b

1 百草競㆓春華㆒　　百草《ひやくさう》　春華《しゆんくわ》を競《きそ》ふ
2 麗春應㆓最勝㆒　　麗春《れいしゆん》　應《まさ》に最《もつと》も勝《まさ》るべし
3 少須㆑好㆓顏色㆒　　少《すく》なければ　須《すべか》らく顔色《がんしよく》好《よ》かるべし

4 多漫枝條剰　　多《おほ》ければ漫《みだ》りに枝條《しでう》に剰《あま》らん
5 紛紛桃李枝　　紛紛《ふんぷん》たり 桃李《たうり》の枝《えだ》
6 處處總能移　　處處《しよしよ》 總《すべ》て能《よ》く移《うつ》す
7 如何貴㆓此種㆒　　如何《いかん》ぞ此《こ》の種《しゆ》を貴《たつと》ばん
8 却怕有㆓人知㆒　　却《かへ》つて怕《おそ》る 人《ひと》の知《し》る有《あ》るを

現代語訳 其の二 麗春《れいしゅん》

ありとあらゆる植物が春の華やぎを競うなかで、ヒナゲシに勝るものはなかろう。花が少ないから美しい。多かったらむやみに枝にあまるほどになる。にぎやかに咲く桃李の花は、どこにだって移し替えることができる。どうやってこの種を大切にしよう。さても人に知られるのが心配。

語注 **0 麗春** 麗春草。和名にはヒナゲシがあてられる。**1・2** 多くの春の花のなかで、ヒナゲシが一番というのは、独特の見方。その理由は3・4にいうように花の数が少ないから。**3・4** ヒナゲシは一本の茎に花は一つのみ。それがよいという。**顔色** 色。**漫** 節度なくやたらに。**剰** 余分。過剰なほど多い。**5 紛紛** 乱雑でたくさん。**桃李** モモとスモモ。春を代表する花。**6 処処** 至る所。**総** すべて。「処処」を強める。**能移** 移植できる。適応力、繁殖力が強い。それを俗とみなす。**7 種** 底本は「重」。諸本に従って改める。この句は「稀如可貴重（稀にして貴重す可きが如し）」、「如何此貴重（如何ぞ此れ貴重なる）」など、異同が多い。**8 却** 「ところで、さて、という転折の語気を示す」（『杜甫詩注』）。ここでも自分だけが独占したいという思いをいう。【詩型・押韻】 五言古詩。去声四十七証（勝・剰）。平水韻、去声二十五径。／上平五支（枝・移・知）。平水韻、上平四支。

其三　梔子（其《そ》の三《さん》　梔子《しし》）　10-66c

梔子比㆓衆木㆒　梔子《しし》　衆木《しゆうぼく》に比《くら》ぶるに
人間誠未㆑多　人間《じんかん》　誠《まこと》に未《いま》だ多《おほ》からず
於㆑身色有㆑用　身《み》に於《おい》ては　色《いろ》　用《よう》有《あ》り
與㆑道氣傷㆑和　道《みち》とは　氣《き》　和《わ》を傷《そこ》なふ
紅取風霜實　紅《こう》は取《と》る　風霜《ふうさう》の實《み》
青看雨露柯　青《あを》は看《み》る　雨露《うろ》の柯《えだ》
無㆑情㆔移㆓得汝㆒　汝《なんぢ》を移《うつ》し得《う》るに　情《じやう》無《な》し
貴在㆑映㆓江波㆒　貴《たつと》きは江波《かうは》に映《えい》ずるに在《あ》り

現代語訳　其の三　梔子《しし》

クチナシをほかの諸々の木と比べると、世の中に実際多くはない。その本体については、色が人の役に立つ。道との関わりでいえば、気は体の調和を損なう。赤いもの、風や霜を経て赤くなった実を取る。青いもの、雨露にぬれた青い枝を見る。お前を移し植えようとは思わない。川の水に映る姿が得難いのだから。

語注　**1 梔子**　和名クチナシ。　**2 人間**　人の世。　**3 身**　身体。形ある物としての梔子をいう。　**色有用**　クチナシの黄赤色の実は染料として用いられる。　**4 与道**　道との関係においては。「身に於ては」が形而下をいうのに対して、形而上的な作用。

気傷和　梔子の気は人の体の調和を損なう。「気相和（気相和す）」に作る本もあり、意味は逆になる。**５・６紅**　梔子の実の色。**風霜実**　冬の風や霜を経て赤く色づいた実。**青**　梔子の葉の色。**雨露柯**　雨露を経て葉が青く色づいた枝。二句は色をまず挙げて、その後に何であるかを述べる。杜甫の詩に時々見える技法。**７・８無情**　気持ちはない。どんな気持ちかはその後に続く。**移得**　移植する。「得」は動詞の後について完了、結果を示す。**映江波**　川の水に映る。二句は南斉・謝朓の「牆北の梔子の樹」（『芸文類聚』巻八九）に、「還た緑水に照るを思ふも、君が階には曲池無し」というのを踏まえる。謝朓は池に映ればなお美しいのにと、映すべき池がないのを惜しむが、ここではそれを反転して、移植せずにこのまま川に映っているのがよいという。**【詩型・押韻】**　五言律詩。下平七歌（多・柯）と八戈（和・波）の同用。平水韻、下平五歌。

其四　鸂鶒（其《そ》の四《し》　鸂鶒《けいせき》）　10-66d

1 故使㆓籠寛織㆒　故《ことさら》に籠《かご》をして寛《ゆる》やかに織《お》らしむ
2 須㆑知動損㆑毛　須《すべか》らく知《し》るべし　動《うご》けば毛《け》を損《そん》するを
3 看㆑雲莫㆓悵望㆒　雲《くも》を看《み》て悵望《ちやうばう》する莫《な》かれ
4 失㆑水任㆓呼號㆒　水《みづ》を失《しつ》して呼號《こがう》するに任《まか》す
5 六翮曾經剪　六翮《りくかく》　曾經《かつ》て剪《き》られ
6 孤飛卒未㆑高　孤飛《こひ》　卒《つひ》に未《いま》だ高《たか》からず
7 且無㆓鷹隼慮㆒　且《しばら》く鷹隼《ようじゆん》の慮《おもんぱか》り無《な》し
8 留滯莫㆑辭㆑勞　留滯《りうたい》して勞《らう》を辭《じ》する莫《な》かれ

言代語訳　其の四　鸂鶒《けいせき》

わざわざ籠はゆったりと織らせた。動いたら毛を傷つけると知っておかねばならぬ。
雲を見ても悲しまないでほしい。水がなくて泣き叫ぶままにしている。
六本の羽は先に切られているから、独り飛び立っても結局高くは飛べない。
まずはタカに襲われる恐れはないのだから、ここに留まって辛くとも受け入れよ。

語注　**0鸂鶒**　オシドリの類の水鳥。**1故**　わざわざ。**使籠寛織**　籠の織り方を緩やかにさせる。**2須知**　知らねばならない。**損毛**　『芸文類聚』巻九二の引く『臨海異物志』に「鸂鶒は水鳥、毛に五色有り」というように、羽根の色彩鮮やかな鳥。**3看雲**　鸂鶒が空を見て飛びたいと思う。**4失水**　水鳥の鸂鶒が籠に入れられて水から遠ざけられている。**任**　そのままにさせておく。**呼号**　呼び叫ぶ。**5六翮**　鳥は六枚の羽根があるとされる。『戦国策』楚策四に、「其の六翮を奮ひて清風を凌ぐ」。**曽経**　二字で「かつて」。**6孤飛**　鳥は群れ、ないしはつがいでいるのが常態。それが一羽でいることは哀れさを伴う。**7且**　とりあえずは。**鷹隼慮**　タカやハヤブサなど猛禽に襲われる心配。**8留滞**　滞留する。心ならずも留まる。魏・曹丕「雑詩二首」（『文選』巻二九）其の二に、「呉会（呉郡と会稽郡）は我が郷に非ず、安くんぞ能く久しく留滞せん」。**辞労**　籠に閉じ込められた辛い思いを拒む。【詩型・押韻】五言律詩。下平六豪（毛・号・高・労）。平水韻、下平四豪。

其五　花鴨（其《そ》の五《ご》　花鴨《くわあふ》）　10-66e

1 花鴨無㆓泥滓㆒　　花鴨《くわあふ》泥滓《でいし》無《な》し
2 階前每緩行　　階前《かいぜん》每《つね》に緩行《くわんかう》す
3 羽毛知㆓獨立㆒　　羽毛《うもう》獨立《どくりつ》するを知《し》る
4 黑白太分明　　黑白《こくはく》太《はなは》だ分明《ぶんめい》なり

5 不㆑覚㆓羣心妬㆒　羣心《ぐんしん》の妬《ねた》むを覚《さと》らず
6 休㆑牽㆓衆眼驚㆒　衆眼《しゆうがん》の驚《おどろ》きを牽《ひ》くを休《や》めよ
7 稲粱霑㆑汝在　稲粱《たうりやう》 汝《なんぢ》を霑《うるほ》して在《あ》り
8 作㆑意莫㆓先鳴㆒　意《い》を作《な》して先《ま》づ鳴《な》くこと莫《な》かれ

現代語訳 其の五　花鴨《かおう》

花鴨は泥の汚れもなく、きざはしの前をいつもおっとりと歩く。羽でわかる、一羽抜きんでていることが。黒と白があまりにもはっきりしているから。ほかの鳥たちの妬みに気付きもしない。みんなの目を引くようなことはやめよ。食べ物はお前を潤すのに十分。わざわざ我先に鳴き立てるのはやめよ。

語注 **0 花鴨**　あや模様のあるカモ。**1 泥滓**　汚れた泥。花鴨は泥水にいながら泥に汚されない。**2 階前**　部屋から庭に降りる階段。**緩行**　歩みが遅い。**3 独立**　一人すくっと立つ。一句は羽根の鮮やかさによって存在が際立つことをいう。**4** 羽根の黒と白が鮮明なコントラストをなすことをいう。**5 群心**　ほかの衆多の鳥の気持ち。**6 衆眼驚**　ほかの鳥たちが目を見張る。**7 稲粱**　穀物。殊に鳥の食べ物をいう。「諸公の慈恩寺の塔に登るに同ず」(02-07)に、「君看よ陽に随ふ雁の、各おの稲粱の謀有るを」。底本の「粱」は誤り。**霑汝在**　お前がめぐみを受ける。**8 作意**　故意に。わざと。【詩型・押韻】五言律詩。下平十二庚(行・明・驚・鳴)。平水韻、下平八庚。

詩解 上元二年(七六一)、成都の作。浣花渓の周りの植物と鳥を詠じた五首。取り上げた五つの物にはある共通性がある。丁香は同じ香料でも蘭や麝香のような高貴なものではない。麗春は花が少なく、桃李のように目立ちはしない。梔子は江に面してひっそりと咲いている。鸂鶒はきれいな羽毛を持ちながら籠の中に閉じ込められている。花鴨は黒白の羽が目立つにしても本人はそれに気付きもしない。つまりは誰もが注目するような存在ではない。人々がとりたてて目を向けることのない物に対して、作者は人に知られることなく自分ひとりが愛玩しようとする。丁香は裏庭に置いて「幽人の占むる」物にしようとする。麗春は「人の知る有るを怕」れる。梔子は今のままにしておきたいと願う。鸂鶒は窮屈でも籠の中に閉じ込めておく。花鴨には目立ってはならないと忠告する。このように人に知られない物たちを人に知られぬまま、自分だけと結びついていてほしいという思いが五首のすべてに通底している。浣花草堂に籠もる自分も世間に目立つ存在ではない。そうした生き方をよしとして、身近な動植物に自分と通じ合う思いを寄せる。

杜甫略年譜（上）

杜甫、字は子美《しび》。排行は二。先祖の郡望（同姓の名門の本拠地）によって「杜少陵」、左拾遺の官にあったことによって「杜拾遺」、厳武《げんぶ》の幕下で検校尚書工部員外郎の官を帯びたことによって「杜工部」と称される。

皇帝	年号	干支	西暦	年齢	経歴	関連事象
玄宗	先天 元	壬子	七一二	1	【睿宗・景雲三年／正月、太極元年／五月、延和元年】河南・鞏県《きょうけん》（河南省鞏義県）の東二里の瑤湾《ようわん》に生まれる。八月、玄宗即位。先天に改元。	宋之問没。
	開元 元	癸丑	七一三	2	七月に太平公主のクーデター、玄宗暗殺を謀るが、発覚して死を賜う。玄宗が権力を掌握し、開元の治が幕開けする。	
	二	甲寅	七一四	3		沈佺期・李嶠没。
	三	乙卯	七一五	4		岑参生。
	四	丙辰	七一六	5		
	五	丁巳	七一七	6	公孫大娘の剣器舞を見る（あるいは四歳の時）。	
	六	戊午	七一八	7	詩を作り始める。	賈至生。
	七	己未	七一九	8		元結生。
	八	庚申	七二〇	9		皎然生？

九	辛酉	七二一	10		
一〇	壬戌	七二二	11		
一一	癸亥	七二三	12		
一二	甲子	七二四	13		王皇后廃せらる。
一三	乙丑	七二五	14	洛陽の文壇に出入りし、崔尚・魏啓心に賞賛される。	独孤及生。
一四	丙寅	七二六	15		王翰没。
一五	丁卯	七二七	16		
一六	戊辰	七二八	17		
一七	己巳	七二九	18		
一八	庚午	七三〇	19	晋（山西省）に遊ぶ。郇瑕《しゅんか》（山西省臨猗《りんい》県）に至る。	張説没。
一九	辛未	七三一	20	呉越（江蘇省・浙江省）漫遊を始める。洛陽を出て江寧（南京市）に至る。姑蘇（蘇州市）へ下り、杭州、越州（紹興市）などを歴訪。剡渓《せんけい》、天姥《てんぼ》山《さん》に至る。	
二〇	壬申	七三二	21		戴叔倫生。
二一	癸酉	七三三	22		
二二	甲戌	七三四	23		
二三	乙亥	七三五	24	洛陽に戻る。郷貢（地方試験）に応じる。	杜佑生。
二四	丙子	七三六	25	進士科に応ずるも落第。斉趙（山東省・河北省一帯）に遊ぶ。兗州《えんしゅう》（山東省済寧市）司馬の任にあった父杜閑のもとを訪ねる。この時期に蘇《そ》源明《げんめい》・高適《こうせき》を識る。「**望岳**」（01-02）。	

二五	丁丑	七三七	26		韋応物生。
二六	戊寅	七三八	27		
二七	己卯	七三九	28		
二八	庚辰	七四〇	29		孟浩然、張九齢没。
二九	辛巳	七四一	30	洛陽に戻る。このころ、楊氏を娶る。	玄宗、寿王妃の楊氏を道士とし太真と号す。
天宝 元	壬午	七四二	31		
二	癸未	七四三	32		
三	甲申	七四四	33	（この年から至徳まで、「年」は「載」に改められた）洛陽で李白を識る。ともに宋州（河南省商丘市）に遊ぶ。途中から高適も加わる。「**李白に贈る**」（01-17）。	賀知章没。
四	乙酉	七四五	34	李白とともに斉魯（河南省・山東省）に遊ぶ。秋の終わり、李白と別れ、以後会う機会はなし。	楊太真を貴妃に冊立。
五	丙戌	七四六	35	洛陽に戻り、長安に至る。	
六	丁亥	七四七	36	玄宗の主催した制科に応じるも、全員落第。	李邕没。
七	戊子	七四八	37		李益、盧綸生。
八	己丑	七四九	38	冬、長安より洛陽へ戻る。	
九	庚寅	七五〇	39	春、洛陽より長安へ赴く。鄭虔《ていけん》を識る。	
一〇	辛卯	七五一	40	「三大礼賦」を朝廷に投じ、玄宗に認められて集賢院に召される。	雲南を討つが大敗を喫す。孟郊生。
一一	壬辰	七五二	41	長安にあり、岑参・高適・薛拠・儲光羲とともに慈恩寺の	

皇帝	年号	年	干支	西暦	年齢	事跡	関連事項
		一二	癸巳	七五三	42	大雁塔に登る。「**諸公の慈恩寺の塔に登るに同ず**」（02-07）。	
		一三	甲午	七五四	43	妻子を奉先県にあずける。	
		一四	乙未	七五五	44	十月、河西県尉に任ぜられるが受けず、改めて右衛率府《ゆうえいそつふ》兵《へい》曹参軍《そうさんぐん》に任ぜられる。十一月、奉先県の妻子のもとに赴く。「**京自《よ》り奉先県に赴く詠懐五百字**」（04-06）。十一月、安禄山、范陽（北京市）で反乱、十二月、洛陽を陥落。	
肅宗	至徳	元	丙申	七五六	45	四月、長安より奉先県へ行き、家族を避難させるために白水県へ赴く。六月、長安の守りである潼関が陥落。家族を鄜州《ふしゅう》（陝西省富県）の羌村《きょうそん》に移す。玄宗、都を脱出、蜀へ逃げる。七月、肅宗、霊武（寧夏回族自治区銀川市の南）で即位、行宮に赴かんとして安禄山の軍に捕縛され、長安城内に監禁される。「**月夜**」（04-14）。	王昌齢没？
		二	丁酉	七五七	46	正月、安禄山、子の安慶緒に殺される。三月、「**春望**」（04-21）。四月、長安を脱出して鳳翔《ほうしょう》（陝西省宝鶏市の北）の行宮に馳す。五月、左拾遺に任ぜられる。房琯、宰相を罷免され、弁護して肅宗の怒りを買う。閏八月、鄜州の家族のもとへ向かう。「**北征**」（05-23）。九月、官軍が長安を奪回。十月、洛陽を奪回。肅宗、長安へ戻る。家族とともに長安へ戻る。	
	乾元	元	戊戌	七五八	47	**【二月改元】**六月、房琯が汾州刺史に、劉秩が閬州刺史に、	

					厳武が巴州刺史に左遷されたのに伴い、左拾遺から華州（陝西省渭南市華州区）司功参軍へ左遷される。八月、郭《かく》子儀《しぎ》・李《り》光弼《こうひつ》ら九節度使が安慶緒を撃つ。十一月、郭子儀は安慶緒の立てこもる鄴城《ぎょうじょう》（河南省安陽市）を包囲。	
	二	己亥	七五九	48	三月、九節度使の官軍は鄴城で大敗。七月、官を辞し、秦州（甘粛省天水県）へ移る。「**秦州雑詩二十首**」（07-19）。十月、同谷県（甘粛省成県）へ移る。「**乾元中、同谷県に寓居して作れる歌七首**」（08-37）。十二月、同谷を離れ、年末に成都（四川省成都市）に至る。	
上元	元	庚子	七六〇	49	**【閏四月改元】** 暮春、成都郊外に浣花草堂を作る。「**堂成る**」（09-22）、「**江村**」（09-30）。	
	二	辛丑	七六一	50	成都の浣花草堂にあり。「**春夜 雨を喜ぶ**」（10-02）、「**茅屋の秋風の破る所と為る歌**」（10-33）。	王維没。

参考文献

四川省文史館編『杜甫年譜』（学海出版社版、一九八一）
蕭滌非主編『杜甫全集校注』前言（人民文学出版社、二〇一四。二〇一七、第三刷）
松原朗「杜甫とその時代」（『杜甫全詩訳注（一）』所収、講談社、二〇一六）
古川末喜「杜甫年譜」（『杜甫全詩訳注（四）』所収、講談社、二〇一六）

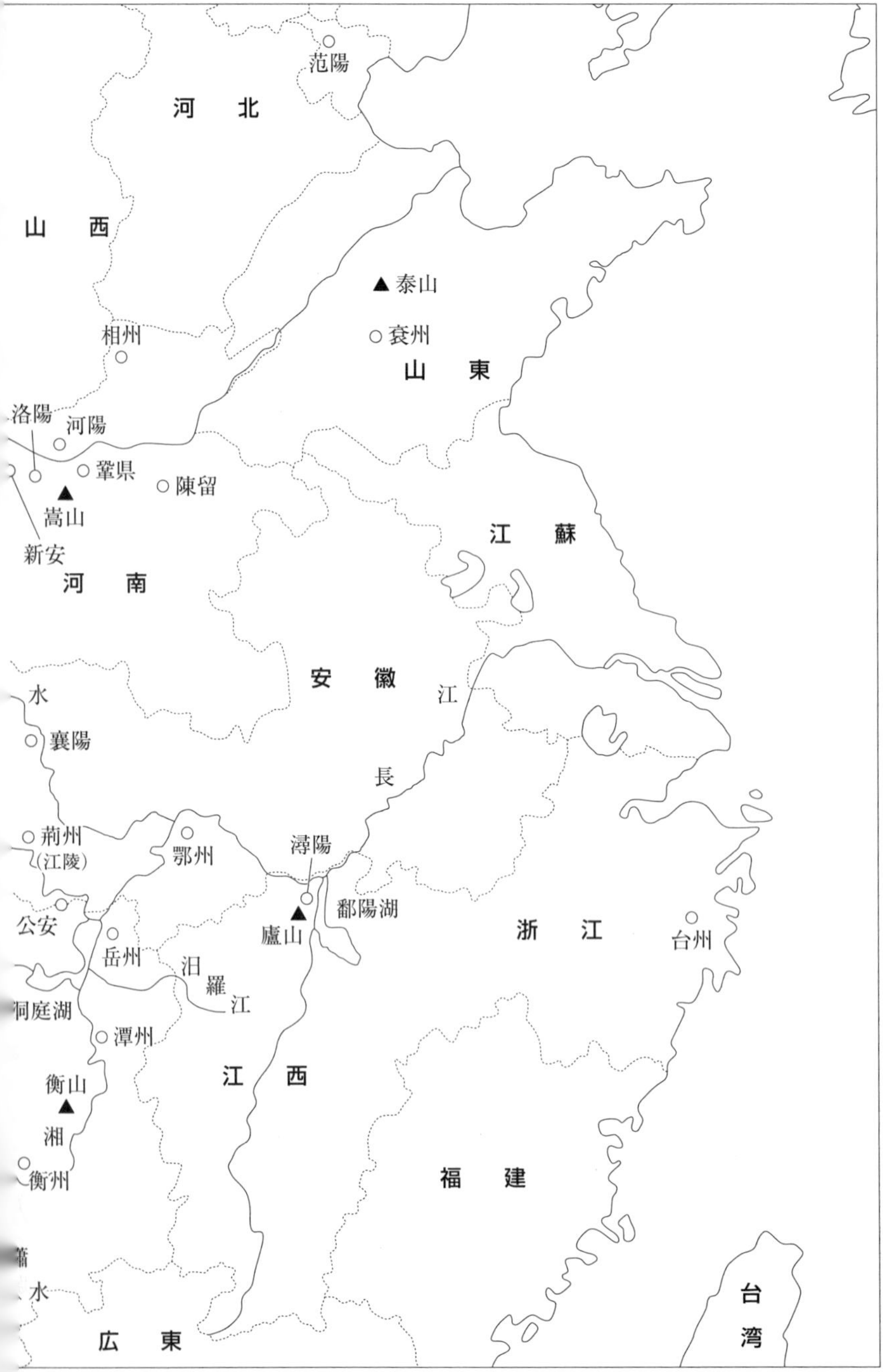
范陽
河北
山西
泰山
兗州
相州
山東
洛陽
河陽
鞏県
陳留
嵩山
新安
河南
江蘇
安徽
江
水
襄陽
長
荊州
(江陵)
鄂州
潯陽
公安
鄱陽湖
廬山
岳州
汨
羅
江
浙江
台州
洞庭湖
潭州
江西
衡山
湘
衡州
福建
水
台湾
広東

杜甫関連地図

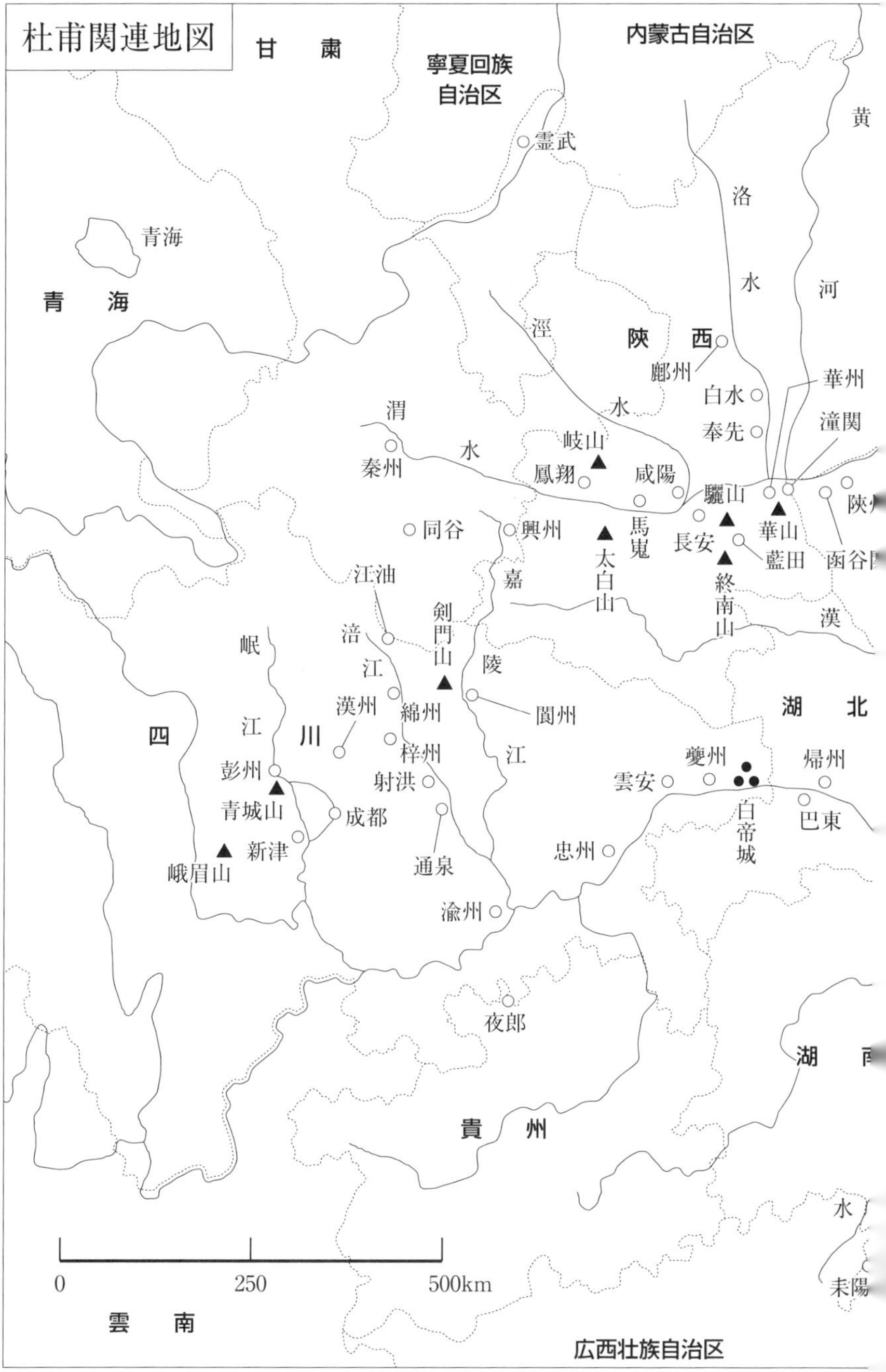
甘粛
寧夏回族自治区
内蒙古自治区
黄河
霊武
洛水
青海
青海
陝西
涇水
鄜州
白水
華州
奉先
潼関
渭水
岐山
秦州
鳳翔
咸陽
驪山
華山
同谷
興州
馬嵬
長安
藍田
函谷
太白山
終南山
江油
嘉陵江
剣門山
漢
涪江
岷江
漢州
綿州
閬州
湖北
四川
梓州
夔州
帰州
彭州
射洪
雲安
白帝城
巴東
青城山
成都
新津
通泉
忠州
峨眉山
渝州
夜郎
湖
貴州
水
耒陽
0
250
500km
雲南
広西壮族自治区

杜甫作品番号対照表（上）

作品番号	詩題	本書(冊)頁	杜甫全詩集 巻-頁	杜甫詩注 冊-頁	杜甫全詩訳注 冊-頁	全集校注 冊	全集校注 頁	Poetry of Du Fu 作品番号	宋本杜工部 巻-葉-行	九家注 巻-順	銭注 巻-頁	読杜 頁
巻一												
01-01	遊龍門奉先寺		1-1	01-074	1-039	1	0042	1.1	01/06b/05	01/04	01-04	002
01-02	望岳［望嶽］（岱宗夫如何…）	上24	1-2	01-079	1-040	1	0003	1.2	01/06b/08	01/05	1-5	001
01-03	登兗州城楼	上26	1-4	02-308	1-042	1	0008	1.3	09/11a/08	17/19	9-18	333
01-04	題張氏隠居二首　其一		1-6	02-282	1-043	1	0013	1.4	09/09b/10	17/14a	09/12a	597
	題張氏隠居二首　其二		1-7	02-290	1-046	1	0018	1.5	09/10a/04	17/14b	09/12b	334
01-05	劉九法曹鄭瑕丘石門宴集		1-8	02-316	1-047	1	0022	1.6	09/11b/01	17/20	09/19	334
01-06	与任城許主簿遊南池		1-10	02-304	1-048	1	0025	1.7	09/11a/05	17/18	09/17	334
01-07	対雨書懐走邀許十一簿公［対雨書懐走邀許主簿］		1-11	02-325	1-050	1	0027	1.8	09/11b/08	18/02	09/21	335
01-08	巳上人茅斎		1-13	02-329	1-051	1	0030	1.9	09/12a/01	18/03	09/22	335
01-09	房兵曹胡馬詩	上28	1-14	02-332	1-053	1	0034	1.10	09/12a/04	18/04	09/23	336
01-10	画鷹	上29	1-15	02-339	1-054	1	0038	1.11	09/12a/07	18/05	09/24	336
01-11	過宋員外之問旧荘	上31	1-17	02-344	1-056	1	0048	1.12	09/13a/04	18/08	09/27	337
01-12	夜宴左氏荘	上33	1-18	02-349	1-058	1	0068	1.13	09/13a/07	18/09	09/28	342
01-13	臨邑舎弟書至苦雨黄河泛溢隄防之患簿領所憂因寄此詩用寛其意		1-20	02-045	1-059	1	0053	1.14	09/12b/05	18/07	09/26	682

01-14	天宝初南曹小司寇舅於我太夫人堂下…［仮山］		1-24	02-293	1-063	1	0059	1.15	09/10a/06	17/15	09/13	338
01-15	龍門		1-26	02-297	1-066	1	0073	1.16	09/10b/02	17/16	09/14	341
01-16	李監宅［李監宅二首　其一］		1-27	02-272	1-067	1	0062	1.17	09/09b/04	17/12	09/10a	345
	李監宅二首　其二〈見呉若本〉［銭本：李塩鉄二首］		1-29	02-277	1-069	1	0065	1.18	缺	37/01b	18/064b	345
01-17	贈李白（二年客東都…）	上34	1-30	01-068	1-070	1	0076	1.19	01/06b/01	01/03	01/03	002
01-18	重題鄭氏東亭		1-32	02-278	1-072	3	1276	1.20	09/09b/07	17/13	09/11	342
01-19	陪李北海宴歴下亭	上37	1-33	01-083	1-073	1	0079	1.21	01/07a/01	01/06	01/06	003
01-20	同李太守登歴下古城員外新亭		1-35	01-090	1-075	1	0084	1.22	01/07a/10	01/08	01/08	004
01-21	暫如臨邑至䗪山湖亭奉懐李員外率爾成興		1-38	02-320	1-079	1	0092	1.23	09/11b/05	17/21	09/20	342
01-22	贈李白（秋来相顧尚飄蓬…）		1-39	02-301	1-081	1	0099	1.24	09/11a/02	17/17	09/16	832
01-23	与李十二白同尋范十隠居	上39	1-41	02-035	1-082	1	0095	1.25	09/12a/10	18/06	09/25	683
01-24	鄭駙馬宅宴洞中		1-43	02-264	1-085	1	0120	1.26	09/09a/10	17/11	09/09	598
01-25	冬日有懐李白	上44	1-45	02-452	1-087	1	0103	1.27	09/16b/07	18/21	09/40	343
01-26	春日憶李白	上46	1-46	02-355	1-089	1	0107	1.28	09/13b/08	18/11	09/30	344
01-27	送孔巣父謝病帰遊江東兼呈李白		1-48	01-257	1-091	1	0111	1.29	01/13b/07	02/01	01/25	222
01-28	今夕行		1-51	01-104	1-094	1	0144	1.30	01/07b/10	01/10	01/10	223
01-29	贈特進汝陽王二十韻（二十二韻）		1-53	02-094	1-097	1	0126	1.31	09/08b/03	17/09	09/08	684
01-30	贈比部蕭郎中十兄		1-59	02-111	1-104	1	0148	1.32	09/18b/04	18/32	09/51	687
01-31	奉寄河南韋尹丈人		1-62	02-055	1-107	1	0161	1.33	09/10b/05	18/01	09/15	685
01-32	贈韋左丞丈済		1-66	02-073	1-111	1	0209	1.34	09/05b/02	17/03	09/02	686
01-33	奉贈韋左丞丈二十二韻	上48	1-69	01-022	1-115	1	0276	1.35	01/05a/10	01/01	01/01	004

作品番号	詩題	本書(冊)頁	杜甫全詩集 冊-頁	杜甫詩注 冊-頁	杜甫全詩訳注 冊-頁	全集校注 冊	全集校注 頁	Poetry of Du Fu 作品番号	宋本杜工部 巻-葉-行	九家注 巻-順	銭注 巻-頁	読杜 頁
巻二												
2-1	飲中八仙歌	上56	2-77	01-267	1-122	1	0136	2.1	01/14a/06	02/02	01/26	226
2-2	高都護驄馬行	上60	2-81	01-130	1-127	1	0167	2.2	01/09a/01	01/13	01/13	225
2-3	冬日洛城北謁玄元皇帝廟		2-84	02-018	1-130	1	0173	2.3	09/04b/07	17/01	09/01	688
2-4	故武衛将軍挽歌三首　其一［故武衛将軍挽詞三首］		2-89	02-507	1-136	1	0152	2.4	09/19b/10	19/02a	09/55a	357
	故武衛将軍挽歌三首　其二		2-91	02-511	1-138	1	0154	2.5	09/20a/03	19/02b	09/55b	357
	故武衛将軍挽歌三首　其三		2-92	02-514	1-139	1	0157	2.6	09/20a/05	19/02c	09/55c	357
2-5	贈翰林張四学士［贈翰林張四学士垍］		2-93	02-085	1-140	1	0204	2.7	09/17b/02	18/26	09/44	690
2-6	楽遊園歌		2-96	01-311	1-144	1	0214	2.8	01/15b/03	02/05	01/29	229
2-7	同諸公登慈恩寺塔	上63	2-100	01-222	1-148	1	0295	2.9	01/12b/05	01/22	01/22	009
2-8	投簡成華両県諸子［投簡咸華両県諸子］		2-104	10-101	1-157	1	0262	2.10	04/08a/07	07/16	04/10	230
2-9	杜位宅守歳		2-107	02-457	1-161	1	0266	2.11	09/16b/10	18/22	09/41	344
2-10	敬贈鄭諌議十韻		2-109	02-118	1-163	1	0311	2.12	09/07b/05	17/07	09/06	697
2-11	兵車行	上69	2-112	01-114	1-166	1	0229	2.13	01/08a/08	01/12	01/12	224
2-12	前出塞九首　其一	上75	2-118	07-383	1-173	1	0241	2.14	03/09b/03	05/15a	03/15a	006
	前出塞九首　其二	上76	2-119	07-387	1-175	1	0244	2.15	03/09b/06	05/15b	03/15b	006
	前出塞九首　其三	上78	2-120	07-390	1-176	1	0246	2.16	03/09b/08	05/15c	03/15c	006
	前出塞九首　其四	上79	2-122	07-392	1-177	1	0247	2.17	03/09b/10	05/15d	03/15d	007
	前出塞九首　其五	上80	2-123	07-395	1-178	1	0248	2.18	03/10a/02	05/15e	03/15e	007
	前出塞九首　其六	上81	2-124	07-397	1-180	1	0250	2.19	03/10a/04	05/15f	03/15f	007
	前出塞九首　其七	上82	2-125	07-400	1-181	1	0251	2.20	03/10a/06	05/15g	03/15g	008

	前出塞九首　其八	上84	2-126	07-402	1-182	1	0253	2.21	03/10a/08	05/15h	03/15h	008
	前出塞九首　其九	上85	2-127	07-404	1-183	1	0254	2.22	03/10a/10	05/15i	03/15i	008
2-13	送高三十五書記十五韻		2-128	01-052	1-185	1	0388	2.23	01/06a/02	01/02	01/02	010
2-14	奉留贈集賢院崔于二学士		2-132	02-130	1-189	1	0288	2.24	09/19b/03	19/01	09/54	691
2-15	貧交行	上87	2-135	01-111	1-193	1	0317	2.25	01/08a/05	01/11	01/11	232
2-16	送韋書記赴安西		2-137	02-394	1-194	1	0326	2.26	09/15a/02	18/18	09/37	346
2-17	玄都壇歌寄元逸人		2-138	01-097	1-196	1	0271	2.27	01/07b/04	01/09	01/09	228
2-18	曲江三章章五句　其一		2-141	01-284	1-199	1	0305	2.28	01/14b/05	02/03a	01/27a	231
	曲江三章章五句　其二		2-142	01-288	1-200	1	0306	2.29	01/14b/08	02/03b	01/27b	231
	曲江三章章五句　其三		2-143	01-291	1-202	1	0308	2.30	01/14b/10	02/03c	01/27c	232
2-19	奉贈鮮于京兆二十韻		2-144	02-142	1-203	1	0328	2.31	09/08a/01	17/08	09/07	698
2-20	白糸行		2-150	01-150	1-209	1	0319	2.32	01/09b/07	01/15	01/15	233
2-21	陪鄭広文遊何将軍山林十首　其一		2-153	02-398	1-212	1	0356	2.33	09/15a/05	18/19a	09/38a	347
	陪鄭広文遊何将軍山林十首　其二		2-155	02-404	1-214	1	0359	2.34	09/15a/08	18/19b	09/38b	347
	陪鄭広文遊何将軍山林十首　其三		2-156	02-407	1-215	1	0361	2.35	09/15a/10	18/19c	09/38c	347
	陪鄭広文遊何将軍山林十首　其四		2-157	02-410	1-216	1	0365	2.36	09/15b/02	18/19d	09/38d	348
	陪鄭広文遊何将軍山林十首　其五		2-158	02-414	1-218	1	0367	2.37	09/15b/04	18/19e	09/38e	348
	陪鄭広文遊何将軍山林十首　其六		2-160	02-418	1-219	1	0371	2.38	09/15b/06	18/19f	09/38f	349
	陪鄭広文遊何将軍山林十首　其七		2-161	02-421	1-220	1	0372	2.39	09/15b/08	18/19g	09/38g	349

作品番号	詩題	本書(冊)頁	杜甫全詩集 冊-頁	杜甫詩注 冊-頁	杜甫全詩訳注 冊-頁	全集校注 冊	頁	Poetry of Du Fu 作品番号	宋本杜工部 巻-葉-行	九家注 巻-順	銭注 巻-頁	読杜 頁
	陪鄭広文遊何将軍山林十首　其八		2-162	02-424	1-221	1	0375	2.40	09/15b/10	18/19h	09/38h	349
	陪鄭広文遊何将軍山林十首　其九		2-163	02-427	1-223	1	0378	2.41	09/16a/02	18/19i	09/38i	350
	陪鄭広文遊何将軍山林十首　其十		2-164	02-430	1-224	1	0380	2.42	09/16a/04	18/19j	09/38j	350
2-22	麗人行	上88	2-166	01-294	1-225	1	0342	2.43	01/15a/02	02/04	01/28	228
2-23	虢国夫人〈一作張祜詩〉		2-171		1-231	1	0353	2.44	缺	37/02	18/059	832
2-24	九日曲江		2-172	02-499	1-232	1	0396	2.45	09/18b/10	18/33	09/52	355
巻三												
3-1	奉陪鄭駙馬韋曲二首　其一		3-175	05-171	1-234	2	1064	3.1	10/12b/10	19/50a	10/37a	346
	奉陪鄭駙馬韋曲二首　其二		3-176	05-175	1-235	2	1066	3.2	10/13a/04	19/50b	10/37b	346
3-2	重過何氏五首　其一		3-177	02-435	1-236	1	0419	3.3	09/16a/06	18/20a	09/39a	351
	重過何氏五首　其二		3-179	02-439	1-238	1	0422	3.4	09/16a/09	18/20b	09/39b	351
	重過何氏五首　其三		3-180	02-442	1-239	1	0424	3.5	09/16b/01	18/20c	09/39c	352
	重過何氏五首　其四		3-181	02-446	1-240	1	0425	3.6	09/16b/03	18/20d	09/39d	352
	重過何氏五首　其五		3-182	02-449	1-241	1	0429	3.7	09/16b/05	18/20e	09/39e	352
3-3	陪諸貴公子丈八溝携妓納涼二首其一		3-184	02-481	1-243	1	0438	3.8	09/17b/10	18/28a	09/47a	353
	陪諸貴公子丈八溝携妓納涼二首其二		3-185	02-485	1-244	1	0440	3.9	09/18a/03	18/28b	09/47b	353
3-4	酔時歌	上92	3-186	01-173	1-245	1	0409	3.10	01/10b/08	01/18	01/18	234
3-5	城西陂泛舟		3-190	02-377	1-251	1	0434	3.11	09/14a/10	18/15	09/34	601
3-6	渼陂行		3-192	01-323	1-253	1	0443	3.12	01/16a/01	02/06	01/30	233

3-7	渼陂西南台		3-197	01-337	1-259	1	0456	3.13	01/16b/02	02/07	01/31	011
3-8	与鄠県源大少府宴渼陂		3-200	02-463	1-262	1	0452	3.14	09/17a/03	18/23	09/42	354
3-9	贈田九判官［＋梁丘］		3-202	02-382	1-264	1	0557	3.15	09/14b/04	18/16	09/35	601
3-10	投贈哥舒開府翰二十韻		3-204	02-210	1-266	1	0563	3.16	09/05b/09	17/04	09/03	699
3-11	寄高三十五書記		3-210	02-367	1-274	1	0406	3.17	09/14a/04	18/13	09/32	355
3-12	送張二十参軍赴蜀州因呈楊五侍御［送張十二参軍赴蜀州因呈楊五侍御］		3-212	02-476	1-275	1	0403	3.18	09/17b/07	18/27	09/46	356
3-13	贈陳二補闕		3-213	02-362	1-277	1	0400	3.19	09/14a/01	18/12	09/31	356
3-14	病後遇王倚飲贈歌	上98	3-215	06-011	1-279	1	0223	3.20	02/15b/05	04/07	02/23	236
3-15	送裴二虬作尉永嘉［送裴二虬尉永嘉］		3-220	02-371	1-284	1	0481	3.21	09/14a/07	18/14	09/33	354
3-16	贈献納使起居田舎人［＋澄］		3-221	02-388	1-286	1	0536	3.22	09/14b/08	18/17	09/36	602
3-17	崔駙馬山亭宴集		3-224	02-467	1-288	1	0499	3.23	09/17a/06	18/24	09/43	354
3-18	示従孫済	上102	3-225	01-239	1-290	1	0501	3.24	01/13a/02	01/23	01/23	013
3-19	九日寄岑参		3-228	01-248	1-293	1	0484	3.25	01/13a/09	01/24	01/24	011
3-20	歎庭前甘菊花［嘆庭前甘菊花］		3-231	01-169	1-296	1	0490	3.26	01/10b/04	01/17	01/17	232
3-21	承沈八丈東美除膳部員外阻雨未遂馳賀奉寄此詩		3-233	02-200	1-298	1	0494	3.27	09/19a/06	18/35	09/53	701
33-22	苦雨奉寄隴西公兼呈王徴士		3-237	01-211	1-301	1	0476	3.28	01/12a/07	01/21	01/21	012
3-23	秋雨歎三首　其一		3-240	01-158	1-305	1	0465	3.29	01/10a/04	01/16a	01/16a	237
	秋雨歎三首　其二		3-242	01-162	1-306	1	0467	3.30	01/10a/08	01/16b	01/16b	237
	秋雨歎三首　其三		3-243	01-165	1-308	1	0471	3.31	01/10b/01	01/16c	01/16c	238
3-24	奉贈太常張卿二十韻［奉贈太常張卿垍二十韻］		3-244	02-184	1-310	1	0506	3.32	09/07a/03	17/06	09/05	702
3-25	上韋左相二十韻		3-251	02-163	1-317	2	0581	3.33	09/06b/01	17/05	09/04	703

作品番号	詩題	本書(冊)頁	杜甫全詩集 冊-頁	杜甫詩注 冊-頁	杜甫全詩訳注 冊-頁	全集校注 冊	頁	Poetry of Du Fu 作品番号	宋本杜工部 巻-葉-行	九家注 巻-順	銭注 巻-頁	読杜 頁
3-26	沙苑行		3-257	01-416	1-324	1	0541	3.34	01/19a/04	02/13	01/37	241
3-27	橋陵詩三十韻因呈県内諸官		3-261	01-390	1-329	1	0515	3.35	01/18a/08	02/12	01/36	706
3-28	送蔡希魯都尉還隴右因寄高三十五書記		3-270	02-228	1-338	2	0622	3.36	09/13a/10	18/10	09/29	705
3-29	酔歌行（陸機二十作文賦…）		3-274	01-189	1-342	2	0598	3.37.	01/11a/09	01/19	01/19	235
3-30	陪李金吾花下飲		3-278	02-491	1-346	2	0605	3.38	09/18a/08	18/30	09/49	353
3-31	官定後戯贈	上107	3-280	02-502	1-347	2	0633	3.39	09/19a/03	18/34	09/56	359
3-32	去矣行		3-281	01-439	1-349	2	0652	3.40	01/20a/04	02/15	01/39	244
3-33	夜聴許十誦詩愛而有作［夜聴許十一誦詩愛而有作］		3-283	01-379	1-350	2	0592	3.41	01/18a/02	02/11	01/35	013
3-34	戯簡鄭廣文兼呈蘇司業源明	上108	3-286	01-346	1-354	1	0576	3.42	01/16b/10	02/08	01/32	014
3-35	夏日李公見訪		3-287	01-352	1-355	1	0462	3.43	01/17a/04	02/09	01/33	014
巻四												
4-1	天育驃騎歌［天育驃図歌］		4-291	01-138	1-357	1	0549	4.1	01/09a/08	01/14	01/14	240
4-2	驄馬行		4-294	01-427	1-361	2	0608	4.2	01/19b/04	02/14	01/38	242
4-3	魏将軍歌		4-299		1-366	2	0615	4.3	08/03b/10	15/02	08/04	239
4-4	白水明府舅宅喜雨		4-303	02-487	1-370	2	0631	4.4	09/18a/05	18/29	09/48	358
4-5	九日楊奉先会白水崔明府		4-304	02-471	1-372	2	0627	4.5	09/17a/09	18/25	09/45	358
4-6	自京赴奉先県詠懐五百字	上110	4-305	01-444	1-373	2	0668	4.6	01/20a/08	02/16	01/40	021
4-7	奉先劉少府新画山水障歌		4-318	03-016	1-385	1	0527	4.7	02/16a/06	04/08	01/41	243
4-8	奉同郭給事湯東霊湫作		4-323	01-359	1-391	2	0656	4.8	01/17a/10	02/10	01/34	018
4-9	後出塞五首　其一	上125	4-328	07-407	1-396	2	0636	4.9	03/10b/02	05/16a	03/16a	015
	後出塞五首　其二	上128	4-330	07-415	1-398	2	0639	4.10	03/10b/07	05/16b	03/16b	016

	後出塞五首　其三	上129	4-332	07-418	1-400	2	0641	4.11	03/10b/10	05/16c	03/16c	016
	後出塞五首　其四	上131	4-333	07-422	1-401	2	0643	4.12	03/11a/03	05/16d	03/16d	017
	後出塞五首　其五	上133	4-335	07-428	1-403	2	0645	4.13	03/11a/06	05/16e	03/16e	017
4-10	蘇端薛復筵簡薛華酔歌		4-337	05-093	1-405	2	0695	4.14	02/15a/04	04/06	02/01	245
4-11	晦日尋崔戢李封		4-341	05-106	1-410	2	0703	4.15	02/13b/09	04/03	02/02	024
4-12	白水県崔少府十九翁高斎三十韻 [白水崔少府十九翁高斎三十韻]		4-345	03-041	1-414	2	0715	4.16	01/21b/04	02/17	01/42	025
4-13	三川観水漲二十韻		4-453	03-075	1-421	2	0725	4.17	01/22a/10	02/18	01/43	026
4-14	月夜	上136	4-358	03-109	1-427	2	0733	4.18	09/20b/09	19/06	09/60	360
4-15	哀王孫	上137	4-359	03-212	1-429	2	0771	4.19	01/24a/01	02/21	01/47	246
4-16	悲陳陶	上142	4-364	03-125	1-434	2	0737	4.20	01/24b/02	02/22	01/44	247
4-17	悲青坂	上143	4-366	03-130	1-437	2	0742	4.21	01/24b/06	02/23	01/45	247
4-18	避地〈見趙次公本〉		4-368		1-439	2	0745	4.22	缺	37/03	18/100	359
4-19	対雪（戦哭多新鬼…）		4-369	03-135	1-440	2	0748	4.23	09/20b/06	19/05	09/59	360
4-20	元日［元日寄韋氏妹］		4-370	03-161	1-442	2	0752	4.24	09/21a/07	19/08	09/62	360
4-21	春望	上144	4-372	03-166	1-443	2	0779	4.25	09/21a/10	19/09	09/63	363
4-22	得舎弟消息二首　其一		4-373	06-125	1-445	2	0783	4.26	10/15b/01	19/61a	10/48a	361
	得舎弟消息二首　其二		4-374	06-128	1-446	2	0784	4.27	10/15b/04	19/61b	10/48b	361
4-23	憶幼子		4-375	03-184	1-448	2	0786	4.28	09/21b/03	19/10	09/64	362
4-24	一百五日夜対月		4-376	03-176	1-449	2	0789	4.29	09/21b/06	19/11	09/65	362
4-25	遣興（驥子好男児…）		4-378	03-118	1-451	2	0794	4.30	09/21a/02	19/07	09/61	707
4-26	塞蘆子		4-380	06-059	1-452	2	0755	4.31	02/11a/07	03/18	02/11	028
4-27	哀江頭	上146	4-383	03-188	1-455	2	0760	4.32	01/23b/04	02/20	01/46	248
4-28	大雲寺賛公房［四首　其一］		4-386	03-230	1-458	2	0797	4.33	09/21b/09	19/12a	01/48a	029
	大雲寺賛公房［四首　其二］		4-389	03-239	1-460	2	0800	4.34	09/22a/04	19/12b	01/48b	030

作品番号	詩題	本書(冊)頁	杜甫全詩集 冊-頁	杜甫詩注 冊-頁	杜甫全詩訳注 冊-頁	全集校注 冊	頁	Poetry of Du Fu 作品番号	宋本杜工部 巻-葉-行	九家注 巻-順	銭注 巻-頁	読杜 頁
	大雲寺賛公房二首　其一［四首其三］		4-391	03-243	1-461	2	0801	4.35	01/23a/03	02/19a	01/48c	030
	大雲寺賛公房二首　其二［四首其四］		4-392	03-248	1-462	2	0803	4.36	01/23a/08	02/19b	01/48d	031
4-29	雨過蘇端		4-394	05-121	1-464	2	0809	4.37	02/14a/10	04/04	02/03	031
4-30	喜晴		4-397	05-129	1-466	2	0813	4.38	02/14b/06	04/05	02/04	032
巻五												
5-1	送率府程録事還郷		5-401	05-219	1-469	2	0710	5.1	02/13b/01	04/02	02/05	024
5-2	鄭駙馬池台喜遇鄭広文同飲		5-404	03-256	1-472	2	0819	5.2	10/08a/06	19/27	10/30	708
5-3	喜達行在所三首　其一［自京竄至鳳翔喜達行在所］	上150	5-407	03-267	1-474	2	0824	5.3	10/04a/06	19/14a	10/01a	363
	喜達行在所三首　其二	上152	5-408	03-277	1-476	2	0826	5.4	10/04a/10	19/14b	10/01b	364
	喜達行在所三首　其三	上153	5-409	03-281	1-477	2	0828	5.5	10/04b/02	19/14c	10/01c	364
5-4	送樊二十三侍御赴漢中判官		5-411	04-058	1-478	2	0833	5.6	02/18b/04	04/14	02/08	033
5-5	送韋十六評事充同谷郡防禦判官		5-416	04-091	1-483	2	0861	5.7	02/19b/07	04/16	02/10	034
5-6	述懐	上155	5-422	04-022	1-487	2	0841	5.8	02/03a/06	03/01	02/06	032
5-7	得家書		5-426	04-158	1-490	2	0868	5.9	10/04b/04	19/15	10/02	709
5-8	送長孫九侍御赴武威判官		5-429	04-047	1-492	2	0848	5.10	02/18a/06	04/13	02/07	036
5-9	送従弟亜赴安西判官［送従弟亜赴河西判官］		5-432	04-074	1-495	2	0853	5.11	02/19a/06	04/15	02/09	037
5-10	送霊州李判官〈宋朝奉大夫員安宇所収〉		5-438	07-203	1-499	2	0896	5.12	缺	20/35	18/074	359
5-11	奉送郭中丞兼太僕卿充隴右節度使三十韻		5-440	04-100	1-501	2	0875	5.13	10/06a/10	19/23	10/04	709

5-12	送楊六判官使西蕃		5-449	04-142	1-509	2	0890	5.14	10/07a/09	19/24	10/05	711
5-13	哭長孫侍御〈一刻杜誦詩〉		5-452		1-512	11	6497	5.15	10/06a/06	19/22	18/058	365
5-14	奉贈厳八閣老		5-454	04-037	1-513	2	0899	5.16	10/04b/10	19/16	10/03	366
5-15	月（天上秋期近…）		5-455	04-033	1-514	2	0871	5.17	10/06a/03	19/21	10/06	365
5-16	留別賈厳二閣老両院補闕		5-456	04-166	1-516	2	0902	5.18	10/05a/03	19/17	10/07	366
5-17	晩行口号		5-458	04-202	1-517	2	0917	5.19	10/05a/06	19/18	10/08	366
5-18	独酌成詩		5-459	04-207	1-519	2	0922	5.20	10/05a/09	19/19	10/09	367
5-19	徒歩帰行		5-460	04-182	1-520	2	0909	5.21	02/06a/05	03/05	02/15	249
5-20	九成宮		5-463	04-170	1-523	2	0904	5.22	02/06b/05	03/07	02/17	038
5-21	玉華宮		5-466	04-188	1-526	2	0912	5.23	02/06b/01	03/06	02/16	039
5-22	羌村三首　其一	上160	5-469	04-273	1-529	2	0934	5.24	02/07a/03	03/08a	02/18a	043
	羌村三首　其二	上162	5-471	04-279	1-531	2	0936	5.25	02/07a/07	03/08b	02/18b	043
	羌村三首　其三	上164	5-473	04-285	1-532	2	0938	5.26	02/07a/10	03/08c	02/18c	044
5-23	北征	上167	5-475	04-215	1-534	2	0943	5.27	02/04a/05	03/03	02/13	039
5-24	行次昭陵	上186	5-492	02-238	1-550	1	0184	5.28	09/05a/05	17/02	10/10	712
5-25	重経昭陵		5-496	02-257	1-555	1	0199	5.29	09/09a/06	17/10	10/11	716
5-26	彭衙行	上190	5-498	04-290	1-557	2	0925	5.30	02/11b/03	03/19	02/12	044
5-27	喜聞官軍已臨賊寇二十韻［喜聞官軍已臨賊境二十韻］		5-504	04-309	1-562	2	0972	5.31	09/22a/07	19/13	10/12	714
5-28	収京三首　其一		5-510	04-328	1-568	2	0979	5.32	10/05b/03	19/20a	10/13a	367
	収京三首　其二		5-511	04-334	1-570	2	0981	5.33	10/05b/07	19/20b	10/13b	368
	収京三首　其三		5-512	04-338	1-571	2	0983	5.34	10/05b/10	19/20c	10/13c	369
5-29	送鄭十八虔貶台州司戸傷其臨老陥賊之故闕為面別情見于詩		5-514	05-018	1-573	2	0989	5.35	10/11b/06	19/44	10/31	605
5-30	臘日		5-516	05-005	1-575	2	0994	5.36	10/08b/01	19/28	10/14	605

作品番号	詩題	本書（冊）頁	杜甫全詩集 冊-頁	杜甫詩注 冊-頁	杜甫全詩訳注 冊-頁	全集校注 冊	全集校注 頁	Poetry of Du Fu 作品番号	宋本杜工部 巻-葉-行	九家注 巻-順	銭注 巻-頁	読杜 頁
5-31	奉和賈至舎人早朝大明宮		5-518	05-059	1-577	2	0998	5.37	10/09b/09	19/34	10/20	606
巻六												
6-1	宣政殿退朝晩出左掖		6-521	05-044	1-582	2	1013	6.1	10/10b/01	19/37	10/23	607
6-2	紫宸殿退朝口号		6-523	05-052	1-584	2	1017	6.2	10/08b/05	19/29	10/15	607
6-3	春宿左省	上197	6-525	05-067	1-586	2	1021	6.3	10/10b/09	19/39	10/25	370
6-4	晩出左掖		6-526	05-076	1-588	2	1025	6.4	10/11a/05	19/41	10/27	371
6-5	題省中院壁［題省中壁］		6-527	05-071	1-589	2	1028	6.5	10/10b/05	19/38	10/24	608
6-6	送賈閣老出汝州		6-529	05-085	1-591	2	1034	6.6	10/11b/03	19/43	10/29	371
6-7	送翰林張司馬南海勒碑		6-531	05-201	1-593	2	1037	6.7	10/11a/02	19/40	10/26	372
6-8	曲江陪鄭八丈南史飲		6-532	05-167	1-594	2	1040	6.8	10/11a/09	19/42	10/28	609
6-9	曲江二首　其一	上198	6-534	05-151	1-596	2	1045	6.9	10/08b/09	19/30a	10/16a	609
	曲江二首　其二	上200	6-535	05-155	1-598	2	1048	6.10	10/09a/03	19/30b	10/16b	609
6-10	曲江対酒	上202	6-537	05-159	1-600	2	1052	6.11	10/09a/06	19/31	10/17	610
6-11	曲江対雨		6-539	05-162	1-602	2	1058	6.12	10/09a/10	19/32	10/18	610
6-12	奉答岑参補闕見贈		6-541	05-080	1-604	2	1006	6.13	10/13a/09	19/52	10/39	372
6-13	奉贈王中允［＋維］		6-542	05-178	1-606	2	1009	6.14	10/12b/07	19/49	10/36	369
6-14	送許八拾遺帰江寧覲省甫昔時常客遊此県於許生処乞瓦棺寺維摩図様志諸篇末		6-544	05-205	1-609	2	1069	6.15	10/13b/03	19/53	10/40	716
6-15	因許八奉寄江寧旻上人		6-547	05-214	1-612	2	1075	6.16	10/13b/10	19/54	10/41	611
6-16	題李尊師松樹障子歌		6-549	10-079	1-614	2	1079	6.17	04/05b/07	07/09	04/08	250
6-17	得舎弟消息（風吹紫荊樹…）		6-552	06-130	1-617	2	1083	6.18	02/06a/02	03/04	02/14	045
6-18	送李校書二十六韻		6-553	05-229	1-618	2	1085	6.19	02/20b/01	04/17	02/20	046

6-19	傴仄行［傴側行贈畢四曜］		6-559	05-139	1-625	2	1095	6.20	02/03b/05	03/02	02/19	251
6-20	贈畢四［＋曜］		6-563	05-183	1-629	2	1102	6.21	10/12b/01	19/47	10/34	373
6-21	題鄭十八著作主人［題鄭十八著作丈故居］		6-564	05-192	1-631	2	1105	6.22	10/12a/01	19/45	10/32	818
6-22	瘦馬行		6-568	05-267	1-635	3	1190	6.23	02/13a/03	04/01	02/30	252
6-23	義鶻行	上204	6-572	05-248	1-639	2	1110	6.24	02/12a/06	03/20	02/28	047
6-24	画鶻行		6-576	05-260	1-643	2	1118	6.25	02/12b/07	03/21	02/29	050
6-25	端午日賜衣		6-579	05-090	1-646	2	1122	6.26	10/12a/08	19/46	10/33	373
6-26	酬孟雲卿		6-581	05-188	1-647	2	1126	6.27	10/12b/04	19/48	10/35	374
6-27	至徳二載、甫自京金光門出、間道帰鳳翔…［至德二載甫自京金光門出間道帰鳳翔…］	上209	6-582	06-021	1-648	3	1129	6.28	10/14a/04	19/55	10/42	374
6-28	寄高三十五詹事		6-584	06-078	1-650	3	1135	6.29	10/14a/10	19/56	10/43	375
6-29	贈高式顔		6-585	02-494	1-652	8	4209	6.30	09/18b/01	18/31	09/50	376
6-30	題鄭県亭子		6-587	06-185	1-654	3	1139	6.31	10/14b/06	19/58	10/45	611
6-31	望岳（西岳崚嶒竦処尊…）		6-589	06-190	1-656	3	1144	6.32	10/14b/10	19/59	10/46	612
6-32	早秋苦熱堆案相仍		6-560	06-212	1-658	3	1151	6.33	02/22a/03	04/19	02/39	612
6-33	観安西兵過赴関中待命二首　其一		6-592	07-189	1-659	3	1156	6.34	10/23b/01	20/32a	10/82a	376
	観安西兵過赴関中待命二首　其二		6-594	07-193	1-661	3	1160	6.35	10/23b/05	20/32b	10/82b	377
6-34	九日藍田崔氏荘	上211	6-595	03-140	1-662	3	1173	6.36	09/20a/07	19/03	09/57	613
6-35	崔氏東山草堂		6-597	03-150	1-665	3	1183	6.37	09/20b/01	19/04	09/58	613
6-36	遣興五首　其三（我今日夜憂…）［遣興三首　其一］		6-599	07-341	1-667	3	1197	6.38	03/08a/02	05/12c	03/12c	066

作品番号	詩題	本書(冊)頁	杜甫全詩集 冊-頁	杜甫詩注 冊-頁	杜甫全詩訳注 冊-頁	全集校注 冊	頁	Poetry of Du Fu 作品番号	宋本杜工部 巻-葉-行	九家注 巻-順	銭注 巻-頁	読杜 頁
	遣興五首　其四（蓬生非無根…）［遣興三首　其二］		6-600	07-344	1-668	3	1200	6.39	03/08a/05	05/12d	03/12d	066
	遣興五首　其五（昔在洛陽時…）［遣興三首　其三］		6-601	07-347	1-670	3	1201	6.40	03/08a/08	05/12e	03/12e	066
6-37	独立		6-602	07-168	1-671	3	1248	6.41	10/22b/03	20/26	10/76	375
6-38	至日遣興奉寄北省旧閣老両院故人二首　其一		6-604	06-065	1-673	3	1204	6.42	10/15a/04	19/60a	10/47a	614
	至日遣興奉寄北省旧閣老両院故人二首　其二		6-606	06-073	1-675	3	1208	6.43	10/15a/08	19/60b	10/47b	614
6-39	路逢襄陽楊少府入城戯呈楊員外綰［路逢襄陽楊少府入城戯呈楊四員外綰］		6-607	06-110	1-677	3	1212	6.44	10/14b/03	19/57	10/44	378
6-40	湖城東遇孟雲卿復帰劉顥宅宿宴飲散因為酔歌［冬末以事之東都…］		6-609	06-084	1-679	3	1225	6.45	02/16b/08	04/09	02/24	253
6-41	閿郷姜七少府設鱠戯贈長歌		6-612	06-092	1-682	3	1216	6.46	02/17a/06	04/10	02/25	254
6-42	戯贈閿郷秦少府短歌		6-616	06-100	1-686	3	1222	6.47	02/17b/05	04/11	02/26	255
6-43	李鄠県丈人胡馬行		6-618	06-104	1-687	3	1230	6.48	02/17b/09	04/12	02/27	255
6-44	観兵		6-621	07-157	1-691	3	1243	6.49	10/22a/03	20/22	10/73	377
6-45	憶弟二首　其一		6-622	06-115	1-692	3	1233	6.50	10/07b/07	19/25a	10/49a	379
	憶弟二首　其二		6-623	06-119	1-694	3	1235	6.51	10/07b/10	19/25b	10/49b	379
6-46	得舎弟消息（乱後誰帰得…）		6-624	06-122	1-695	3	1238	6.52	10/08a/02	19/26	10/50	380
6-47	不帰		6-626	07-161	1-696	3	1245	6.53	10/22a/06	20/24	10/74	380
6-48	贈衛八処士	上213	6-627	01-201	1-697	3	1324	6.54	01/11b/09	01/20	01/20	051
6-49	洗兵馬［洗兵行］	上216	6-630	06-027	1-700	3	1252	6.55	02/21a/05	04/18	02/21	256

巻七												
7-1	新安吏	上225	7-1	06-133	1-711	3	1280	7.1	02/07b/04	03/09	02/31	052
7-2	潼関吏	上230	7-5	06-143	1-715	3	1294	7.2	02/08a/03	03/10	02/32	053
7-3	石壕吏	上233	7-8	06-149	1-718	3	1288	7.3	02/08a/09	03/11	02/33	054
7-4	新婚別	上237	7-12	06-157	1-721	3	1299	7.4	02/08b/07	03/12	02/34	055
7-5	垂老別	上242	7-16	06-168	1-726	3	1308	7.5	02/09a/06	03/13	02/35	055
7-6	無家別	上246	7-21	06-177	1-731	3	1316	7.6	02/09b/05	03/14	02/36	056
7-7	夏日歎		7-25	06-196	1-735	3	1330	7.7	02/10a/04	03/15	02/37	058
7-8	夏夜歎		7-27	06-203	1-738	3	1334	7.8	02/10a/10	03/16	02/38	058
7-9	立秋後題	上251	7-30	06-218	1-741	3	1338	7.9	02/22a/07	04/20	02/40	059
7-10	貽阮隠居		7-32	07-220	1-743	3	1610	7.10	03/03a/08	05/01	03/01	059
7-11	遣興三首　其一（下馬古戦場…）		7-34	07-227	1-746	3	1340	7.11	03/03b/03	05/02a	03/02a	067
	遣興三首　其二（高秋登寒山…）		7-36	07-232	1-747	3	1343	7.12	03/03b/07	05/02b	03/02b	067
	遣興三首　其三（豊年孰云遅…）		7-38	07-238	1-749	3	1346	7.13	03/04a/01	05/02c	03/02c	067
7-12	留花門	上254	7-40	06-050	1-751	3	1164	7.14	02/10b/08	03/17	02/22	050
7-13	佳人		7-44	07-268	1-756	3	1349	7.15	03/05a/01	05/05	03/05	063
7-14	夢李白二首　其一	上258	7-47	07-313	1-759	3	1356	7.16	03/06b/08	05/10a	03/10a	064
	夢李白二首　其二	上261	7-50	07-319	1-762	3	1362	7.17	03/07a/03	05/10b	03/10b	064
7-15	有懐台州鄭十八司戸　虔	上264	7-52	07-325	1-764	3	1366	7.18	03/07a/07	05/11	03/11	065
7-16	遣興五首　其一（蟄龍三冬臥…）		7-55	07-334	1-768	3	1376	7.19	03/07b/05	05/12a	03/12a	068
	遣興五首　其二（昔者龐徳公…）		7-57	07-338	1-771	3	1379	7.20	03/07b/09	05/12b	03/12b	068

作品番号	詩題	本書(冊)頁	杜甫全詩集 冊-頁	杜甫詩注 冊-頁	杜甫全詩訳注 冊-頁	全集校注 冊	全集校注 頁	Poetry of Du Fu 作品番号	宋本杜工部 巻-葉-行	九家注 巻-順	銭注 巻-頁	読杜 頁
	遣興五首　其三（陶潜避俗翁…）		7-58	07-370	1-772	3	1381	7.21	03/09a/07	05/14c	03/14c	068
	遣興五首　其四（賀公雅呉語…）		7-60	07-373	1-774	3	1385	7.22	03/09a/09	05/14d	03/14d	069
	遣興五首　其五（吾憐孟浩然…）		7-61	07-378	1-776	3	1387	7.23	03/09b/01	05/14e	03/14e	069
7-17	遣興五首　其一（天用莫如龍…）［遣興二首　其一］		7-62	07-363	1-777	3	1390	7.24	03/09a/02	05/14a	03/14a	071
	遣興五首　其二（地用莫如馬…）［遣興二首　其二］		7-64	07-368	1-780	3	1392	7.25	03/09a/05	05/14b	03/14b	071
7-18	遣興五首　其一（朔風飄胡雁…）		7-65	07-350	1-782	3	1395	7.26	03/08b/01	05/13a	03/13a	069
	遣興五首　其二（長陵鋭頭児…）		7-67	07-354	1-783	3	1397	7.27	03/08b/04	05/13b	03/13b	069
	遣興五首　其三（漆有用而割…）		7-68	07-356	1-784	3	1398	7.28	03/08b/06	05/13c	03/13c	070
	遣興五首　其四（猛虎憑其威…）		7-69	07-358	1-786	3	1401	7.29	03/08b/08	05/13d	03/13d	070
	遣興五首　其五（朝逢富家葬…）		7-70	07-361	1-787	3	1402	7.30	03/08b/10	05/13e	03/13e	070
7-19	秦州雑詩二十首　其一	上268	7-72	07-011	1-788	3	1405	7.31	10/15b/06	20/01a	10/51a	381
	秦州雑詩二十首　其二	上270	7-73	07-019	1-790	3	1410	7.32	10/15b/09	20/01b	10/51b	381
	秦州雑詩二十首　其三	上272	7-75	07-022	1-791	3	1413	7.33	10/16a/02	20/01c	10/51c	382
	秦州雑詩二十首　其四	上274	7-76	07-026	1-792	3	1417	7.34	10/16a/05	20/01d	10/51d	382
	秦州雑詩二十首　其五	上275	7-77	07-030	1-794	3	1419	7.35	10/16a/08	20/01e	10/51e	382

	秦州雑詩二十首　其六	上277	7-79	07-035	1-795	3	1423	7.36	10/16b/01	20/01f	10/51f	383
	秦州雑詩二十首　其七	上279	7-80	07-039	1-796	3	1427	7.37	10/16b/03	20/01g	10/51g	383
	秦州雑詩二十首　其八	上280	7-82	07-042	1-798	3	1430	7.38	10/16b/05	20/01h	10/51h	384
	秦州雑詩二十首　其九	上282	7-83	07-046	1-799	3	1433	7.39	10/16b/07	20/01i	10/51i	384
	秦州雑詩二十首　其十	上284	7-84	07-049	1-800	3	1436	7.40	10/16b/09	20/01j	10/51j	384
	秦州雑詩二十首　其十一	上285	7-85	07-051	1-802	3	1439	7.41	10/17a/01	20/01k	10/51k	385
	秦州雑詩二十首　其十二	上287	7-86	07-054	1-803	3	1442	7.42	10/17a/04	20/01l	10/51l	385
	秦州雑詩二十首　其十三	上289	7-88	07-057	1-804	3	1446	7.43	10/17a/07	20/01m	10/51m	385
	秦州雑詩二十首　其十四	上290	7-89	07-059	1-805	3	1448	7.44	10/17a/09	20/01n	10/51n	386
	秦州雑詩二十首　其十五	上292	7-90	07-062	1-807	3	1452	7.45	10/17b/01	20/01o	10/51o	386
	秦州雑詩二十首　其十六	上293	7-91	07-065	1-808	3	1454	7.46	10/17b/04	20/01p	10/51p	387
	秦州雑詩二十首　其十七	上295	7-93	07-068	1-809	3	1457	7.47	10/17b/06	20/01q	10/51q	387
	秦州雑詩二十首　其十八	上297	7-94	07-070	1-810	3	1460	7.48	10/17b/08	20/01r	10/51r	387
	秦州雑詩二十首　其十九	上298	7-95	07-074	1-811	3	1463	7.49	10/18a/01	20/01s	10/51s	388
	秦州雑詩二十首　其二十	上299	7-96	07-077	1-813	3	1466	7.50	10/18a/04	20/01t	10/51t	388
7-20	月夜憶舎弟	上301	7-98	07-080	1-815	3	1471	7.51	10/18a/07	20/02	10/52	401
7-21	天末懐李白	上303	7-99	07-164	1-816	3	1475	7.52	10/22a/10	20/25	10/75	401
7-22	宿賛公房		7-101	07-084	1-818	3	1484	7.53	10/18b/01	20/03	10/53	390
7-23	赤谷西崦人家		7-103	07-278	1-819	3	1481	7.54	03/05a/09	05/06	03/06	060
7-24	西枝村尋置草堂地夜宿賛公土室二首　其一		7-104	07-282	1-821	3	1488	7.55	03/05b/02	05/07a	03/07a	060
	西枝村尋置草堂地夜宿賛公土室二首　其二		7-106	07-291	1-823	3	1492	7.56	03/05b/08	05/07b	03/07b	061
7-25	寄賛上人		7-109	07-298	1-826	3	1498	7.57	03/06a/04	05/08	03/08	061
7-26	太平寺泉眼		7-111	07-305	1-828	3	1503	7.58	03/06b/01	05/09	03/09	062

作品番号	詩題	本書(冊)頁	杜甫全詩集 冊-頁	杜甫詩注 冊-頁	杜甫全詩訳注 冊-頁	全集校注 冊	全集校注 頁	Poetry of Du Fu 作品番号	宋本杜工部 巻-葉-行	九家注 巻-順	銭注 巻-頁	読杜 頁
7-27	東楼		7-114	07-087	1-832	3	1508	7.59	10/18b/04	20/04	10/54	393
7-28	雨晴（天際秋雲薄…）		7-115	07-091	1-833	3	1511	7.60	10/18b/08	20/05	10/55	393
7-29	寓目		7-116	07-094	1-834	3	1514	7.61	10/19a/02	20/06	10/56	392
7-30	山寺（野寺浅僧少…）		7-117	07-097	1-836	3	1517	7.62	10/19a/06	20/07	10/57	394
7-31	即事（聞道花門破…）		7-118	07-102	1-837	3	1521	7.63	10/19a/10	20/08	10/58	402
7-32	遣懐（愁眼看霜露…）		7-119	07-108	1-839	3	1524	7.64	10/19b/04	20/09	10/59	392
7-33	天河		7-121	07-111	1-840	3	1527	7.65	10/19b/07	20/10	10/60	394
7-34	初月		7-122	07-115	1-842	3	1532	7.66	10/20a/01	20/11	10/61	395
7-35	擣衣		7-123	07-123	1-843	3	1536	7.67	10/20a/08	20/13	10/63	395
7-36	帰燕		7-125	07-119	1-844	3	1540	7.68	10/20a/05	20/12	10/62	395
7-37	促織		7-126	07-126	1-846	3	1543	7.69	10/20b/02	20/14	10/64	396
7-38	蛍火		7-127	07-130	1-847	3	1546	7.70	10/20b/06	20/15	10/65	396
7-39	蒹葭		7-128	07-133	1-849	3	1551	7.71	10/20b/09	20/16	10/66	396
7-40	苦竹		7-130	07-136	1-850	3	1555	7.72	10/21a/03	20/17	10/67	397
巻八												
8-1	除架		8-133	07-139	2-037	3	1559	8.1	10/21a/06	20/18	10/68	397
8-2	廃畦		8-134	07-142	2-038	3	1563	8.2	10/21a/10	20/23	10/69	398
8-3	夕烽		8-135	07-146	2-040	3	1565	8.3	10/21b/03	20/19	10/70	398
8-4	秋笛		8-136	07-150	2-041	3	1568	8.4	10/21b/07	20/20	10/71	398
8-5	日暮（日暮風亦起…）		8-138	07-171	2-043	3	1584	8.5	10/22b/06	20/27	10/77	393
8-6	野望（清秋望不極…）		8-138	07-200	2-044	3	1586	8.6	10/23b/10	20/34	10/84	392
8-7	空嚢	上304	8-140	07-174	2-046	3	1571	8.7	10/22b/09	20/28	10/78	399
8-8	病馬		8-144	07-178	2-047	3	1575	8.8	10/23a/02	20/29	10/79	399

8-9	蕃剣		8-142	07-182	2-048	3	1577	8.9	10/23a/05	20/30	10/80	400
8-10	銅瓶		8-143	07-186	2-050	3	1580	8.10	10/23a/08	20/31	10/81	400
8-11	送遠		8-144	07-154	2-052	3	1590	8.11	10/21b/10	20/21	10/72	403
8-12	送人従軍		8-146	07-196	2-054	3	1594	8.12	10/23b/07	20/33	10/83	389
8-13	示姪佐		8-147	07-204	2-055	3	1597	8.13	10/24a/03	20/36	10/85	389
8-14	佐還山後寄三首　其一		8-148	07-208	2-057	3	1600	8.14	10/24a/06	20/37a	10/86a	389
	佐還山後寄三首　其二		8-149	07-210	2-058	3	1601	8.15	10/24a/09	20/37b	10/86b	390
	佐還山後寄三首　其三		8-150	07-212	2-059	3	1603	8.16	10/24b/01	20/37c	10/86c	390
8-15	従人覓小胡孫許寄		8-152	07-214	2-061	3	1607	8.17	10/24b/04	20/38	10/87	391
8-16	秋日阮隠居致薤三十束		8-153	07-218	2-062	3	1614	8.18	10/24b/08	20/39	10/88	391
8-17	秦州見敕目薛三璩授司議郎畢四曜除監察与二子有故遠喜遷官兼述索居凡三十韻		8-154	08-004	2-064	3	1616	8.19	10/25a/02	20/40	10/89	719
8-18	寄彭州高三十五使君適虢州岑二十七長史参三十韻		8-164	08-033	2-075	3	1629	8.20	10/25b/10	20/41	10/90	721
8-19	寄岳州賈司馬六丈巴州厳八使君両閣老五十韻		8-172	08-062	2-085	3	1642	8.21	10/26b/08	20/42	10/91	723
8-20	寄張十二山人彪三十韻		8-186	08-105	2-099	3	1666	8.22	10/28a/06	20/43	10/92	726
8-21	寄李十二白二十韻	上306	8-195	08-130	2-110	3	1681	8.23	10/29a/03	20/44	10/93	717
8-22	所思（鄭老身仍竄…）		8-202		2-118	3	1373	8.24	12/12a/10	24/11	12/37	402
8-23	別賛上人		8-203	08-148	2-120	3	1694	8.25	03/11a/09	06/01	03/17	071
8-24	両当県呉十侍御江上宅		8-206	08-278	2-124	4	1810	8.26	03/12a/05	06/03	03/19	072
8-25	発秦州	上313	8-212	08-160	2-129	4	1699	8.27	03/12b/05	06/04	03/20	073
8-26	赤谷	上319	8-215	08-170	2-133	4	1707	8.28	03/13a/04	06/05	03/21	074
8-27	鉄堂峡	上323	8-217	08-175	2-135	4	1711	8.29	03/13a/09	06/06	03/22	075

作品番号	詩題	本書(冊)頁	杜甫全詩集 冊-頁	杜甫詩注 冊-頁	杜甫全詩訳注 冊-頁	全集校注 冊	全集校注 頁	Poetry of Du Fu 作品番号	宋本杜工部 巻-葉-行	九家注 巻-順	銭注 巻-頁	読杜 頁
8-28	塩井	上326	8-220	08-182	2-137	4	1717	8.30	03/13b/04	06/07	03/23	075
8-29	寒硤［寒峡］	上328	8-221	08-187	2-139	4	1722	8.31	03/13b/08	06/08	03/24	076
8-30	法鏡寺	上331	8-223	08-191	2-141	4	1727	8.32	03/14a/02	06/09	03/25	076
8-31	青陽峡	上334	8-225	08-197	2-144	4	1733	8.33	03/14a/07	06/10	03/26	077
8-32	龍門鎮	上339	8-227	08-206	2-147	4	1740	8.34	03/14b/03	06/11	03/27	078
8-33	石龕	上341	8-229	08-210	2-149	4	1744	8.35	03/14b/07	06/12	03/28	078
8-34	積草嶺	上344	8-231	08-216	2-151	4	1750	8.36	03/15a/02	06/13	03/29	079
8-35	泥功山	上347	8-233	08-223	2-154	4	1755	8.37	03/15a/07	06/14	03/30	079
8-36	鳳凰台	上349	8-234	08-228	2-156	4	1759	8.38	03/15b/01	06/15	03/31	080
8-37	乾元中寓居同谷県作歌七首　其一	上354	8-238	08-241	2-160	4	1770	8.39	03/15b/09	06/16a	03/32a	262
	乾元中寓居同谷県作歌七首　其二	上356	8-239	08-245	2-163	4	1774	8.40	03/16a/03	06/16b	03/32b	262
	乾元中寓居同谷県作歌七首　其三	上358	8-240	08-248	2-164	4	1777	8.41	03/16a/06	06/16c	03/32c	263
	乾元中寓居同谷県作歌七首　其四	上359	8-242	08-252	2-166	4	1781	8.42	03/16a/09	06/16d	03/32d	263
	乾元中寓居同谷県作歌七首　其五	上361	8-243	08-255	2-168	4	1784	8.43	03/16b/02	06/16e	03/32e	264
	乾元中寓居同谷県作歌七首　其六	上363	8-244	08-258	2-170	4	1787	8.44	03/16b/05	06/16f	03/32f	264
	乾元中寓居同谷県作歌七首　其七	上364	8-246	08-261	2-172	4	1790	8.45	03/16b/08	06/16g	03/32g	264
8-38	万丈潭		8-247	08-267	2-174	4	1801	8.46	03/11b/07	06/02	03/18	081

巻九												
9-1	発同谷県	上366	9-253	08-293	2-178	4	1821	9.1	03/17a/01	06/17	03/33	082
9-2	木皮嶺	上371	9-256	08-299	2-180	4	1828	9.2	03/17a/07	06/18	03/34	082
9-3	白沙渡	上376	9-258	08-307	2-184	4	1835	9.3	03/17b/06	06/19	03/35	083
9-4	水会渡	上379	9-260	08-313	2-186	4	1840	9.4	03/18a/01	06/20	03/36	083
9-5	飛仙閣	上382	9-262	08-318	2-189	4	1846	9.5	03/18a/06	06/21	03/37	084
9-6	五盤	上385	9-264	08-324	2-191	4	1853	9.6	03/18b/02	06/22	03/38	084
9-7	龍門閣	上388	9-266	08-330	2-193	4	1857	9.7	03/18b/07	06/23	03/39	085
9-8	石櫃閣	上390	9-267	08-336	2-195	4	1863	9.8	03/19a/02	06/24	03/40	086
9-9	桔柏渡	上393	9-269	08-341	2-198	4	1868	9.9	03/19a/07	06/25	03/41	086
9-10	剣門	上396	9-271	08-347	2-200	4	1873	9.10	03/19b/02	06/26	03/42	087
9-11	鹿頭山	上400	9-274	08-356	2-204	4	1885	9.11	03/19b/09	06/27	03/43	088
9-12	成都府	上404	9-277	08-365	2-207	4	1892	9.12	03/20a/07	06/28	03/44	089
9-13	酬高使君相贈	上410	9-279	09-015	2-210	4	1903	9.13	11/18b/09	22/25	11/72	403
9-14	卜居（浣花渓水水西頭…）	上412	9-280	09-020	2-212	4	1907	9.14	11/04b/02	21/02	11/02	615
9-15	王十五司馬弟出郭相訪兼遺営草堂貲		9-281	09-029	2-214	4	1912	9.15	11/05b/07	21/09	11/09	404
9-16	蕭八明府隄処覓桃栽［蕭八明府宝処覓桃栽］		9-283	09-032	2-215	4	1915	9.16	11/21b/02	22/40	11/88	833
9-17	従韋二明府続処覓綿竹		9-283	09-035	2-216	4	1917	9.17	11/21b/05	22/41	11/89	833
9-18	憑何十一少府邕覓榿木栽		9-284	09-037	2-218	4	1919	9.18	11/21b/08	22/42	11/90	833
9-19	憑韋少府班覓松樹子［憑韋少府班覓松樹子栽］		9-285	09-039	2-219	4	1921	9.19	11/22a/01	22/43	11/91	834
9-20	又於韋処乞大邑瓷碗		9-286	09-042	2-220	4	1923	9.20	11/22a/04	22/44	11/92	834
9-21	詣徐卿覓果栽		9-287	09-043	2-221	4	1924	9.21	11/22a/07	22/45	11/93	834

作品番号	詩題	本書(冊)頁	杜甫全詩集 冊-頁	杜甫詩注 冊-頁	杜甫全詩訳注 冊-頁	全集校注 冊	全集校注 頁	Poetry of Du Fu 作品番号	宋本杜工部 巻-葉-行	九家注 巻-順	銭注 巻-頁	読杜 頁
9-22	堂成	上415	9-288	09-045	2-222	4	1926	9.22	11/05b/10	21/10	11/10	624
9-23	蜀相	上417	9-289	09-049	2-223	4	1930	9.23	11/04a/07	21/01	11/01	615
9-24	梅雨	上419	9-291	09-057	2-225	4	1940	9.24	11/04b/09	21/04	11/04	404
9-25	為農	上421	9-292	09-060	2-226	4	1944	9.25	11/05a/03	21/05	11/05	405
9-26	有客	上423	9-293	09-064	2-227	4	1947	9.26	11/05a/06	21/06	11/06	616
9-27	賓至	上425	9-294	09-071	2-228	4	1953	9.27	11/05b/04	21/08	11/08	405
9-28	狂夫	上426	9-296	09-068	2-230	4	1955	9.28	11/05a/10	21/07	11/07	616
9-29	田舎		9-297	09-074	2-232	4	1962	9.29	11/06a/04	21/11	11/11	405
9-30	江村	上428	9-298	09-084	2-233	4	1965	9.30	11/06b/09	21/15	11/15	616
9-31	江漲（江漲柴門外…）	上430	9-300	09-087	2-234	4	1970	9.31	11/07a/03	21/16	11/16	404
9-32	野老	上432	9-301	09-090	2-235	4	1972	9.32	11/07a/06	21/17	11/17	617
9-33	雲山		9-302	09-096	2-237	4	1977	9.33	11/07a/10	21/18	11/18	406
9-34	遣興（干戈猶未定…）	上434	9-303	09-099	2-238	4	1980	9.34	11/07b/03	21/19	11/19	406
9-35	遣愁		9-304		2-239	7	3935	9.35	15/16a/01	29/29	15/37	407
9-36	杜鵑行（古時杜宇称望帝…）〈栄華作暢当詩〉		9-306	10-040	2-240	4	1994	9.36	缺	37/04	18/061	266
9-37	題壁画馬歌［題壁上韋偃画馬歌］		9-307	10-069	2-244	4	1998	9.37	04/05a/06	07/07	04/06	267
9-38	戲題画山水図歌［戲題王宰画山水図歌］	上435	9-309	10-073	2-246	4	2001	9.38	04/05a/10	07/08	04/07	267
9-39	戲為双松図歌［戲為韋偃双松図歌］		9-311	10-085	2-249	4	2008	9.39	04/06b/04	07/11	04/09	266
9-40	北鄰	上439	9-314	09-102	2-251	4	2013	9.40	11/07b/06	21/20	11/20	407
9-41	南鄰	上440	9-315	09-106	2-253	4	2016	9.41	11/07b/09	21/21	11/21	618
9-42	過南鄰朱山人水亭	上442	9-318	09-109	2-254	6	3160	9.42	11/08b/06	21/26	11/23	407

9-43	因崔五侍御寄高彭州一絶		9-319	09-116	2-256	4	2023	9.43	11/08a/08	21/23	11/66	825
9-44	奉簡高三十五使君		9-319	09-301	2-257	4	2025	9.44	11/18a/09	37/05	11/69	409
9-45	和裴迪登新津寺寄王侍郎		9-320	09-138	2-258	4	2027	9.45	11/09b/02	21/31	11/28	409
9-46	贈蜀僧閭丘師兄		9-322	10-046	2-259	4	2052	9.46	04/04a/05	07/05	04/04	089
9-47	泛渓		9-327	10-061	2-264	4	2031	9.47	04/04b/08	07/06	04/05	091
9-48	出郭		9-329	09-122	2-267	4	2036	9.48	11/08b/03	21/25	11/22	408
9-49	恨別	上444	9-330	09-125	2-268	4	2040	9.49	11/08b/09	21/27	11/24	617
9-50	散愁二首　其一		9-331		2-270	4	2047	9.50	13/20a/02	26/36a	11/36a	408
	散愁二首　其二		9-332		2-271	4	2049	9.51	13/20a/05	26/36b	11/36b	408
9-51	建都十二韻		9-333	09-149	2-273	4	2061	9.52	11/10a/02	21/34	11/31	728
9-52	村夜	上446	9-337	09-207	2-277	4	2073	9.53	11/13b/05	22/05	11/45	410
9-53	寄楊五桂州［+譚］		9-337		2-278	4	2076	9.54	11/09a/06	21/29	11/26	410
9-54	西郊		9-339		2-279	4	2093	9.55	11/06b/01	21/13	11/13	410
9-55	和裴迪登蜀州東亭送客逢早梅見寄［和裴迪登蜀州東亭送客逢早梅相憶見寄］		9-340	09-160	2-281	4	2080	9.56	11/10b/03	21/36	11/33	619
9-56	暮登四安寺鐘楼寄裴十［+迪］		9-341	09-164	2-283	4	2110	9.57	13/19b/01	26/34	11/35	619
9-57	寄贈王十将軍承俊		9-343	09-167	2-284	6	3386	9.58	11/10b/08	21/37	11/34	411
9-58	奉酬李都督表丈早春作		9-344	09-179	2-286	4	2100	9.59	11/11b/02	21/41	11/37	411
9-59	題新津北橋楼		9-345	09-176	2-287	4	2106	9.60	11/11a/08	21/40	11/59	412
9-60	遊修覚寺　前遊［遊修覚寺］		9-346	09-170	2-288	4	2115	9.61	11/11a/01	21/38	11/57	412
9-61	後遊		9-347	09-174	2-289	4	2119	9.62	11/11a/05	21/39	11/58	412
9-62	絶句漫興九首　其一	上447	9-348	09-252	2-290	4	2232	9.63	11/16a/04	22/18a	12/06a	834
	絶句漫興九首　其二	上448	9-349	09-255	2-291	4	2235	9.64	11/16a/07	22/18b	12/06b	835
	絶句漫興九首　其三	上449	9-350	09-256	2-292	4	2236	9.65	11/16a/09	22/18c	12/06c	835

作品番号	詩題	本書(冊)頁	杜甫全詩集 冊-頁	杜甫詩注 冊-頁	杜甫全詩訳注 冊-頁	全集校注 冊	全集校注 頁	Poetry of Du Fu 作品番号	宋本杜工部 巻-葉-行	九家注 巻-順	銭注 巻-頁	読杜 頁
	絶句漫興九首　其四	上450	9-351	09-258	2-293	4	2238	9.66	11/16b/01	22/18d	12/06d	835
	絶句漫興九首　其五	上451	9-352	09-259	2-294	4	2240	9.67	11/16b/03	22/18e	12/06e	835
	絶句漫興九首　其六	上452	9-352	09-261	2-294	4	2241	9.68	11/16b/05	22/18f	12/06f	835
	絶句漫興九首　其七	上452	9-353	09-263	2-295	4	2243	9.69	11/16b/07	22/18g	12/06g	835
	絶句漫興九首　其八	上453	9-354	09-264	2-296	4	2247	9.70	11/16b/09	22/18h	12/06h	836
	絶句漫興九首　其九	上454	9-354	09-266	2-297	4	2249	9.71	11/17a/01	22/18i	12/06i	836
9-63	客至		9-355	09-187	2-298	4	2131	9.72	11/12b/03	21/46	11/38	620
9-64	遣意二首　其一		9-357	09-190	2-299	4	2139	9.73	11/12b/07	21/47a	11/39a	413
	遣意二首　其二		9-357	09-193	2-300	4	2143	9.74	11/12b/10	21/47b	11/39b	413
巻十												
10-1	漫成二首　其一		10-359	09-196	2-301	4	2148	10.1	11/13a/02	22/02a	11/40a	413
	漫成二首　其二		10-360	09-198	2-303	4	2153	10.2	11/13a/06	22/02b	11/40b	413
10-2	春夜喜雨	上455	10-361	09-393	2-304	4	2125	10.3	12/06a/01	23/05	11/41	414
10-3	春水		10-362	09-201	2-305	4	2183	10.4	11/13a/09	22/03	11/42	414
10-4	江亭	上457	10-363	09-204	2-306	4	2186	10.5	11/13b/02	22/04	11/44	415
10-5	早起		10-364	09-210	2-307	4	2193	10.6	11/13b/09	22/06	11/46	415
10-6	落日		10-365	09-218	2-308	4	2198	10.7	11/14a/09	22/09	11/48	415
10-7	可惜		10-366	09-216	2-309	4	2207	10.8	11/14a/06	22/08	11/47	416
10-8	独酌		10-367	09-222	2-310	4	2202	10.9	11/14b/03	22/10	11/49	416
10-9	徐歩		10-368	09-228	2-311	4	2211	10.10	11/14b/10	22/12	11/50	416
10-10	寒食		10-370	09-231	2-312	4	2215	10.11	11/15a/04	22/13	11/51	416
10-11	石鏡		10-371	09-242	2-313	4	2266	10.12	11/15b/04	22/16	11/54	417
10-12	琴台		10-372	09-245	2-314	4	2270	10.13	11/15b/07	22/01	11/55	418

10-13	春水生二絶　其一		10-373	09-390	2-315	4	2161	10.14	12/05b/06	23/04a	11/43a	836
	春水生二絶　其二		10-374	09-392	2-316	4	2162	10.15	12/05b/09	23/04b	11/43b	836
10-14	江上値水如海勢聊短述	上459	10-375	09-292	2-317	4	2165	10.16	13/18b/06	26/30	11/63	620
10-15	水檻遣心二首　其一	上461	10-377	09-419	2-318	4	2177	10.17	12/07a/10	23/09a	12/19a	418
	水檻遣心二首　其二	上462	10-377	09-422	2-320	4	2181	10.18	12/07b/03	23/09b	12/19b	419
10-16	江漲（江発蛮夷漲…）	上464	10-378	09-281	2-320	4	2263	10.19	11/17b/06	22/20	11/60	570
10-17	朝雨		10-379	09-289	2-322	4	2277	10.20	11/18a/02	22/22	11/62	419
10-18	晩晴（村晩驚風度…）		10-381	09-285	2-323	4	2281	10.21	11/17b/09	22/21	11/61	419
10-19	高枏		10-382	09-236	2-324	4	2286	10.22	11/15a/08	22/14	11/52	420
10-20	悪樹		10-383	09-238	2-325	4	2289	10.23	11/15b/01	22/15	11/53	420
10-21	江畔独歩尋花七絶句　其一	上466	10-384	09-376	2-326	4	2219	10.24	12/05a/01	23/03a	12/07a	838
	江畔独歩尋花七絶句　其二	上466	10-385	09-379	2-327	4	2221	10.25	12/05a/04	23/03b	12/07b	838
	江畔独歩尋花七絶句　其三	上467	10-385	09-381	2-328	4	2223	10.26	12/05a/06	23/03c	12/07c	839
	江畔独歩尋花七絶句　其四	上468	10-386	09-382	2-329	4	2224	10.27	12/05a/08	23/03d	12/07d	839
	江畔独歩尋花七絶句　其五	上469	10-387	09-384	2-330	4	2225	10.28	12/05a/10	23/03e	12/07e	839
	江畔独歩尋花七絶句　其六	上470	10-388	09-386	2-331	4	2227	10.29	12/05b/02	23/03f	12/07f	839
	江畔独歩尋花七絶句　其七	上471	10-388	09-388	2-332	4	2228	10.30	12/05b/04	23/03g	12/07g	839
10-22	進艇	上472	10-389	09-077	2-332	4	2294	10.31	11/06a/07	21/12	11/12	621
10-23	一室		10-390	09-054	2-334	4	2300	10.32	11/04b/06	21/03	11/03	420
10-24	所思（苦憶荊州酔司馬…）		10-392	09-080	2-335	4	2306	10.33	11/06b/05	21/14	11/14	621
10-25	聞斛斯六官未帰		10-393	09-249	2-336	4	2311	10.34	11/15b/10	22/17	11/56	421
10-26	赴青城県出成都寄陶王二少尹		10-395	09-112	2-338	4	2383	10.35	11/08a/04	21/22	11/65	421
10-27	野望因過常少仙		10-396	09-118	2-339	4	2389	10.36	11/08a/10	21/24	11/67	422
10-28	丈人山		10-397	10-092	2-340	4	2393	10.37	04/07b/07	07/14	04/16	268
10-29	寄杜位（近聞寛法離新州…）		10-399		2-341	4	2405	10.38	13/18b/10	26/31	11/68	621

作品番号	詩題	本書(冊)頁	杜甫全詩集 冊-頁	杜甫詩注 冊-頁	杜甫全詩訳注 冊-頁	全集校注 冊	頁	Poetry of Du Fu 作品番号	宋本杜工部 巻-葉-行	九家注 巻-順	銭注 巻-頁	読杜 頁
10-30	送裴五赴東川		10-400	09-298	2-343	4	2318	10.39	11/18a/06	37/06	11/64	422
10-31	送韓十四江東覲省［送韓十四江東省覲］		10-401	09-304	2-344	4	2410	10.40	11/18b/02	22/23	11/70	622
10-32	枏樹為風雨所抜歎		10-403	10-141	2-345	4	2339	10.41	05/11a/02	10/02	04/20	268
10-33	茅屋為秋風所破歌	上474	10-405	10-147	2-348	4	2345	10.42	05/11a/09	10/03	04/21	269
10-34	石笋行		10-408	10-015	2-351	4	1982	10.43	04/02b/07	07/01	04/01	270
10-35	石犀行		10-410	10-022	2-353	4	1988	10.44	04/03a/04	07/02	04/02	271
10-36	杜鵑行（君不見昔日蜀天子…）	上478	10-413	10-031	2-356		缺	10.45	04/03b/02	07/03	04/03	265
10-37	逢唐興劉主簿弟		10-416	09-135	2-358	4	2395	10.46	11/09a/09	21/30	11/27	422
10-38	敬簡王明府		10-417	09-142	2-359	4	2398	10.47	11/09b/06	21/32	11/29	423
10-39	重簡王明府		10-419	09-146	2-361	4	2402	10.48	11/09b/09	21/33	11/30	424
10-40	百憂集行	上481	10-420	10-096	2-362	4	2353	10.49	04/08a/01	07/15	04/17	272
10-41	徐卿二子歌		10-422	10-107	2-364	4	2326	10.50	04/08b/03	07/17	04/11	272
10-42	戯作花卿歌		10-424	10-041	2-365	4	2329	10.51	04/03b/09	07/04	04/18	273
10-43	贈花卿		10-426	09-348	2-367	4	2335	10.52	11/21a/06	22/38	11/84	837
10-44	少年行二首　其一		10-427	09-338	2-368	4	2256	10.53	11/20b/05	22/35a	11/81a	836
	少年行二首　其二		10-428	09-341	2-369	4	2259	10.54	11/20b/08	22/35b	11/81b	837
10-45	贈虞十五司馬		10-429		2-370	4	2321	10.55	17/16b/04	34/21	17/48	729
10-46	病柏	上484	10-431	10-112	2-372	4	2358	10.56	04/08b/09	07/18	04/12	091
10-47	病橘	上487	10-433	10-119	2-374	4	2364	10.57	04/09a/05	08/01	04/13	092
10-48	枯椶		10-436	10-126	2-376	4	2371	10.58	04/09b/03	08/02	04/14	093
10-49	枯枏		10-438	10-134	2-377	4	2377	10.59	04/09b/09	08/03	04/15	093
10-50	不見		10-440		2-379	4	2417	10.60	12/12b/03	24/12	12/38	425

10-51	草堂即事		10-441	09-308	2-380	4	2424	10.61	11/19a/02	22/26	11/73	425
10-52	徐九少尹見過		10-442	09-325	2-381	4	2429	10.62	11/19b/10	22/31	11/75	426
10-53	范二員外邈呉十侍御郁特枉駕闕展待聊寄此［作］		10-444	09-328	2-382	4	2432	10.63	11/20a/03	22/32	11/76	426
10-54	王十七侍御掄許携酒至草堂奉寄此詩便請邀高三十五使君同到		10-445	09-331	2-383	4	2435	10.64	11/20a/06	22/33	11/77	622
10-55	王竟携酒高亦同過共用寒字		10-447	09-335	2-386	4	2442	10.65	11/20b/01	22/34	11/78	426
10-56	陪李七司馬皁江上観造竹橋即日成…二首其一		10-448		2-387	4	2445	10.66	13/18a/06	26/27	11/79a	623
10-57	陪李…二首其二［観作橋成月夜舟中有述還呈李司馬］		10-450		2-389	4	2450	10.67	13/18a/10	26/28	11/79b	427
10-58	李司馬橋了承高使君自成都回［李司馬橋成…］		10-451		2-391	4	2453	10.68	13/18b/03	26/29	11/80	838
10-59	入奏行［＋贈西山検察使竇侍御］		10-453	10-235	2-392	4	2460	10.69	05/11b/09	10/04	04/19	278
10-60	得広州張判官叔卿書使還以詩代意		10-457	09-315	2-396	4	2476	10.70	11/19a/09	22/28	12/04	427
10-61	魏十四侍御就弊廬相別［魏十四侍御就敝廬相別］		10-459	09-321	2-398	4	2484	10.71	11/19b/07	22/30	11/74	428
10-62	贈別何邕〈此当編在十一巻中〉		10-460	09-354	2-399	4	2487	10.72	11/22a/10	22/46	11/94	417
10-63	絶句		10-461		2-401	5	2539	10.73	12/11b/04	24/06	12/89	825
10-64	贈別鄭錬赴襄陽		10-462	09-358	2-402	4	2493	10.74	11/22b/03	22/47	11/95	428
10-65	重贈鄭錬絶句		10-463	09-361	2-403	4	2497	10.75	11/22b/07	22/48	11/96	839
10-66	江頭五詠　其一　丁香	上491	10-464	09-397	2-404	5	2516	10.76	12/06a/04	23/06a	12/10	094
	江頭五詠　其二　麗春	上492	10-466	09-400	2-405	5	2518	10.77	12/06a/07	23/06b	12/11	095
	江頭五詠　其三　梔子	上494	10-467	09-404	2-406	5	2519	10.78	12/06b/01	23/06c	12/12	429
	江頭五詠　其四　鸂鶒	上495	10-468	09-406	2-408	5	2521	10.79	12/06b/04	23/06d	12/13	430

作品番号	詩題	本書(冊)頁	杜甫全詩集 冊-頁	杜甫詩注 冊-頁	杜甫全詩訳注 冊-頁	全集校注 冊	全集校注 頁	Poetry of Du Fu 作品番号	宋本杜工部 巻-葉-行	九家注 巻-順	銭注 巻-頁	読杜 頁
	江頭五詠　其五　花鴨	上496	10-469	09-409	2-409	5	2524	10.80	12/06b/07	23/06e	12/14	430
10-67	野望（西山白雪三奇戍…）		10-470	09-412	2-410	4	2454	10.81	12/07a/01	23/07	12/17	623
10-68	畏人		10-471	09-212	2-412	5	2527	10.82	11/14a/02	22/07	12/15	431
10-69	屏跡［屏跡三首　其一］		10-472	09-425	2-413	5	2530	10.83	05/18b/04	10/24a	12/20a	095
	屏跡二首　其一［屏跡三首　其二］		10-474	09-428	2-414	5	2532	10.84	12/07b/05	23/10b	12/20b	431
	屏跡二首　其二［屏跡三首　其三］		10-474	09-432	2-415	5	2534	10.85	12/07b/08	23/10c	12/20c	431
10-70	少年行		10-476	09-351	2-416	5	2537	10.86	11/21a/09	22/39	11/85	837
10-71	即事（百宝装腰帯…）		10-476	09-346	2-417	5	2541	10.87	11/21a/04	22/37	11/83	825
10-72	奉酬厳公寄題野亭之作		10-477	09-434	2-418	5	2542	10.88	12/08a/05	23/12	12/22	625

作品番号：仇兆鰲『杜詩詳注』全五冊（中華書局、1999年版）による巻数・巻中の順番
杜甫全詩集：鈴木虎雄『杜甫全詩集』全四冊（日本図書センター、1978）
杜甫詩集：吉川幸次郎著・興膳宏編『杜甫詩注』全十冊（岩波書店、2012〜2016）
杜甫全詩訳注：下定雅弘・松原朗編『杜甫全詩訳注』全四冊（講談社、2016）
全集校注：蕭滌非『杜甫全集校注』全十二冊（人民文学出版社、2014）
Poetry of Du Fu: Stephen Owen "*The Poetry of Du Fu*" 6 volumes (Boston, De Gruyter, 2016)
宋本杜工部：『杜工部集』全二冊（臺灣学生書局、1967年影印本）
九家注：『九家集注杜詩』（『杜詩引得』所収、Harvard-Yenching Institute, 1966）
銭注：銭謙益『錢注杜詩』全二冊（上海古籍出版社、1979年版）
読杜：浦起龍『読杜心解』全三冊（中華書局、1978年版）

＊ 杜甫作品番号対照表作成　好川聡・川合康三

新釈漢文大系《しんしゃくかんぶんたいけい》 詩人編《しじんへん》6《ろく》
杜《と》 甫《ほ》 上《じょう》

令和元年 5 月 10 日　初 版 発 行
令和 3 年 10 月 20 日　2 版 発 行

著　者　川《かわ》 合《い》 康《こう》 三《ぞう》

発行者　株式会社 明 治 書 院
代表者 三樹 蘭

印刷者　大日本法令印刷株式会社
代表者 山上哲生

製本者　大日本法令印刷株式会社
代表者 山上哲生

発行所　株式会社 明 治 書 院
〒169-0072
東京都新宿区大久保 1−1−7
電 話 03−5292−0117
振 替 00130−7−4991

ISBN978-4-625-67327-6